ANDRÉS PASCUAL

Das geheime Lied

Buch

Zwei Seelen im Einklang. Eine geheimnisvolle Partitur und eine Liebe, die die Zeit überdauern.

Michael Steiner ist ein begnadeter Musiker, der auf eine erfolgreiche Karriere zurückblickt und im Jahr 2010 sein letztes Konzert in der Pariser Opéra Garnier gibt. Vor seinem großen Auftritt erzählt er dem Operndirektor Fabien Rocher, dass er vor zehn Jahren kurz vor dem Tod seiner geliebten Frau Rachel eine einzigartige melancholische Symphonie komponiert hat, die er heute zum ersten und zugleich zum letzten Mal dem Publikum präsentieren wird. Seiner verstorbenen Gattin hatte er damals versprochen, sie genau noch ein einziges Mal zu spielen, und nun hat er es bis zuletzt hinausgeschoben – und zwar aus dem Grund, weil er Angst hat, die Erinnerung an sie könnte so verblassen. Daraufhin zeigt ihm sein Freund ein Manuskript aus der Opernbibliothek, das Ludwig XIV. auf seinem Sterbebett verfasst haben soll. Darin erwähnt er einen mysteriösen »Komponisten der Stürme«, der einst für ihn im fernen Madagaskar eine zauberhafte, geradezu heilige Melodie von unbekannter Schönheit suchen und niederschreiben sollte. Doch diese Melodie hat einen hohen Preis, den nicht jeder bezahlen kann …

Autor

Andrés Pascual, geboren 1969 in Logroño, ist Anwalt. In seinen Bestseller *Das geheime Lied* lässt er zwei seiner Leidenschaften mit einfließen, die Musik und Reisen in exotische Länder. Mit diesem Roman gelangte er 2009 in die Endauswahl des hochdotierten *Premio de Novela Ciudad de Torrevieja.*

Andrés Pascual

DAS GEHEIME LIED

Roman

Aus dem Spanischen
von Sonja Hagemann

blanvalet

Die spanische Originalausgabe erschien 2010 unter dem Titel
»El Compositor de Tormentas« bei Random House Mondadori, S.A., Barcelona.

MIX
Papier aus verantwortungsvollen Quellen
FSC® C014496

Verlagsgruppe Random House FSC® N001967
Das für dieses Buch verwendete FSC®-zertifizierte Papier
Holmen Book Cream liefert Holmen Paper, Hallstavik, Schweden.

1. Auflage
Deutsche Erstveröffentlichung Juli 2013 bei Blanvalet,
einem Unternehmen der Verlagsgruppe Random House GmbH, München.

Umschlaggestaltung: © bürosüd°, München
Umschlagmotiv: plainpicture/arcangel/Roberto Pastrovicchio
Redaktion: Anita Hirtreiter
Herstellung: sam
Satz: Uhl + Massopust, Aalen
Druck und Einband: GGP Media GmbH, Pößneck
Printed in Germany
ISBN: 978-3-442-38178-4

www.blanvalet.de

Für Cristina,
meine Stille, meine Melodie

Wir träumen von Reisen
durch das Weltall –
ist denn das Weltall nicht in uns?
Die Tiefen unseres Geistes kennen wir nicht –
nach innen geht
der geheimnisvolle Weg.
In uns oder nirgends
ist die Ewigkeit mit ihren Welten –
die Vergangenheit und Zukunft.

Novalis

Opéra Garnier, Paris
1. September 2010, 20.00 Uhr

Michael schloss die Augen und sog das Mandarinenaroma in sich auf. Jeder wusste, dass er ohne die säuerliche Frische seines Parfüms in der Nase nicht dirigieren konnte. Einige der Orchestermitglieder wollten ihm gerne nacheifern und diskutierten nach den Proben darüber, ob es sich wohl um diese oder jene Marke handelte. Er betrachtete sich im Garderobenspiegel. Der Duft passte nicht zu seiner vornehmen Erscheinung. Er ließ den Blick über die Falten in seinem Gesicht und das nach hinten gekämmte Haar wandern, als würde er einen Fremden verstohlen mustern. Die Fliege sitzt schief, dachte er. Sorgfältig rückte er sie zurecht und achtete dabei darauf, keine Spuren auf dem makellosen Weiß zu hinterlassen. Der Frack – perfekt. Er sah nach unten. Die Schuhe – perfekt.

Es klopfte an der Tür. Es war Fabien Rocher, der Direktor des Opernhauses.

»Bitte, komm doch rein.«

»Wie sieht es aus?«

»Ich habe Lust, endlich loszulegen.«

»Mein lieber Freund …«

Fabien trat näher und umarmte ihn. Dann ließ er sich in den Ledersessel sinken und betrachtete stolz sein Gegenüber.

»Jetzt lass doch das sentimentale Getue«, meinte Michael. »Wir sind schließlich nur zwei alte Knacker.«

»Und damit in genau dem richtigen Alter für solche Gefühlsduseleien. All die Erinnerungen …« Sie lächelten sich an. »Wann warst du noch gleich das erste Mal hier?«

»Als Dirigent?«

»Ich glaube, damals stand irgendwas von Wagner auf dem Programm …«

»*Lohengrin*, am 17. März 1976.«

»Stimmt. Rachel war …«

Fabien verstummte.

»Sie war so wunderschön. Wie ein Engel thronte sie dort oben in ihrer Loge.«

»Sie war eine tolle Frau.«

Einen Augenblick lang schwiegen beide. Michael warf seinem Freund einen raschen Blick zu.

»Fabien …«

»Ich lasse dich ja schon in Ruhe. Dann kümmere ich mich mal lieber um den Kultusminister, der ist heute Abend völlig aufgelöst. Auf der Treppe vor dem Haupteingang wimmelt es nur so von Promis und Presse«, rief er, bevor er die Garderobe verließ. »Viel Glück, Michael! Und ich bitte doch sehr um deinen Gänsehaut-Effekt!«

Während Fabien die Tür hinter sich zuzog, war von draußen kurz das immer lauter werdende Gemurmel aus dem Zuschauerraum zu vernehmen. Dort drehten sich die Musikbegeisterten auf fast zweitausend Stühlen mit rotem Samtpolster zu den politischen Führungskräften aus aller Welt um, die unter Einhaltung eines akribischen Protokolls im Gänsemarsch auf die Sitze in den ersten Reihen zuhielten. In den letzten Tagen hatte in Paris ein äußerst produktives Gipfeltreffen stattgefunden, bei dem man sich auf die Unterzeichnung einer Reihe von Umweltschutzabkommen einigen konnte, die bislang stets wie bloße Utopien gewirkt hatten. Dieses historische Ereignis wollte jener malerische Kreis von Machthabern nun Seite an Seite in dem prunkvollen Bau begehen.

»Es mögen ja nur zwei Stunden sein, aber zum ersten Mal in der Geschichte der Menschheit werden hier alle vereint sein, verbunden durch die Musik«, hatte Fabien Rocher den Medien erklärt.

Es handelte sich auch nicht nur um irgendein Konzert des großen Komponisten und virtuosen Geigers Michael Steiner, der darüber hinaus als einer der besten Dirigenten galt. Nein, dies war sein letzter Auftritt. Und daher spiegelte sich in den Blicken seiner Bewunderer nicht nur die Freude darüber, eine Eintrittskarte ergattert zu haben, sondern auch das Bedauern über sein Abdanken. Wenigstens trösteten sie sich mit dem Gedanken daran, dass Steiner auf einer Pressekonferenz angekündigt hatte, er werde gegen Ende des Programms auf der Geige eine kurze Eigenkomposition vortragen, die er seit ihrer Entstehung vor Jahren noch nie vor Publikum zum Besten gegeben hatte. Dies war sein Abschiedsgeschenk an sie, der krönende Schlusspunkt einer unvergleichlichen Karriere.

Der Moment war gekommen. Michael Steiner trat aus der Künstlergarderobe, zog die Tür hinter sich zu und schritt wie so oft zuvor den schmalen Gang zur Bühne entlang. Er kam an der Maske vorbei. Das Theaterpersonal grüßte mit einem Nicken. Er bekam mit, wie der Sicherheitschef per Headset letzte Anweisungen gab. Steiner atmete einmal tief durch, schob voller Entschlossenheit den hinteren Bühnenvorhang zur Seite und eilte zum Podest.

Das Publikum brach in ohrenbetäubenden Beifall aus. Michael verbeugte sich mehrmals. Es wirkte gar nicht wie der Anfang eines Konzerts, eher wie sein Ende. Michael spürte einen Kloß im Hals. Er drehte sich um und begrüßte die sechsundneunzig Musiker des Pariser Symphonieorchesters. Auf ihren Gesichtern war Dankbarkeit zu lesen, Zuneigung, Faszination, Respekt. Nach und nach verstummte der Applaus. Man vernahm nur noch das leise Quietschen der gummierten Stuhlbeine auf den Bühnenbrettern und das dumpfe Dröhnen der Violoncelli, als sie auf dem Boden aufgesetzt wurden. Einige Musiker warfen noch einen raschen Blick auf die Partitur, andere schlossen die Augen für ein kurzes Stoßgebet, ein Versprechen oder eine persönliche Widmung. Nach einer altbekannten Geste kehrte völlige Stille ein, und alle Augen ruhten nun auf dem Dirigenten.

Langsam hob Michael die Arme bis auf halbe Höhe.

So verweilte er länger als erwartet.

Niemand wagte es auch nur zu atmen.

Dann ließ er den Taktstock fallen.

Die Musiker sahen fassungslos zu, wie der Stab aus Zedernholz auf dem Podium aufschlug. Mit leerem Blick verharrte der Dirigent unbewegt wie eine Wachsfigur, um die herum die Zeit stillsteht. Vor Hunderten von bestürzten Augenpaaren verließ Michael die Bühne. Dabei wirkte er zwar angespannt, aber auch unglaublich stoisch. Nur der Klang seiner Schritte begleitete ihn. Sekunden später schob er sich am schwarzen Bühnenvorhang vorbei und verschwand im Durcheinander aus Scheinwerfern und Kabeln, zwischen den riesigen Kulissen des dunklen Sees einer Fantasiewelt.

Während das komplette Opernhaus von einer Woge immer lauter ertönenden Murmelns erfasst wurde, öffnete Michael hinter der Bühne eine Tür und stieg taumelnd eine Treppe bis zum obersten Stock hinauf. Er huschte eilig den Gang mit ockergelben Wänden entlang und flüchtete in einen Raum, der im Allgemeinen als »Rollschuhbahn« bezeichnet wurde, einen runden Saal unter der Kuppel des Gebäudes, in den Choreographen sich häufig mit ihren Tänzern zurückzogen, um ungestört an letzten Feinheiten zu arbeiten.

Von dort aus konnte man hinter großen Bullaugen, durch die jetzt sanftes Mondlicht in den Raum fiel, die Dächer des Zentrums von Paris betrachten. Hier fühlte Michael sich sicher. Er öffnete den Knopf seines Kragens, ließ sich auf die gewachsten schwarzen Dielenbretter sinken und begann zu husten und zu schluchzen.

Im Hintergrund waren die ersten Takte von Dvořáks Symphonie *Aus der Neuen Welt* zu erahnen. Kurze Zeit später vernahm er draußen Stimmen, und jemand öffnete vorsichtig die Tür. Es war Fabien Rocher, gefolgt von dem Sicherheitschef des Theaters und einigen Polizisten.

»Ich kümmere mich um ihn«, beruhigte Fabien sie.

»Lassen Sie mich durch«, befahl ein Inspektor, der sich der Situation annehmen wollte.

»Das hier ist mein Opernhaus«, stellte sich ihm der Direktor mit der richtigen Mischung aus Respekt und Unnachgiebigkeit entgegen. »Und das ist Michael Steiner. Mein Gott, was für ein Problem haben Sie?«

Er machte dem Inspektor, der nur mit einer resignierten Geste antwortete, die Tür vor der Nase zu und ließ sich neben dem Dirigenten auf dem Fußboden nieder. Ein paar Minuten lang betrachteten sie ihr dunkles Abbild im großen Spiegel neben der Tür. Niemand sagte ein Wort. Durch die Scheiben war leise das Dröhnen der Hörner zu vernehmen. Die Kuppel des Raumes schwang bei jedem Paukenschlag sanft mit.

»Es tut mir leid«, brachte Michael schließlich hervor.

»Dein Ersatz ist ein guter Dirigent«, beruhigte ihn Fabien. »Aber falls du an irgendeinem Punkt wieder übernehmen möchtest …«

Michael warf ihm einen Blick voller Hilflosigkeit zu.

Fabien wurde klar, dass sein Freund heute Abend nicht mehr ans Dirigentenpult treten würde.

Niemand würde seine geheime Melodie zu hören bekommen.

»Wegen der Presse wird uns schon irgendwas einfallen, überlass das ruhig mir«, erklärte er behutsam. »Ich rufe meinen Fahrer, damit er dich ins Hotel bringt.«

Michaels Fassade schien in sich zusammenzustürzen. Er schlug die Hände vors Gesicht.

»Es ist nur …«, schluchzte er. »Also …«

»Du musst mir gar nichts erklären«, beteuerte Fabien, der sicher war, dass seinen Freund viel zu schmerzhafte Dinge bekümmerten, als dass er in diesem Moment darüber sprechen konnte.

»Aber vielleicht liegt genau da das Problem«, fuhr dieser fort, das Gesicht noch immer in den Händen vergraben. »Ich habe schon so lange geschwiegen …« Er streckte die Arme aus. »Ich kann mich ja noch nicht einmal von ihrem Duft trennen!«

Damit hatte Fabien nicht gerechnet.

»Wovon redest du?«

»Ich benutze seit Jahren ihr Parfüm!«, verriet ihm Michael, der jetzt laut wurde. »Ich brauche Rachel! Ohne sie habe ich noch nie irgendetwas zustande gebracht!«

Fabien versuchte, die richtigen Worte zu finden.

»Weißt du, du trägst Rachel doch in dir.«

»Sie ist in mir, sie ist um mich herum … Sie ist überall!«

»Wie denn das?«

»Es ist wegen dieser verfluchten Melodie!«

»Meinst du …«

»Das Violinstück, das ich heute Abend spielen wollte. Die rätselhafte, geheimnisvolle Melodie«, erklärte er mit einem Anflug von Ironie.

»Was hat dein Werk denn mit Rachel zu tun?«

Michael atmete keuchend ein.

»Ich habe die Melodie vor zehn Jahren komponiert«, begann er. »Und während ich sie spielte, wurde mir bereits klar, dass es sich um ein einzigartiges Stück handelte. Es war mit keiner meiner bisherigen Kreationen vergleichbar. Am Anfang fragte ich mich noch, ob ich vielleicht unbewusst irgendeine fremde Komposition abgekupfert hatte. Als mir klar wurde, wie absolut perfekt das Stück war, konnte ich es kaum glauben. Mir kam sogar der Gedanke, dass vielleicht irgendein Gott die Melodie in einem anderen Universum erschaffen und mich dann persönlich auserkoren hatte, um sie in diese Welt zu bringen.«

»Das hast du nie erwähnt«, warf Fabien ein, als Michael kurz verstummte.

»Ich musste Rachel sofort davon erzählen«, fuhr dieser fort. Für einen Moment spielte ein Lächeln um seine Lippen. »Ich erinnere mich noch daran, dass sie an dem Tischchen vor der Balkontür saß und an einer ihrer Geschichten schrieb. Ich habe ihr die Melodie gleich dort vorgespielt. Sie war wie vom Donner gerührt, und als ich den Bogen sinken ließ, blieben wir ein paar Minuten stumm und sahen uns einfach nur in die Augen. Wir waren wie gefesselt, ich stand da mit meiner Geige, und sie hielt den Füller noch in der Hand.« Michaels Tonfall veränderte sich. »Am nächsten Tag bekamen wir die Ergebnisse ihrer Untersuchungen. Was darin stand, weißt du ja. Es machte mich bald wahnsinnig. Ich war völlig besessen von der Idee, dass ihre Krebserkrankung der Preis war, den ich für diese Melodie zahlen musste.«

»Wie kannst du so etwas nur …«

»Du hast sie ja nicht gehört«, unterbrach ihn der andere ernst.

»Michael …«

»Entschuldige … Rachel wurde auch immer wütend, wenn ich das ihr gegenüber angedeutet habe. Sie war eben in allem besser als ich. Sie erkannte die Dinge mit solcher Klarheit … Sie sagte immer, dass jeder sein Leben hingeben würde, wenn er dafür nur so etwas Schönes hören durfte.« Vor lauter Rührung spürte Fabien einen Kloß im Hals. Er legte seinem Freund die Hand auf die Schulter. »Ich habe geschworen, dass ich die Komposition nie wieder spiele. Das brachte sie in Rage, aber irgendein Opfer musste ich ihr einfach darbringen. Ich würde auf dieser Welt verweilen, während sie … Diese verfluchte Melodie sollte nie wieder an irgendein Ohr dringen, sei es nun menschlich oder göttlich.«

»Erzähl weiter«, forderte sein Freund ihn auf.

»Rachel fügte sich meiner Entscheidung, aber sie stellte eine Bedingung. Sie bat mich darum, das Stück nach ihrem Tod noch einmal zu spielen. Nur ein einziges Mal.« Eine verstohlene Träne rann ihm übers Gesicht und fiel auf sein weißes Hemd. »Sie hat gesagt, die Melodie sei ihr Wegweiser, die Noten würden ihr im Himmel einen magischen Pfad ebnen und ihre Seele sicher ins Paradies geleiten.«

Er brach in Tränen aus.

»Michael ...«

»Jetzt ist Rachel schon fast zehn Jahre tot, und ich habe es immer noch nicht über mich gebracht, das Stück wieder zu spielen! Ich kann sie nicht ziehen lassen, ich brauche sie hier bei mir, sie muss mir dabei helfen, diese Einsamkeit zu ertragen, die mich noch um den Verstand bringt. Dabei weiß ich, dass sie gehen wollte, es hat ja keinen Sinn, sich an das Diesseits zu klammern. Wie selbstsüchtig ich bin, ist wohl kaum zu ermessen. Ich bin so ein Egoist!«

»Jetzt sag doch so was nicht ...«

»Aber es stimmt ja. Und ich bin mir dessen wohl bewusst, gleichzeitig komme ich jedoch nicht gegen mich selbst an. Oh Gott! Rachel hat mich darum gebeten, sie fleht mich jeden Tag an, aber wenn ich die Melodie spiele, dann werde ich sie für immer verlieren.«

Die beiden Männer umarmten sich lange.

»Mach dir keine Sorgen ...«, flüsterte Fabien ihm ins Ohr. »Rachel wartet auf der Mondinsel auf dich.«

Beide schwiegen kurz. Im Konzertsaal rissen im vierten Satz leidenschaftliche Violinen das Publikum auf dem Weg zum Höhepunkt der Symphonie mit. Endlich wagte es Michael, die Frage zu stellen: »Was willst du damit sagen?«

In genau diesem Moment öffnete der Sicherheitschef die Tür zur Rollschuhbahn. Er versuchte, dabei keinen Lärm zu machen, die Angeln quietschten allerdings lauter als erwartet.

Fabien nutzte die Unterbrechung.

»Komm mal mit.« Er zog Michael hoch. »Ich möchte dir etwas zeigen.«

»Es geht mir aber schon viel besser, wirklich«, winkte sein Freund ab und versuchte, gefasster zu wirken, als er eigentlich war. »Ich kann zu Fuß zum Hotel gehen.«

»Ich bitte dich einfach nur um ein paar Minuten deiner Zeit. Komm doch kurz mit ins Bibliotheksarchiv.«

»Was für ein Archiv denn?«

Michael kannte die Bibliothek im ersten Stock, die eigentlich eher ein Museum war, aber er hatte noch nie davon gehört, dass es im Gebäude auch ein Archiv gab.

»Vertrau mir.«

Auf dem Flur fanden sie ein Grüppchen Theatermitarbeiter vor, die darüber spekulierten, was dem Maestro wohl zugestoßen war. Fabien wies sie an, wieder zu ihren Plätzen hinter der Bühne zurückzukehren. Als sie allein waren, führte er Michael über einige Metalltreppen und danach durch einen engen Gang, der vor einer Tür ohne jegliche Aufschrift endete. Der Theaterdirektor öffnete sie mit einem Schlüssel, den er aus der Innentasche des Smokings zog, und schaltete die Neonbeleuchtung ein. Vom ersten Moment an erkannte Michael, dass hier die wahren Schätze des Palais Garnier zu finden waren.

In jenem schmucklosen Archiv lagerten mehr als dreihundert Jahre Geschichte. Seit der Gründung der Königlichen Musikakademie durch Ludwig XIV. hatte man hier wahre Kostbarkeiten zusammengetragen: Kostüme, Modelle der Kulissen, Bilder und Zeichnungen, die das musikalische Leben in Paris zum Thema hatten, und Hunderte von Originalpartituren und -librettos.

»Hierhin hast du mich ja noch nie mitgenommen!«, rief Michael erstaunt aus.

»Wir bewahren so viel Material auf, das noch nicht katalogisiert ist«, gab Fabien zu, während er sich in einen Gang zwischen Regalen schob, »aber wenigstens ist genug Platz für alles.« Er schob einige verpackte Gemälde beiseite, um an einen Schrank zu gelangen.

»Was suchst du denn?«

»Tut mir leid, dass es so schmutzig ist«, entschuldigte sich Fabien, ohne auf seine Frage einzugehen. Er drehte den Kopf zur Seite, um die Staubwolke nicht einzuatmen, die er beim Herumräumen aufgewirbelt hatte.

Dann reckte er sich, öffnete eine Schublade und zog ein Kästchen in einer schützenden Stoffhülle hervor. Er setzte es auf den Tisch des Archivars und öffnete es mit fast zärtlicher Sorgfalt.

»Da haben wir es ja schon.«

Stolz deutete er auf das schlichte Manuskript aus nur vier Blättern, die zur Sicherheit an einer Seite zusammengenäht waren.

»Warum zeigst du mir das?«

»Es ist ein einzigartiges Stück.«

»Das sieht aus wie ein Brief.«

»Eher wie ein Testament. Eine freimütige Grundsatzerklärung vom Sterbebett einer faszinierenden Persönlichkeit.«

Fabien konnte ein Lächeln kaum unterdrücken.

»Um wen handelt es sich?«, fragte Michael, der sich der Begeisterung seines Freundes langsam nicht mehr widersetzen konnte.

»Um den Sonnenkönig.«

»Wie bitte?«

»Du hast schon richtig gehört. Diese Seiten wurden von Ludwig XIV. höchstpersönlich verfasst.«

Michael schüttelte den Kopf.

»Das ist doch unmöglich.«

»Wieso?«

»Wenn sie wirklich von ihm stammen würden, dann lägen sie wohl kaum hier herum. Das Manuskript kann nicht echt sein.«

»Hast du schon mal daran gedacht, dass die entscheidende Frage vielleicht gar nichts damit zu tun hat, ob das Dokument nun authentisch ist oder nicht?«

»Wie meinst du das?«

»Immerhin wird unser Leben doch von jenen Träumen bereichert, an die wir wirklich glauben, nicht wahr?«

Michael nahm das Dokument in beide Hände.

»Und was soll ich jetzt damit anfangen?«

»Ich möchte, dass du es liest.«

Sein Gegenüber schaute ihn verblüfft an.

»Du willst doch nicht etwa, dass ich mir das jetzt ansehe?«

»Es sind doch nur vier Seiten.«

»Fabien, heute steht mir der Sinn wirklich nicht nach …«

»Wenn du es gelesen hast, wirst du mich verstehen.«

Fabien Rocher wischte mit der Hand über zwei Klappstühle und schob sie heran. Als er die Tischlampe einschaltete, fiel ein gelber Lichtkegel auf das Manuskript.

Michael fuhr mit den Fingerspitzen über den ersten Satz:

Ich bin ein König, der hier auf seinem Bett ruht,
auf der Seite des gesunden Beins.

Er sah zu seinem Freund hoch.

»Ich bleibe und leiste dir Gesellschaft«, flüsterte Fabien. »Du musst nichts weiter tun, als es zu lesen.«

Nach dem, was er sich im Theater geleistet hatte, war das wirklich nicht zu viel verlangt. Michael sagte nichts weiter, ließ nur ein ersticktes Seufzen vernehmen und wandte sich wieder dem Text zu:

Ich bin ein König, der hier auf seinem Bett ruht, auf der Seite des gesunden Beins. Wundbrand zerfrisst mich, und während ich diese Zeilen schreibe, erfasst mich lähmende Angst. Viel größer als die, die Matthieu verspürte, als die Wellen ihn auf den Grund des Meeres zu reißen drohten. Ich schaudere vor Entsetzen, fürchte aber nicht den Tod, sondern vielmehr das, was mich im Jenseits erwartet. Meine Hand zittert so sehr, dass ich immer wieder die Feder beiseitelegen muss, weil ich Tinte vergieße und die Zeilen beschmutze, die ich bereits geschrieben habe. Als ich Frankreichs Thron bestieg, war ich erst vier Jahre alt. Ich hatte siebzehn Kinder von drei Müttern, führte siegreiche Kriege, beherrschte Europa und erweiterte die Kolonien. Das alte Jagdschloss Versailles verwandelte ich in den prunkvollsten Palast der bekannten Welt, der fremde Botschafter überwältigte und die Künstler berauschte, die in seinen Gärten Musik, Tanz und Theater darboten. Und jetzt, in welchem Winkel meiner Seele ist dies alles nun zu finden? Wie kann es sein, dass mir nicht einmal ein loses Blütenblatt von all dieser Pracht geblieben ist? Wie kann ich denn bloß den Verbrennungen ebenjener Sonne erliegen, die mir den Namen gegeben hat? Verfluchter Wundbrand, verdammte sterbliche Hülle!

Das Blut in meinen Adern stammt von Habsburgern und Medici – dennoch verdirbt es, und ich kann nichts dagegen tun. All meine ehelichen Kinder sind tot, und als Erbprinz bleibt mir nur ein fünfjähriger Urenkel. Mein Vermächtnis wird aus einem eitlen Kampf um die Thronfolge bestehen, um meine Besitztümer, um Frankreich. Und Versailles wird mit mir untergehen, Stein für Stein.

Und deshalb schreibe ich hier bei trübem Kerzenschein, während ich die neue Mischung von Aromen einatme, die der königliche Parfümeur zusammengestellt hat, um die Fäulnis meines Körpers zu überlagern. Ich schreibe in einer unbequemen Haltung und stütze das Pergament dabei auf meinem Seidenkissen auf. Der Schmerz in meinem Bein ist jedoch nichts gegen den, der mir die Seele zerfrisst.

Ich liege im Sterben, und dabei peinigt mich eine einzige Erinnerung: die an die Augen eines jungen Hofmusikers, den ich ohne Gnade nach Afrika schickte. Matthieu Gilbert, so hieß dieser einzigartige, einmalige Mensch, der Violinist, dem ich es verwehrte, mir den Weg zur Mondinsel zu zeigen. Nicht ich,

sondern er ist wohl dem Samen eines Gottes entsprungen. Selbst nach alledem, was ich ihm angetan hatte, bot er mir noch das Beste, was er besaß. Und ich habe ihn verachtet, habe auf ihn herabgesehen … Jedes einzelne seiner Worte voller Schönheit, voll vollkommener Arglosigkeit und Reinheit, quälte mich. Seine Vergebung war meine Strafe. Warum hast du mich nicht gehasst, verfluchter Matthieu?
Ich richte mich auf, schiebe lustlos das Pergament beiseite und betrachte meine Umgebung: die Teppiche mit Jagdszenen an den Wänden meiner privaten Gemächer, den Tisch mit Karten der Gebiete, die jüngst kapituliert haben, die Schnallenschuhe mit Perlen, die meine Gemahlin beim Handwerksmeister auf der Saint-Michel-Brücke gekauft hat, und mir wird klar, dass ich einfach alles falsch gemacht habe. Deine Musik war wie das Leben: Sie war Leidenschaft, Macht und Schmerz. Warum konnte ich nicht erkennen, dass deine Geige der Schlüssel zu meiner Erlösung war, zur Erlösung Frankreichs und der ganzen Welt?
Wie anders hätte mein Tod dann ausgesehen! Ich weiß, dass mir lediglich ein paar Stunden bleiben, bevor auf meinem Bett bloß ein Bündel totes Fleisch liegt, und ich denke nur noch zurück an die Nacht, in der du dein erstes Unwetter komponiert hast …

ERSTER AKT

1

Matthieu wurde 1664 in einem Stadtviertel von Paris gezeugt, in dem es von Ratten und Geigen nur so wimmelte. Seine Mutter, die junge Marie, arbeitete als Dienstmädchen im Haus eines Schreibers, der dumm genug war, sie am Ende des Frühlingsfestes zum Tanz gehen zu lassen. Matthieus Vater konnte jeder der drei Soldaten sein, die am Osttor des Platzes Wache standen, um Händel zu vermeiden. Marie wusste nie mit Sicherheit zu sagen, bei welchem der drei sie schließlich gelandet war, so betrunken hatten die Männer sie bei einem improvisierten Trinkspiel gemacht.

Es war schon vor seiner Geburt vorherbestimmt, dass Musik in Matthieus Leben eine große Rolle spielen sollte. Während der neun Monate im Bauch seiner Mutter durfte er mit anhören, wie der Organist Marc-Antoine Charpentier, einer der wichtigsten Komponisten Frankreichs, den Tasten seines Instruments seine besten Werke entlockte. Wer wäre diesem Zauber nicht anheimgefallen? Charpentier war der Bruder des Schreibers, für den Marie arbeitete, auch wenn die beiden Männer nur wenig gemein hatten. Während der Schreiber zum konformistischen Bürgertum gehörte, lebte Charpentier in der unangepassten Welt der Musiker, in der die einzigen zu befolgenden Regeln die der Notenlehre waren. Sein Bruder wusste um die Nachlässigkeit von Genies und schickte daher jeden Tag sein junges Dienstmädchen zur Saint-Louis-Kirche, wo der Künstler probte, um sicherzugehen, dass er auch gelegentlich etwas aß.

»Wenn Marie ihm die Bissen nicht in den Mund schieben

würde, dann wäre er schon längst an seiner Orgel verhungert«, klagte der Schreiber oft.

Als das junge Mädchen Charpentier zum ersten Mal eines seiner Werke interpretieren hörte, war es fasziniert, aber nicht nur wegen der Schönheit der Melodie und der perfekten Harmonie. Auch sein Anblick machte Marie sprachlos. Wenn er dort oben thronte und genau die richtigen Tasten und Pedale seiner Orgel zu bedienen wusste, wirkte er wie der Schöpfer der ganzen Welt.

Von diesem Moment an gewöhnte Marie es sich an, zunächst das Essen auf ein Tischchen zu stellen, auf dem Charpentiers Kohlestifte und leere Partituren lagen, und dann noch eine Weile zu bleiben, um dabei zuzuhören, wie seine Kompositionen Form annahmen. Sie hockte sich in einen leeren Beichtstuhl, strich sich mit geschlossenen Augen über den runden Bauch und begann nach und nach, durch den Kreuzgang zu schweben, eingelullt von der Musik, die alles erfüllte.

Im Haus des Schreibers wurde Marie wie ein Mitglied der Familie behandelt, daher waren am Tag der Geburt alle dabei, als sich ihr Wehklagen mit Matthieus erstem Schrei vermischte. Die junge Bedienstete wusste, dass sie sterben würde, und bat ihre Herrin nur darum, das Kind wie ihr eigenes aufzuziehen.

»Es wird sein, als hätte ich Zwillinge geboren«, beruhigte sie die Frau des Schreibers, die ein paar Tage zuvor selbst einen Jungen namens Jean-Claude zur Welt gebracht hatte.

Marie schloss für immer die Augen, und Matthieu blieb in einer Familie zurück, in die er eigentlich nicht gehörte: im Haus eines wohlhabenden Intellektuellen, der sich den Lebensunterhalt damit verdiente, offizielle Dokumente für Angehörige des Parlaments zu verfassen. So ein Mensch würde sich für seinen Adoptivsohn nun wirklich kein Leben als Geiger wünschen, aber er musste bald akzeptieren, dass niemand seinem Schicksal entrinnen kann.

Seit dem Tag seiner Geburt übten Musik und alles, was damit

zu tun hatte, eine fast krankhafte Anziehungskraft auf Matthieu aus. Wenn vor dem Fenster ein Straßenmusikant vorbeizog, kreischte der Junge, bis seiner Mutter die Ohren dröhnten, damit man ihn am Fenster hochhob. Und er konnte stundenlang weinen, nur um zu erreichen, dass ihn jemand zu seinem Onkel brachte, wo er ihm beim Proben zusehen durfte. Er konnte allem, was ihm in die Hände fiel, Töne entlocken: Oft ließ er seinen kleinen Zeigefinger über den Rand eines Glases gleiten und brachte es so zum Singen, oder er verbrachte Stunden damit, mit einem Löffel auf den Tisch zu schlagen und dabei den Rhythmus einer Melodie nachzuahmen, die er nur ein einziges Mal gehört hatte und die er in Gedanken wie ein Besessener immer und immer wieder durchging. An seinem fünften Geburtstag geschah dann das, was sein Schicksal für immer besiegeln sollte.

An jenem Nachmittag im August fiel die Sonne glühend heiß auf das Haus. Als der letzte Gast eintraf, erschien im Zimmer der kleine Matthieu – den schon seit einer ganzen Weile niemand mehr gesehen hatte – mit der erwartungsvollen Miene, die Künstler bei ihrem ersten Auftritt vor Publikum zur Schau stellen. In der Hand hielt er einen Stock, der etwa einen halben Meter lang war und mit dem seine Mutter sonst bei der Seifenherstellung Wasser, Fett und Natron im Kessel rührte. Er legte sich den Knüppel auf die Schulter, blickte die Anwesenden aus dem Augenwinkel an und begann so zu tun, als spiele er Geige, während er eine bekannte französische Weise trällerte. Die Bewegungen, die er dabei mit dem imaginären Bogen ausführte, ähnelten ganz erstaunlich denen, die ein professioneller Violinist beim Interpretieren dieser Melodie vollzogen hätte.

»Da haben wir ja offensichtlich noch einen Musiker in der Familie!«, riefen die Gäste lachend, um den Vater zu ärgern. »Einen fünfjährigen Geigenvirtuosen!«

»Deine Pläne, das Handwerk des Schreibers zu vererben, kannst du wohl begraben!« Man stieß mit gewürztem Honigwein an. »Hier findet also ein neues Geschlecht der Komponisten seinen Ursprung.«

»Jetzt lasst doch die Scherze!«, rief der Gastgeber mit gespielter Empörung. »Ihr seid ja alle noch kindischer als er.«

Für Marc-Antoine Charpentier war dieser Auftritt seines Neffen jedoch nicht einfach nur ein Spaß. Es war ihm nicht entgangen, dass Matthieu die Dinge anders wahrnahm, anders hörte als der Rest seiner Mitmenschen. Mehr als einmal hatte er den Kleinen dabei beobachtet, wie er mit höchster Konzentration einem kaum zu vernehmenden Geräusch nachspürte oder wie er die rhythmische Folge von Alltagsgeräuschen imitierte, etwa das Flattern der Wäsche an der Leine im Wind oder den fernen Klang eines Schmiedehammers. Er hob ihn auf den Schoß und konnte sich ein zufriedenes Grinsen kaum verkneifen. Mit seinem großen Riechorgan berührte er die Stupsnase des Jungen.

»Irgendwann werde ich dir zeigen, wie man Musik lieben muss, um genauso viel Liebe von ihr zurückzubekommen«, versprach er.

»Und dein Onkel sollte sich auch lieber darauf beschränken, die Musik zu lieben«, warf der Schreiber vom anderen Ende des Tisches ein, um sich endlich all des Spottes zu erwehren. »Es gibt nämlich in ganz Frankreich keine Frau, die ihn ertragen würde.«

Die Gäste brachen in Gelächter aus.

»Mit so viel Sensibilität können französische Frauen einfach nichts anfangen«, verteidigte ihn eine Cousine.

»Und noch eine junge Dame, die Shakespeare liest!«, stöhnte der Schreiber. »Dieser Engländer hat euch allen mit seinen Versen den Kopf verdreht.«

»Mein Bruder versteht eben nicht, dass Musik uns in zweifacher Weise ergötzt, in einer Orgie des Geistes und des Fleisches«, erklärte Charpentier. »Welche Frau könnte mir das alles geben?«

»Jetzt reicht es aber mit Orgien und französischen Frauen! Und esst endlich, sonst wird das Schwein noch kalt!«, rief die Mutter.

Charpentier wandte sich wieder seinem Neffen zu. Dieser war brav auf seinem Schoß sitzen geblieben, den Stock fürs Seifekochen noch immer in der Hand.

»Hör mir gut zu«, sprach der Komponist mit all der Innigkeit, zu der seine Stimme fähig war. Nun war der Moment gekommen, mit dem Kleinen jenes Geheimnis zu teilen, das ihm selbst viele Jahre zuvor enthüllt worden war und aufgrund dessen er sein Leben der Komposition gewidmet hatte: »Musik ist ein Mittel, mit dem Gott uns seine Liebe zeigt. Vergiss nie, dass jede Note und auch jede Pause göttliche Liebe in ihrer reinsten Form sind.«

Göttliche Liebe in ihrer reinsten Form …

In ihrer reinsten Form …

Diese Worte hallten in Matthieus Gedanken noch einige Sekunden nach. Es war, als hätten seine Eltern, die anderen Onkel und Tanten, sein Bruder Jean-Claude und die jugendlichen Cousinen das Fest für einen Moment unterbrochen und wären verstummt, um dieser Enthüllung, die Matthieus Schicksal besiegeln sollte, den gebührenden Respekt zu zollen.

Der Schreiber war damit einverstanden, dass Charpentier Matthieu und Jean-Claude die einfachen Grundsätze der Musiklehre erklärte, und bereits am ersten Tag geschah das Unausweichliche: Die beiden Brüder entdeckten, dass sie jede Minute ihres Daseins der Musik widmen wollten. Sie lernten gleichzeitig lesen und musikalische Notation, denn für sie waren Noten nichts anderes als Buchstaben, die sich in der Partitur zu Wörtern und Sätzen zusammenfügten und so Gefühle ausdrückten. Im Laufe der folgenden Jahre unterrichtete Charpentier sie in Harmonik und Komposition, brachte ihnen die Grundlagen von Kontrapunkt und Musikgeschichte bei und verfolgte aus nächster Nähe ihre Fortschritte an der Geige mit. Er hätte auf die beiden nicht stolzer sein können, obwohl er sich der Unterschiede zwischen den

Jungen wohl bewusst war. Jean-Claude war zweifellos ein guter Musiker, aber es war der rebellische Matthieu, der von göttlicher Eingebung gespeist zu sein schien. Es war, als ob ihm Apollo persönlich die bedingungslose Liebe der neun Musen seines Himmelschors zugesagt hätte.

Der Komponist wusste genau, wie er die musikalische Erziehung der Jungen zusätzlich zu den Unterrichtsstunden und langen Übungseinheiten gestalten musste. Er nahm sie gerne zu einem Geigenbauer mit, der dafür bekannt war, die besten Violinen in ganz Frankreich anzufertigen, damit sie sich mit dem Instrument von dem Moment an vertraut machen konnten, in dem es noch nichts weiter war als ein Stück Holz. Matthieu beobachtete für sein Leben gern, wie der Meister die Stücke mit der Bürste bearbeitete. Er stibitzte feine, hauchzarte Späne, die ein paar Sekunden in der Luft schwebten, bevor sie zu Boden sanken, und ließ die Fingerspitzen über jeden Winkel der frisch polierten Geige wandern, als erforsche er den Körper einer Geliebten. Und Jahre später ertappte sich Matthieu mehr als einmal dabei, dass er Frauen liebkoste, als hielte er ein Instrument aus feinstem Zedernholz im Arm.

Die Besuche beim Geigenbauer waren nicht die einzigen Ausflüge, die die drei unternahmen. Als Matthieu und Jean-Claude die Pubertät hinter sich ließen, fingen sie an, ihren Onkel zu den Treffen gelehrter Köpfe zu begleiten, die jeden Mittwoch im Palast von Mademoiselle de Guise stattfanden, der Gönnerin des Komponisten. Marie de Lorraine, so hieß die Duchesse, hatte Charpentier an jenem Tag die Türen zu ihrem Haus geöffnet, als dieser vor vielen Jahren aus Italien zurückgekehrt war, wo in Rom die berühmtesten Musiker jener Zeit all ihr Können an ihn weitergegeben hatten. Seitdem lebte Charpentier unter ihrem Schutz und fehlte deshalb bei keiner der wöchentlichen Zusammenkünfte, die sie in ihrem Palais für die herausragendsten Musiker und Denker der Stadt organisierte. Matthieu und Jean-Claude sehnten jedes neue Treffen herbei. Sich in demselben Raum zu befinden wie all diese künstlerischen Genies war für sie eine faszinierende Erfahrung, auch wenn ihr Onkel sie dabei stets in eine diskrete Ecke verbannte.

In letzter Zeit war bei diesen Versammlungen immer wieder das Thema Alchemie zur Sprache gekommen, ein düsterer Stoff, der ihren Onkel und seine Diskussionspartner fesselte. Matthieu würde niemals das letzte Treffen vergessen, an dem er teilnahm, bevor sich seine ganz Welt verändern sollte. Die Anwesenden waren bereits ins Gespräch vertieft, als Dr. Evans erschien, ein englischer Arzt, der sich vor einigen Monaten in Paris niedergelassen hatte und bald zu ihrer Gruppe gestoßen war.

»Habt ihr es etwa gewagt, ohne mich zu beginnen, ihr undankbaren Kameraden?«, rief er von der Tür aus und legte mit gestelzter Geste seinen Kapuzenmantel ab.

»Wer, wenn nicht Ihr, könnte uns auf den verschlungenen Pfaden der Alchemie führen?«, entgegnete die Duchesse, und die anderen Anwesenden lächelten beifällig.

»Jetzt holt schon Euer verdammtes Buch hervor!«, warf Charpentier ungeduldig ein. Damit meinte er einen faszinierenden Band mit dem Titel *Atalanta Fugiens*, welches der Engländer zu jedem Treffen mitbrachte.

Es handelte sich um ein Werk, das ein halbes Jahrhundert zuvor ein Deutscher namens Michael Maier verfasst hatte und in dem auf sehr anregende Art und Weise Alchemie und Musik in Verbindung gebracht wurden. Es steckte voller Texte, die mit zahlreichen Kupferstichen und fünfzig Partituren von Maier komponierten Fugen illustriert waren, und forderte somit zum Denken, Betrachten und Zuhören zugleich auf. Matthieus Onkel war von diesen musikalischen Rätseln wie besessen, der junge Mann hatte ihn noch nie zuvor so erlebt.

Dr. Evans schlug das Buch an einer markierten Seite auf, und sogleich wurde damit begonnen, das Geheimnis eines der Verse zu enträtseln. Bereits nach kurzer Zeit nahm Charpentier am Cembalo Platz, um die hermetische Melodie zu interpretieren, die zu dem Fragment gehörte. Die Duchesse und ihre Gäste gaben sich in diesem Moment einer Art Trance hin, dem idealen Zustand, um dem alchemistischen Mysterium auf den Grund zu gehen. Dr. Evans stand jedoch auf einmal aus seinem Sessel auf, näherte sich Charpentier und flüsterte ihm etwas ins Ohr. Er wartete keine Antwort ab und durchquerte verstohlen den Raum, ohne dass die anderen etwas davon merkten. Nur Matthieu beobachtete ihn dabei.

Als Matthieu und Jean-Claude an jenem Abend in das Häuschen heimkehrten, das sie gemeinsam in der Pariser Innenstadt bewohnten, konnten sie nicht ahnen, dass diese heimlichen Worte, die ihrem Onkel mit englischem Akzent ins Ohr geflüstert wurden, nicht nur ihr eigenes Leben verändern sollten, sondern auch das all derer, die ihnen nahestanden.

2

Alles begann einige Monate später im Hochsommer des Jahres 1684. Matthieu war gerade zwanzig Jahre alt geworden und hatte sich nach unzähligen Stunden des Studiums, oft tagelangem Feilen am Fingerspiel, Besuchen in der Werkstatt des Geigenbauers und Treffen im Palast von Mademoiselle de Guise zu viel mehr als nur einem vielversprechenden Talent an der Geige entwickelt. Zu diesem Zeitpunkt war er bereits ein wahrer Meister der Violine und hatte eine glänzende Zukunft vor sich.

Dennoch machte sein Onkel sich von Tag zu Tag größere Sorgen: Der junge Musiker war überwältigt von der Atmosphäre am Hofe Ludwig XIV., einem Ambiente, in dem sich alles nur um Feiern, Luxus und überschwänglichen Wahnsinn drehte. Er hatte nur ein Ziel, nämlich so schnell wie möglich in das Orchester aufgenommen zu werden, das als »Die vierundzwanzig Streicher des Königs« bekannt war, um dann mit der Zeit zum Soloviolinisten bei Hofkonzerten aufzusteigen. Dieser krankhafte Ehrgeiz passte Charpentier überhaupt nicht. Er hätte alles dafür gegeben, dass Matthieu mehr wie Jean-Claude wäre, der sich darauf konzentrierte, seine Technik an der Geige zu verbessern, und sich dabei nicht von Dingen ablenken ließ, die nichts mit der Musik an sich zu tun hatten. Das Schlimmste daran war, dass er seinem geliebten Neffen nicht dabei helfen konnte, sich seinen Traum von Versailles zu erfüllen, nicht einmal wenn er gewollt hätte.

Denn Charpentier genoss zwar zweifellos überall großes Ansehen als Komponist, hatte trotz seiner Meisterschaft als Musiker aber weder Zugang zu höfischen Kreisen gefunden noch einen der so begehrten offiziellen Titel erhalten, die der König den bekanntesten Künstlern verlieh. Und jeder in Paris wusste, warum: Mademoiselle de Guise, seine Mäzenin, war als erbitterte Gegnerin der Regierung Ludwigs XIV. bekannt.

Diese Ausgrenzung hatte Charpentier nie bekümmert. Er sah sie sogar als hilfreich an, da sie ihn zum einsamen Arbeiten zwang, das seine Kreativität förderte und half, sein Talent auf eine würdige Art von Musik zu fokussieren, die nichts damit zu tun hatte, einen Herrscher zu rühmen oder seine königlichen Wünsche zu befriedigen. Das wahre Problem bestand darin, dass mit seinem Ausschluss aus diesen Kreisen seinem Neffen gleichfalls der Zugang zu Hofe verwehrt war, so wie es bei jedem anderen Mitglied seiner Familie auch gewesen wäre.

Matthieu hatte diese Einschränkung allerdings nie hingenommen. Er liebte seinen Onkel und bewunderte ihn als Komponisten, aber als Mensch wollte er ihm nicht nacheifern. Warum sollte er seine Rolle als ewiger Aussätziger in Versailles akzeptieren, wenn er doch so viel mehr konnte als die Mitglieder der königlichen Orchester? Er arbeitete deshalb mit allen nur erdenklichen Mitteln weiter an seinem Traum. Es war ihm sogar gelungen, seine Verwandtschaft mit dem großen Komponisten geheim zu halten. Nicht einmal die Lehrer in der Musikschule, in der er als Anwärter auf einen Posten bei Hofe unterrichtet wurde, wussten davon.

»Wie kannst du nur vor der Welt deinen Nachnamen verleugnen!«, erzürnte sich sein Onkel oft.

»Selbst Petrus verleugnete Jesus dreimal«, spottete Matthieu dann, »und jetzt wacht er an der Himmelspforte!«

An jenem Morgen war er weiterhin fest entschlossen, sich einen Platz in seinem ganz eigenen Himmel zu sichern, und zwar um jeden Preis. Er wusste, dass sein Charme eine fast ebenso mächtige Waffe war wie seine Geige, und daher hatte er keine Bedenken, ihn bei jedem einzusetzen, der ihm vielleicht den Weg nach Versailles ebnen konnte. Und dieses Mal hatte er sich hohe

Ziele gesetzt. Er befand sich im Hause der königlichen Sopranistin, genauer gesagt in ihrem Bett, den Kopf gegen den hölzernen Pfosten des Baldachins gelehnt.

Es war noch nicht Mittag, und der Sommer tauchte Paris in ein paradiesisches Licht, vielleicht deshalb, weil die Monarchie sich auf dem Höhepunkt ihrer Pracht befand. Das Schlafzimmer der Sopranistin war im Stile der Gemächer von Versailles gehalten. Es herrschte eine erlesene Ordnung, von den makellos ausgeführten Gemälden bis hin zum Schmuckkästchen auf dem Frisiertisch, das mit seinen halbgeöffneten Schubladen zu einem Blick auf die üppigen Perlen einlud. Auf dem Fußboden rund ums Bett wurde allerdings gegen alle Regeln der Dekoration verstoßen, denn dort lagen zerknautscht die drei Röcke, die jede Dame von Stand trug: der über und über mit Schleifen verzierte äußere Rock, bekannt als *la modeste*, das »Appetiträckchen«, das ungeduldige Liebhaber bremsen sollte, und *la secrète*, dessen geheimen Spitzensaum Matthieu aber bereits vor einiger Zeit entdeckt hatte. Sein Blick ruhte auf der Schulter der Sängerin, dann ließ er ihn über die Rundung des Halses wandern, bis er ihr schließlich in die Augen sah.

»Warum schaust du mich so an?«

»Du bist einfach göttlich.«

»Und du ein aufgeblasener Möchtegernmusiker, der es wagt, der ersten Sopranistin Honig ums Maul zu schmieren.«

Matthieu strich mit der Hand über ihre nackte Hüfte.

»Gefällt es dir etwa nicht?«

»Du nutzt doch nur aus, dass ich ein unterdrücktes Eheweib bin.«

Die Sopransängerin, Virginie du Rouge, hatte einen Hauptmann der königlichen Leibwache geheiratet, den alle als »den verrückten Gilbert« kannten, einen wesentlich älteren Helden aus dem Dreißigjährigen Krieg, der noch immer den martialischen Anblick eines Soldaten an vorderster Front zur Schau trug: In seinem Gesicht verlief eine Narbe vom rechten Auge bis zum Kinn und zerteilte ihm den Schnurrbart. Um mit diesem Mann ins Bett zu gehen, bedurfte es schon einiger Unerschrockenheit.

»Aber ich werfe mich dir doch zu Füßen«, beteuerte Matthieu. »Wenn du mich jetzt darum bittest, dann schwöre ich dir, dass ich nie wieder für eine andere Frau Geige spielen werde.«

»Mit Schwüren soll man nicht so leichtfertig umgehen.« Sie fasste ihn ein wenig grob am Kinn. »Du bist so schön ...«

»Singst du eigentlich nächsten Sonntag im Steingarten von Versailles?«, unterbrach er sie und machte sich von ihr los.

»Wenn ich die Arie anstimme, werde ich einen Moment lang die Hände auf Brusthöhe heben. Es wird so sein, als würdest du mich dort vor allen Menschen streicheln, vor dem König höchstpersönlich.«

Matthieu lehnte sich zurück und sah die Decke an, als wollte er sich von Virginies hungrigem Mund abkehren. Sie fuhr ihm mit der Zunge über die Brust.

»Du hast mich sicher schon bald vergessen«, klagte sie, »und ich weiß nicht, ob ich das ertragen kann.«

Er antwortete nicht und beschränkte sich lediglich darauf, ihre Schenkel zu spreizen, die im Laufe der Zeit nichts von ihrer Festigkeit eingebüßt hatten. Jeder liebkoste Quadratzentimeter Haut – davon war er überzeugt – entsprach einem Zentimeter auf dem Weg zu den »vierundzwanzig Streichern der Königs« oder zumindest zu einem der anderen Palastorchester als erster Schritt in Richtung Ziel. Da gab es die Kapellenmusiker, beinahe achtzig Sänger und Musiker, die Motetten zum Vortrag brachten; die Kammermusiker, die nicht nur die »vierundzwanzig Streicher« und die *pétits violons* umfassten, sondern auch ein Klavichord, Lauten, Flöten und einige Sänger, und die Stallmusiker, ein größeres Ensemble aus Trompeten, Oboen, Querflöten und Trommeln, das die anderen beiden Gruppen unterstützte, wenn es das

Ausmaß des Stückes erforderte, und sonst auch zu jeder Tageszeit im Freien musizierte.

Eine Weile später erhob sich Matthieu aus dem Bett. Er streifte so eilig sein Hemd und die Beinkleider über, die er nicht pluddrig, sondern eng anliegend trug, als widere ihn die ganze Szene plötzlich an. Nachdem er seinen nackten Körper endlich verhüllt hatte, nahm er sich für den Rest der Toilette mehr Zeit. Die Sopranistin lag auf dem Bauch da und beobachtete ihn. Sie sah zu, wie der Geiger sich das schwarze Haar mit einem Lederriemen zum Zopf band, sich den Brustlatz langsam zuknöpfte und sich bückte, um die Stiefel anzuziehen. Ihr Blick ruhte auf den Muskeln seiner wohlgeformten Beine, die sich durch den strammen Stoff der Hose abzeichneten. Wie konnte ein so männlicher Körper so süße Melodien hervorbringen? Matthieu hatte kräftige Arme, aber sie endeten in feingliedrigen Fingern, deren ständige Position an die Hände griechischer Statuen erinnerte.

Und nun ließ er sie hier allein zurück, wie immer. Auf dem Gesicht der Sängerin zeichnete sich ein verächtlicher Ausdruck ab.

»Ich würde ja gerne bleiben«, entschuldigte sich Matthieu, »aber …«

»Jetzt hör schon mit den Rechtfertigungen auf. Du bist in Gedanken ganz woanders, wenn du mich berührst. Ich weiß doch genau, wann ich jemanden errege, egal ob es nun ein Adliger ist oder ein arrogantes Bürschchen wie du.«

»Und wie du mich erregst! Du bist schließlich die Königin der französischen Oper.«

»Wenn du erst ihr König bist, dann wirst du mir den Kopf abschlagen lassen, noch bevor ich die Arie zu Ende singe«, erwiderte sie und fuhr sich mit dem Zeigefinger über den Hals.

»Ich muss gehen«, sagte er und beendete damit die Unterhaltung, während er sich den Rock überstreifte.

»Triffst du dich schon wieder mit diesem jungen Ding?«

»Ich weiß nicht, was du meinst.«

»Als ich vor ein paar Wochen bei meiner Schneiderin in der Stadt war, habe ich gesehen, wie du Nathalie zu ihrer Kutsche begleitet hast – die blinde Nichte von André Le Nôtre, dem Landschaftsgärtner des Königs.«

»Das war bestimmt eine Verwechslung …«

»Willst du mich beleidigen? Wie schön dieses Mädchen ist, es bewegt sich wie ein Nymphe. Eigentlich kaum zu glauben, dass Nathalie nichts sehen kann.«

»Lass es gut sein.«

»Wahrscheinlich hast du ihr zuckersüße Träume von einem gemeinsamen Leben im Palast ihres Onkels in den Tuilerien eingeflüstert«, fuhr die Sängerin spöttisch fort.

»Ich bin mit Jean-Claude verabredet«, gab Matthieu schließlich zu.

»Ach, es geht also um deinen heißgeliebten Bruder! Was ist denn nun mit ihm los?«

»Ich weiß auch nicht so genau«, antwortete Matthieu und sah ihr in die Augen. Plötzlich kam zwischen ihnen so etwas wie Vertrautheit auf. »Vielleicht hat er sich mal wieder verliebt …« Er lachte kurz auf, um sich wieder in den Griff zu bekommen. »Nein, sicher nicht. In letzter Zeit hat er andere Dinge im Kopf.«

»Na, wenn du ihn schon nicht verstehst …«, murmelte Virginie leicht verstimmt.

»Dass wir unter einem Dach wohnen und zusammen Geige spielen, heißt nicht, dass wir auch im Gleichtakt denken«, gab er zurück.

Noch während er diese Worte aussprach, verspürte er einen Stich in seinem Inneren. Jean-Claude war für ihn viel mehr als nur ein Bruder. Sie hatten jeden Augenblick ihres Daseins gemeinsam durchlebt, denn für beide war die Existenz auf Erden nur eine noch leere Partitur, die sie begierig mit Noten und Pausen zu füllen gedachten.

»Hast du es wirklich so eilig? Wo trefft ihr euch denn?«

Die Antwort lag Matthieu schon auf der Zunge, und er war drauf und dran gewesen, ihr zu verraten, dass sie an der Saint-Louis-Kirche verabredet waren. Ein unverzeihlicher Fehler. Scharfsinnig, wie sie war, hätte sie diesen Ort sofort mit Maestro Charpentier in Verbindung gebracht, schließlich war es allgemein bekannt, dass dieser morgens die mächtige Orgel des Gotteshauses benutzte, um dort in Ruhe seine Messen zu komponieren. Und wenn Matthieu schon seinen Musiklehrern nicht enthüllen durfte, dass er mit dem verstoßenen Maestro verwandt war, dann noch viel weniger seiner höfischen Geliebten. Es war bereits heikel genug, dass Virginie überhaupt von Jean-Claude wusste. Aber sie hatte Matthieu und ihn gemeinsam auf einem Maskenball kennengelernt, bei dem die beiden Brüder mit solcher Dreistigkeit und Arroganz einfach zur Tür hereinspaziert waren, dass die Wachen es nicht einmal für nötig gehalten hatten, ihre Namen auf der Gästeliste zu suchen.

»Ich verschwinde«, sagte der Geiger schließlich.

In diesem Moment waren im Haus Geräusche zu vernehmen.

»Das würde ich dir auch raten«, bemerkte die Sängerin.

»Ist das dein Mann?«

Matthieu stellte sich den Offizier mit der Narbe vor, wie er sein Schwert ablegte, den Rock abstreifte und sich auf den Weg ins Schlafzimmer machte. Es wunderte ihn, dass Virginie ruhig Blut bewahrte, denn er wusste, dass Gilbert – den man nicht umsonst »den Verrückten« nannte – ihnen beiden die Kehle durchschneiden würde, wenn er sie hier gemeinsam überraschte. Die Sopranistin wollte mit ihrer Haltung wohl seine Kaltblütigkeit auf die Probe stellen, also unterdrückte er den instinktiven Drang, sich so schnell wie möglich davonzumachen, und ging in aller Seelenruhe auf die Zimmertür zu.

»Hast du denn gar keine Angst?«, fragte sie heiter, musste aber ein Zittern der Unterlippe unterdrücken.

Matthieu verließ das Haus durch die Hintertür. Wie so oft zuvor sprang er über die Mauer in den Innenhof des Nachbargebäudes und gelangte durch dessen Stallungen auf die Straße. Der Gestank nach Pferdemist vermischte sich mit dem Aroma gerösteter Mandeln. Er bekam Hunger und sah nach oben, um das Fenster auszumachen, durch das der süße Rauch aufstieg. Dann aber dachte er daran, dass er ohnehin schon zu spät kommen würde, und er machte sich endlich auf den Weg in Richtung Notre-Dame.

3

Bis zur Kirche war es nicht weit. Matthieu machte einen Bogen um die Kathedrale und überquerte die rote Brücke, die die Cité mit der Saint-Louis-Insel verband. Er nahm gerne die Abkürzung über jenes Gelände, auf dem sich bereits seit Jahrzehnten eine Baustelle befand. Jahrhundertelang war die Insel als *Île aux Vaches* bekannt gewesen – da auf ihr nur Kühe gegrast hatten –, aber ein aufgeweckter Bauunternehmer hatte sich überlegt, dass ihre Nähe zum Stadtzentrum ihr eine goldene Zukunft bescheren konnte, und begonnen, dort ein Gebäude nach dem anderen hochzuziehen. Matthieu dachte bei sich, dass dies ein guter Ort wäre, um dort zu leben, noch besser als der kleine Palast von Nathalies Onkel, über den die Sängerin so spöttisch gesprochen hatte.

Er erreichte die Rückseite der Kirche, ging um das Gotteshaus herum und blieb vor den sechs imposanten Säulen stehen, die die Freitreppe am Eingang säumten. Im Inneren erklang immer lautere Musik. Charpentier war da und heute offensichtlich besonders inspiriert. So dröhnend ertönte die Orgel, dass die Kirchenfenster schier zu zerspringen drohten. Bevor er eintrat, lauschte Matthieu den Klängen einige Sekunden. Er hörte immer gerne zu, wenn sein Onkel Fragmente seiner neuen Kompositionen spielte. Es machte ihm Spaß, diese Bruchstücke in Gedanken zu vollenden und später zu überprüfen, ob das fertige Werk dem ähnelte, was er sich ausgemalt hatte. Als er die Tür aufschob, trafen ihn die vier Stimmen, die sein Onkel gleichzeitig zu interpretieren vermochte, mitten ins Herz. Der Maestro fand sich mit

Händen und Füßen in dem komplexen Getriebe aus Ventilen und Röhren mühelos zurecht und schien selbst ein Teil des Instruments zu sein.

Matthieu stieg die enge Wendeltreppe hoch, die zur Orgeltribüne führte. Charpentier saß über die Tasten gebeugt da. Matthieu näherte sich langsam und blieb stehen, ohne seinen Onkel zu unterbrechen.

»Ich hätte diese Messe schon vor Tagen fertigstellen müssen«, klagte der Maestro auf einmal, den Blick noch immer auf das Instrument gerichtet.

»Geht die Sache doch lieber in Ruhe an.«

»Die sitzen mir im Nacken, und es passt mir gar nicht, unter Druck arbeiten zu müssen.«

»Wer sitzt Euch im Nacken?«

»Die Jesuiten. Die lassen mich ja die Orgel hier benutzen, und jetzt bitten sie mich auf einmal, sie flehen mich sogar an«, korrigierte er sich ironisch, während er sich wütend zu seinem Neffen umdrehte, »dass ich im Gegenzug etwas zu ihren Theateraufführungen am Louis-Le-Grand-Kolleg beitrage. Ich soll mich um die musikalische Pausengestaltung kümmern.«

»Das Theater floriert eben in Frankreich, und der Orden will sicher auch in diesem Bereich Präsenz zeigen.«

»Das ziemt sich für Männer Gottes doch gar nicht. Du solltest mal die Inszenierungen und Kulissen sehen. Sie sind pompöser als die hier in Paris!«

»Aber Ihr vergebt Euch doch nichts, wenn Ihr ein paar Melodien für sie komponiert. Oder besser noch, gebt ihnen einfach welche, die Ihr eigentlich verworfen habt, und stellt ihnen dafür auch noch eine ordentliche Summe in Rechnung …«

»Es geht nicht darum, was sie mir zahlen. Ich will mich nur einfach nicht für diese Farce einspannen lassen. Das hat doch nichts mit Religion oder Politik zu tun …«

Dann verstummte er plötzlich und konzentrierte sich wieder

auf seine Komposition. Er strich eine Triole aus Achtelnoten, die er eben erst hinzugefügt hatte. Seine Bewegungen waren so fahrig, dass er die Partitur dabei noch mehr verschmierte.

»Sind das vier Stimmen?«, wechselte Matthieu das Thema und sah über die Schulter seines Onkels auf das Papier.

»Vier Stimmen, vier Violinen, zwei Flöten und zwei Oboen«, erklärte Charpentier und zeigte zum ersten Mal ein Lächeln.

»Flöten und Oboen in einer Messe …«, murmelte Matthieu fasziniert.

»Diese Blasinstrumente habe ich ausgewählt, weil ihr Klang Ähnlichkeit mit einigen Registern der Orgel hat. Ich möchte, dass mehrere Musiker das Werk gleichzeitig vortragen, nicht nur ein einziger Organist, der alle Tonfolgen übernimmt.«

»Und das Ergebnis wird ein Stück voller Feinheiten und Nuancen …«

Charpentier erinnerte sich an die Zeiten, in denen sein Neffe ihn besucht hatte, wenn er Orgel spielte, und seine einzige Sorge gewesen war, dass sein Vater es vielleicht mitbekommen könnte. Inzwischen war Matthieu etwa genauso alt wie er damals. Wie er sich verändert hatte! Der Komponist erkannte sich selbst fünfzehn Jahre zuvor in ihm wieder: dasselbe ungestüme Wesen, die Feinfühligkeit, die alle – auch die kaum wahrnehmbaren – Gesten seiner Hände kennzeichneten, wie zum Beispiel in diesem Moment, als er die Partitur las.

»Sie wird einfach perfekt«, bemerkte Matthieu, nachdem er die Seiten auf dem Notenständer durchgegangen war.

Behutsam legte der Komponist den Kohlestift auf eine weiße Taste, das hohe A, umrahmt vom schwarzen Gis und B. Er drehte sich auf dem Hocker um und reckte ein paarmal den Hals, um die Verspannungen zu lösen, die er immer verspürte, wenn es ihm nicht gelang, einen Abschnitt zu vollenden.

»Kommst du aus der Musikschule?«

»Heute war ich gar nicht da«, gab Matthieu unbekümmert zu

und tat so, als würde er sich wieder in die Partitur vertiefen, fünf Linien voller Kritzeleien, die nur sie verstanden.

Charpentier warf ihm einen seiner strengsten Blicke zu.

»Hast du Maestro Lully denn inzwischen erzählt, dass du mein Neffe bist?«

Das war der Direktor der Königlichen Musikakademie, der außerdem einigen Meistermusikern Räumlichkeiten für ihre Privatstunden zur Verfügung stellte, um so die neuen musikalischen Talente von Anfang an unter Kontrolle zu haben. Lully war der berühmteste Komponist seiner Zeit: Er war zum persönlichen Berater des Sonnenkönigs aufgestiegen und damit im Bereich der Musik die einflussreichste Persönlichkeit in ganz Frankreich.

»Ihr wollt wohl, dass man mich der Schule verweist!«, klagte Matthieu in ein wenig kindischem Tonfall und wandte sich von Charpentier ab, als hätte dieser ihn beleidigt.

»Du hast mir doch versprochen, dass du es ihm sagst! Und außerdem: Wofür brauchst du ihn bloß? Verlass seine Schule und mach diesem Problem ein Ende. Bei mir hast du mehr gelernt, als dir eine Million Lullys beibringen könnten.«

»Ich gehe doch nicht dorthin, um spielen zu lernen.«

»Diese verfluchten Hofdamen haben dir wirklich den Kopf verdreht, und ich spreche jetzt mal nur von diesem Körperteil, um nicht unter die Gürtellinie zu gehen.«

»Also bitte! Ihr wisst genau, dass jenen, die in Versailles musizieren, die Türen in ganz Europa offen stehen. Aber wer sich Maestro Lully widersetzt, der hat schon verspielt. Ich bin auf sein Wohlwollen angewiesen, um mir Zugang bei Hofe zu verschaffen! Wollt Ihr etwa, dass es mir genauso ergeht wie Euch?«

Es tat Charpentier weh, Matthieu so reden zu hören. In den höfischen Kreisen hätte man ihn durchaus akzeptiert, obwohl er ein Protegé von Mademoiselle de Guise war, so überragend war die Qualität seiner Kompositionen. Lully aber, der um seine Vormachtstellung bangte, hatte alles getan, um ihn vom Hofe fernzuhalten.

»Sprich mit Lully«, beschwor Charpentier den jungen Mann. »Und möge Gott entscheiden. Aber leb nicht weiter mit dieser Lüge. Ich vertraue darauf, dass dieser eitle Bursche nicht so dumm ist, dein Talent zu vergeuden, nur weil du mein Neffe bist.«

Unterschätzt Euch bloß nicht, dachte Matthieu bei sich. Die Feindschaft zwischen den beiden Komponisten war mit den Jahren immer größer geworden, erst recht seit Molière die Musik zu seinen Komödien von Charpentier schreiben ließ, da er mit seinem früheren Komponisten Lully zerstritten war. Der junge und ehrgeizige Matthieu hatte verstanden, dass jeder Musiker, der Lully für sich einnahm, damit auch den König für sich gewonnen hatte. Schließlich waren die beiden gemeinsam aufgewachsen. Lully war als vierzehn Jahre alter Bursche nach Paris gekommen, kurz nachdem Ludwig XIV. den Thron bestiegen hatte. Er war damals bereits ein Ausnahmegeiger und auch ein guter Tänzer gewesen, wodurch er gemeinsam mit dem Souverän im Ballet Royal de la Nuit auf der Bühne gestanden hatte. Mit der Zeit hatte er sich unzählige Privilegien erworben. Die Monarchie hatte ihr Ansehen gefestigt und der Sonnenkönig eine unumstößliche Verbindung zwischen Musik und Macht angestrebt, weshalb er Lully zu seinem Ratgeber berufen hatte. Aber selbst das hatte dem Herrscher nicht genügt, darum hatte er die Königliche Musikakademie gegründet und seinen Berater zum Direktor ernannt. Dieser übte sein Amt wie ein Tyrann aus und ging sogar so weit, bei einer Strafe von zehntausend Livre zu verbieten, dass ohne seine Erlaubnis gesungen wurde, egal ob auf Französisch oder in irgendeiner anderen Sprache. Nachdem Matthieu festgestellt hatte, dass Lully diese despotische Haltung in jedem Bereich seines Schaffens einnahm, wäre es ihm nicht im Traum eingefallen, dem Maestro seine wahre Identität zu enthüllen.

»Ich dachte eigentlich, Jean-Claude wäre hier bei Euch«, sagte

Matthieu, beugte sich über die Brüstung und ließ den Blick über die Kirchenbänke wandern, um dort unten seinen Bruder ausfindig zu machen.

»Er war auch hier, ist aber sofort wieder verschwunden«, erklärte Charpentier betrübt. »Ich hätte ihn beim Verfassen dieser Messe gerne an meiner Seite gehabt. Ich bitte euch bei einigen Wendungen gerne um eure Meinung, ich bin immer stolz, wenn ich sehe, wie viel ihr gelernt habt. Aber Jean-Claude wendet sich von mir ab, genau wie du. Ihr seid schon ein undankbares Pack!«

»Ich weiß, dass Ihr nicht meint, was Ihr da sagt.«

»Natürlich nicht!«, explodierte der Komponist. »Und noch viel weniger, wenn es um deinen Bruder geht! Dieser befolgt wenigstens meinen Rat und geht seinen musikalischen Bestrebungen weitab vom Hofe nach. Er würde sich niemals in dieser verfluchten Schule von Lully einschreiben.«

»Was steckt denn nur hinter Eurer Wut? Eines Tages müsst Ihr mir das wirklich erklären.«

Charpentier schluckte und wandte den Blick ab.

»Es empört mich, dass ich dir so viel über Musik beigebracht habe, es mir aber nicht gelungen ist, dir die grundlegendsten Dinge zu vermitteln. Wie werde ich mein Können in Zukunft nutzen? Indem ich schnulzige Lieder komponiere, mit denen König Louis seine neueste Angebetete verführen kann?«

»Hat Jean-Claude erwähnt, wohin er geht?«, ignorierte Matthieu die Entrüstung seines Onkels. »Ich dachte eigentlich, er wollte mich sehen …«

»Er hat dir diesen Zettel dagelassen.«

Charpentier zeigte ein wenig abfällig auf eine kleine Ablage neben den Tasten der Orgel. Matthieu faltete das Stück Papier langsam auseinander, als ahnte er schon, dass er mit einer Überraschung zu rechnen hatte.

»Er wartet in der Schankstube am Neumarkt auf mich. Was zum Teufel hat er denn da zu suchen?«

Der Organist antwortete nicht. Er hatte keine Lust, sich weiter mit seinem Neffen zu unterhalten. Seit einiger Zeit waren Gespräche zwischen ihnen immer gleichbedeutend mit Streit. Wenn er sah, was aus dem jungen Mann wurde, bekam er kaum mehr Luft, und dieses Gefühl ließ erst dann wieder nach, wenn er ihn spielen hörte. Das honigsüße Leben in Versailles hatte Matthieu mit seinem wirren Luxus, all den Perlen und der goldbestickten Seide völlig geblendet; aber andererseits war er auch fähig, seiner Geige wahre Klagelaute zu entlocken, Seufzer der Lust und Schreie des Glücks, er konnte sie zu einem Gegenstand machen, der kalt war wie Eis, oder die Zuhörer glauben lassen, dass das Instrument jeden Moment in Flammen aufgehen würde. Charpentier stritt sich mit Matthieu, weil er ihn liebte. Er war sein Zögling, sein Nachfolger, in den er die Essenz seines Schaffens gegossen hatte.

Der Maestro wandte sich der Partitur zu, sinnierte einen Moment und schrieb schließlich dieselbe Triole, die er zuvor gestrichen hatte, wieder aufs Notenblatt, verlieh ihr dabei aber eine gewagte Harmonie. Er fügte noch eine Pause hinzu, ließ dann die Zeichenkohle einige Sekunden lang über dem Papier verharren und malte schließlich liebevoll die Rundung des Grundtons.

»Jetzt habe ich endlich einen Schluss!«, gratulierte er sich selbst. »Jetzt endlich. Jetzt … end … lich!«

Er las noch einmal, was er notiert hatte, schloss die Augen, atmete tief durch und spielte sieben Tasten der Orgel an, die einen ohrenbetäubenden Akkord zum Klingen brachten.

Und dann verwandelte sich die Saint-Louis-Kirche in eine Vorhalle des Göttlichen. Einen magischen Augenblick lang verspürten die beiden sogar, wie ein Engelschor über ihren Köpfen schwebte.

4

Matthieu trat durch die Kirchentür nach draußen, lief die Treppe hinunter und nahm dabei immer zwei Stufen auf einmal. Er wollte unbedingt wissen, was für wichtige Neuigkeiten ihm Jean-Claude denn zu erzählen hatte. Wie er bereits seiner höfischen Geliebten verraten hatte, fand er das Benehmen seines Bruders in letzter Zeit merkwürdig, und das schien nicht an seinen üblichen kopflosen Romanzen zu liegen. Er wollte hinten um die Kirche herumgehen; als er um die Ecke trat, hätte er jedoch beinahe Nathalie über den Haufen gerannt, das blinde junge Mädchen, das Virginie beim Abschied erwähnt hatte. Sie traf gerade in Begleitung ihrer Gesellschafterin ein.

»Nathalie …«

»Matthieu, bist du es?«

Sie streckte die Hand aus, um ihn zu berühren. Er griff danach und führte die Finger an sein Gesicht. Sie strich behutsam über das sanft gewellte Haar, das ihm auf die Schultern fiel. Ein Lächeln erhellte ihr Gesicht, dessen Blässe sie nicht dem Puder, sondern der durchscheinenden Zartheit ihrer Haut verdankte.

Jedes Mal, wenn er sie sah, verspürte Matthieu etwas ganz Besonderes. Abgesehen einmal von Jean-Claude hatte er mit ihr viel mehr gemeinsam als mit jedem anderen Menschen. Nathalie war ein Waisenkind wie er, und auch sie war von einer Familie aufgenommen worden, die sie liebte. Auf der Rückfahrt von einer Landpartie waren ihre Eltern bei einem Überfall auf ihre Kutsche ums Leben gekommen, und es war ihr Onkel André Le Nôtre gewesen, der sich ihrer mit all der besonderen Liebe und Fürsorge angenommen hatte, die sie wegen ihrer Blindheit benötigte. Le Nôtre war viel mehr als nur der Künstler, der mit seinen Entwürfen der königlichen Gärten den Sumpf Versailles in ein echtes Paradies verwandelt hatte. Er hatte sich auch die wahre freundschaftliche Zuneigung des Herrschers erworben, weil er die einzige Person im ganzen Hofstaat war, die sich ihm gegenüber nicht schmeichlerisch zeigte. Daher sah sich Nathalie nach ihrer schweren Kindheit nun mit einem bequemen Dasein entschädigt, einem Leben voller Theaterbesuche und Konzerte, bei denen jeder dem Künstler des Spatens und der Heckenschere, wie Le Nôtre sich selbst voll verblüffender Bescheidenheit nannte, Respekt und Anerkennung zollte.

Wenn Nathalie das Haus verließ, leistete ihr dabei stets Isabelle Gesellschaft, eine vollbusige junge Brünette, die ihr während der Spaziergänge durch Paris ihre Augen lieh. Ihre Vorgängerinnen waren stets Damen fortgeschrittenen Alters gewesen, die Nathalie geschickt in verschiedenen Künsten und Wissenschaften zu unterrichten wussten, für die das junge Mädchen aber keine Zuneigung empfunden hatte. Le Nôtre hatte die Traurigkeit bemerkt, die Schatten auf die schönen Züge seiner Nichte warf, und ganz richtig vermutet, dass ihr einfach eine Vertraute zum Reden fehlte. Er hätte kaum eine bessere Wahl treffen können, Isabelle war ihr vom ersten Tag an eine wahre Freundin gewesen.

Tatsächlich hatte Matthieu Nathalie bereits zwei Jahre zuvor durch ihre Begleiterin kennengelernt. Zwei Jahre, die schönsten seines Lebens … Die kokette Gesellschafterin war in demselben Viertel geboren, in dem die Familie des Schreibers lebte, und sie war immer in Jean-Claude verliebt gewesen. Seit sie den Posten im Hause des Landschaftsgärtners Le Nôtre angetreten hatte und seiner Nichte eine ständige Begleiterin war, hatte sie daher damit begonnen, Nathalie zur Saint-Louis-Kirche mitzunehmen, wo man häufig auf die beiden Brüder traf, um ihrem Augenstern nahe zu sein. Die vier waren enge Freunde geworden.

Die bürgerliche Isabelle versuchte vergebens, Jean-Claude für sich zu gewinnen, während sich zwischen der adligen Nathalie und Matthieu eine fast mystische Verbindung entwickelte. Nathalie erklärte, dass sie in dem Moment, als sie die Stimme des Musikers zum ersten Mal gehört hatte, sehen konnte, dass sie jedes Wort wie Formen vor sich erblickte, die in der Luft miteinander verschmolzen, in ersonnenen Farben, die explodierten wie die Bilder in einem Kaleidoskop.

Matthieu hatte sie nur ein einziges Mal geküsst, ein paar Wochen nach ihrem Kennenlernen. Es war in der kleinen Gasse nahe der Kirche passiert, wo sie vor Blicken geschützt gemeinsam auf und ab zu spazieren pflegten. Dort hatten ihre Lippen sich verstohlen neben dem Laden des Zuckerbäckers gefunden, dessen süße Ware sich auf ihren Mündern wiederzufinden schien. Es war nie wieder vorgekommen, aber seitdem hatten sie, soweit es ihre unterschiedlichen sozialen Umstände erlaubten, jede freie Minute miteinander verbracht, immer heimlich und mit Isabelles Hilfe, die sich die unterschiedlichsten Ausreden einfallen ließ, damit Nathalie über Stunden des Müßiggangs verfügte, in denen sie den Geiger treffen konnte.

»Was macht ihr denn hier um diese Zeit?«

»Ich wollte dir eine Nachricht hinterlassen«, erklärte Nathalie.

»Ist etwas passiert?«

»Ich fahre mit Onkel André nach Versailles.«

»Nach Versailles …«

»Es wäre so schön, wenn du mitkommen könntest …«

»Wann bist du wieder zurück in Paris?«

»Nach der Uraufführung von *Amadis de Gaule*.«

»Meinst du die neue Oper von Lully?«

Nathalie nickte.

»Der König bereitet eine große Feier in den Gärten vor, um die Oper dort in zwei Wochen aufzuführen, und er will meinen Onkel Tag und Nacht in seiner Nähe wissen. Zu diesem Anlass lässt er nämlich einige der Beete umgestalten, und du weißt ja, wie er sich aufführt, wenn es um irgendwelche Veränderungen geht…«

»Und Le Nôtre hat dich gebeten, ihn zu begleiten«, murmelte Matthieu nur.

»Dabei hat er doch bloß mein Wohl im Sinn.«

»Ich weiß.«

Nathalie spürte, dass Matthieu ein wenig abwesend war.

»Geht es dir gut?«

»Warum sollte es mir nicht gut gehen?«, gab der junge Mann etwas schroffer als beabsichtigt zurück.

Er hatte ein schlechtes Gewissen, weil er noch kurz zuvor bei seiner Liebhaberin gewesen war, und noch viel mehr, weil er mit ihr über Nathalie gesprochen hatte. Es war, als hätte er seine Freundin damit entehrt. Er redete sich gerne ein, dass er ihr gegenüber nicht untreu war, da sie offiziell ja keine Beziehung führten, obwohl Nathalie sich nichts sehnlicher wünschte. Aber es fühlte sich trotzdem so an, als würde er sie betrügen. Jean-Claude redete ihm wegen des jungen Mädchens immer wieder ins Gewissen – wenn er nicht vorhabe, sich mit Nathalie zu verloben, sollte er sie besser für immer vergessen und ihr keine falschen Hoffnungen machen. Sie hatte es auch wirklich nicht verdient zu leiden. Er war allerdings schon oft kurz davor gewesen, sich dem Zauber ihrer blauen Augen zu ergeben, die vielleicht deshalb nichts sehen konnten, weil sie selbst zu hell erstrahlten. Aus ihrer Dunkelheit heraus, die Tag und Nacht währte, verstand sie ihn besser als jeder andere. Wenn er an ihrer Seite Geige spielte, schloss er die Lider, und sie lauschten gemeinsam der Melodie in all ihren Facetten, hörten nicht nur die Noten, sondern auch das kaum wahrnehmbare Knarzen des Holzes und das Kratzen der Saiten, die jede Interpretation neu und einzigartig machten. Oder sie saßen in einer versteckten Ecke und horchten den Straßengeräuschen: ein Kutschenrad, das nach dem Regen über die nasse Straße fuhr und dabei Wassertropfen verspritzte, Vögel, die zwischen Weizenspreu herumpickten, die Schritte einer Frau in Sandalen, die vorbeieilte, das Säuseln zusammengepresster Lippen und der sinnliche Hauch der Luft, die in der Kehle gefangen war. Warum denn sehen, wenn man hören konnte?

Unabhängig von ihrer Schönheit und davon, dass sie die Verkörperung alles Sanften und Edlen darstellte, übte Nathalie aber auch noch aus einem ganz anderen Grund eine zweifellose Anziehungskraft auf Matthieu aus: Ihr Onkel war die Tür, die ihm sofort Zugang zu seinen musikalischen Bestrebungen verschaffen konnte. Wenn er Le Nôtres Nichte heiratete, wäre ihm durch das rückhaltlose Wohlwollen des Königs dem Landschaftsgärtner gegenüber der heißersehnte Platz in den Hoforchestern sicher. Warum dann nicht annehmen? Nathalie selbst bat ihn doch jeden Tag darum. Sie versicherte ihm, dass sie ihm niemals Vorwürfe machen würde, weil ihre Liebe nicht völlig erwidert wurde, dass es für sie ausreichte, ihn an ihrer Seite zu wissen, auch wenn er dabei ihre Privilegien ausnutzte. Die Versuchung war groß für Matthieu. Es wäre so einfach, mit Nathalie in ihrem großen Garten der glänzenden Töne zu leben … Er war sicher, dass ein gemeinsames Leben mit ihr in Harmonie verlaufen würde. Zwar würde diese Zukunft keinen furiosen Auftakt oder ekstatischen Schlussakkord für ihn bereithalten, ebenso wenig würden Missklänge jedoch sein Dasein vergällen. Und stimmte es denn nicht, dass er sie auf seine Weise auch liebte? Denn wer konnte schon sagen, worin wahre Liebe bestand? Er verzehrte sich Nathalies wegen nicht in dem Verlangen, das Opernfiguren verspürten, aber wenn sie die Augen schlossen und gemeinsam dem ganzen Universum lauschten, dann war er sicher, dass er sich nie wieder jemandem so nahefühlen würde.

Doch erneut verwarf er diesen Gedanken. Jetzt war nicht der richtige Zeitpunkt, um sich mit dieser Frage zu beschäftigen. Eigentlich gab es dafür nie den richtigen Moment.

»Ich muss gehen.«

»Warum hast du es denn so eilig?«

»Jean-Claude wartet am Markt auf mich.«

»Sollen wir vielleicht mitkommen?«, warf Isabelle augenblicklich ein.

»Besser nicht. Wir sehen uns, wenn du aus Versailles zurück bist«, versprach Matthieu Nathalie sanft und begleitete seine Worte mit einer zarten Liebkosung.

»Aber …«

»Ich werde hier sein, wie immer. Mach dir um mich keine Sorgen und genieß die Uraufführung.«

Er gab ihr einen Kuss auf die Wange und warf Isabelle ein etwas gequältes Lächeln zu, bevor er die Straße in Richtung Markt entlangeilte.

5

Sobald er um die Ecke gebogen war, begann er zu rennen. Er wollte seinen Bruder so schnell wie möglich sehen, aber vor allem wollte er Nathalie hinter sich lassen, ihr perfektes Gesicht und die Qual, sich im Leben für einen Weg entscheiden zu müssen. Auf halber Strecke verhinderte eine Prozession sein Vorwärtskommen. Neue Gemeinden schossen in letzter Zeit wie Pilze aus dem Boden, Paris war ein rostiger Acker voller Kreuze. Also schlug er einen anderen Weg im Labyrinth der Gässchen ein und erreichte bald Saint-Barthélemy. Er kannte jeden Winkel dieser Stadt, die sich, wie er stets mit ebenso viel Dreistigkeit wie Überzeugung behauptete, bald seiner Musik ergeben würde.

Er überquerte die Cité und näherte sich dem Seine-Ufer. Der Fluss teilte die Stadt und schmückte sie mit den Booten, die sich wie die Perlen eines Rosenkranzes auf seinem trüben Wasser aneinanderreihten. Er kam an der Saint-Michel-Brücke vorbei, die in sanften Nebel gehüllt war, blieb aber nicht stehen, um der Vorstellung eines Messerwerfers zuzusehen, der seine Klingen direkt neben dem sommersprossigen Gesicht eines kleinen Mädchens einschlagen ließ. Matthieu umrundete die Menschenmenge, die sich um einen Rekrutierungsoffizier scharte, und wagte sich am Neumarkt ins Getümmel. Während er sich seinen Weg bahnte, stieg ihm der Gestank von Verwesung in die Nase. Am Boden vermischten sich Innereien mit Stroh und schwärzlichem Schlamm, und es bildete sich eine faulige Masse. Er machte einen Satz zur Seite, um nicht von einem der Fässer getroffen zu werden, die Lastenträger unter großer Anstrengung eine Steintreppe hochgehievt hatten und nun hinunterrollen ließen.

Er machte sich direkt auf zu Jean-Claude in die Schänke. Als er die Tür aufstieß, trafen ihn der Rauch verbrannten Fleisches und der Dampf gekochten Gemüses mit voller Wucht. Er wedelte mit der Hand, um in dem Dunst überhaupt etwas sehen zu können. Jean-Claude saß im hinteren Teil des Gasthofs allein an einem Tisch, auf dem ein hölzerner Becher stand. Äußerlich konnten die beiden Brüder unterschiedlicher kaum sein. Matthieu war dunkel und drahtig, Jean-Claude hingegen blond wie ein Junge aus Flandern mit heller Haut und eher zu dünn. Auf seine Weise war aber auch er ein attraktiver Mann. Beide umgab eine Art Leuchten, die Aura, die große Selbstsicherheit verleiht. Matthieu ließ sich ihm gegenüber nieder und nahm gierig einen Schluck aus dem Becher.

»Ich hoffe wirklich, dass es um etwas Wichtiges geht«, begann er, während er sich mit dem Handrücken über den Mund wischte.

»Was soll denn das heißen?«, maulte Jean-Claude.

»Ich bin in Eile. Ich habe unserem Vater versprochen, gleich noch im Parlament vorbeizuschauen.«

»Muss das unbedingt heute sein?«

»Er möchte, dass ich den Leiter des Archivs kennenlerne. Ich sollte schon längst da sein.«

»Unser armer Vater glaubt also immer noch, er könne dich dem Künstlerleben entreißen und aus dir einen rechtschaffenen Schreiber machen«, stellte Jean-Claude fest, während die Kellnerin seinen Becher wieder füllte.

»In der dritten Generation«, spöttelte Matthieu.

»Er weiß genau, dass bei dir Hopfen und Malz verloren ist, wie bei mir auch, aber er wird seinen ganz persönlichen Kreuzzug niemals aufgeben. Und du denkst weiterhin, dass du ihm etwas schuldig bist.«

»Jean-Claude, nicht schon wieder …«

»Aber ein bisschen kann er doch noch warten, oder? Du wirst nicht glauben, was du gleich zu sehen bekommst, das kann ich dir versichern!«, verkündete er. Sein Tonfall war jetzt ein ganz anderer, und er riss dramatisch die Augen auf. »Warum kommst du denn so spät? Hast du dich etwa mit Nathalie getroffen?«

»Nein«, antwortete Matthieu, ohne zu zögern. »Na ja, um ehrlich zu sein, bin ich ihr über den Weg gelaufen, als ich aus der Kirche kam, aber wir haben kaum ein paar Worte gewechselt.«

Jean-Claude runzelte die Stirn. »Du verdammter Narr, du brichst ihr noch das Herz.«

»Wenn ich gewusst hätte, dass du mir lauter Vorwürfe machst, wäre ich gar nicht gekommen.«

»Dabei denke ich doch nur an dich. Wenn Le Nôtre herausfindet, dass seine Nichte in einen bürgerlichen Musiker verliebt ist und dazu noch in einen, der sich den Luxus erlaubt, sie abzuweisen, dann wird er dich mitten in einem seiner Gärten pfählen lassen.«

»Jean-Claude …«

Sein Bruder wurde ernst.

»Ihr seid nicht einfach nur Freunde, Matthieu. Nathalie liebt dich.«

»Meinst du etwa, es wäre besser, sie zu heiraten, obwohl ich sie nicht wirklich begehre? Aber vielleicht sollte ich genau das tun …«

Die Art, wie er die Lider niederschlug, beunruhigte Jean-Claude.

»Du hast sie doch nicht etwa schon gefragt, oder?«, fragte er gequält.

»Du kannst beruhigt sein, wir sind nicht einmal verlobt.«

»Tu ihr nicht weh, mehr verlange ich ja gar nicht von dir.«

»Nathalie sieht viel mehr als du und ich. Ich versichere dir, dass sie ganz gut selbst entscheiden kann, was sie aus ihrem Leben machen soll.«

Jean-Claude starrte ihn an.

»Vielleicht bist du ja derjenige, der nicht weiß, was er aus seinem Leben machen soll.«

»Jetzt sag schon, warum du mich hierherbestellt hast«, flehte sein Bruder und machte der Diskussion damit ein Ende.

»Ich möchte, dass du mit mir einen einzigartigen Moment teilst«, erklärte Jean-Claude und konnte sich ein Lächeln nicht verkneifen.

»Was meinst du bloß?«

»Komm mit. Inzwischen müsste alles vorbereitet sein.«

»Wo denn?«

Jean-Claude stand auf und leerte seinen Becher.

»Folge mir einfach. Es ist nicht weit.«

»Jetzt sag mir schon, wohin wir gehen.«

»Nur Geduld.«

Sie verließen die Schänke, und Jean-Claude lief los, die Straße hinunter.

Als Matthieu ihn einholte, begannen sie einen spielerischen Streit, stießen gegen den Korb einer Gemüsehändlerin und warfen ein paar Rüben zu Boden. Die junge Frau bückte sich, um die Ware aufzuheben. Jean-Claude entschuldigte sich mit einer übertriebenen Verbeugung und strich ihr, als er sich wieder aufrichtete, die roten Locken aus dem Gesicht, die ihr unbändig in die Stirn fielen. Flink wie ein Wiesel packte sie ihn am Handgelenk. Er warf ihr eine Kusshand zu, und die beiden Brüder eilten weiter, rannten durch die Menge und brachten noch mehr Markthändler in Rage so wie früher, als sie noch Kinder waren.

Was war es bloß, was Jean-Claude ihm zeigen wollte? Er hatte ihn schon lange nicht mehr so aufgeregt erlebt. Sie machten einen Satz über ein paar Fässer mit eingelegtem Fisch und verschwanden in einer engen Gasse, in die das Abwasser der Gebäude rund um den Markt abfloss. Der Gestank war widerlich. Kurz darauf blieb Jean-Claude vor der Rückseite einer Scheune stehen.

»Da sind wir«, flüsterte er. »Siehst du, es war gar nicht weit.«

»Was tun wir hier bloß?«

»Nicht so laut. Ich will einmal sehen, ob er schon da ist.«

Lautlos stiegen sie eine hölzerne Treppe hinauf, die zum Dach führte, und sahen durch ein kleines Fenster hinein. Von dort aus konnte man den gesamten Innenraum überblicken. Nach und nach gewöhnten sich ihre Augen an die Dunkelheit der Scheune, durchzogen nur von schmalen Lichtkegeln, die zwischen schiefen Brettern hereinfielen. Im schattigen Inneren war langsam der Umriss eines Mannes auszumachen. Er trug einen Umhang und bewegte sich ruhig und elegant zwischen den Heuballen, als gehöre jede seiner Gesten zu einem oft geprobten Ritual. Matthieu konnte verschiedene Gerätschaften erkennen, die aus einem Labor zu stammen schienen. Es handelte sich um ein System zur Destillation mit einem kleinen Ofen und einer Halterung für einen Schmelztiegel, in den der Mann ein weißliches Pulver schüttete.

»Ein Alchemist?«

»Das ist Dr. Evans«, erklärte Jean-Claude.

»Wie?«

»Dr. Evans, der Engländer, den wir bei Mademoiselle de Guise kennengelernt haben.«

»Ja, das weiß ich durchaus noch«, unterbrach ihn Matthieu. »Aber was tut er hier?«

»Er wartet auf uns.«

»Auf uns?«

»Komm mit.«

Matthieu warf ihm einen verunsicherten Blick zu, aber irgendetwas hielt ihn davon ab auszusprechen, was ihm durch den Kopf ging.

Auf einmal waren Geräusche zu hören, die von der gegenüberliegenden Seite der Scheune herrührten. Die beiden Brüder blickten wieder durch das Fenster ins Innere, um zu sehen, was da vor sich ging. Ein hünenhafter Mann mit einem Kreuz wie eine Pferdekruppe trat ein, nachdem er die Tür einfach mit der Schulter eingedrückt und dabei einen Teil der Lehmwand mit eingerissen hatte. Er warf sich auf Dr. Evans und hielt ihm beide Arme fest, während zwei weitere Männer folgten. Derjenige, der das Sagen zu haben schien, fragte den Doktor nach einer gewissen Partitur. Als Dr. Evans die Antwort verweigerte, schlug ihm der andere mehrmals mit unnötiger Brutalität ins Gesicht. Er gab ihm nicht einmal die Möglichkeit, seinen Fäusten auszuweichen. Blut und Speichel spritzten in den Schmelztiegel und vermischten sich mit dem Präparat. Die Männer warfen Dr. Evans zu Boden und begannen, ihn mit Fußtritten zu traktieren.

Jean-Claude war entsetzt.

»Oh Gott, sie werden ihn umbringen ...«

»Aber was soll denn das alles?«, konnte Matthieu, der überhaupt nichts mehr begriff, endlich hervorbringen.

Unten zogen sie den Arzt wieder hoch und schüttelten ihn, damit er nicht das Bewusstsein verlor. Der Wortführer fragte noch mehrmals nach der Partitur, doch als Antwort spuckte Dr. Evans ihm nur ins Gesicht. Daraufhin zog der Mann, ohne mit der Wimper zu zucken, ein Messer und rammte es dem Engländer in den Bauch.

»Nein!«, entfuhr es Jean-Claude, bevor er sich die Hand vor den Mund schlug.

Der Mörder sah zu dem Fenster hoch, an dem die beiden standen.

»Lauf!«

Sie stolperten die Stiege hinunter, sprangen über die Bohle, die als Geländer diente, und flohen durch die enge Straße voller Schlamm, während sie sich immer wieder umdrehten, um zu sehen, ob ihnen jemand folgte. Sie liefen kreuz und quer durch die angrenzenden Gassen und kamen schließlich an einem kleinen Platz heraus, auf dem Keramikschüsseln verkauft wurden.

Unauffällig mischten sie sich unters Volk. Matthieu kam es vor, als würde ihn dort auf dem Markt jeder anstarren. Er bekam fast keine Luft mehr. So etwas hatte er noch nie miterlebt. Sie suchten sich eine abgelegene Ecke hinter ein paar leeren Marktständen und lehnten sich an die Mauer, um wieder zu Atem zu kommen.

»Du erklärst mir jetzt sofort, was hier vor sich geht!«, verlangte Matthieu keuchend von seinem Bruder.

»Was soll ich denn bloß tun?«, murmelte dieser abwesend.

»Erklär es mir!«

»Ich wollte es dir ja vorhin schon erzählen. Es geht um die Partitur ...«

»Welche Partitur? Jean-Claude, mein Gott! Diese Kerle haben ihn umgebracht!«

»Die Partitur der Melodie vom Ursprung.«

Matthieu versuchte, sich zu beruhigen, aber seine Stimme zitterte genauso wie seine Hände.

»Gott, ich habe keine Ahnung, wovon du redest... Was hat Dr. Evans denn da gerade gemacht? Und was hast du überhaupt mit ihm zu schaffen?«

Der Ausdruck in Jean-Claudes blauen Augen änderte sich wie bei einer Katze, die plötzlich auf der Hut ist.

»Dr. Evans hat den Schlüssel zur Alchemie gefunden. Ich habe ihm doch nur geholfen.«

Matthieu schlug sich die Hände vors Gesicht.

»Geholfen? Was verstehst du denn von Alchemie?«, rief er und gestikulierte aufgebracht. Er entfernte sich ein paar Schritte von seinem Bruder und versuchte, einen klaren Gedanken zu fassen.

»Ich verstehe etwas von Musik«, erwiderte Jean-Claude mit Bestimmtheit, als hätte er plötzlich seine Geistesgegenwart wiedererlangt. »Und Musik ist der Schlüssel.«

»Die Musik?«

»So ist es, Bruder. Musik ist der Anfang und das Ende von allem«, behauptete er. »In ihr liegt das Geheimnis, dem die Alchemisten bereits seit Jahrhunderten auf der Spur sind. Deshalb bin ich hier, und deshalb habe ich dich mitgebracht. Ich konnte es nicht länger vor dir geheim halten …«

So hatte Matthieu sich an Jean-Claudes Seite noch nie gefühlt. Die Beziehung zwischen den beiden hatte nichts mit Kameradschaft oder irgendeiner vermeintlichen Verpflichtung zwischen Brüdern zu tun. Es handelte sich um eine Freundschaft ohne Wenn und Aber, in der die beiden stets füreinander da waren. Sie mussten sich ihre Zuneigung nicht beweisen, der eine konnte einfach immer auf den anderen zählen. Aber in diesem Moment sah Matthieu nicht seinen Bruder vor sich. Es war, als würde er Jean-Claude nicht mehr wiedererkennen. Eigentlich war er doch derjenige gewesen, der von seiner leiblichen Mutter, dem leichtsinnigen Dienstmädchen Marie, die träumerische Ader geerbt hatte, während der Sohn des Schreibers stets der Aufgeklärte von den beiden gewesen war.

»Jean-Claude«, flüsterte er zärtlich und legte ihm die Hand auf den Arm, »was haben die Töne, die ich meiner Geige entlocke, mit dem Stein der Weisen zu tun? Und was die Kompositionen unseres Onkels mit Okkultismus?«

Jean-Claude brach in schallendes Gelächter aus.

»Matthieu, ich rede doch nicht von Okkultismus oder vom Stein der Weisen. Ich spreche von der ursprünglichen Verbindung der Menschen mit Gott, von einer nie zuvor gehörten Musik, die uns wahre Erkenntnis schenken und dem Leiden der Menschheit ein Ende machen wird. Musik wird endlich den Himmel auf Erden schaffen.«

Vom Seine-Ufer wehte Verwesungsgestank hinüber.

»Aber was soll denn das heißen?«

Jean-Claude sah sich nervös nach beiden Seiten um.

»Lass uns von hier verschwinden.«

Matthieu wurde klar, dass er viel zu durcheinander war, um Angst zu verspüren.

»Und wer sind diese Männer? Kennst du sie?«

»Wir sehen uns heute Abend in der Werkstatt von San Giacomo.«

»Beim Geigenbauer?«

»Dort wirst du alles verstehen. Und jetzt lauf!«

»Aber, Jean-Claude, sag mir doch bitte eines: Bist du in Gefahr?«

»Geh zu der Verabredung mit unserem Vater und tu so, als sei nichts vorgefallen. Los jetzt! Wenn die uns hier finden ...«

Er brachte den Satz nicht zu Ende und begann, auf den kleinen Platz zuzulaufen. »Und vergiss unser Treffen nachher nicht!«

Er verschwand in der Menge. Und wieder hatte Matthieu das Gefühl, dass sich ihm auf dem Markt alle Gesichter zuwandten, um ihn anzustieren. Mit hängendem Kopf machte er einige unsichere erste Schritte, bevor dann auch er losrannte, und zwar in Richtung Parlament.

6

Während der Unterhaltung im Arbeitszimmer des Archivars wirkte Matthieu die ganze Zeit abwesend. Der Schreiber beobachtete ihn aus den Augenwinkeln. Er wusste, dass sein Sohn sich nicht im Geringsten für die Lehrstelle interessierte, die man ihm hier anbot, aber er würde trotzdem nicht aufgeben und stets weiter versuchen, ihm eine sichere Stellung zu verschaffen. Er glaubte nicht, dass der Junge ein Genie war, wie Charpentier behauptete. Oder vielleicht wollte er es auch einfach nicht wahrhaben. Matthieu war ein besserer Musiker als Jean-Claude, doch sein Vater befürchtete, dass er nach zu Großem strebte und umso tiefer fallen würde. Dennoch wunderte es ihn, dass der Bursche sich jetzt so unangemessen benahm. Er konnte ja nicht wissen, dass im Kopf seines Sohnes die obskuren Worte Jean-Claudes herumspukten, dass das Blut von Dr. Evans seine Gedanken verdunkelte.

Nachdem er seine Ausführungen beendet hatte, begleitete der Archivar sie durch den von Marmorsäulen flankierten Gang bis zum Ausgang. Am Tor zur Straße roch es nach Regen.

»Falls Ihr noch Fragen oder Zweifel habt, stehe ich Euch jederzeit zur Verfügung«, sagte der Mann ohne große Überzeugung.

Matthieu verabschiedete sich gerade mit einer angedeuteten Kopfbewegung, als er auf einmal bemerkte, dass auf dem Platz vor der Tür des Parlaments etwas vor sich ging. Es gab einen Menschenauflauf, und alle redeten laut durcheinander. Zwei Frauen schlugen die Hände vors Gesicht. Sie faselten Unzusammenhängendes über einen Überfall, der sich ein paar Straßen weiter ereignet hatte.

»Es war schrecklich«, sagte ein alter Mann, der einen leeren Krug schwenkte. Nach einer abrupten Drehung kam eine Kutsche vor ihnen zum Stehen. Der Fahrgast, ein Mann mittleren Alters, trug einen braunen Kapuzenmantel mit Kaninchenfellborte, den er ausschüttelte, um ihn vom aufgewirbelten Staub zu säubern.

»Furchtbar, ganz furchtbar …«, sagte er zu einem Passanten.

Matthieu und sein Vater traten näher, um sich in die Unterhaltung einzumischen.

»Was ist denn nur passiert?«

»Ein junger Mann – man hat ihm die Finger abgeschnitten und in den Mund gestopft.«

»Um Gottes willen!«, rief der Schreiber aus.

»Und das ist noch nicht alles«, fügte der Herr wichtigtuerisch hinzu. »Sie haben ihm einen Geigenbogen durch den Hals gestoßen!«

Mit übertriebener Geste ahmte er die brutale Tat nach.

»Das ist doch nicht möglich …«

»Der Junge liegt vor der Saint-Louis-Kirche im Sterben, und …« Der Mann musste schlucken. »Was für ein Anblick. Als ob es das Werk des leibhaftigen Teufels wäre.«

Matthieu presste die Lippen immer fester aufeinander.

»Der Teufel treibt sich nicht mitten am Tag in den Straßen von Paris herum«, erwiderte der Schreiber empört. »Hat man die Täter denn schon gefasst?«

»Es ist wirklich unglaublich, aber es hat wohl niemand gesehen, wie es passiert ist. Diese Stadt geht vor die Hunde. König Louis ist nur daran interessiert, neue Länder zu erobern, und vergisst darüber, wie sein eigenes Volk leidet. Das Chaos greift um sich, und niemand unternimmt etwas dagegen. Die Einwohner von Paris könnten sich alle die Pest holen, und der Herrscher würde es nicht einmal bemerken.«

»Ist das Opfer … tot?«, fragte Matthieu mit verzerrtem Gesichtsausdruck.

»Inzwischen vielleicht schon, und andernfalls wird er auch nicht mehr lange durchhalten. Es war ein eher zarter Jüngling.«

»Jean-Claude ...«

»Was sagst du, mein Junge?«

»Er ist es, Vater. Es ist Jean-Claude«, schrie Matthieu und begann zu rennen.

»Warte! Warum sollte er es sein? Das ist doch Wahnsinn!«

»Schnell!«, rief Matthieu, ohne sich umzudrehen. Eine eisige Klammer legte sich um seine Brust und schnürte ihm die Luft ab.

Völlig außer Atem erreichte er die Rue Saint-Antoine und überquerte die Straße. Beinahe hätte ihn ein Maultierkarren überfahren. Er rannte auf die Freitreppe von Saint-Louis zu. Ein Donnern zerriss die Luft, eine bleierne Wolkendecke, durchzogen von ockergelben Pinselstrichen, bedeckte den Himmel. Der Geiger schob sich durch die Neugierigen, die den Sterbenden umringten.

»Zur Seite!«

Es war wirklich Jean-Claude.

Sein Bruder.

Beinahe wäre er ohnmächtig über ihm zusammengebrochen. Jean-Claude lag merkwürdig verrenkt neben der Kirchentür, Hände und Füße waren ihm gebunden. Eine Blutspur ergoss sich über die fünf Stufen. Wie Matthieu von dem Mann mit dem Umhang bereits wusste, hatte man ihm die Finger abgeschnitten und ihm einige davon in den Mund gestopft, die anderen lagen auf seiner Brust verstreut. Außerdem hatte man ihm mit einem angespitzten Geigenbogen den Hals durchbohrt. Niemand wagte es, ihn anzufassen, da die Szene an ein altertümliches Ritual aus einem Buch über schwarze Messen erinnerte und sicher mit irgendeinem Fluch in Verbindung stand.

Matthieu kämpfte gegen das Entsetzen an, das ihn einige Sekunden lähmte, und kniete sich neben seinen Bruder. Er strich ihm das Haar aus den Augen. Er lebte noch! Jean-Claude erkannte ihn, und die Miene voller Angst und Unverständnis machte einem gebrochenen Ausdruck des Schmerzes und Leidens Platz. Jetzt hatte er jemanden, mit dem er weinen konnte. Er streckte seinem Bruder die fingerlosen Hände entgegen.

»Was haben sie dir nur angetan, mein Gott! Wer ist denn fähig, so etwas zu tun?«, würgte Matthieu schließlich hervor und brach mit seinem Bruder in Tränen aus.

Er schrie die Umstehenden an, doch Hilfe zu holen. Eine Dame, die sich ein Taschentuch vors Gesicht hielt, erklärte, dass sie bereits ihren Kutscher losgeschickt habe, um ihren Arzt zu verständigen. Matthieu unterdrückte den Brechreiz und zog seinem Bruder rasch die amputierten Finger aus dem Mund. Es war kaum zu glauben, dass Jean-Claude noch atmen konnte, das Blut sprudelte stoßweise aus seinem Hals.

Auf einmal entspannten sich seine Gesichtszüge, und Matthieu wusste, dass sein Bruder jetzt sterben musste und dass er sich unter all den Erinnerungen, die nun auf ihn einstürmten, für Töne und nicht für Bilder entscheiden würde. Er erweckte die Stücke für Streicher von Biagio Marini wieder zum Leben, die sie gemeinsam im Studierzimmer gespielt hatten – einer übernahm die Hauptmelodie, der andere umfing sie mit schmückendem Beiwerk –, und die Improvisationen zu jenem Volkslied, das die Bäuerinnen bei Nantes gesungen hatten, und die Messen seines Onkels Charpentier, von denen sie einige bereits interpretiert hatten, noch bevor die Tinte trocken war. In ihren letzten gemeinsamen Minuten spielten sie diese Stücke auf den Stufen von Saint-Louis noch einmal, ohne Geige, nur durch die Blicke, die sie tauschten.

In diesem Augenblick verschwand auf einmal die Menschenmenge, die sich – hin- und hergerissen zwischen Mitleid und morbider Neugier – um sie geschart hatte. Der bleigraue Himmel riss plötzlich auf und zeigte ihnen im unendlichen Blau zugleich Sonne und Sterne. Sie vernahmen die Trompeten des Paradieses, die in ihrem Universum der Töne den Höhepunkt bildeten, um ihren Abschied zu untermalen. Jean-Claude folgte der Musik. Ihre Melodie war ganz anders als alles, was Matthieu bisher gehört hatte, sie stammte aus keiner bestimmten Richtung und durchdrang mit ihrer Kraft alles, berauschte und erfüllte mit Liebe. War diese Musik vielleicht die göttliche Liebe in all ihrer Reinheit, von der Onkel Charpentier ihm an seinem fünften Geburtstag erzählt hatte? Hatte auch der sie womöglich eines Tages vernommen und war deshalb dazu in der Lage, so zu komponieren, wie er es tat? Er hätte gerne für immer hier verharrt und beneidete seinen Bruder darum, sich im Tode mit diesen einzigartigen Gesängen vereinen zu dürfen, doch er wusste, dass er jetzt die Augen schließen musste und dass Jean-Claude nicht mehr da sein würde, wenn er sie wieder aufschlug.

Und so war es auch. Abrupt kehrte Matthieu zur Blutlache auf den kalten Steinen der Kirchentreppe zurück. Die grau gekleidete Menschenmenge starrte ihn misstrauisch an. Er spürte, wie die Angst ihm fast die Kehle zuschnürte. Die Nacht brach über Paris herein, und ein Unwetter zog auf. Die ersten Regentropfen ließen ihn vollends zu sich kommen, und er fand sich auf Knien neben seinem toten Bruder wieder. Ein letztes Mal liebkoste er die weiße Stirn. Er hörte Husten und Gemurmel, das dumpfe Prasseln des Regens auf dem Pflaster. So schnell war alles vorbei? Er hielt sich die Ohren zu und schloss ganz fest die Augen, um sich erneut den magischen Tönen der Himmelshörner hinzugeben, doch es nützte alles nichts. Die Musik war verstummt, und mit ihr war die strahlende Seele seines Bruders entschwunden.

»Warum lässt du mich hier allein?«, schluchzte Matthieu im Regen, während er sich voller Entsetzen dessen bewusst wurde, dass es niemanden auf der Welt gab, den er in so einem Moment gerne an seiner Seite gehabt hätte.

7

Kurz darauf erschien auch Matthieus Vater. Der Herr im braunen Kapuzenmantel hatte angeboten, ihn mitzunehmen. Der Schreiber sprang aus der Kutsche.

»Das darf doch nicht sein… nein, nein…«, schluchzte er, während er mit immer zögerlicheren Schritten näher kam.

Matthieu konnte ihn auf der ersten Treppenstufe abfangen und presste das Gesicht des Vaters an seine Brust, um ihm den furchtbaren Anblick des verstümmelten Jean-Claude zu ersparen.

»Lass mich los!«, brüllte der Schreiber und versuchte, sich mit langsamen und schwachen Bewegungen aus der Umarmung seines Sohnes zu befreien.

»Wir können nichts mehr für ihn tun, Vater. Nichts.«

Der Schreiber schickte einen Schrei gen Himmel, der den ganzen Schmerz enthielt, den ein Mensch je empfinden konnte.

Matthieu sah, wie Jean-Claudes Blut vom Regen die Straßen entlanggespült wurde. Und er bemerkte auf einmal, dass auch seine Hände, sein Gesicht und seine Kleidung voller Blut waren. Einen Moment lang glaubte er, völlig vom Blut seines Bruders bedeckt zu sein, und konnte selbst einen Schrei kaum unterdrücken. Aber er beherrschte sich. Aus irgendeinem Grund hatte er den Eindruck, dass er sich jetzt zusammennehmen musste. Sein Vater hörte nicht auf, ihm mit den Fäusten auf den Rücken zu trommeln.

»Er ist doch nur ein Kind… Das seid ihr beiden noch… Warum tut ihr uns das an?«, klagte er dumpf und wandte sich damit an all die Kinder einer von Kriegen erschütterten Welt, in der so viele Söhne vor ihren Vätern starben. »Was soll ich bloß seiner Mutter sagen?«

Langsam ließ er die Arme sinken.

»Vater, wir reden hier von dir«, flüsterte Matthieu liebevoll. »Du findest doch immer die richtigen Worte.«

Für lange Zeit regte sich keiner von beiden. Das Unwetter tobte stärker und stärker, und dennoch versammelten sich immer mehr Schaulustige um sie herum. Inzwischen hatte halb Paris mitbekommen, was vorgefallen war. Es erschien eine Patrouille Büttel unter der Leitung von Nicolas de la Reynie höchstpersönlich, dem Polizeipräfekten, dem der komplette Apparat unterstand.

Sein besonderer Spürsinn und seine Kühnheit hatte er dadurch bewiesen, dass er keine Bedenken hatte, auch bei solchen Verbrechen zu ermitteln, in die Aristokraten aus Versailles verwickelt waren. Und deshalb würde er sich auch die Untersuchung eines solchen Mordes auf keinen Fall entgehen lassen. Ein alter Mann erzählte ihm seine zusammenfantasierte Version der Bluttat und zeigte auf Matthieu und seinen Vater. De la Reynie kam zu ihnen herüber, um sie zu befragen. Er wandte sich mit routinierten Phrasen an sie, sie hörten ihn aber nicht, sahen ihn nicht einmal an. Die beiden Männer standen weiterhin fest umschlungen da und überwanden so wenigstens dieses eine Mal die Distanz, die sonst zwischen ihnen herrschte.

»Geh nach Hause«, sagte Matthieu schließlich. »Es ist besser, wenn sie es von dir erfährt.«

»Ich will lieber noch bleiben …«

Matthieu sah, wie die halbgeschlossenen Lider des Schreibers zitterten.

»Tu dir das nicht an, Vater. Ich warte hier, bis sie den Leichnam abholen.«

Der Mann mit dem braunen Umhang war so freundlich, ihm seinen Wagen erneut anzubieten. Der Kutscher ließ die Peitsche knallen. Während die Hufe des Pferdes sich laut klappernd in Richtung Süden entfernten, schaute der Schreiber zum Fenster hinaus und bedachte Matthieu mit einem Blick, den dieser so nicht kannte. Zum ersten Mal sah sein Vater ihn wie einen Ebenbürtigen an.

Der junge Mann wandte sich zur Freitreppe um. Gerade tippte einer der Polizisten mit dem Fingernagel gegen den Geigenbogen, der in Jean-Claudes Hals steckte. Die anderen machten von ihrer Autorität Gebrauch, um die Gruppe Schaulustiger zu zerstreuen, und bereiteten einen Wagen vor, um den Toten darin abzutransportieren. Der Geiger betrachtete seinen Bruder ein letztes Mal und dachte, dass der Regen seiner fahlen Haut wenigstens wieder ein wenig Glanz verlieh. Er lächelte verzerrt.

Das Haus des Geigenbauers…, schoss es ihm plötzlich durch den Kopf.

Er bat die Polizisten, behutsam mit dem Toten umzugehen, und lief dann durch den dichten Regen zum Haus des Instrumentenmachers. Als er die Mauer des Nordgartens erreichte, sprang er hinüber, um nicht den ganzen Weg außen herum gehen zu müssen. Dabei verdrehte er sich den Knöchel, rannte aber einfach weiter. Er nahm noch eine Abkürzung, indem er die Kneipe durchquerte, die einem Freund von Isabelle, Nathalies Begleiterin, gehörte, und durch den Hinterhof direkt in die Handwerkergasse gelangte. Bald stand er vor der Haustür des Geigenbauers. Um wieder zu Atem zu kommen, beugte er sich vor und stützte die Hände auf den Knien ab. Sein Zopf hatte sich gelöst, und das feuchte Haar klebte ihm im Gesicht. Er war verschwitzt und fror. Aber vor allem hatte er Angst, große Angst. Er handelte rasch, ohne sich lange zu fragen, was er hinter den rußschwarzen Ziegelmauern des Hauses wohl vorfinden würde.

Als er den Klopfer betätigen wollte, erkannte er, dass die Tür längst offen stand. Nach kurzem Zögern trat er in das finstere Innere und zog sie hinter sich zu. Im Dunkeln tastete er die Wand entlang, bis er auf einem Regal die Öllampe fand. Er kannte diesen Ort wie seine Westentasche. Das flackernde Licht erhellte die Werkstatt. Alles war hier noch genauso wie an dem Tag, als sein Onkel ihn zum ersten Mal hergebracht hatte, damit er dabei zusehen konnte, wie eine Geige gebaut wurde. Hinten im Raum stand der Schrank, in dem die bislang nicht zusammengesetzten Einzelteile des Instruments – Korpus und Hals – aufbewahrt wurden, daneben eine Truhe mit noch unberührten Holzplatten, Ahorn für den Boden und Weißtanne für die Decke und mitten im Zimmer der Ladentisch, auf dem der Geigenbauer seinen Kunden die fertigen Violinen zeigte. An allen Wänden hingen an Nägeln Werkzeuge und kleine Regale voller Fläschchen mit Öl. Es roch nach trockenem Holz und auch nach dem frischen, das schon vorbereitet worden war, um es schließlich so sehr zu dehnen, dass man den Eindruck haben musste, es würde noch zerbersten.

Matthieu überzeugte sich davon, dass sich im oberen Stockwerk niemand befand, und begann dann, nervös die Borde zu durchforsten, in der Hoffnung, etwas Ungewöhnliches zu entdecken, das ihm irgendeinen Hinweis liefern würde. Er öffnete mehrere Schubladen und zog unzählige Skizzen von Geigen hervor, die mit all ihren Anmerkungen wie anatomische Zeichnungen wirkten, außerdem Entwürfe neuer Wirbelkästen und Stiche von einigen Arbeiten, auf die der Geigenbauer besonders stolz war. Dann kam er auf die Idee, in dem Geheimfach unter der Holzverkleidung nachzusehen, in dem der Hausherr die wertvollsten unter den bereits fertiggestellten Instrumenten aufbewahrte. Er bückte sich, hob das richtige Dielenbrett an und entdeckte in einer Wolke aus Staub und Sägespänen ein Bündel Notenblätter.

Er legte es auf den Ladentisch.

Es mussten mehr als hundert Partituren sein.

Jetzt erinnerte er sich wieder daran, dass diese Männer Dr.

Evans nach einer Partitur gefragt hatten, bevor sie mit dem Dolch auf ihn losgegangen waren. Zweifellos hielt er hier in den Händen, was sie suchten. Er warf einen Blick auf die Noten und erkannte, dass sie der Hand seines Bruders entstammten. Er erschauderte. Wann hatte Jean-Claude bloß all diese Stücke komponiert? Und aus welchem Grund? Matthieu begann, sie eines nach dem anderen zu untersuchen. Das Licht der Lampe reichte dafür kaum aus. In einem plötzlichen Wutanfall schleuderte er die Papiere zu Boden. Er konnte nicht fassen, was er da sah. Eigentlich weigerte er sich vielmehr zu glauben, dass sein Bruder damit irgendetwas zu tun hatte. Das war ja das Werk eines Wahnsinnigen! Alle Partituren waren identisch. Jede einzelne enthielt in einer einzigen Lineatur dieselbe Melodie ohne Harmonien.

Matthieu versuchte, sich zusammenzureißen. Er atmete tief durch und konzentrierte sich auf eines der Notenblätter, das noch auf dem Tisch vor ihm lag. Er folgte der Niederschrift mit dem Finger, um die Melodie genauer zu analysieren. Das verstärkte seine Beklemmung aber nur, denn aus irgendeinem seltsamen Grund konnte er sie im Geiste nicht nachbilden. Dabei hatte er dies doch sein Leben lang getan, er hatte schon mit sechs Jahren Musikdiktate geschrieben und war als Siebenjähriger in der Lage gewesen, eine Partitur beim ersten Lesen vom Blatt abzusingen. Was war bloß mit ihm los?

»Ich bin eben noch ganz durcheinander«, sagte er laut, als wollte er sich davon überzeugen, dass die Erschütterung über den schrecklichen Tod seines Bruders schuld daran sein musste.

Er hob eine andere Partitur vom Boden auf, um es noch einmal zu probieren. Als er die Augen auf das Papier richtete, bemerkte er es: Die Melodie war eben nicht genau dieselbe! Das Blatt, das er jetzt in den Händen hielt, enthielt in der dritten Reihe eine Pause von der Länge einer Achtelnote, während es in der vorherigen Partitur eine Sechzehntelnote gewesen war, was gleichzeitig auf die Länge der folgenden Note Einfluss hatte. Sorgfältig überprüfte er nun auch die anderen Versionen und stellte fest, dass sich jede von der nächsten durch eine verschwindend kleine Nuance unterschied.

»Jean-Claude … Was ist das bloß?«, murmelte er.

»Nichts, was dich zu interessieren hat«, antwortete eine Stimme kategorisch von der Tür her.

Matthieu drehte sich erschrocken um und erblickte einen Mann. Er hatte sich aber kaum zu ihm umgewandt, da zerteilte der Neuankömmling auch schon mit einem Schwert die sägemehlschwangere Luft und zerschlug die Lampe. Die Werkstatt des Geigenbauers war plötzlich in Dunkelheit getaucht. Matthieu reagierte rasch und warf sich treffsicher in Richtung der Treppe zum ersten Stock. Doch noch bevor er oben ankam, schoss es ihm durch den Kopf: Die Partitur … Er hielt unversehens inne und lauschte eventuellen Geräuschen, um herauszufinden, ob der Unbekannte ihm folgte. Es schien nicht so. Er konnte nur das Knarzen der wackeligen Stufen aus Holz unter seinen eigenen Schritten hören und das Echo des Regens, der draußen auf die Straße prasselte. Er wagte es, über das Geländer zu springen, und kam neben dem Regal auf. Ohne sich von der Stelle zu rühren, verharrte er in der Hocke. Er hörte, wie die Haustür mehrmals gegen den Rahmen schlug, sich dabei allerdings nicht völlig schloss. Mein Gott, er ist fort …, dachte Matthieu. Langsam umrundete er das Regal und näherte sich dem Ladentisch. Er streckte die Hand aus, um die Partitur zu finden, die er analysiert hatte. Dann tastete er herum und griff nach der ersten, die er fand. Genau in diesem Moment zerschnitt das Schwert pfeifend die Dunkelheit. Es verfehlte seine Finger nur haarscharf, bohrte sich in die Tischplatte und schnitt dabei eine Ecke des Notenblattes ab. Matthieu packte das Papier und rannte erneut in Richtung Treppe, den keuchenden Atem des Fremden im Nacken, der nur Zentimeter entfernt hinter ihm herrannte. Matthieu hatte das Gefühl, ihm würde das Herz in der Brust zerspringen, als er sich, kurz bevor er die Luke zum oberen Stockwerk erreichte, umdrehte und ins Freie trat. Er spürte den Schlag am Absatz seines Stiefels und hörte, wie der Mann die Treppe hinunterrollte. Endlich gelangte der Geiger ins obere Stockwerk. Er kletterte auf ein Fensterbrett und sprang hinaus in den Regen. Unten kam er auf Säcken mit Schafwolle auf, die ein benachbarter Handwerker für die Herstellung von Matratzen benutzte, hätte sich aber trotzdem beinahe das Rückgrat gebrochen. Als Kind hatte er diesen Sprung oft mit Jean-Claude gewagt, wog jetzt jedoch natürlich mehr. Er ignorierte den Schmerz und sah nach oben, wo nun auch der Fremde das Fensterbrett erklomm. Matthieu lief die Straße hinunter und auf den Kanal zu. Er umklammerte fest die Partitur, die er noch immer bei sich hatte. Wenn er in eine andere Straße einbog oder einen Platz überquerte, sah er sich in dem Glauben um, den Fremden endlich abgehängt zu haben, dieser erschien dann aber doch immer früh genug, um zu sehen, welchen Weg der Geiger einschlug. Matthieu schob sich in eine enge Gasse und erreichte den Markt. Er hatte es für eine gute Idee gehalten, sich dort zwischen den Waren zu verstecken, jetzt wurde ihm allerdings klar, dass ihn die Verkäufer, die sich vor dem Regenguss unter Planen gerettet hatten, sehen konnten und ihn womöglich an seinen Verfolger verraten würden. Er beschloss weiterzulaufen, konnte sich aber kaum noch ein paar Schritte voranschleppen, so erschöpft war er. Ihm blieb keine andere Wahl, wie er erkannte, also näherte er sich der Anlegestelle in der Hoffnung, dass durch die Strömung eine der dort vertäuten Barkassen nahe genug herangetrieben wurde. Er nahm Anlauf und stieß sich mit all der ihm noch verbliebenen Kraft ab. Beinahe hätte er es nicht geschafft, schließlich aber kam er mit dem Fuß am Rand eines Kahns auf und konnte sich an Deck fallen lassen. Die Partitur glitt ihm dabei jedoch aus der Hand.

»Nein …!«, unterdrückte er einen Schrei, als der Wind die Seite davontrug.

Er versuchte, sie noch zu erreichen, indem er auf eines der Warenbündel an Bord kletterte, aber es war schon zu spät. Er musste zusehen, wie das Blatt in den Kanal fiel und die Tinte der Noten im Wasser Schlieren bildete, während sie langsam zerfloss. Nach und nach löste sich Jean-Claudes geheimnisvolle Melodie vom Papier, das, wieder weiß, rasch dem Grund entgegentrudelte.

8

Erst Stunden später nahm Matthieu endlich seinen ganzen Mut zusammen und verließ sein Versteck. In ihm hatte sich inzwischen unglaublicher Zorn angestaut, außerdem war er am Ende seiner Kräfte und vom nicht nachlassenden Regen völlig durchnässt. Der Schmerz über Jean-Claudes Tod schnürte ihm die Kehle zu, so dass er kaum atmen konnte. Es war ihm, als ob er sich mit dem Tod seines Bruders selbst in einen Geist verwandelt hätte, der unsichtbar für alle anderen durch Paris irrte.

Er überlegte, im Haus des Geigenbauers nachzusehen, ob Jean-Claudes Partituren noch da waren, und eine davon mitzunehmen, besann sich beim Gedanken an den verstümmelten Körper auf der Freitreppe jedoch eines Besseren. Er wusste nicht, wer seine Gegner waren. Vermutlich war es klüger, sich zum Palast von Mademoiselle de Guise zu begeben, um mit seinem Onkel zu sprechen. Warum war ihm das nicht schon eher in den Sinn gekommen? Charpentier war zwar ein strenger Lehrmeister gewesen, der seine Zuneigung nur selten zeigte, hatte seinen Neffen aber dennoch stets bedingungslose Liebe entgegengebracht. Wer konnte ihm in so einer Situation also besser raten, was zu tun war?

Als er schließlich die Residenz der Adligen erreichte, konnte er vor Erschöpfung kaum den Arm heben, um den Türklopfer zu betätigen. Das Dienstmädchen informierte ihn darüber, dass Monsieur Charpentier sich nicht in seinen Gemächern befand. Matthieu schickte sich an, wieder zu gehen, da erschien auf einmal der Hausverwalter. Er trug ein Hemd aus grobem Stoff und hatte eine Kerze dabei.

»Folgt mir!«, forderte er den jungen Mann auf.

Sie durchquerten die Eingangshalle und betraten den Dienstbotenbereich. Nachdem ihn die Nachricht des Vorfalls erreicht hatte, war Charpentier ziellos durch den Palast geirrt und schließlich in der Küche gelandet, wo er sich vor aller Welt verbarg. Er hockte mit hängendem Kopf auf dem Fußboden neben der Feuerstelle. Im Kamin war nur wenig Glut, und es war kalt im Raum. Der Verwalter ließ die beiden Männer allein.

»Ich suche die ganze Zeit nach nur einem einzigen Wort, das beschreiben könnte, was ich empfinde«, klagte der Komponist plötzlich.

Matthieu sank neben ihm zu Boden.

Sein Onkel ließ eine leere Flasche über den Boden trudeln, aus der intensiver Schnapsgeruch aufstieg. Das Glas erzeugte auf den Fliesen ein schrilles Geräusch, das einige Sekunden im Raum nachhallte. Charpentier stieß ein nervöses Kichern aus.

»Ich könnte es ja nicht einmal durch Musik zum Ausdruck bringen!«, rief er aus, während sich sein Blick in der dunklen Küche verlor. »Bis heute konnte ich meine Gefühle stets in die Linien des Notenblatts gießen, selbst die kompliziertesten Emotionen. Aber was jetzt mit mir geschieht, ist nicht mehr menschlich. Ich glaube, ich werde nie wieder komponieren.«

»Wer hat das getan?«

»Was weiß ich!«

»Ich denke doch, dass Ihr mit Sicherheit eine Ahnung habt …«

Charpentier wandte sich ihm zu.

»Was willst du damit andeuten?«

»Was führten Jean-Claude und Dr. Evans im Schilde?«

»Wie bitte?«

»Ich meine den Alchemisten, der an den Treffen hier bei Mademoiselle de Guise teilnahm …«

»Ich weiß, wer das ist. Warum redest du in diesem Ton mit mir? Und was hat Dr. Evans mit den Geschehnissen zu tun?«

»Der Engländer ist tot. Ich war mit Jean-Claude verabredet, und er wollte mich zu Dr. Evans mitnehmen, wir kamen aber zu spät. Diese Männer … Ich bin sicher, dass es dieselben waren, die später …«

»Was schert uns das jetzt noch?«, unterbrach ihn Charpentier und ließ den Kopf hängen wie ein trunkener Vagabund.

»Da ist noch etwas anderes.«

»Quäl mich doch nicht, ich flehe dich an …«

»Ich war im Haus des Geigenbauers.«

Bei diesen Worten konnte Matthieu eine schwache, kaum wahrnehmbare Reaktion seines Onkels wahrnehmen.

»Ich kann daran nichts Seltsames erkennen, abgesehen davon, dass du dem Mann einen Besuch abstattest, während auf der Freitreppe von Saint-Louis der Leichnam deines Bruders liegt«, versetzte Charpentier boshaft. »Ihr wusstet …?«, gab Matthieu seinem Onkel Gelegenheit, den Satz selbst zu vervollständigen, dieser entgegnete jedoch nichts. Der junge Mann stand auf, um sich dann vor dem Komponisten hinzuknien. »Wusstet Ihr, dass Jean-Claude Hunderte von Partituren mit einer fast identischen Melodie vollgeschrieben hat?« Charpentier spielte mit der Flasche herum, so als ginge ihn das alles nichts an. »Ich weiß gar nicht, wie ich es erklären soll, es wirkte völlig besessen, dieselbe Melodie, immer und immer wieder bis zum Überdruss wiederholt und ohne erkennbare Gesetzmäßigkeit variiert, und zwar auf so subtile Art und Weise, dass es das Endresultat kaum verändert.«

»Lass es gut sein, ich bitte dich.«

»In Wirklichkeit«, fuhr Matthieu in noch eindringlicherem Tonfall fort, »konnte man diese Melodie nicht einmal singen.«

Charpentier schloss die Augen.

»Was willst du damit bloß erreichen?«, fragte er, ohne die Lider aufzuschlagen.

»Wie bitte?«

»Worauf willst du hinaus?«

»Sie hätten beinahe auch mich umgebracht. Ich versuche doch nur …«

»Dich?«, wunderte sich der Komponist und erwachte zum ersten Mal aus seiner Lethargie. »Was sagst du da?«

»Ich hatte gerade die Partituren entdeckt, als jemand auf der Bildfläche erschien, der auch auf der Suche danach war.«

Charpentier schüttelte den Kopf und schlug sich die zitternden Hände vors Gesicht. Sein Brustkorb erbebte, so als versuche er, ein Schluchzen zu unterdrücken.

»Jean-Claude war nicht wie du.«

»Was wollt Ihr denn jetzt damit sagen?«

Der Komponist verzog das Gesicht zu etwas, das einem Lächeln ähnelte.

»Er sagte immer, dass jede Minute, die er nicht auf der Geige spielte, ihn dem Tod näher brachte. Die Violine war sein Leben, und von dem Moment an, an dem er morgens erwachte, dachte er an nichts anderes als daran, den Steg mit den Fingern zu umfassen, sich das Instrument an die Wange zu legen, die erste Saite mit dem Bogen zu berühren und in Ekstase zu verfallen.«

»Wir haben doch zusammen gelernt«, stammelte Matthieu.

Er wusste nicht, warum sein Onkel ihm nun diese Dinge vorhielt.

»In deinem Fall ist die Musik nicht der Zweck an sich. Wir wissen beide, dass du eine Gabe hast, du nutzt dieses Talent jedoch, um andere Ziele zu verfolgen.«

»Aber …«

»Das ist eben der Weg, den du gewählt hast. Lass uns nicht mehr davon sprechen.«

Matthieu konnte nicht fassen, was er da hörte.

»Wie könnt Ihr nur von diesen Dingen anfangen nach allem, was passiert ist?«

»Geh jetzt.«

»Onkel, ich …«

»Ich will allein sein.«

Empört stand Matthieu auf und verließ den Raum, ohne sich noch einmal umzudrehen. Er konnte Charpentiers Anwesenheit nicht länger ertragen. Warum sollte man an so einen Menschen noch seine Zeit verschwenden? Nicht einmal in dieser Situation war er dazu in der Lage, sich vom Bild des unerbittlichen Lehrmeisters, des arroganten Komponisten zu lösen, der auf seine eigene Genialität fixiert war und über seine Kreationen hinaus nichts anderes sehen konnte.

Charpentier schaute ihm hinterher, als er sich durch den Gang entfernte. Er hörte, wie der junge Mann sich voranschleppte, und es zerriss ihm schier das Herz. Wie konnte er seinen geliebten Neffen bloß fortschicken, ohne ihm zu enthüllen, dass er sich so verhalten musste, um ihn zu schützen?

Er wartete ab, bis Matthieu das Gebäude verlassen hatte. Dann wandte er sich zu einer halbgeschlossenen Tür um, die neben der Feuerstelle zu einem kleinen Vorratsraum führte.

»Ihr könnt jetzt herauskommen«, rief er. »Er ist fort.«

Augenblicklich regte sich dort eine schattenhafte Gestalt. Als sie sich dem Licht der Öllampe zu den Füßen des Komponisten näherte, war sie immer deutlicher auszumachen. Es handelte sich um einen vornehm wirkenden Mann mittleren Alters. Seine Kleidung wirkte schlicht, ihr Material – Samt und Seide – ließ jedoch erkennen, dass er adliger Abstammung sein musste.

»Ihr habt das Richtige getan«, versicherte er mit starkem englischem Akzent.

»Wie könnt Ihr das nur sagen?«, klagte Charpentier mit hängendem Kopf. »Er ist doch mein Neffe, mein geliebtes Kind. Gerade hat er seinen Bruder verloren, und ich habe mich aufgeführt, als sei er mir ganz egal. Das hat Matthieu nicht verdient …«

»Er darf unter keinen Umständen etwas von unserem Projekt erfahren! Haben wir uns da verstanden? Ich habe bereits einmal einen Fehler gemacht, als ich zuließ, dass Jean-Claude eingeweiht wurde …«

»Ich werde mir nie verzeihen, ihn da mit hineingezogen zu haben.« Wieder schlug sich Charpentier die Hände vors Gesicht. Er hockte noch immer auf dem harten Küchenfußboden. »Mein Gott, ich hatte geglaubt, es sei gut für ihn!«

»Es war nicht Eure Schuld«, versicherte sein Gegenüber ein wenig herablassend. »Nur Gott weiß, wo die undichte Stelle ist. Und genau deshalb musstet Ihr auch Matthieu weiterhin aus der Angelegenheit heraushalten.«

»Hoffen wir nur, dass Dr. Evans durchhält.«

»Armer Dr. Evans … In seinem Fall war ich es aber, der ihn so weit getrieben hat. Ich weiß wirklich nicht, wie es ihm gelingen konnte, sich mit aufgeschlitztem Bauch bis auf die Straße hinauszuschleppen, nachdem die Angreifer ihn längst für tot hielten. Ihr habt Matthieu gar nicht verraten, dass er noch lebt.«

»Und das sollte er besser auch weiterhin nicht erfahren. Vielleicht hört er dann endlich auf, seine Nase in diese Sache zu stecken.«

»Sehr gut.«

Der Engländer lehnte sich gegen die Wand, und sein Blick verlor sich einen Moment lang in der verglimmenden Asche des Kamins.

»Habt Ihr wirklich keine Ahnung, wer hinter alledem steckt?«, fragte Charpentier.

»Jeder Alchemist, der von der Existenz der Melodie vom Ursprung weiß, würde töten, um ihre Niederschrift in die Finger zu bekommen. Eines begreife ich jedoch nicht: Wie haben sie bloß herausgefunden, dass Ihr mit Jean-Claudes Hilfe versucht habt, die Melodie zu transkribieren? Glaubt Ihr etwa, der Seemann hat nicht dichtgehalten?«

»Das denke ich eigentlich nicht.«

»Ich kann mir auch nicht vorstellen, dass er etwas damit zu tun hat. Ich zahle ihm weitaus mehr, als er mit der Seefahrt in seinem ganzen Leben verdienen würde.«

»Sollten wir ihm nicht lieber einen Besuch abstatten?«

»Schickt ihm eine Nachricht und schildert ihm die Geschehnisse, damit er sich versteckt hält, geht aber auf keinen Fall zu ihm. Ich will nicht, dass sie Euch bis dorthin folgen. Wer diese Männer angeheuert hat, wird bald bemerken, dass das Experiment mit keinem der gestohlenen Notenblätter funktioniert, und auf der Suche nach neuen Partituren zurückkehren. Verflucht!«, rief er auf einmal aus. »Es ist so erbärmlich, bei solch einem Projekt von einem schmuddeligen Matrosen abhängig zu sein!«

»Was werdet Ihr tun?«

»Ich werde umgehend nach England zurückkehren. Es wäre eine Katastrophe, wenn mich jemand mit dieser Angelegenheit in Verbindung bringt.«

»Niemand weiß, dass Ihr hier seid, und ich bezweifle sehr, dass es in Frankreich auch nur einen Menschen gibt, der Euch erkennen würde.«

»Man kann nie wissen.«

»Also werdet Ihr vor Eurer Abreise nicht bei Dr. Evans im Krankenhaus vorbeischauen?«

»Dieses Risiko kann ich nicht eingehen. Sie haben ihn ins Hôtel-Dieu gegenüber von Notre-Dame gebracht, und Ihr wisst doch, wie belebt die Straßen dort sind.« Auf einmal ließ er die vor der Brust verschränkten Hände sinken und nahm eine übertrieben dramatische Pose ein. »Nicht auszudenken, was die Leute über mich sagen würden: Der große Isaac Newton ist doch tatsächlich in eine Mordserie im Zusammenhang mit alchemistischen Fantasien verwickelt …«

Isaac Newton. Dieser Name beeindruckte den Komponisten noch immer jedes Mal, wenn er ihn hörte. Seit Dr. Evans ihm den Mann vorgestellt hatte, hatten sie oft lange Gespräche geführt, und dennoch faszinierte es Charpentier weiterhin, mit diesem berühmten Wissenschaftler gemeinsam an einem Alchemieprojekt dieser Ausmaße zu arbeiten. Seine Zeitgenossen sahen in ihm eines der größten Genies der Menschheit, wenn gleichzeitig auch einen wahren Glückspilz, denn man entdeckt nur einmal das System, das die Welt bestimmt. Aber hinter dem Mann der Wissenschaften, der mit seiner Theorie über die Schwerkraft Mathematik, Optik und Mechanik revolutioniert hatte, verbarg sich der letzte große Magier. Isaac Newton war ein krankhafter Alchemist und ein häretischer Theologe, und die Besessenheit von diesen Dingen ließ ihn schon seit vielen Jahren in seinem Labor nach mystischen Hinweisen suchen, die Gott auf der Welt hinterlassen hat, damit auch den Menschen eines Tages seine unendliche Weisheit zuteilwerde.

»Ich glaube nicht, dass Euch noch irgendetwas schaden könnte«, beruhigte ihn der Komponist schon ein wenig gelassener. »Ihr seid doch Fleisch gewordene Wissenschaft.«

Newton schüttelte den Kopf. Er hatte zahlreiche alchemistische Abhandlungen verfasst, deren Entdeckung nicht nur zur Folge haben würde, dass sich die Wissenschaftswelt von ihm abwandte, sondern wohl auch sein sicheres Todesurteil bedeuten würde. Daher unterzeichnete er diese Schriften mit dem Pseudonym Ieova Sanctus Unus, was sowohl ein antitrinitarisches Motto darstellte – Jehova einziger Heiliger – als auch ein Anagramm der lateinischen Form seines Namens – Isaacus Neuutonus – war. Er wandte sich Charpentier mit der für ihn typischen verdrießlichen Miene zu.

»Auf der ganzen Welt weiß niemand, dass ich weitaus mehr über Alchemie geschrieben habe als über all die Wissenschaften, die mir so großen Ruhm einbringen. Außer meinem treuen Freund Dr. Evans«, betonte er, »kennt keiner all die verbotenen Aktivitäten, denen ich schon seit Jahrzehnten in meinem Labor nachgehe. Wenn ich auch nur daran denke, wird mir ganz anders. Falls man in Cambridge auch nur von einem einzigen meiner alchemistischen Experimente erfahren würde, wäre meine Professur in Gefahr!«

Charpentier atmete tief durch, sagte jedoch nichts dazu. Er hatte keine Kraft, um jetzt eine Diskussion anzufangen. Aber wie konnte dieser Mensch nur an seine Professur denken, wenn gerade ein junger Mann ermordet worden war und die einzige Person, der er auf dieser Welt vertraute, im Sterben lag?

»Warten wir doch ab, bis sich die Dinge etwas beruhigt haben, und bringen das Experiment dann zum Abschluss«, fuhr Newton fort. »Lebt jetzt einfach weiter wie zuvor. Lasst die Mörder in dem Glauben, Ihr hättet Euch nach dem Tod Eures Neffen dazu entschlossen, Euch von der Melodie lieber fernzuhalten. Sie sollen denken, dass alles vorbei ist.«

»Und das stimmt ja auch.«

»Was wollt Ihr damit sagen?«

»Ich will mit der Sache nichts mehr zu tun haben.«

Newton hockte sich hin und sah ihn eindringlich an.

»Euch wird nichts geschehen. Wer auch immer für diese Verbrechen verantwortlich ist, ist sich zweifellos dessen bewusst, dass es ohne Euch keine Partitur geben wird.«

»Nicht um mich habe ich Angst…«

»Denkt doch daran, was wir an dem Tag erreichen können, an dem wir endlich die korrekte Melodie finden!«, beschwor ihn Newton. »Unser Erfolg wird ein Meilenstein in der Geschichte der Menschheit…«

»Ich kann einfach nicht«, bekräftigte Charpentier.

Der Wissenschaftler erhob sich und ging in der Küche auf und ab, die Hände auf dem Rücken.

»Zwingt mich nicht dazu, auf Eure Hilfe zu verzichten«, bat er auf einmal ganz ohne seine übliche Arroganz. »Als Dr. Evans mir mitteilte, dass Ihr zur Zusammenarbeit mit uns bereit wärt, da wusste ich, dass für uns endlich alle Sterne günstig standen. Wir hatten die Quelle der Melodie und einen Musiker, der dazu in der Lage war, sie niederzuschreiben! Und in nicht allzu ferner Zukunft …«

Jetzt war es Charpentier, der ihn eindringlich ansah.

»Ihr müsst das verstehen – heute ist ein Teil von mir gestorben. Ich werde nie wieder ganz ich selbst sein.«

Der Wissenschaftler atmete geräuschvoll aus.

»Versprecht mir, es Euch wenigstens durch den Kopf gehen zu lassen. Schickt mir in ein paar Tagen eine Nachricht nach England.«

Der Komponist gab darauf lieber keine Antwort. Newton hüllte sich in einen Kapuzenmantel, den er sorgfältig gefaltet auf den Tisch gelegt hatte, auf dem sonst das Brot geknetet wurde, und schritt in Richtung Tür.

»Wartet!«

»Was noch?«

Charpentier schob die Hand in sein Wams und zog ein zusammengefaltetes Stück Papier heraus.

»Nehmt das lieber wieder an Euch!«

»Was ist das?«

»Euer Manuskript.«

Gemeint war ein alchemistisches Rätsel, das man auf eine Pergamentseite kopiert hatte.

»Aber …«

»Ich habe diese Worte tausendmal studiert und keine einzige vernünftige Bedeutung herausfiltern können. Nehmt das Blatt bitte mit. Ich will nichts in meiner Nähe haben, das mit dem Tod meines Neffen zu tun hat.«

Newton sah ihn lange an.

»Es war ein Fehler zu glauben, dass dieser Text mit der Melodie in Verbindung steht. Es sind nur Verse, einer nach dem anderen. Reine Poesie.«

»Macht Euch doch nichts vor«, entgegnete Charpentier. »Jean-Claude hat mehr als hundert Partituren komponiert. Wenn Ihr nicht irgendetwas übersehen hättet, dann wäre eine davon die richtige.«

»Ich werde einfach nur auf Euren Brief warten«, antwortete der Wissenschaftler lediglich. »Ich weiß, dass wir weitermachen werden bis zum Ende. So könnt Ihr dem Tod Eures Neffen noch einen Sinn verleihen.«

Er drehte sich um und verließ ohne das Papier den Palast von Mademoiselle de Guise, und zwar durch denselben Dienstboteneingang, durch den er ihn eine Stunde zuvor betreten hatte. Ohne noch einmal innezuhalten, durchquerte er den weitläufigen Garten hinter dem Gebäude. In einer finsteren Ecke wartete eine Kutsche auf ihn. Ihre vier ebenso dunklen Pferde würden die ganze Nacht durchgaloppieren, um ihn kurz vor dem Ablegen des Schiffes zum Hafen zu bringen, mit dem er den Kanal überqueren würde.

9

Nach dem Gespräch mit seinem Onkel in der Palastküche machte Matthieu sich auf den Weg zur Musikschule. Seine Geige trug er beinahe immer bei sich, am Vortag hatte er sie jedoch dort zurückgelassen, weil er bereits gewusst hatte, dass er wegen seines Schäferstündchens mit Virginie seine Übungen vernachlässigen würde. Er schäumte vor Wut, und er wollte so schnell wie möglich das Instrument unter seinen Fingern spüren, entweder um darauf zu spielen oder aber um es zu zerschlagen und sich mit den Splittern etwas anzutun.

Es herrschte tiefschwarze Nacht, als er die Schule erreichte. Die Vorderseite des Gebäudes zierte ein Relief mit Engeln, das eigentlich besser zu einer Kapelle gepasst hätte. Er läutete an der Eingangstür, doch niemand öffnete ihm. Er sah zu den Fenstern des oberen Stockwerks hinauf, in dem das bretonische Pärchen lebte, das in der Schule die Hausmeistertätigkeiten übernahm. Bei ihm brannte kein Licht.

Matthieu kletterte über den Zaun, um durch die Hintertür ins Gebäude zu gelangen. Der Wachhund kam aus seinem Bretterverschlag und bellte ihn dumpf an, erkannte ihn aber schließlich und knabberte sabbernd an seinem Ärmel. Seine Zuneigung linderte für einen Moment die tiefe Verzweiflung des jungen Mannes. Er umarmte das riesige Tier, das nach Lehm roch, und blieb eine Weile bei ihm im Garten hocken.

Als er dann endlich das Haus betrat, zündete er eine Öllampe an und machte sich direkt auf die Suche nach seiner Geige. Er öffnete den Schrank, in dem er sie aufbewahrte, und sah sie einen Augenblick bewundernd an. Er kolophonierte den Bogen und begann, das Instrument sorgfältig zu stimmen, da er die Saiten nach dem Spielen stets lockerte. Er legte es sich sanft auf die Schulter und schob das Kinn an das Holz. Dann atmete er tief ein. Die Haare des Bogens berührten die Saiten nicht. Er war noch nicht bereit.

Stattdessen griff er nach der Lampe und wanderte durch das Gebäude, um etwas zur Ruhe zu kommen. Er warf einen Blick in den Raum, in dem der Kammermusikmeister unterrichtete. Zwei leere Stühle, auf dem Tisch seelenlose Partituren, simple Notenreihen mit dem einzigen Zweck, die Spieltechnik zu verbessern. Er ging durch den Flur weiter und blieb vor der Tür des Raumes stehen, in dem sich Maestro Lully aufhielt, wenn er in die Schule kam. Kein Schüler trat über diese Schwelle, außer er wurde herzitiert, und das verhieß üblicherweise nichts Gutes. Gedankenverloren betätigte Matthieu die Klinke und stellte fest, dass nicht abgeschlossen war. Ein Schaudern überkam ihn, als sich die Tür langsam öffnete. Ohne groß darüber nachzudenken, trat er auch schon ins Zimmer.

Ihn überraschte seine prunkvolle Ausstattung, die eher zu einem Saal in Versailles gepasst hätte. Der Tisch des Maestros erhob sich in der Mitte des Raumes auf vier gekrümmten Beinen. Der Stuhl war ebenso filigran gearbeitet. Im hinteren Bereich gab es einen Kamin, und darüber thronte eine Kopie des Gemäldes von Merkur in seinem von zwei Hähnen gezogenen Wagen, das in den Gemächern des Königs hing.

Er näherte sich dem Tisch und sah einen Stapel an der Seite zusammengenähter Blätter durch, auf dem ein Zettel mit der Aufschrift »Monsieur Lully« lag.

»Das neue Libretto …«, flüsterte er fasziniert.

Es war der endgültige Text von *Amadis de Gaule*, der korrigierten Opernversion des Dichters Quinault. Wie aufregend war es doch, diese Seiten in den Händen zu halten – immerhin hatte sie bislang nicht einmal Maestro Lully selbst gelesen.

Wie Nathalie bei ihrem Treffen an der Kirchentür bereits erwähnt hatte, sollte das Werk auf Wunsch des Königs in zwei Wochen bei dem Fest aufgeführt werden, das in den Gärten von Versailles anlässlich des Besuchs siamesischer Botschafter stattfand. Dabei würden noch weitere ausländische Delegationen anwesend sein. Ludwig XIV. wünschte sich schon lange ein französisches Werk, welches die italienische Oper, die zurzeit ganz Europa überrollte, in den Schatten stellen würde. Alle erwarteten die Aufführung voller Spannung.

»Was will er denn in zwei Wochen noch zustande bringen …«, murmelte der Geiger, dem klar war, dass Lully kaum Zeit haben würde, um die Musik den Änderungen im Text anzupassen und alles sorgfältig einzustudieren. »Und nachher schiebt er dann den Musikern die Schuld zu.«

Er setzte sich auf den Stuhl des Maestros und begann zu lesen. Die Geschichte des Amadis handelte von einem kleinen Jungen, der von seinen Eltern, einem König und einer Prinzessin, in einem Boot zurückgelassen werden muss. Ein Ritter nimmt sich des Kindes an, das später, zu einem mutigen Jüngling herangewachsen, mehr über seine Herkunft wissen will und sich aufmacht, Abenteuer zu erleben. Mit der Hilfe von Urganda, seiner guten Fee, kämpft der junge Mann gegen Armeen und Ungeheuer und um die Liebe der Prinzessin Oriana. Matthieu war verzaubert. Besonders nahe gingen ihm die Passagen aus der Sicht von Amadis' Halbbruder Florestan, dessen leidgeprüftem Abbild. Wie er wollte auch Matthieu seine eigene Herkunft ergründen, für immer seinen Bruder Jean-Claude bewundern, unter dem Schutz einer Fee stehen und eine Prinzessin lieben, nachdem er einen von Ungeheuern bevölkerten Wald durchquert hatte.

Der Moment war gekommen. Er musste diesen magischen Text in Musik umsetzen.

Er holte sich neue Notenblätter und kehrte in das Zimmer des Maestros zurück. Dort legte er das Papier auf den Tisch und sah das Libretto noch einmal durch. Er beschloss, mit den ersten Versen der Oper zu beginnen, in denen Amadis' unbewusster Ruf die Fee Urganda ereilt und sie mit ihrem Gemahl Alquif im Duett singt. Er atmete tief durch und trug die Zeilen laut vor:

»Mich lockt ein Laut,
ihn zu suchen.
Der Zauber ist durchbrochen.
Erwachet!«

Ohne einen weiteren Moment zu verlieren, begann er zu spielen. Während er den Bogen über die Saiten gleiten ließ, sah er nur Jean-Claude vor sich, den feuchten und blassen Körper, der wie ein schiffbrüchiges Stück Holz zwischen den beiden Welten trieb, und er dachte daran, wie glücklich er all die Jahre an der Seite seines Bruders gewesen war. Die ganze Zeit hatte er niemals das Gefühl gehabt, seinen Platz einzunehmen. Sie entstammten verschiedenen Embryonen, ihr Schicksal war jedoch eins. Die Musik war ihr Anfang und Ende, egal was Charpentier auch sagte. Hätte nicht vielmehr er sterben sollen, der ja kein leiblicher Sohn des Schreibers war? Plötzlich brach er sein Geigenspiel ab und riss die Augen auf. Die Phrase, die er dem Instrument da entlockt hatte, verblüffte ihn. Er wiederholte sie langsam, bis zu dreimal, und legte dann die Violine auf den Tisch, um die Melodie niederzuschreiben, bevor sie ihm wieder entschlüpfte. Er begann, das Notenblatt zu füllen. Der Kohlestift huschte über die Linien und hinterließ in der Eile kaum zu entziffernde Aufzeichnungen. Matthieu griff erneut zum Instrument und improvisierte einige Variationen ausgehend von dem, was er bereits erschaffen hatte. Die Melodien ließen ihn erschaudern. Das hier war nicht wie sonst. Es ging nicht darum, eine Note hinter die andere zu schreiben wie die Bausteine eines vorhersehbaren harmonischen Palastes. In jener Nacht war ihm, als ob diese Melodie bereits vor ihm existiert hatte wie ein goldener Faden, perfekt und poliert, jedoch flüchtig, der in einer anderen Dimension schwebte und darauf wartete, eingefangen zu werden. Matthieu spürte, wie ihm bei jedem Takt das Herz zu zerspringen drohte und dass die Melodie der Welt der Sinne zuvorkam und feierte, unendlich frei zu sein.

Die Ekstase und die Erschöpfung waren derart, dass er auf die Tischplatte sank, sobald die letzte Note geschrieben war. Die Notenblätter um sich zerstreut und die Fingerspitzen schwarz vor Kohle, wurde er vom Schlaf übermannt, in dem für den Tod kein Platz war.

Kurze Zeit später öffnete jemand das Schultor. Die waagerechten Strahlen der aufgehenden Sonne kamen ihm noch zuvor und fielen in den Flur hinein bis ins Arbeitszimmer. Sein Arbeitszimmer. Es war Maestro Lully höchstpersönlich. Man hatte ihn darüber informiert, dass das neue Libretto von *Amadis de Gaule* fertig war, und er wollte die Korrekturen so schnell wie möglich durchgehen.

Als er den Raum betrat und den jungen Geiger zusammengesunken auf seinem Tisch vorfand, war er drauf und dran, ihn mit Fußtritten zu traktieren, dies erschien ihm dann aber doch seiner unwürdig. Immerhin kannte er effektivere Methoden, um anderen wehzutun. Er baute sich vor Matthieu auf und stieß ihm mit seinem Stock in die Rippen. Der junge Musiker öffnete die Augen. Er begriff zunächst gar nicht, was hier geschah. Dann jedoch sah er auf und erkannte die bunte und glänzende Kleidung aus Seide und Spitzen und die braune Lockenpracht der langen Perücke. Er schnellte hoch wie eine Sprungfeder und begann zu stammeln.

»Es tut mir leid, Maestro, ich …«

»Wer bist du?«

»Ich bin ein Schüler von Monsieur Le Pautre, dem Kammermusikmeister.«

»Ich habe dich hier noch nie gesehen.«

»Ich heiße … Matthieu Gilbert.«

Er benutzte schon lange lieber den Nachnamen seiner leiblichen Mutter. Mehr war ihm von der armen Dienstmagd Marie nicht geblieben. So wollte er sie ehren und gleichzeitig auch vermeiden, in musikalischen Kreisen mit Charpentier in Verbindung gebracht zu werden. Maestro Lully konnte nicht ahnen, dass er einen Neffen seines Erzfeindes vor sich hatte.

»Erklär mir, was du hier treibst«, unterbrach ihn Lully. »Und du bist besser überzeugend, denn sonst …«

Matthieu handelte umgehend. Es war in diesem Moment vielleicht nicht das Angebrachteste, aber das Einzige, was ihn aus dieser misslichen Lage befreien konnte. Er stand auf und ordnete rasch die neue Partitur. Dann sah er Maestro Lully an und hielt ihm die Blätter hin.

»Was ist das?«, fragte dieser abfällig.

»Ein Duett, Maestro. Es käme gleich nach der Ouvertüre.«

Er streckte sie Lully wieder entgegen, der sich jedoch nicht rührte.

»Ein Duett?«

»Ich habe einige Verse des neuen Librettos verwendet«, erklärte der junge Mann hastig. Er deutete auf den Text. »In diesem Abschnitt spürt Urganda, dass der Moment gekommen ist, um den Helden der ewigen Nacht zu entreißen, die ihn umfangen hat, und sie singt mit ihrem Gemahl Alquif im Duett. In meinem Entwurf vermischen sich die Streicher mit dem Donnergrollen, bis langsam die Sopran- und die Bassstimme hinzukommen. Eine ideale Einleitung für die Geisterchöre, die daraufhin die Verse wiederholen!« Er steigerte sich richtiggehend in seine Erläuterung hinein. »Man wird von Anfang an wissen, dass Amadis nur sich selbst finden will …«

Während Matthieu sprach, verzog Lully die Lippen, und die furchtbare Grimasse griff nach und nach auf sein Gesicht über.

»Wie kannst du es wagen, hier einzudringen und mit deinen Hafenarbeiterhänden mein Libretto zu besudeln?«, brach der Zorn aus dem Maestro heraus. Wütend riss er dem jungen Mann die Partitur aus der Hand.

Er schleuderte sie rücksichtslos auf den Tisch und stieß Matthieu beiseite. Während er ihm mit seinem Stock drohte, als sei es ein Säbel, konnte er jedoch nicht umhin, einen flüchtigen Blick auf die verschmierten Notenblätter zu werfen.

»Es ist ein gelungenes Stück…«, nutzte Matthieu den Moment, um seinen Standpunkt zu bekräftigen.

Ganz gegen seinen Willen war der Maestro von der Melodie der Kohlestriche wie gefangen. Den Stock noch immer hoch erhoben, überflog er rasch die erste Seite. Er konnte nicht verhindern, dass sich seine Lippen leicht bewegten, als er die Musik auf dem Blatt in seinem Kopf zum Erklingen brachte. Ein paarmal wandte er sich mit fragendem Gesichtsausdruck in Matthieus Richtung, las dann aber bis zum Ende der Komposition weiter, nachdem er etwas Unverständliches vor sich hin gemurmelt hatte.

»Ich nehme das an mich«, verkündete er auf einmal.

»Also gefällt Euch das Stück, wirklich?«

»Das habe ich nicht gesagt«, schnaubte Lully wütend. »Und wie kannst du es überhaupt wagen, mich so anzusprechen?«

»Aber…«

»Hinaus! Verschwinde, aber augenblicklich!«

Matthieu gehorchte wortlos. Mit hängendem Kopf zog er davon und machte sich auf den Weg nach Hause, in das Heim, das er sich mit Jean-Claude geteilt hatte. Er ließ sich bäuchlings auf sein Bett sinken. Gesellschaft leisteten ihm nun nur noch die vier gekalkten Lehmwände und eine weitere, leere Schlafstatt.

Sein Bruder war ihm so fern.

Als hätte es ihn nie gegeben.

Er fasste sich an die Schläfen und übte mit den Fingern Druck aus. Der Schmerz war unerträglich. Anschließend riss er den

Mund auf, bis er sich fast den Kiefer ausrenkte, und hätte so gerne geweint, brachte aber weder Tränen noch ein Schluchzen hervor. Wenn Jean-Claude wirklich einmal existiert hatte, was war dann jetzt noch von ihm übrig? Sein Körper war von einem Mörder verstümmelt worden, und Lully hatte die Partitur an sich genommen, in die er seine Seele gegossen hatte. Er war nirgendwo mehr zu spüren. Nicht einmal in der Stille, die doch eigentlich Platz für alles bot.

10

Von diesem Moment an wurde die Zeit zu einer simplen Aneinanderreihung leerer Tage und endloser Nächte. Der Schreiber und seine Frau lebten jetzt zurückgezogen und empfingen keinen Besuch mehr. Sie saßen einander einfach nur gegenüber und alterten in schwindelerregendem Tempo vor sich hin, während der Geruch von saurem Wein die Stube erfüllte. Die Ermittlungen um Jean-Claudes Tod brachten noch immer keine Ergebnisse. Obwohl einflussreiche Freunde der Familie eingriffen und auf Polizeipräfekt de la Reynie Druck ausübten, damit er Licht in die Geschehnisse brachte, gab es keinen Fortschritt in irgendeiner Richtung. Wie auf der Straße gemunkelt wurde, waren manche sogar der Überzeugung, dass der Teufel höchstpersönlich für das schreckliche Verbrechen von Saint-Louis verantwortlich war. Dies spornte die Ermittler nicht gerade an, die sich üblicherweise von jedem Fall fernhielten, der auch nur im Entferntesten an Hexerei denken ließ.

Matthieu hatte mehrmals erfolglos versucht, mit seinem Onkel zu sprechen. Er war davon überzeugt, dass dieser über Informationen zu dem Mord verfügte, die er nicht preisgab. Es war bereits eine Woche verstrichen, als die Haushälterin von Mademoiselle de Guise ihn endlich ins Gebäude ließ. Eine ganze Weile schleuderte er der verschlossenen Tür zu Charpentiers Gemächern verzweifelt Fragen entgegen: warum Jean-Claude auf einmal von Alchemie gesprochen hatte, was Dr. Evans mit der ganzen Sache zu tun hatte, welches Geheimnis sich um die Partituren im Haus des Geigenbauers rankte, wieso er das Gefühl hatte, dass ihn jede Sekunde ohne seinen Bruder dem Tod näher brachte… Er glaubte, auf der anderen Seite ein Schluchzen zu hören, die Tür öffnete sich aber nicht. Matthieu verließ das Haus und wollte gerade weggehen, als er vernahm, wie ihn der Verwalter aus dem Garten zu sich rief.

Er hatte einen Zettel für ihn, eine Nachricht von seinem Onkel.

Der junge Mann riss ihm das Papier aus der Hand und las gierig die wackeligen Zeilen voller Tintenspritzer, deren Unvollkommenheit den Inhalt des Schreibens nur noch herzerweichender machte. Jener Brief wirkte wie eine von Charpentiers Orgelkompositionen, direkt, tiefsinnig und voller Poesie. Er schrieb seinem Neffen, dass er ihn liebe, ihn aber nicht wieder ansehen könne, bis er nicht seine eigenen Augen wiedererlangt hatte, jenen Blick, der in jeder Truhe eine Bratsche sah und eine Harfe in jedem Webstuhl. Dass er seine Stimme nicht vernehmen könne, bevor er nicht seinen Ohren wieder trauen konnte, jenem Gehör, das im Hafen ein Weinen im Geräusch der Kräne hörte und Lachen im Sprudeln des Wassers. Dass er niemandem einen Rat geben könne, solange seine Kehle jede einzige Melodie verfluchte, die er durch die Pfeifen seiner Orgel gen Himmel geschickt hatte.

Zum ersten Mal seit jenem Moment, an dem er Jean-Claude auf der Freitreppe von Saint-Louis vorgefunden hatte, verspürte Matthieu keine Beklemmung mehr. Er las die Nachricht immer und immer wieder, ging sie hundertmal durch und konnte darin hundert Bedeutungen erkennen. Auf einmal überkam ihn Mitleid. Warum bin ich bloß so besessen davon, den Dingen auf den Grund zu gehen?, dachte er. Jean-Claude bringt mir ja doch niemand zurück. Warum also noch mehr Schmerz verursachen? Ihm fehlte Schlaf, und auf seinen Schultern ruhte die Last, die wir Menschen tragen müssen, wenn Traurigkeit unser Blut vergiftet. Er stimmte seine Geige, wischte mit einem trockenen Tuch über den Korpus und begann zu spielen, versuchte, sich auf die Kammermusikübungen zu konzentrieren, die er vernachlässigt hatte.

Einen Moment lang hielt er es wirklich für eine gute Idee – da er nichts tun konnte, um die Welt zum Stillstand zu bringen, würde er einfach so tun, als könnte er weitermachen wie bisher, als wären die Geschehnisse spurlos an ihm vorübergegangen. Tief in seinem Inneren wusste er jedoch, dass dies unmöglich war. Die Dinge hatten sich verändert. Bei jeder Melodie, die er spielte, konnte er die Bewegungen seiner Hände wahrnehmen, die primitiven Befehle seines Gehirns vorhersehen. Was seiner Violine entsprang, war völlig mechanisch; oder schlimmer noch, es war ein rein physikalisches Phänomen, das Ergebnis der Reibung eines Pferdehaarbogens auf vier Saiten aus Darm.

Was er spielte, hatte keine Seele.

Es war keine Musik.

11

In der Nacht vor der Uraufführung von *Amadis de Gaule* machte der König kein Auge zu. Und zwar nicht, weil er keinen Schlaf finden konnte, sondern weil er lieber jede Minute damit auskosten wollte, sich all die Überraschungen auszumalen, die die Vorstellung für ihn bereithalten würde. Er hatte aufmerksam den Aufbau der Kulissen in den Palastgärten mit verfolgt, Maestro Lully hatte ihm in Bezug auf das Ballett jedoch kein Sterbenswörtchen verraten, und er hatte bisher auch nur ein paar vereinzelte Noten der Musik gehört.

Lullys erste Opern waren vor Jahren im Theater in der Rue Saint-Honoré gezeigt worden, das der Herrscher hatte bauen lassen, damit der Komponist über eine seinen Ansprüchen genügende Bühne verfügte. Bei den nächsten Darbietungen seiner Werke entschied man sich für die zum Königshof gehörenden Paläste in Marly, Saint-Germain und Fontainebleau. Und später fanden seine Erstaufführungen dann in den prachtvollen Sälen von Versailles statt oder sogar wie dieses Mal im Freien mit dem Park als Kulisse. Wenn es galt, eine große Oper aufzuführen, konnte kein Gebäude den blauen Himmel übertreffen. Für die vor Fantasie nur so strotzende Aufführung des *Amadis* gab es keinen besseren Ort als den Apollo-Brunnen nahe der Allée de la Reine.

Wenn er nur daran dachte, wurde der König ganz aufgeregt. Die Darbietung würde am Spätnachmittag beginnen, und die Lichtveränderungen durch den Sonnenuntergang würden in die Aufführung mit hineinspielen und die Geschichte des mittelalterlichen Abenteurers bei der Ouvertüre vor einem hellblauen Hintergrund platzieren, der zu intensivem Orange übergehen würde, um später den dritten Akt in tiefschwarze Nacht zu tauchen, durchbrochen vom Schein Hunderter Fackeln, die im Park einen magischen Moment heraufbeschwören würden.

»Der Morgen bricht sicher schon an …«, sagte er sich, denn er hielt die Warterei nicht länger aus.

Er schob die Laken beiseite, stieg über das niedrige Geländer, das sein Bett in der Mitte des goldenen Raumes einrahmte, und ging zum Fenster, wobei er sein Nachthemd schürzte.

Er schaute aus dem Fenster.

Grau.

Mehrmals schloss er die Augen und öffnete sie wieder. Er konnte nicht fassen, was er da sah.

Grau, grau, grau!

König Louis stieß ein zischendes Geräusch aus. Ein Page öffnete erschrocken die Tür.

»Majestät?«

»Was soll das?«, rief der König entsetzt. »Wo ist denn die Sonne?«

»Der Morgen zeigt sich bewölkt, Majestät.«

»Die Palastgelehrten haben mir doch versichert, dass es heute nicht regnen wird. Wo stecken die? Ich will sie hier augenblicklich sehen! Nie sind sie da, wenn man sie braucht!« Er steckte wieder den Kopf zum Fenster hinaus. »Und du, wo bist du bloß, du verräterische Sonne?«

In den letzten zwei Wochen hatte es weitaus sonnigere Tage und höhere Temperaturen gegeben als im Pariser Sommer sonst üblich, weshalb der Herrscher beschloss, dass dieser graue Morgenhimmel nichts weiter als ein makabrer Spaß sein konnte.

Jeden Augenblick wird ein himmlisches Licht die Wolken zerstreuen und ein tiefblaues Firmament zum Vorschein kommen lassen, versuchte er, sich selbst zu überzeugen.

Als die Gelehrten bestätigten, dass sie einen Fehler gemacht hatten und bald ein Unwetter losbrechen würde, war der König untröstlich. Während seiner Herrschaft hatte er sich Widrigkeiten nur selten ergeben, bewundernswert für jemanden, der Frauen, Kinder und Enkel hatte sterben sehen, doch die großen Feldzüge verloren langsam an Schwung, und er hatte all seine Hoffnungen auf den *Amadis* gesetzt. Die Aufführung absagen zu müssen war das Schlimmste, was ihm jetzt passieren konnte.

Maestro Lully kam als Nächster an. Die Gelehrten schoben sich im Bullaugensalon, dem Vorzimmer zum königlichen Gemach, gegenseitig die Schuld zu. Lully trat an Marquis de Louvois, den Kriegsminister, heran. Nach Colberts Tod, mit dem er hitzige Diskussionen darüber geführt hatte, wie ein Land zu regieren sei, hatte Louvois nun eine privilegierte Stellung inne, die ihm in jedem Moment den persönlichen Kontakt zum Souverän ermöglichte, noch viel mehr, seitdem er zum Oberintendanten von Bauwesen, Künsten und Manufakturen ernannt worden war. Dieser Titel umfasste auch die Verantwortung für Bauarbeiten im Palast von Versailles.

»Wie geht es Seiner Majestät? Habt Ihr mit ihm gesprochen?«

»Er lässt keine Argumente gelten«, antwortete Minister Louvois, »und hat sogar mich aus seinen Gemächern geworfen.«

»Irgendetwas müssen wir tun …«

»Was kann man schon gegen die Elemente ausrichten? Der König hält die Angelegenheit für eine Tragödie, er fürchtet, auf ihm laste ein Fluch. Er hat mir sogar versichert, die heutigen Wolken würden als Symbol dafür stehen, dass auch sein eigenes Licht bald erlöschen wird.«

So konnte es nicht weitergehen, beschloss Lully. Er entschuldigte sich beim Minister, schob rücksichtslos den Lakaien vor dem Eingang zur Seite, klopfte mit seinem Stock leise an und betrat das Schlafzimmer des Königs, ohne dessen Erlaubnis abzuwarten. Der Herrscher wirkte auf ihn matter als je zuvor wie ein erloschener Stern inmitten jenes goldgeschmückten Raumes, der leuchtete wie das Zentrum der Sonne. Er saß auf einem Stuhl am Fenster, das Nachthemd verrutscht und schweißnass, und betrachtete aus geröteten Augen die Wolken, jede ihrer Bewegungen, auch wenn es sich nur um Millimeter handelte.

»Majestät …«

Der Herrscher erkannte die Stimme seines Freundes und antwortete, ohne sich umzudrehen.

»Was soll ich jetzt bloß den Botschaftern aus Siam sagen? Wie kann ich das bei den anderen Gästen aus aller Herren Länder wiedergutmachen, denen ich doch eine unvergessliche Nacht versprochen hatte?«

»Wir können nur warten und darauf hoffen, dass das Unwetter nicht ausbrechen wird. Und außerdem, Majestät, braucht Ihr meine Musik doch nicht, um diese Abgesandten zu beeindrucken. Sie regieren nur über kleine Reiche, selbst wenn sie Imperiumsallüren zeigen.«

Der König drehte den Kopf wie ein Raubvogel, saß aber weiter mit den Händen auf den Knien da.

»Unglaublich, wie Ihr Schmeichelei mit Herablassung verwechselt. Behandelt mich nicht wie das Hündchen einer Hofdame. Und versucht auch nicht, Euch angesichts dieser Tragödie so einfach aus der Affäre zu ziehen! Wir bereiten die Uraufführung dieser Oper schon seit Monaten vor, und Ihr tragt dafür die Verantwortung.«

»Verantwortung für …«

»Begreift Ihr es denn nicht?«, schrie Ludwig XIV., sprang auf einmal auf und fegte mit einer Handbewegung alles zu Boden, was auf einem nahen Tisch stand. »Nur wenige Stunden vor der Aufführung haben mir die Himmelskörper meine große Oper entrissen, meine Ehre, meinen Ruhm!«

Lully war klar, dass er seinen Freund jetzt lieber allein lassen sollte.

Dessen Fassungslosigkeit und Wut verwandelten sich langsam in Verzweiflung. König Louis wollte nicht, dass ihn jemand weinen sah. Er warf sich einen Umhang über das Nachthemd und verschwand durch eine Geheimtür, ohne sich auch nur die Perücke aufzusetzen. Draußen stand für alle Eventualitäten immer eine Kutsche bereit. Darin durchquerte der Herrscher den Garten, fuhr am Kanal entlang und schloss sich dann im ersten Trianon ein, dem chinesisch anmutenden Porzellanschlösschen, das sich in einer Ecke des Parks befand. Dort konnte er sich wenigstens allein seinem Schmerz hingeben. Er hatte es während seiner Affäre mit Marquise de Montespan als Liebesnest errichten lassen, und es war für ihn immer noch ein Rückzugsort, zu dem die Höflinge keinen Zutritt hatten.

Der Herrscher vergoss bittere Tränen, denn er ahnte ja nicht, dass sich sein geliebter Lully, der sich zwar allen anderen gegenüber als ein solcher Tyrann gab, der Krone aber treu ergeben war, inzwischen den Kopf zerbrach, um irgendeine Möglichkeit zu finden, die Aufführung doch noch stattfinden zu lassen. Und was er ganz sicher nicht wissen konnte, war, dass die dunklen Wolken, die sich über seinem Palast zusammenbrauten, entscheidend das Schicksal Matthieus beeinflussen sollten, das Los eines jungen Musikers, der von Kindesbeinen an davon geträumt hatte, für seine königlichen Ohren Violine zu spielen.

Und es ging ja nicht nur um Matthieu.

Jene Wolken würden das Geschick ganz Frankreichs besiegeln.

12

Matthieu versuchte sich davon zu überzeugen, dass sein Kammermusiklehrer Monsieur Le Pautre ihm bald eine frei werdende Stelle in einem der Hoforchester anbieten würde. Nach dem Zwischenfall am Morgen nach dem Tod seines Bruders hatte er befürchtet, man würde ihn aus der Schule werfen, aber niemand hatte die Sache je wieder erwähnt. Als der Bote in der Schule erschien, zeigte der junge Musiker seinem Lehrmeister gerade, welch große Fortschritte er bei einer komplizierten Übung zur Verfeinerung der Technik gemacht hatte. Vor der Tür waren laute Stimmen zu hören, und sie traten eilig auf den Gang.

»Was geht hier vor sich?«

»Seid Ihr Monsieur Le Pautre?«, wandte sich der Bote an den Lehrer, ohne sich mit den üblichen Formalitäten aufzuhalten.

»Höchstpersönlich.«

»Ich bin gekommen, um Euch nach Versailles zu begleiten.«

»Jetzt gleich? Wer sagt das?«

»Maestro Lully. Eure Anwesenheit im Parterre de fleurs sei unumgänglich, und zwar sofort.«

»Maestro Lully?«, wunderte sich der Angesprochene. »Aber die Vorstellung beginnt doch erst am Abend.«

»Vielleicht wird es gar keine Vorstellung geben«, sagte der Bote und deutete auf den Himmel draußen.

Der Kammermusikmeister, der das Gebäude bereits vor Tagesanbruch betreten und sein Zimmer seitdem nicht mehr verlassen hatte, machte einen Schritt hinaus ins Freie.

»Oh mein Gott … Es wird regnen …«

»Und zwar jeden Augenblick.«

»Und was kann ich da tun?«

»Maestro Lully will die komplette Kulisse an einen anderen Ort bringen, bevor das Unwetter losbricht.«

»Wohin denn?«

»Vom Apollo-Brunnen, wo die Bühnenbauten nun stehen, in den Wintergarten der Orangerie.«

»In den Wintergarten?«, rief Le Pautre aus.

»In den Wintergarten?«, echote Matthieu hinter ihm.

»Dort will er die Oper aufführen«, fügte der Bote wenig überzeugt hinzu. »Er lässt nach allen Musikern und Mitarbeitern seines Vertrauens schicken und auch nach den Kulissenschiebern und Handwerkern. Und zwar nicht nur nach denen, die in der Nähe des Palastes leben. Alle werden ohne Ausnahme mobilisiert.«

Matthieu war genauso sprachlos wie der Kammermusikmeister. Das Bühnenbild des *Amadis* bestand aus riesigen und äußerst empfindlichen Elementen. Wie gedachte Lully, sie in nur wenigen Stunden auseinanderzunehmen, zu transportieren und am neuen Ort wieder zusammenzubauen? Und die Orangerie war ja auch kein Konzertsaal. Es handelte sich um ein großes Treibhaus, bestehend aus verschiedenen Galerien mit gewölbten Decken. Der König hatte es entworfen, um dort exotische Pflanzen unterzubringen und vor allem seine Orangenbäume vor Temperaturschwankungen zu schützen. Dort war überhaupt kein Platz. Im Inneren des Gewächshauses standen in Kübeln Hunderte dieser Bäume und warteten darauf, vom Landschaftsgärtner nach Belieben im Palast oder in irgendeinem Winkel des Parks aufgestellt zu werden, wo sie ihre mediterrane Note einbringen konnten.

»Warum denn in der Orangerie?«, fragte Monsieur Le Pautre noch einmal. »Seid Ihr sicher, dass Maestro Lully das gesagt hat?«

»In den anderen Räumen des Palastes sind schon einmal Werke aufgeführt worden«, erklärte der Bote schulterzuckend.

»Aber mein Gott, das ist doch ein Treibhaus!«

Matthieu hätte sich gerne an der Unterhaltung beteiligt. Der Kammermusikmeister konnte offensichtlich nicht begreifen, dass eine Oper weitaus mehr war als nur ihre Musik. Es ging auch um Kostüme und Kulissen und eine überraschende, leidenschaftliche oder dramatische Handlung, die von gewissen Gerüchen oder gelegentlich sogar vom nötigen Schießpulver begleitet wurde. Zum Glück war all dies Maestro Lully sonnenklar. Damit *Amadis de Gaule* sowohl dem Libretto als auch all den hohen Erwartungen gerecht werden konnte, brauchte es etwas Neues, Radikales. Nachdem die Aufführung in den Gärten verworfen worden war, konnte man nicht einfach die gleichen Konzertsäle, die in der Vergangenheit bereits benutzt worden waren, neu einkleiden. Daher hatte Lully beschlossen, jene Baumschule in die Fantasiewelt zu verwandeln, die hier vonnöten war. Es war die beste Möglichkeit, um den König zu beeindrucken und gleichzeitig seine eigene Musik zu würdigen.

Angesichts dieser Neuigkeiten, die er für völligen Wahnwitz hielt, suchte der Kammermusikmeister nach seinem Stock und schritt auf die wartende Kutsche zu.

»Maestro«, rief Matthieu.

»Siehst du denn nicht, dass ich keine Zeit zu verlieren habe?«, schalt ihn Le Pautre, einen Fuß bereits auf der Stufe der Kutsche.

»Lasst mich mitfahren!«

»Was sagst du da?«

»Ich kann helfen«, beteuerte sein Schüler selbstsicher.

Monsieur Le Pautre zögerte einen Moment. Matthieu hatte seine ganze Überzeugungskraft in diesen Satz gelegt, fürchtete aber, dass dies noch nicht genug war. Diese Gelegenheit wollte er sich jedoch nicht entgehen lassen. Er hatte das Gelände von Versailles noch nie betreten. Sagt doch bitte ja, flehte er mit Blicken. Ich würde alles tun, um mich nützlich zu machen! Wer auch immer im Umkreis von Paris etwas mit Musik zu tun hatte, würde sich dort einfinden. Sagt ja! Er war sich dessen bewusst, dass man ihm nicht erlauben würde, bei der Aufführung zugegen zu sein, aber allein die Vorstellung, bis zur Orangerie durch die königlichen Gärten zu fahren und mit eigenen Augen die Kulisse des *Amadis* zu sehen, löste in ihm Emotionen aus, die er nur schwer verbergen konnte.

»Maestro Lully hat die Anweisung gegeben, wirklich jedem Bescheid zu sagen«, gab der Bote feinsinnig zu bedenken, »selbst den Schreinerlehrlingen.«

Monsieur Le Pautre kam nicht umhin, sich vorzustellen, wie gut er doch dastehen würde, wenn er mit vier statt zwei Händen zu Hilfe eilte. Er ließ sich die Sache noch ein letztes Mal durch den Kopf gehen und stimmte schließlich mit resignierter Miene zu. Bevor er es sich noch einmal anders überlegte, rannte Matthieu los, um seine Geige im Glasschrank zu verstauen, und hüpfte auf das hintere Treppchen der Kutsche, während die vier Pferde den Wagen schnaubend wendeten und sich in Richtung Versailles aufmachten.

13

Als er den Wald rund um den Palast erblickte, erschauderte der junge Musiker, und das hatte nichts mit dem feuchten Nebel zu tun. Er hatte so oft gehofft, diesen Moment endlich erleben zu dürfen, dass er jetzt nervös in alle Richtungen blickte, so als wäre es seine einzige Gelegenheit, diese Anhäufung von Wundern zu betrachten. Versailles war eine Ode an die Perfektion, war das Detail jedes diagonal gekappten Stängels, ein absurdes Labyrinth aus Hecken, eine Blase erfüllt von scharfen Aromen aus Asien, war ein Ort für Hirsche und auch für seltsames Wassergetier, das in den Teichen zu finden war. Versailles war das Leben der Götter, ein Leben, das außerhalb von Träumen niemals hätte existieren dürfen.

Sie sprangen aus der Kutsche. Matthieu begriff nun, warum Nathalies Onkel sich seit Jahren des königlichen Wohlwollens erfreuen durfte. Dem Kammermusikmeister entging die erstaunte Miene des Schülers nicht, und er öffnete seit der Abfahrt aus Paris zum ersten Mal den Mund.

»Dreißigtausend Infanteristen unseres eigenen Heeres haben diesen Garten unter Le Nôtres Leitung im Schweiße ihres Angesichts vollendet.«

»Dreißigtausend …«

»Die Verluste waren größer als in den meisten Kriegen; viele starben an dem Fieber, das sie sich in den Sümpfen einfingen. Aber sieh dir das Ergebnis doch an!«, rief er bewegt. »Wer könnte dieses Schauspiel überbieten? Zwischen endlosen Rasenflächen, die in Richtung des Windes gemäht werden, hat man in so einer fantastischen Aufteilung Beete, Haine und Plätze angelegt, als ob alles von oben entworfen wäre. Und dazwischen tanzen die Fontänen von zweitausend Brunnen im Gleichtakt.«

»Zu den Klängen von Maestro Lullys Melodien«, fügte Matthieu hinzu.

»Wenn du hart arbeitest, tanzen sie vielleicht eines Tages im Takt, den du vorgibst.«

Matthieu war seinem Lehrmeister für diesen Kommentar dankbar, denn er ahnte, dass auch dieser sich nichts sehnlicher wünschte. Sie betraten die Gärten beim Nordflügel des Palastes, ließen den Drachenbrunnen und die Pyramide links liegen und umrundeten das Wasserparterre, in dem sich die immer dunkleren Wolken spiegelten. Matthieu stapfte mit großen Schritten voran. Er konnte gar nicht damit aufhören, sich staunend umzusehen, weshalb er mehrmals stolperte und fast gestürzt wäre. Der Anblick der Skulpturen überwältigte ihn, Tiere, Nymphen, Wesen aus Äsops Fabeln und anderen mythologischen Szenen und solche, die die Siege des französischen Heers symbolisierten.

»Dahinten ist es! Komm weiter!«, drängte der Kammermusikmeister keuchend.

Doch Matthieu hielt inne. Wie angewurzelt stand er da, seine Gefühle schienen ihn zu übermannen, und er bekam sogar feuchte Augen, als er in der Ferne die Kulisse von *Amadis de Gaule* erblickte. Am Ende der Allée de la Reine erhob sich eine riesige Bühne mit einem erdachten Paradies, das die Opernfiguren bevölkern sollten: angedeutete Säulen für den Palast der Prinzessin, steinerne Stalaktiten für die Höhle der Zauberin und ein falscher Fluss, der in ein Nebelmeer mündete. Unterhalb der Kulissen Dutzende von Schauspielern und Tänzern, Schneider, die Karren voll glitzernder Kostüme hinter sich herzogen, Pferde mit angeklebtem Einhorn und sogar zwei Elefantenjungen mit ihren Dompteuren, ein Geschenk eines Moguls. Ein Fantasieuniversum, das geradezu danach schrie, von Musik begleitet zu werden.

Je mehr Matthieu schaute, desto mehr staunte er. Nach Lullys Anweisungen waren Plattformen in den Bäumen angebracht worden, so dass dort einige Musiker über den Köpfen der Sänger spielen konnten wie Engel in den Apfelbäumen im Garten Eden; und an der Rückseite der Bühnenbauten gab es Halterungen für die Feuerwerkskörper, die gegen Ende der Aufführung entzündet werden sollten, nachdem der Teil der Kulisse, der das Schloss des Ungeheuers darstellte, in Brand gesteckt worden war.

Matthieu wandte den Blick gen Himmel. Es würde jeden Augenblick anfangen zu regnen. Verständlich, dass alle völlig aufgelöst waren. Es war eine Tragödie. Der ganze Aufwand für nichts …

Er wollte gerade Monsieur Le Pautre folgen, als vor ihnen Maestro Lully auftauchte. Seitdem Lully Matthieu in seinem Arbeitszimmer überrascht hatte, waren sich die beiden Männer nicht wieder begegnet. Der Komponist gab einer Gruppe Personen verschiedenster Berufe Anweisungen, und diese nickten fachmännisch. Der Kammermusikmeister näherte sich und schloss sich dem Grüppchen an. Matthieu beobachtete aus einiger Entfernung erstaunt, welche Energie Lully versprühte, ganz anders als der Mann, den er zu kennen glaubte. In einem Moment kommandierte er einen Bühnenarbeiter herum, der rasch begann, hölzerne Balken zu lösen, und im nächsten Augenblick schrie er die Dompteure an, doch gefälligst die Exkremente ihrer Tiere aufzusammeln. Dann nahm auf einmal seine feingeistige Ader wieder überhand, und er malte mit seinem Stock zarte Kreise in die Luft, während er auf die Pappmachéwolken deutete, um zu erklären, wie die Fäden gelöst werden sollten, an denen die Vogelschar baumelte.

»Ich habe dich nicht mitgenommen, damit du hier herumstehst«, rief der Kammermusikmeister zu Matthieu herüber. »Hilf mit, diese Stühle in den Wintergarten zu tragen! Dass du mir damit aber nirgendwo aneckst!«

Matthieu griff nach zwei Stühlen und ging in die Richtung, die man ihm gewiesen hatte. Er umrundete das Parterre und schritt dann die Treppe der hundert Stufen hinunter, die zur Orangerie führte. Diese befand sich weiter unten und war in zwei Bereiche aufgeteilt: der Garten im Freien, in den man die Orangenbäume im Sommer holte, und im hinteren Teil die überdachten Galerien, in denen sie den Rest des Jahres über standen. Die riesigen gläsernen Fenster waren so entworfen worden, dass die Sonne hereinfiel, und rochen noch nach der ockergelben Farbe, mit der man vor kurzem die Rahmen gestrichen hatte, damit sie mit den Früchten harmonierten. Er durchschritt die Eingangstür, stellte die Stühle zur Seite und kam angesichts all der Pracht wieder einmal aus dem Staunen nicht heraus. Lully war ein Genie! Jene gewölbten Seitenschiffe, die an eine Kirche erinnerten, verströmten genau die Magie, die diese Vorstellung benötigte. Das Mittelschiff, in dem die Bühne aufgebaut wurde, musste wohl mehr als hundertfünfzig Meter lang sein. Überall standen Orangenbäume, aber auch Palmen, Oleander und Granatapfelbäume, die einen Kontrast zu dem kargen Gemäuer bildeten.

Als er den Garten durchquerte, um noch mehr Stühle zu holen, entdeckte Matthieu ein Stück Papier, das der Wind vor sich her trieb und das beinahe in einem der Teiche gelandet wäre. Er rannte los, streckte den Arm aus und erwischte das Blatt beim ersten Versuch. Er erkannte bald, dass es sich um das Schema einer Ballettszene handelte, ein Gewirr aus Strichen mit Markierungen für die Schritte und Halbkreisspiralen für die Pirouetten.

Matthieu sah sich um und entdeckte in der Menge denjenigen, dem das Blatt mit Sicherheit gehörte: dem offiziellen Choreographen. Er war eine in ganz Paris bewunderte Persönlichkeit, denn das Ballett war ein Merkmal, das die französische Oper von anderen unterschied, und daher hing der Erfolg eines Werkes in großem Maße davon ab. Der Choreograph hockte auf dem Blumentopf eines jungen Orangenbaums und diskutierte so heftig mit seinen Tänzern, dass es schien, als würde es bald zu einem richtigen Streit kommen. Er sah anscheinend keine Möglichkeit, die Schritte der neuen Bühne anzupassen. Matthieu trat näher.

»Was willst du?«, fuhr ihn der Choreograph unwirsch an.

»Es tut mir leid, dass ich Euch unterbrechen muss«, sagte Matthieu unbeeindruckt und wandte sich halb ab, als wolle er schon wieder gehen. »Aber ich habe mir gedacht, dass dies sicher Euch gehört …«

Er zeigte ihm flüchtig das Blatt.

»Das Schema des zweiten Aktes!«, rief der Choreograph empört aus. Matthieu unterdrückte ein boshaftes Lächeln. »Woher hast du das?«

»Es war kurz davor, ein kleines Bad zu nehmen.«

Der junge Geiger wandte den Kopf in Richtung Teich. Der Choreograph nahm das Papier an sich, schloss die Augen und schluckte vernehmbar, bevor er sich die Tänzer vorknöpfte.

»Hat denn keiner von euch bemerkt, dass sich der zweite Akt selbstständig gemacht hat? Jetzt verschwindet und studiert die Änderungen ein«, schrie er auf einmal und reichte einem von ihnen den Zettel mit den Aufzeichnungen. »Ich will euch hier nicht mehr sehen!«

»Es wird sicher alles gut gehen«, verabschiedete sich Matthieu. »Es war mir eine Ehre, Euch kennenzulernen.«

»Warte!«

»Was kann ich noch für Euch tun?«

Der Choreograph musterte ihn unverhohlen.

»Wer bist du? Ich habe dich hier noch nie gesehen.«

»Matthieu Gilbert. Ich bin Violinist.«

»Welchem Orchester gehörst du an?«

»Im Moment muss ich mich damit zufriedengeben, für die vier Wände zu spielen, in denen ich in Kammermusik unterrichtet werde.«

Beide lachten.

»Du hast meinen zweiten Akt gerettet. Wenn ich irgendetwas für dich tun kann …«

»Macht Euch um mich keine Gedanken«, erwiderte Matthieu mit falscher Bescheidenheit. »Es reicht mir schon zu wissen, dass Euer Ballett wie immer ein voller Erfolg wird.«

»Lass uns nach der Aufführung noch einmal darüber sprechen.«

»Ich glaube nicht, dass das möglich sein wird …«

»Schaust du dir die Vorstellung nicht an?«

»Sagen wir es einmal so, man hat mich nur mit hergebracht, um ein paar Stühle zu schleppen«, erklärte Matthieu spöttisch.

Der Choreograph zog ein weißes Blatt aus der Tasche, notierte darauf etwas und setzte schwungvoll seine Unterschrift darunter. Er reichte Matthieu das Papier.

»Wenn das Material transportiert ist – falls wir es überhaupt je schaffen –, dann such dir ein Plätzchen im hinteren Teil der Orangerie. Wenn dich jemand kontrolliert, erklärst du, dass ich dich persönlich eingeladen habe, und zeigst ihm diese Zeilen.«

Matthieu war sprachlos.

»Darf ich wirklich …«

»Jetzt kümmere dich aber wieder um die Stühle, wir dürfen keine Zeit verlieren.«

Der junge Musiker bedauerte wirklich, seine Euphorie mit niemandem teilen zu können. Das war ja wie ein Traum! Er würde an der Uraufführung von *Amadis de Gaule* teilnehmen, gemeinsam mit den Höflingen, den besten Musikern des Landes und sogar dem König von Frankreich höchstpersönlich. Er versuchte, ein wenig zur Ruhe zu kommen. Nun hatte er erst recht einen guten Grund, sich nach allen Kräften anzustrengen, damit diese verrückte Idee noch vor Sonnenuntergang verwirklicht werden konnte. Also ließ er die Nymphen und die von Le Nôtre entworfenen Hecken in Spiralform links liegen und konzentrierte sich darauf, alles in seiner Macht Stehende zu tun. Der Tag schritt voran: Mit jeder Minute wurde die Gewitterluft schwüler, seine Hände schmerzten von den schweren Gegenständen, die er trug, und von Zeit zu Zeit überkam ihn ein nervöses Kichern, wenn er daran dachte, welche Wendung die Dinge genommen hatten. Derweil verwandelte sich die Orangerie nach und nach in ein Zauberreich.

Schließlich endete alles in Jubel und allgemeiner Zufriedenheit. Es grenzte fast an ein Wunder, aber es gelang der bunt zusammengewürfelten Arbeitsgruppe, auch das letzte Stück Kulisse herüberzutragen. Inzwischen war Spätnachmittag, und über Versailles hing ein bronzefarbener Wolkenhimmel. Trotz der Erschöpfung begannen die Helfer, wild durcheinanderzureden und sich in die Arme zu fallen. Lully unterbrach die allgemeine Begeisterung. Er zeigte keine übertriebene Höflichkeit, dankte allen mit knappen Worten und bat seine Mitarbeiter daraufhin, den Wintergarten augenblicklich zu verlassen. Der Kammermusikmeister kam zu Matthieu herüber und bat ihn, gemeinsam mit den anderen zurückzukehren.

»Sicher kann dich eine Kutsche nach Paris mitnehmen«, sagte er zu seinem Schüler. »Mir bleibt leider keine Zeit mehr, noch heimzufahren. Wie ich bloß aussehe!«, klagte er, während er an sich hinunterblickte. »In diesem Aufzug wirke ich ja noch älter, als ich ohnehin schon bin.«

Matthieu erzählte ihm von seinem Zusammentreffen mit dem Choreographen und zeigte ihm dessen Schreiben. Für Monsieur Le Pautre bedeutete das eine Sorge weniger, und er wandte sich achselzuckend von dem jungen Musiker ab.

Matthieu zog sich in ein Grüppchen Orangenbäume in einer Ecke zurück. Er schaute zu, wie die Handwerker im Regen davongingen. Seinen Freibrief schob er sich in die Tasche. Der Tag war gekommen. Endlich durfte er die Erstaufführung einer Oper des großen Lully miterleben, und zwar im selben Raum wie der Sonnenkönig.

14

Der König hatte den ganzen Tag lang keine Lust gehabt, aus seinem Versteck hervorzukommen. Man hatte ihn darüber informiert, was Lully vorhatte, aber er hatte keine Minute an den Erfolg dieses Plans geglaubt. Daher kannte seine Überraschung keine Grenzen, als ein Page ihm Bescheid gab, dass alles für die Vorstellung bereit war. Er sprang aus dem Bett, in dem er seit Stunden vor sich hin vegetiert hatte, und ordnete an, dass man ihm seine Kleider bringen möge. Kurz darauf strömte eine Schar von Dienern in den Raum. Die Ungeduld quälte König Louis. Er wusch sich die Hände mit Alkohol, während eine Kammerzofe ihm das Gesicht mit einer Schwanenfeder puderte. Der Großmeister der königlichen Garderobe zog ihm den rechten Ärmel des Nachthemdes aus, der oberste Diener der königlichen Garderobe den linken, und dem obersten Edelmann des Rates wurde die Ehre zuteil, ihm ein in weißen Taft eingerolltes sauberes Hemd zu reichen. Der Herrscher wurde immer nervöser. Das Ritual schien kein Ende zu nehmen. Sein Leibarzt untersuchte den Inhalt des goldenen Nachttöpfchens und stellte es dann auf ein Silbertablett, das zwei andere Adlige – die schon seit Wochen darauf gewartet hatten, endlich einmal diese Aufgabe übernehmen zu dürfen – feierlich aus dem Zimmer trugen. Wie langsam die Pagen doch waren! Warum brachten sie ihm nicht endlich Strumpfhose und Schuhe? Zum Erstaunen aller schminkte König Louis sich selbst die Augen und malte sorgfältig eines seiner Muttermale nach, als setze er nach dieser Pechsträhne einen Schlusspunkt.

Als die Wachen die Türen zur Orangerie öffneten, waren noch die letzten Hammerschläge im Inneren zu vernehmen. Die Geladenen traten ein und folgten dabei einem strengen Protokoll: zunächst die Gäste niederer Abstammung, die sich vor dem Haupttor drängten, das Lully mit frisch gepflückten Blättern und Blüten hatte schmücken lassen. Sie kamen an der Orchesterloge vorbei und hielten auf die Stühle zu, die ihrem Rang entsprechend für sie reserviert waren. Schließlich blieben nur noch Plätze in der Mitte des Raumes frei, die für den König und die Mitglieder seiner Familie bestimmt waren.

Matthieu hätte sich nie träumen lassen, dass es so viele verschiedene Arten von Schmuck gab und all diese Stoffe vielfältiger Texturen und Farben. Der Wintergarten füllte sich mit Kleidern aus Paris, dessen Schneider einen besseren Ruf hatten als diejenigen aus Versailles. Die Männer waren in enge Seidenhosen mit Knöpfen und Schuhe mit Schnallen, Schleifen und roten Absätzen geschlüpft, wie es der Anlass gebot, und hatten sich mit Bändern Spitzenkrawatten um den Hals gebunden. Die Damen hatten sich in Kleider aus Brokat oder Satin und Samt gehüllt, so eng und weit ausgeschnitten wie möglich, und trugen beeindruckende Hochsteckfrisuren und Perücken mit Drahtgestellen im Inneren.

Unter all den angemalten Gesichtern war es nicht schwer, Nathalies ungeschminktes Antlitz zu entdecken.

Er hatte sie nicht wiedergesehen, seit sie sich am Tag von Jean-Claudes Tod hinter der Saint-Louis-Kirche getroffen hatten. Sie war in Begleitung ihres Onkels erschienen, dem Landschaftsgärtner des Königs. Matthieu war wie vom Donner gerührt. Er war daran gewöhnt, die junge Frau in einem schlichten Mieder zu sehen, das den Ansatz der Brüste nur erahnen ließ, und das blonde Haar trug sie sonst offen oder steckte es zu einem schlichten Knoten hoch. An jenem Abend kam sie ihm wie ein ganz anderer Mensch vor. Sie hatte ein enges lilafarbenes

Kleid angelegt, das ihre Schönheit nur noch mehr unterstrich und sie beinahe so aussehen ließ, als gehörte sie der königlichen Familie an.

Während er sie betrachtete, wurde dem jungen Musiker auf einmal klar, dass bald Virginie du Rouge die Bühne betreten würde. Das schlechte Gewissen versetzte ihm einen Stich, aber er redete sich selbst schnell ein, dass sein Techtelmechtel mit der Sopranistin der Verbindung, die Nathalie und er durch die Welt der Töne aufgebaut hatten, niemals etwas anhaben konnte. Unauffällig ging er zu ihr hinüber wie ein Page, der ein paar Stühle zurechtrückte. Er schob sich zwischen den Höflingen durch und flüsterte Nathalie fast unhörbar etwas ins Ohr. Sie konnte ihre Überraschung kaum verbergen. Was machte der junge Musiker, den sie heimlich liebte, an diesem Ort? Le Nôtre begleitete sie zu ihrem Platz. Matthieu kehrte in den hinteren Teil des Saals zurück und kauerte sich zwischen die Orangenbäume. Er stellte fest, dass seine Freundin sich von Zeit zu Zeit nach ihm umdrehte, so als könne sie ihn sehen. Sie kam ihm vor wie ein verlorener Engel auf einem Maskenball.

Der Sonnenkönig erschien am Tor der Orangerie. Angesichts dieses improvisierten Kunstwerks verharrte er einige Sekunden stoisch, unter dem Wams klopfte ihm jedoch das Herz. Er atmete tief durch und hielt dann direkt auf den Thron zu, den man für ihn vorbereitet hatte.

»Lully, mein lieber Lully …«, flüsterte er mit zitternder Stimme und machte es sich auf dem Kissen bequem.

Und dann begann die Vorstellung endlich. Mit der Ouvertüre brach vor den Fenstern des Wintergartens auch das Unwetter los. Matthieu konnte sich nicht erinnern, schon einmal so einen Regenguss erlebt zu haben. Der unerschütterliche Lully konnte die Tränen kaum zurückhalten, als draußen just beim ersten Paukenschlag Blitze zuckten. »Ich weiß, dass ich dafür in Eurer Schuld stehe, Herr«, murmelte er mit einem Blick gen Himmel.

Sein an sich schon beeindruckendes Werk wurde durch das Naturschauspiel noch veredelt.

Als die Sopranistin die Bühne betrat, faszinierte ihr Anblick Matthieu. In dem luftigen Kleid, das leuchtete wie ein ganzes Sternbild, kam sie ihm wirklich vor wie eine Fee. Das hier hatte nichts mit der lasziven Nacktheit zu tun, die er sonst bei ihren Treffen zu Gesicht bekam. Er sah sich nach dem verrückten Gilbert um, ihrem Ehemann, der sie von einer Reihe in der Mitte des Saals aus stolz betrachtete. Der Kriegsheld labte sich mit vorgerecktem Kinn am Anblick der Frau, von der er glaubte, dass sie nur ihm allein gehörte wie sein Offizierssäbel, wie die Narbe, die über sein Gesicht verlief.

Virginie breitete die Arme aus und begann zu singen, ihre Stimme verschmolz mit der des Basses, der die Rolle des Alquif verkörperte.

»Mich lockt ein Laut, ihn zu suchen …«

Matthieu bemerkte es sofort.

»Der Zauber ist durchbrochen. Erwachet!«

Der junge Mann traute seinen Ohren kaum.

Er analysierte jede Note, jede Phrase, mit der die Stimme sich über die Streicher erhob.

Lully hatte die Originalmusik durch Matthieus Komposition ersetzt, die er am Morgen nach Jean-Claudes Tod an sich genommen hatte.

»Das ist mein Duett …«, murmelte der junge Mann.

Einer der Pagen, der sich neben ihn gesetzt hatte, sah ihn verständnislos an.

»Das ist mein Duett!«, wiederholte Matthieu und dämpfte seine aufgeregte Stimme. »Das habe ich komponiert!«

Peinlich berührt wandte sich der Page wieder der Bühne zu. Matthieu wurde klar, dass er zu laut gesprochen hatte. Er betrachtete die Stuhlreihen in nächster Nähe, stellte jedoch fest, dass sich keiner der Höflinge gerührt hatte. Am liebsten wäre er aufgestanden und hätte es hinausgebrüllt, aber das war nicht der Moment, um einen Skandal auszulösen. Im Gleichklang trugen Sopranistin und Bass weiterhin ihren Part vor. Matthieu schloss die Augen und presste die Lider aufeinander. Inzwischen war er so aufgeregt, dass er auf seinem Platz unruhig hin und her rutschte. »Es ist das Duett, das ich für meinen Bruder geschrieben habe«, flüsterte er vor sich hin. »Sein Musik gewordenes Andenken!«

Der Page rückte diskret von ihm ab. Matthieu versuchte, sich endlich zusammenzureißen, und ging mit Blicken noch einmal die Stuhlreihen durch. Er war sich sicher, keine Aufmerksamkeit erregt zu haben. Es hatte wohl niemand etwas bemerkt … außer einem, dessen Gehör dazu in der Lage war, auch die feinsten Zwischentöne wahrzunehmen, und dessen schlechtes Gewissen ihn von der ersten Note des Duetts in Alarmbereitschaft versetzt hatte: Maestro Lully. Während das gesamte Publikum sich den vereinten Stimmen der Sopranistin und des Basses hingab, konnte er sich nicht auf seine eigene Oper konzentrieren und durchbohrte Matthieu von der anderen Seite der Orangerie aus mit Blicken, starrte ihn über den bunten Wald aus Hochsteckfrisuren hinweg an mit jener wutverzerrten Miene, mit der er sonst seine Musiker einschüchterte.

»Warum?«, gab ihn ein am Boden zerstörter Matthieu mit Gesten zu verstehen. »Sei still!«, antwortete ihm Lully stumm vom Fuße der Bühne aus. Aber Matthieu brauchte eine Erklärung, das konnte er so nicht stehen lassen. Ihr habt mir mein Duett gestohlen!, klagten seine Augen den Komponisten an. Ihm hätte nur ein einziger Blick genügt, mit dem der Maestro Reue darüber gezeigt hätte, so tief gesunken zu sein. Lully war jedoch viel zu arrogant, um nachzugeben, und verabschiedete sich mit einer Miene, die lediglich seiner Verachtung Ausdruck verlieh, bevor er sich wieder zum Orchester umwandte.

Matthieu fühlte sich so gedemütigt wie nie zuvor. Das Blut kochte in seinen Adern, auf einmal überkamen ihn der Zorn und die Müdigkeit, die sich in den fast schlaflosen letzten zwei Wochen in ihm aufgestaut hatten. Bilder von Jean-Claude, der nicht mehr war, stürmten auf ihn ein. Er stand auf und wollte mit Nathalie sprechen, aber es war ihm unmöglich, an ihren Stuhl in der Mitte des Saals heranzukommen. Er musste einfach jemandem erzählen, was geschehen war, um sich von diesem Gefühl der Ohnmacht zu befreien, das seine Hände erzittern ließ. Nicht weit entfernt entdeckte er am seitlichen Rand der Bühne den Kammermusikmeister und ging zu ihm hinüber. Da Lullys Ballettopern sich üblicherweise in die Länge zogen, war es nicht ungewöhnlich, dass das Publikum während der Vorstellung aufstand, der *Amadis* hatte aber gerade erst begonnen, und alle saßen auf ihren Plätzen, wie gebannt von der harmonischen und visuellen Schönheit des Schauspiels, die durch die Aufführung im Wintergarten noch verstärkt wurde. Zwischen den Stuhlreihen und der Wand war kaum Platz, daher berührte er unterwegs den Ärmel des einen oder anderen Edelmanns, der unwirsch von ihm abrückte. Auf Höhe der Reihe, in der Le Pautre saß, hockte sich Matthieu hin und versuchte, mit einem Zischlaut die Aufmerksamkeit seines Lehrers auf sich zu lenken. Dieser sah ihn verblüfft an. In immer lauter werdendem Flüsterton versuchte Matthieu, ihm zu erklären, was vorgefallen war. Le Pautre wollte nichts davon hören, ihn quälte die Sorge, was wohl die anderen Zuschauer in seiner Nähe denken würden. Er bat seinen Schüler lediglich mit höflichen Gesten, ihn in Ruhe zu lassen und zu seinem Platz zurückzukehren.

Lully hatte Matthieu nicht eine Minute aus den Augen gelassen. Er bedeutete den Orchestermitgliedern fortzufahren und verließ seinen Platz vor der Bühne. Anschließend trat er an zwei

Wächter heran, die neben der Tür strammstanden, flüsterte ihnen etwas ins Ohr und deutete auf den jungen Musiker.

Das kann doch nicht sein …, dachte dieser entsetzt. Lässt er mich etwa festnehmen?

Einen Moment lang zog er in Erwägung, auf die Männer zuzugehen und das Vorgefallene zu erklären, dann aber sah er sich um und begriff, wie ernst seine Situation war. Also überlegte er es sich nicht zweimal und kehrte rasch in den hinteren Bereich des Wintergartens zurück. Er ging an der Stelle vorbei, an der er vorher gesessen hatte, und verbarg sich hinter üppigen Pflanzen, die mit Sicherheit nicht auf französischem Boden gesprossen waren. Er hoffte, dass man die Sache vielleicht auf sich beruhen lassen würde, wenn er sich außer Sichtweite brachte, doch die Wachen marschierten weiter voran.

Die Höflinge wurden langsam unruhig und fragten sich, was da wohl vor sich ging. Das Gemurmel war bis auf die Bühne zu hören. Bei Sängern und Musikern begannen sich kleine Fehler einzuschleichen. Der offizielle Choreograph sah sich mit gerunzelter Stirn um.

Matthieu zog in Erwägung, eine Treppe hinabzulaufen, die er neben dem Eingang der nächsten Galerie entdeckte, ihm wurde aber klar, dass er sich selbst den Fluchtweg abschneiden würde, wenn er in den Palastkellern landete. Also warf er sich in Richtung eines Fensters zu einem Hof mit einem Teich, es stellten sich ihm jedoch zwei Wachen in den Weg, die er vorher nicht gesehen hatte. Er schlug einen Haken und rannte auf den Nebensaal zu, in dem die meisten Orangenbäume aufbewahrt wurden. Nervös stieg er auf einen Blumentopf, um von diesem erhöhten Punkt aus seine Lage besser einzuschätzen, hatte aber das Pech, den Kübel dabei umzuwerfen und einen Dominoeffekt auszulösen, der weitere Bäume umriss und dabei die letzten Stuhlreihen erreichte. Der krachende Lärm übertönte bei weitem die Streicher des Orchesters, und jetzt wurde die Vorstellung schließlich unterbrochen.

»Ergreift diesen Mann!«, wütete Lully.

Das war nicht schwer, da Matthieu unter spitzen Ästen begraben war. Ohne Rücksicht darauf, dass sie ihm dabei Arme und Gesicht zerkratzten, zerrte man ihn hervor. Fünf weitere Wachen umringten den König, um ihn zu beschützen. Niemand wusste, ob es sich um einen vorsätzlichen Anschlag auf die Krone oder die geladenen Ausländer handelte, ob bald die Komplizen dieses Wahnsinnigen auftauchen würden oder ob es hier einfach nur um einen Betrunkenen ging, der sich auf unerklärliche Weise eingeschlichen hatte. Die Höflinge waren aufgestanden und führten mit affektierten Gesten die Hand zum Mund. Das Publikum aus den letzten Reihen versuchte, sich von den umgestürzten Orangenbäumen zu befreien. Ein paar Damen weinten hysterisch. Die Schauspieler und Musiker verharrten wie erstarrt mitten auf der Bühne.

»Führt ihn ab! Führt ihn ab!«, kreischte Lully.

Matthieu wehrte sich. Die Wachen schlugen mit den Griffen ihrer Schwerter auf ihn ein, konnten aber nicht verhindern, dass er dabei schrie wie am Spieß. Alles war aus dem Ruder gelaufen. Und Matthieu dachte längst nicht mehr daran, welche Konsequenzen sein Verhalten haben würde. Ohne Furcht wandte er sich direkt an den Herrscher im Vertrauen darauf, dass dieser sich als der letzte Hüter der Wahrheit erweise.

»Majestät! Hört mich an! Lully hat mir mein Duett gestohlen! Das ist meine Komposition! Mein Duett! Es gehört mir und meinem Bruder!«

»Bringt ihn zum Schweigen!«, überschlug sich Lullys Stimme. »Führt ihn ab!«

»Genug!«, rief der König und schob mit einer Geste die Wachen zur Seite, die ihn beschützten. Er war erzürnt. Er dachte an nichts anderes als daran, den jungen Mann eigenhändig vor dem gesamten Hofstaat zu erledigen. »Bringt ihn her!« Zwischen den Höflingen hindurch schleiften sie Matthieu herbei und versetzten ihm noch einen letzten Schlag, um ihn dazu zu zwingen, vor Ludwig XIV. niederzuknien.

»Majestät«, keuchte der Geiger wieder, obwohl sie ihm den Arm auf dem Rücken so sehr verdrehten, dass sie ihm fast den Knochen gebrochen hätten, »das ist mein …«

»Wer bist du, dass du es wagst, mich anzusprechen? Wie kannst du nur glauben, das Recht zu alledem zu haben?«

Der Souverän schloss zornentbrannt die Augen, stieß einen schrillen Ton aus und verpasste dem jungen Mann mit dem Handrücken einen Schlag ins Gesicht.

Niemand wagte es, sich zu rühren. Selbst der Sonnenkönig stand mit schmerzenden Fingern einige Sekunden reglos da. Man konnte nur sein Schnaufen vernehmen. Er wusste nicht, mit welcher Miene er sich an die Höflinge wenden sollte oder was er den Botschaftern aus Siam sagen konnte. Er schaute auf und betrachtete untröstlich die Sänger, die unterbrochen worden waren. Dann drehte er sich ganz langsam um und entdeckte, dass einige seiner Orangenbäume die Stühle der letzten Reihe umgeworfen hatten. Nach und nach nahm er den ganzen Wintergarten in Augenschein. Keiner der Edelmänner schien verletzt zu sein. Einige von ihnen untersuchten mit bedauerndem Blick Risse in ihrer teuren Abendkleidung. Zum Erstaunen der Anwesenden zog der König plötzlich den Säbel eines Wachmanns aus der Scheide. Das langsame Kratzen des Metalls in der Hülle zerriss die Anspannung, die sich aufgebaut hatte. Ludwig XIV. führte die Klinge an Matthieus Hals. Es quollen einige Tropfen Blut hervor. Die Hände des Monarchen zitterten vor Zorn. Er war fest entschlossen, ihm die Kehle durchzuschneiden, als der junge Musiker den Kopf hob.

Die Tiefen seines Blickes zogen den König in ihren Bann, und gleichzeitig empfand er auf einmal völlige Hilflosigkeit. Der Hass, den er gerade noch gespürt hatte, löste sich plötzlich in Luft auf. Womöglich steckte hinter diesen Vorkommnissen ja doch etwas, das es anzuhören lohnte? Er beschloss, dem jungen Mann eine Chance zu geben. Immerhin, sagte er sich, konnte er so vielleicht seine Ehre retten, indem er die hohe Tugend der Milde walten ließ.

Er zog das Schwert zurück.

»Wie heißt du?«, fragte er und zwang sich zu einem salbungsvollen Tonfall.

»Matthieu … Gilbert.«

»Erklär mir, was hier geschehen ist.«

Matthieu schien augenblicklich wieder zu Kräften zu kommen, obwohl er wegen der Schläge, die auf ihn niedergeprasselt waren, das rechte Auge kaum öffnen konnte.

»Majestät, ich habe dieses Duett komponiert. Das schwöre ich, Majestät. Ich bin ein Schüler von Maestro Lullys Konservatorium. Er hat die Partitur an sich genommen, als …«

»Bringt ihn zum Schweigen«, brüllte der Maestro, verließ das Dirigentenpodest und kam auf sie zu.

Der König wandte sich mit eiskaltem Blick in seine Richtung. Lully musste seinen Stolz hinunterschlucken und blieb in einiger Entfernung stehen.

»Maestro Lully hat in meiner gerade fertiggestellten Partitur geblättert und dann beschlossen, sie an sich zu nehmen«, fuhr Matthieu fort. »Ich war sicher, dass sie ihm gefallen hatte. Ich bin davon ausgegangen, dass er nach sorgfältigem Studium des Stückes noch einmal mit mir darüber sprechen würde. Dann habe ich aber nichts mehr darüber gehört, bis eben die Sopranistin zu singen begonnen hat.«

»Schenkt Ihr diesem Mann wirklich Glauben?«, mischte sich Lully erneut empört ein. »Es ist wahr, dass er ein Schüler des Kammermusikmeisters ist, aber ich habe bis zu diesem Augenblick noch nie mit ihm gesprochen.«

Alle Anwesenden verfolgten die Unterhaltung, als sei sie ein Teil der Vorstellung.

»Kannst du beweisen, was du da behauptest?«, fragte der Souverän Matthieu.

»Niemand außer ihm hat die Partitur je zu Gesicht bekommen. In jener Nacht ist so viel passiert…« Er schloss die Augen und verstummte kurz. »Mein Bruder war gerade ermordet worden, und ich war am Boden zerstört. Ich machte mich auf den Weg zur Akademie und schrieb dort das Duett nieder, bis ich erschöpft zusammenbrach. Maestro Lully erschien im Morgengrauen, um das neue Libretto des *Amadis* zu holen. Zunächst war er erzürnt, weil ich seine Verse benutzt hatte…«

Irgendetwas sagte dem König, dass dieser junge Mann die Wahrheit sprach, doch er konnte es nicht wagen, in einer so delikaten Angelegenheit seinem Instinkt zu folgen.

»Du hast gesagt, dass du das Duett nach dem Tod deines Bruders geschrieben hast. Wie war sein Name? Gibt es unter den Anwesenden irgendjemanden, der deine Geschichte bestätigen kann?«

Matthieu war klar, dass er sich jetzt auf dünnem Eis bewegte, aber er musste antworten.

»Er hieß Jean-Claude.«

»Jean-Claude?«, warf auf einmal Lully mit lebhafter Stimme ein. Er hatte sich den Namen genüsslich auf der Zunge zergehen lassen. »Jean-Claude Charpentier, der auf der Freitreppe vor Saint-Louis ermordet wurde?«

Matthieu ließ den Kopf hängen.

»Ja.«

»Du bist also ein Neffe von Marc-Antoine Charpentier und hast das nicht angegeben, als du dich in meiner Schule eingeschrieben hast? Wie konntest du so etwas bloß verschweigen? Hast du etwa gedacht, ich würde dich deshalb nicht als Schüler aufnehmen, du Unglückseliger?« Lully drehte sich voller Entschlossenheit zum König um. »Selbst Euch, Majestät, hat er seinen Namen verschwiegen! Wie soll man einem Mann Glauben schenken, der seiner eigenen Familie abschwört?«

»Sperrt ihn ein«, befahl der Herrscher ein wenig resigniert.

»Aber ich sage doch die Wahrheit!«, rief Matthieu.

»Werft ihn augenblicklich in den tiefsten Kerker der Bastille, und möge ihn seine Reue zerfressen bis zu seinem Tode!«

Jetzt geriet Matthieu in Panik.

»Nein, nein … Majestät!«, schrie er verzweifelt. »Wartet …!«

»Machen wir dieser Sache ein Ende!«

Während die Wachen ihn davonschleiften, schaute Matthieu Nathalie an. Wenn er aus dieser misslichen, kaum wiedergutzumachenden Lage entkommen wollte, brauchte er ihre Hilfe. Dann aber sah er ihre verstörte Miene, wie sie den Hals reckte, um so allein in der Dunkelheit und im Durcheinander eine Erklärung für das alles zu finden, und beschloss, sie nicht zu kompromittieren. Lieber wandte er sich an die Sopranistin, die noch immer mitten auf der Bühne stand.

»Virginie, sag ihnen die Wahrheit!«, rief er auf einmal.

Selbst unter all der Schminke konnte man sehen, wie leichenblass die Sängerin auf einmal wurde. Wie konnte er es bloß wagen, sie vor allen derart bloßzustellen?

»Ich bin nicht …«

»Erklär es ihnen, Virginie! Du weißt doch, dass nur ich so etwas komponieren kann. Das hast du mir schließlich oft versichert, sag es ihnen jetzt!«

Alle Höflinge lächelten gehässig. Der verrückte Gilbert musste übermenschliche Kräfte aufbringen, um Haltung zu bewahren. Als alter Soldat, der schon hundertmal einem Hinterhalt entgangen war, war ihm klar, dass man ihn sofort als gehörnten Ehemann abstempeln würde, wenn er nun aufsprang und den Musiker schweigen hieß. Wenn er jedoch ruhig blieb – beinahe abwesend wirkte –, würden die anderen denken, dass es sich um eine Geschichte handelte, die der junge Mann sich einfach nur ausgedacht hatte, oder – im schlimmsten Fall – um eine von ihm tolerierte außereheliche Abwechslung. Er würde später noch genug Zeit haben, seine Frau zur Rede zu stellen. Dumpfes Gemurmel breitete sich im Saal aus. Die Sopranistin war wie erstarrt. Sie versuchte zu antworten, ihrem Geliebten den Mund zu verbieten, brachte selbst aber kein einziges Wort heraus. Matthieu schrie ihren Namen immer und immer wieder. Beschämt lief sie davon, um sich in den Kulissen zu verstecken. Nathalie stand weinend auf und tastete um sich herum, weil sie diesen Ort so schnell wie möglich verlassen wollte. André Le Nôtre verstand überhaupt nichts. Er versuchte, seine Nichte zu beruhigen, sie jedoch flehte ihn an, sie nach Hause zu bringen. Nicolas de la Reynie, der Polizeipräfekt, nutzte die allgemeine Verunsicherung und versetzte Matthieu einen Schlag gegen die Schläfe, bevor er ihn wie eine leblose Marionette wegschleifte.

Der König sank auf seinem Stuhl zusammen und ergriff die Hand von Marie Anne, einer seiner Töchter.

»Grämt Euch nicht, mein Herr«, beruhigte diese ihn, als sie in seinen Augen das neue unbekannte Bewusstsein einer Niederlage lesen konnte. »Alles wird wieder gut.«

»Und wie stellst du dir das vor? Meine Höflinge und ich stehen ja da wie die Figuren einer einzigen großen Tragikomödie. Wo beginnt denn hier die Bühne, und wo hört sie auf?«

Lully sah ihn aus den Augenwinkeln an. Er schwang seinen Stab, und wie Stehaufmännchen stimmten die Musiker den ersten Akkord des nächsten Aktes an. Die Pagen machten sich daran, die umgestürzten Bäume wieder aufzurichten. Die Höflinge kehrten zu ihren Plätzen zurück, ihr Gemurmel versiegte jedoch trotz der Musik noch lange nicht. Während der nächsten Wochen würde es viel Gesprächsstoff geben. So war sie, die Welt von Ludwig XIV., ein Bienenstock herausgeputzter Geistererscheinungen, die sich an einem Gerücht über Ehebruch viel mehr labten als an der zauberhaften Harmonie von hundert Geigen. Niemand würde sich wegen der Verse an *Amadis de Gaule* erinnern, niemand würde davon träumen, sich den Ungeheuern entgegenzustellen oder die Prinzessin zu lieben. In Versailles beherrschte eine einzige Fantasie die Gedanken: die Vorstellung von der öffentlichen Hinrichtung des Verrückten aus dem Wintergarten.

15

Matthieu erwachte auf dem Karren, mit dem sie ihn wegschafften. Das schaurige Quietschen der Ketten an der Zugbrücke der Bastille riss ihn aus seiner Bewusstlosigkeit. Er trug Fesseln, die ihm unerträgliche Schmerzen verursachten. Als Erstes erblickte er die Soldaten, die auf den Türmen mit den Zinnen Wache hielten. Sie überquerten den Wassergraben und fuhren in den Innenhof. Mit einem Mal umgab ihn eiskalte Dunkelheit, die nur an einigen Ecken durch das Licht von Fackeln durchbrochen wurde. Man holte ihn vom Karren herunter und zerrte ihn weiter zwischen den krummen Säulen dieses schmutzigen Baus hindurch, der bis auf ein paar vergitterte Fenster, die den Blick auf noch düsterere Gänge freigaben, völlig von der Außenwelt abgeschottet schien. Als ihn dieses riesige steinerne Tier verschluckte, spürte Matthieu zum ersten Mal in seinem Leben schiere Panik.

Im Gefängnis gab es einen Bereich, der für straffällig gewordene Vertreter der Bourgeoisie reserviert war, einen anderen für gewöhnliche Verbrecher und dann, für aufmüpfige Gefangene, noch eine Reihe von Strafzellen. In eine solche brachte man Matthieu nun. Der Polizeipräfekt wusste genau, dass jemand, der so einen Vorfall wie den in der Orangerie auslöste, eine ganz besondere Behandlung verdiente. Man führte Matthieu eine Treppe hinunter, die zu beiden Seiten vom Boden bis zur Decke vergittert war. Durch die Metallstäbe ragten menschliche Arme, die versuchten, ihm die Kleidung vom Leib zu reißen. Die Wachen zerrten ihn den ganzen Gang entlang und warfen ihn dann brutal in den entferntesten Kerker. Dröhnend schlugen sie die Tür zu und sicherten sie mit einem Schloss. Trotz des Gestanks und der Kälte war Matthieu zunächst einmal erleichtert. Wenigstens musste er dieses feuchte Loch mit niemandem teilen. Das dumpfe Licht der Fackeln fiel durch die vergitterte Luke ins Innere, durch die das Essen gereicht wurde. Der Geiger hockte sich in die einzige Ecke, in der der Boden nicht mit Exkrementen bedeckt war. Die steinerne Bastille schien ihn mit all ihrem Gewicht zu erdrücken, also saß er unbewegt da und dachte nur darüber nach, warum er sich eigentlich so verhalten hatte. Er hatte bislang nicht gewusst, wie weit ein Mensch aus Liebe gehen würde! Matthieu hatte seinen Bruder geliebt und ebenso das Duett, das er zum Abschied für ihn komponiert hatte.

Als er schließlich völlig erschöpft einschlief, gab es weder Tag noch Nacht.

Stunden später kitzelte die Berührung eines bekannten Geräusches sein Ohr. Zunächst dachte er, es entspränge bloß seinem Albtraum.

»Matthieu …«

Die Zelle erschien ihm auf einmal nicht mehr so düster, als er sah, dass es sein Onkel Marc-Antoine Charpentier war. Er wurde von einem Gefängnisaufseher begleitet.

Matthieu stürmte zur Luke.

»Gott sei Dank!«

»Was haben sie mit dir gemacht …?«

»Habt Ihr mit jemandem gesprochen?«, drängte Matthieu. »Ihr müsst mich hier rausholen …«

Mit einer diskreten Geste, die doch so viel Autorität ausstrahlte, bat Charpentier den Wächter, er möge ihn doch einige Minuten allein mit seinem Neffen einschließen. Ein paar Münzen überzeugten den Mann schließlich.

Sie fassten sich an den Armen und drückten sich fest, als wollten sie sich davon überzeugen, dass sie nicht bloß träumten.

»Was für Blut ist das?«

Charpentier zeigte auf die Kruste, die sich auf Matthieus Stirn gebildet hatte.

»Sagt doch bitte, dass Ihr mich hier rausholen könnt…« Der junge Mann begann zu zittern. »Wie bin ich bloß hier hineingeraten? Was für eine Schande, dass Ihr mich so sehen müsst…«

Charpentier überlegte, wie er formulieren sollte, was er seinem Neffen zu sagen hatte.

»Ich bin es, der sich schämen sollte.«

»Warum sagt Ihr so etwas?«

»Ich war die ganze Zeit über Jean-Claudes Tätigkeiten informiert«, gab er unumwunden zu.

Matthieu war sprachlos.

»Bis zu welchem Punk kanntet Ihr…«

»Ich wusste, dass er Kontakt zu Dr. Evans hatte und an diesen Partituren arbeitete. Mein Gott, wie sehr ich das jetzt bereue. Dein Bruder ist tot, und Dr. Evans liegt im Hôtel-Dieu im Sterben…«

»Der Engländer hat den Angriff überlebt?«

»Ja.«

»Verdammt, Ihr habt mich in allem belogen! Wart Ihr im Leben überhaupt schon einmal ehrlich zu mir? Warum erzählt Ihr es mir nun?«

»Ich wollte dich nur beschützen…«

»Das ist Euch ja offensichtlich nicht gelungen.«

Charpentier kämpfte mit den Tränen.

»Mach es mir doch nicht noch schwerer. Immerhin bleibt mir jetzt nur noch einer meiner…«

»Eurer Neffen?«, rief Matthieu erzürnt. »Oder vielmehr Eurer Schüler, denn das waren wir doch wohl für Euch? Seht nur, wohin Eure verfluchte Musik uns gebracht hat!«

Er schlug wütend gegen die Wand und drehte sich weg. Charpentier brachte kaum ein Wort heraus.

»Ich hätte nie gedacht, dass Jean-Claude mit seinem Leben

spielte«, stammelte er schließlich. »Die Begeisterung hat uns beide mitgerissen ...«

»Schweigt!«

Matthieu schlug die Hände vors Gesicht.

»Ich bitte dich, hör dir doch an, was ich zu sagen habe. Uns bleibt nicht viel Zeit ...«

Bei Matthieu war nun alle Arroganz wie weggeblasen.

»Ich will nicht sterben!«

Es brach Charpentier das Herz.

»Das wirst du auch nicht.«

»Und wie wollt Ihr das verhindern? Wenn mich der König nicht umbringt, dann tut es der Mann der Sopranistin.«

»Ich habe ein Angebot, das nicht einmal unser Herrscher ausschlagen kann.«

»Er hat doch schon Lully.«

»Es hat nichts mit meiner Musik zu tun.«

»Was könnt Ihr ihm denn sonst noch bieten?«

»Die Partitur der Melodie vom Ursprung.«

Endlich drehte sich Matthieu wieder um.

»Wovon redet Ihr?«

»Ich werde ihm die Partitur der Melodie vom Ursprung anbieten«, wiederholte Charpentier mit entschlossener Stimme, die jeden Winkel der Zelle zu erfüllen schien. »Jenes Lied, das zu Beginn der Zeiten von Gott inspiriert wurde.« Er trat näher, um Matthieu ins Ohr zu flüstern. »Die Melodie der Seele.«

Matthieu starrte ihn an.

»Oh mein Gott, jetzt habt Ihr endgültig den Verstand verloren, und ich muss es nun ausbaden ...«

»Ich weiß, dass es schwerfällt, daran zu glauben, aber lass es mich doch erklären.«

In diesem Moment hatte der junge Musiker den Eindruck, einen Windstoß zu verspüren, obwohl es gar keine Ritzen im Gemäuer gab, durch die er in den Raum hätte dringen können. Er schloss die Augen und versuchte, sich diesem Säuseln hinzugeben, das ungestraft die wuchtigen Mauern des Gefängnisses überwunden hatte.

»Was macht es denn jetzt noch aus, ob ich das glaube oder nicht? Erzählt mir, was Ihr wollt«, murmelte er resigniert. »Mich kann sowieso niemand mehr retten.«

Jetzt, wo sich sein Neffe endlich beruhigt hatte, legte Charpentier ihm die Hand auf die Schulter und bewog ihn, sich mit ihm gemeinsam auf den Boden zu setzen, den Rücken an die schmierige Wand gelehnt. Er holte einmal tief Luft und begann einen rhythmischen Vortrag, als rezitiere er ein Gedicht.

»Bereits im alten Persien wurde erzählt, dass Gott Musik benutzte, um die Seele in diesem fleischlichen Körper einzuschließen, der unsere Bürde ist.«

»Kommt Ihr mir nun mit der Schöpfungsgeschichte?«

Der Komponist nickte.

»Die Legende erzählt, dass Gott nach seinem Abbild eine Figur aus Lehm schuf und ihr dann die Seele einhauchen wollte. Die Seele aber war ätherisch, und es gelang ihm nicht, sie einzufangen. Er fand auch keine Argumente, die sie überzeugten, von sich aus in den Körper zu fahren. Die frei geborene Seele wusste, dass jene Statue aus Lehm ihr zum Gefängnis werden würde, und umkreiste den leblosen Körper daher lange, ohne den Köder zu schlucken. Aber eines Tages kam Gott eine Idee: Er bat seine Engel, die schönste Weise vorzutragen, die je gesungen wurde. So geschah es, und die Melodie erfüllte das Universum. Als sie sie vernahm, war die Seele wie berauscht und beschloss, in den Körper zu fahren, um ihr noch direkter lauschen zu können, um sie in all ihrer Reichhaltigkeit durch die Ohren aus Ton zu vernehmen.«

»Wir sind Musik«, murmelte Matthieu, der sich der Geschichte endlich ergab.

»Das ist das Geheimnis. In der Legende wird erzählt, dass die

Seele vom Körper Besitz nahm, als sie dieses Lied hörte. Aber in Wirklichkeit war die Seele selbst das Lied.«

Matthieu vergrub das Gesicht in den schmutzigen Händen.

»Ich habe das Gefühl, dass dies alles nur ein schlechter Traum ist.«

Charpentier kniete sich vor ihm hin.

»Ich werde die Partitur der Melodie vom Ursprung vollenden, koste es, was es wolle, und sie dem Herrscher im Austausch für dein Leben darbieten! Ich habe eine Audienz bei Minister Louvois erwirkt und …«

»Einen Moment …«, unterbrach ihn sein Neffe, der endlich den Zauber abschütteln konnte.

»Was ist los?«

»Handelt es sich etwa um die Partitur, die Jean-Claude transkribieren wollte? Die, nach der die Mörder gesucht haben?«

»Ja.«

»Mein Gott, was tue ich hier bloß? Ich habe doch geschworen, alles zu vergessen, was mit seinem Tod zu tun hat …«

»Das ist für mich die einzige Möglichkeit, dich hier herauszuholen«, erklärte Charpentier ernst.

Matthieu stand auf.

»Ich bitte Euch, mich jetzt allein zu lassen.«

»Wie bitte?«

»Geht!«

Er warf einen raschen Blick auf die Zellentür. Auch Charpentier erhob sich nun und fasste ihn an beiden Armen.

»Hast du denn nicht gehört, was ich …«

»Geht!«, befahl er wieder aus tiefstem Herzen.

Das Echo seiner verzweifelten Worte hallte in der Zelle wider. Charpentier ließ sich auf die Knie fallen und umklammerte ein Bein seines Neffen.

»Warum kannst du mir nicht verzeihen? Tu es für deine Eltern!«

Matthieu presste die Lippen aufeinander.

»Was haben die damit zu tun?«

»Sie haben es nicht verdient, auch dich zu verlieren.«

Matthieu sah ihn einige Sekunden lang an. Tausend Dinge schossen ihm durch den Kopf. Er sank wieder zu Boden und begann zu weinen wie ein hilfloses Kind, ohne Groll oder Wut, und ließ all dem Schmerz freien Lauf, der sich seit Wochen bei ihm angestaut hatte. Es kam ihm vor, als müsse er ganz neu lernen zu atmen, als ob er das Leben Schluck für Schluck wieder in sich aufnahm. Die beiden Männer umarmten sich lange.

»Ich schwöre, ich würde jeden Tropfen deines Leidens in mich aufsaugen, wenn ich könnte«, schluchzte Charpentier. »Ich würde mein ganzes vergangenes und zukünftiges Leben dafür hergeben, deinen Bruder nur noch ein einziges Mal sehen zu dürfen ...«

Matthieu leistete jetzt keinen Widerstand mehr. Er bat seinen Onkel, ihm alles zu erzählen. Aus einem anderen Kerker war ein Klagelaut zu hören, der weder aus Worten noch aus Stöhnen bestand, aber in diesem Moment bekam der junge Musiker nichts anderes mehr mit als die tiefe Stimme seines Onkels. Dieser erzählte ihm, wie Dr. Evans ihn in dieses alchemistische Abenteuer eingeführt hatte und wie kurze Zeit später dessen Mentor, Isaac Newton, auf der Bildfläche erschienen war. Matthieu konnte das alles nicht fassen. Der englische Wissenschaftler war also besessen von der Alchemie, und Jean-Claude hatte mit ihm an seinem Endprojekt gearbeitet, in das er all seine Genialität und die Erkenntnisse aus jahrzehntelanger Forschung gesteckt hatte ...

»Newton ist ein glühender Verfechter der Theorie, dass Gott in den Schriften des Altertums verschiedene Hinweise hinterlassen hat«, erläuterte Charpentier, »Bruchstücke allerhöchster Wahrheit, die sich, wenn der passende Augenblick gekommen ist, einigen wenigen Auserwählten offenbaren werden.«

»Und ich kann wohl annehmen, dass er sich selbst unbesehen zu diesen Privilegierten zählt ...«

»Aber es stimmt natürlich, dass er nach endlosen Stunden intensiven Studiums seiner Bücher dieses bislang unbekannte Kleinod entdeckt hat: die Melodie vom Ursprung.«

Matthieu sah ihn befremdet an.

»Dass sie existiert, ist faszinierend, aber … was bringt sie uns? Ist ihr Nutzen wirklich so groß, dass Menschen dafür töten?«

»Die Melodie enthält die Formel, um den Stein der Weisen herzustellen und damit das höchste Ziel der Alchemie zu erreichen.«

»Was für ein Ziel ist das?«

»Die Wandlung des Geistes.«

Matthieu verspürte eine gewisse Ergriffenheit.

»Das müsst Ihr mir erklären.«

»Newton will, dass seine Seele, die wie die der restlichen Menschheit verdorben ist, ihre ursprüngliche Reinheit zurückerlangt. Kannst du dir vorstellen, wie es wäre, an den Punkt zurückzukehren, bevor Eva in den Apfel biss? Die Früchte vom Baum der Erkenntnis, vom Baum des Lebens pflücken zu können …«

»Ich hatte eigentlich gedacht, dass Alchemisten Metall in Gold umwandeln wollen …«

»Das habe ich auch geglaubt«, lächelte der Komponist. »Über die klassische Alchemie ist Newton jedoch erhaben. Von all den Dingen, die ihm der Stein der Weisen geben kann, interessiert ihn das Gold am wenigsten. Er weiß, dass er der klügste Mensch auf Erden ist, er hat Entdeckungen gemacht, die bis jetzt undenkbar schienen, empfand seinen sterblichen Verstand aber stets als beengend. Daher träumt er davon, dass sein Gehirn eines Tages ohne Einschränkungen funktionieren wird, so sauber wie das des ersten Menschen auf Erden. Für wie intelligent man ihn auch halten mag, er sagt selbst, dass er doch nichts anderes ist als ein kleiner Junge, der am Strand spielt und sich gelegentlich damit die Zeit vertreibt, nach einer besonders schönen Muschel zu suchen, während sich der riesige Ozean des Wissens völlig ungenutzt vor ihm erstreckt.« Charpentier verstummte kurz. »Die alchemistische Umwandlung basiert auf dem Tod eines bestimmten Stoffes und der Auferstehung einer nobleren Materie, und er geht noch einen Schritt weiter und erklärt, dass dies auch mit der Seele funktioniert. Der menschliche Körper ist für ihn ein unreines Metall auf der Suche nach einem Katalysator, der es aufweckt, damit es das Licht sehen und Gott näher kommen kann.«

»Das klingt ja eher nach Philosophie oder Religion, nicht nach Chemie«, murmelte Matthieu, der sich jetzt endgültig auf das Thema einließ.

»Jahrhundertelang waren Wissenschaft, Philosophie und Religion eng miteinander verknüpft«, erklärte Charpentier erfreut. »Newton ist davon überzeugt, dass derjenige, der nach der Formel aus der Melodie vom Ursprung den Stein der Weisen herstellt, einen übernatürlichen Zustand erreichen wird: Sein Gehirn wird in schwindelerregendem Tempo arbeiten, seine Sinne werden angesichts eines ganz neuen Firmaments von Eindrücken geradezu explodieren, selbst seine Organe werden sich erneuern und sein Leben verlängern. Diese Person wird erwachen, während der Rest der Menschheit weiter schläft. Der Auserwählte wird die Wahrheit erkennen«, endete der Komponist. »Er wird Gott von Angesicht zu Angesicht erblicken.«

Matthieu konnte es kaum fassen.

»Ich weiß nicht … Diese Ansichten verwechseln Spiritualität mit Magie. Das hieße ja, wider die Natur zu handeln …«

»Newton will lediglich den natürlichen Prozess beschleunigen. Das ganze Universum entstammt einer Ursubstanz, und so wie Metall durch das unaufhörliche Wirken des sich stets verändernden Kosmos zu Gold wird, so wird sich auch der Mensch mit Gott vereinen, wenn es ihm erst gelingt, seine verdorbene Seele reinzuwaschen. Der Stein der Weisen ist nur ein Hilfsmittel, mit dem man Schritte auf diesem Weg überspringen und eine augenblickliche Umwandlung erfahren kann. Es handelt sich um eine

Rückkehr zu den Anfängen, zu dem Moment, an dem die Engel die Melodie vom Ursprung anstimmten, um die Seele in den tönernen Körper zu locken.«

Matthieu stand auf und begann, benommen auf und ab zu gehen.

»Wie hat Newton die Melodie vom Ursprung denn ausfindig gemacht?«

»Von Anfang an deuteten seine Studien darauf hin, dass sie auf einer Insel behütet und bewahrt wird, an einem einzigartigen Ort, in einem intakten, nicht von Menschenhand verfälschten Paradies. Er musste diesen Ort finden, von dem das Leben ausging und an dem die Melodie zum ersten Mal erklungen ist. Aber an diesem Punkt kam er nicht weiter. Immer wieder sah er in seinem geheimen Labor bei Kerzenlicht all die Schriften durch und fragte sich: Welche ist es bloß, welche von all diesen Inseln, die über die unerreichbaren Ozeane verteilt sind? In diesem Moment brachten französische Seeleute die Kunde von Madagaskar nach Europa.«

»Madagaskar …«, wiederholte Matthieu fasziniert.

»Die unerforschte Insel der roten Erde im Indischen Ozean. Sie stellte für ihn eine wahre Offenbarung dar. Madagaskar entsprach bis ins kleinste Detail den Beschreibungen, die Newton durch seine Studien zusammengetragen hatte: Die Insel war so groß, dass man sie für einen Kontinent halten konnte, was die Entwicklung des kompletten Lebenszyklus begünstigte, und zwar ohne Einmischung von außen!«

»Eine Insel, die seit Jahrtausenden unberührt geblieben ist …«

»Genau. Newton beschloss, als Nächstes die wenigen Matrosen zu befragen, die an den gefährlichen Stränden der Insel Halt machen mussten und es geschafft haben, lebend nach Frankreich zurückzukehren. Wegen seiner großen Bekanntheit konnte er diese Erkundigungen aber nicht selbst einholen. Um seine Anonymität zu wahren, schickte er daher seinen einzigen

Schüler nach Paris, seinen Cambridge-Kollegen Dr. Evans. Der englische Arzt ließ sich hier nieder und richtete eine Praxis ein, in der er kostenlos Seeleute behandelte, die von Übersee heimkehrten und an tropischen Krankheiten litten. Auf diese Art und Weise konnte er die wenigen Männer, die von Madagaskar zurückgekommen waren, unter dem Vorwand der ärztlichen Untersuchung aushorchen und durch sie Hinweise auf die Melodie finden.«

»Und die Information, die sie suchten, ließ nicht lange auf sich warten ...«

»Ein an Malaria erkrankter Zweiter Offizier hatte dort die Angriffe der Eingeborenen überlebt und berichtete, dass einer der Könige im Süden die anderen Stämme durch den Gesang einer Göttin in Frauengestalt unterjochen konnte. Er erzählte, dass sich ihr alle wie verzaubert zu Füßen warfen, wenn sie ihr Lied anstimmte. Er hatte sie gefunden! Und das Beste daran war, dass einer der Seeleute auf dieser Fahrt immer seine Geige dabeihatte und die Melodie auswendig konnte. Offensichtlich war er von diesen Noten so fasziniert gewesen, dass er gar nicht genug davon bekommen konnte, sie immer und immer wieder nachzuspielen, fast als sei er einem Fluch zum Opfer gefallen. Dr. Evans machte sich daran, diesen Seemann zu suchen, und dann ... dann kam ich ins Spiel.«

»Warum Ihr?«

»Newton brauchte den besten Musiker, den einzigen, der dazu in der Lage war, die vom Matrosen auswendig gelernte Melodie mit völliger Exaktheit zu Papier zu bringen, da auch nur die kleinste Abweichung in der Länge, eine Note oder Pause an der falschen Stelle dazu führen würde, dass die alchemistische Formel, die in der Partitur steckte, nicht funktionieren würde. Seine Wahl fiel auf mich, und ich willigte ein. Leider nahm ich an ... Ich dachte, es wäre für deinen Bruder eine gute Gelegenheit«, klagte er. »Jean-Claude versuchte bereits seit Wochen erfolglos, die korrekte Partitur zu finden. Offensichtlich haben die Mörder wohl gedacht, er hätte sie bereits vollendet.«

Matthieus Verstand raste, um all das zu verarbeiten, was sein Onkel ihm da erzählte. In diesem Moment wandte Charpentier sich wieder zu der Luke in der Tür um. Man konnte hören, dass sich draußen Schritte näherten.

»Sieh an, da sind sie ja schon wieder ...«

»Ihr könnt jetzt nicht gehen. Ihr habt mir immer noch nicht gesagt, wer Jean-Claude umgebracht hat ...«

Die Zellentür wurde bald geöffnet. Der Gefängniswächter erschien, begleitet von zwei Wachmännern.

»Monsieur Charpentier, die Besuchszeit ist um.«

»Mach dir keine Sorgen!«, rief dieser, der mit Stößen vorangetrieben wurde, als wäre auch er ein Gefangener. »Ich werde dich bald hier herausholen!«

Der Gefängniswärter hielt Matthieu mit dem Schwert in Schach, damit er im hinteren Bereich der Zelle blieb.

»Wartet! Lasst mich nicht hier zurück!«

»Ich muss dem Minister meinen Vorschlag unterbreiten!«

Charpentier versuchte, seinen Neffen mit einer Handbewegung zu beruhigen. Genau in diesem Augenblick wurde die Zellentür zugeschlagen.

»Lasst ihn los!«, schrie Matthieu und presste das Gesicht gegen die Gitterstäbe des Gucklochs.

»Du wirst nicht sterben!«, war das Letzte, was er vernahm.

Während sein Onkel sich entfernte, verließ ihn auch der Mut, und die Fantasie verlor ihre Wirkung. Er hatte das Leben verspielt, welches ihm geschenkt worden war, und die Schuldgefühle schmerzten ihn nun wie ein Geigenduett mit ungestimmtem Instrument. Die stumme Erinnerung an den blutüberströmten Jean-Claude auf der steinernen Treppe fügte seiner Symphonie des Wahnsinns weitere Nuancen hinzu. Er schrie, um die Stimmen in seinem Kopf nicht mehr hören zu müssen und auch Jean-

Claudes Schweigen nicht und das beängstigende Wehklagen jenes anderen Gefangenen. Entsetzen überkam ihn, als er daran dachte, dass die Ewigkeit vielleicht auch nichts weiter war als Fäulnis und Dunkelheit.

16

Minister Louvois stand im Salon de Mars am Fenster und betrachtete die Gärten. Es handelte sich um den größten der sieben Räume im Grand Appartement, dem Bereich des Schlosses, in dem offizielle Akte stattfanden. Mars, Venus, Merkur … Jeder Salon stellte einen Planeten dar, und sie alle drehten sich rund um die Sonne, das königliche Emblem. Man hatte Ludwig XIV. so oft als Sonnenkönig bezeichnet, dass sein hochmütiger Verstand zu glauben begonnen hatte, er könne mit nur einem einzigen Blick ein Weizenfeld in Flammen aufgehen lassen.

Maestro Charpentier blieb in vorsichtiger Entfernung stehen. Louvois blickte noch immer hinaus. Er kleidete seine rundliche Figur gern in Spitzen und betonte stets die Schulterpartie – was eigentlich den Oberkörper strecken sollte, womit er aber bloß erreichte, dass sein Kopf noch runder aussah. Alles in allem wirkte sein Auftritt eher einem Galadiner angemessen als der Besprechung mit seinen Beratern, an der er gerade teilgenommen hatte. Der Komponist sah sich um. Er wollte sichergehen, dass sich außer ihnen niemand sonst im Raum befand. Das Podium aus Marmor, auf dem sich die Streicher niederließen, wenn der Herrscher hier einem Konzert lauschte oder sich an einer privaten Ballettaufführung ergötzte, war leer. Reglos wie Statuen standen in einer Ecke lediglich zwei Diener. Der Komponist schaute nach oben. Auf seinem von Wölfen gezogenen Wagen blickte ihn von dort der Kriegsgott an. »Der große Marc-Antoine Charpentier!«, rief Louvois auf einmal aus und drehte sich um.

»Exzellenz …«, grüßte dieser und neigte den Kopf.

Er war davon überzeugt, dass Marquis de Louvois genau der Richtige war, um ihm seinen Plan vorzutragen. Denn er hatte nicht nur das Amt des Kriegsministers inne, sondern war seit Colberts Tod auch zur wichtigsten Figur im königlichen Rat geworden, so dass der Souverän mit ihm alle Angelegenheiten besprach, auch die Fragen, bei denen es um die Kolonien ging.

»Endlich stattet Ihr mir auch einmal einen Besuch ab. Bislang musste ich mich ja damit begnügen, mir von unten her Eure Messen in Saint-Louis anzuhören«, klagte Louvois. Er bezog sich darauf, dass Charpentier seine liturgischen Arbeiten gelegentlich vor Publikum zum Besten gab. »Und ich glaube, ich weiß auch schon, weshalb Ihr mich aufsucht. Ihr wollt, dass ich Euch dem Herrscher empfehle, und zwar für die Hochzeit seiner unehelichen Tochter, Mademoiselle de Nantes, mit dem Duc de Bourbon. Zahlt Euch Eure Duchesse etwa nicht genug?«

»Ich bin aus völlig anderen Gründen hier«, sagte Charpentier, der über seine Mäzenin lieber nicht sprechen wollte, »und ich kann Euch versichern, dass sie es wert sind, angehört zu werden.«

»Eine Tasse Tee?«, fragte Louvois und versuchte so, in diesem Spielchen, das gerade erst begonnen hatte, wieder die Oberhand zu bekommen. Er deutete mit feisten Fingern auf ein Beistelltischchen, auf dem eine Kanne aus zartem Porzellan dampfte. »Der König hasst Tee, daher trinke ich ihn lieber allein.«

»Nein danke.«

Sein Gastgeber sog den Duft des Gebräus in sich auf.

»Ich an Eurer Stelle würde ihn mir nicht entgehen lassen. Er wurde extra aus China hergebracht… Das Pfund hat mich ein kleines Vermögen gekostet!«

Charpentier redete nicht lange um den heißen Brei herum. Er berichtete in allen Einzelheiten über die Melodie vom Ursprung und Dr. Evans' Alchemieprojekt und verschwieg aus Vorsicht lediglich Newtons Namen.

Der Minister kam aus dem Staunen nicht mehr heraus.

»Ich kann nur hoffen, dass Dr. Evans nicht auch so ein Betrüger ist wie dieser Scharlatan, der vor einigen Monaten sein falsches Spiel mit uns getrieben hat«, entgegnete er misstrauisch. »Der König hat ihm in Montreuil sogar ein kleines Haus einrichten lassen, und zwar mit einem Instrumentarium, von dem selbst die besten Alchemisten Arabiens nur träumen können. Der Mann hat jedoch nichts weiter getan, als Bleistückchen anzusengen und hohle Reden auf seine adligen Besucher einprasseln zu lassen. Immerhin«, lachte er, »hat er bei den Höflingen ein paar Wochen lang für Amüsement gesorgt!«

»Das hier ist keine Farce. Und ich bin sicher, dass der Herrscher den Schatz zu würdigen weiß, der sich hinter diesem spirituellen Fantasiegebilde verbirgt. Es ist schließlich unübersehbar, dass auch unser Herrscher eine Verwandlung durchmacht …«

»Was für eine Verwandlung?«, unterbrach ihn Louvois hastig, stieß gegen den Tisch und verschüttete den Tee.

Auf dieses Thema wollte sich Charpentier jetzt nicht einlassen. Der Ratgeber des Königs wusste genauso gut wie er, dass der Herrscher in jüngster Zeit weltlichen Vergnügen immer mehr den Rücken zuwandte und stattdessen seine fromme Seite pflegte. Das lag möglicherweise an seinem fortgeschrittenen Alter oder vielleicht auch an Madame de Maintenons Einfluss, die bald seine neue Gemahlin werden würde. Es hieß, der Souverän ginge jeden Tag zur Beichte und zur Messe, als suche er einen Ausweg aus einem Leben voller Prunk, dessen Pfeiler plötzlich bröckelten, als seien sie aus Sand. Verständlicherweise fürchtete der Minister, der sich wie auch die restlichen Höflinge einem Leben so bunt wie eine Theaterbühne hingab, eine Wandlung Ludwigs XIV. zu einem neuen, düsteren und mystischen Herrscher.

Louvois kamen dieselben Zweifel, die am anderen Ende von Paris auch an dem wesentlich jüngeren Matthieu nagten.

»Wie könnt Ihr denn wissen, dass die Melodie, die Ihr niederschreibt, auch die richtige ist?«

»Wenn Ihr erst erfahrt, wer dieses Lied ausfindig gemacht hat, werdet Ihr keinerlei Zweifel mehr hegen.«

»Von wem sprecht Ihr?«

»Wenn die Zeit für das Experiment gekommen ist, wird er sich Euch persönlich vorstellen. Das Wichtigste ist nun, dass diese Melodie und keine andere in Afrika angestimmt wurde, als das Leben Form annahm.«

»Und wie erklärt Ihr Euch, dass sie bis in die heutige Zeit überliefert wurde?«

»Dies ist durch eine Kaste von Priesterinnen möglich, die geboren werden, um die Melodie weiterzutragen. Seit Jahrtausenden lernen sie sie von ihren Vorfahrinnen und geben sie an ihre Töchter weiter.«

»Afrikanische Priesterinnen?«

»Die Hüterinnen der Stimme. In jeder Generation wird eine von ihnen geboren, die sie ›Mondesstimme‹ nennen. Diese Frau hat übersinnliche Fähigkeiten, ebenjene, die sie braucht, um in den Zeremonien die Melodie vom Ursprung zu singen, ohne eine einzige ihrer vielen, kaum zu erfassenden Nuancen zu vernachlässigen. Ihre Gefährtinnen sorgen dafür, dass niemals anderer Gesang an ihr Ohr dringt, der sie beeinflussen könnte. So wird die Melodie, die sich ihr ins Gedächtnis eingebrannt hat, nicht verfälscht.«

»Ich kann kaum glauben, dass in Afrika überhaupt eine Gruppe Frauen überdauern kann. Dort gibt es doch nur Wüste und Urwald. Wo lebt denn dieser Klan? Vielleicht in Ägypten?«

Charpentier schüttelte den Kopf.

»Auf einer Insel noch jenseits des Kaps der Guten Hoffnung, einem so einzigartigen Eiland wie die Melodie, die es bewahrt.«

»Auf Madagaskar?«, fragte Louvois ungläubig.

»So ist es, auf dieser noch unerforschten Insel voll exotischer Tiere und Pflanzen!«, ließ Charpentier seiner Fantasie freien Lauf und gestikulierte dabei ausdrucksvoll, als wollte er sein Gegenüber hypnotisieren. »Es heißt, dass an der Küste dieser Insel Insekten furchtbare Krankheiten übertragen, durch die die Seeleute ihren Verstand verlieren, und dass ihre Berge von dichtem Nebel bedeckt sind, getränkt von der Magie ihrer Hexenmeister.«

»Madagaskar ist so fremd … und so reich …«, murmelte Louvois, ohne seine Habgier zu verbergen. »Wir haben jahrzehntelang versucht, es zu kolonialisieren, die Eingeborenen haben die Pläne der Kompanie jedoch immer und immer wieder zunichtegemacht«, gab er unumwunden zu.

Damit meinte der Minister die Französische Westindienkompanie. Sie war zwanzig Jahre zuvor als Konkurrenz zu den englischen und niederländischen Kompanien gegründet worden: In wirtschaftlicher Hinsicht versuchte sie, die Handelsrouten zu verbessern, in politischer Hinsicht trug sie zur Erweiterung der staatlichen Marine bei und unterstrich die Präsenz der Monarchie auf den Meeren, gleichzeitig verbreitete sie die französische Sprache und widmete sich der noblen Aufgabe, die Heiden zu bekehren. Das alles entsprach einem genialen Plan, den Colbert entwickelt und den der Sonnenkönig beherzt aufgegriffen hatte. Und obwohl sich in Bengalen und in anderen Enklaven des Mogulreiches florierende Kolonien entwickelten, so war dies auf Madagaskar nicht der Fall. Die Bewohner jener üppig bewachsenen Insel mit ihren Reichtümern, die gegen die Unersättlichkeit der Engländer und Holländer immun geblieben war, hatten einen undurchdringlichen Schutzschild errichtet, an dem auch die Waffen des Königs immer wieder zerschellten.

»Die Hüterinnen der Stimme haben sich zweifellos einen passenden Rückzugsort ausgesucht«, murmelte Louvois.

»Im Laufe der Zeit haben sie den Schutz der einflussreichsten Herrscher genossen. Im Süden der Insel ist der Stamm der Anosy vorherrschend, und es regiert der Sohn eines alten Anosy-Königs. Er behandelt die Hüterinnen wie Göttinnen, so wie es ihnen gebührt. Dieser Eingeborene …«

»Diese verfluchten Anosy-Krieger kenne ich schon!«, wetterte Louvois auf einmal. Die endlosen Niederlagen, die die französischen Expeditionen erlitten hatten, schmerzten ihn. »Vor zehn Jahren haben sie uns aus Fort Dauphin vertrieben, und das Schlimmste daran ist, dass ich keine Möglichkeit sehe, diese Niederlassung wieder einzurichten!«

Charpentier wartete einige Sekunden ab, bis sich sein Gegenüber wieder beruhigt hatte. Ihm war klar, dass die Unfähigkeit, sich auf Madagaskar anzusiedeln, ein Stachel im Fleisch des Königs war. Die Französische Westindienkompanie hatte seinerzeit eine Festung im Süden der Insel erbaut, der sie zu Ehren des französischen Thronfolgers den Namen Fort Dauphin gegeben hatten. Es war ihnen sogar gelungen, die Bastion einige Jahre lang mit einer kleinen Militäreinheit zu halten, man konnte jedoch nicht von wirklicher Kolonialisierung sprechen, da sich die Eingeborenen nicht unterwerfen ließen. Im Jahre 1674 wurden der Gouverneur des Forts und all seine Männer definitiv vertrieben, und seitdem stammten die einzigen Neuigkeiten über die Anosy-Krieger von den wenigen Seeleuten der Kompanie, die gezwungenermaßen die Gewässer rund um die Insel befahren und überlebt hatten. Die Kapitäne wussten um die enorme Gefahr, wenn sich aber ihre Fahrt um das Kap der Guten Hoffnung verzögerte und sie in die Passatwinde gerieten, dann blieb ihnen nichts anderes übrig, als einige Wochen vor Madagaskar zu ankern, bevor sie den Indischen Ozean durchquerten.

»Der Matrose eines Schiffes, das von Bengalen zurückkehrte, hat die Melodie mitgebracht«, erklärte Charpentier.

»Ein Matrose?«

»So ist es. Sein Frachter musste bei der Insel einen Zwischenhalt einlegen, um nach einem schlimmen Unwetter Schäden zu reparieren, und obwohl es einige Begegnungen mit den Eingeborenen gab, sind sie gesund und munter zurückgekehrt. Zu Beginn des Jahres lief ihr Schiff in La Rochelle ein, den Frachtraum voll

Pfeffer und Seide. Das Wichtigste ist aber, dass der Matrose die Geige im Seesack und die Melodie im Kopf hatte.«

»Wie ist es den Seeleuten denn gelungen, die Insel unbehelligt zu verlassen? Und wieso hat der Mann die Melodie überhaupt gehört?«, drängte Louvois.

Es erfüllte Charpentier mit Zufriedenheit, dass ihm der Minister nach und nach ins Netz ging.

»Wie ich Euch gerade erläutern wollte«, antwortete er stolz, »hat Ambovombe, ein Sohn des Anosy-Königs, sich gegen seinen eigenen Vater aufgelehnt und so die Macht über ganz Südmadagaskar erlangt. Er verfügt nicht nur über ein blutrünstiges Heer, sondern konnte die anderen Klane auch durch den Zauber der Priesterin unterwerfen.

Wie der Seemann erklärte, sind das nicht mehr wie zu Gouverneur Flacourts Zeiten kleine Bauern, die eine Lanze umklammern, um ihren Acker zu schützen. Er erzählte von organisierten Eingeborenengruppen, die für den Ruhm ihres Herrschers gegen Mitglieder des eigenen Volkes kämpften. Um seine Macht zu zeigen, hat Ambovombe selbst den Männern der Kompanie befohlen, an der Zeremonie teilzunehmen und der Melodie der Priesterin zu lauschen.«

»Zweifellos bestand sein Plan darin, dass die Besatzung danach alle anderen Schiffe in Küstennähe warnen würde«, vermutete Louvois.

»So ist es. Die Tatsache, dass sie so seine Botschaft verbreiten würden, rettete ihnen das Leben.«

»Wisst Ihr, wo sich dieser Seemann aufhält?«

»Ich muss ihn nur aufsuchen und die Arbeit dort fortsetzen, wo sie mein Neffe Jean-Claude unterbrochen hat. Es geht darum, dass er die Melodie spielt und ich sie niederschreibe, bis ich die richtige Partitur gefunden habe.«

Der Minister dachte nach. Ihm kam der berechtigte Zweifel, dass das Musikstück nicht die echte Melodie sein könnte, aber wenn sie Glück hatten, alles funktionierte und der Herrscher eine alchemistische Wandlung durchleben würde, dann wäre auch er an diesem historischen Ereignis beteiligt.

»Weiß noch jemand davon?«

»Offenkundig ja.« Charpentier ließ den Kopf hängen und zeigte sich plötzlich verletzlich. »Mein Neffe Jean-Claude …«

»Ah, richtig, das schreckliche Verbrechen von Saint-Louis. Wir haben die Mörder noch immer nicht gefunden.«

»Und da liegt das Problem. Weder meine Mitstreiter noch ich haben die leiseste Ahnung, wer dahinterstecken könnte. Wir wissen nicht einmal, wie die Betreffenden von dem Projekt erfahren haben. Daher müssen wir uns beeilen«, drängte er nun wieder mit der üblichen Unnahbarkeit. »An dem Tag, an dem er der Melodie habhaft wird, wird sich unser Sonnenkönig einen Platz im Olymp sichern.«

»Habt Ihr denn keine Angst, Euch könnte dasselbe widerfahren wie Eurem Neffen?«

»Ich vertraue darauf, dass mir der König für die restliche Arbeit einen Raum im Palast zur Verfügung stellt, in dem der Matrose und ich in Sicherheit sind.«

Louvois fuhr sich mit einer unwillkürlichen Geste durch die Locken der Perücke.

»Was verlangt Ihr als Gegenleistung für die Partitur?«

Charpentier wusste, dass er gewonnen hatte.

»Zunächst einmal eine private Audienz beim Herrscher.«

»Bewilligt«, lächelte der Minister zufrieden. »Ihr wisst, dass er Eure Musik schätzt, obwohl er nicht begreifen kann, warum Ihr so versessen darauf seid, die enge Beziehung zu Mademoiselle de Guise aufrechtzuerhalten. Wenn Ihr mit ihm persönlich sprechen wollt, um den Preis auszuhandeln, werde ich alles in die Wege leiten.«

»Und an dieser Audienz wird auch mein Neffe Matthieu teilnehmen«, fügte der Komponist mit Bestimmtheit hinzu.

»Der Verrückte aus der Orangerie? Das ist ausgeschlossen!«

»Wie Ihr meint.«

Charpentier schickte sich an zu gehen.

»Wartet!«

»Ich tue dies für ihn, nicht für mich!«, stellte Charpentier klar. »Wenn Ihr erreicht, dass mir der König Matthieus Freiheit gewährt, dann werde ich ihm ein Licht schenken, das tausendmal heller leuchtet als die Sonne, die er so bewundert.«

Damit hatte Louvois nicht gerechnet. Er hatte gedacht, dass es um einen Austausch ging, der mit goldener Münze aufgewogen werden konnte, nach dem bereits bekundeten Interesse wollte er jedoch nur ungern seine Worte zurücknehmen. Mit beinahe greifbarer Nervosität ging er im Raum ein paarmal auf und ab und blieb vor dem erloschenen Kamin stehen.

»Ich werde die Audienz in zwei Tagen ansetzen«, beschloss er endlich. »Und Ihr werdet daran mit Eurem törichten Neffen teilnehmen. Ich werde schon einen Weg finden, den Herrscher zu überzeugen – soll er doch entscheiden, was er mit Euch anfangen will.«

Charpentier nickte.

»Wir sehen uns also übermorgen.«

»Man wird Euch über die Einzelheiten informieren. Und jetzt lasst mich meinen Tee austrinken«, sagte er, aber der Versuch, die Bedeutsamkeit dieser unglaublichen Unterhaltung herabzuspielen, schlug fehl. »Jetzt ist er kalt!«, schrie er plötzlich.

Einer der Diener eilte auf das Tischchen zu und nahm das Tablett an sich. Als er den Salon de Mars verließ, hörte Charpentier hinter sich das Geschirr klappern.

17

Minister Louvois wartete voller Ungeduld auf eine Gelegenheit, dem Herrscher von Charpentiers Enthüllung zu erzählen. Er kündigte an, dass er eine dringende Angelegenheit mit ihm zu besprechen habe, und wurde angewiesen, während des Mittagessens vorstellig zu werden. Als er das Zimmer betrat, verspeiste der König gerade eine Rebhuhnkeule und rührte neugierig in der Pilzsuppe herum, die er dazu gewählt hatte. Er winkte seinen Berater heran, während er sich die Hände an einem feuchten Tuch abwischte, das ihm ein Höfling – dem für einen Tag diese Ehre zuteilwurde – auf einem Silbertablett reichte.

»Welche Angelegenheit ist so wichtig, dass ich ihretwegen meine Zeit an diesen Dickkopf Charpentier verschwenden sollte?«, scherzte der König nach den ersten Worten seines Ministers. »Ihr solltet lieber das hier probieren.«

Unter all den Speisen, die aufgetragen worden waren, wies er auf sein Leibgericht: mit Nelken gespickter Schinken, der mit Zimt und Zucker bestreut war.

»Tatsächlich«, bemerkte Louvois, »würden Eure Majestät noch jemand anders außer dem Komponisten seine Zeit widmen.«

»Warum rückt Ihr nicht endlich mit der Sprache heraus?«, mäkelte der Herrscher. »Eure Ausflüchte schlagen mir noch auf den Magen.«

»Charpentier verlangt, dass ihn zu dem Empfang sein Neffe Matthieu begleiten darf, der junge Mann, der für die Vorfälle in der Orangerie verantwortlich ist.«

Mit einem falschen Lachen überspielte der König die Wallung

widersprüchlicher Gefühle, die ihn bei der Erwähnung des Skandals überkam.

»Das *verlangt* er, sagt Ihr?«

»Wenn ich mir die Bemerkung erlauben darf, Majestät, ich glaube kaum, dass Ihr dies als einen hohen Preis erachten werdet, wenn Eure Majestät den Vorschlag anzuhören geruhten«, äußerte Louvois mit Bestimmtheit.

Was ist das nur mit diesem jungen Musiker?, fragte sich der König. Warum musste er ihm schon wieder gegenübertreten? Er wollte sich seinem geheimnisvollen Blick nicht noch einmal stellen müssen, aber zugleich reizte ihn die Idee, so verrückt sie auch war, diese Augen wiederzusehen.

Louvois erläuterte detailliert alles, was er über die Melodie vom Ursprung wusste. Der Herrscher schwieg, fasziniert von diesen unerwarteten Neuigkeiten, die sein Minister da vor ihm ausbreitete.

»Wollt Ihr etwa behaupten, dass diese verrückte Geschichte der Wahrheit entspricht?«, fragte König Louis skeptisch.

»Ich habe mir die Sache durch den Kopf gehen lassen, und ich denke, dass Eure Majestät es auf einen Versuch ankommen lassen sollten.«

Der König fuhr sich mit der Hand übers Kinn.

»Es ist möglich, dass Charpentiers Partner, wer auch immer das sein mag, nicht auf das Gold aus ist, weil er erhabenere Ziele hat. Mich hingegen interessiert alles, was dieser Stein mir geben kann: grenzenlosen Reichtum, unendliches Wissen … Wo ist da schon der Unterschied? Es handelt sich doch nur um verschiedene Arten von Macht.« Ein boshaftes Lächeln spielte um seinen Mund, das dann aber plötzlich zu einer missmutigen Miene umschlug. »Wer weiß noch davon?«

»Angeblich war niemand eingeweiht, der brutale Mord an seinem anderen Neffen hat jedoch das Gegenteil bewiesen.«

»Eines ist klar, wenn dieser Dr. Evans die Dienste des Matrosen in Anspruch nehmen konnte, dann konnte es auch jeder andere. Wir sprechen hier von einem rauen Seemann, von dem wir kein ehrenhaftes Verhalten erwarten dürfen. Zweifellos war er es, der sie verraten hat ...«

»Die undichte Stelle kann sich überall befinden, Majestät. Daher sollten wir unsere Widersacher vergessen und uns lieber darauf konzentrieren, die korrekte Partitur so schnell wie möglich zu erlangen. Nicht auszudenken, was geschehen kann, wenn ein solcher Schatz in die falschen Hände gerät!«

Mit geneigtem Kopf verharrte der König nachdenklich und strich sich zärtlich über das Kinn.

»Es ist ein Zeichen!«, rief er auf einmal aus.

»Was meint Ihr damit?«

»Ein Zeichen! Dieser Matthieu ist ein Botschafter des Schicksals. Die Sterne haben die Katastrophe bei der Aufführung des *Amadis* herbeigeführt, damit ich auf wundersamem Wege zur Melodie vom Ursprung gelangen kann.«

»Ihr habt recht, Majestät ...«

»Es ist eine Fantasie, die der Mythologie entrissen wurde und nun mir dargeboten wird«, rief er schwärmerisch. Er hatte den Thron bereits als Vierjähriger bestiegen, und die langen Jahre der Regentschaft hatten seine Wahrnehmung geschärft. Dieser Spürsinn sagte ihm nun, dass der Moment wahren Ruhmes gekommen war. Charpentier musste diese Partitur einfach für ihn transkribieren, er wollte spüren, wie die Engelsmusik ihn einhüllte und seinem privilegierten Verstand eines Halbgottes Zugang zu Wissen und absoluter Macht ermöglichte. »Ich werde dem himmlischen Vater von Angesicht zu Angesicht begegnen, und die ganze Welt wird mir zu Füßen liegen. Es stand geschrieben, dass dies eines Tages geschehen würde«, schloss er mit entrücktem Blick.

»Dann werde ich die Audienz also für morgen ansetzen.«

»Ich will sie bereits heute Nachmittag!«

»Majestät, der junge Mann ist noch in der Bastille ...«

Der König verkniff sich eine Rüge. Es ärgerte ihn, bis zum nächsten Tag warten zu müssen, er war aber zu aufgeregt, um seinen Berater jetzt anzuschreien.

»Lasst seine …« – er verstummte einen Moment – »seine vorläufige Freilassung anordnen.«

»Vorläufig?«

»Die Öffentlichkeit soll annehmen, er sei noch hinter Schloss und Riegel. Schließlich wird er auch bald in sein dunkles Loch zurückkehren.«

Louvois unterdrückte ein verschlagenes Lächeln.

»So soll es sein.«

18

In der Nähe der Cité blickte Charpentier aus dem Kutschenfenster. Er wies den Fuhrmann an, vor dem Hôtel-Dieu zu halten, dem alten Krankenhaus, in das Dr. Evans nach dem Angriff auf dem Markt gebracht worden war. Er hatte Newtons Anweisung Folge geleistet und sich dem Hospital bislang ferngehalten, jetzt aber, da er mit seinem Plan Ernst machte, musste er dem Engländer seine Entscheidung mitteilen. Er konnte Dr. Evans nicht in dem Glauben sterben lassen, alles sei umsonst gewesen. Danach würde er dem Wissenschaftler schreiben. Newton würde sich am meisten darüber freuen, dass er seine Meinung geändert hatte, selbst wenn er durch die neue Entwicklung Wissen und Ruhm mit dem Sonnenkönig teilen musste.

Die Tür des Krankenhauses stand offen. Er sprach am Eingang mit einer der Augustinerschwestern, die es führten.

»Monsieur Evans, der Engländer? Sein Zustand wird immer schlimmer«, informierte sie ihn. »Er fantasiert den ganzen Tag im Fieberwahn.«

Charpentier wusste, dass ihm nicht mehr viel Zeit blieb.

»Ich möchte ihn gerne sehen.«

Er betrat das Gebäude zum ersten Mal. Kaum hatte er die ersten Gänge durchschritten, bat er Gott im Himmel, diese Welt einst verlassen zu können, ohne vorher auf dem Krankenbett dahinzusiechen. Erst vor kurzem hatte Ludwig XIV. die furchtbaren mittelalterlichen Lepraspitale abgeschafft, Charpentier hatte jedoch den Eindruck, im schrecklichsten von allen gelandet zu sein. In jedem Raum standen vier Reihen Betten, ein Altar und ein Esstisch. Die Ordensschwestern kümmerten sich unter Leitung eines Apothekers und einiger Badergehilfen um die Kranken. Sie kamen an einem Bett vorbei, auf dem Hebammen, die nicht zum Orden gehörten, einer Frau bei der Geburt assistierten. Es herrschte eine Art Gefängnisdisziplin, umrahmt von Wehklagen und eiternden Wunden. Die Behandlung der Patienten bestand aus Schröpfen und Einläufen, außerdem verabreichten die Apotheker jenen verschiedene Mittelchen, die sie dieses Aufwands für würdig erachteten. Die Sterbenden erhielten auf ihrem Bett die Letzte Ölung und wurden dann weitestgehend ignoriert, bis sie ihr Leben endlich aushauchten.

Charpentier folgte der Nonne bis in eine Ecke, in der Dr. Evans untergebracht war. Eine Krankenschwester hielt ihm den Kopf hoch, während sie versuchte, ihm einen dicken Brei einzuflößen. Der Engländer roch nach Tod. Am linken Handgelenk baumelte ein Kärtchen mit seinem Namen. Auf Höhe des Unterleibs zeichnete sich auf dem Laken ein blutiger Fleck ab. Über den Lidern trug er eine Binde, weil er durch die brutalen Schläge sein Augenlicht verloren hatte. Essensreste flogen durch die Luft, da er hastig vor sich hin redete, als bliebe ihm für all das, was er noch zu sagen hatte, viel zu wenig Zeit. Die Infektion der Wunde griff auf sein Hirn über und suggerierte ihm Dinge, die gar nicht da waren, weshalb er Absurdes stammelte. Charpentier war aber klar, dass es sich nicht bei allen Fantasien, die sich wirr aus seinem Mund ergossen, um Halluzinationen handelte. Die Schwester ließ sie allein. Wie Nebelschwaden hüllte der Atem des Kranken das Bett ein.

»Doktor, ich bin es.«

Der Engländer schreckte aus seiner Lethargie auf. Mit einer unwillkürlichen Geste versuchte er, sich die Binde von den Augen zu streifen, ließ jedoch augenblicklich die Hände wieder auf die Matratze sinken und seufzte, als ob diese kleine Bewegung seine letzten Energiereserven verbraucht hätte.

»Ich werde sterben.«

»Vielleicht gibt es noch die Möglichkeit …«

»Einem Arzt könnt Ihr nichts vormachen«, widersprach Dr. Evans mit einem plötzlichen Anflug von Arroganz. Charpentier wurde klar, dass es nichts brachte, die Situation schönzureden. »In Wirklichkeit bin ich ja schon längst tot. Und bald werde ich nichts weiter sein als ein Bündel Knochen im Armengrab.«

»Sagt doch so etwas nicht.«

»Wie recht mein Meister hat«, rief er auf einmal aus und trug ein makabres Grinsen zur Schau. »Wer kann derart töricht sein zu glauben, dass wir nichts sind als nur unsere sterbliche Hülle?«

Es rührte Charpentier, dass Dr. Evans Newton noch mit seinen letzten Worten ehrte, obwohl er seinetwegen in diese Lage geraten war.

»Das ist auch der Grund für meinen Besuch«, erklärte Charpentier. »Auch ich glaube, dass die Antworten, die Euer Meister sucht, unsere völlige Hingabe verdienen. Ihr sollt wissen, dass Euer Ableben nicht vergebens sein wird.«

Ihm wurde klar, dass er mit seinem Gegenüber sprach, als wäre er schon tot. Der Arzt beteiligte sich nicht an der Unterhaltung, sondern betete wieder seinen Rosenkranz der Zusammenhanglosigkeiten herunter. Ihm zitterten die Lippen, und sein Erguss umfasste einige vereinzelte Worte über seinen Unterricht in Cambridge, vermischt mit anderen über die Monate, die er in Paris verbracht hatte, und einige vage Anspielungen auf die Melodie vom Ursprung, die den Komponisten erschaudern ließen.

»Warum seid Ihr zurückgekehrt?«, fragte auf einmal der Engländer.

»Wie bitte?«

»Warum seid Ihr zurückgekehrt?«, wiederholte er. »Wir haben uns doch gerade eben verabschiedet, und jetzt seid Ihr auf einmal wieder hier …«

Charpentier verstand überhaupt nichts mehr.

»Das ist mein erster Besuch hier bei Euch …«

»Sagt doch das nicht«, unterbrach ihn der Kranke wütend. Er versuchte, sich der Übermacht des Fiebers zu widersetzen. »Ich stehe zwar an der Schwelle des Todes, aber ich merke schon noch, ob ich mit jemandem spreche oder nicht.«

»Ich versichere Euch, dass ich …«

»Ihr wart vor ein paar Minuten schon einmal hier und seid wieder gegangen«, bekräftigte er nun immer überzeugter. »Dann kam eine Krankenschwester, um mir diesen Fraß einzuflößen, und Ihr seid in genau dem richtigen Augenblick zurückgekehrt, um mich vor dem nutzlosen Weib zu retten. Quält mich doch nicht mit Euren Lügen!«, rief er wirr.

»Worüber haben wir denn vorhin gesprochen?«, fragte der Komponist langsam. Er ahnte plötzlich das Schlimmste.

»Jetzt wollt Ihr auf einmal wissen, worüber wir geredet haben?«, rief der Kranke wieder und brach in Gelächter aus, als wäre er betrunken. Er versuchte erneut, sich den Verband von den Augen zu streifen. Als er die Arme hob, verspürte er einen stechenden Schmerz und rollte sich zu einem Ball zusammen. »Wir haben über das gesprochen, was Ihr wissen wolltet.«

»Und … Was habt Ihr mir gesagt?«

»Das über den Seemann.«

Charpentier schlug sich die Hände vors Gesicht und versuchte, sich seine Bestürzung nicht anmerken zu lassen.

»Was habt Ihr mir denn ganz genau erzählt, mein Freund?«

»Wo Ihr den Seemann antreffen könnt. Habt Ihr das etwa schon wieder vergessen? Kaum zu glauben. Ein intelligenter Mann wie Ihr …«

Ein Krampf überkam ihn, und er erbrach eine widerwärtige Mischung aus Brei und Blut auf das Laken. Der Komponist wusste, dass er den Arzt nie wiedersehen würde, und legte ihm die Hand auf die Brust.

»Lebt wohl …«

»Wenn ich drüben Euren Neffen sehe, werde ich ihn von Euch grüßen«, entgegnete der Sterbende mit dem Lachen eines Wahnsinnigen, während Charpentier, so schnell er konnte, durch die Gänge voll schmutziger Betten davoneilte.

Er sprang in den Wagen und befahl dem Kutscher, die Pferde anzutreiben und das Viertel anzusteuern, in dem der Seemann lebte, einen Vorort am übel riechenden Flussufer vor den Toren von Paris. Es durfte einfach nicht sein ... Die Mörder waren drauf und dran, ihn der Quelle der Melodie vom Ursprung zu berauben. Er musste unbedingt vor ihnen eintreffen. Ihm war klar, was sonst geschehen würde: Sie würden den Matrosen entführen, um durch ihn an die richtige Melodie zu kommen, und versuchen, sie durch irgendeinen unqualifizierten Musiker transkribieren zu lassen, den sie schließlich aus dem Weg schaffen würden wie Jean-Claude. Dann würde man das alchemistische Projekt in der Schublade der Utopien ablegen, und Matthieu müsste bis an sein Lebensende in der Bastille vor sich hinsiechen.

»Mein Gott, lass es noch nicht zu spät sein ...«

Irgendwann kam der Wagen nicht weiter voran, weil nach einem kürzlichen Hochwasser Äste und Zweige den Weg versperrten. Die Pferde schnaubten und schlugen mit den Vorderbeinen aus. Der Fuhrmann fürchtete schon, wieder umkehren zu müssen.

»Hier geht es nicht mehr vorwärts!«, rief er keuchend, während er an den Zügeln riss.

Charpentier schoss aus der Kutsche und rannte zu Fuß weiter. Er watete durch den Schlamm und lief zwischen den Rinnsalen eines von Exkrementen übersäten Bächleins hindurch. Kleine Kinder, die mit dem nackten Hintern auf der Erde saßen, spielten mit verfaultem Gemüse, das jemand fortgeworfen hatte. Einen Moment lang zweifelte er, ob er überhaupt am richtigen Ort war. Sein gequälter Geist hatte fast alle Details des ersten Treffens mit dem Seemann verdrängt. Wie hätte er denn auch ahnen sollen, dass dieser Besuch, den er doch für den Beginn eines poetischen Abenteuers gehalten hatte, seiner Familie Tod und Unheil bringen würde? Ihn überkam ein Gefühl der Beklemmung, das ihm die Brust zuschnürte. Er rannte durch das Viertel und warf einen Blick in jedes Gässchen. Als er seine Suche schon aufgeben wollte, erspähte er zwischen Häuschen auf einer Anhöhe auf einmal jenes, in dem der Seemann mit seinem Vater wohnte. Es handelte sich um einen windschiefen kleinen Bau aus Stein mit einem Strohdach und einer Außentreppe, über die man das obere Stockwerk erreichte. Als er davorstand, war er sicher, hier richtig zu sein. Er warf einen Blick nach links und rechts, um zu sehen, ob der Mörder in der Nähe war. Eine Frau öffnete das Fenster eines anliegenden Gebäudes und schloss es sofort wieder. Charpentier klopfte an die Tür, aber niemand öffnete ihm. Er blickte sich wieder um. Als er das Haus umrundete und weiter hinten an einem Schober vorbeikam, glaubte er, die Stimme des Matrosen zu vernehmen.

Er ist es!, jubelte er innerlich, während er sich dem Eingang näherte.

Gerade wollte er anklopfen, da fiel es ihm plötzlich auf. Er hörte nicht nur eine, sondern zwei Stimmen. Sie waren ihm zuvorgekommen! Er ballte die Hände zu Fäusten und unterdrückte einen Wutschrei. Dann presste er den Kopf ans Holz und spitzte die Ohren. Der Seefahrer machte dem anderen Mann Vorwürfe, weil er aus einer Kiste Münzen genommen hatte, und dieser antwortete, dass man das Leben nur betrunken ertragen konnte. Charpentier atmete erleichtert aus. Es war nur der Vater des Matrosen. Der Komponist hämmerte geräuschvoll gegen die Tür, und die Stimmen verstummten augenblicklich. Kurz darauf erschien das gegerbte Gesicht des Seemanns hinter einem Gitter.

»Was führt Euch denn hierher?«, wollte er wissen. In seiner Stimme klang immer noch Gereiztheit mit.

»Lass mich herein«, befahl der Komponist und schob sich an ihm vorbei. »Und schließ die Tür hinter mir ab.«

Im Inneren des Schobers herrschte Dunkelheit. Aus dem von Falten durchzogenen Gesicht sah ihn der ältere Mann unter trägen Lidern hervor an. Er saß neben einem Heuballen auf einem klapprigen Stuhl.

»Entschuldigt meinen Vater. Er ist …«

»Ihr habt Euch die Schuhe schmutzig gemacht, Majestät«, lallte der Alte boshaft.

»Jetzt haltet doch endlich den Mund!«, schrie der Matrose ihn an.

»Dies ist kein Viertel für Höflinge …«, murmelte der Vater. »Seit Ihr Euren Fuß in unser Haus gesetzt habt, war mein Sohn nicht mehr auf See. Nun hat er die Taschen voller Geld und glaubt, dass er mir vorschreiben kann, was ich tun soll!«

Der Seemann hob die Hand, als wollte er ihn schlagen.

»Mich brauchst du nicht zu verteidigen«, beruhigte ihn Charpentier. »Aber wir müssen so schnell wie möglich von hier fort.«

»Warum? Was ist passiert?«

Der Komponist schluckte. In diesem Moment war draußen Lärm zu hören.

»Gott, nein …«

Er blickte durch eine Ritze zwischen zwei Brettern in der Wand.

»Sprecht, was ist geschehen?«, drängte der Seemann und kam näher, um ebenfalls einen Blick nach draußen zu werfen.

»Redet leise!«

»Warum?«

»Sie sind hinter dir her.«

»Hinter mir? Wer?«

»Jean-Claudes Mörder, dieselben, die auch Dr. Evans angegriffen haben.« Er drehte sich um und sah ihn an. »Sie wollen die Melodie.«

»Verdammt …«

»Was können wir jetzt tun?«

Der Vater saß mit den Händen auf den Knien da und blickte nun nicht mehr so spöttisch drein. Hastig öffnete der Matrose eine Truhe, zog einen kurzen Dolch hervor und befestigte ihn am Gürtel. Dann griff er nach einer Heugabel mit vier Zacken, die an der Wand hing. Er sah wieder hinaus und entdeckte drei Männer bei der Tür. Einer von ihnen, ein wahrer Hüne, machte sich am Schloss zu schaffen.

»Sie sind hier …«

Der Komponist deutete auf eine Ecke des Schobers.

»Führt diese Tür ins Haus?«

»Ich werde nicht fliehen, ohne mich ihnen zu stellen.«

Der Seemann warf seinem Vater einen durchdringenden Blick zu. Auch dieser suchte inzwischen in der Truhe nach irgendetwas, das er als Waffe benutzen konnte. Sein Sohn wollte wenigstens auf den Überraschungseffekt setzen und gebot ihm, keinen Lärm zu machen. Charpentier konnte gerade noch zur Seite treten, als der Hüne mit einem Schulterstoß die Tür niederriss. Noch bevor die Holzsplitter den Boden erreicht hatten, bohrte ihm der Seemann die Heugabel in den Hals. Der Meuchelmörder sank auf das schmutzige Heu. Der Matrose umklammerte den hölzernen Griff mit aller Kraft und lehnte sich mit seinem ganzen Gewicht auf die Gabel. Blut spritzte durch den Raum. Der nächste hatte den Heuschober kaum betreten, da rammte ihm der Vater mit einer für sein Alter ungewöhnlichen Kraft eine Sichel in den rechten Oberschenkel. Mit der Metallklinge im Bein wankte der Mann schreiend wieder nach draußen und drängte so seinen Begleiter zurück.

»Lauft!«, schrie der Vater, während er eine scharfkantige Hacke schwang. »Ich halte sie auf.«

Sein Blick traf den seines Sohnes. Der Seemann begriff, dass sein Vater nicht mit ihnen Schritt halten konnte, und verschwand mit Charpentier durch die Tür zum Haus. Sie durchquerten einen Raum, von dessen Decke tote Hasen hingen, die darauf warteten, gehäutet zu werden. Der Komponist verletzte sich an einem der Haken. Sie passierten ein weiteres Zimmer, in dem ein Kamin vor sich hin qualmte, warfen einen Topf mit kochender Flüssigkeit um und rannten durch die Haustür hinaus auf die Straße. Hilfesuchend schauten sie sich um, das Stadtviertel war jedoch menschenleer bis auf einen einbeinigen Bettler, der vor einer Mauer hockte und nun zu ihnen hochsah. Dem Seemann fiel wieder ein, dass ja alle beim Begräbnis eines Gemeindedieners waren, der in der Nacht zuvor an Tuberkulose gestorben war. Er rannte in Richtung Friedhof, um sich dort unter die Trauergäste zu mischen. Charpentier konnte ihm kaum folgen. Der Gottesacker befand sich auf der anderen Seite der Anhöhe. Dort wurden Tote begraben, ein Nachbar brachte auf dem gleichen Gelände aber auch seine Schweine unter. Charpentier stolperte den Hügel hinunter, so gut er konnte, und hielt dabei seinen Umhang fest. Er kam der Gesellschaft der Trauergäste immer näher, als er plötzlich strauchelte und den Hang hinabstürzte, bis er mit dem Rücken gegen einen Grabstein stieß. Der Matrose kam zurück, um ihm zu helfen.

»Bring dich in Sicherheit!«, flehte der Komponist und umklammerte seinen Knöchel, den er sich verdreht hatte.

»Verdammt noch mal, ich lasse Euch hier nicht zurück!«

»Ich bin ersetzbar, dich brauchen wir aber lebendig!«

»Und wenn Ihr nicht gekommen wärt, um mich zu warnen, dann wäre ich doch längst tot! Steht auf!«

Als er sich gerade bücken wollte, um den Musiker hochzuhieven, hörte er den Schuss.

Ein Stechen in der Schulter.

Er verharrte einige Sekunden reglos.

Blut quoll hervor …

Mit weit aufgerissenem Mund musste Charpentier dabei zusehen, wie der Seemann rücklings in den Morast fiel. Er wandte sich zum Gipfel des Hügels um. Dort entdeckte er einen der

Meuchelmörder, der mit noch rauchender Pistole in seine Richtung lief.

Alle Beerdigungsgäste hatten sich zu ihnen umgedreht, Charpentier musste aber mit Entsetzen feststellen, dass keiner von ihnen Anstalten machte, ihm beizustehen. In diesem Stadtviertel mischte man sich nicht in die Angelegenheiten anderer ein. Die Menschenmenge verlief sich langsam, während der Priester die Szene mit frommem Blick betrachtete und der Messdiener, ein Junge mit Schorf im Haar, die Pendelbewegungen des Weihrauchfässchens einstellte.

Noch immer neben dem toten Matrosen ausgestreckt, beschwor er die Männer: »So helft mir doch!«

»Warum sollten sie für einen Verräter auch nur einen Finger krumm machen«, rief der Meuchelmörder, der ihn schon fast erreicht hatte, mit lauter Stimme.

»Verräter?«

»Wer lässt sich sonst mit einem schmutzigen Engländer ein?«

Meinte er etwa Dr. Evans oder Newton? Wie hatte er davon erfahren? Charpentier konnte sich nach wie vor nicht rühren, während der Mörder vor seinen Füßen stehen blieb und in aller Ruhe die Waffe nachlud.

»Dein Vaterland ist dir ja wohl egal«, hielt er Charpentier plötzlich mit verzweifelter Wut vor. »Du suchst doch nur …«

In diesem Augenblick richtete sich der totgeglaubte Matrose mit einem Mal auf und versetzte dem Verbrecher von hinten einen brutalen Tritt gegen die Beine, so dass dieser mit den Knien gegen den Grabstein stieß. Die Pistole glitt ihm aus der Hand und rutschte ein paar Meter weiter. Der Seemann warf sich auf ihn, schlug ihm mit der Faust des unverletzten Arms ins Gesicht und setzte sich auf seine Brust, so dass er sich nicht mehr rühren konnte. Dann griff er nach dem Dolch, den er im Gürtel trug, und hob ihn hoch über seinen Kopf, die Klinge auf den Gegner gerichtet.

»Das willst du doch, oder?«, rief er mit weit aufgerissenen Augen. »Zur Hölle fahren wie der Riese, mit dem du gekommen bist?«

»Töte ihn nicht«, bat Charpentier. »Wir müssen wissen, für wen er arbeitet.«

»Lass mich los!«, befahl der Meuchelmörder ohne jede Spur von Angst. »Vielleicht kommst du dann mit dem Leben davon.«

Der Matrose verpasste ihm mit dem Griff der Waffe einen Schlag gegen die Schläfe und erhob das Messer dann wieder. Ihm zitterte die Hand, so versessen war er darauf, dem Gegner den Dolch in die Brust rammen.

»Sag mir, wer dich bezahlt, und ich lasse dich gehen!«

Charpentier drehte sich instinktiv zur Anhöhe hin um. Ihm blieb fast das Herz stehen.

»Da kommt der andere!«

Der Mann, den der Alte mit der Sichel verletzt hatte, kam hinkend näher. Er hatte das Bein verbunden, und sein Gesichtsausdruck zeugte von tiefem Hass. In der Hand trug er ein Schwert, dessen Spitze durch den Schlamm schleifte.

»Wie ist das bloß möglich …?«, murmelte der Matrose.

»Du hättest deinen Vater sterben sehen sollen!«, rief der Neuankömmling, ohne seinen Schritt zu verlangsamen. »Er hat gebettelt wie ein Hund.«

»Bleib stehen, wo du bist, oder ich mache deinem Freund ein Ende!«

»Halt den Mund und lass ihn endlich los!«

»Ich meine es ernst! Bleib stehen!«

Er hatte sie beinahe erreicht. Der Mann am Boden hatte inzwischen aufgehört, sich zur Wehr zu setzen. Charpentier überkam Verzweiflung, denn die Situation war völlig außer Kontrolle geraten. Er suchte nach der Pistole, die halb im Schlamm versunken war. Der Verbrecher bemerkte es und wollte sein Vorhaben verhindern, kam wegen des verletzten Beins aber nicht schnell genug voran. Der Komponist schob sich wie eine Schlange nach vorn und nahm die Pistole an sich. Mit zitternden Fingern richtete er sie auf den Angreifer. Es war das erste Mal, dass er eine Waffe in der Hand hielt. Er spürte das kalte Metall und war drauf und dran, sie wieder fallen zu lassen.

»Weg mit dem Schießeisen!«, befahl ihm der Angreifer und richtete das schlammige Schwert auf ihn.

»Jetzt feuert sie schon ab!« Die Stimme des Seemanns überschlug sich. »Wir haben doch immer noch diesen hier lebendig!«

Charpentier schossen Tausende von Bildern durch den Kopf, die sich mit der Wirklichkeit vermischten. Der Meuchelmörder kam immer näher. Inzwischen war er nur noch ein paar Schritte entfernt. Der Komponist drückte ab. Die Folgen waren jedoch unerwartet. Man hatte die Waffe nicht richtig geladen, und sie explodierte ihm in der Hand. Gelber Rauch stieg auf. Vor Schmerzen brüllend, schlug er sich die Hände vors Gesicht.

Dem Seemann war klar, dass die Situation aussichtslos war, er überlegte es sich nicht zweimal und stieß dem Mann, den er unter sich festhielt, das Messer bis zum Griff in die Brust. Ein Knacken und ein gurgelndes Geräusch waren zu hören. Er versuchte, den Dolch wieder herauszuziehen, um damit auf den anderen Angreifer loszugehen, er schien aber in einem Knochen festzustecken, und außerdem konnte er auch nur mit dem unverletzten Arm daran ziehen. Er hatte kaum Zeit, aufzuschauen und einen Blick auf die heransausende Klinge zu werfen, die ihm die Kehle durchtrennte.

Der Komponist schluchzte noch immer vor sich hin, die Hände vors Gesicht geschlagen. Schließlich nahm er sich zusammen, ließ die Arme sinken und öffnete trotz des Brennens ein wenig die Lider, um zu sehen, was um ihn herum vorging. Das Erste, was er sah, war der Kopf des Matrosen, der ihn vom Boden aus ungläubig anstarrte. Auf das Schwert abgestützt, stand der

Meuchelmörder breitbeinig da. Das Blut um die Wunde an seinem Bein wurde immer dunkler, und er sah erschöpft aus.

»Betet«, sagte er mit rauer Stimme, die von beißendem Geruch begleitet wurde.

Charpentier wäre gerne aufgesprungen und auf ihn losgegangen, hätte am liebsten losgeschrien, presste aber lediglich die Zähne aufeinander, bis sie zu brechen drohten. Sein Gegner schien sich an seiner unterwürfigen Haltung zu weiden und sprach weiter, ohne das Schwert zu erheben.

»Glaubt Ihr wirklich, dass ich Euch umbringen werde?«, fragte er.

»Wie …?«

»Tot bringt Ihr mir doch nichts.«

»Also lasst Ihr mich gehen?«, fragte Charpentier mit zitternder Stimme.

»Wohl kaum.«

»Was wollt Ihr von mir?«, brachte der Musiker mit letzter Kraft hervor. Er zwinkerte, um die Lichtblitze auf seiner Netzhaut zu vertreiben und sich die Gesichtszüge jenes Mannes einzuprägen.

»Warum gebt Ihr mir nicht einfach die Partitur, und wir lassen die Sache auf sich beruhen?« Der Mann zeigte auf den toten Matrosen. »Erst Euer Neffe, dann Dr. Evans und jetzt dieser Unglücksrabe. Meint Ihr nicht, dass Ihr schon genug Unheil angerichtet habt?«

»Ich habe sie nicht, ich schwöre …«

»Das glaube ich nicht.«

»Mein Neffe hat sie nicht vollendet«, schluchzte Charpentier. »Und wer kann uns denn versichern, dass dieser Seemann wirklich die richtige Melodie gehört hat? Vielleicht existiert sie ja nicht einmal …«

»Ich glaube Euch nicht!«, wiederholte sein Gegenüber wütend. »Wenn die Melodie nicht vollständig ist, dann setzt Euch eben an die Orgel und schreibt sie verdammt noch mal zu Ende!«

Er hob das Schwert und hielt dem Komponisten die schlammige Klinge an den Hals. Charpentier begann unkontrolliert zu zittern.

»Ich flehe Euch an …«

»Seht Ihr, wie es einem ergeht, wenn der Stahl näher rückt?« Charpentier nickte, so gut es ging. »Genau das wird auch die Frau Eures Schreiberling-Bruders verspüren, bevor ich ihr den Schwanenhals durchtrenne.«

Charpentiers Herz schlug schneller.

»Das könnt Ihr nicht tun …«

»Vielleicht vergnüge ich mich auch eine Weile mit ihr, bevor sie daran glauben muss. Sie ist schließlich noch recht ansehnlich. Und dann kommt Euer Bruder an die Reihe und … Habe ich irgendjemanden vergessen? Euer Neffe Matthieu hat sich ja schon selbst ins Verderben gestürzt. Der wird die Bastille nicht mehr lebend verlassen.«

»Mein Gott, das ertrage ich nicht länger …«

Der Meuchelmörder ließ das Schwert sinken.

»Kehrt nach Paris zurück und macht Euch an die Arbeit. Und denkt gar nicht erst daran, Euch das Leben zu nehmen! Ich bezweifele zwar, dass Ihr zu so einer Entscheidung den Mut hättet, aber Ihr solltet dennoch wissen, dass die Mitglieder Eurer Familie auch in diesem Fall verdammt sind. Ich werde sie finden, wo auch immer sie sich verbergen, und einen nach dem anderen in Eurer Grab werfen.«

»Das ist doch Wahnsinn … Wie soll ich denn ohne Hilfe des Seemanns die Melodie korrekt niederschreiben?«

»Seid Ihr etwa nicht der beste Komponist Frankreichs?«, hielt ihm der andere wütend vor. »Ihr habt alle Informationen, die er Euch gegeben hat, und Euren genialen Verstand, um den ursprünglichen Entwurf zu variieren. Und Ihr habt so viel Zeit, wie Ihr braucht, um eine Million Partituren zu verfassen, bis Ihr auf die richtige stoßt. Stellt meine Geduld nicht auf die Probe!«

Charpentier konnte nicht fassen, was er da hörte. Er freute sich nicht einmal darüber, noch am Leben zu sein.

»Welche Frist bleibt mir genau?«

»Es reicht, wenn Ihr die Melodie vor der Tagundnachtgleiche im März fertigstellt«, erklärte der Mann gelangweilt und wandte sich ab, um zu gehen. »Ihr werdet von uns hören.«

Bis zu diesem Datum war es noch einige Monate hin. Newton führte seine großen alchemistischen Experimente schon zu Beginn des Frühlings durch, daher bedeutete diese Forderung wohl, dass ihnen ein wichtiges alchemistisches Detail bislang entgangen war.

»Wartet!«, wagte Charpentier noch zu rufen. »Warum vor dem Äquinoktium?«

Der Meuchelmörder kam bestimmten Schrittes zu ihm zurück und zog dabei das verwundete Bein nach. Der Komponist duckte sich wie ein scheues Tier.

»Ihr solltet dankbar sein, dass ich mich überhaupt so großzügig zeige«, geiferte der Mann nur wenige Zentimeter von seinem Gesicht entfernt. »Ihr führt Eure Aufgabe besser aus, oder ich schneide Euch die Finger ab wie Eurem Neffen Jean-Claude. Stellt Euch nur ein Leben ohne Eure Orgel vor. Und mit all den Toten auf dem Gewissen …«

Charpentier wollte etwas erwidern, der Mann ließ es aber nicht zu. Gekonnt wirbelte er das Schwert herum und versetzte ihm mit dem Griff einen brutalen Schlag. Ein Blick nach allen Seiten bestätigte ihm, dass sich auf dem Friedhof niemand mehr befand, der sie hätte belauschen können, und dann verschwand er humpelnd zwischen den Gräbern. Den Komponisten ließ er in seinen eleganten Kleidern im Schweinedreck liegen.

19

Das Schloss der Kerkertür wurde quietschend aufgesperrt. Mit steifen Gliedern erhob sich Matthieu.

»Zieh das an«, befahl der Wärter und warf ihm einen Umhang zu. »Und setz die Kapuze auf.«

Wie ein Mönch verhüllt folgte der Musiker dem Mann bis in den Gefängnishof, wo durch ein schmales Fenster Tageslicht hereinfiel. Es war wie eine Rückkehr ins Leben. Mit Stößen trieb man ihn zu einem Wagen. Der Kutscher wartete, die Zügel in der Hand.

Im Inneren saß sein Onkel.

Sie umarmten sich. Die Pferde überquerten die Brücke und verfielen auf dem schlammigen Weg nach Versailles in Galopp.

Unterwegs instruierte Charpentier seinen Neffen darin, wie er sich vor dem Herrscher zu verhalten hatte. Matthieu hörte schweigend zu. Die feuchte Kälte der Zelle saß ihm immer noch in den Knochen, und er betrachtete entsetzt die Verbrennungen, die das Antlitz des Komponisten entstellten. Charpentier fiel es schwer, Haltung zu bewahren. Die Drohungen des Meuchelmörders hatten ihn mit Angst erfüllt, das Schlimmste war jedoch, dass er sich die Geschehnisse nicht einmal von der Seele reden konnte. Es war ihm lieber, wenn Matthieu, der Schreiber und vor allem dessen Frau nicht wussten, in welcher Gefahr sie schwebten. Warum die Dinge noch komplizierter machen? Er würde schon einen Weg finden, allein mit dem König zu sprechen und seine Hilfe zu erbitten. Immerhin war dem Herrscher sicher auch daran gelegen, jene Männer zu ergreifen, die seine alchemistische Fantasie mit so viel Grausamkeit zu verhindern suchten.

»Der Seemann ist tot«, war alles, was er seinem Neffen erklärte.

»Was?«

»Mach dir aber keine Sorgen …«

»Wie kann ich mir denn bitte schön keine Sorgen machen? Was sollen wir jetzt tun? Wie willst du den König überzeugen …«

»Lass mich mit ihm reden«, unterbrach ihn Charpentier, und sie sprachen bis zu ihrer Ankunft in Versailles kein Wort mehr.

Matthieu verdrängte die Bilderflut aus seinem Kopf, die beim Anblick des äußeren Eingangstors auf ihn einstürmte. Die Orangerie, *Amadis de Gaule*, die Wachen, Nathalie und der Sonnenkönig, der höchstpersönlich anordnete, ihn in den Kerker werfen zu lassen …

Die Kutsche überquerte den riesigen Waffenhof, der die Stallungen vom Cour Royale trennte, und machte vor der Vorhalle zur großen Treppe Halt. Zwei Lakaien begleiteten sie in einen kleinen Raum und brachten Matthieu Kleidung und eine Waschschüssel, damit er sich für die Audienz zurechtmachen konnte. Von dort aus stiegen sie direkt hinab in den Venus-Salon. Matthieu verstummte, als er den Raum betrat. So einen Luxus hätte er sich niemals träumen lassen. Er hatte den Eindruck, eine Galaxie zu durchwandern, in der all die goldenen Sonnen leuchteten, die Türen und Wände zierten. Das Zimmer war mit perfekt gearbeiteten Statuen und Büsten geschmückt. Hier und da verteilt angeordnete Säulen aus braunem Marmor stützten die riesige Kuppel, in der die Göttin der Liebe sich mit ihren Untertanen verlustierte. Die Tische im ganzen Raum quollen vor frischem Obst und kandierten Früchten, Kaffee, Likör und Marzipan über und erwarteten das abendliche Mahl der Höflinge. Obwohl er seit Tagen nichts gegessen hatte, wandte der junge Mann sich ab, ohne etwas anzurühren. Charpentier beobachtete ihn schweigend.

Als man ihn darüber informierte, dass der Komponist und

sein Neffe im Schloss waren, begab sich der König ungeduldig in einen Raum, der »Kuriositätenkabinett« genannt wurde. Da es sich um ein geheimes Treffen handelte, hatte er dafür keinen der Säle ausgewählt, die er täglich für offizielle Empfänge nutzte. Er hatte sich mit Minister Louvois beraten und sich für dieses kleinere Gelass entschieden, in dem er die wunderlichsten Dinge aus allen Teilen der Welt ausstellte: Vasen, Edelsteine, von ottomanischen Goldschmieden verzierte Waffen, Elfenbein und Weihrauchfässchen aus Asien.

»Ist diese afrikanische Melodie denn nicht der seltsamste und begehrteste Schatz, den dieser Palast beherbergen könnte?«, sagte er zu seinem Ratgeber, während er eine einstudierte Pose einnahm, mit der er die beiden Musiker empfangen wollte.

Louvois trug ebenfalls eine arrogante Miene zur Schau, mit der er seine Wichtigkeit unterstreichen wollte. Auf sein Händeklatschen hin öffneten zwei Palastwachen die Tür.

Charpentier machte noch auf der Schwelle eine Verbeugung.

»Majestät…«

Neben ihm stand Matthieu, der den Herrscher so gerne angeschaut hätte, den Anweisungen seines Onkels folgend, jedoch den Blick nicht vom glänzenden Fußboden abwandte.

»Was ist mit Euch geschehen?«, fragte der König, als er der schrecklichen Verbrennungen des Komponisten gewahr wurde.

»Man hat den Seemann ermordet, Majestät.«

»Den Mann, der die Melodie auswendig kannte?«, warf der Minister ein.

Charpentier nickte.

»Ich wollte ihn vor den Mördern meines Neffen warnen, es gelang ihm aber nicht mehr zu fliehen.«

»Konntet Ihr diese Männer identifizieren?«

»Zwei von ihnen sind tot, es hat sie aber niemand wiedererkannt. Der dritte…« Er dachte an die Stimme des Mannes und musste schlucken. »Auch ihn habe ich noch nie zuvor gesehen.«

König Louis hätte sich am liebsten auf seinen Berater gestürzt. Er hatte die Nacht damit verbracht, sich an der Vorstellung von diesem alchemistischen Kleinod zu laben. Mit der Naivität, mit der Kinder sich als Figuren in Perraults Märchen hineinträumen, hatte auch er sich schon als Besitzer der Melodie gesehen. Aber er erlaubte sich nicht, die Fassung zu verlieren. Das hätte durchblicken lassen, wie machtlos er sich in diesem Moment fühlte. Er unterdrückte das Zittern, das ihn überkam, und ergriff betont gelangweilt das Wort.

»Dann hält Euch hier wohl nichts mehr. Ihr könnt gehen.«

»Aber …«

»Wirklich schade«, fuhr er fort und verbarg hinter geziertem Desinteresse die Frustration, die er verspürte, als Note um Note der Melodie vom Ursprung verhallte, noch bevor er ihr hatte lauschen können. »Da es meinem ach so gerühmten Lully ja nicht gelingt, mir eine Oper zu schenken, die die arroganten Italiener sprachlos macht, hätte ich allzu gern die Armeen Europas mit dieser Melodie unterworfen. Der Minister hat mir erzählt, dass die Stämme Madagaskars sich bereitwillig ergeben haben, sobald dieses Lied ertönte … Mir gefällt die Idee, durch Musik Kriege zu beenden.« Er schloss mit einem affektierten Seufzer. »Und dem Oberintendanten der Finanzen wäre es auch recht gewesen.«

Nach Jahrzehnten der Eroberungen hatte der grenzenlose Ehrgeiz des Sonnenkönigs das Land in eine unhaltbare Situation gebracht. Der Wert des Louis d'or fiel von Jahr zu Jahr, und der wertvolle Schmuck des Herrschers stand kurz davor, eingeschmolzen zu werden. Charpentier aber, dem dickköpfigen und verstoßenen Komponisten, waren die Finanzen der Krone egal. Ihn interessierte nur das Leben Matthieus und seiner restlichen Familie, und er wollte sich die Gelegenheit, bei ihrer Rettung mit königlicher Hilfe rechnen zu können, nicht entgehen lassen.

»Majestät, wir wissen, wo diese Melodie zu finden ist«, verkündete er, genauso, wie er es in Gedanken Wort für Wort geprobt hatte.

»Was wollt Ihr damit sagen?«

»Wenn Eure Majestät jemanden nach Fort Dauphin entsenden würden, jemanden, der dazu in der Lage ist …«

»Fort Dauphin ist seit zehn Jahren verlassen.«

»Das weiß ich, aber vielleicht könnten Eure Majestät bei der nächsten Expedition in Richtung Indien einen richtigen Musiker mitschicken und einen Zwischenhalt in Madagaskar anordnen. Dort soll er der Melodie lauschen und sie angemessen auswendig lernen. Ich bin davon überzeugt, dass der Matrose sie niemals korrekt gespielt hat und wir die ganze Zeit mit verdorbenem Material gearbeitet haben. Wenn dieser Musiker nach Frankreich zurückkehrt, werde ich mich mit ihm zusammensetzen und tausend Partituren schreiben, wenn es sein muss, aber ich versichere Euch, dass wir dann die richtige finden werden.«

»Mein lieber naiver Charpentier«, entgegnete der Herrscher herablassend, »wir können nicht einfach einen armen Musiker in ein feindliches Gebiet schicken und davon ausgehen, dass er schon überleben wird, bis er diesen Eingeborenenkönig findet. Und selbst wenn es so wäre, wie soll er denn erreichen, dass die Priesterin für ihn singt?«

»Ihr seid schließlich der Sonnenkönig«, improvisierte Charpentier gelungen. »Euch bleibt doch nichts verwehrt!«

Der Herrscher wusste genau, dass der Plan des Komponisten viel zu simpel war, um gelingen zu können, aber dieser Schmeichelei konnte er sich nicht widersetzen.

»Hm …«

»Ich werde in einer Zelle im Palast Quartier beziehen und Tag und Nacht schreiben«, fuhr Charpentier flehentlich fort. »Majestät, denkt daran, dass Euch das Paradies offen stehen wird, wenn ich mit meiner Arbeit fertig bin.«

Während der König hin und her überlegte, ob es wohl einfacher wäre, sich diesen Traum aus dem Kopf zu schlagen, um sich weitere Enttäuschungen zu ersparen, oder sich auf eine lange Wartezeit einzustellen, die schließlich auch kein glückliches Ende garantieren würde, heckte Louvois' verqueres Hirn in Bezug auf das uneinnehmbare Madagaskar bereits einen Plan aus. Er bekam Herzklopfen, wenn er nur daran dachte.

»Majestät«, flüsterte er dem Souverän ins Ohr, »darf ich Euch unterbrechen?«

»Sprecht!«

»Wenn Eure Majestät nichts dagegen einzuwenden haben, wäre es mir lieber ...«

Diskret wies er auf Charpentier und Matthieu.

»Lasst uns allein!«, befahl der Monarch.

Auf ein weiteres Klatschen hin erschienen zwei Wachen. Der Komponist ahnte, dass noch nicht alles verloren war. Er fasste seinen Neffen am Arm, und die beiden verließen ohne Protest den Saal. Sobald sich die Tür hinter ihnen schloss, begann Louvois aufgeregt zu reden: »Majestät, ich weiß, dass Ihr Charpentiers Plan für kindisch haltet, ich denke aber, dass er uns damit nicht nur den Schlüssel zur Partitur liefert, sondern auch dazu, endlich diese Insel zu erobern.«

Der König machte große Augen.

»Das müsst Ihr mir erklären.«

»Wir könnten ausnutzen, dass dieser blutrünstige neue König der Anosy sich gegen seinen Vater aufgelehnt hat, und ihn zu unserem Verbündeten machen«, schlug er vor.

»Ihr meint also, Frankreich soll sich mit einem Wilden verbrüdern?«

»Nur so lange, bis wir unsere Ziele erreicht haben.«

Das gefiel Ludwig XIV.

»Sprecht weiter.«

»Wir wissen doch, dass der Usurpator Ambovombe durch die Faszination, die der Gesang seiner Schutzbefohlenen ausübt,

Macht über alle Klane erlangt hat und so sein Reich über den gesamten Süden der Insel ausweiten konnte. Ohne Pulver und Waffen wird er aber Probleme haben, seine Position zu halten. Und er verfügt über kaum ein paar Musketen, die aus Geschäften mit Matrosen der Kompanie stammen, und von den Piraten, die die Ostküste bevölkern. Lasst uns einen Handel mit ihm eingehen. Durch kleine Lieferungen unserer Schiffe verhelfen wir ihm zu einem wahren Arsenal, im Gegenzug erlaubt er uns, unsere Handelstätigkeit auszubauen. Auf diese Art und Weise kommen wir den Engländern und Holländern zuvor und« – er blickte den König kühn an und schloss den Kreis, indem er wieder zum ursprünglichen Thema der Unterhaltung zurückkehrte – »durch unsere Freundschaft zu ihm wird es uns gelingen, an die Melodie der Priesterin zu kommen.«

»Das ist ein gut durchdachter Plan, der aber leider nicht in die Tat umgesetzt werden kann«, entgegnete der Herrscher heftig.

»Majestät, ich habe doch alles bedacht …«

»Wie soll es der Expedition denn gelingen, in das Dorf des Herrschers einzudringen? Um einen solchen Pakt zu schließen, muss man zunächst vor den König treten und mit ihm die Bedingungen aushandeln. Und nach den Vorfällen in Fort Dauphin glaube ich nicht, dass einer unserer Kapitäne dazu bereit ist, sich nur mit einer Hand voll Männern auf die Insel zu wagen. Euch sage ich das Gleiche wie auch Charpentier: Seit wir aus dieser Bastion vertrieben wurden, haben die Anosy jeden ausgelöscht, der auch nur einen Fuß auf die Insel gesetzt hat! Ambovombe ist kein europäischer Diplomat. Er wird sich unseren Vorschlag niemals anhören.«

Louvois lächelte.

»Nehmen wir einmal an, dass wir ihm unsere Aufwartung machen und ihn im Glauben lassen, das einzige Ziel unserer Expedition bestehe darin, ihm aus Respekt vor seiner wachsenden Macht ein Geschenk zu überbringen.«

»Ich soll ihm Respekt erweisen?«, brachte der Souverän wütend hervor. »Einem Wilden? Was für ein Berater seid Ihr eigentlich? Mein geliebter Colbert«, rief er mit einem Blick gen Himmel seinen früheren Vertrauensmann an, »warum seid Ihr nur von mir gegangen?«

»Lasst mich doch ausreden, Majestät«, bat ihn Louvois ungerührt. Er war sicher, dass sein Plan Gehör finden würde.

Der König wurde seiner Selbstsicherheit gewahr.

»An welches Geschenk habt Ihr da bloß gedacht? Was könnte ihn so sehr überraschen, dass er nicht augenblicklich dem Leben der Gesandten ein Ende macht?«

»An dieser Stelle kommt Charpentiers Idee zum Zuge«, fuhr der Minister voller Genugtuung fort. »Wir schicken ihm als Geschenk einen Hofmusiker.«

»Einen Musiker?«

»Einen der besten, der mit Meisterhaftigkeit die schönsten Melodien unserer Komponisten vorzutragen weiß. Welch bessere Gabe könnte man denn einem kleinen Eingeborenenkönig anbieten, nachdem er dem Gesang einer Priesterin verfallen ist und sie zu seiner Göttin, seinem Fetisch gemacht hat? Zeigt ihm, dass Euer Reich ein Paradigma der Musik, der Schönheit an sich ist, dass Ihr alles, was Ihr berührt, mit dem Leuchten der Sonne vergoldet.«

Der Souverän war nicht einmal sicher, was ihn so verzauberte, die Idee des Ministers oder vielleicht eher seine schmeichlerischen Worte.

»Wie schon Platon sagte«, zitierte er genüsslich, »wenn sich in der Musik die Formen verändern, dann ändern sich die grundlegenden Gesetze des Staates mit ihr. Damit würden wir in diesem afrikanischen Reich den Grundstein europäischer Kunst legen …«

»Es wäre der perfekte Vorwand, um sich zu seinem barbarischen Hof Zugang zu verschaffen«, fügte Louvois hinzu. »Wenn die Musik erst das Vertrauensverhältnis hergestellt hat, das für uns so wichtig ist, dann kann unser Kapitän in Ruhe das Abkommen der militärischen Unterstützung aushandeln, während der Musiker nach einem Weg sucht, die Melodie der Priesterin zu transkribieren. So sieht mein doppelter Plan aus.«

»Das ist mehr als nur ein Plan«, rief der König aus. »Das ist selbst bereits Kunst! Musik wird uns die Tür nach Madagaskar öffnen! Vergessen wir die Kanonen und Musketen, lasst die Violinen für Frankreichs Ruhm erklingen! Ich werde diese Insel erobern … und die Melodie wird mir gehören«, flüsterte er gierig.

Louvois lächelte zufrieden.

»Also …«

»Wir brauchen noch einen Kapitän, der gewagt und erfahren genug ist, um einen solchen Plan in Angriff zu nehmen«, überlegte der Herrscher.

»Auch das stellt kein Problem dar. Ich habe den richtigen Mann für Euch.«

»An wen hattet Ihr gedacht?«

»An Kapitän La Bouche«, erklärte Louvois in boshaftem Tonfall.

»Er ist für die Mission ideal …«, murmelte der König nachdenklich.

»Ich lasse ihn noch heute Abend herkommen.«

»Holt Charpentier herein«, rief Ludwig XIV. begeistert.

»Majestät, ich glaube kaum, dass es angemessen wäre, mit ihnen die Details zu …«

»Das müsst Ihr mir nun wirklich nicht sagen. Frankreichs Wirtschaftsinteressen haben Künstler wie sie nicht zu interessieren«, winkte der Souverän mit einem schiefen Lächeln ab. »Wir werden vielmehr über Musik sprechen!«

Charpentier und Matthieu betraten wieder das Kuriositätenkabinett. Ihnen war die große Anspannung anzusehen. Der König ließ sie noch einige Sekunden schmoren.

»Ich stimme dem Plan zu«, erklärte er schließlich.

»Tatsächlich?«, vergewisserte sich Charpentier. Er konnte nicht anders, als kurz zu Matthieu hinüberzuschauen. »Eure Majestät genehmigen also die Expedition?«

»In gewisser Weise. Ich bin damit einverstanden, einen Musiker nach Madagaskar zu schicken. Aber …«

»Aber?«, wunderte sich Louvois.

Bei ihrer Besprechung unter vier Augen hatte es kein Aber gegeben.

»Ihr werdet derjenige sein, der die Reise unternimmt«, erklärte er und zeigte auf den Komponisten.

»Was?«, rief dieser aus.

»Charpentier?«, sagte Louvois.

»Ich kann nicht …«

»Wagt Ihr es etwa, Euch mir zu widersetzen?«, schrie der König mit dem hochmütigen Gebaren, das er so gerne zur Schau trug. »Jetzt reicht es mir mit falschen betrunkenen Musikern. Und warum sollte ich das Risiko eingehen, irgendeinen x-beliebigen Violinisten zu schicken, dessen Ohr vielleicht nicht geschult genug ist, um die Melodie angemessen zu lernen? Ihr geht selbst nach Madagaskar, werdet mit Eurer Musik das steinerne Herz dieses Wilden betören, dem Gesang der Priesterin lauschen und die Partitur *in situ* für mich niederschreiben.«

Der Herrscher weidete sich an seinem eigenen Triumph. Louvois konnte es kaum fassen. Charpentier höchstpersönlich loszuschicken war die Krönung seines Plans.

Wie gelähmt wartete Matthieu die Antwort seines Onkels ab.

»Majestät, ich würde es niemals wagen, gegen Euch aufzubegehren, Ihr müsst aber wissen, dass ich diese Reise nicht antreten kann.«

Der König sah ihn voller Verachtung an.

»Ich hätte gedacht, dass Ihr aus anderem Holz geschnitzt seid. Bei Gott, seht Eurem Schicksal doch wenigstens mit Würde ins Auge.«

»Ich würde alles tun, um meinem Neffen zu helfen, und Ihr könnt mir glauben, dass ich im Moment andere Dinge weitaus mehr fürchte als die Gefahren dieser Expedition. Wenn ich jedoch dieses Schiff besteige, dann wüssten Jean-Claudes Mörder, dass ich sie hintergehe …«

»Hintergehen? Was wollt Ihr damit sagen?«

»Es gibt da etwas, was ich Eurer Majestät noch nicht darlegen konnte …«

»Und worauf wartet Ihr dann noch?«, fragte der Souverän erzürnt.

Matthieu sah seinen Onkel an.

»Was ist denn?«

Charpentier senkte den Blick.

»Man hat mir damit gedroht …« Er verstummte kurz. »Sie werden meinen Bruder und dessen Frau umbringen, wenn ich ihnen die Melodie nicht beschaffe.«

Matthieu traute seinen Ohren kaum.

»Meine Eltern …« Mehr brachte er nicht hervor.

»Hattet Ihr etwa vor, diesen Mördern die Melodie zu übergeben?«, kreischte der König empört.

»Ganz gewiss nicht, Majestät«, rechtfertigte sich der Komponist rasch. »Ich wollte nur nicht, dass mein Neffe etwas davon erfährt. Ich schwöre Euch, dass ich Euch darüber so bald wie möglich in Kenntnis gesetzt hätte. Majestät, nur Ihr könnt meiner Familie den Schutz bieten, den sie braucht.«

»Wer sind diese Bastarde?«, schrie der Herrscher. »Wer wagt es, mich so zu provozieren? Diese Melodie gehört mir. Mir!«

»Majestät, diese Männer wissen ja nicht, dass ich Euch aufgesucht habe …«

»Und das dürfen sie auch nie erfahren«, griff Louvois beruhigend ein. »Schreibt einfach die korrekte Partitur auf, und wir finden schon einen Weg, die Angelegenheit zu klären.«

»Da ist noch etwas …«, gab Charpentier zu bedenken.

»Mein Gott!«, rief der König aus.

»Sie haben von mir verlangt, dass ich der Melodie vor der Tagundnachtgleiche im März habhaft werde.«

»Aus welchem Grund?«

»Ich weiß es nicht«, musste Charpentier mit hängendem Kopf zugeben.

In der Stille, die sich jetzt ausbreitete, versuchte jeder der Männer, die Bedeutung dieser unerwarteten Wendung einzuschätzen. Der König strich mit dem Finger über die Edelsteinintarsien in dem Tablett, auf dem er unterschriebene Dokumente abzulegen pflegte, und versuchte, sich seine Aufgewühltheit nicht anmerken zu lassen.

»Dann mache ich es eben«, sagte Matthieu auf einmal.

»Wie bitte?«

Die anderen schauten ihn verblüfft an. Matthieu wusste ja selbst nicht einmal, warum er das gesagt hatte.

»Ich gehe«, bekräftigte er noch einmal.

»Aber …«

»Alle glauben, dass ich noch immer im Kerker sitze, daher wird mein Verschwinden keine Aufmerksamkeit erregen.« Jetzt wandte er sich zum ersten Mal an den Souverän. »Eure Majestät, erlaubt mir bitte …«

»Du gehst nirgendwohin«, unterbrach ihn Charpentier. »Majestät, vergesst bitte diese absurde Idee meines Neffen …«

»Ruhe!«, schrie der König und verharrte einen Moment nachdenklich. Er ergötzte sich an Matthieus Wagemut. »Mein hochgeschätzter Lully würde es zwar niemals zugeben, aber mir ist zu Ohren gekommen, dass du eine besondere Begabung für das Geigenspiel hast. Was kannst du dazu sagen?«

»Ich bin der beste Violinist Frankreichs«, antwortete Matthieu unverzagt.

Der Herrscher konnte sich ein zufriedenes Lachen nicht verkneifen.

»Majestät«, flehte Charpentier verzweifelt, »mein Bruder hat bereits ein Kind verloren ...«

»Ich kann es schaffen, Onkel«, beteuerte Matthieu mit gedämpfter Stimme. Er durfte jetzt auf keinen Fall laut werden.

Einen Moment lang richtete der Souverän den Blick nachdenklich in eine dunkle Ecke des Raumes.

»Bringt eine Geige!«, rief er schließlich.

»Eine Geige?«, wunderte sich Louvois.

»Muss ich das vielleicht zweimal sagen?«

Einer der Lakaien an der Tür rannte davon und kehrte kurz darauf mit dem Instrument eines der Musiker zurück, die den Höflingen den Abend versüßten.

»Gib sie Matthieu.«

»Wollt Ihr, dass ich für Euch spiele?«

»Ja, aber etwas ganz Bestimmtes.«

Matthieu sah ihn furchtlos an.

»Trefft Eure Wahl!«

»Am Abend der Uraufführung hast du in der Orangerie geschworen, dass du das Duett für den *Amadis* komponiert hast.«

»Und dabei bleibe ich auch.«

»Spiel es.«

Den Musiker überkam es eiskalt.

»Jetzt?«

»Wenn es wirklich dein Werk ist, spricht doch nichts dagegen.«

Er hatte das Stück nicht wieder interpretiert, seit er es in der Nacht von Jean-Claudes Tod komponiert hatte und danach am Tisch in Lullys Arbeitszimmer zusammengebrochen war. Er griff nach dem Instrument. Langsam strich er darüber, um die Dicke des Holzes abschätzen zu können, und zupfte sanft an den Saiten.

»Ich warte«, drängte der König.

Matthieu legte sich die Violine auf die Schulter und schloss die Augen. Von dem Moment an, als der Bogen die erste Note freigab, spürte er, wie sich Jean-Claudes Hand über die seine legte und ihm dabei half, dem Fluss der Melodie zu folgen. Dieses Duett war der goldene Faden, der sie weit über Leben und Tod hinaus unwiderruflich miteinander verband. Während er spielte, erhellte für kurze Zeit ein friedliches Lächeln seine abgezehrten Züge. Es war wie ein Wiedersehen mit seinem Seelenbruder, als atmete er ihn mit der Musik im Raum ein, als würde er in die Zeit vor dem Unglück zurückkehren und wieder seine Wärme und Kraft spüren.

Frankreichs Herrscher konnte die Emotionen, die diese teuflisch süße und doch aufwühlende Musik in ihm auslöste, kaum verbergen. Sie durchdrang seinen Körper und traf ihn mitten ins Herz, an einer verwundbaren Stelle, deren Existenz er sich bislang nicht einmal bewusst gewesen war. Er wagte nicht zu blinzeln, denn nur so konnte er seine Tränen zurückhalten.

»Es ist beschlossen«, verkündete er, noch bevor Matthieu das Stück zu Ende gespielt hatte.

Charpentier wollte versuchen, den König irgendwie umzustimmen, aber er hatte einfach keine Kraft mehr, und seiner Kehle entfloh lediglich ein untröstliches Seufzen. Andererseits war er sich auch dessen bewusst, dass nur jemand mit Matthieus Fähigkeiten dazu in der Lage war, alle Feinheiten der Melodie zu erkennen und sie mit absoluter Präzision zu transkribieren. Nun griff Minister Louvois ein, um dafür zu sorgen, dass keine äußeren Umstände eine Entscheidung gefährden würden, die ihn mit so tiefer Genugtuung erfüllte.

»Euer Herrscher hat sich klar und deutlich ausgedrückt. Versteckt Euren Neffen an einem sicheren Ort, während wir für die Mission einen Kapitän suchen und einen Schoner der Kompanie mit allem für die Reise Notwendigen beladen lassen.«

»Also muss ich nicht zurück in die Bastille …«, wagte Matthieu einzuwerfen.

»Im Augenblick nicht«, erwiderte der Souverän gehässig.

»Mein Gott, was habe ich nur getan?«, klagte Charpentier.

»Wir geben Bescheid, sobald das Schiff bereit zum Auslaufen ist.«

»Wir müssen uns beeilen …«, bemerkte Louvois, der an die von Jean-Claudes Mördern vorgegebene Zeitspanne dachte.

»Uns bleiben noch etwa sieben Monate«, stellte der König fest. »Das Schiff wird mehr als genug Zeit haben, diese teuflische Insel anzusteuern und wieder zurückzukehren. Geht jetzt!«, befahl er schließlich, denn die Melodie hatte ihn in ein Gefühlschaos gestürzt, das ihn nach wie vor verunsicherte.

Matthieu legte die Geige auf einen Tisch und schloss abermals die Augen, nur eine Sekunde lang. In seinem Kopf klang noch immer das Duett nach. Er stellte sich vor, wie er an Bord eines Schiffes stand, das von den Wellen hin- und hergeschleudert wurde, wie er auf dem Weg zum Kap der Guten Hoffnung den schwarzen Kontinent umrundete, auf der Suche nach der Melodie vom Ursprung. In diesem Moment erschien ihm das Kuriositätenkabinett auf einmal winzig. Die Prunkstücke, die ihn umgaben, wirkten plötzlich wie bunte Glassteine, die Gemälde waren nichts als vollgeschmierte Leinwände, und die Kleider und die Perücken dünkten ihm mit einem Mal lächerlich. Ganz Versailles kam ihm nun grotesk vor, ein Palast, der nichts weiter war als das Ergebnis unverhältnismäßiger, aber leider allzu menschlicher Gier.

20

Bevor Matthieu den Palast verließ, verbarg er das Gesicht erneut unter der Kapuze eines Mantels. Er stieg mit seinem Onkel in den Wagen, der ihn auf dem mit Marmor ausgekleideten Platz erwartete. Der Kutscher ließ die Peitsche knallen, und die Hufe der Pferde klapperten auf der glatten Oberfläche. Begleitet vom düsteren Krächzen nächtlicher Vögel, fuhren sie in den Wald hinein. Matthieu schloss die Lider. Die Ereignisse waren so unglaublich schnell aufeinandergefolgt, dass er das Gefühl hatte, die Vergangenheit vermische sich mit der Gegenwart und beide wiederum mit der unmittelbaren Zukunft. In einem Moment sah er sich schon an Bord des Schiffes, die Arme auf der Reling aufgestützt, im nächsten wähnte er sich wieder in der Bastille, und bald war er einige Sekunden lang wirklich davon überzeugt, dass eigentlich gar nichts geschehen war und sein Bruder zu Hause auf ihn wartete, um mit ihm eine neue Position der Finger zu üben. Er sah seine Eltern neben dem Kamin stehen und sich an den Händen halten – dieses Bild ging ihm nicht aus dem Sinn. Ein Schlagloch holte ihn in die Wirklichkeit der Kutsche zurück, und sein Blick begegnete dem Charpentiers. Es war, als würde er in einen Abgrund schauen.

Damit Jean-Claudes Mörder keinen Verdacht schöpften, musste geheim gehalten werden, dass Matthieu wieder frei war. Die beiden Männer zerbrachen sich den Kopf, um ein geeignetes Versteck für ihn zu finden. Das Zimmerchen, das die beiden Brüder in einem kleinen Stadtviertel gemeinsam bewohnt hatten, kam nicht in Frage, da ihn dort jeder kannte. Noch weniger konnten sie den Palast von Mademoiselle de Guise aufsuchen und ebenso wenig das Haus des Schreibers, weil sie nach der Warnung des Meuchelmörders vermuten mussten, dass diese Orte überwacht wurden. Außerdem beschlossen sie, Matthieus Eltern besser in dem Glauben zu lassen, ihr Sohn befände sich noch immer in der Bastille. Dies war zwar grausam, aber notwendig. Charpentier würde ihnen zu gegebener Zeit alles erklären.

»Die Kammer neben der Sakristei in Saint-Louis …«, schlug Matthieu schließlich vor.

Das erschien ihnen eine gute Idee, also machten sie sich auf den Weg zum Gotteshaus, das verlassen dalag. Sie durchquerten das Kirchenschiff und betraten die Sakristei, wo Charpentier direkt auf zwei Quadersteine zuhielt, zwischen denen sich eine kleine Öffnung befand. Er zog einen Schlüssel heraus und öffnete damit eine unauffällige Tür. Als sie das Zimmerchen betraten, das nur selten benutzt wurde, schlug ihnen muffiger Weihrauchgeruch entgegen. Vergleiche mit seiner Gefängniszelle wollte Matthieu lieber vermeiden. Hier gab es eine Pritsche und einen Stuhl mit der Bibel. Auf dem Boden thronte eine erloschene Kerze auf einem Häufchen geschmolzenem Wachs.

»Morgen bringe ich dir etwas zu essen und eine Decke«, versprach der Komponist, während er das kleine Fenster untersuchte, das auf Höhe der Deckenbalken als Luftloch diente. »Du darfst dein Versteck bis zu meiner Rückkehr nicht verlassen. Es ist nur zu deiner eigenen Sicherheit …«

»Ich wüsste auch gar nicht, wohin ich gehen sollte.«

Sie umarmten sich heftig. Als sie sich verabschiedeten, betrachtete Charpentier seinen Neffen mit all der Liebe, die er in seinen Blick zu legen vermochte.

»Danke …«, sagte Matthieu leise.

»Wofür?«

»Dafür, dass Ihr mir helft und mir damit die Gelegenheit gebt, dem Tod meines Bruders einen Sinn zu verleihen. Und dafür, dass ich nun endlich einmal etwas für meine Eltern tun kann.«

Der Komponist konnte kein Wort hervorbringen, ohne seine Rührung zu zeigen.

»Ich bin bald wieder zurück, keine Angst!«

»Onkel«, rief Matthieu ihn zurück, »ich will nur noch eines wissen ...«

»Du kannst mich alles fragen.«

»Warum habt Ihr Jean-Claude ausgewählt?«

Charpentier schluckte.

»Diese Entscheidung lag nicht in meiner Hand ...«

Der junge Mann bereute seine Frage augenblicklich.

»Es tut mir leid.«

Charpentier ging nicht darauf ein.

»Ich habe immer gedacht, dass die göttliche Vorsehung dir mehr Genialität geschenkt hat, als einem einzigen Menschen zusteht, und dass du deshalb noch äußere Reize brauchst, um dich zu verwirklichen und glücklich zu werden. Dein Bruder Jean-Claude verfügte zwar nicht über dein künstlerisches Talent, war aber ebenfalls ein sehr begabter junger Mann. Er hatte es verdient, wenigstens einmal in seinem Leben im Mittelpunkt von etwas ganz Besonderem zu stehen.«

Kaum hatte der Komponist diesen Satz zu Ende gesprochen, verließ er den Raum. Er schloss die Tür von außen ab und nahm den Schlüssel mit. Matthieu ließ sich auf die Pritsche fallen und starrte die Decke an. Die angestaute Müdigkeit überkam ihn wie eine Schlammlawine und erstickte das Licht und alle Laute. Das war für ihn perfekt, er wollte nur noch schlafen.

Schlafen ...

Doch so einfach war das nicht. In diesem Moment der Entspannung erschien auf einmal Nathalie vor seinem inneren Auge. Er sah zu dem Fensterchen hinüber.

Einen Moment lang überlegte er, sich daran hochzuziehen,

sich irgendwie hindurchzuquetschen, hinunterzuspringen und zu ihr nach Hause zu laufen. Nathalie… Ihm kam das Kleid in den Sinn, das sie am Abend in der Orangerie getragen hatte. Wie wunderschön sie darin ausgesehen hatte. Und welch große Angst sie wohl gerade durchlebte! Wie hatte er nur beschließen können, dieses Schiff zu besteigen, ohne vorher mit ihr zu sprechen! In was für einen Menschen hatte er sich bloß verwandelt, in einen ganz anderen Mann als der, in den sie sich verliebt hatte! Liebte sie ihn wirklich? Es nicht zu wissen machte ihn ganz verrückt. Er wälzte sich auf seinem Lager hin und her und hielt es kaum ein paar Sekunden in einer Haltung aus. Sollte er sie um Verzeihung bitten? Sollte er sich ihr ein für alle Mal hingeben? Er wollte sich für immer an ihrer Seite zusammenrollen wie ein Küken unter dem Flügel seiner Mutter, um die Augen zu schließen und sich mit ihr gemeinsam im Universum der Töne zu verlieren. Warum bloß hatte er alles getan, um eine solche Frau von sich fernzuhalten? Nathalies Herz schlug so sanft, dass es jeden überwältigen musste, und an jenem Tag ihres ersten Kusses im Gässchen neben der Kirche hatten ihre Lippen süß geschmeckt wie der Kuchen des Zuckerbäckers. Aber in diesem Moment überkam ihn eine Offenbarung, drängte sich ihm als Frage auf, bei der ihm heiß und kalt wurde:

Was war das erste Geräusch, das wir gemeinsam vernommen haben?

Er konnte es nicht fassen und presste die Augen in der Dunkelheit zusammen, als könnte er so klarer denken. Welcher unter all den Tönen? Ist es denn möglich, dass unser erster gemeinsamer Laut sich im Trubel der Stimmen und all des Lärms verloren hat?

Plötzlich ekelte er sich vor sich selbst. Er hatte sie überhaupt nicht verdient. Er war ja nicht einmal dazu in der Lage gewesen, das Einzige zu bewahren, das nur ihnen beiden und sonst niemandem gehörte. Wie konnte er nur so schwach sein und sich selbst zu überzeugen versuchen, dass er eines Tages aus reiner Zweckmäßigkeit schon beginnen würde, sie zu lieben? Er verfluchte sich selbst, und seine Verachtung wurde von den vier Wänden des winzigen Raumes zurückgeworfen. Er hatte sie nie geliebt, zumindest nicht so, wie er seinem Bruder Jean-Claude zugetan gewesen war oder seiner Geige. Konnte man denn auch eine Frau derart lieben, auf so verzweifelte Art und Weise? Hatte Amadis de Gaule etwa so die Prinzessin geliebt? Es gab nur einen einzigen Weg, dieser fehlgeleiteten Geschichte ein Ende zu machen. Er musste erreichen, dass Nathalie ihn hasste, und das konnte er am besten, indem er ihr nichts von seiner Reise erzählte. Er würde den ersten Tag überstehen und dann noch einen und noch einen weiteren, und jeder Tag wäre ein Schritt auf dem Weg zum befreienden Vergessen.

Es schien noch keine Sekunde verstrichen zu sein, als ihn auf einmal jemand an der Schulter rüttelte.

Es war Charpentier. Er wiederholte immer wieder die gleichen Worte: »Wir dürfen keine Zeit verlieren! Komm schon, Matthieu! Wach um Gottes willen auf!«

»Was ist geschehen?«, fragte dieser schließlich unwillkürlich, noch mitten in einem verwirrenden Traum.

»Schnell! Du musst augenblicklich aufbrechen!«

Aufbrechen? Er konnte noch gar nicht klar denken.

»Ist die Nacht etwa schon vorbei?«

»Es ist sogar schon Nachmittag. Du hast fast vierundzwanzig Stunden durchgeschlafen.«

Durch das kleine Fensterchen sah er jetzt die Sonne.

»Ich war so erschöpft …«

»Steh bitte auf.«

»Wohin gehen wir?«

»Louvois hat mich verständigt. Vor der Tür wartet eine Kutsche auf dich.«

Matthieu erstarrte.

»Jetzt schon?«

Charpentier gab ihm noch einen Augenblick, um richtig wach zu werden.

»Der Minister scheint begriffen zu haben, wie knapp unsere Zeit bemessen ist. Als wir in Versailles aufgebrochen sind, hat der König einen gewissen Kapitän La Bouche rufen lassen und sich mit Verantwortlichen der Ostindienkompanie beraten, damit diese ein Schiff unter sein Kommando stellen.«

»Wer ist dieser Kapitän La Bouche?«

»Er hat seinerzeit für den König See- und Landwege erschlossen. Damals wurde er als einer der besten Diener der Krone angesehen.«

»Warum sprecht Ihr in der Vergangenheit? Hat sich dies denn geändert?«

»Vor zehn Jahren hat er in der Schlacht um Fort Dauphin fast all seine Männer verloren, an jenem Tag, als die Eingeborenen vom Stamm der Anosy uns definitiv aus der Bastion vertrieben haben. Das war für ihn der Anfang vom Ende. Er verließ die Armee und hat in all dieser Zeit an der Westküste Afrikas Handel getrieben. Er hat die Hoffnung aber nie aufgegeben, dass der König eines Tages doch noch eine weitere Expedition zur Insel schicken würde.«

»Das klingt nicht gerade, als ob man bei ihm in guten Händen wäre …«

»Louvois ist schon seit vielen Jahren Kriegsminister und weiß ganz genau, dass La Bouche der einzige Schiffskapitän ist, der dazu bereit wäre, mit so einer Mission Madagaskar anzusteuern …«

Charpentier verstummte.

»Ich weiß, dass es nicht einfach wird.«

»Sie werden dich auf ein Schiff bringen, welches in Richtung Bengalen aufbricht.«

Er rieb sich die Augen.

»Wer ist noch dabei?«

»Man hat dem Kapitän ein Kommando zugeteilt, das gerade aus Österreich zurückgekehrt ist. Diese Männer haben alle ihre Tapferkeit unter Beweis gestellt, du könntest dir also keine besseren Beschützer wünschen. Das Schiff wird euch nach Fort Dauphin bringen und seine Route fortsetzen. Ihr habt dann drei Monate Zeit, um die Mission zu erfüllen, bevor man euch auf dem Rückweg nach Frankreich an derselben Stelle wieder abholt.«

Auch das vermochte Matthieu nicht zu überzeugen.

»Könnten sie stattdessen nicht vor Anker gehen und auf uns warten?«

»Mach dir mal keine Sorgen. Der Frachter wird mit Tee beladen und kehrt rechtzeitig zum Treffpunkt zurück.«

»Aber …«

»Wenn der Frachter vor der madagassischen Küste ankern würde, könnte der neue König der Anosy sich bedroht fühlen, und die Mission würde scheitern, noch bevor sie begonnen hat«, musste Charpentier zugeben. »Außerdem wäre ein Schiff, das so lange in Strandnähe bleibt, ein ideales Ziel für die Piraten, die diese Gewässer unsicher machen.«

Matthieu wäre es lieber gewesen, man hätte ihm etwas mehr Zeit gelassen, um das alles zu verdauen.

»Wo läuft der Kahn aus?«

»In La Rochelle. Sobald du an Bord bist.«

»In La Rochelle …«

»Du musst sofort aufbrechen. Dich erwartet eine lange Reise.«

Matthieu erfrischte sich mit dem Wasser aus einer Waschschüssel und legte die Kleider an, die sein Onkel für ihn mitgebracht hatte.

»Meine Geige!«, rief er auf einmal erschrocken.

Charpentier ging in die Sakristei und kehrte mit einem Ledersack zurück, in den er den Instrumentenkoffer gesteckt hatte.

»Ich habe bei der Schule vorbeigeschaut und sie abgeholt. Außerdem habe ich dir einen schönen Stapel Notenblätter und Kohlestifte eingepackt, damit du für die Partitur unbesorgt so viele Entwürfe erarbeiten kannst, wie du nur willst. Ah, und hier ist der Passierschein, den sie mir aus Versailles geschickt haben, falls du eines Tages danach gefragt wirst.«

Sie traten hinaus in die Gasse. Charpentier gab sich gelassen, sein Gesichtsausdruck verriet jedoch seine Anspannung, und er wollte sich nur ungern verabschieden. Matthieu stellte seine Tasche in die Kutsche.

»Wenn Ihr Nathalie seht …«

»Le Nôtres Nichte?«

»Verratet ihr nicht …« Er sprach lieber nicht weiter. »Ich werde um die halbe Welt reisen!«, rief er plötzlich mit seinem üblichen Enthusiasmus aus. »Ich hoffe nur, Euch nicht zu enttäuschen.«

Ergriffen fasste ihn Charpentier bei den Schultern.

»Tu mir nur einen einzigen Gefallen: Vergiss alles, was nichts mit der Musik zu tun hat, denk nicht an das, was du in Paris zurücklässt, oder daran, was bei deiner Rückkehr geschehen wird. Konzentrier dich darauf, vorbehaltlos zuzuhören, mögen deine Ohren ihre Unschuld zurückerlangen! Fang den Puls der Paradiese und Höllen ein und gieß in diese Partitur, was Gott hinter dem Horizont geschaffen hat.«

Matthieu schickte sich an, den Wagen zu besteigen, hielt aber auf den Stufen inne.

»Da ist noch etwas, nicht wahr?«

Die Pferde schnaubten energisch. Der Kutscher versuchte sie mit knappen Worten zu beruhigen.

»Was meinst du?«

»Was steckt hinter alledem? Auf einmal habe ich das Gefühl, dass diese Reise nur auf mich gewartet hat. Als Lully sich mein Duett zu eigen machte, habe ich gedacht, dass ich nie wieder komponieren würde, aber seit gestern kribbelt es mich in den Fingern, als müssten sie unbedingt die Saiten einer Geige berühren, um dort zu explodieren und sich freizuspielen …«

Charpentier streckte die Hand aus und strich seinem Neffen

übers Haar, als wollte er ein Kind trösten. Er wagte es nicht, ihm zu sagen, dass nur das Schicksal einen solchen Moment einfädeln konnte und dass es auf der ganzen Welt außer ihm keinen anderen Menschen gab, der dieses Unterfangen erfolgreich zu Ende führen konnte.

»Mein lieber Matthieu, woher kommt bloß diese Feinfühligkeit? Von mir hast du sie offensichtlich nicht geerbt!« Beide lächelten. »Hör jetzt bitte noch ein einziges Mal auf mich. Wenn du zurückkehrst, wirst du mein Lehrmeister sein.«

»Was kann ich Euch denn noch beibringen?«, entgegnete Matthieu, angesichts dieser Prophezeiung seines Onkels schwang jedoch Stolz in seinen Worten mit.

»Unsere Taten haben immer eine Bedeutung, aber wir dürfen die Antworten auf unsere Fragen nicht erzwingen. Wir können nur darauf vertrauen, dass sie im richtigen Augenblick enthüllt werden, wenn wir angemessen handeln. Darin besteht der Glaube der Christen oder der Alchemisten, die wie Isaac Newton ihr Leben lang nach dem Schlüssel gesucht haben, der ihnen Zugang zu unbekannten Dimensionen verschafft. Sieh ihn doch nur an. Er ist der größte Wissenschaftler auf Erden und empfindet trotzdem noch immer die Notwendigkeit zu glauben. Er will daran glauben, dass es der Menschheit gelingen kann, ihre Seele vom Blei zu befreien, damit sie rein und glänzend wie Gold aus der Asche emporsteigt. Und die Zeit hat ihm die Melodie vom Ursprung geschenkt. Jetzt geht es darum, nicht vom Streben abzulassen, den Weg nicht zu verlassen, den wir vorgezeichnet haben. Denk immer an Senecas Worte: Wer nicht weiß, welchen Hafen er ansteuert …«

»… für den ist kein Wind ein günstiger.«

»Hör niemals auf, an die Musik zu glauben. Verwandle die Suche nach dieser Melodie in dein Schicksal, und die Zeit wird dir zeigen, was ihre Noten für dich bereithalten.«

»Passt gut auf Euch auf«, bat ihn Matthieu liebevoll. »Und beschützt meine Eltern bis zu meiner Rückkehr. Das werdet Ihr doch tun?«

»Das hätte ich ja fast vergessen!« Charpentier zog ein gefaltetes Blatt Papier aus der Tasche, dasselbe, das er Newton damals in der Küche im Palast der Duchesse hatte zurückgeben wollen.

»Was ist das?«

»Ein alchemistisches Rätsel.«

»Und was soll ich damit anfangen?«

»Newton will es zwar nicht zugeben, aber ich bin davon überzeugt, dass es sich dabei um das letzte Glied der Kette handelt.«

»Ihr meint also, dass es etwas mit der Melodie vom Ursprung zu tun hat?«

»Ja, und er denkt das auch. Er hat immer gesagt, dass es nichts nützt, die Partitur korrekt niederzuschreiben, wenn man nicht gleichzeitig das Geheimnis ergründet, das hinter diesen Zeilen steckt. Und obwohl dies wie der einfachere Teil des Unterfangens wirkt, hat er bislang keine befriedigende Lösung gefunden.«

Matthieu wurde klar, dass er sich nun in Newtons Augen verwandeln und bald den Zauber jener Insel erblicken würde, auf welcher der Engländer die Melodie ausfindig gemacht hatte.

»Woher stammen die Verse?«

»Glaubst du etwa, dass er mir das verraten hat? Nicht einmal Dr. Evans kennt die ursprünglichen Quellen seiner Entdeckungen. Vielleicht stammen sie aus dem *Kompendium über die Seele* von Avicenna oder aus dem *Atalanta Fugiens* von Michael Maier, aus Werken, die wir im Palast der Duchesse so naiv analysiert haben. Newtons Verstand ist so mächtig, dass er alle Texte im Kopf hat, die seit der Geburt der Alchemie geschrieben wurden.«

Matthieu wollte das Pergament auseinanderfalten, Charpentier gebot ihm jedoch Einhalt.

»Was ist denn?«

»Lies es nicht, bevor du in Madagaskar anlangst.«

»Warum?«

»Vielleicht konnte Newton es nicht begreifen, weil der Sinn des Rätsels durch die faulige Luft verfälscht wird, die wir hier einatmen …«

Matthieu nickte und schob das Papier in die Tasche mit den Notenblättern. Ohne ein weiteres Wort warf er seinem Onkel einen innigen Blick zu und schloss die goldene Tür des Wagens genau in dem Moment hinter sich, als der Kutscher die Tiere antrieb.

ZWEITER AKT

1

Vierundzwanzig Hufe klapperten auf dem Kopfsteinpflaster …

Seit die Kutsche die rebellische Stadt ansteuerte, wie La Rochelle in Paris genannt wurde, durchlebte Matthieu jeden einzelnen Kilometer als einen wichtigen Teil seines Abenteuers. Orleans, Blois, Amboise, Tours, Poitiers … Während dieser unendlichen Tagesrouten bis zum Meer musste er an die Geschichten von Seefahrern denken, die er gelesen hatte, und an all die Entbehrungen, die eine so lange Zeit auf See mit sich brachte.

Aber vor allem verspürte er angesichts all der unerwarteten Emotionen einen Kloß im Hals. Warum hatte er nur das Gefühl, dass hinter dieser Reise zur Rettung seiner Eltern und seines Onkels so viel mehr steckte? Er konnte sich nicht vorstellen, was er im unberührten Dschungel Madagaskars und in den Tiefen seines Herzens wohl entdecken würde. Vielleicht würde er seine Herkunft ergründen können so wie Amadis de Gaule. Der Ursprung, das unberührte Land, die Melodie, der er das Leben verdankte, seine eigene Melodie … Vielleicht aber hatte seine Ergriffenheit viel mehr damit zu tun, dass er nun alles zurückließ, was er bisher kannte?

Als die Kutsche La Rochelle erreichte, dachte Matthieu an die Albatrosse, die er von Zeichnungen her kannte, an die Delphine, die an windstillen Tagen um den Kiel herumtollen würden, und er fragte sich, ob die fliegenden Fische an den Küsten des Südens wohl bloße Legende waren. Er konnte an nichts anderes mehr denken als daran, endlich an Bord zu gehen, und hatte deshalb keine Augen für die Stadtmauern, die Menschen, die mit Waren schwer beladen kamen und gingen, und auch nicht für die beiden Türme, zwischen denen eine mächtige Kette Piraten und Feinden den Zugang zum Hafen verwehrte. Sein Blick galt nur noch dem Frachter, der für ihn jetzt Himmel und Erde darstellen sollte, einem riesigen Schiff namens *Aventure.* Mit seinem niedrigen Vorder- und Achterkastell und gerade genug Freibord, um seine Lage in schwierigen Wassern zu verbessern, erinnerte der Frachter an eine niederländische Hulk.

Kaum war er an Bord gegangen, begann das Konzert aus Rufen und Zerren an Focken und Klüvern.

»Segel setzen!«

Und da war auch schon Kapitän La Bouche. Matthieu hatte ihn sich ganz anders vorgestellt. Auf ihn wirkte er nicht wie ein gebrochener Mann, er strahlte ganz im Gegenteil enorme Stärke aus, so als könnte er allein den hölzernen Riesen unter seinen Füßen bewegen. Seine Stimme war auf dem ganzen Pier zu hören. Er kam auf den Musiker zu, musterte ihn von oben bis unten und hieß ihn mit knappen Worten willkommen, bevor er mit seiner Arbeit fortfuhr. Es handelte sich hier weder um sein Schiff noch um seine Mannschaft, und darum durfte er sich keinen Moment der Unachtsamkeit leisten. Minister Louvois hatte ihm gestattet, als zweiten Mann einen Bootsmann namens Catroux mit an Bord zu nehmen, der ihn im Laufe der Jahre auf vielen Fahrten begleitet hatte. Wenn La Bouche, Matthieu und ein Trupp Elitesoldaten die *Aventure* in Madagaskar verließen, würde Catroux mit den Matrosen der Kompanie nach Indien weiterfahren und dafür sorgen, dass das Schiff sie zum vorgesehenen Datum wieder abholte. Matthieu brachte seine Tasche in die Kajüte, die man ihm zugeteilt hatte, und kehrte zurück an Deck, weil er sich ein Bild von den Dimensionen des Schiffes machen wollte. Einen Moment lang stand er einfach nur da und drehte sich um seine eigene Achse, ließ sich von einer Spirale aus Stoff und Holz mitreißen, als wäre sie seine Wirbelsäule und die Spanten die Rippen.

»Beiboote festzurren!«

»Sind bereits fest angebunden, Kapitän!«

Die Seeleute führten verschiedene Handgriffe aus, für die sowohl Kraft als auch Fingerspitzengefühl nötig waren. Es erschien unfassbar, dass in diese Nussschale all die Männer passten, dazu Kanonen und Munition, Proviant und Werkzeuge sowie Holz, Taue und Stoffe, die unterwegs gebraucht wurden, um defekte Teile zu reparieren oder zu ersetzen. Es waren sogar einige Ziegen und Hühner an Bord, um die Mannschaft mit frischer Milch und Eiern zu versorgen.

Matthieu zog sich auf Deck in eine ruhige Ecke zurück. Flaschenzüge sausten durch die Luft. Als die Segel sich im Wind blähten und knatterten, spürte Matthieu in der Magengrube jeden Stoß wie Trommeln, die zur Schlacht rufen.

»Bringt diese Fässer in den Lagerraum!«

»Warum liegen die überhaupt noch hier herum?«, knurrte Catroux.

»Jemand muss nach unten gehen und nachsehen, ob die Artillerie gesichert ist. Es wird gleich ordentlich schaukeln!«, rief La Bouche und warf den drohenden Wolken in der Ferne einen verschwörerischen Blick zu, als ob er geradezu darauf erpicht wäre, sich bereits hier im Hafen dem ersten Unwetter zu stellen.

Eine Anweisung folgte auf die nächste, die Befehle erklangen in grandiosem Rhythmus. Das Deck des Schiffes wirkte wie eine Opernbühne. Am liebsten hätte Matthieu mit angepackt, zu den Männern gehört, denen der Kapitän seine Befehle in alle Himmelsrichtungen zubrüllte. Er näherte sich dem Bugspriet.

»Nehmt Abschied von der Heimat, Matrosen!«, ertönte es hinter ihm.

Jetzt entdeckte er zum ersten Mal den Salzgeruch und die neue Brise, die auf den Wangen brannte. Am liebsten hätte er all diese neuen Eindrücke, die auf ihn einstürmten, in Musik gefasst. Er dachte wieder an das Libretto von *Amadis de Gaule*, jene Verse, die den Beginn der Heldentaten des Kriegers einläuten, als er den von Nebel bedeckten Wald betritt, hinter dem ihn gleißendes Licht erwartet. Mit Blick auf den Ozean widmete Matthieu seinem Bruder ein paar Worte, die der Wind in Richtung Hafen zurücktrug: »Ich werde immer bei dir sein, Jean-Claude, jenseits des Reichs der Sonne.«

2

Am ersten Tag der Überfahrt stellte Matthieu etwas fest, was für ihn einer wahren Offenbarung gleichkam: Das Geräusch des Meeres glich der Stille. Auch wenn sein Rauschen noch so tosen konnte, lud es dennoch zum Nachdenken ein, zum Fühlen, zur Kreativität. Das Wasser bäumte sich immer und immer wieder auf, um gegen den Rumpf der *Aventure* zu schlagen. Manche Wellen führten ihren Angriff aus und zerstoben in schäumendem Zischen, andere hingegen beruhigten sich wieder und verschmolzen mit der unendlichen Wassermasse, in deren Inneren es nur das Murmeln der Algen und die Blicke der Fische gab, die sich mit energischem Flossenschlag dem Schiff näherten.

Das Meer war Stille. Matthieu zupfte an den Saiten seiner Geige und atmete tief durch. Um etwas Neues zu komponieren, so kam es ihm vor, musste er nur den Arm ausstrecken und nach den Noten greifen, die sich ihm darboten; seit dem göttlichen Atemhauch zu Beginn der Zeiten, der in sich alle Musik der Vergangenheit und Zukunft trug, schienen sie dort auf ihn zu warten.

Leider wurde diese Reihe idyllischer Eindrücke bald getrübt. Sobald sie die Iberische Halbinsel umrundet hatten und sich der afrikanischen Küste näherten, machte sich an Bord eine andere Art von Stille breit: die der Seeleute. Der Schoner war mit vierzig Kanonen ausgestattet, weshalb sich unter den vielen Männern an Bord auch eine stattliche Gruppe Artilleristen befand. Es handelte sich um für ein Handelsschiff ungewöhnliche Vorsichtsmaßnahmen, die Bedeutsamkeit ihrer Mission machte sie aber notwendig. Viele der Piraten, die jahrzehntelang in der Karibik ihr Unwesen getrieben hatten, machten nun die Gewässer nahe der Handelsrouten unsicher, und sie würden unterwegs mit großer Wahrscheinlichkeit auf ein Schiff mit schwarzer Flagge stoßen. Es gab an Bord Männer jedes Alters, von bartlosen Schiffsjungen bis hin zu alten Seebären, die von jedem ihrer Schiffbrüche gezeichnet waren. Aber alle von ihnen zeigten sich gleich mürrisch, wenn sich ihnen der Musiker aus Paris näherte.

Matthieu konnte das nicht begreifen. Er hatte noch nie Probleme damit gehabt, auf Menschen zuzugehen, und fühlte sich ausgeschlossen. Vielleicht lag es auch einfach daran, dass er keine Seemannsknoten konnte. Am Anfang zog er sich deshalb so oft wie möglich in seine Kajüte zurück. Er schlief nicht wie der Rest der Männer im Zwischendeck, sondern teilte sich mit dem Kapitän eine Kammer im Achterkastell. Durch Gardinen auf beiden Seiten konnte man sich auf der Pritsche ein wenig Privatsphäre sichern. Dazwischen standen ein Tisch, vier Stühle und eine kleine Kommode, in der die wenigen Habseligkeiten verstaut waren, die man Matthieu für die Reise zugestanden hatte. Das Bleikristallglas des Fensters war blau wie die französische Flagge, und es waren Wappenlilien darin eingearbeitet, die das Zimmer mit zarten goldenen Lichtreflexen erfüllten.

»Warum bist du nicht hier bei mir?«, sagte Matthieu immer wieder laut vor sich hin. Manchmal richtete er die Worte an Jean-Claude und manchmal auch an die schöne Nathalie, während er den Schweif aus Schaum betrachtete, den das Schiff hinter sich herzog.

Wenn er einmal an Deck ging, was nicht oft geschah, richtete er es so ein, dass er La Bouche wie zufällig über den Weg lief und mit ihm eine Unterhaltung anfangen konnte. Es stimmte zwar, dass der Kapitän ihm nicht die kalte Schulter zeigte, er war aber auch kein Mann großer Worte. Matthieu beobachtete fasziniert, wie er die Expedition mit der Selbstsicherheit dessen leitete, der so etwas schon tausendmal getan hat. In den Adern des Kapitäns floss Salzwasser. Er hatte sein Handwerk auf den Schiffen gelernt, die den Atlantik zu den ersten Kolonien in Akadien überquerten. Danach kamen Guayana und Martinique, und dann befuhr er jahrelang die Route nach Saint-Domingue, der florierendsten Niederlassung in der Karibik. Eines schönen Tages nahm die Flagge des Sonnenkönigs Kurs in Richtung Indischer Ozean auf, und einige Seeleute wie La Bouche zögerten nicht, ihr Ansehen noch zu steigern, indem sie die Reise ins geheimnisvolle Indien wagten. Nach der Okkupation von Bengalen zeigte sich, dass der Kapitän völlig besessen von Madagaskar war, der großen roten Insel, der Unbezwingbaren, deren Bastion Fort Dauphin er nicht zu verteidigen wusste – die Insel, auf der er fast all seine Männer verloren hatte und auch die Ehre und den Respekt, den ihm bislang die Mitglieder der französischen Flotte entgegengebracht hatten.

Am achten Tag wurde Matthieu langsam klar, dass die Schiffsmannschaft ihn nicht nur ignorierte, sondern auch hinter seinem Rücken über ihn tuschelte. Er vermutete sogar, dass der Unfall, bei dem ihn eines Morgens beinahe das Metallende eines Wants am Kopf getroffen hätte, mit Absicht provoziert worden war. Diesem klaustrophobischen Gefühl wollte er nun ein Ende machen und lieber die Flucht nach vorn antreten. Alle auf dem Schiff sollten ihn so kennenlernen, wie er wirklich war, und wenn er dafür jeden einzelnen von ihnen allein ansprechen musste. Am Nachmittag sah er den Frachtaufseher ein wenig abseits an Deck stehen und versuchte sein Glück. Er ging zu ihm hinüber und fragte ihn nach Bengalen. Seitdem sich die Kompanie in der südasiatischen Region eingerichtet hatte, so war ihm zu Ohren gekommen, kamen und gingen dort ohne Unterlass französische Schiffe, da es sich um eine unerschöpfliche Quelle der exotischsten Produkte handelte. Der Frachtaufseher schaute sich nach beiden Seiten um und antwortete ihm dann, dieses Mal weniger wortkarg.

»In diesem Schiffsraum haben wir mit Sicherheit ein Dutzend Tiger transportiert«, erklärte er und bezog sich damit auf eine altbekannte Marotte des Königs. »Nur schade, dass keiner von ihnen die Reise bis nach Versailles überlebt hat.«

»Die armen Tiere…«, antwortete Matthieu, dachte dabei jedoch eher an sich selbst.

»Ich hoffe, du hältst mehr aus als diese Bestien«, knurrte der Frachtaufseher, plötzlich wieder schlecht gelaunt.

»Legt Ihr immer dieselbe Strecke zurück?«, fragte Matthieu weiter, ohne sich abschrecken zu lassen.

»Seit 1673. Ich habe früher schwarzes Vieh in die Karibik gebracht.«

Matthieu zuckte zusammen. Die Arbeit von Menschenhändlern hatte er nie in Frage gestellt, weil er sie nicht einmal als einen Teil der Welt betrachtet hatte, in der er lebte. Aber es gab sie, und auf einmal stand er hier und sprach mit einem von ihnen. Die Eroberung der Neuen Welt erforderte viele Arbeitskräfte, und da es nicht erlaubt war, die Eingeborenen zu Sklaven zu machen, musste man diese eben aus Afrika importieren. Der größte Teil von ihnen stammte aus der Savanne zwischen dem Wüstensand der Sahara und den grünen Landstrichen von Gambia. Matthieu blickte wieder nach Backbord. Bis zur Küste waren es nur wenige Meilen, sie waren also nur einen Steinwurf von den Dörfern der Eingeborenen entfernt.

»Wo habt Ihr diese Menschen gekauft?«

Der Frachtaufseher schaute ihn verwundert an.

»Weißt du etwa nicht, wo wir als Nächstes vor Anker gehen?«

»Im Hafen hat jemand Saint-Louis erwähnt.«

Das war die erste französische Siedlung auf afrikanischem Boden. Sie konnte nicht mehr weit sein.

»Daran sind wir längst vorbei. Saint-Louis wurde schon in der Nacht gesichtet.«

»Aber…«

»Dieses Schiff macht dort für gewöhnlich Halt, der Kapitän hat jedoch etwas anderes angeordnet.«

»Wohin geht es dann?«

Der Frachtaufseher begann, eine Leine aufzuschießen.

»Ich kann jetzt nicht reden«, beendete er die Unterhaltung und versank wieder in das allgemeine Schweigen.

Nun fühlte sich Matthieu bei dieser Expedition, die doch gerade erst begonnen hatte, endgültig ausgeschlossen. Er sah sich nach dem Kapitän um. Er fand ihn auf dem Achterkastell, wo er beim Ruder auf einem Fass hockte. Sein Freund Catroux steuerte den Schoner. Die beiden schauten einer Schar Pelikane zu, die mit dem Wind zwischen den Masten spielten und sich ins Wasser stürzten, um kurz darauf mit einem Fisch im Schnabel wieder aufzutauchen.

»Wohin fahren wir?«, fragte Matthieu mit lauter Stimme, während er die Stufen hinaufstieg.

»Was meinst du?«, entgegnete der Kapitän, ohne den Blick vom Himmel abzuwenden.

»Wir hätten in Saint-Louis einen Zwischenhalt einlegen sollen. So war es geplant …«

»Die Pläne haben sich eben geändert. Wir steuern jetzt Gorée an«, informierte ihn La Bouche kurz angebunden.

»Gorée …?«

Matthieu hatte noch nie von diesem winzigen Eiland gehört, das im Atlantikraum als Zentrum des Sklavenhandels galt.

»Eine Insel«, erklärte La Bouche. »Ich habe dort einige Angelegenheiten zu regeln, bevor wir weiterfahren.«

Matthieu war über den verächtlichen Tonfall des Kapitäns erstaunt. Dies war seit Beginn der Reise das erste Mal, dass er so mit ihm sprach und ihn dabei nicht einmal ansah.

»Ich denke doch, dass ich über solche Dinge informiert werden sollte …«, erwiderte er und versuchte, dabei möglichst autoritär zu klingen.

Jetzt drehte sich der Kapitän dann doch zu ihm um.

»Informiert? Worüber?«, rief er wütend aus. »Kümmer du dich nur um deine Geige und lass uns unsere Arbeit machen.«

Der Bootsmann versuchte, sich das Lachen zu verkneifen, konnte aber ein Schnauben nicht unterdrücken.

Ein Pelikan flog dicht an ihren Köpfen vorbei. Er krächzte, als wollte er die abgelenkte Aufmerksamkeit des Kapitäns zurückerlangen. Dieser wandte sich wirklich ab, um den Flug des Vogels weiter zu beobachten. Damit hatte Matthieu nicht gerechnet. Er war davon überzeugt, dass er sich seine Schikanen die ganze Überfahrt lang gefallen lassen musste, wenn er dem Kapitän dies schon zu Anfang der Reise durchgehen ließ, daher zögerte er nicht einen Moment, ihm die Stirn zu bieten.

»Ihr seid nur meinetwegen hier«, verkündete er mit strenger Stimme. »Vergesst das nie!«

Das Gesicht des Kapitäns erstarrte. Der Bootsmann zog eine Miene, die Matthieu nicht ergründen konnte, und brach schließlich in lautes Gelächter aus, in das La Bouche umgehend mit einfiel.

»Schneid hat er ja!«, rief Catroux aus. »Wenn Ihr ihm nicht auf die Finger seht, Kapitän, dann übernimmt er hier an Bord bald das Kommando!«

»Solche Leute sind mir die liebste Gesellschaft und erst recht, wenn sie sich mit mir auf der roten Insel durchschlagen müssen! Komm her!«, bat er Matthieu, dieser rührte sich jedoch nicht vom Fleck. »In Ordnung, Monsieur, ich stehe ja schon auf!«, gab er endlich unter Gelächter nach.

Der Kapitän legte dem jungen Musiker den Arm um die Schultern und trat mit ihm an die Heckreling. Am Horizont ging die Sonne unter und warf einen orangefarbenen Streifen auf das ruhige Wasser.

»Ich befahre dieses Meer schon seit vielen Jahren«, erklärte er.

»Diesen Verdienst will ich Euch ja auch gar nicht absprechen.«

»Damit will ich sagen, dass man den Sinn für die Feinheiten verliert, wenn man den ganzen Tag Befehle brüllt, und besonders dann, wenn es sich nicht um das eigene Schiff handelt. Ich muss mich vor einer Besatzung behaupten, die mich noch nicht als einen der Ihren anerkennt.«

»Ich verlange ja auch nicht, dass Ihr mich wie eine Hofdame behandelt«, entgegnete Matthieu, der inzwischen beschlossen hatte, sich nicht länger unnachgiebig zu zeigen, wenigstens nicht in diesem Moment. »Ich möchte doch nur, dass alles nach Plan verläuft. Wenn wir zum vorgesehenen Datum nicht wieder in Paris sind, war alles umsonst.«

»Wir werden pünktlich zurückkehren«, versprach der Kapitän.

»Dann lasst uns diesem Missverständnis ein Ende machen und gemeinsam etwas essen.«

Dieser Satz hatte auf La Bouche den von Matthieu erwünschten Effekt. Die beiden waren nun nicht nur wieder versöhnt, der Kapitän zeigte sich ihm gegenüber auch viel offener als bisher.

»Ich treibe auf Gorée Sklavenhandel, mir gehört dort ein kleines Unternehmen«, verriet er ganz ungerührt. »Es untersteht Madame Serekunda, einer jungen Mulattin. Mit ihrer wilden Mischung aus europäischem und afrikanischem Blut hat diese Frau schon lange das Herz des Seemanns erobert, der hier vor dir steht. Wenn du sie erst siehst, wirst du es verstehen!«

»Ich möchte nur über die Einzelheiten der Mission informiert sein und über alles, was sie gefährden könnte«, stellte Matthieu bescheiden klar, um sich vollends der Sympathie des Kapitäns zu versichern. »Was Ihr in der Zwischenzeit tut, geht mich nichts an.«

»Ich werde es berücksichtigen«, konstatierte La Bouche förmlich. »Aber ich bestehe trotzdem darauf: Um die Sache wiedergutzumachen, lade ich dich für morgen Abend zum Essen bei uns ein und zeige dir das Geschäft. Madame Serekunda hat so gern Besuch.« Er zwinkerte ihm verschwörerisch zu. »Und wenn du außerdem noch etwas auf deiner Geige spielst …«

Gorée war als Sklaveninsel bekannt. Nachdem sie ein Jahrhundert zuvor von den Portugiesen entdeckt worden war, hatten europäische Regierungen auf ihren kaum neunhundert Metern Länge Warenlager eingerichtet, um Glasperlen, Stoffe, eiserne Werkzeuge und gelegentlich auch Waffen gegen Gold, Elfenbein, Gewürze und Straußenfedern einzutauschen. Nach der Niederlassung im nahen Saint-Louis an der Küste hatte Frankreich auf diesem Fleckchen Erde begeistert den Sklavenhandel vorangetrieben und die Insel so zu einer Stätte des Grauens gemacht. Der Hof Ludwigs XIV. gestattete Menschenhandel nicht nur, sondern verteidigte seine Bastion auch mit allen Mitteln vor den Angriffen der Engländer und Holländer. Gorée hatte von Natur aus die Form einer Festung und lag für Schiffe, die Schutz vor Unwetter suchten oder Boote zu ihren weißen Sandstränden schicken wollten, ideal.

Die Insel kam am Nachmittag des nächsten Tages in Sichtweite. Der Kapitän kannte jeden Zentimeter des Ufers und die besten Plätze, um dort vor Anker zu gehen. Catroux stand an der Reling, um den Meeresgrund auszuloten. Nachdem er überprüft hatte, dass es hier keine Felsen gab, ließ er den Anker werfen. An Bord begann man, die Segel einzuholen und die Klüver für das Wendemanöver vorzubereiten, um dann beigedreht zu bleiben. Matthieu verließ seine Kajüte und blickte nach Backbord. Es würde ihm sicher guttun, für ein paar Stunden festen Boden unter den Füßen zu haben, da sich ihm dazu bis zu ihrer Ankunft am Ziel sicher keine Gelegenheit mehr bieten würde.

Der Kapitän befahl, nur ein einziges Boot fertig zu machen. Er wollte für eine so harte Reise die Besatzung beisammenhalten und erlaubte den Männern deshalb nicht, an Land zu gehen. Auf Gorée kam es oft zu Reibereien, bei denen nicht selten Matrosen ihr Leben ließen. Einzig La Bouche verließ den Schoner, begleitet von den Ruderern und drei Soldaten, die ihm als Leibwache dienten. Matthieu setzte sich im Kahn zwischen sie.

Am Ufer sahen sie von weitem ein Schiff mit frisch abgeschabtem und kalfatertem Kiel.

Der Landeplatz roch nicht nach Fisch. Er roch nach Rost und Schweiß.

3

Die Eisenketten schlugen gegen die steinerne Mole, und das Weinen der Sklavenkinder erinnerte an ein Klagelied aus einer anderen Dimension. In einem zynischen Kontrast rankte eine üppige Bougainvillea an den Wänden der Häuser, die einen Sandweg säumten. Die Insel war ein riesiger, mit Blut gedüngter Garten. Matthieu verspürte mehr Verwunderung als Abscheu. Bislang hatte er keine dunkelhäutigen Menschen zu Gesicht bekommen außer ein paar Pagen des Königs mit Pluderhosen und bunten Schleifen wie der madagassische Eingeborene, den La Bouche von seiner letzten Expedition mitgebracht hatte. Jahrelang war er in Versailles eine Attraktion für die Adligen gewesen, und nun reiste er wieder in seine Heimat, um für sie als Übersetzer zu fungieren. Er glich in nichts den Schwarzen, die sie nun umgaben und Rücken an Rücken mit einem Eisenring um den Hals dasaßen. Fliegen labten sich an der blutigen Haut, die die Ketten aufgescheuert hatten. Die Sklaven warfen sich gegenseitig Blicke zu, während die Händler zwischen den Gruppen hin und her gingen und ihnen in den Mund sahen, um das Gebiss zu überprüfen. Von den freien Eingeborenen boten sich den Seeleuten einige Frauen am Eingang ihrer Hütten an, die etwas weiter im Inneren der Insel einen Halbmond aus strohgedeckten Dächern bildeten. Auf Gorée schien Chaos zu herrschen, in Wirklichkeit aber hatte wie auf jedem anderen Markt auch alles seine Ordnung und seinen Preis.

Der Kapitän hielt auf ein Wächterhäuschen zu. Zwei Soldaten traten heraus und begrüßten ihn respektvoll. Er antwortete mit beifälligen Worten, übergab ihnen seine Papiere und einen Beutel mit Münzen.

Jeder Winkel der Insel wurde von der Miliz kontrolliert. Links vom Hafen nahm eine Festung auf einem Felsmassiv etwa ein Drittel ihrer Fläche ein. Matthieu fielen die Soldaten auf, die dort Wache hielten, und er musste an die Männer denken, die von den Zinnen der Bastille aus auf ihn herabgeblickt hatten, als er an den Karren gekettet über die Zugbrücke gefahren war.

Er folgte Kapitän La Bouche durch eine enge Gasse. Bald darauf hatten sie Madame Serekundas Haus erreicht. Es war nicht das einzige Sklavenlager auf der Insel, aber unter all denen, die Matthieu auf dem Weg hierher gesehen hatte, das größte. Es war deutlich erkennbar in zwei Bereiche unterteilt. Im ersten Stock lagen die Wohnräume der Mulattin und die Unterkünfte der Dienstboten, während sich im Erdgeschoss die Zellen befanden. Vor dem Haus gab es ein Rondell, auf dem die Versteigerungen abgehalten wurden. Das Gebäude wirkte beinahe wie eine römische Gladiatorenschule, allerdings hätte man es auf Gorée für Verschwendung gehalten, dass sich Neger gegenseitig umbringen.

Sie gingen durch das Tor. Vom runden Vorhof aus führte eine Treppe nach oben in den ersten Stock, und dort stand Serekunda stolz aufgerichtet am Geländer. Das in Paris geschneiderte Kleid unterstrich ihre üppige Figur noch. Ihre Haltung zeugte von Hochmut, aber auch von unwiderstehlichem Charme, der ihr bei der Leitung der Geschäfte mit Sicherheit von großem Nutzen war. Als der Kapitän ihren Namen aussprach, verflog all das Kühle an ihr. Sie stürmte die Treppe herunter, um sich ihm in die Arme zu werfen, und küsste ihn mitten auf dem Rondell, damit es auch jeder sah.

La Bouche stellte ihr Matthieu vor. Sie begrüßte ihn mit der Gewandtheit und Höflichkeit einer Dame aus Versailles, dann jedoch nahm ihre natürliche Wildheit wieder überhand, und sie zog den Kapitän in eine Ecke des Hofes, küsste ihn heftig und trommelte dabei gleichzeitig mit den Fäusten auf ihn ein. In geziertem Französisch, durchsetzt mit Phrasen in ihrer Muttersprache, jammerte und beklagte sie sich bei La Bouche darüber, dass sie jedes Mal länger auf ihn warten musste.

Matthieu ließ die beiden lieber allein. Er spazierte auf einen dunklen Gang zu, der unter das Haus führte. Ihn faszinierte die Tatsache, dass am Ende des Tunnels Sonnenlicht zu sehen war, und er bewegte sich langsam darauf zu. Während der Gang sich verengte, konnte man immer lauter die Wellen brechen hören. Es handelte sich um eine Öffnung, die einen direkten Zugang zum Meer ermöglichte. Nasse Schaumflocken, die ins Innere flogen, landeten auf seinen Stiefeln. Da begriff er, dass hier die Menschenhändler ihre Boote festmachten, um gekaufte Slaven zu verladen und sie zu ihren Schiffen zu bringen.

In diesem Moment legte ihm jemand die Hand auf die Schulter.

Erschrocken fuhr Matthieu herum.

Es war La Bouche.

»Jetzt kennst du also die ›Tür ohne Wiederkehr‹.«

»Kein besonders aufmunternder Name.«

»Sieh mich an«, bat ihn der Kapitän. »Diese Leute sind nicht wie du und ich!«

Matthieu versuchte, sich keine Emotionen anmerken zu lassen. Mit jeder Minute, die verstrich, überkamen ihn widersprüchlichere Gefühle, was den Kapitän betraf. Dieser zeigte sich hart wie Stein, ohne dabei jemals seine Fassade eines Gentlemans zu verlieren. Er war einst der beliebteste und angesehenste Seemann in Versailles gewesen und hatte sich nun in einen unerbittlichen Menschenhändler verwandelt. Matthieu dachte daran, wie verletzlich die Sklaven auf ihn gewirkt hatten, und es tat ihm in der Seele weh. Ihre Körper wirkten wie aus Stahl, und dennoch starb die Hälfte von ihnen, noch bevor sie Westindien erreichten.

Und dann gab es da noch andere, freigelassene Sklaven oder einfach herzlose Spekulanten, die ihre Brüder verrieten und sie im Auftrag der Europäer jagten. Warum konnte er sie nicht als das ansehen, was sie wirklich waren, nämlich Männer, die auf unterschiedlichen Seiten standen so wie La Bouche und er, jedoch unter erbärmlichen Umständen?

Der Kapitän begleitete Matthieu in den ersten Stock hinauf. Madame Serekunda bewohnte das Haus zusammen mit ihrer Mutter – die krank war und ihr Gemach nie verließ – und einer Heerschar von Bediensteten. Sie wiesen Matthieu ein Zimmer zu und luden ihn ein, dort die Nacht zu verbringen. Der junge Mann aber fühlte sich immer schlechter. Er stellte sich vor, wie der Gestank aus den Zellen in den Rest des Hauses aufstieg und dort an allen Wänden klebte. Diesen Geruch wollte er nun wirklich nicht in der Nase haben, deshalb war er drauf und dran, das Angebot abzulehnen und augenblicklich zum Schiff zurückzukehren. Dann hielt er es allerdings für klüger, sich der Gunst des Kapitäns zu versichern, auch wenn er dafür wieder einmal zurückstecken musste. Er wollte sich gerne eine Weile hinlegen, hatte aber kaum den Rock abgestreift, als auch schon zum Abendessen gerufen wurde.

Die Einrichtung und Dekoration des Hauses ließen an das Heim einer wohlhabenden Familie in Frankreich denken. Es war kaum zu fassen, dass im unteren Stockwerk Dutzende von Sklaven darauf warteten, meistbietend versteigert zu werden. Die Tafel war mit einem feinen Tischtuch bedeckt, und das Besteck war aus Silber mit einer Reliefarbeit in Form von Blumen, die sich spiralförmig um den Griff wanden.

Während die Vorspeisen serviert wurden, fragte Madame Serekunda Matthieu nach Dingen bei Hofe, da sie offensichtlich davon ausging, dass er zu den adligen Kreisen gehörte. Er brachte es nicht über sich, das Missverständnis auszuräumen, und antwortete ausweichend. Der Gedanke, dass er hier die Zeit bei einem Abendessen vertrödelte, während sie doch eigentlich volle Fahrt voraus nach Madagaskar segeln sollten, ging ihm nicht aus dem Kopf.

»Ich werde ein paar Neger für die Reise mitnehmen«, wandte sich der Kapitän an die Mulattin und unterbrach so ihre Unterhaltung. »Vielleicht kann ich sie bei einem Zwischenhalt gegen etwas eintauschen.«

»Ich lasse gleich nach dem Essen anordnen, dass eine Gruppe zu eurem Schiff gebracht wird«, nickte sie. »Aber es wird doch jemand dafür zahlen, oder? Du hast ja gesehen, dass ich zurzeit auf der Ware sitzen bleibe.«

»Der Handel mit Indien siecht im Moment dahin«, informierte La Bouche Matthieu, um ihn in das Gespräch mit einzubeziehen.

»Ich dachte eigentlich, es wäre genau umgekehrt«, entgegnete der Musiker. Er versuchte, den Anschein der Normalität zu wahren und so zu tun, als wäre er auf dem Laufenden. »Ich habe gehört, dass Cavelier de La Salle im Namen des Königs ein neues Territorium am unteren Mississippi eingenommen hat.«

»Dieser arrogante Mistkerl hatte den Einfall, es Louisiana zu nennen, zu Ehren seiner Majestät«, erklärte La Bouche mit unüberhörbarem Neid. »Das ist doch alles nur Schall und Rauch! Wenn wir nicht endlich die immer gleichen Fehler vermeiden, die wir seit unserer Ankunft in Neufrankreich begangen haben, dann werden uns die Engländer davonjagen, und das wäre das Ende unserer Geschäfte dort.«

»Jetzt übertreib mal nicht«, beschwerte sich Madame Serekunda. Gleichzeitig bedeutete sie dem Personal, die Teller abzuräumen. Ein Diener brachte schon fertig angerichtete Schalen mit Fisch, Reis und Maniok. »Die Nachfrage nach Negern steigt in Neufrankreich sicher bald wieder. Das Gebiet ist so enorm …«

»Das ist aber kein Segen, sondern gerade die Ursache des Problems! Wir haben so wenige Siedler für so ein riesiges Areal, es ist kaum Geld im Umlauf, und alles wird von Paris aus verwaltet. Nennt man das etwa Effizienz? Unsere Wirtschaft dort beschränkt sich auf den Handel mit Fellen, während die Spanier und Engländer in Bergbau, Viehzucht und Landwirtschaft investieren. Irgendwann wird man uns dort vertreiben wie auch sonst überall.«

»Hör gar nicht auf ihn«, unterbrach ihn die Mulattin, indem sie sich mit süßer Stimme an Matthieu wandte. »Ich liebe Biberpelz.«

Sie machte eine Geste, als streichele sie über eine unsichtbare Stola um ihren Hals.

»Hast du gute Böcke dabei?«, kehrte der Kapitän wieder zum ursprünglichen Thema zurück. »Aus welcher Gegend?«

»Es sind Diola von der anderen Seite des Flusses.«

»Diola?«

»Das ist dieser kleine Stamm, der auf der Flucht vor den Mandinka Richtung Süden gewandert ist …«

»Das weiß ich, ich würde nur gerne wissen, ob es sich überhaupt lohnt, sie von so weit entfernt herzubringen.«

»Die Distanz ist groß, aber es wurde uns leicht gemacht. Die Häuptlinge eines Nachbarstammes wollten sie aus dem Weg haben und haben uns den Großteil der Arbeit abgenommen.«

Der Kapitän nickte.

»Die Diola sind kräftig und erzielen gute Preise«, erklärte er Matthieu.

»Inzwischen sieht es etwas anders aus«, korrigierte ihn die Mulattin. »Die Schiffe brauchen so lange, dass ich mich gezwungen sah, einige von ihnen in den Mästungsraum zu stecken.«

Madame Serekunda sprach von einem Kämmerchen im Lagerhaus, in dem sie zu dürre Sklaven schnell hochpäppelte. Nach den derzeitigen Marktregulierungen konnten sie keine Männer verkaufen, die weniger als sechzig Kilo wogen.

»Ich brauche keine Muskelprotze, sie sollten nur so kräftig

sein, dass sie die Reise überstehen. Von denen kehrt ohnehin keiner von Madagaskar zurück. Was übrig bleibt, schenke ich diesem Heidenkönig.«

So langsam wurde Matthieu wirklich übel, wenngleich er nicht sicher war, ob es am Essen oder an der Unterhaltung lag. Er starrte schon seit einer Weile nur noch auf seine Schale, weil er das Gefühl hatte, dass ihm irgendein Gewürz den Magen durchbohrte. Auf einmal sah er die Gesichter des Kapitäns und der Mulattin ganz verzerrt.

»Ich glaube, ich gehe besser einige Minuten an die frische Luft«, entschuldigte er sich.

»Geht es dir gut?«, fragte Madame Serekunda.

Matthieu nickte, während er versuchte, die Galerie aufrechten Ganges zu erreichen. Dort musste er sich anlehnen, um nicht zu Boden zu sinken. Er wartete einen Magenkrampf ab, bevor er beschloss, sich ein etwas abgeschiedeneres Plätzchen zu suchen. Rasch stieg er die Treppe hinunter, die in den Hof führte, und wankte hinter ein Mäuerchen. In seinem Kopf drehte sich weiterhin alles, und zwar immer schneller. Er sank auf die Knie und erbrach endlich alles, was er im Magen hatte. Durcheinander und beschämt sah er sich nach beiden Seiten um und stellte fest, dass er im Sklavenlager gelandet war. Er konnte kaum etwas erkennen, da das einzige Licht von den flackernden Flammen der Fackeln an den Wänden stammte. Die Zellen sahen aus wie Höhlen, die man in den Stein gehauen hatte. Nur durch die vergitterte Eingangstür gelangte Luft ins Innere. Es roch nach Urin. Matthieu verspürte den Impuls, weiter in den Gang hineinzugehen. Er taumelte voran und hielt sich dabei mit beiden Händen den Bauch, um das Brennen in der Magengrube zu unterdrücken. Er war entsetzt, als er feststellen musste, dass sich trotz des beengten Raumes in jeder Zelle um die fünfzig Schwarze befanden. Auf einmal umfing ihn eine Mischung aus Wimmern und schläfrigem Wehklagen. Die Sklaven waren aneinander festgekettet, Männer und

Frauen gemeinsam, sie hockten mit angezogenen Beinen da und hatten keinen Platz, die Gliedmaßen auszustrecken. In einer separaten Zelle in einem angrenzenden Gang drängten sich die Kinder. Die Händler hielten sie von den Müttern fern, damit diese ihr Weinen nicht unterscheiden konnten, weil dies ihr Leiden nur noch vergrößerte, und zwar so sehr, dass sich ihr Gesundheitszustand verschlechterte und man sie billiger verkaufen musste.

Die leeren Blicke der Sklaven vermischten sich in Matthieus Kopf mit immer brutaleren Szenen. Bald fiel es ihm schwer, Realität und Trugbilder auseinanderzuhalten. Er klammerte sich an die Gitterstäbe, die ihm am nächsten waren, und ließ sich wieder auf die Knie fallen. Sein Gesicht war nun nur noch wenige Zentimeter von dem eines kräftigen Schwarzen entfernt, der ihn mit erstaunlicher Gefasstheit von der anderen Seite her ansah. Matthieu, der das Brennen in der Magengrube kaum noch ertragen konnte, stellte sich dem ruhigen Blick des Afrikaners, den aufgeplatzten, fleischigen Lippen und den blutroten Venen, die den weißen Grund seiner Augen durchbrachen. In diesem Moment schreckte der Sklave auf. Er machte eine hastige Bewegung, und Matthieu drehte sich weit genug um, um den Schatten eines Mannes mit erhobenem Arm zu erkennen. Er warf sich rasch zur Seite und konnte so gerade noch einer riesigen hölzernen Keule ausweichen, die gegen die Metallstäbe prallte und den ganzen Gang vibrieren ließ. Der Angreifer versuchte, erneut damit auszuholen, der Sklave zog jedoch an den Ketten, die ihn mit seinen Leidensgenossen verbanden, steckte den Arm durch das Gitter und hielt den Knüppel fest. Die beiden Männer begannen ein Handgemenge. Matthieu nutzte die Gelegenheit, um sich aufzurichten. Der Angreifer versuchte ihn aufzuhalten, der Sklave presste sich jedoch gegen die Zellentür, packte den Mann am Fuß und brachte ihn zu Fall. Bevor er zu Boden stürzte, griff dieser nach Matthieus Rock, der junge Musiker konnte sich jedoch losreißen und rannte auf den Hof. Er hetzte die Treppe bis zur

Galerie hinauf, stürzte ins Esszimmer und brach vor dem Tisch zusammen.

»Matthieu! Was ist passiert?«

»Kapitän …«

Er versuchte, die Geschehnisse zu erklären, konnte aber nur noch stammeln.

»Gift!«, schrie Serekunda.

»Was?«

»Sieh dir doch seine Augen an!«

Die Hausherrin kannte die Symptome gut. Sie wusste, dass man auf Gorée gegen entsprechende Bezahlung ein Fläschchen mit dem Gift einer Schlange aus der Savanne kaufen konnte, das selbst einen Büffel zu Fall brachte. Bald würden Krämpfe und Atemprobleme einsetzen. Die Mulattin rief lautstark nach der Köchin, die augenblicklich erschien. Sie sah furchtbar erschrocken aus, genau wie die beiden Dienerinnen, die im Türrahmen standen und sich die Hände vors Gesicht hielten, um nicht in Tränen auszubrechen.

»Was hast du ihm ins Essen gemischt?«, fuhr Serekunda ihre Köchin an.

»Nichts!«

»War das für den Kapitän bestimmt? Wer hat dich bezahlt, um ihn zu vergiften?«

»Ich habe nichts ins Essen getan, Madame! Das schwöre ich!«

Serekunda versetzte ihr eine Ohrfeige. Im selben Augenblick waren die Rufe einer anderen Dienstmagd zu hören, die draußen auf der Galerie stand. Sie zeigte nervös auf den Eingang zum Hof und wiederholte ein ums andere Mal, dass dort gerade jemand durch das Tor verschwunden war.

»Wer?«, schrie Serekunda jetzt noch lauter.

»Die Neue aus dem Stamm der Wolof.«

»Von wem redest du da?«

»Von der, die die Zellen saubermacht.«

Die Mulattin wandte sich zur Köchin um, die zitternd im Türrahmen lehnte.

»Hat sie sich bei den Töpfen herumgetrieben?«

»Madame ...«

»War das Wolof-Mädchen bei dir in der Küche? Ich will nicht noch einmal fragen müssen!«

»Ja ...«

»Wie konnte es bloß glauben, damit ungestraft davonzukommen?«, sagte der Kapitän zu niemand Bestimmtem. »Es muss noch jemand dahinterstecken, ein Drahtzieher.«

»Mir ist egal, wer dahintersteckt. Die Wolof hat ihr Leben jedenfalls verwirkt!«, sprach Serekunda ihr Urteil.

»Ich will sie zuerst verhören«, wandte ihr Geliebter ein.

»Dann verhör sie doch, aber danach gehört sie mir! Das Gift war für dich bestimmt, begreifst du das denn nicht? Ich werde ihr Herz verspeisen!«

Der Kapitän gab seinen drei Wachen die Anweisung, mit Hilfe des Dienstmädchens nach der Flüchtigen zu suchen.

Serekunda sah sich erneut Matthieus Augen an und wandte sich dann wieder an La Bouche.

»Ist dieser Junge für deine Mission sehr wichtig?«, wollte sie jetzt schon viel ruhiger wissen.

»Lass ihn nicht sterben«, antwortete der Kapitän lediglich.

Sie hievten Matthieu in sein Zimmer und verabreichten ihm eine Kräutermedizin, damit er das wenige, was ihm noch im Magen blieb, ausspie. Er wurde immer blasser. Aus seiner Kehle erklang ein Todesröcheln.

Serekunda hatte inzwischen einen Heiler rufen lassen. Der Medizinmann untersuchte den Geiger, um herauszufinden, welches Gift man ihm verabreicht hatte, stellte um ihn herum ein Dutzend Kerzen auf und begann, ein Gegenmittel zuzubereiten.

In Matthieus Gesicht war inzwischen eine Seite ganz taub. Er wurde von Krämpfen geschüttelt, die ihn von seinem Lager warfen, und konnte nichts gegen die Beklemmung tun, die ihm die Brust zuschnürte. Er hatte das Gefühl, seine Lunge würde gleich explodieren. Der Heiler gab ihm das Antidot und beschwor gleichzeitig die Geister der Insel, damit sie ihm halfen, den Dämon abzuwehren und zu strafen, der die Schwäche des Körpers genutzt hatte, um von ihm Besitz zu ergreifen.

Serekunda brachte ein Huhn, so wie es das Ritual vorschrieb. Der Medizinmann enthauptete das Tier durch einen einzigen Hieb mit einer scharfkantigen Scheibe, die er in einer Tasche voller Fetische mitgebracht hatte. Er fing das Blut in einer Schale auf und goss es, nachdem er es mit Hirsesaft vermischt hatte, über Matthieus Körper. Dann ordnete er an, dass alle den Raum verließen, und stellte das Schüsselchen mit dem Rest der Flüssigkeit unter einen kleinen Altar aus Blättern und Zweigen, den er in einer Ecke errichtet hatte. Dort musste die Mischung die ganze Nacht stehen bleiben, um den bösen Geist zu besänftigen. Der Mann sprach einige beschwörende Formeln und ging dann auch hinaus, schloss hinter sich die Tür und ließ den blutüberströmten Matthieu allein, der vom Echo des Wehklagens und der Peitschenhiebe heimgesucht wurde. Die zitternde Flamme der Kerzen drang durch seine halbgeschlossenen Lider, begleitet von einer Nebelwolke, die nur seiner Fantasie entsprang und die er wie besessen zu vertreiben suchte, als sei sie ein Spinnennetz, in dem er gefangen war.

4

Als Matthieu aufwachte, blendete ihn im ersten Moment das weiße Licht, das durchs Fenster hereinfiel. Das Zimmer war von einem widerlichen Geruch nach Galle erfüllt. Er entdeckte mit Schrecken das Blut auf seiner Brust und befühlte hektisch alle Glieder, bis er sicher war, dass es nicht von ihm selbst stammte. Völlig durcheinander richtete er sich auf und schritt über geschmolzenes Wachs und Federn.

Er trat hinaus auf die Galerie. Dort wartete der Kapitän auf ihn. Er saß auf einem Stuhl aus dem Esszimmer und hatte die Füße auf dem Geländer abgestützt.

»Was steckt hinter dieser Melodie?«, sagte La Bouche ohne Umschweife, als hätte er die ganze Nacht darauf gewartet, diese Frage zu stellen.

Bis zu diesem Moment hatten sie kein einziges Wort über die Melodie vom Ursprung verloren. Niemand hatte Matthieu darüber informiert, dass der Kapitän das Ziel dieser Mission kannte. Andererseits war es nur logisch, dass er eingeweiht war. Sobald sie sich am Hofe des Anosy-Königs, des Usurpators, eingeschlichen hatten, war es doch nur sinnvoll, Hand in Hand zu arbeiten, um ihr Ziel zu erreichen. Er blickte auf den kreisförmigen Hof hinunter und schloss ein wenig die Lider. Ein trockener Wind wehte kräftig von der Savanne her und erfüllte die Luft mit sandigem Staub.

»Warum fragt Ihr mich nach der Melodie?«

Der Kapitän zog die Brauen hoch und richtete den Blick ebenfalls auf den sonnenbeschienenen Platz.

»Man hat dich ans Ende der Welt geschickt, um sie zu transkribieren. Damit ist doch klar, dass sie sehr wertvoll sein muss.«

Auf einmal begriff Matthieu.

»Ihr denkt doch nicht etwa, dass …«

»Serekunda ist davon überzeugt, dass der Giftanschlag mir galt. Die Sklaven, die hier auf Gorée in unseren Diensten stehen, hegen einen Hass gegen uns, der sich seit zwei Generationen in ihnen angestaut hat. Tatsache aber ist, dass ich mich nur zu gut an den Ausdruck in den Augen des Königs erinnere, als er mich an jenem Abend zu sich gerufen hat. Es war ein Blick voller Habsucht … Ich betreibe lange genug Handel, um zu wissen, wann sich etwas lohnt.«

Matthieu fuhr sich mit den Händen übers Gesicht. Ein stechender Schmerz durchbohrte ihm den Schädel.

»Und ich dachte, ich wäre einfach nur ein weiteres anonymes Opfer der Insel. Ihr habt selbst gesagt, dass Gorée eine Brutstätte der Gewalt ist.«

»Vergiss es. Das sind ja alles nur Spekulationen.«

Matthieu musste sich wirklich zusammenreißen, um einen klaren Gedanken fassen zu können.

»Es ist unvorstellbar, dass die Mörder meines Bruders die Insel gleichzeitig mit uns erreicht haben«, überlegte er. »Außer …«

»Willst du etwa andeuten, dass sich auf mein Schiff ein Saboteur eingeschlichen hat?«, unterbrach ihn der Kapitän.

»Vielleicht bilde ich es mir auch nur ein, aber ich bin davon überzeugt, dass die Männer an Bord gegen mich einen Groll hegen.«

La Bouche betrachtete ihn einige Sekunden, bevor er auf Matthieus Vermutung einging. Er wollte nicht, dass die Reise von Trugbildern und Fantastereien begleitet wurde, also beschloss er, dem jungen Mann reinen Wein einzuschenken.

»Es war vorgesehen, dass das Schiff der Kompanie nach Indien fährt und ohne Zwischenhalt nach Frankreich zurückkehrt. Als die

Matrosen erfuhren, dass wir Madagaskar ansteuern würden, schlichen sich all die schrecklichen Legenden, die man sich über die rote Insel erzählt, in ihre Köpfe ein, und die Stimmung unter ihnen wurde immer seltsamer. Ehrlich gesagt bereitet mir das Sorgen.«

»Wollt Ihr damit sagen …«

»Ich kann weder bestätigen noch widerlegen, dass die Mörder von Jean-Claude jemanden in meine Mannschaft eingeschleust haben, Catroux hat mir aber versichert, dass dich mehr als ein Matrose nur zu gern über Bord werfen würde.«

»Was?«

»Sie wissen nicht, worin deine Aufgabe besteht, sie glauben jedoch, dass ihnen der Zwischenhalt auf Madagaskar mit all seinen Gefahren erspart bleibt, wenn du aus dem Weg bist.«

Einen Moment lang schwiegen beide Männer.

»Habt Ihr das Hausmädchen gefasst?«, erkundigte sich Matthieu schließlich. »Vielleicht könnte es uns etwas über …«

»Woher weißt du von dem Hausmädchen?«

»Bevor ich das Bewusstsein verloren habe, konnte ich noch hören, was die Köchin erzählt hat.«

»Meine Männer haben es mit durchtrennter Kehle hinter den Hütten am Hafen gefunden.«

»Oh nein …«

»Von nun an werde ich besser achtgeben.« Der Kapitän erhob sich und setzte sich in Bewegung. »Hol deine Sachen, wir müssen aufbrechen.«

»Der Sklave …«, erinnerte sich Matthieu auf einmal. Sein Verstand begann langsam wieder zu funktionieren.

La Bouche hielt inne.

»Wovon redest du?«

»Da war ein kräftiger Neger, der in der ersten Zelle direkt am Gitter saß. Er hat verhindert, dass man mich niederschlägt.«

»Was zum Teufel erzählst du da? Wer wollte dich niederschlagen?«

»Als ich während des Essens in den Gang hinuntergegangen bin, um einen klaren Kopf zu bekommen ... da hat ein Mann versucht, mich mit einem Knüppel zu erschlagen. Vermutlich wollten sie sicherstellen, dass sie mich auch wirklich aus dem Weg geschafft haben, falls das Gift nicht seine volle Wirkung zeigen würde.«

»War der Angreifer ein Neger oder ein Weißer?«

»Ich kann mich kaum noch an etwas erinnern, aber ich würde sagen, er war weiß.«

Wieder schwiegen sie kurz und dachten beide an die Möglichkeit, dass sich unter den Männern der Besatzung jemand befand, der vielleicht heimlich das Schiff verlassen hatte.

Doch selbst wenn dem so war, warum wollten diejenigen, die auf der Suche nach der Melodie waren, Matthieu etwas antun? Das ergab doch alles keinen Sinn.

»Hoffentlich wird uns Catroux nachher bestätigen können, dass sich heute Nacht niemand an den Booten zu schaffen gemacht hat«, knurrte La Bouche. »Das will ich ihm zumindest geraten haben! Und jetzt lass uns mit diesem Sklaven sprechen!«

Sie stiegen die Treppe hinunter und begaben sich direkt in den Gang bei den Zellen. Wieder die Feuchtigkeit, das gleiche metallische Rasseln und das wunde Fleisch. Der Kapitän griff nach einer Fackel und näherte sich dem Gitter, auf das der Musiker wies.

»Welcher von ihnen war es?«

»Ich sehe den Mann nicht. Ich habe auch den Eindruck, dass es viel weniger sind als letzte Nacht.«

»Verdammt ...«

Sie traten wieder auf den Hof hinaus, wo Serekunda am Tor zum Grundstück stand. Begleitet wurde sie von einer Dienstmagd, die einen Sonnenschirm über sie hielt.

»Du bist ja wach!«, rief sie erfreut.

»Wo sind die Neger aus der ersten Zelle?«

»Was ist denn passiert?«

»Sag mir nur, wo wir sie finden«, drängte der Kapitän mit ernster Stimme.

»Ich habe gerade einen Posten an ein holländisches Schiff verkauft. Sie hatten es eilig, aber keine Sorge, sie haben gut gezahlt.«

»Hat man sie durch ›die Tür‹ verschifft?«

»Nein, ich musste sie auf die andere Seite der Insel bringen lassen. Ihr Frachter hat heute Morgen ganz in der Nähe von deinem geankert, ihre Boote lagen noch am Strand. Was hast du denn bloß? Willst du mir jetzt vorschreiben, wie ich meine Geschäfte führen soll?«

»Wir müssen aufbrechen.«

»So plötzlich?«

Der Kapitän zog Serekunda beiseite, und die beiden begannen zu streiten. La Bouche versuchte, sie festzuhalten, damit sie ihn ansah, sie aber riss sich mit einem Ruck von ihm los, obwohl ihr brodelndes Mulattenblut schon langsam abkühlte. Nachdem sie seinen Worten einen Augenblick lang mit gesenktem Kopf gelauscht hatte, nötigte sie ihn noch zu einem letzten Kuss, bevor sie sich am Geländer der Treppe abstützte.

»Komm bald zurück und bleib diesmal für immer bei mir!«, flehte sie. Die Arroganz war nun völlig aus ihrer Stimme verschwunden. »Das hast du bei deinem Leben geschworen.«

Der Kapitän warf ihr einen innigen Blick zu, auf den sie mit einem verliebten Lächeln antwortete, welches sie nicht zu verstecken versuchte. Die Bediensteten sollten lieber eine solche Szene mitbekommen, als sie eine einzige Träne vergießen zu sehen. Der Kapitän nahm augenblicklich wieder seine typisch unnahbare Haltung an.

»Also, auf zum Hafen«, bestimmte er und schritt eilig an Matthieu vorbei.

Sie überquerten die Insel in Begleitung der drei Leibwächter und erreichten den Anlegeplatz am Strand. La Bouche ging zu dem Wachhäuschen hinüber, in dem die gleichen Soldaten wie am Vortag Dienst hatten, und kehrte bald zurück.

»Wir kommen zu spät«, erklärte er. Er zeigte auf eine Reihe Boote, die sich in etwa hundert Metern Entfernung vom Ufer entfernten. »Sie sind bereits zu ihrem Schiff aufgebrochen.«

»Wir könnten sie immer noch erreichen …«

»Vergiss den Sklaven. Ich will keinen Ärger mit den Holländern.«

In diesem Moment waren auf einmal Schreie aus einer der vier Barken zu hören. Am Ufer hielten alle inne und sahen zu ihnen hinaus.

»Irgendetwas ist da nicht in Ordnung«, knurrte der Kapitän.

Die Schreie kamen aus dem letzten Boot. Einer der Sklaven, der im hinteren Teil des Bootes saß, schien etwas zu rezitieren, als hielte er mit lauter Stimme eine markerschütternde Rede. Die anderen wurden mit einem Mal unruhig. Die Händler schlugen mit Ruten auf sie ein, die Wut der Gefangenen wurde aber immer größer, denn die Worte des Aufrührers wirkten berückend. Die Sklaven streckten die Arme gen Himmel, ließen die Hände erzittern und heulten laut.

»Wenn das Boot kentert, werden sie alle sterben …«, murmelte Matthieu.

Der Sklave zerrte an den Ketten und stand auf. Zwei Holländer richteten ihre Waffe auf ihn. Im Nachbarboot erteilte derjenige, der der Chef der Gruppe zu sein schien, den Befehl, nicht zu schießen. Wenn sie abdrückten und der Mann ins Wasser fiel, würde er alle anderen mit sich reißen. Also kletterten die Niederländer im schwankenden Boot zu ihm herüber, um ihm zunächst die Fesseln abzunehmen. Mit weit ausgebreiteten Armen rief der Sklave weiter seine Parolen hinaus und ertrug dabei mit schier übermenschlichen Kräften das Gewicht der Ketten, während seine tiefe und betörende Stimme immer lauter wurde.

»Das ist ein Griot …«, murmelte neben Matthieu ein französischer Matrose, dem ein Auge fehlte.

»Wie bitte?«

»Ein Griot«, wiederholte der Mann. »Die gehörten im alten Malireich zur Kaste der Poeten.«

Die Griots waren in der ganzen Region bekannt. Sie spielten nicht nur mehrere Instrumente und sangen Loblieder auf ihren Herrscher, sondern waren auch politische Ratgeber und bewahrten die Erinnerung an die Geschichte ihres Stammes, um sie an zukünftige Generationen weiterzugeben, so dass die Mythen und Legenden ihres Volkes nicht in Vergessenheit gerieten.

Matthieu erkannte ihn wieder.

»Das ist der Sklave, der mich gerettet hat!«

»Was sagst du da?«

»Der Griot ist der Sklave, den wir suchen! Wir müssen ihn da rausholen!«

»In einer Minute haben ihn die Haie verspeist!«, lachte der Einäugige.

»Er ist der Einzige, der den Angreifer gesehen hat…«, rief Matthieu La Bouche in Erinnerung. Auch der Kapitän schien von den beschwörenden Worten, die die Bucht erfüllten, völlig gebannt zu sein.

»Ich habe dir doch gesagt, dass uns die Hände gebunden sind«, beteuerte der Kapitän, schien aber plötzlich aus seiner Erstarrung zu erwachen. »Komm mit zu unserem Boot.«

Musste Matthieu etwa den Mann, der ihm erst vor wenigen Stunden das Leben gerettet hatte, vor seinen Augen sterben lassen? Es lief ihm kalt über den Rücken. Auf einmal begann er, eine Art Trauermarsch zu vernehmen, das Rasseln von Ketten im Takt kurzer Schritte auf dem Anleger, die dumpfen Schreie der Sklavinnen, die von ihren Kindern getrennt waren, das Murmeln jener, die zum letzten Mal die Götter ihrer Vorfahren anriefen. Matthieu zögerte nicht. Er rannte auf das Ufer zu und warf sich ins Wasser.

»Warte!«, brüllte der Kapitän. »Komm zurück! Matthieu!«

Der junge Mann beachtete ihn gar nicht. Er schwamm zu einem kleinen Boot, das etwa zwanzig Meter vom Strand entfernt an ein paar Felsen befestigt war. Er kletterte hinein, löste den Strick und begann mit aller Kraft rückwärts auf die holländischen Kähne zuzurudern. In der Zwischenzeit gelang es den Händlern, über die anderen Sklaven hinwegzusteigen, und sie erreichten den Griot. Dieser wehrte den ersten mit einem heftigen Schlag ab, der den Mann ins Wasser stürzen ließ, deshalb drückte der zweite aus nächster Nähe ab. Als Matthieu den Schuss vernahm, wandte er sich um.

»Gott, nein!«

Er ruderte ohne Unterlass weiter. Der Holländer löste die Ketten des Griot. Sein Kamerad kroch zurück ins Boot, und gemeinsam warfen sie den Afrikaner ins Wasser. Die anderen Sklaven heulten wie von Sinnen. Matthieu drehte immer wieder den Kopf. Er sah den Mann zunächst auf dem Wasser treiben und dann ohne jeden Widerstand untergehen. An der von Wellen aufgewühlten Oberfläche war ein roter Blutfleck zu sehen. Matthieu schaute sich nach links und rechts um. Da erblickte er auch schon die ersten Rückenflossen, die zunächst in einiger Entfernung verharrten, dann jedoch direkt auf die Stelle zuhielten. Der Musiker war nicht mehr weit entfernt, wenn er weiterruderte, würde er die Stelle aber niemals rechtzeitig erreichen. Also stand er auf und sprang ins Wasser. Er schwamm, so schnell er konnte, und tauchte in die Blutwolke hinein.

Jetzt vernahm er nur noch dumpf die Schreie der Holländer und das Heulen der Sklaven. Im Wirbel der Luftbläschen streckte er den Arm aus und erwischte den Griot am Handgelenk. Er war unglaublich schwer und riss ihn mit in Richtung Meeresgrund. Nach und nach verschluckte die Dunkelheit Matthieu, und seine Ohren begannen zu schmerzen. Langsam verließen ihn seine Kräfte, und er hätte den Mann beinahe losgelassen… Doch dann dachte er daran, dass an seinen Händen schon das

Blut seines Bruders klebte, dessen Tod er nicht hatte verhindern können. Noch einmal wollte er dies nicht erleben müssen. Mit einem Wutschrei stieß er das letzte bisschen Luft aus, das seiner Lunge noch blieb, und zog mit aller Kraft, während er mit den Füßen und dem anderen Arm wedelte und den Sklaven dabei bewegte, als sei auch er ein Teil seines Körpers. Es waren die längsten Meter seines Lebens. Seine Schläfen drohten schon zu platzen, als er endlich den Kopf aus dem Wasser steckte. Den Griot hielt er am Kinn fest. Er machte sein Boot aus und stellte dabei fest, dass die Holländer zu schreien aufgehört hatten. Von ihren Booten aus beobachteten sie ihn mit erstarrter Miene und warteten ab, was nun wohl geschehen würde. Dem Geiger wurde auch sofort klar, warum. Zwei Haie hatten ihn fast erreicht und drehten nun schnell ihre Kreise, um sich die beste Angriffsposition zu sichern. Einen Moment lang glaubte er, dass alles verloren sei. Dann hörte er die Schüsse. Es waren Kapitän La Bouche und die drei Wachen, die aufrecht in einem Boot standen. Er schwamm auf sie zu, den Griot im Schlepptau. Sie luden nach und feuerten wieder einen Schuss ab, aber die verwundeten Haie folgten Matthieu noch immer und hinterließen im Wasser eine Blutspur. Der Geiger half den Ruderern, den Sklaven ins Boot zu hieven, ihm selbst blieb jedoch keine Zeit mehr, um sich zu retten. Er drehte sich ein letztes Mal um und sah, wie nur wenige Meter von ihm entfernt ein riesiges Maul mit messerscharfen Zähnen klaffte. Er schloss die Augen und rollte sich zusammen, machte sich in diesem riesigen Ozean ganz klein.

Ein letzter Schuss übertönte sein panisches Schreien.

Die Bucht verstummte.

Matthieu konnte nicht fassen, dass er noch am Leben war. Wasser spritzte, als er versuchte, so schnell wie möglich ins Boot zu kriechen, dann ließ er sich rücklings auf die Bänke darin fallen. La Bouche kam näher, um nachzusehen, ob er nach dem letzten Haiangriff noch unversehrt war. Anschließend legte er dem Sklaven das Ohr auf die Brust und fühlte ihm den Puls. Der Mann blutete aus einer Schusswunde an der Seite und hatte viel Wasser geschluckt, aber er atmete.

Die niederländischen Händler, die in der Überzahl waren, hatten ihre Gewehre nun auf La Bouche und seine Männer gerichtet. Diese ließen sich nicht einschüchtern, hoben ebenfalls ihre Waffen und fixierten die Feinde über den Lauf der noch rauchenden Musketen hinweg.

»Ich fordere eine Erklärung!«, rief der holländische Kapitän.

»Gestern Nacht hat jemand versucht, diesen Mann zu töten«, antwortete La Bouche, ohne zu zögern, und wies auf Matthieu.

»Was hat dies mit meinem Sklaven zu tun?«

»Ich brauche ihn, um die Vorgänge zu klären.«

Plötzlich brauste der Wind laut vernehmlich, und die Boote gerieten ins Schwanken. Die Sklaven darin klammerten sich aneinander, ohne zu wissen, was da vor sich ging.

»Sein Leben für ein jämmerliches Stück Fleisch aufs Spiel zu setzen, das man nicht einmal essen kann …«, bemerkte der Holländer und warf Matthieu einen abfälligen Blick zu.

La Bouche ließ diese Bemerkung wortlos an sich abprallen. Er versuchte, in diesem Machtspielchen keine Schwäche zu zeigen.

»Ich werde meine Männer bitten, ihre Waffen herunterzunehmen«, erklärte er.

»Vielleicht nutze ich diesen Moment ja, um Eurem Leben ein Ende zu setzen«, erwiderte der Holländer. »Was wird man denn auf der Insel denken, wenn ich Euch nach einer derartigen Kränkung einfach ziehen lasse?«

»Tut, was Ihr für angemessen haltet.«

La Bouche blieb keine andere Wahl. Er entspannte die Muskeln des Waffenarms und ließ den Lauf langsam in Richtung Wasseroberfläche sinken, ohne den Finger vom Abzug zu nehmen. Mit einer Geste bedeutete er seinen Leibwachen, es ihm gleichzutun, was die Männer nur widerwillig befolgten.

»Holt aus diesem Neger die Informationen heraus, die Ihr braucht, und werft ihn dann lebendig über Bord«, rief der Holländer, der die Sache nicht auf sich beruhen lassen wollte, ohne das letzte Wort zu haben. »Das werdet Ihr doch für mich tun, nicht wahr?«

Er verabschiedete sich mit einer spöttischen Verneigung und wies seine Männer an weiterzurudern. Mit einem Mal versetzte er einem Sklaven, der es gewagt hatte, ihm in die Augen zu sehen, mit der Waffe einen Schlag ins Gesicht. Die anderen Schwarzen duckten sich und schoben den Kopf schützend zwischen die Knie. Keiner von ihnen blickte zurück, um zuzuschauen, wie sie sich immer weiter von ihrer afrikanischen Heimat entfernten.

Matthieu atmete tief durch und drückte dem Griot unwillkürlich die Hand, als könne dieser es spüren. Sie wurden zum Schiff gerudert. Der Bootsmann, der vom Ankerplatz die Szene völlig sprachlos miterlebt hatte, hatte ihnen bereits die Seile zugeworfen. Der Flaschenzug quietschte. Die Matrosen knoteten die Taue fest, um das Boot hochzuhieven, während Matthieu und die Soldaten die Strickleiter hinaufstiegen.

»Lasst den Sklaven versorgen«, ordnete der Kapitän an, als sich alle an Bord befanden. Er wandte sich zu Matthieu um. »Ich hoffe nur, dass sich dieser Aufwand auch gelohnt hat.«

5

Nach den Vorfällen bei Madame Serekunda wurde die Anspannung an Bord noch viel deutlicher. Catroux bestätigte, dass während der Nacht vor Gorée kein Mitglied der Besatzung die *Aventure* verlassen hatte, daher musste La Bouche sich damit abfinden, dass von den Verantwortlichen noch immer jede Spur fehlte. Er wusste nicht, wie er Matthieu beschützen sollte, daher beschloss er, alle Männer zu einer Versammlung auf Deck zusammenzurufen. Er hörte sich die Beschwerden der Matrosen an, während der Bootsmann einen spöttischen Blick übers Wasser wandern ließ. Letztlich entschied er, die Dinge beim Namen zu nennen.

»Ich weiß, dass dieser Umweg nicht euren ursprünglichen Plänen entspricht«, rief er abschließend aus. »Aber ihr solltet euch glücklich schätzen, dass ihr mir dabei helfen könnt, die Wünsche eures Königs zu erfüllen! Also schreibt euch das ein für alle Mal hinter die Ohren: Meine Soldaten und ich werden auf Madagaskar von Bord gehen, mit dem Musiker oder ohne ihn!«

Der Griot hatte auf die Geschehnisse auch kein neues Licht werfen können. In der Hoffnung, ihn so zum Reden zu bringen, hatte La Bouche ihm die Ketten abnehmen lassen, der schwarze Hüne hatte sich aber nicht ein einziges Mal an Deck gezeigt. Er blieb Tag und Nacht in der Kammer, in der sich die anderen Sklaven drängten, die in Gorée an Bord gekommen waren. Mit dem Gesicht zur Wand lag er in diesem Lagerraum mit der niedrigen Decke wie ein Stück Ebenholz, das man dort zwischen Pökelfisch, Säcken mit Hülsenfrüchten und Gemüse, streng riechendem Käse und hartem Gebäck hingeworfen hatte. Matthieu stieg oft hinab, um sich an seiner Seite niederzulassen. Dort fühlte er sich sicher. Es konnten Stunden vergehen, ohne dass der Mann ihn auch nur eines Blickes würdigte. Also beobachtete er einfach nur, wie sich die Sanduhr an der Wand leerte, die er immer wieder umdrehte, weil ihn das Flüstern der Körnchen beruhigte, die ihren Weg in der Menge suchten. Die anderen Sklaven hatten sich bald an seine Anwesenheit gewöhnt: Nach der Seekrankheit der ersten Tage hatten sie das Schaukeln des Bootes und das ständige Rasseln der Ketten inzwischen in einen dauerhaften Zustand der Lethargie versetzt. Der Musiker konnte den Verwesungsgestank kaum ertragen. Wenn er wieder an Deck kam, entschädigte ihm dafür der Anblick paradiesischer Landschaften am Ufer.

Diese Fantasiewelten gaben ihm Auftrieb, sie allein ließen ihm in diesem schwimmenden Gefängnis, in dem er sich einsam und bedroht fühlte, das Leben lebenswert erscheinen. Die *Aventure* umrundete weiterhin den Kontinent in Richtung Kap der Guten Hoffnung, und mit jedem neuen Tag durchquerten sie ein völlig anderes Szenario. Matthieu sah unbändige Urwälder, die selbst die Strände überwucherten, Steilküsten, die sich wie die uneinnehmbaren Mauern einer Festung erhoben, riesige Dünen direkt am Wasser, die auf der einen Seite in intensivem Orange die Sonne reflektierten, auf der anderen Seite in tiefschwarzem Schatten dalagen.

Eines Tages vernahm er jedoch ein bedrohliches Murmeln, das vom Meer herrührte, eine Art niemals verstummendes Stöhnen, das ihm zuraunte: »Komm zu mir, tauch ein in die ewige Musik, die schon die Ohren deines Bruders erfüllt.«

Es gab einen Grund für dieses Delirium: Einer der Sklaven hatte ihn mit dem Fieber angesteckt. Das Leben an Bord wurde nun endgültig unerträglich: das klaustrophobische Schweigen der Matrosen, die seltenen, aber von ihrer komplexen Beziehung geprägten Zusammentreffen mit dem Kapitän und Menschenhändler La Bouche und nun auch noch der Verrat durch sein eigenes

Gehirn, zerfressen von einer Krankheit, die einen durch den Giftanschlag auf Gorée bereits geschwächten Körper heimsuchte.

Er blieb vier Tage lang in seiner Kajüte im Bett, während das Essen auf dem Tisch vor sich hin rottete, schwitzte ohne Unterlass, hielt sich die Arme vors Gesicht, um die Lichtreflexe der geschliffenen Blumen im Bleiglasfenster abzuwehren. Am fünften Tag erwachte er im Morgengrauen, stand auf und trat mit schweißnassem Hemd an Deck. Er stützte an Steuerbord die Ellbogen auf der Reling ab und war kurz davor, dem Stöhnen des Ozeans nachzugeben und sich in die Fluten zu werfen, die ihn wie ein türkisblaues Paradies dünkten. Aber dann riss ihn etwas aus seiner Halluzination. Das Meer zeigte seine verborgene Seite: Es wurde plötzlich schwarz wie ein bodenloser Abgrund, und dann brach nach ohrenbetäubendem Donner ein Gewitter los.

Matthieu hatte noch nie zuvor solchen Regen erlebt, er prasselte aus allen Richtungen gleichzeitig. Der Musiker verließ die Reling und klammerte sich an ein armdickes Tau. So verharrte er eine Stunde lang in derselben Position, doch sie kam ihm eher vor wie mehrere Tage. Durch den Nebel des Fiebers hindurch betrachtete er, wie die anderen alles Menschenmögliche taten, um zu verhindern, dass das Schiff auf den Grund des tobenden Ozeans gezogen wurde. Der bleierne Himmel riss auf, und für den Bruchteil einer Sekunde erhellten Blitze die verzerrten Gesichter der Besatzung. Die Matrosen riefen sich gegenseitig verzweifelte Anweisungen zu. Man konnte nicht mehr gerade stehen. Das spritzende Salzwasser brannte in den Augen. Die Männer stießen Verwünschungen aus, während der Wind voller Wut toste. Es war, als ob um sie herum auf einmal die Hölle losgebrochen war und unter den Wellen glühte. Eine riesige Woge hob den Bug hoch in die Luft und übersäte das Deck mit scharfkantigen Muscheln.

»Gott, wie bin ich nur hier hineingeraten?«, schrie Matthieu. »Warum lässt du mich bloß wieder und wieder dem Tod ins Auge sehen?«

Er umklammerte weiterhin mit aller Kraft das Tau. Vor Kälte und Anstrengung zitterten ihm die Hände. Seine Kleidung war völlig durchnässt, das schwarze Haar klebte ihm im Gesicht, und die Lippen waren vom Salz aufgesprungen. Er war kein Feigling, und dennoch wirkte er jetzt wie ein winziges verängstigtes Tier. »Ich bin nur ein dummer kleiner zweitklassiger Musiker, der den Sonnenkönig beeindrucken wollte«, wiederholte er sich immer wieder. Ihm kamen die Vorfälle in der Orangerie in den Sinn, allerdings gelang es ihm nicht, sich selbst als Hauptfigur in diesem Drama zu sehen. Stattdessen dachte er an Lully, der ihm so fern schien, beinahe wie eine Karikatur, und spürte den Hauch der Orgelpfeifen, unter denen er an Regentagen mit Nathalie tuschelte, während im Hintergrund die Gläubigen flüsterten.

»Was tue ich hier bloß?«, fragte er sich wieder und schleuderte dem Unwetter einen herzerweichenden Schrei entgegen.

Doch auf einmal war da noch etwas anderes mitten im Sturm.

Ein neuer Klang.

Matthieu öffnete die Augen und versuchte, durch das Brennen und das Unwetter hindurch etwas zu erkennen. Er spitzte die Ohren. Die Segel, die so viele Flicken trugen, wie sie Schlachten hinter sich hatten, bäumten sich auf. Einem der Seeleute entglitt das Manntau, und er fiel über Bord, ohne dass seine Kameraden irgendetwas tun konnten, um ihn zu retten. Matthieu bekam es nicht einmal mit. Unbewegt blieb er stehen im Vertrauen darauf, noch einmal jenes Geräusch zu vernehmen, das er mehr erahnt als wirklich gehört hatte. Er erschauderte, als es in all seiner Herrlichkeit zu ihm drang, sich langsam den Weg durch das Gewitter bahnte. Es klang wie Gesang …

Das musste sie sein, die afrikanische Priesterin aus den Erzählungen. Sie hieß ihn willkommen, bot ihm ihre jungfräuliche Kehle dar, aus der sich die Melodie vom Ursprung ergoss! Die Stimme kam immer näher, Matthieu konnte beinahe die Hand nach ihr ausstrecken. Er richtete sich auf, warf sich an Steuerbord in Richtung Reling und brüllte mit aller Kraft: »Wo bist du? Sing für mich! Sing, damit ich dich finden kann!«

La Bouche, der dem Steuermann seit Beginn des Sturms nicht von der Seite gewichen war, wankte, so gut es ging, heran. Er packte den Musiker von hinten, da er überzeugt war, dass sich dieser in die Fluten stürzen würde.

»Du bist ja wahnsinnig! Geh zurück in deine Kabine!«

»Lasst mich los, Kapitän!«, kreischte Matthieu und versuchte vergebens, sich zu befreien.

»Geh jetzt unter Deck, wenn du die heutige Nacht überleben willst!«

»Sie ist da!«, schrie Matthieu, während ihm über die Reling schwappende Gischt in Mund und Nase fuhr. Er schluckte den Schaum hinunter, brüllte weiter und reckte unter Husten und Würgen den Hals. »Ich habe sie gefunden!«

»Aber von wem redest du denn?«

»Sie ist da! Sie singt für mich!«

»Wir sind fünfzehn Meilen von der afrikanischen Küste entfernt. Wer zum Teufel soll denn hier draußen singen?«

Der Schoner wurde noch immer hin und her geworfen, war ein Spielball der riesigen Wellen. Der Wind pfiff in der Takelage der Masten, ein loses Tau sauste über das Deck und hätte sie fast enthauptet.

»Sing für mich!«, rief der Musiker wieder. Er war sich der Gefahr, in der er schwebte, schon längst nicht mehr bewusst.

»Wenn du stirbst, ist meine Mission hier beendet!«, argumentierte der Kapitän, um Matthieu irgendwie zur Vernunft zu bringen. »In diesem Fall muss das Schiff nach Frankreich umkehren! Wenn du dein Leben schon nicht schätzt, dann tu es wenigstens für mich und geh unter Deck!«

»Sie ist es!«, rief der Geiger abermals und brach in Gelächter aus, als habe er den Verstand verloren.

»Verdammt noch mal, das ist nur das Fieber!«

Mit einem heftigen Ruck riss der Kapitän Matthieu von der Reling los, genau in dem Moment, in dem sich wieder die Gischt über das Heck ergoss. Die beiden Männer fielen zu Boden. Matthieu wollte wieder zum Geländer zurück, er kroch über das Deck und grub dabei die Fingernägel in die hölzernen Bohlen. Der Kapitän war mit seiner Geduld am Ende. Während Matthieu sich aufzurichten versuchte, streckte La Bouche die Hand aus und angelte nach einem Knüppel, der am Besanmast befestigt war. Matthieu konnte nicht einmal mehr den Kopf zur Seite drehen. Er bekam den Schlag mit voller Wucht ab, rollte sich schützend zusammen und hielt sich die Schläfen. Der Kapitän wandte sich an einen Matrosen, der damit beschäftigt war, die Taue der Wassertonne festzuzurren.

»Hilf mir, ihn in die Kabine zu bringen!«

Sie hatten nicht mehr die Gelegenheit dazu. Im selben Augenblick bäumte sich eine neue Welle auf, vielleicht die höchste von allen, die in dieser Nacht über das Deck gefegt waren, ließ das Schiff krängen, so dass es beinahe gekentert wäre, und riss Matthieu mit sich. La Bouche musste sich an einen Mast klammern. Durch den Regen versuchte er zu erkennen, wo der Musiker gelandet war. Er glaubte bereits, ihn verloren zu haben, als er ihn schließlich am anderen Ende des Decks ausmachte. Er hing backbord an der Außenseite des Schiffes und umklammerte die Reling mit beiden Händen. Zwei Seemänner in seiner Nähe taten so, als hätten sie ihn nicht gesehen, und hangelten sich an einem Tau entlang in die entgegengesetzte Richtung, um ein herabgestürztes Segel zusammenzufalten. La Bouche befahl ihnen, umzukehren und dem Musiker zu helfen, im Tosen des Sturms waren seine Rufe aber kaum zu hören. Matthieus Finger begannen abzugleiten. Der Kapitän wusste, dass er keine andere Wahl hatte, also warf er sich mit einem Schrei in Richtung Reling. Wieder wurde der Frachter hin und her geschüttelt, und La Bouche verlor das Gleichgewicht. Er wurde mit Wucht gegen einen Mast geschleudert und blieb auf dem Gitter des Luftschachtes zum Frachtraum liegen. Von dort aus beobachtete er mit Entsetzen, dass der Musiker keinen Widerstand mehr leistete, eine Hand löste und sich fallen lassen wollte …

Genau in diesem Augenblick erschien wie aus dem Nichts ein riesiger Schatten, beugte sich über die Reling und packte Matthieu an den Armen.

»Nicht zu fassen …«, murmelte La Bouche.

Es war der Griot, der in letzter Sekunde herbeigeeilt kam, als ob er auf einmal erwacht und unter die Lebenden zurückgekehrt sei, um eine höhere Bestimmung zu erfüllen.

Der Sklave stieß einen unmenschlichen Schrei aus und wuchtete Matthieu nach oben, so wie dieser es Tage zuvor bei ihm getan hatte, um ihn nicht den Tiefen der Bucht zu überlassen. Jetzt war auch der Kapitän zur Stelle und half dem Sklaven, Matthieu bis zu seiner Kabine zu schleppen. Dabei konnte er den Blick kaum von den elfenbeinfarbenen Augen des Griot abwenden.

Sie legten den zitternden Musiker auf seine Pritsche. Der Griot ließ sich auf dem Fußboden nieder, La Bouche verließ wortlos den Raum, legte einen Hebel vor, um die Tür von außen zu verschließen, und ging wieder an Deck.

6

Matthieu erwachte mit Blick auf das Fenster aus Bleiglas. Das Sonnenlicht stach ihm in die Augen, aber die Lichtreflexe der Wappenlilie störten ihn nicht mehr. Er ging die letzten Geschehnisse in Gedanken mehrmals durch, um sich davon zu überzeugen, dass nicht alles nur ein Traum gewesen war. Dann sah er sich um und entdeckte den Mann, den er hier am wenigsten erwartet hätte.

Der Griot saß auf dem Fußboden in derselben Haltung, in der Matthieu selbst im Frachtraum stundenlang neben dem Afrikaner gewacht hatte. Dieser hatte den schmutzigen Verband von seiner Wunde entfernt.

»Ich kenne deinen Namen gar nicht«, sagte der Musiker zu ihm und versuchte, sich mit Gesten verständlich zu machen.

»Nenn mich Griot«, erwiderte sein Gegenüber kurz angebunden, aber in gutem Französisch. »Ich habe keinen anderen Namen mehr.«

Mit dieser Antwort in seiner eigenen Sprache hatte Matthieu nicht gerechnet.

»Ich wollte mich nur bedanken«, entgegnete er entschuldigend.

»Ich bin stolz darauf, ein Griot zu sein«, erklärte der Sklave in etwas freundlicherem Ton. Seine kehlige Stimme schien aus den Tiefen der Erde zu stammen. Jedes Wort floss wie ein Lavastrom von den breiten Lippen, die sich kaum bewegten. »Alles, was ich sonst noch war, verbrannte in den Flammen, die mein Dorf zerstörten.«

»Du hast mich schon zweimal gerettet … Ich stehe in deiner Schuld.«

»Du hättest mich nicht aus dem Wasser ziehen sollen.«

Matthieu richtete sich auf.

»Du beherrschst meine Sprache gut.«

»Ich habe mehr Zeit mit Franzosen verbracht als mit meinen Brüdern«, antwortete der Griot, ohne diese Information näher auszuführen.

»Wenn du das in Gorée schon gesagt hättest, hätte man dir sicher erlaubt, dortzubleiben und irgendeine Arbeit auszuführen.«

»Wozu?«

Matthieu sah ihm in die Augen.

»Um zu leben.«

»Sobald du auf Gorée gelandet bist, gibt es keine Rückkehr ins Leben. Diese Insel ist der Vorraum zur Hölle. Wenn du einen Fuß auf ihren Strand gesetzt hast, beschützen dich die Geister nicht mehr. Durch die Nasenlöcher fahren sie entsetzt aus deinem Körper und kehren auf den Kontinent zurück.«

Matthieu war von der Musikalität, die der Griot seinen Worten verlieh, wie gefesselt. Es war faszinierend, hinter der Hülle des verletzten Sklaven einen solchen Menschen zu entdecken.

»Was kann denn einem Geist Angst machen?«

»Selbst die Geister können nicht verhindern, dass wir die ›Tür ohne Wiederkehr‹ durchschreiten.«

Matthieu hatte den Eindruck, dass es auf einmal nach Schwefel roch, als der Griot diesen Namen aussprach.

»Es gibt immer noch Hoffnung«, behauptete er und dachte daran, in welcher Gefahr seine Eltern schwebten.

Der Griot betrachtete ihn prüfend, als wolle er in Matthieus Seele lesen.

»Deine Sprache hat mir ein normannischer Offizier beigebracht«, erklärte er schließlich. »Er stammte aus einer Stadt namens Dieppe, die ich selbst nie besucht habe. Nach seiner ersten

Afrika-Expedition ließ er sich mit seiner Familie in Saint-Louis nieder. Ich wusste damals noch nichts über Leben und Tod, denn meine Tage waren mit den Dingen ausgefüllt, die ein Griot eben tut.«

»Hat er dich gekauft?«

»Mich hat niemand gekauft.«

»Und wie kamst du dann nach Saint-Louis?«

»Das Oberhaupt meines Stammes bot mich den Franzosen als Geschenk an, als Zeichen seiner Gastfreundschaft. Wer über eine Flotte so riesiger Schiffe herrschte, den hielt er auch der Geschichte unseres Volkes für würdig. Er war ein Krieger der Steppe, ebenso alt wie großherzig, und vertraute darauf, von den Neuankömmlingen die gleiche Freundlichkeit erwarten zu können, die er ihnen entgegengebracht hatte.«

Matthieu war wie in einen Bann geschlagen. Diese Geschichte ähnelte seiner eigenen.

»Die Antwort war jedoch eine ganz andere …«

»Ich hatte Glück. Monsieur Sauvigny, der Normanne, an den man mich übergab, war ein guter Mensch. Er brachte mir seine Sprache bei, und ich erzählte ihm alles, was ich über Afrika wusste. Ich half ihm bei seinen Aufgaben, und er behandelte mich wie ein Mitglied seiner Familie. Als der Handel mit Sklaven jedoch ein immer größeres Geschäft wurde, begannen die Franzosen, meine Beziehung zu ihnen mit Argwohn zu betrachten, und ich bat Sauvigny, mich in mein Dorf zurückkehren zu lassen.«

»Und als du dort warst, kamen Serekundas Männer …«, führte Matthieu die Geschichte für ihn zu Ende. Der Griot schwieg. »Lass uns hinausgehen. Ich brauche frische Luft.«

Die Tür war verschlossen. Mit plötzlicher Nervosität hämmerte Matthieu dagegen. Kapitän La Bouche schob den Riegel höchstpersönlich zur Seite und öffnete.

»Kapitän …«

»Hast du diesen verfluchten Neger gefragt, ob er den Angreifer gesehen hat?«, war das Erste, was er sagte. »Kannst du dich mit ihm verständigen?«

»Natürlich habe ich ihn gesehen«, antwortete der Griot selbst und ging an ihm vorbei an Deck. Er trat an die Reling.

Wie Matthieu zuvor war auch der Kapitän verblüfft, dass der Afrikaner ihre Sprache beherrschte, dennoch änderte sich sein abschätziger Gesichtsausdruck kaum. Matthieu schaute ihn mit ausdrucksloser Miene an und stellte sich neben den Schwarzen. La Bouche trat ebenfalls näher, nachdem er wütend ein schlecht aufgeschossenes Tau beiseitegeschoben hatte, das von den Rollen eines Flaschenzugs baumelte.

»Wer war es? Hast du jemanden von der Besatzung wiedererkannt?«

Der Griot warf ihm einen hasserfüllten Blick zu.

»Es war ein Mann … wie Ihr und ich.«

La Bouche wusste nicht, ob er ihn weiter befragen oder ihn vielmehr auspeitschen lassen sollte.

»Hast du sonst nichts zu sagen?«

Der Griot schwieg. Matthieu griff rechtzeitig ein.

»Was werdet Ihr nun tun?«

»Du meinst, nachdem ich deinen schwarzen Freund ins Meer geworfen habe?«

Der Griot spannte jeden Muskel an. Matthieu sah La Bouche ohne Furcht an.

»Ich meine damit, ob Ihr diese Expedition jetzt verflucht noch mal in die richtigen Bahnen lenken werdet, damit wir unser Ziel rechtzeitig erreichen.«

In diesem Moment waren Rufe zu hören, die steuerbords vom Bug herrührten. Sie ertönten rechtzeitig, um der Situation die Spannung zu nehmen, verhießen aber nichts Gutes.

La Bouche wandte sich um. Mit großen Schritten bahnte er sich einen Weg zwischen den Matrosen durch. Der Steuermann trat mit dem Fernrohr in der Hand heran.

»Was geht hier vor?«

»Seht nur!« Er wies aufs Wasser. »Die haben bestimmt an die fünfzig Kanonen.«

In der Ferne war ein Schiff zu sehen, das nach einer Halse nun mit voller Fahrt vor dem Wind auf sie zukam.

»Unsere Reise war einfach viel zu ruhig …«

»Kennst du den Kahn?«, fragte Catroux.

»Ich denke ja«, murmelte La Bouche. »Ich kann es aber noch nicht mit Sicherheit sagen … Er ist zu weit entfernt.«

»Er führt eine weiße Flagge«, warf Matthieu nach einem Blick durch das Fernrohr ein. »Zumindest sind es keine Piraten …«

»Eine weiße Flagge?«, rief Catroux. »Um Gottes willen, das habe ich gar nicht gesehen, die Sonne hat mich geblendet. Gib mir das Fernrohr!«

Auf den Gesichtern der Matrosen, die Segel im Hellegatt verstauten, zeichnete sich Besorgnis ab. Plötzlich spannten sich die Taue mit einem unheimlichen Knarren.

»Was ist denn?«, fragte Matthieu beunruhigt.

»Wir sollten keine vorschnellen Schlüsse ziehen.«

»Für Gott und die Freiheit …«, rezitierte Catroux, die Augen immer noch am Fernglas.

»Was soll das heißen?«, fragte der Musiker weiter.

»Das ist das Motto der *Victoire*.«

»Er ist es also wirklich …«

»Wer?«

»Kapitän Misson!«, rief einer der Seeleute.

Die anderen begannen, aufgebracht durcheinanderzureden.

»Ruhe!«, befahl der Kapitän.

»Wer ist dieser Misson?«

»Ein Mann, der Stoff für Legenden bietet«, erklärte La Bouche ruhig. »Der Wind ist stark genug. Wenn sie uns bis Sonnenuntergang nicht erreicht haben, können wir uns in der Dunkelheit verbergen.«

»Bootsmann!«

»Ja, Kapitän!«

»Alles nach Backbord! Focken und Klüver setzen!«

»Ihr habt es gehört, Männer!«, rief dieser ungerührt. »Alles nach Backbord! Focken und Klüver setzen!«

Augenblicklich begannen die Matrosen an Deck hin- und herzulaufen und durcheinanderzurufen. Im Gewirr aus Tauen und Leitern nahm jedes Mitglied der Besatzung seinen Platz ein. Wer noch untätig herumstand, bekam bald genaue Anweisungen. Einige Männer kletterten in die Rahen, um die Reffknoten der Segel zu lösen.

Was wie ein totes Gerippe dagelegen hatte, wurde wieder zu einem stolzen Schiff, das die Brust reckte und sich Wind und Wellen stellte. Die *Aventure* wendete und krängte. Die Wanten überspannten das Deck.

Sie segelten nun hart am Wind, der Schoner nahm Fahrt auf und krachte immer wieder gegen die Wasseroberfläche.

Matthieu hätte nie gedacht, dass er zu solch einer Geschwindigkeit fähig wäre. Als er sah, dass an Backbord Wasser über das Schandeck schwappte, schleppte er sich nach Steuerbord. Dann wandte er sich um und fixierte die weiße Flagge, die in der Ferne flatterte.

»Wer bist du, Misson?«, fragte er sich. Er machte sich Sorgen, denn zum ersten Mal, seit sie La Rochelle hinter sich gelassen hatten, war auf dem Gesicht des Kapitäns eine gewisse Unruhe zu erahnen.

7

Fünf Stunden nach dem Sichten der *Victoire* wurde die *Aventure* noch immer einer wahren Belastungsprobe unterzogen. Nach all den Anstrengungen warteten die Männer darauf, dass das Log ihnen eine Zunahme der Geschwindigkeit anzeigte, aber es gelang ihnen trotzdem nicht, den Abstand zu den Verfolgern auch nur um eine Meile zu vergrößern. Ganz im Gegenteil, das andere Schiff kam näher und näher. Die Hochspannung an Deck hätte wohl leicht die ganze Pulverkammer in die Luft sprengen können. Die Seeleute beteten, dass der Wind nicht drehte. Matthieu verließ seinen Spähposten am Heck nicht einen Moment. Er konnte Misson in der Ferne an Bord erahnen. Wie eine lebende Galionsfigur stand er da, und der Musiker verspürte den seltsamen Wunsch, ihn einmal von nahem zu sehen, wozu er ja vermutlich bald Gelegenheit haben würde.

»Woraus ist dieses Schiff nur gemacht?«, fragte La Bouche mit einem Mal verzweifelt.

»Schneller geht es einfach nicht«, rechtfertigte sich sein zweiter Mann, der wegen des stechenden Windes mit halbgeschlossenen Augen neben dem Steuermann stand.

»Ich weiß …«, murmelte der Kapitän, während er das Achterkastell verließ und in Richtung Kajüte ging. »Ich weiß.«

Matthieu nutzte die Gelegenheit, um sich Catroux zu nähern. Er hielt sich gut fest, um nicht von einer Welle zu Boden gerissen zu werden, und brüllte ihm laut ins Ohr.

»Was meinte der Kapitän damit, dass Misson Stoff für Legenden bietet?«

»Du solltest dich lieber darauf beschränken, ein Gebet zu sprechen, wenn du eines kennst«, schnitt dieser ihm ohne seine übliche Verschmitztheit das Wort ab.

»Ich glaube, ich habe es verdient, mehr über den Mann zu erfahren, der unser Verderben sein wird.«

Der Bootsmann warf ihm einen verstörten Blick zu.

»Kapitän La Bouche hat auf drei Meeren gegen Dutzende von Korsaren gekämpft, Misson ist aber kein gewöhnlicher Pirat. Er ist eine Art schwarzer Engel unter weißer Flagge.«

»Ist er so blutrünstig?«

»Er ist vielmehr unfehlbar wie der Tod.«

»Aber er ist Franzose?«, hakte Matthieu nach. Er war fest entschlossen, wenigstens irgendetwas aus Catroux herauszubekommen.

Dieser nickte.

»Er kam als Sohn einer christlichen Familie zur Welt, merkte aber früh, dass er nicht für das Leben als Mathematiker gemacht war, das sein Vater sich für ihn wünschte, und verließ die Stadt«, erklärte er schließlich und erhob die Stimme über das ständige Pfeifen des Windes in den Segeln. »Dieser Teufelspirat! Zunächst versuchte er es bei den Musketieren, aber er las so gerne Reiseerzählungen, dass er schließlich auf der *Victoire* angeheuert hat, demselben Schiff, das uns jetzt auf den Fersen ist.«

»Es ist schnell ...«

»Es ist das beste Schiff, das je gebaut wurde. Misson hat es vor mehr als zwanzig Jahren unter seine Führung gebracht und in ein Piratenschiff verwandelt. Und es befährt den Indischen Ozean noch immer unter diesem verfluchten Motto: Für Gott und die Freiheit.«

»Das klingt aber nicht nach dem Leitspruch eines Seeräubers ...«

Catroux duckte sich, um der Gischt auszuweichen, die erneut über das ganze Deck spritzte.

»Das war Caracciolis Idee«, fuhr er fort. »Wenn Misson diesen Priesterbastard nicht getroffen hätte, wäre er niemals zu dem geworden, was er heute ist, und unsere Reise nach Fort Dauphin würde in aller Ruhe verlaufen.«

»Von wem sprecht Ihr da?«

»Von seinem Stellvertreter.«

»Er hat einen Priester als Statthalter?«

»Es ergab sich zu Beginn seiner Zeit auf See. Die *Victoire* legte einen Zwischenhalt in Neapel ein, und Misson bat um Erlaubnis, Rom besuchen zu dürfen. Dort lernte er Caraccioli kennen, einen vergnügungssüchtigen Priester, der sich seiner annahm und ihm zeigte, wie das Leben am Hofe des Papstes wirklich aussah. Du weißt schon: mehr Dekadenz und Korruption als in der schlimmsten Spelunke auf Gorée. Ich kann mir vorstellen, dass Misson zunächst wie vom Donner gerührt war. Was er da sah, hätte von den christlichen Werten, die er doch immer verteidigt hatte, nicht weiter entfernt sein können. Bei einem Krug Bier begannen sie, über Gott und die Welt zu philosophieren, über Gut und Böse und so weiter… Nach kurzer Zeit waren sie unzertrennlich.«

»Und Caraccioli ging mit ihm an Bord…«

»Um auf dem Schiff anheuern zu können, zögerte er keinen Moment, sich die Maskerade der Soutane herunterzureißen, wie er selbst sagt. Und von diesem Moment an verliefen ihre beiden Leben wie ein einziges. Auf ihren Reisen im Mittelmeer und in der Karibik wurde ihr Schiff oft geentert, und sie mussten viele Schlachten überstehen. Mit der Zeit erfreuten sie sich dabei unter den Mitgliedern der Besatzung immer größerer Beliebtheit…«

»Und brachten schließlich auf unrechtmäßige Weise die Kontrolle über die *Victoire* an sich«, bemerkte der Kapitän hinter ihnen und brachte die Geschichte so zum Abschluss.

Sie hatten ihn nicht kommen hören. Catroux hob das Fernglas und fügte nichts weiter hinzu, denn La Bouche passte der Rest der Geschichte gar nicht, der Teil, in dem erzählt wurde, dass der Kapitän der *Victoire* in der Schlacht fiel und es Missons Kameraden waren, die ihn zum neuen Befehlshaber erklärten und ihm bei ihren neuen Abenteuern als Korsaren ewige Treue schworen. Er wurde wegen seiner Reden über die Gleichheit aller Menschen bewundert, die er jeden Abend unter Deck hielt.

Auf den Zügen des Kapitäns entdeckte Matthieu einen neuen Ausdruck, als ob er in den wenigen Minuten in seiner Kabine einen Plan gefasst hätte.

»Was werden wir jetzt tun?«, fragte Catroux. »Bis zum Einbruch der Dunkelheit werden noch Stunden vergehen, in Schussweite haben sie uns aber in ein paar Umdrehungen der Sanduhr.«

La Bouche stand da, die Augen starr auf das Heck des Schiffes gerichtet, und zeigte auf einmal ein Lächeln, das alle erstaunte.

»Beidrehen!«, rief er.

»Was?«

Der Kapitän wandte sich um.

»Glaubt mir, ich weiß, was ich tue. Bug in den Wind! Lasst ihn herankommen!«

Matthieu hörte die Anweisung und trat an die beiden Männer heran.

»Wollt Ihr ihm etwa die Stirn bieten?«

»Ich werde den Artilleristen befehlen, die Kanonen in Stellung zu bringen«, warf der Bootsmann ein.

»Wartet!«

»Kapitän, uns bleibt nur wenig Zeit …«

La Bouche zögerte, erteilte dann aber seine Anweisung: »Öffnet nur fünf Luken auf jeder Seite!«

»Aber …«

»Macht alle Kanonen bereit«, stellte er klar. »Wir zeigen allerdings nur zehn von ihnen.«

Als alter Weggefährte von La Bouche begriff Catroux augenblicklich, was dieser vorhatte. Misson würde nicht wissen können, dass dieser Schoner der Kompanie so gut bewaffnet war, weshalb sie den Überraschungseffekt nutzen konnten. Wenn sie alle Kanonen zeigten, würde das Misson nicht von einem Angriff abhalten. Es würde ganz im Gegenteil noch seine Habgier anstacheln, da er hinter so einer Verteidigung mit Sicherheit eine wertvolle Fracht vermuten und deshalb umso härter zuschlagen würde. Wenn er aber den Eindruck hatte, die *Aventure* sei ein gewöhnliches Handelsschiff und könne kaum Widerstand leisten, dann würde er vermutlich versuchen, sie ohne größere Schäden zu entern, weil er das Schiff nach einem Sieg so als Teil der Beute an sich nehmen konnte.

»Er spielt Katz und Maus mit uns, aber eines kann ich euch versichern: Er wird uns nicht unterwerfen, ohne selbst einstecken zu müssen. In dem Moment, in dem er fertig zum Entern ist, zeigen wir ihm unser gesamtes Arsenal, das für einen einzigen zerstörerischen Schuss bereit ist. Dann muss er von seinem Unterfangen ablassen. Ich weiß, dass er es tun wird«, erklärte La Bouche.

Catroux hingegen hatte Zweifel.

»Warum seid Ihr Euch so sicher, dass sie nicht aus allen Rohren schießen werden, sobald sie Eure List entdecken?«

»Weil sie dann schon zu nah an uns herangekommen sind. Das ist hier kein Krieg, sie hatten nicht geplant, den Gegner um jeden Preis zur Strecke zu bringen. Seeräuber kämpfen nur dann, wenn sie ohne Risiken siegen können, um Beute zu machen und ihren Weg dann fortzusetzen. Misson weiß, dass Kanonenschüsse unser Schiff zum Sinken bringen werden, aber er weiß auch, dass uns die sagenumwobene *Victoire* auf den Grund begleiten könnte.«

Catroux ließ nicht locker: »Nehmen wir einmal an, er dreht ab, nachdem er die Falle entdeckt hat. Warum geht Ihr bloß davon aus, dass dieser verfluchte Pirat nicht in dem Augenblick, in dem wir im Nachteil sind, über uns herfallen wird?«

»Weil dieser verfluchte Pirat ein Gentleman der Meere ist«,

antwortete La Bouche und erklärte die Diskussion damit für beendet. Er machte sich auf in den Frachtraum, um den Männern seinen Plan zu unterbreiten.

Von diesem Augenblick an ging alles in schwindelerregendem Tempo vor sich. La Bouche ließ die Schoten loswerfen, und die im Wind flatternden Segel drosselten die Fahrtgeschwindigkeit. Die *Victoire* begann näher zu kommen. Matthieu war mulmig zumute, als er sah, wie diese schwimmende Festung über das Wasser unerbittlich heranglitt. Wie der Kapitän vorhergesagt hatte, war Misson bemüht, den Schoner der Kompanie bei seinem Überfall so wenig wie möglich zu beschädigen, was ihn aber nicht davon abhielt, eine erste Breitseite abzufeuern, um die Gegner einzuschüchtern.

Der junge Musiker fuhr zusammen, als er den Kanonendonner des Piratenschiffes vernahm.

Ein Augenblick Stille …

Und dann Zerstörung rings um ihn her, es regnete Splitter auf das Deck.

»Verliert nicht den Mut!«, schrie La Bouche.

»Wir müssen zurückschießen!«

»Nein! Weiter beigedreht bleiben! Und haltet euch an unseren Plan! Wenn sie uns versenken wollten, hätten sie tiefer gezielt!«

Bootsmann Catroux kniete mit einem Bein nieder, biss die Zähne zusammen und zog sich einen Span aus dem Fleisch. In diesem Moment entdeckten sie erneut düstere Flammen, ein tiefdunkles Rot inmitten des Rauchs, der aus den Luken der *Victoire* quoll.

»Noch eine Breitseite!«

Alle warfen sich zu Boden und schützten den Kopf mit den Händen, während diese zweite Salve zielsicher die Bemastung der *Aventure* traf. Offensichtlich wollte Misson das Schiff untauglich machen, ohne dabei ein Leck unterhalb der Wasserlinie zu riskieren. Die Stage lösten sich, und die Masten brachen oberhalb der ersten Saling. Bei diesem Angriff gab es Tote, La Bouche aber blieb weiterhin bei einer einzigen Anweisung: ruhig bleiben, standhalten und den Bug in den Wind gedreht lassen. Die weniger erfahrenen Matrosen und bartlosen Schiffsjungen suchten unter dem Hüttendeck Schutz. Zusammengerollt blieb Matthieu in dem Gewirr aus Tauwerk, Segeltuch und Holzstückchen an Deck liegen und ertrug das Schwanken des Schiffes.

»Harrt noch aus!«, brüllte La Bouche. »Schießt nicht!«

Der Geiger hob ein wenig den Kopf und sah, wie auf der *Victoire* einige Mitglieder der Besatzung Enterhaken vorbereiteten und an Steuerbord bereit zum Angriff in die Rahen und Wanten kletterten. Misson ordnete an, von den Marssegeln aus das Deck mit Gewehren unter Beschuss zu nehmen. Und wieder regnete es ringsumher messerscharfe Holzsplitter. Matthieu war außer sich vor Angst. Er musste den verstümmelten Körper des Zweiten Steuermanns beiseiteschieben, der von der Brücke aus auf ihn herabgestürzt war. In diesem Moment, als die Enterung unmittelbar bevorstand, ertönte La Bouches Befehl, der über Meer und Wind hinweg zu vernehmen war.

»Jetzt! Öffnet die Luken!«

Kapitän Misson, der alles vom Besanmast seines Schiffes aus beobachtete, konnte es kaum fassen. Als er schon glaubte, die Arbeit dieses Tages beinahe routiniert erledigt zu haben, wurde er auf einmal von zwanzig Kanonen überrascht, die aus wenigen Metern Entfernung auf ihn gerichtet waren. Neben jedem Geschütz stand ein Artillerist mit entzündeter Lunte. Ihm war sofort klar, was hier vor sich ging. Wie hatte er nur so gutgläubig sein können? Ohne den Blick von La Bouche abzuwenden, der neben den Resten einer Saling hoch aufgerichtet dastand und dem Blick des Piraten trotzte, gab Misson den Befehl, nicht zu schießen.

Du wirst es doch wohl nicht wagen …, dachte der Korsar, während sein zweiter Mann ihn beobachtete und sich fragte, warum er denn nicht handelte. Alle Piraten respektierten die Regel, ohne die Meinung des zweiten Mannes an Bord keine wichtige Entscheidung zu treffen, in diesem Moment wussten aber beide, dass ihnen keine Zeit für Diskussionen blieb. Du wirst es doch wohl nicht wagen …, sagte sich Misson immer wieder und versuchte, in den Augen seines Gegners auch nur die kleinste Reaktion erkennen zu können.

»Stell mich doch auf die Probe«, murmelte La Bouche, als hätte er seine Gedanken gelesen.

Einige Sekunden lang war nichts weiter zu vernehmen als das Rauschen des Meeres, das dumpfe Knarzen aus dem Laderaum und das Wehklagen der Verletzten, die man unter Deck brachte, um sie dort zu versorgen. Die Artilleristen harrten aus und hielten die Flamme zum Feuern bereit dicht an die Zündschnur. Die Toten hatte man zur Seite geschafft, damit ihre Leichen nicht im Weg waren. Weiter unten arbeiteten Schreiner daran, ein Leck abzudecken, das eine verirrte Kugel an Steuerbord in die Bugsprietbacke gerissen hatte und durch welches Wasser in den Kielraum drang. Die beiden Schiffe näherten sich einander immer mehr, sie schaukelten hin und her wie Pendel. Die Entfernung zwischen ihnen war jetzt so gering, dass Matthieu befürchtete, die Masten würden jeden Augenblick gegeneinanderschlagen.

»Ihr seid geschickt!«, rief Misson endlich von der *Victoire* herüber und hielt sich dabei an einer Leiter fest, um nicht vom Rand der Reling zu rutschen, auf der er über das Wasser gebeugt stand. »Wisst Ihr, wer ich bin?«

La Bouche nahm dieselbe Haltung ein und war dem Piraten jetzt so nahe, dass es aussah, als würden sie einander berühren, wenn sie die Hand ausstreckten. Er konnte den Blick nicht von der Tätowierung in roter Farbe abwenden, welche die rechte Gesichtshälfte des Seeräubers zierte: Tränen aus Blut quollen unter dem mit Khol umrandeten Auge hervor, ergossen sich über den Wangenknochen, rannen den Kiefer entlang und flossen den Hals hinab.

»Nach so vielen Jahren auf diesen Wassern ist es eigentlich seltsam, dass wir uns noch nie begegnet sind.«

»Warum all die Kanonen?«, rief der Pirat aus. Er schaffte es tatsächlich, seinen Worten trotz der großen Anspannung einen humorvollen Unterton zu verleihen. »Eure Fracht muss ja äußerst wertvoll sein!«

»Im Bauch meines Schiffes werdet Ihr nichts finden, es sei denn, Euch wäre an Hühnern und ein paar elenden Sklaven aus dem Senegal gelegen, um Eure seltsame Besatzung zu verstärken.«

Matthieu fiel auf, dass viele von Missons Männern Afrikaner waren.

»In diesem Fall seid Ihr hier wohl das Wertvollste«, erwiderte der Korsar, ohne auf den Spott einzugehen. »Wie ist Euer Name?«

»La Bouche«, antwortete der Kapitän stolz.

Misson wechselte ein paar Worte mit seinem Maat. Erstaunt wandte er sich wieder an den Kapitän.

»Seid Ihr etwa der La Bouche, der sich am Golf von Bengalen eine Schlacht gegen die Mongolen geliefert hat? Der Korsarenjäger der Küste von Sansibar?«

»Ich wusste nicht, dass das meine berühmtesten Taten sind.«

»Teufel auch!«, brach der Pirat in Gelächter aus. »Wo ist denn die *Fortune*?«

»Ihr kennt mein altes Schiff?«

»Ich habe Libertalia vor mehr als zwanzig Jahren gegründet, und diese kleine Republik hat bislang vor allem deshalb überlebt, weil ich meine Feinde erledige, bevor sie mich ins Visier nehmen. Wenn Ihr wüsstet … Ich habe mich mehr als einmal auf die Suche nach Euch gemacht! Das Glück war wirklich auf Eurer Seite!«

»Oder vielleicht auch auf Eurer.«

Misson lachte wieder schallend.

»Womit verdient Ihr nun Euer Geld? Ihr habt Euch doch wohl nicht in einen verfluchten Höfling verwandelt …«

»Ich bin immer noch auf See, meine Route hat sich jedoch geändert …«, war alles, was La Bouche erwiderte.

Einige Sekunden lang starrten sie einander in die Augen, und es war nichts zu hören außer dem Flattern der Segel.

»Warum schließt Ihr Euch uns nicht an?«, fragte Misson mit einem Mal.

Die gesamte Besatzung war wie erstarrt. Der Vorschlag überraschte La Bouche selbst am meisten. Damit hatte er nun wirklich nicht gerechnet. Jeder einzelne Mann an Bord blickte zu ihm hinüber und wartete auf seine Antwort. Der bisherige Verlauf der Unterhaltung ließ sie hoffen, dass sie heute wohl doch nicht in der Hölle zu Abend essen würden.

»Schlagt Ihr mir etwa vor, Euch nach Libertalia zu begleiten?«

»Wo könnte es Euch besser ergehen als auf unserer Insel? Wie viel zahlt Euch die Kompanie?«

»Ihr seid doch derjenige, der immer predigt, dass Gold im Leben nicht alles ist.«

»Und? Werdet Ihr etwa in Frankreich erwartet? Sind Euch die Menschen dort wirklich so wichtig, dass Ihr ihretwegen ein Leben in absoluter Freiheit ausschlagt? Tretet meinem Rat bei, dann werdet Ihr in die wahren Geschichtsbücher Eingang finden!«

Libertalia … eine Republik mitten im Ozean. Matthieu hatte diesen Namen noch nie gehört. Wo befand sich diese geheimnisvolle Insel, von der sie sprachen? Was gab es auf ihr, das sie so besonders machte? In diesem Moment, als die beiden Kapitäne sich davon zu überzeugen versuchten, dass der jeweils andere seine Kanonen nicht abfeuern würde, zeigte sich an Missons Kabinentür schüchtern eine Frau mit kupferfarbener Haut und glatter schwarzer Mähne, nur bekleidet mit einem weißen Männerhemd, das ihr bis auf die Schenkel fiel.

Wer bist du …?, dachte der junge Geiger.

Es war, als bräche mit einem Mal all die Musik in seinen Adern als fantastische Symphonie los. Er stützte sich backbord auf der Reling auf, um sie besser sehen zu können. Die Frau überquerte das Deck und verbarg sich hinter dem Besanmast. Ihre riesigen Augen strahlten etwas Geheimnisvolles aus, und sie riss sie immer noch weiter auf, während sie voll kindlicher Neugier nach rechts und links blickte. Nicht lange, und ihre Blicke trafen sich. Einen Augenblick lang konnte sich keiner vom anderen losreißen, es war, als ob eine überirdische Macht sie aneinanderbände. In seinem ganzen Leben hatte Matthieu noch niemals so etwas verspürt. Konnte man denn jemanden zum ersten Mal erblicken und ihn dennoch fortan brauchen wie die Luft zum Atmen? In seinem tiefsten Inneren war offenbar etwas in Gang gesetzt worden. Nachdem anfänglich die Harmonien in seinem Kopf explodiert waren, herrschte dort unvermittelt Mal Schweigen. Stille … Plötzlich war da keine Musik mehr, kein einziger Laut. Er wurde von einer Blase jungfräulichen Nichts umfangen und wünschte sich nur noch, dass ihm diese Frau darin Gesellschaft leisten möge, um den Raum gemeinsam mit dem Herzschlag beider auszufüllen, der im Gleichtakt erklang.

Catroux' rauer Schrei durchbrach den Zauber: »Mann über Bord!«

Alle beugten sich vor, um zu sehen, wer da gestürzt war. Es handelte sich um einen der Neger aus dem Frachtraum. Er war von der Reling der *Aventure* gesprungen und versuchte nun, sich an ein Tau zu klammern, das die Mannschaft der *Victoire* augenblicklich in seine Richtung ausgeworfen hatte.

Das ist der Griot, dachte Matthieu. Warum hat er das bloß getan?

»Verdammter Sklave …«, grummelte La Bouche verächtlich und wandte sich an den Musiker. »So dankt er dir also, dass du für ihn dein Leben riskiert hast!«

Der Griot ergriff das Tau. Beim ersten Ruck wurde er herumgeschleudert und stieß mit den Rippen gegen den Rumpf des Schiffes, es gelang ihm aber, sich festzuklammern und aus eigener Kraft am Seil hochzuklettern, obwohl er unter den Schmerzen der immer noch nicht verheilten Wunde litt. Oben angekommen, hievten ihn zwei schwarze Mitglieder der Besatzung an Deck. Das Salzwasser glitt an seinem Ebenholzkörper herab, als hätte er sich mit Walöl eingerieben. Die Mannschaft betrachtete sprachlos seine mächtige Statur.

»Jetzt habe ich ja meine Beute«, rief Misson spöttisch.

Catroux sah La Bouche unverwandt an und betete zum Himmel, der Kapitän möge sich nicht zu sehr auf sein Glück verlassen und etwas Angemessenes antworten.

»Was werdet Ihr nun tun?«, fragte dieser lediglich mit einnehmender Ungezwungenheit.

»Ich werde abdrehen, ohne das Feuer zu eröffnen«, erklärte der Pirat in demselben Tonfall. »Ich will nicht mit Euch gemeinsam in den Fluten versinken.«

Der Plan hatte funktioniert.

»Und danach?«

»Fürchtet Ihr etwa, ich könnte es auf Euch abgesehen haben und zurückkehren, sobald ich in einer besseren Angriffsposition bin?«

Er schien wirklich Gedanken lesen zu können.

»Ich habe meinen Männern erklärt, dass Ihr ein Gentleman der Meere seid«, erklärte La Bouche.

Misson lachte zufrieden.

»Falls Ihr es bereuen solltet, mein Angebot abgelehnt zu haben, fahrt zum alten Schiffsfriedhof in Sainte Luce und haltet nach Caraccioli Ausschau. Ich erneuere meine Seekarten von Madagaskar, und er ist damit beschäftigt, den Verlauf der Vanilleküste festzuhalten, deshalb muss er früher oder später dort vorbeikommen.«

»Gebt besser acht, dass sich unsere Wege nicht erneut kreuzen!«, rief La Bouche jetzt wesentlich entspannter.

»Guter Wind und gute Jagd!«, verabschiedete sich Misson, bevor er auf das Deck seines Schiffes sprang.

Matthieu war noch immer wie verzaubert vom Anblick der Frau mit der Kupferhaut, warf nun jedoch dem Griot einen Blick zum Abschied zu. Dieser richtete die Augen gen Himmel und stimmte eine kurze Melodie an, rau und ruhig wie die Hände eines alten Mannes. Der Gesang umfing beide Schiffe. Mit einer schnellen Bewegung hielt sich die Frau die Ohren zu und lief plötzlich wie beschämt zurück zur Kabine.

»Geh nicht …«, flüsterte der junge Musiker.

Kapitän Misson gab Anweisungen, die *Aventure* zu wenden. Matthieu schloss die Augen. Als er sie wieder öffnete, wandte ihnen die *Victoire* ihr Heck zu und entfernte sich in Afrikas roséfarbenem Abendlicht in Richtung Horizont.

8

Die Nacht brach herein. Zwischen zersplitterten Masten und zerrissenem Segeltuch ging Matthieu noch immer an Deck auf und ab. Die Schreie der sterbenden Matrosen fanden aus der Ferne einen Weg in seine Gedanken, die jedoch von den Augen der Eingeborenen an Deck der *Victoire* dominiert wurden. Er wollte beinahe glauben, dass dies alles nur seiner Fantasie entsprungen sei. Was war das nur mit diesem Meer, auf dem alles von den Göttern begünstigt zu sein schien: der Mut der Männer, die Ehre der Kapitäne und die Schönheit, die sich voller Erhabenheit auf dem Antlitz dieser geheimnisvollen Frau im weißen Hemd zeigte? Er war sich dessen bewusst, dass er in eine neue Welt vordrang, ein Universum der Vorstellungskraft, welches auf keiner Seekarte verzeichnet war.

Am Himmel schien sich etwas zu regen. Er stützte sich auf der Reling ab und sah hinauf. Ein riesiger orangefarbener Ball trat zwischen den Wolken hervor und warf einen Lichtstreifen über das Meer, der wie eine Flamme zitterte und glitzerte, bis er den Rumpf des Schiffes erreichte.

La Bouche näherte sich dem jungen Musiker langsam. Zwischen den Masten wirkte er wie ein Schatten.

»Jetzt hast du Wasser und Salz geschluckt«, bemerkte er mit einem Mal äußerst freundlich.

»Was meint Ihr damit?«

»Das Meer gibt und nimmt.«

»Ich kann mich nicht einmal mehr an all das erinnern, was uns seit der Abfahrt in La Rochelle widerfahren ist.«

»Du hast dir das alles sicher anders vorgestellt.«

»Ich war davon überzeugt, dass die Zeit unser einziger Feind ist.«

»Es wird dir gelingen, die Melodie niederzuschreiben, und wir werden zum vorgesehenen Zeitpunkt zurück in Paris sein.«

Angenehm überrascht wandte Matthieu sich wieder dem Meer zu.

»Das scheint gar nicht der gleiche Mond wie in Frankreich zu sein.«

»Die ersten arabischen Kartographen tauften Madagaskar auf den Namen ›Mondinsel‹.«

Der Musiker konnte nicht anders, er musste das Thema einfach anschneiden: »Diese Frau …«

»Wen meinst du?«

»Die auf dem Deck der *Victoire.*«

»Ich habe dort keine Frau gesehen.«

»Sie kam aus der Kabine und hielt sich hinter dem Besanmast versteckt, während Ihr mit Misson spracht.«

»War sie schön?«

Matthieu antwortete nicht, als würde er sie mit jeglicher Beschreibung entehren. La Bouche verstand sein Schweigen als Bestätigung.

»Das freut mich für ihn.«

»Ich muss die ganze Zeit an sie denken …«

»Du bist auch nur ein Mann, genau wie Misson und ich.«

»Das ist es nicht.«

»Was bereitet dir dann Sorgen?«

»Ich will nicht, dass Ihr mich für verrückt haltet.«

»Erzähl es mir ruhig, nach dem, was heute alles passiert ist, kann mich wohl nichts mehr überraschen.«

»Als der Griot an Bord der *Victoire* kam und zu singen begann«, erklärte Matthieu endlich, »hat diese Frau sich die Ohren zugehalten und ist rasch in die Kabine geflüchtet. Diese Geste …«

»Sprich weiter«, bat ihn der Kapitän gespannt.

»Wenn die Aufgabe der Mondesstimme darin besteht, die Melodie ihr Leben lang rein zu halten …«

»Sprichst du von der Priesterin, die wir suchen sollen?«

»Ja. Vielleicht erahnte sie die Bedeutsamkeit des Griot-Gesanges und wollte sich von ihm nicht beeinflussen lassen.«

»Was zum Teufel sollte die Priesterin auf Missons Schiff zu schaffen haben?«

Matthieu lenkte augenblicklich ein.

»Vielleicht musste ich das alles auch einfach laut aussprechen, um zu sehen, wie absurd meine Vermutung ist.«

»Das kann man wohl sagen. Morgen kommt Land in Sicht«, verkündete schließlich der Kapitän und beendete das Thema damit.

»Und das wisst Ihr jetzt schon?«

»Sieh mal nach Steuerbord.«

Er beugte sich über die Reling. Zunächst entdeckte er nichts Auffälliges, abgesehen vom Silberstreifen des Mondes. Er suchte weiter, bis er schließlich ein lautes Pusten vernahm.

»Wale …!«

In etwa fünfzig Faden Entfernung tauchten in aller Seelenruhe zwei dunkle Umrisse aus dem Wasser auf und verschwanden wieder in der Tiefe.

»Sie sind hergekommen, um sich zu paaren. Das tun sie um diese Jahreszeit vor der Küste Madagaskars.«

»Ich hätte sie mir niemals so groß vorgestellt!«

»Mach besser nicht zu viel Aufhebens darum. Für die Eingeborenen bringt das Unglück. Wenn du einen Wal siehst, musst du über genug Gleichmut verfügen, um ihn ohne große Worte vorbeiziehen zu lassen. Denn sonst …«

»Was geschieht sonst?«

»Das ist natürlich alles Aberglaube. Genieß einfach ihre Gesellschaft, wer weiß, ob du je wieder welche zu Gesicht bekommst!«

La Bouche entfernte sich in Richtung Kajüte. »Und das ist erst der Anfang«, rief er noch, ohne sich umzudrehen. »Morgen hast du Gelegenheit, mit eigenen Augen die wilde Macht der Natur zu betrachten!«

Und er behielt recht. Sobald der Morgen anbrach, veränderte sich das Murmeln des Meeres. Matthieu, der seit Stunden keinen Schlaf gefunden hatte, trat wieder an Deck. Was ging da vor sich? Nach weniger als einer Sanduhr rief die Wache: »Land in Sicht!«, und entfesselte so den Zauber.

Matthieu rannte zum Bug des Schiffes. Der Kapitän konzentrierte sich mit all seiner Würde darauf, angesichts des einzigen Gebietes, das sich ihm im Verlauf seiner langen Karriere widersetzt hatte, eine unerschütterliche Haltung einzunehmen.

»Die wilde Macht der Natur …«

»Vergiss diesen Anblick niemals.«

Und es war wirklich ein unvergessliches Bild, allein die Aussicht auf diesen winzigen Zipfel der riesigen Insel Madagaskar, der wie gemeißelt auf dem Meer dalag, war bereits überwältigend. Es war viel unfassbarer als die goldenen Strände von Gorée, als die Klippen am Golf von Guinea oder die glühenden Dünen Namibias. Denn hier gab es das alles an ein und demselben Ort. Als sie langsam näher kamen, konnte Matthieu den weißen Sandstrand mit den Überresten gestrandeter Haifische erkennen, die Hügel voll seltsamer Palmen, die sich ausbreiteten wie das Rad eines Pfaus, und die Bergkette mit den unregelmäßigen Zacken, die willkürliche Formen bildeten wie zu Stein gewordene Flammen.

Er konnte den Blick kaum von all dieser üppigen und fremdartigen Schönheit abwenden.

»Verdammt, Newton, wenn Ihr nur hier wärt …«, murmelte er vor sich hin und widmete dem Wissenschaftler den Anblick. Ihm, dem es gelungen war, nur durch seine Bücher die Herkunft der Melodie zu ergründen, dem Mann, dessen Größe darauf beruhte, den ganzen Kosmos als ein einziges Rätsel zu erachten, so wie die ersten Menschen, die unberührt eine reine und noch zu erforschende Welt betraten.

Der Geiger schloss die Augen und versank in ein paralleles Universum, das in seinen Ohren explodierte. Er hörte die gierigen Wellen brechen, wie ihr Schaum sich genüsslich über dem Strand ausbreitete, die Spitzen der Palmwedel trommelten wie eine Legion von Insekten, die ihre Beinchen aneinanderrieben, er vernahm, wie sich die Baumstämme dem Wind ergaben …

Matthieu überkam eine nur schwer zu beschreibende Rührung, gleichzeitig aber auch eine gewisse Unruhe, als fehle ihm die Luft zum Atmen. Nun hatte er endlich diese Insel erreicht, die so groß war wie Frankreich und von mehr Zauber erfüllt als die unvergleichlichen Reiche, die Odysseus bei seiner Rückkehr nach Ithaka durchquert hatte, und auf einmal überkam ihn große Lust zu weinen. Jener Garten Eden verbarg eine Präsenz, ein Pochen … Einen Herzschlag! Auf einmal war ihm alles klar. Er vernahm die Kraft eines einzigen Herzens, ein immer wieder aufkommendes Klopfen, das aus der Erde emporstieg und im Himmelsgewölbe widerhallte, welches die Insel am Leben erhielt und schneller schlug, als sich ihm nun das Schiff näherte. Es schien sie anzuflehen – oder ihnen vielleicht warnend zuzurufen –, doch besser abzudrehen.

»Was tun wir hier bloß?«, stöhnte Matthieu.

Ihm kam es vor wie Minuten, in Wirklichkeit aber umrundete der Schoner stundenlang die Südseite der Insel. Er konnte den Blick nicht von der Aussicht an Backbord losreißen. Am Nachmittag überraschte ihn dann der Ruf von Bootsmann Catroux: »Da ist es!«

La Bouche stieg in Windeseile die Stufen zum Achterkastell hinauf.

»Ich hatte schon gedacht, dass wir diese Bucht niemals erreichen würden.«

Matthieu folgte ihm, stellte sich neben das Ruder und betrachtete den Strand und die von Pflanzen überwucherte Felswand.

»Ist das Fort Dauphin?«

»Das, was seit der letzten Schlacht noch davon übrig ist.«

Auf dem Kliff rotteten die Reste der Bastion vor sich hin: zerstörte Mauern, verrostete Kanonen und das Echo vergangener Schlachten, der Widerhall brennender Pfeile und Körper, die ins Meer stürzen.

Matthieu fiel La Bouches ausdruckslose Miene auf. Die Seeleute drängten sich an Deck. Sie verstummten. Wieder hallte Catroux' Stimme über das ganze Schiff.

»Anker werfen!«

Matthieu verspürte in der Brust das Wehklagen der Insel.

Ihr verstummtes Herz.

9

Kaum waren sie an Land, erklomm La Bouches Soldatentrupp den Felsvorsprung. Die zwölf Männer wählten eine geschützte Ecke, um dort ein kleines Lager einzurichten, und legten fest, wer als Wache welche Schicht übernehmen würde. Die wenigen Mauern, die sich dem Feuer und der Wut der Anosy widersetzt hatten, ragten auf ihrer strategischen Position mit einer gewissen Würde in den Himmel. Zunächst einmal wurden vor allem Palmen gefällt, um die Schäden am Schiff zu reparieren. Niemand wollte es zugeben, aber die bloße Tatsache, dass sie dazu den verfluchten Sandstrand dieser Insel betraten, versetzte alle in Panik. Die Matrosen wollten nur noch Kurs auf Bengalen nehmen und diesen verrückten Musiker, der das Unwetter anbrüllte, hier zurücklassen.

La Bouche warf einen kurzen Blick auf die Überreste des Forts. Zehn Jahre nach der letzten Schlacht fraßen die Reste des Pulvers noch immer an den Mauern des Gebäudes. Mit einer Hand voll Matrosen zog sich der Kapitän an ein Ende des Strandes zurück und begrub dort die fünf Männer, die durch die Warnschüsse der *Victoire* ums Leben gekommen waren. Es bereitete ihm Sorgen, dass sich unter den Opfern der madagassische Eingeborene befand, der sie bei der Expedition eigentlich als Übersetzer begleiten sollte.

Matthieu hatte die Nase voll davon, dass man ihm jedes Mal den Rücken zukehrte, wenn er mit anpacken wollte, also beschloss er, auf einer hier und da mit Gestrüpp bewachsenen Düne Platz zu nehmen. Er hatte eigentlich gedacht, er würde sich dort zufrieden zurücklehnen können, ihn quälte jedoch die gleiche Unruhe wie alle anderen. Zwar suchten ihn nicht wie La Bouche Geister vergangener Zeiten heim, und er war auch nicht starr vor Angst wie die Seeleute. Aber er musste einfach wissen, wo er nun ansetzen sollte. Er hasste es, Situationen nicht unter Kontrolle zu haben, und noch viel mehr, sich so hilflos zu fühlen. Ganz offensichtlich war diese Insel nicht wie Gorée, das mit Bougainvilleaen geschmückte Eiland, auf dem Blutspuren im Sand den Weg wiesen. Der Musiker sah sich um. Hier lag ein seltsames, süßliches Aroma in der Luft, als wäre es bei einer Zeremonie dem Mörser entflohen. Er hatte nicht das Gefühl, dass sie hier auf andere Menschen treffen würden. Woher kam bloß diese absurde Idee? Und war sie überhaupt so abwegig? Er warf einen Blick über die Schulter. Die Landschaft, die er jenseits des Forts erblickte, war von dunstigen Schwaden verdeckt. Nur die Spitzen der höchsten Baobabs ragten aus diesem Nebel heraus.

Keine Menschenseele.

Matthieu ließ den Kopf hängen. Eine Weile spielte er unwillkürlich mit dem Sand herum. Er hob eine Hand voll davon auf und ließ die Körnchen vom Wind davontragen. Dann fiel sein Blick auf das Wasser. Seine Gedanken rebellierten und wanderten weit über den Horizont hinaus, auf der Suche nach dem Ort, den die *Victoire* wohl angesteuert hatte. Wo bist du nur?, fragte er sich. Der junge Geiger hätte alles gegeben, um noch einmal dem Blick der jungen Eingeborenen zu begegnen, ein einziges Mal über das schwarze Haar zu streichen, das ihr bis auf die Brust fiel, und sich das Spiegelbild des Mondes zu eigen zu machen, das auf ihrer dunklen Haut explodierte.

Seit sie in der Bucht vor Anker gegangen waren, hatte La Bouche unaufhörlich Befehle erteilt. Als er Matthieu abseits der Gruppe entdeckte, ging er auf ihn zu. Er schritt lustlos voran und zog die Stiefel nach, die bei jedem Tritt im Sand versanken. Auch wenn er es niemals zugegeben hätte, war er völlig erschöpft. Er setzte sich neben den Musiker, nachdem er den Gürtel mit seinem Schwert und zwei Pistolen abgenommen hatte.

»Siehst du«, sagte er mit Blick aufs Meer. »Wir sind um die halbe Welt gereist, und dennoch ist es derselbe Himmel, dieselbe Erde …«

»Das denke ich nicht«, entgegnete Matthieu. »Es ist weder derselbe Himmel noch dieselbe Erde, so wie wir heute Nacht auch nicht denselben Mond betrachtet haben. Denn wo sind jetzt bloß meine …« Ihm wurde plötzlich klar, dass ihn der Gedanke an die Eingeborene völlig eingenommen und für einige Stunden von dem Bild abgelenkt hatte, welches ihn seit der Abfahrt stets begleitet hatte: seine von Jean-Claudes Tod getroffenen, auf ihren Stühlen zusammengesunkenen Eltern, die nicht ahnten, in welcher Gefahr die ganze Familie schwebte. Er wusste nicht einmal, was er beim Gedanken an sie fühlen sollte.

La Bouche änderte seinen Tonfall.

»Ich kann es gar nicht abwarten, dass endlich der Morgen anbricht und die *Aventure* ihren Kurs fortsetzt«, erklärte er, während er sich reckte. »Wenn der Usurpator Ambovombe erfährt, dass hier ein Schiff mit solcher Artillerie ankert, wird er sich bedroht fühlen und Horden von Kriegern auf uns hetzen. Uns würde keine Möglichkeit bleiben zu erklären, warum wir eigentlich hier sind.«

»Glaubt Ihr tatsächlich, dass dieser Ambovombe existiert? Seht Euch nur um … An diesem Ort ist doch gar kein Platz für uns Menschen.«

»Was sagst du da?«

»Dieses Gerede stammt nicht von mir, sondern von den Matrosen. Sie erzählen, dass die Anosy-Krieger, die Euch vor zehn Jahren hier vertrieben haben, in Wirklichkeit Dämonen aus der Unterwelt sind, Wesen aus Salzwasser und roter Erde.«

La Bouche sah ihn kurz schweigend an.

»Sobald das Schiff verschwunden ist, machen wir uns auf den

Weg ins Innere der Insel«, stellte er klar. »Ich rate dir, nichts auf diese dummen Geschichten zu geben.«

»Dann stimmt es also nicht?«

»Was?«

»Dass auf Madagaskar die Pflanzen hören können und sich die Tiere untereinander mit einem Laut verständigen, der die Menschen in den Wahnsinn treibt.«

»Denk einfach nur daran, dass das Schiff im Nu wieder hier sein wird, du in der Zwischenzeit die Melodie kopiert hast und wir siegreich in die Heimat zurückkehren werden. Der König hat dann, was er will, und du wirst in eines seiner Orchester aufgenommen.«

»Wie kommt Ihr darauf, dass das mein Wunsch ist?«

»Du bist doch Violinist. Was könnte es Erstrebenswerteres für dich geben?«

La Bouche ließ sich rücklings in den Sand sinken und nutzte den Moment, um kurz die Augen zu schließen. Unwillkürlich wischte sich Matthieu den Schweiß aus dem Nacken. Alles schien sich so rasch zu verändern! In diesem Augenblick wollte er nicht an die zarten Harmonien denken, die »die vierundzwanzig Streicher des Königs« im Gleichklang anstimmten, und auch nicht an den Stock, mit dem Lully im Palast leise auf das Podium schlug, damit seine Musiker nicht aus dem Takt kamen. Der Kapitän hatte es ja gerade selbst gesagt: Er war um die halbe Welt gereist, um seine Mission zu erfüllen. Doch nun, am Ziel angelangt, erschien sie ihm auf einmal illusorisch. Wie sollte jetzt der erste Schritt aussehen? Unten am Strand malte der Wind Strudel in den Sand und häufte ihn am Stamm der Palmen auf, die sich über die Gischt beugten.

Newtons Rätselschrift…, dachte er auf einmal.

Er schob die Hand in den Beutel mit der Geige und suchte zwischen den linierten Blättern nach dem Papier, das Charpentier ihm in Paris vor der Kutsche zugesteckt hatte. War nun der Moment gekommen, es zu lesen? Welches Geheimnis verbarg sich hinter jenen wenigen Zeilen, die der Wissenschaftler persönlich kopiert hatte? Endlich war er auf Madagaskar, der Wiege der Melodie vom Ursprung, gewiss war dies der rechte Augenblick.

Mit einem Mal richtete sich La Bouche wieder auf.

»Was ist das?«

»Nichts«, antwortete Matthieu. Ohne genau zu wissen, warum eigentlich, hatte er plötzlich seine Meinung geändert. Er schob den noch immer gefalteten Zettel zurück in die Tasche. »Kapitän Misson hat Euch gebeten, Euch ihm anzuschließen«, bemerkte er unvermittelt.

»Missons Schatten fällt über dieses Meer, seit ich denken kann, länger als die Masten aller anderen Schiffe«, sinnierte La Bouche und blickte aufs Wasser. »Mit diesem Vorschlag hatte ich nicht gerechnet, das kann ich dir versichern.«

»Es ist doch seltsam, dass ich noch nie von ihm gehört habe.«

»Warum solltest du denn von ihm gehört haben?«

»In Pariser Schänken wird oft von französischen Kapitänen gesprochen.«

»Misson ist aber kein Franzose.«

»Der Bootsmann hat doch gesagt ...«

»Misson hat seinen Status als Untertan von König Louis schon lange aufgegeben, um Bürger Libertalias zu werden.«

»Gestern habt Ihr diesen Ort auch erwähnt.«

»Niemand weiß genau, wo er liegt. Man glaubt, dass es eine Insel im Norden ist zwischen Madagaskar und den Komoren.«

»Ein Rückzugsort für Piraten ...«

»Es ist weitaus mehr als nur das. Es handelt sich um eine richtige Republik, eine utopische Kolonie, in der das Konzept privaten Besitztums nicht existiert und alle Männer gleich sind«, erklärte er und verlieh dem Ende des Satzes einen erzwungenen humorvollen Unterton.

»Unabhängig von ihrer Hautfarbe?«

Der Kapitän starrte ihn an.

»Es handelt sich um einen utopischen Staat«, wiederholte er jetzt ernster. »In jener Welt mögen diese Grundsätze Gewicht haben, nicht jedoch in der unseren.«

Nachdem er die Pose des Seeräubers an Bord der *Victoire* gesehen hatte, einen Fuß auf dem Göschstock, der Gesichtsausdruck ein Spiegel völligen Seelenfriedens, fiel es Matthieu nicht schwer, sich einen kultivierten Misson vorzustellen.

»Wie er selbst gesagt hat, flattert ihre Fahne seit zwanzig Jahren im Wind«, erinnerte er den Kapitän. »Das klingt für mich nach mehr als nur einer Utopie.«

»Kapitän Misson hat seine eigene Legende äußerst kunstvoll genährt, das ist alles. Dieser verfluchte Pirat und seine Hirngespinste … Als er nach Madagaskar kam, hielt er sich für erleuchtet!«

La Bouche band sich das Haar im Nacken zu einem kleinen Zopf zusammen.

»Ihr beneidet ihn, nicht wahr?«, fragte Matthieu, nachdem er in der Stimme des Kapitäns einen kaum wahrnehmbaren, jedoch äußerst verräterischen Unterton bemerkt hatte.

»Du bist genauso verrückt wie er. Vielleicht bist du es, der zu ihm überlaufen sollte!«

»Ich meine ja gar nicht wegen seiner seemännischen Fähigkeiten«, stichelte Matthieu, der gerade zum ersten Mal einen verletzlichen La Bouche vor sich sah, weiter. »Sondern eher wegen der Freiheit, die er sich auf seine Fahne geschrieben hat.«

Der Kapitän sah sich um.

»Ich beneide das klare Wasser. Hier gibt es weder Tempel noch Kreuze. Jeder sucht die Spiritualität auf seine Art und Weise.«

Fern von zu Hause und allein in Begleitung dieses stets so betont gleichgültigen Mannes, hegte Matthieu nun die Hoffnung, dass sich im steinernen Herzen des Kapitäns vielleicht doch eine menschliche Sehnsucht rührte.

La Bouche stand auf. Er griff nach seinem Gürtel und stieg die Düne hinunter, den Riemen in der Hand. Die Spitze des Schwertes malte eine Linie in den Sand.

Der Musiker wandte sich noch einmal zur Landseite hin.

»Was findet sich bloß hinter diesem Nebel?«, fragte er sich mit leiser Stimme.

Dann stieg er die Klippe hinauf und lief in den Ruinen hin und her, bis er die Stelle erreichte, an der die Soldaten ihr Lager aufgeschlagen hatten. Zwei von ihnen hielten Wache, die anderen ruhten sich ein wenig aus. Sie hatten sich im Schutze eines Mäuerchens hingelegt, das wohl einmal zu einer Zelle gehört hatte, da auf halber Höhe Metallringe befestigt waren. Man konnte die unterschiedlichen Gebäude der Festung noch gut unterscheiden: das Lagerhaus, die Waffenkammer, ein eleganter wirkendes Gebäude, das wohl Gouverneur Flacourt als Wohnhaus gedient hatte, die Nischen der verrosteten Kanonen, die noch immer aufs Meer gerichtet waren ... Sie hätten wissen sollen, dass die wahre Gefahr von der Landseite herkam, dachte Matthieu.

Die Sonne würde bald untergehen und überzog die Landschaft mit einem purpurfarbenen Schimmer, der die ohnehin schon rote Farbe der Erde nur noch verstärkte, die jenseits der Dünen unter der feinen Sandschicht zu erahnen war. Rote Erde ... Es war, als pulsiere Blut unter der Oberfläche dieser Insel und als strahle sie deshalb solche Wärme aus. Matthieu wischte sich über die Stirn. Der Schweiß lockte seltsame Insekten an, die bei Sonnenuntergang geboren wurden und nach nur wenigen Minuten aus Angst vor der Dunkelheit starben. Der junge Geiger setzte sich an die Felskante. Auf dem Wasser schaukelte sanft das Schiff, die Ankerkette hing straff im ruhigen Wasser. Die Matrosen waren zur *Aventure* zurückgekehrt und hatten sich auf Deck zusammengesetzt, um sich gegenseitig die haarsträubenden Geschichten zu erzählen, die von den wenigen Soldaten des Gouverneurs stammten, die lebend nach Frankreich zurückgekehrt waren. Es hieß, die

Anosy rissen die kleinen Kinder benachbarter Dörfer in Stücke, um ihre Geschlechter auszurotten und sich ihrer Zebuherden zu bemächtigen, verspeisten die Herzen ihrer Gegner, um ihre Kraft in sich aufzunehmen, und banden ihre Gefangenen mit ausgestreckten Armen über einem Termitenloch fest, damit die unersättlichen Insekten sich einen Weg durch ihre Bauchhöhle bahnten. Dies ist doch die Insel, die die Melodie der Seele zu ihrem Rückzugsort auserkoren hat!, dachte Matthieu empört, während er sich vorstellte, welche Foltermethoden sich die Mannschaft noch ausmalen würde. Sie hatten jedes Recht, Beklemmung zu verspüren, aber doch nicht aus Angst vor herbeifantasierten Ungeheuern, sondern angesichts solch immenser Reinheit!

Als die Nacht die Bucht umfing, holte der junge Mann seine Geige aus dem Beutel. Seit dem Duett für den Sonnenkönig in Versailles am Abend vor seinem Aufbruch hatte er nicht mehr darauf gespielt. Noch nie zuvor war sein Bogen so lange unberührt geblieben. Er betrachtete das Instrument einen Moment lang, als sähe er es zum ersten Mal, bestaunte seine Formen und den eleganten Schnitt. Dann ließ er sich damit in einer abgelegenen Ecke nieder. Bevor er die Geige ansetzte, zupfte er an den Saiten, die einen exakten Tanz ausführten. Er hielt inne. Da war nun also seine Musik, wartete nur auf ihn … Er bewegte die steif gewordenen Finger, brachte schließlich die Violine in ihre natürliche Position und schlug ein paar lange Noten an, um das Instrument mit der Hand zu stimmen, die den Bogen hielt.

Endlich schloss er die Augen und spielte. Kein ganzes Stück, sondern kurze Phrasen verschiedenster Herkunft, die spontan entstanden, sich im Korpus tummelten und endlich hinausdrängten. Jahrelang hatte die Musik ihm Zugang zu Welten verschafft, die ihm eigentlich verwehrt waren, in jener Nacht sah er in ihr jedoch die Möglichkeit, in seine eigene Welt zurückzukehren oder vielleicht sogar ein ganz neues Universum zu erschaffen, das so jungfräulich war wie die Erde, die seine Füße nun berührten. Und er ließ sich von ihr entführen, setzte sich neben Nathalie vor die mehlbestäubte Tür des Zuckerbäckers und fing eine Träne auf, die seiner Freundin über die blasse Wange rann.

Plötzlich holte ihn etwas aus seiner Verzauberung zurück. Er sah sich um. Die Soldaten waren eingeschlafen, jeder einzelne von ihnen. Wie war das möglich? Hielt denn niemand Wache? In diesem Moment vernahm er ein seltsames Geräusch.

Und dann sofort wieder Stille.

Er spitzte die Ohren. Nichts zu hören. Die schlafenden Soldaten …

Er spielte noch eine Phrase. Ein Legato, das den Grundton hielt, dann zur Dominanten aufstieg und dort verweilte, aber an Intensität immer weiter zunahm …

Er hielt inne und sah sich nach beiden Seiten um.

Stil… Da, wieder dieses Geräusch!

Und dann hörte er es klar und deutlich: einen dumpfen Schlag gefolgt von einer Frequenz, die er nicht einzuordnen wusste, einer Vibration, als ob jemand energisch an der tiefsten Saite einer Harfe zupfen würde. Matthieu drehte sich rasch um. Es war nichts zu sehen, niemand zu erkennen. Einen Moment lang hielt er die Luft an. Er schloss die Augen. Da, wieder das Geräusch und auch noch aus verschiedenen Richtungen! Wo steckte bloß La Bouche? War er mit den Seeleuten zum Schiff zurückgekehrt?

Er spielte die Notenfolge noch dreimal und erhielt jedes Mal eine Antwort. Der junge Mann stand auf und schritt mit der Geige in der Hand zum Rand der Ruinen. Er hatte keine Fackel dabei, die brauchte er aber auch nicht. Der Vollmond der vorherigen Nacht zeigte sich noch immer prall und rund. Er hatte den Himmel hell erleuchtet und warf silberne Lichtreflexe auf die riesigen Formationen aus poliertem Stein, auf die unmögliche Pflanzenwelt, die überraschende Mischung aus aggressiven Kakteen und zarten Hibiskusblüten. Matthieu hätte sich beinahe dazu hinreißen lassen, nun doch an die Geschichten zu glauben, die den Matrosen solche Angst einjagten, er verbannte sie aber aus seinen Gedanken und ging weiter.

Die Landschaft schien sich mit jedem Schritt zu verändern. Manchmal hatte er das Gefühl, sich inmitten einer Theaterkulisse aus Pappmaché zu befinden. Er stieg gerade einen Hang voller Schalentiere hinauf, die von innen heraus zu leuchten schienen, als er auf einmal etwas entdeckte.

Den Ursprung des Geräusches?

Er versuchte, die Dunkelheit mit Blicken zu durchdringen. Es handelte sich um mehrere Gestalten oder vielmehr ihre Schatten, die sich auf einem Hügel in den Himmel reckten. Matthieu hätte beinahe kehrtgemacht und wäre dorthin zurückgerannt, wo er hergekommen war, irgendetwas hielt ihn jedoch zurück. Die Figuren wirkten so leblos. Er kam einige Schritte näher. Es handelte sich weder um Menschen noch um ihre Schatten – es waren Platten aus Ton, die man senkrecht in die Erde gerammt hatte, umgeben von unzähligen mit Zebugeweihen geschmückten Stäben.

Während der Geiger dieses Monument betrachtete, verstummte die Schwingung. Wohin war sie verschwunden? Er versuchte, die Töne zu entwirren, die ihn umgaben, die Laute einen nach dem anderen durchzugehen, um eine auditive Karte der Landschaft zu erstellen und einen Hinweis auf die Vibration zu entdecken, aber zum ersten Mal in seinem Leben fühlte er sich dazu nicht in der Lage. Der Wind hatte nachgelassen. Die Blätter raschelten nicht. Das Einzige, was er angesichts dieses Kreises aus Steinplatten und Pflöcken noch vernahm, war das Rauschen des Meeres in der Ferne, zart und tödlich wie das Brummeln einer Löwin.

Und dann verspürte er zum ersten Mal diesen Schmerz in den Ohren wie ein glühendes Eisen, das seinen Kopf in perfekter und unerträglicher Symmetrie durchbohrte.

10

Das Schiff legte am Abend des nächsten Tages ab. Vom Rand der Klippe aus beobachtete Matthieu, wie die geschwollenen Segel es vorantrieben. Der breite Streifen, den die *Aventure* im Wasser hinterließ, zog sich quer durch die Bucht in Richtung Osten. Jetzt gab es kein Zurück mehr. Bis der Frachter wieder herkommen und ihn hier abholen würde, hatte er drei Monate Zeit. Drei Monate und eine schier unlösbare Aufgabe, bei der er nur von dem Kapitän und einem Dutzend Elitesoldaten unterstützt wurde, die gegen die Dämonen des Usurpators wohl wenig ausrichten konnten, wenn ihr vager Plan fehlschlug. La Bouche stand reglos am Strand. Die Wellen verschlangen seine Stiefel bis zu den Knöcheln, während der zitternde Umriss des Schoners auf den Horizont zuhielt. Kurz darauf ließ jemand den Vorhang herunter, und die Nacht legte sich über Land und Wasser.

Der Kapitän kehrte ins Fort zurück. Auf einmal schien er über neue Energie zu verfügen. Er rief seinen Offizier zu sich, und die beiden stiegen auf einen der noch verbliebenen Geschütztürme, um das mondbeschienene Terrain zu analysieren. Es ging darum, den angemessensten Weg ins Innere der Insel auszuwählen und sich auf die Suche nach der Priesterin zu machen. Matthieu stieß zu den beiden Männern.

»Wir sollten jetzt schon aufbrechen«, schlug der Offizier vor.

»Damit bin ich einverstanden«, stimmte La Bouche zu, ohne den Blick von der Landschaft abzuwenden. »Wenn wir nachts reisen, können wir der verfluchten Hitze entgehen und laufen weniger Gefahr, einer Patrouille des Usurpators zu begegnen. Wir müssen sein Dorf erreichen, ohne von den Waffen Gebrauch zu machen.«

»Ich sage den Männern Bescheid.«

»Einen Moment…«, unterbrach ihn Matthieu.

»Was ist?«

Das Geräusch… Dasselbe langsame Trommeln, der gleiche schwingende Laut, der dieses Mal ohne Pause ein ums andere Mal wiederholt wurde.

»Da ist es schon wieder.«

La Bouche und der Offizier hörten offensichtlich nichts.

»Was denn?«, drängte der Kapitän.

Matthieu antwortete nicht. Wie hypnotisiert ging er dem Geräusch nach.

La Bouche zögerte einige Sekunden. Dann gab er schließlich den Soldaten ein Zeichen, damit sie ihre Sachen zusammensuchten und dem Geiger folgten, ohne ihn zu stören. Der Musiker verließ das Areal der alten Festung und nahm den gleichen Weg wie in der Nacht zuvor. Er hielt auf die Hügel am Wasser zu. Mit jedem neuen Laut korrigierte er die Richtung. Nachdem er die Ruinen hinter sich gelassen hatte, wurde das Gelände immer zerklüfteter, er ging jedoch mit der Sicherheit dessen weiter, der davon überzeugt ist, den richtigen Weg eingeschlagen zu haben. Er lief an der Grabanlage mit den Steinplatten und Pfählen vorbei, ohne ihr Beachtung zu schenken, durchquerte einen schlammigen Palmenhain und betrat ein unendliches Geröllfeld voll riesiger Felsen, glatt und schwarz wie der Rücken eines Wals. Matthieu wurde schneller und half sich beim Überqueren der dunklen Brocken mit Händen und Füßen.

»Das Geräusch kommt von dort«, erklärte er den anderen, als sie ihn einholten.

Er deutete auf eine Grube in der roten Erde, gesäumt von einer Gruppe Felsen, die sich darum scharten wie Schildkrötenpanzer. In der Mitte der Kuhle wuchs ein riesiger Baobab. Der Mond projizierte Bilder aus dem Jenseits auf seinen Stamm. Dieser war so dick, dass ein halbes Dutzend Männer ihn mit den Armen nicht hätten umfassen können, und er erhob sich wie der Wachturm einer Festung mit einem Strauß verkümmerter Ästchen in der Baumkrone als Standarte. Neben dem Stamm knisterte ein Lagerfeuer, und daran wärmte sich …

»Mein Gott!«, rief La Bouche aus.

»Ein kleiner Junge …«, staunte Matthieu. »Er ist es, der den Laut erzeugt …«

Ein menschliches Wesen, hier auf der Mondinsel.

Es handelte sich um einen Anosy-Jungen, der nicht älter als fünf sein konnte. Er spielte auf einer Erdsitar, dem einfachsten Instrument, das Matthieu je gesehen hatte: ein kurzer Ast am Boden mit zwei Sisalsaiten, die vibrierten, wenn man sie mit zwei Stöckchen anschlug. Matthieu musste an das Pochen denken, das er vom Schiff aus gespürt hatte. Das Kind schien die Anwesenheit der Franzosen nicht zu bemerkten. Es war wie ein Halbgott, der einer konkreten Pflicht nachkam: das Herz der Insel am Leben zu erhalten und jeden einzelnen Herzschlag auszulösen.

»Das gefällt mir gar nicht«, murmelte La Bouche und nahm die Umgebung in Augenschein. Die Männer hätten sich, ohne mit der Wimper zu zucken, einem ganzen Bataillon der österreichischen Armee entgegengestellt, der Anblick des Jungen mit der Sitar löste in ihnen jedoch eine Beklemmung aus, die ihnen die Kehle zuschnürte. Immer wieder sahen sie sich nach allen Seiten um und erschraken bereits bei der Berührung eines Windhauchs am Arm. Ein paar von ihnen verspürten ein Schwindelgefühl und bereuten es, von den Beeren gegessen zu haben, die an Büschen im Fort wuchsen. Die Soldaten begannen zu diskutieren. La Bouche hieß sie schweigen und überlegte, wie er am besten mit dem umgehen sollte, was er da vor sich hatte.

Matthieu verspürte keine Angst. Er schloss die Lider und gab sich den Schwingungen der Sitar hin. Vor seinem inneren Auge stand nur ein einziges Bild: wie er selbst als fünfjähriger Knirps mit dem Stock fürs Seifekochen Violine gespielt hatte an jenem Tag, an dem Onkel Charpentier ihm dann enthüllt hatte, dass jede Note und auch jede Pause göttliche Liebe in ihrer reinsten Form sind.

»Lasst uns hinuntergehen«, entschied schließlich der Kapitän, der begierig war, für das alles eine Erklärung zu finden.

Sie stiegen durch eine Felsspalte in die Senke hinunter. Kaum waren sie ein paar Schritte auf den Baobab zugegangen, unter dem der Junge saß, als ein Dutzend Männer – Männer? – vom Stamme der Anosy hinter Felsbrocken im hinteren Teil der Grube hervorkam und über das Gestein hinweg auf sie zuschlich.

»Das ist eine Falle!«, rief La Bouche und zog das Schwert aus seiner Scheide. »Kampfaufstellung!«

Die Soldaten gehorchten und nahmen Verteidigungshaltung an, sie begriffen aber sofort, dass diese Eingeborenen nichts mit ihrer Vorstellung von den blutrünstigen Kriegern des Usurpators zu tun hatten. Sie waren dürr wie Windhunde, wirkten krank, geistig entrückt. Unter ihnen gab es auch Frauen mit leeren Brüsten, die sich das Haar mit Diademen aus Lehm hochgesteckt hatten. Ihre nackten Körper waren von oben bis unten mit roter Erde bedeckt. Waren das etwa Dämonen, die herumirrenden Geister toter Anosy? Sie trugen keine Waffen und taten nichts weiter, als die Neuankömmlinge aus großen roten Augen anzustarren, während sie das Kind in einem zitternden Kreis umgaben. Aus ihrer Mitte trat ein Greis hervor. Er machte einige Schritte auf den Kapitän zu und blieb dann stehen.

So einen Menschen hatte Matthieu noch nie gesehen. Die Falten, die sein Gesicht durchzogen, schienen eher vom Alter der Insel zu zeugen als von seinem eigenen. In den lehmigen Fingern hielt er ohne Druck ein Vogeljunges. Dieser Mann war ein Teil der Erde, auf der er stand. Seine Füße waren mit Asche bedeckt, die dünnen, vertrockneten Beinchen waren wie Bambusröhren.

»Kaum zu glauben …«, murmelte La Bouche. Er hielt dem Blick des Alten stand.

»Was denn?«

»Er ist es …«

»Wer?«

»Der alte König«, erklärte der Kapitän und versuchte, sich Bilder ins Gedächtnis zu rufen, die die Feuer der letzten Schlacht vor zehn Jahren überlebt hatten.

»Dieser Mann ist der frühere König der Anosy?«

»Ich würde ihn unter einer Million dieser verfluchten Neger wiedererkennen.«

»Ich dachte, sein Sohn hätte ihn erledigt.«

»Ich ebenfalls«, raunte der Kapitän. »Und vielleicht war es ja auch wirklich so.«

»Was meint Ihr?«

»Sieh ihn dir doch an, er ist nur noch Haut und Knochen«, sagte La Bouche und betrachtete den Eingeborenenherrscher, der zu einem hilflosen Greis geworden war, mit einer gewissen Enttäuschung.

Der Kapitän hob langsam sein Schwert und berührte die Arme des Mannes mit der stumpfen Seite, um sich zu vergewissern, dass sein Gegenüber auch aus Fleisch und Blut war. Der alte Mann, der kein Wort gesagt hatte, drehte sich zu den Felsen am hinteren Rand der Grube um.

Dann nahm in der Dunkelheit ein neuer Schatten Form an.

Matthieu fiel sein Gang auf, die gemächlichen Schritte, ganz anders als die hektischen Bewegungen der Anosy, die sich um das Kind mit der Sitar scharten. Der Mann überragte sie alle. Er war barfuß, trug aber eine Kniehose und ein Hemd. Er war …

Er war weiß.

Reflexartig nahmen die Soldaten Abwehrhaltung an. Der Mann stieg in aller Seelenruhe die Felsen hinunter und kam auf sie zu. Er blieb neben dem alten König stehen. Er war blass, hatte lange Arme und einen Bart, der genauso blond war wie das glatte Haar. Er nahm sie alle unter die Lupe. Beim Kapitän verharrte er und kniff die Augen zusammen. Matthieu erkannte, dass der ungläubige Ausdruck auf La Bouches Gesicht sich bis ins Unendliche steigerte. Es war, als hätte er ein Gespenst gesehen.

»Du?«, brachte er schließlich hervor.

»Sag meinen Namen«, antwortete der Schatten mit tiefer Stimme.

»Aber …«

»Sag meinen Namen«, wiederholte er. »Ich muss ihn einfach hören.«

»Pierre?«

»Sag ihn noch einmal.«

»Pierre Villon, der Arzt?«

»Picrre Villon, dein Bordarzt. Verdammt noch mal, wie sehr ich die *Fortune* vermisst habe!«

Beide brachen in nervöses Gelächter aus und fielen sich in die Arme. Der Kapitän konnte nicht anders, als sich noch einmal von dem Mann zu lösen und sich zu vergewissern, dass er auch wirklich der war, der er zu sein schien.

»Pierre …«

»Kapitän …«

»Entschuldige, aber ich weiß gar nicht, was ich sagen soll!« La Bouche lachte wieder, wurde dann jedoch sofort ernst. »Ich hatte dich für tot gehalten …«

»Ich weiß«, entgegnete der Arzt.

Sie konnten gar nicht aufhören, sich gegenseitig anzustarren.

»Mein Gott, zehn Jahre sind inzwischen verstrichen …«

»Ich versichere dir, dass alles in Ordnung ist.«

Unwillkürlich umfasste La Bouche den Griff seines Schwertes. Für seinen Freund würde er alles tun.

»Bleib dicht bei mir. Wir holen dich sofort hier heraus. Sind hinter den Felsen noch mehr von ihnen? Haben sie Waffen?«

»Ganz ruhig, Kapitän, ich bin kein Gefangener«, erklärte Pierre seltsam gelassen.

»Aber …«

»Seit damals hat sich viel verändert«, unterbrach er seinen Freund lächelnd und sah ihm in die Augen. »Genieß einfach mit mir das Wiedersehen.«

La Bouche warf einen kurzen Blick in die Gesichter dieses erbärmlichen Grüppchens von Eingeborenen.

»In Ordnung«, stimmte er schließlich zu, entspannte sich und schob das Schwert zurück in die Scheide.

Pierre atmete tief durch und nahm wieder einen feierlichen Tonfall an.

»Ich war immer davon überzeugt, du würdest früher oder später zur Mondinsel zurückkehren. Als die Anosy mir gesagt haben, dass auf der Insel Fremde gesichtet wurden …«

Die Anosy … Er sprach von ihnen, als gehöre er zu ihrem Stamm. La Bouche sah einen Moment lang ihr Oberhaupt an. Vielleicht stimmte es ja, dass sich die Dinge geändert hatten. In den Augen des Alten flackerte kein Feuer mehr, und selbst seine Eckzähne wirkten stumpf. Der Kapitän war völlig durcheinander. Obwohl Pierre ihn bat, sich durch die Anwesenheit der Eingeborenen nicht stören zu lassen, überkamen ihn wieder die Bilder jener schrecklichen Szenen, die er eigentlich seit zwei Jahrfünften in den hintersten Winkel seiner Erinnerung verbannt hatte: eine Myriade von Flößen, die die *Fortune* umringen, brennende Pfeile in den Segeln, das Blut seiner Männer, das die Mauern der Festung tränkt.

Pierre zog ihn in Richtung Lagerfeuer mit sich. Er wollte sich ihn einmal genau anschauen.

»Diejenigen, die es bis zum Schiff zurück geschafft hatten, mussten sofort auslaufen …«, entschuldigte sich der Kapitän wieder und zeigte diesmal nicht seine übliche Arroganz. »Ich hätte mich davon überzeugen sollen, dass keine Überlebenden an Land zurückbleiben, aber ich hatte mit den wenigen Besatzungsmitgliedern, die sich noch auf den Beinen hielten, ja kaum das Schiff unter Kontrolle.«

»Ich mache dir deshalb keine Vorwürfe«, stellte Pierre klar. »Ich konnte es selbst kaum glauben, als ich Stunden nach dem Angriff wieder aufwachte. Auf mir lag ein toter Krieger, und sein Beil steckte …« Er zeigte auf seinen rechten Unterarm, über den eine riesige Narbe verlief. »Ich muss mir wohl den Kopf gestoßen haben, als wir stürzten, hatte aber noch Zeit, um ihn aus nächster Nähe zu erschießen. Ich habe keine Ahnung, wie ich eigentlich atmen konnte, während ich ohne Bewusstsein war. Dieser Teufel wog so viel wie ein Ochse!«, rief er aus und lachte, als er merkte, dass ihm das Sprechen schwerfiel. »Mein Gott, ich habe Schwierigkeiten mit meiner eigenen Muttersprache!«

Da den Soldaten inzwischen klar war, dass sie heute Abend wohl nicht mehr kämpfen mussten, verteilten sie sich über das Areal, behielten dabei allerdings jede Bewegung der Anosy im Auge. Matthieu fand, dass nun der geeignete Moment gekommen war, um näher zu treten. Der Kapitän stellte ihn vor, und die drei Männer setzten sich gemeinsam ans Feuer. La Bouche konnte es immer noch nicht begreifen. Sein Freund benahm sich, als seien diese Eingeborenen seine Familie. Der Kapitän warf einen kühlen Blick zu den Kriegern hinüber, die schüchtern hinter den Felsen hervorschauten. Der Lehmgreis hatte sich ebenfalls an Pierres Seite niedergelassen. Ein wenig abseits schlug das Kind noch immer die Saiten der Sitar an und brachte so unerwartete, eindringliche Melodien hervor, die sich aneinanderschmiegten wie ein Chamäleon an einen Ast, von einem zum nächsten schwirrten wie die von Pausen durchzogene Aufregung des Libellenflugs.

»Diese Schlacht, von der Ihr sprecht …«, signalisierte Matthieu sein Interesse.

»Die Nacht, in der Fort Dauphin fiel«, erklärte Pierre ganz ungezwungen.

»Das war ein tragischer Tag«, erinnerte sich der Kapitän. »Wir kehrten von Bengalen zurück und hatten hier einen Zwischenhalt geplant, um später Paris über den Stand der Dinge auf der Insel informieren zu können. Als wir gerade den Anker werfen wollten, erblickten wir etwa hundert Anosy, die sich anschickten, die Festung zu stürmen.«

»Was habt Ihr getan?«

»Wir haben zum Gefecht klargemacht und alle Boote an Bord zu Wasser gelassen, um unseren Landsleuten zu Hilfe zu eilen. In weniger als einer Stunde konnten wir den Angriff aufhalten und sogar einen Rückzug erzwingen. Und genau darin lag das Problem. Nach einem so bequemen Sieg hatte niemand damit gerechnet, dass die Anosy noch in derselben Nacht erneut offensiv werden würden.«

»Die Hälfte unserer Männer war betrunken«, entsann sich Pierre.

»Sie kamen von allen Seiten, Hunderte von ihnen, und von diesem Augenblick an …« So gerne La Bouche die Geschehnisse auch schildern wollte, in Gegenwart des früheren Anosy-Herrschers fiel ihm jedes Wort schwer. »Von diesem Moment an gab es nur noch Schreie des Entsetzens, verstümmelte Gliedmaßen und französisches Blut, das den Sand tränkte.«

Einige Sekunden lang war in der Baobab-Grube nur das plötzlich keuchende Atmen des Kapitäns zu vernehmen.

»Am nächsten Tag«, übernahm jetzt Pierre, »betraten die Frauen des Stammes das Schlachtfeld, um die Toten zu durchsuchen und zu plündern. Sie bemerkten, dass ich noch am Leben war.«

»Du hattest Glück, dass sie nicht in diesem Moment kurzen Prozess mit dir gemacht haben …«

»Wenn der König nicht gewesen wäre«, fuhr der Arzt fort und warf dem Lehmgreis einen liebevollen Blick zu, »dann hätten sie mich dort auf der Stelle erschlagen. Eine bessere Warnung für alle Schiffe, die es in Zukunft wagen würden, sich der Insel zu nähern, konnte es doch gar nicht geben! Ich erwartete auch nichts anderes, also begann ich, die Wunde an meinem Arm zu versorgen, um mich abzulenken. Dabei ignorierte ich die Schneiden ihrer Äxte und die Blicke, die mich durchbohrten. Ich dachte wirklich, es wären meine letzten Handgriffe, also beschloss ich, sie so sorgfältig wie möglich auszuführen«, lachte er. »Vorsichtig kauterisierte ich die Haut mit meinem eigenen Pulver, ging dann bis zum Wasser und legte einen Algenverband an, so wie ich es in Indien gesehen hatte, und …«

»Und?«

»Und ohne es geplant zu haben, hatte ich damit den Anosy-König davon überzeugt, dass ich ihm lebendig mehr brachte als tot. Er bat mich, meine Fertigkeiten zu nutzen, um seine verletzten Untertanen zu heilen.«

»Ich kann immer noch nicht fassen, dass du wirklich mit ihnen zusammengelebt hast.«

»Zunächst hielt ich es für eine Wiedergeburt in der Hölle. Bald aber wurde mir klar …«

Er verstummte.

»Was wolltest du sagen?«

»Die Anosy haben nur ihr Land verteidigt, Kapitän. Sie beschützten lediglich ihre Frauen und Kinder, ihre Traditionen.«

Er nahm einen Schluck Wasser aus einer länglichen getrockneten Frucht, die er bei sich trug. Dieser französische Arzt faszinierte Matthieu, denn ihn umgab trotz der äußeren Umstände eine Aura von Glück und Zufriedenheit und sogar Stolz auf diejenigen, die ihn doch einst zu töten versucht hatten.

»Wenn ich ehrlich sein soll«, sprach Pierre weiter, »klammerte ich mich zunächst an die Idee, dass König Louis eine Flotte schicken würde, um hier alles dem Erdboden gleichzumachen. Ich setzte mich auf die Steine des Forts, den Blick auf den Horizont geheftet, und wartete. Aber die Tage vergingen und dann die Monate, und schließlich verlor ich die Hoffnung, je wieder nach Frankreich zurückzukehren. Das Gute war«, unterstrich er und blickte dabei La Bouche an, »dass meine wissenschaftliche Neugier wieder erwachte. Ich fragte mich, was wohl jenseits der Wüstenlandschaft hier an der Küste alles zu entdecken war.«

»Verdammter Biologe…«, knurrte der Kapitän endlich ein wenig entspannter. »Du hattest immer schon mehr für Tiere als für Menschen übrig.«

»Eines schönen Tages etwa zwei Jahre nach der Schlacht«, erzählte Pierre nun weiter, »erhob ich mich morgens von meinem Lager und war fest entschlossen, endlich die Reise ins Innere der Insel zu unternehmen. Das war die klügste Entscheidung meines Lebens! Ich durchquerte feuchte Urwälder, deren Bäume kein Sonnenlicht durchließen, und bestieg ein Gebirge höher als die Alpen. Bei jedem Schritt erstaunte mich der Reichtum dieses Eilands aufs Neue… Meine Reise dauerte fast sieben Jahre.«

»Sieben Jahre!«, rief Matthieu aus.

»Ihr könnt euch nicht vorstellen, was ich im Inland alles gesehen habe«, sprach der Arzt leidenschaftlich weiter. »Was wissen denn schon die naiven Zoologen der Académie royale des sciences oder die Botaniker, die in Versailles ihre Herbarien anlegen? Madagaskar ist ein in sich geschlossenes Paradies, eine Arche Noah mitten im Ozean. Ich lebte hier unter Säugetieren mit langen Schwänzen, die sich für Menschen halten und mit hoch erhobenen Armen tanzen, ich bin umgeben von Pflanzen, die bluten, und Insekten, die größer sind als meine Hand. Und seht euch doch nur diesen Baobab an: Die Anosy erzählen, dass ihr Gott eines Tages voller Wut den Baum dort ausriss, wo er vorher gestanden hatte, und ihn mit aller Kraft fortschleuderte, so dass er nun kopfüber in der Erde steckt und seine unansehnlichen Wurzeln in den Himmel reckt. Auf dieser magischen Insel ist alles möglich.«

»Ich bewundere deine Leidenschaft«, bemerkte Matthieu so ungezwungen, als würden sie sich schon lange kennen.

»Warum erzählst du mir nicht etwas über dich?«, schlug Pierre unerwartet vor. »Denn eines kann ich dir versichern, ich lechze danach, meiner Muttersprache zu lauschen.«

»Unser Musiker lebt in einer völlig anderen Welt«, bemerkte La Bouche.

Matthieu warf ihm einen ausdruckslosen Blick zu.

»Mit etwas Interessanterem als deiner Geschichte kann ich wohl kaum dienen.«

»Im Ernst, du siehst mich an, als wäre ich ein Gespenst«, lachte der Arzt. »Vielleicht bin ich das ja wirklich und weiß es nur nicht.«

Pierre und La Bouche plauderten weiter darüber, wie sich die Dinge in Frankreich nach dem kürzlichen Tod Colberts verändert hatten, dessen Nachfolge der Marquis de Louvois angetreten hatte. Dann drehte sich das Gespräch um gemeinsame alte Bekannte und frühere Heldentaten. Dabei kam auch der verrückte Gilbert zur Sprache, der alte Haudegen, der die bekannte Sopranistin Virginie du Rouge geehelicht hatte. Matthieu hörte schweigend zu und ließ sich vom Knistern der Flammen mitreißen, die in nur wenigen Augenblicken zum Leben erwachten und erstarben. Sie veränderten vor seinen Augen die Form so wie diese Insel aus roter Erde und schwarzem Stein, auf der alles ein einziges fantastisches und vor Lebensenergie überschäumendes Wesen zu nähren schien.

Ein Wesen, das sie nicht aus den Augen ließ.

Und das auf den richtigen Moment wartete.

11

Das roséfarbene Leuchten am Horizont überraschte sie beim Gespräch über die Epidemie, die bei ihrer Überquerung des Golfs von Aden ausgebrochen war. Pierre dachte daran voller Mitleid mit den Todesopfern, aber auch voller Wehmut. Jeder Moment seines Lebens an Bord, selbst in härtesten Zeiten, erschien ihm nun episch.

»Seeschlachten hatten damals ihren eigenen Ehrenkodex«, erklärte er Matthieu zu La Bouches Genugtuung. »Die Offiziere waren echte Gentlemen und respektierten einander.

Das Gesicht des Arztes wurde ernst. La Bouche wusste, dass nun der richtige Moment gekommen war.

»Warum erzählst du uns nicht, was hier vorgefallen ist?«

Pierre seufzte und klang gequält, als er weitersprach.

»Wie gesagt lebte ich zwei Jahre lang im Schutze des alten Königs und wurde wie ein Familienmitglied behandelt. Es stimmt zwar, dass er jeden blutig bekämpfte, der versuchte, die Insel einzunehmen, das wissen wir ja besser als jeder andere, aber er lebte nicht für den Krieg. Bis er damals das erste Schiff der Ostindienkompanie versenkte, hatte er den Süden Madagaskars in einer fast idyllischen Regierungsform geleitet, basierend auf dem gegenseitigen Respekt der einzelnen Klane untereinander. Er hatte nicht damit gerechnet, dass sein wahrer Feind sein eigen Fleisch und Blut sein würde …«

»Wir haben vom Usurpator gehört.«

»Die Nachricht von Ambovombes Tat hat sich also bis nach Paris herumgesprochen?«, wunderte sich Pierre.

»Wir wissen, dass er alle Klane unterworfen hat.«

Der Arzt bedachte den alten König und die anderen Anosy, die in Grüppchen unter den Ästen des Baobabs schliefen, mit einem mitleidvollen Blick.

»Ambovombe hatte begriffen, dass er alle Anhänger seines Vaters vernichten musste, wenn er die Macht an sich reißen wollte. Stellt euch bloß vor, welcher Anblick sich mir bot, als ich von meiner Reise aus dem Inland zurückkehrte. Ich war in einem Paradies aufgebrochen und kehrte zu absoluter Zerstörung zurück, zu den Folgen einer Barbarei, die die Grenzen der Menschlichkeit weit überschritten hatte. Das herrschaftliche Dorf des Königs war niedergerissen worden, und vom Stamm waren nur noch die wenigen über, die ihr hier seht, die Einzigen, die entkommen konnten. Der Thronräuber hatte weder Frauen noch Kindern gegenüber Gnade gezeigt, seine Krieger waren mit den aufgespießten Körpern Neugeborener auf ihren Lanzen davonstolziert …«

Ihm versagte die Stimme, und er saß einige Sekunden mit hängendem Kopf da.

»Wie konnten die Oberhäupter der anderen Klane dieses Massaker bloß zulassen?«, fragte Matthieu. »Wenn sie sich vereint hätten …«

»Auf dieser Insel genügt es nicht, die Menschen auf deiner Seite zu haben. Damit dein Wort Gesetz wird, musst du einen Bund mit den Geistern eingehen.«

»Was willst du damit sagen?«

»Als Ambovombe sich gegen seinen Vater auflehnte, hatte er vorher schon den Willen seiner Gegner gebrochen, und zwar nicht nur durch die Angst, die seine Kriegerhorden verbreiten. Seine mächtigste Waffe entstammt dem Jenseits.«

»Aber was redest du denn da?«, unterbrach ihn La Bouche.

»Ambovombe erreicht alles, was er will, durch den Gesang seiner Priesterin. Wenn sie ihr Lied anstimmt, verfallen die Eingeborenen ihrem Zauber und werden zu Marionetten des Usurpators.«

»Seine Priesterin?«, flüsterte Matthieu.

»Diese Frau verkörpert den uralten Mythos der Insel: Sie ist die Mondesstimme. Man sagt, ihre Stimmbänder seien die Saiten, die die Natur anschlägt, und dass ihre Melodie die älteste aller Zeiten sei.«

Matthieu konnte kaum noch an sich halten. Newton hatte recht behalten! Es gab also noch Hoffnung für seine Eltern und Onkel Charpentier! Er hätte sich so gerne von den Emotionen mitreißen lassen und seinen Begleitern enthüllt, dass sie hier die Melodie der Seele in greifbarer Nähe hatten, den so gesuchten Schlüssel zu einer neuen Alchemie, sagte aber nichts. Es war entscheidend, dass Pierre die Geschichte der Melodie auch weiterhin für einen Mythos des alten Afrikas hielt und La Bouche die Angelegenheit als eine der vielen Hirngespinste des Sonnenkönigs einschätzte, der einfach zu viel Fantasie hatte; als den Wunsch nach einem weiteren Objekt, das dann in seinem Kuriositätenkabinett in Versailles vor sich hin stauben würde.

»Wie konnte jemand wie sie diesem Wilden in die Hände fallen?«, fragte Matthieu.

»Sie gehört zu den Hüterinnen der Stimme, und dieser Klan braucht ein starkes Königreich, das ihn beschützt. Die junge Luna hatte keine andere Wahl.«

»Luna?«

»So heißt die Priesterin.«

»Was weißt du sonst noch über diese Frauen?«, drängte ihn La Bouche.

»Nach ihrer Geburt übergeben sie alle männlichen Säuglinge an Familien aus Nachbardörfern und behalten nur die Mädchen. Und unter ihnen kommt von Zeit zu Zeit eine Mondesstimme zur Welt. Erkennen kann man sie an ihrem Weinen, wenn sie den Bauch einer Hüterin verlässt. Von diesem Moment an widmen sich alle anderen in Körper und Geist nur noch einer Aufgabe: Sie sind dafür verantwortlich, dass dieses Kind kein anderes Lied zu Ohren bekommt als die heilige Melodie.«

»Und so wird sie ohne äußere Einflüsse weitergegeben …«, folgerte Matthieu fasziniert.

»Genau so, wie sie zu Beginn der Zeiten zum ersten Mal ertönte«, schloss Pierre. »Ich habe vor einiger Zeit an einer ihrer Zeremonien teilgenommen.«

»Du hast sie singen hören?«, rief der Musiker aufgeregt aus.

»Schon vor Jahren, vor meiner Reise ins Innere der Insel. Es war ein Ritual zur Anrufung des Gottes Zanahary. Ambovombe, der damals schon Umsturzpläne schmiedete, bediente sich zu diesem Zeitpunkt bereits des Zaubers der Priesterin, um allen seine immer größere Macht zu beweisen. Ich weiß noch, dass die Oberhäupter verschiedener Stämme sich an einem Strand nahe Fort Dauphin versammelt hatten, um dort Zebus zu opfern. Das Blut war noch nicht getrocknet, als Luna erschien. Stellt euch die Szene nur vor: Vier Krieger trugen sie auf einem riesigen Schild aus geflochtenen Palmwedeln heran … Sie war fast noch ein Kind, ihre Schönheit betörte aber trotzdem alle. Wie eine Göttin stand sie stolz aufgerichtet auf dem rot verfärbten Sand und verbarg ihren nackten Körper unter Pelzen aus Lemurenschwänzen. Eine Frau aus ihrem Klan begleitete sie auf dem Schild und umfasste schützend ihren Kopf, damit sie keinen fremden Laut vernahm.« Pierre verstummte kurz. »Ich schwöre euch, als sie sich aufrichtete und zu singen begann, hielten die Wellen inne, und der Wind verstummte.«

Er schwieg kurz, als wolle er dieser Magie seine Ehre erweisen. Matthieu sah ihn unverwandt an.

»Hast du gerade gesagt, dass eine der Hüterinnen der Stimme ihr die Ohren zuhielt?«

»Ja.«

Der Musiker wandte sich zu La Bouche um. Er musste ihm die

Unterhaltung, die sie nach ihrer Begegnung mit Misson an Bord geführt hatten, nicht erst in Erinnerung rufen. Die Eingeborene an Deck der *Victoire* hatte sich beim Gesang des Griot ebenfalls die Ohren zugehalten!

»Diese Frau war nicht die Priesterin«, dämpfte La Bouche seinen Enthusiasmus.

»Was ist denn?«, fragte Pierre.

»Nichts, erzähl weiter.«

Aber der Arzt fuhr mit seiner Geschichte nicht fort. Er musterte sein Gegenüber, vielleicht war ihm das große Interesse des Kapitäns an diesem Klan der Frauen aufgefallen.

»Du hast mir immer noch nicht gesagt, warum du eigentlich zurückgekehrt bist«, bemerkte er schließlich. »Offensichtlich ja nicht, um mich zu suchen …«

»Ich muss eine Mission erfüllen.«

»Hier? Was für eine Mission denn?«

»Matthieu ist die Mission. Das ist alles recht kompliziert …«

»Und wirst du es mir nicht erklären?«

Der Kapitän zögerte einen Moment, beschloss dann aber, seinem alten Freund reinen Wein einzuschenken. Inzwischen war ihm nämlich in den Sinn gekommen, dass Pierre ihnen als Dolmetscher dienen konnte. Ihn schickte wirklich der Himmel.

»Matthieu soll die Melodie der Priesterin aufschreiben.«

Als Pierre diese Worte vernahm, wurde sein Gesichtsausdruck noch ernster.

»Ich fasse es nicht …«

»Ich weiß nicht, warum dich das so überrascht. Du kennst die exzentrischen Ideen unseres Herrschers doch so gut wie ich.«

»Das hätte ich mir ja denken können …«

»Was murmelst du da vor dich hin?«

»Du musstest auf diese Insel zurückkehren, um das Heiligste zu besudeln, was sie besitzt … Reicht es König Louis denn noch nicht, seine Ländereien in Übersee auszubeuten?«

»Pierre ...«

»Du hast recht«, lenkte er schließlich ein, »warum sollten wir uns wegen einer Mission streiten, die ohnehin nicht ausgeführt werden kann? Diese Frau lebt in Ambovombes uneinnehmbarem Dorf. Ihr könntet euch ihr nicht einmal nähern.«

»Außer Ambovombe lädt uns selbst in dieses Dorf ein.«

»Was zum Teufel redest du denn da?«

»Unser Herrscher hat uns aufgetragen, dem neuen König der Anosy unsere Aufwartung zu machen und ein Klima des Vertrauens zu schaffen, damit Matthieu die Melodie transkribieren kann.«

Pierre schwieg. Schließlich stand er auf und ging ein paarmal auf und ab.

»Frankreich macht einem Mörder seine Aufwartung ...«, knurrte er schließlich. »Eine Delegation ...«

»Angeführt von einem Musiker, der für ihn die schönsten Melodien europäischer Komponisten spielen wird. Gäbe es eine bessere Art, die Bestie zu besänftigen? Ist das nicht eine glänzende Idee?«

Vor dem Baobab wirbelte der Wind Staub auf.

Der Arzt wirkte verstört. La Bouche gab ein übertriebenes Seufzen von sich und stand auf.

»Komm her«, sagte er.

Er legte Pierre den Arm um die Schultern und führte ihn ein wenig abseits. Matthieu fiel wieder ein, dass La Bouche es nach ihrem Streit zu Beginn der Reise, noch vor dem Halt auf Gorée, mit ihm genauso gemacht hatte. Er betrachtete die beiden Männer, die sich langsam vom Feuer entfernten. Zunächst wollte er ihnen eine gewisse Intimität lassen, dann aber änderte er seine Meinung und ging ohne jede Bedenken zu ihnen hinüber.

»Ich brauche dich, Pierre, du musst mich begleiten«, beschwor La Bouche den Arzt gerade.

Dieser dachte, er hätte nicht recht gehört.

»Was?«

»Ich bitte dich um Hilfe, zwing mich nicht, mich aufs Betteln zu verlegen. Meinen eigentlichen Dolmetscher habe ich bei Missons erster Breitseite verloren.«

»Erst erzählst du mir, dass du diesen Mörder aufsuchen willst, und jetzt soll ich auch noch an der Expedition teilnehmen ...«

»Es ist doch nicht meine Schuld, dass er es ist, der über diese Insel herrscht!«, unterbrach ihn La Bouche.

»Du solltest dich schämen! Wir reden hier von dem Mann, der mein Volk ausgerottet hat!«, schrie Pierre erschrocken.

»Verdammt noch mal, du bist Franzose! Hör auf, so zu reden, als hätte dich ein Negerweib geboren!«

Pierre machte ein paar Schritte rückwärts. Sein Gesichtsausdruck zeugte von großer Traurigkeit.

»Wo ist nur der Kapitän früherer Zeiten geblieben, der Held all der Geschichten am Lagerfeuer?«

La Bouches Stimme wurde sanfter.

»Du wirst genug Zeit haben, um dich von dem alten Mann zu verabschieden.«

»Als ich von meiner Reise zurückkehrte und sah, was Ambovombe getan hatte, da versprach ich, ihn nie wieder allein zu lassen.«

Bislang hatte Matthieu sich aus der Unterhaltung herausgehalten, beschloss jetzt aber, sich einzumischen.

»Der alte König hat ihm schließlich das Leben gerettet«, warf er ein.

»Und Pierre hat die verwundeten Anosy geheilt!«, erzürnte sich La Bouche. »Das Leben der Krieger, die noch am Tag zuvor meine Männer massakriert hatten! Hat er seine Schuld damit nicht zur Genüge beglichen?«

»Er lebt seit zehn Jahren auf dieser Insel! Warum könnt Ihr ihn jetzt nicht einfach in Frieden lassen?«

»Aber was zum Teufel ist denn mit dir los?«, brüllte ihn der

Kapitän nun an. »Siehst du denn nicht, dass ich für deine verfluchte Mission Himmel und Erde in Bewegung setze? Ich brauche einen Dolmetscher!«

»Wir hätten auch dann weitergemacht, wenn wir Pierre hier nicht begegnet wären!«

La Bouche zog sein Schwert aus der Scheide und fuchtelte wütend damit herum, während er auf Matthieu und den Arzt zuging.

»Jetzt hört schon mit dem Gejammer auf! Ihr werdet euch meinen Befehlen beugen, ob es euch nun passt oder nicht!«

Sein Kinn zitterte, die wuterfüllten Augen schienen fast aus ihren Höhlen zu treten. Matthieu und Pierre starrten ihn ungläubig an. Der Kapitän bereute augenblicklich, sich so aufgeführt zu haben.

»Wir sind gerade erst hier eingetroffen, und schon verliere ich die Nerven …«, murmelte er entschuldigend.

Er ließ das Schwert fallen.

»Ich denke, wir müssen alle ein wenig ausruhen«, gab Matthieu jetzt gelassener zu bedenken.

Pierre schlug die Hände vors Gesicht und ließ sich auf die Knie fallen. Eine Heerschar schlafender Gedanken erwachte mit einem Mal und suchte in seinem ungeübten Hirn nach einem Platz. Er flog über den Ozean und erreichte schließlich Paris. Schon seit Jahren hatte er sich diese Vorstellung verwehrt. Er dachte an all das, was er zur wissenschaftlichen Gemeinschaft beitragen konnte, wenn er lebend nach Frankreich zurückkehrte, an das Vergnügen, neben dem Brunnen von Notre-Dame den gepflasterten Gehsteig entlangzuspazieren. Vor allem aber dachte er an seine Familie. Seit zehn Jahren hielt man ihn für tot. Sie hatten es verdient, ihn noch einmal in die Arme schließen zu dürfen.

Er ließ sich zu Boden sinken und rollte sich zusammen. Das Lagerfeuer verglühte langsam. Gedämpft vom feinen Nebel am Horizont, erhellten die ersten Sonnenstrahlen die Krone des Baobabs. Der Wind bewegte die dünnen Zweige, der Stamm schien zu stöhnen. Er war lebendig, vielleicht weinte er sogar.

Matthieu konnte es nicht ertragen, Pierre so zu sehen. Er ballte die Hände zu Fäusten. Am liebsten hätte er sich auf diesen unbarmherzigen Seemann gestürzt, aber es stimmte ja tatsächlich – auch wenn Matthieu seine Methoden nicht immer guthieß, hatte La Bouche stets für seine Sicherheit gesorgt. Der Musiker schluckte seinen Stolz hinunter und legte sich im Schutz des Baobabs nieder. Er schloss die Augen und schwor insgeheim, sich in Zukunft besser unter Kontrolle zu haben. Von nun an wollte er sich auf das beschränken, was man in Paris von ihm erwartete. Er durfte seine Aufgabe nicht einen Moment lang vergessen. Was hatte er sich bloß dabei gedacht? Er war doch nach Madagaskar gekommen, um Luna zu finden und ihre Melodie niederzuschreiben, die heilige Melodie der Seele, die Melodie der Seele, der Seele …

Auf einmal ereilte ihn wieder der Ruf des von Newton verfassten Manuskripts in seiner Tasche. Es schrie geradezu danach, gelesen zu werden. »Jetzt ist der Moment gekommen«, sagte er sich. Er kramte zwischen den leeren Notenblättern herum und faltete das Papier hastig auseinander. Er war ein wenig enttäuscht, als er entdeckte, dass es sich nur um wenige Sätze handelte, die man mitten auf das Blatt geschrieben hatte:

Sonne, deine Strahlen berühren mich nicht.
Blinzle in die Dunkelheit wie zum Anbeginn.
Und ich, dein Mond, vergieße Tränen über der Frucht.
Was bist du ohne mein Liebkosen?
Und was kann ich tun, außer zu schreien,
wenn du erlischst?

Eine Weile sann er über mögliche Deutungen der Rätselschrift nach, aber alle Auslegungen, die ihm in den Sinn kamen, erschienen ihm zu weit hergeholt. Wie hatte Charpentier bloß glauben können, dass er mit dem Erreichen der Insel schon die tiefere Bedeutung dieser Zeilen erfassen würde? Er schob das Pergament zurück in die Tasche. Dann fuhr er mit der Hand über den glatten Stamm des Baumes. Vom Boden aus wirkte dieser noch riesiger. Er ist bestimmt zweihundert Jahre alt, dachte der junge Mann. Er war erschöpft. Inzwischen war der Tag vollends angebrochen. Matthieu musste sich unbedingt ein wenig ausruhen, denn sie würden sich bald auf den Weg machen …

Von der Gruppe der Anosy her erklangen Anrufungen ihrer Ahnen, die sie mit einem Blick gen Himmel vor sich hin murmelten. Während ihre monotone Litanei ihn durch das Labyrinth zwischen Wachen und Traum führte, glaubte Matthieu, eine tiefe Stimme zu vernehmen, die dem Inneren des Baumes entstammte: »Kein Baobab ist wirklich alt im Vergleich zur Erde, zu der er gehört …« Matthieu schlug die Augen auf. War er etwa eingeschlafen? Er hatte schwören können, die Worte wirklich gehört zu haben. Besaß denn auf dieser Insel alles eine Melodie oder Stimme? Er sah sich nach Pierre und La Bouche um. Die beiden hatten sich nicht von der Stelle gerührt. Auch die Anosy verharrten weiter an ihrem Platz, aber irgendetwas hatte sich verändert. Es kam ihm vor, als sei er aus einer langen Ohnmacht erwacht … aus einer Ohnmacht, die mit dem Tod seines Bruders begonnen hatte. Oder vielleicht sogar schon viel früher? Ein riesiger Baobab, der zweihundert Jahre alt war. Wie jung! Matthieu fühlte sich so unbedeutend, dass es ihm lächerlich vorkam, überhaupt noch vor irgendetwas Angst zu haben. Warum hatte er sich bloß so lange wie ein Schwächling verhalten? Er, der doch in der Lage war, den Puls der Insel zu vernehmen … Er presste das Ohr an den Boden und spürte, noch viel tiefer, den Herzschlag jenes riesigen Planeten, der dennoch so klein war, dass ihn ein Musiker mit seiner Geige über der Schulter auf einem Schiff umrunden konnte. Er hatte das Gefühl, dass er Jean-Claude berührte, wenn er über die Rinde des Baobabs strich, und auch seine Mutter, das Dienstmädchen Marie. Was geschieht bloß mit mir?, fragte er sich. Habe ich etwa von weitem die Melodie der Seele vernommen und spüre jetzt schon ihren Einfluss? Mit Anbruch des Tages verflog unter den Anrufungen der Geister der roten Erde jedenfalls all seine Beklemmung, und er träumte, dass er sich in Saint-Louis neben dem Blasebalg der Orgel wiegte.

12

»Matthieu …«

Er erschrak. Es war La Bouche, der seinen Namen rief. Der junge Mann hatte das Gefühl, dass kaum eine Minute verstrichen war, die Sonne stand jedoch bereits hoch am Himmel. Pierre und der Offizier der Patrouille standen beim Kapitän. Inzwischen schienen sich alle beruhigt zu haben. Der Arzt erklärte ihnen, wie sie das Dorf des Usurpators erreichen konnten, das in zwei Tagesmärschen Entfernung in einem Kaktushain errichtet worden war.

»Ambovombes Krieger werden unsere Soldaten niemals an ihren Weiler herankommen lassen«, warnte sie Pierre. »Und ich muss euch wohl nicht sagen, dass wir sehr wenige sind, um uns ihnen entgegenzustellen.«

»Wir wollen ja auch nicht kämpfen.«

»Uns wird wohl kaum Zeit bleiben, ihnen das zu erklären.«

Matthieu war gerade erst aus seinem zu kurzen Schlaf erwacht, aber trotzdem arbeitete sein Verstand schneller und besser als je zuvor.

»Daher werden nur wir drei gehen«, erklärte er mit überzeugender Selbstsicherheit.

Alle wandten sich zu ihm um.

»Was sagst du da?«, entgegnete der Offizier.

»Nur der Kapitän, Pierre und ich.«

Nur sie drei … La Bouche entging nicht, dass sich Matthieus Blick, seine Art zu sprechen und selbst seine Körperhaltung verändert hatten.

»Woran denkst du?«, erkundigte er sich.

»Auf diese Weise werden sie sich nicht bedroht fühlen. Unterwürfiger können wir uns kaum zeigen.« Er stand auf. »Sollen wir diesem König denn nicht untertänig begegnen?«

»Glaubst du wirklich, dass du ohne unsere Unterstützung so weit kommen wirst?«, hielt ihm der Offizier vor.

»Um mit der Stirn den Boden zu berühren, brauchen wir keine Soldatenschwadron.«

Alle schwiegen.

»So wird es gemacht!«, verkündete La Bouche schließlich mit lauter Stimme.

»Wie bitte?«

»Verstärkt eure Position im Fort und wartet auf unsere Rückkehr!«, ordnete der Kapitän an.

»Ich kann diesem Befehl nicht Folge leisten!«

»Wir werden innerhalb des vorgesehenen Zeitraums zurück sein.«

»Habe ich mich etwa nicht klar ausgedrückt?«

Einige Sekunden lang schwiegen beide Männer. Der Offizier schlug jetzt einen Tonfall an, der zwar durchaus herausfordernd klang, aber vor allem seine Besorgnis deutlich machte.

»Und wenn sich die Dinge nicht so entwickeln, wie Ihr erwartet?«

La Bouche atmete geräuschvoll ein. Er dachte an die letzte Schlacht in Fort Dauphin, an das Feuer, das Blut seiner Männer, das Feuer, das Feuer … Er stieß die ganze Luft mit einem Mal wieder aus.

»Was auch passiert, lasst Euch bloß nicht einfallen, uns zu folgen. Auf gar keinen Fall! Wenn ihr bis zur Rückkehr der *Aventure* nichts von uns gehört habt, dann fahrt nach Frankreich zurück und berichtet Minister Louvois von den Vorkommnissen hier.«

Matthieu atmete zufrieden durch und stellte sich hoch aufgerichtet dem prüfenden Blick des Offiziers. Er zog die Möglichkeit zu scheitern nicht einmal in Erwägung.

Die Soldaten wünschten ihnen Glück. Der Lehmgreis betrachtete sie von einem Felsen herunter aus den Augenwinkeln und war beim nächsten Wimpernschlag verschwunden. Pierre rieb die Hand über die Erde und fuhr sich damit durchs Gesicht, so dass der Staub rote Streifen hinterließ. Der Junge, der die Sitar gespielt hatte, lief einem Seevogel hinterher. Jetzt wirkte er nur noch wie ein Kind, nicht mehr wie ein Gott. Die drei Franzosen verließen die Baobab-Grube und traten ohne einen Blick zurück die Reise zu Ambovombes Dorf an.

La Bouche marschierte hoch erhobenen Hauptes vorneweg. Er wollte sich nicht noch mehr Vorhaltungen anhören müssen. Matthieu war erschöpft, ließ es sich aber nicht anmerken. Während er voranstapfte, dachte er immer wieder an die Priesterin, die am Ende des Weges für ihn singen würde, eingehüllt in eine Wolke aus Lemuren. Dies waren Affen mit großen Augen und Ohren, die sich auf zwei Beinen fortbewegten und ihren langen gestreiften Schwanz in Form eines Fragezeichens einrollten, das wie ein Symbol des ungewissen Schicksals dieser seltsamen Delegation wirkte.

Am Vormittag des dritten Tages blieb Pierre auf einer Anhöhe stehen.

»Dort hast du dein Inferno«, sagte er zum Kapitän.

Matthieu kniff die Augen zusammen, um im grellen Sonnenlicht etwas erkennen zu können, und fragte sich, ob er sich nicht eigentlich darüber freuen sollte, endlich am Ziel zu sein.

Es handelte sich zweifellos um eine Höllenblase mitten im Paradies, um verseuchte Erde. Wie ihnen Pierre bereits erzählt hatte, drängten sich die Hütten von Ambovombes Klan auf einem gerodeten Areal inmitten eines undurchdringlichen Meeres aus Kakteen, die den Grund eines Tales bewuchsen. Dorthin gelangen konnte man nur über einen schmalen Pfad inmitten der Nadeln. Abgesehen von diesem kaum zu überbietenden natürlichen Schutzwall wurde Ambovombes Reich aus Staub, Qualm und angehäuften Waffen von den Horden der Anosy-Krieger bewacht, die aus anderen Dörfern herbeiströmten, um sich dem Schutz des immer mächtiger werdenden neuen Königs zu unterstellen. Sie hatten auf den Hängen rundherum ihre Hütten errichtet.

Das Dorf im Talkessel berücksichtigte die strikten astrologischen Regeln, die das Leben der Anosy bestimmten. Die größten Hütten, die Ambovombe und seinen Frauen gehörten, waren am nordöstlichen Rand der Siedlung erbaut worden, welcher in ihren Zeremonien als Ort der Verbindung mit den Vorfahren galt. Von diesem Punkt ausgehend folgten die Behausungen der restlichen Dorfbewohner. Die Größe ihrer Hütte hing von ihrer Stellung in der Hierarchie ab, die durch Abstammung und Alter jedes Klanmitglieds bestimmt wurde. Am südwestlichen Rand des Weilers drängten sich die Pferche der Sklaven und des Viehs. Für die Anosy war das irdische Dasein ein Abbild ihres Jenseits, und da dieses auf vier Eckpunkte ausgerichtet war, die vier Kräfte oder Werte darstellten, musste auch jedes menschliche Bauwerk diese vier Pole berücksichtigen. Die Ordnung der Himmelsrichtungen ins Ungleichgewicht zu bringen konnte nur Tod und Unheil bedeuten.

Einige Sekunden lang hörte man kein Geräusch außer dem niemals nachlassenden Säuseln des Windes und dem schicksalhaften Gruß, den ein Rabe ihnen von einem Pfahl her entgegenkrächzte.

»Lasst uns endlich hinuntergehen«, drängte La Bouche.

Ohne ein einziges Wort begannen die drei Männer den Abstieg. Sie betraten die Siedlung am Rande des Dornentals. Die Lagerfeuer vor den Hütten verstärkten die unerträgliche Hitze nur noch und erfüllten alles mit dumpfem Rauch. Matthieu konnte nicht anders, er musste immer wieder schlucken. Mit vorgerecktem Kinn schritt er aus und betrachtete aus den Augenwinkeln die ungläubigen Mienen der Krieger. Die rote Haut der

Anosy schien mit der Erde zu verschmelzen. Abgesehen davon ähnelten sie in nichts den schwächlichen Geistererscheinungen, in die sich die Überlebenden aus dem Klan des alten Königs verwandelt hatten. Diese Menschen wirkten tatsächlich wie kriegerische Bestien, kräftig und muskulös. Viele der Kämpfer waren von Narben gezeichnet, und einige trugen auch Verletzungen aus jüngerer Vergangenheit zur Schau, wie man an den Schwellungen und dem Eiter erkennen konnte, der auf ihrer Haut trocknete. Ihre Körper waren mit Bändern und Fellstreifen grotesk geschmückt, und sie hatten das Haar nach hinten geflochten, so dass nichts den Blick von ihren teuflischen Fratzen ablenkte. Die Frauen hatten ihren Schopf mit Lehm in Form gebracht und das Gesicht mit einer Maske aus einem weißen Staub bedeckt, den sie aus einer Baumrinde gewannen. Sie trugen Amulette, einige davon mit Quarzen und Perlen, die von früheren Angriffen auf arabische Seeleute stammten, andere mit unförmigen kleinen Tieren, die sie bei Geisterbeschwörungen benutzten.

»Warum hält uns niemand auf?«, fragte La Bouche.

»Weil sie keine Angst vor uns haben. Dein Plan scheint aufzugehen.«

Es war so, als hätte man schon immer auf sie gewartet. Niemand stellte sich ihnen in den Weg oder belästigte sie. Die Anosy starrten sie einfach nur reglos an, und einige streckten den Arm nach ihnen aus, ohne sie zu berühren. La Bouche strich über den Griff seines Schwertes. Man vernahm nichts außer ihren Schritten und dem Knistern der Flammen. Sie gingen weiter bergab, bis sie plötzlich auf die ersten Kakteen des Dornenwalds stießen. Eine Gruppe Krieger kontrollierte den Pfad zur Lichtung, auf der die Hütten von Ambovombes Dorf standen. Matthieu spannte jeden einzelnen Muskel an, aber wieder geschah gar nichts. Und erneut hatte er dieses Gefühl … Ob es wohl stimmte, dass man sie erwartete? Warum hielt sie niemand auf?

Pierre sprach mit dem Mann, der das Kommando zu haben

schien. Matthieu und La Bouche wussten nicht, was gesagt wurde, der Eingeborene rief jedoch einem Jugendlichen eine Anweisung zu, der auf dem Pfad davonlief, zweifellos um ihre Ankunft zu melden. Die anderen traten zur Seite und machten Platz, um sie vorbeizulassen. Es dauerte eine ganze Weile, bis sie das Ende des Weges erreichten. Dort nahm sie ein Dutzend bewaffnete Krieger in Empfang. Pierre wechselte wieder ein paar Worte mit ihnen. Sie diskutierten, und es kam zu einem Streit unter den Eingeborenen, den Pierre jedoch geschickt zu schlichten vermochte. Schließlich erlaubte man ihnen, das Dorf zu betreten, folgte ihnen aber auf dem Fuße, um jede ihrer Bewegungen zu überwachen.

Genau wie an den Hängen des Tales brannten auch hier mehrere Feuer. Es war kein Windhauch zu spüren. Die Hitze war unerträglich. Die Eingeborenen schwitzten, und das Fett, das sie für die Haarpflege benutzten, lief ihnen übers Gesicht. Im Hintergrund waren ständig Schreie und Geheul zu hören. Was für ein Tumult war das bloß?

Sie umrundeten die Unterkünfte der Sklaven und gingen in nordöstlicher Richtung weiter. Es war, als würde man in einen blutigen Albtraum eintauchen.

»Das ist eine Zeremonie zur Anrufung Zanaharys«, erklärte Pierre und blickte stur geradeaus.

Man konnte ihn bei dem Getöse kaum verstehen.

»Einer ihrer Götter?«

»Der einzige Gott der Anosy.«

Überall sah man rot verfärbte Körper, zum einen wegen der Pigmente, die sie der Erde entzogen, zum anderen wegen des Blutes der Tiere, die während der Zeremonie geopfert worden waren. Die Frauen stimmten mit entrücktem Blick schrille Gesänge an. Die Männer tanzten geduckt und mit weit ausgebreiteten Armen, als ahmten sie einen Vogel nach. Gewaltsam schlugen sie mit zurechtgeschnitzten Pfählen auf den Boden. Das Dorf ging in albtraumhaftem Chaos unter. Niemand schien die Anwesenheit der Franzosen zu bemerken.

»Wird Luna singen?«, frage Matthieu.

»Das glaube ich kaum. Es handelt sich um ein Ritual, bei dem die Ahnen angerufen werden. Sie sind die Vermittler zwischen ihrem Gott und den Menschen. Sie bitten ihre Vorfahren, bei Zanahary für sie Fürsprache zu halten und ihm irgendein Anliegen vorzutragen, ich kann aber nicht so ganz verstehen, worum es geht ...«

Der Schamane, ein einäugiger Greis, leitete die Zeremonie und verrenkte die Glieder in zuckenden Bewegungen. Nach kurzem Erstaunen kam er langsam auf sie zu. Er rollte mit seinem einzigen Auge, während er über das Kreischen der Frauen hinweg kurze Stoßgebete ausrief. Als ob er erraten hätte, dass Pierre der Einzige war, der ihn verstehen konnte, redete er aus kurzer Entfernung auf ihn ein und blies ihm sauren Atem ins Gesicht, während er sein Haar berührte.

»Bewegt euch nicht ...«

»Übersetz uns, was er sagt ...«

»Ich kann ihn nicht verstehen ... Er ist in Trance und stößt zwischen einzelnen Wörtern oft nur ein Grunzen aus ...«

Der Schamane drehte sich um, ließ erst einmal von den Fremden ab und trat vier Kriegern entgegen, die ein riesiges Zebu herbeiführten. Der Höhepunkt des Rituals war gekommen. Mitten auf der Lichtung fesselten sie das Tier mit Blick nach Nordosten, so als wären seine Hörner die Nadeln eines Kompasses. Der kräftigste der Männer erhob eine Machete, die einem besonderen Reinigungsprozess im Meer unterzogen worden war, und hielt sie über den Buckel des Tieres, während er gebannt darauf wartete, dass der Schamane seine Gebete zu Ende sprach. Die Ältesten näherten sich dem Rind von hinten, rissen ihm Schwanzhaare aus und warfen sie in die Flammen eines Lagerfeuers, dessen schwarzer Rauch den gierigen Ahnen das Opfer ankündigte. Der Schamane schleuderte dem Himmel einen schrillen Schrei entgegen. In diesem Moment ließ der Mann mit der Machete die Klinge mit aller Kraft niedersausen und zerteilte den Buckel mit einem sauberen Schnitt. Das im Todeskampf zuckende Zebu versuchte sich zu befreien und bespritzte die Umstehenden mit seinem Blut. Der Anosy ging einen Schritt zurück und versetzte ihm unter dem Kinn einen neuen Schlag mit der Machete. Die Läufe des Tieres knickten ein, und es stürzte seitlich neben dem Lagerfeuer nieder. Wie von Sinnen kreischten die Eingeborenen und warfen sich auf das Zebu, um es in Stücke zu reißen. Die Alten teilten sich die rohen Innereien, während die jüngeren Stammesmitglieder sich um die spitzen Hörner rissen.

Matthieu sah sich um. Staub, sengende Sonne, deren Strahlen den Rauch durchbrachen, ein Schutzwall aus Kakteen, Schreie, blutunterlaufene Elfenbeinaugen, Pfähle, die auf dem Boden aufgeschlagen wurden. Der Blick des Medizinmanns fiel wieder auf sie. Sein Ausdruck… Der Mann stand blutüberströmt da und verkündete etwas mit lauter Stimme. Mit einem Mal wirkte er wieder klar im Kopf. Matthieu begriff, dass die Situation nun ernst wurde. Die Dorfbewohner kamen langsam auf sie zu.

»Das kann nicht wahr sein …«, murmelte der Arzt.

»Was geht hier vor sich?«

»Er sagt, dass ihr Gott ihre Gebete erhört und ihnen die Schuldigen geschickt hat.«

»Die Schuldigen?«, echote Matthieu besorgt.

»Meint er damit uns?«, rief La Bouche aus. »Woran sollen wir denn schuld sein? Erzähl ihnen, warum wir hier sind! Sag ihnen, dass wir eine Delegation des Königs von Frankreich sind!«

Er zog das Schwert aus der Scheide, einer der Krieger, die sie herbegleitet hatten, riss es ihm aber augenblicklich aus der Hand. Langsam und unerbittlich verschluckte die Flut roter Körper sie wie ein Lavastrom. Matthieu konnte nichts mehr sehen, er rollte zwischen Hunderten von Füßen auf dem Boden herum und hatte

Erde in Augen und Mund. Irgendwo hörte er den Kapitän und Pierre dumpf schreien. Er wurde gepackt und an Händen und Füßen gefesselt.

Man brachte sie zur größten Hütte im Dorf. In deren Inneren befand sich nichts außer dem Stumpf eines Baobabs mit eingeschlagenen Metallringen, an denen man sie nun mit Lianen festband. La Bouche wehrte sich noch immer. Ein Krieger presste seinen Kopf zu Boden und machte mit Gesten deutlich, was ihm blühen würde, wenn er zu fliehen versuchte. Schließlich ließen sie die drei Männer allein. Bis auf das wenige Licht, das durch Ritzen in den hölzernen Wänden hereinfiel, war es in der Hütte dunkel.

»Was geht hier vor sich, Pierre?«, wollte Matthieu wissen.

»Warum hat man uns an diesen Ort gebracht? Hast du ihnen nicht erklären können, wer wir sind?«, drängte La Bouche.

Pierre aber schwieg und wandte den Blick nicht von einem großen roten Kreis auf dem Boden der Hütte ab.

»Das ist es nämlich, was deine Negerfreunde den ganzen Tag so treiben«, hielt La Bouche ihm vor. Seine Angst verbarg er hinter seiner übelsten Gereiztheit. »Sie werden uns das Herz rausreißen, um es in ihren Suppenkessel zu werfen.«

»Offensichtlich haben sie ja doch etwas von uns gelernt«, lautete die einzige Antwort des Arztes.

Matthieu lauschte den Geräuschen vor der Hütte. Wenn er versuchte, sie zu unterscheiden, kehrten jedoch die furchtbaren Ohrenschmerzen zurück, die er zum ersten Mal bei der Grabanlage nahe Fort Dauphin verspürt hatte. Vor lauter Angst und Nervosität konnte er seine geschmeidigen Finger nicht ruhig halten, die immer wieder versuchten, aus der Schlinge zu schlüpfen. Nach einer Weile gelang es ihm, die rechte Hand zu befreien. Einen Moment lang betrachtete er sein blutiges Handgelenk und die blau angelaufenen Finger.

»Schnell, lös meine Fesseln«, rief La Bouche, als er es bemerkte.

»Was zum Teufel macht ihr denn da?«, warf Pierre erschrocken ein. »Damit gebt ihr ihnen nur einen Grund, uns mit der Machete den Schädel einzuschlagen!«

»Das werden sie doch ohnehin tun!«

Sie hatten keine Gelegenheit mehr, eine Entscheidung zu treffen, da mit einem Mal die Tür der Hütte aufflog. Es war der Schamane, begleitet von einer Hand voll Eingeborenen mit Amuletten und brennenden Fackeln. Er trat an die drei Franzosen heran und schleuderte ihnen kurze Phrasen entgegen. Matthieu verbarg die Hände hinter dem Rücken.

»Frag ihn, wann der König uns empfangen wird«, drängte La Bouche Pierre erneut.

»Ich kann ihn nicht verstehen! Sei still!«

»Mach ihm klar, dass wir eine Delegation sind. Sag es ihm schon!«

Pierre versuchte, sich Gehör zu verschaffen, der Schamane verstärkte seinen Gebetston jedoch nur. Nachdem er den Schwanz des geopferten Zebus in der ganzen Hütte geschwenkt hatte, konzentrierte er seine beschwörenden Worte auf die nordöstliche Seite, den Bereich, in dem die Verbindung zu den Ahnen am stärksten war. Die anderen wiederholten, was er sagte, und erfüllten den Raum mit gutturalen Lauten, die sich mit dem Rauch der Fackeln vermischten. Die Luft wurde nach und nach zu einer stickigen Masse, so dass man kaum noch atmen konnte.

»Ambovombe wird uns nicht empfangen«, erklärte Pierre schließlich.

»Warum nicht?«

Der Kapitän versuchte wieder, sich loszureißen.

»Das ist zweifellos das Ende …«, stellte der Arzt seltsam ruhig fest, während sich zwei Krieger auf ihn stürzten.

Sie lösten die Lianen, mit denen er an den Ringen festgebunden war, einer hob ihn sich auf den Rücken und schleuderte ihn dann rüde in die Mitte des roten Kreises. Pierre wehrte sich nicht. Matthieu war entsetzt. Was scherte es ihn jetzt, ob sie sahen, dass seine Hände frei waren! Er robbte über den Boden, so weit, wie es seine Fußfesseln zuließen, und streckte die Hand nach seinem neuen Freund aus.

»Pierre!«, schluchzte er.

»Er sagt, dass der König ›die Stimme‹ verloren hat«, übersetzte dieser mit erstaunlicher Gelassenheit.

»Was zum Teufel soll das heißen?«, kreischte La Bouche.

»Ich weiß es nicht. Er sagt nur immer wieder, dass wir geopfert werden müssen, damit die Ahnen sie zurückbringen …«

Zwei Krieger pressten den Kopf des Arztes gegen den Erdboden. Der Schamane erhob eine Machete.

»Pierre, gib nicht auf! Erklär ihnen, dass wir Abgesandte des Königs von Frankreich sind. Verflucht, sag es ihnen eben noch einmal!«

Der Arzt schloss jedoch nur die Augen und wartete auf den Schlag.

Der Kapitän begann, so laut zu brüllen, dass seine Schreie die Beschwörungsformeln des Schamanen übertönten. Dieser folgte den einzelnen Schritten eines strengen Rituals, ritzte sich zunächst selbst an der Schulter die Haut ein und erhob die Waffe dann wieder. Sein Blut tropfte von der Klinge. Matthieu verbarg das Gesicht in den Händen. Was konnte er nur tun? Er dachte an das, was sie in der Baobab-Grube erlebt hatten. Wie war er bloß in diese furchtbare Situation hineingeraten? Was wurde hier von ihm erwartet?

Die Musik …

Er zog hastig die Violine aus dem Beutel, den er noch immer über der Schulter trug. Ihm zitterten die Hände. Er wollte den Bogen umdrehen, in der Eile rutschte er ihm aber durch die Finger und kam ein wenig entfernt auf dem Boden auf. Matthieu schlug das Herz bis zum Hals. Er streckte den Arm aus, so weit er konnte, es fehlten aber nach wie vor einige Zentimeter. Die Eingeborenen sprachen entrückt immer wieder die Gebete des Schamanen nach. Dieser hielt weiterhin die Klinge hoch und wartete den passenden Moment ab, um Pierre die Kehle zu durchtrennen, so wie er es mit dem Buckel des Zebus getan hatte. Matthieu legte all seine Kraft in einen verzweifelten Schrei und warf sich mit dem ganzen Körper in Richtung Boden. Die Fesseln zerrten an seinen Fußgelenken und schnitten in die Haut ein. Er griff genau in dem Moment nach dem Bogen, als einer der Krieger sich zu ihm umdrehte. Er gab dem Mann keine Gelegenheit, ihm den hölzernen Stab zu entreißen, sondern begann auf dem Boden ausgestreckt sofort zu spielen. Er konnte die Geige kaum gegen die Wange lehnen, um ihre richtige Haltung zu erreichen.

Sanfte Musik nahm die Hütte ein. Sie klang zunächst wie das leise Klagen eines Welpen, der in einer Ecke hockt, verwandelte sich dann jedoch nach und nach in eine deutliche Tonfolge, kurz, aber klar definiert, die mit jedem Takt an Intensität gewann. Warum spielte er bloß diese Noten?

Er warf den Eingeborenen einen raschen Blick zu und konnte es kaum glauben. Alle waren erstaunt verstummt und lauschten wie hypnotisiert der Melodie, die seinen Saiten entströmte.

Welch seltsame Kraft lenkt wohl meine Hände?, fragte er sich, ohne mit dem Spielen aufzuhören.

Er erinnerte sich an den Abend, als er in Versailles vor dem Sonnenkönig das Duett aus dem *Amadis* vorgetragen hatte. Damals hatte sein Bruder ihm die Inspiration aus jener parallelen Dimension geschickt, in der die Töne weiterleben. Jetzt wusste er, dass es nicht Jean-Claude war, der ihm half, aber irgendeine seltsame Kraft ließ seine Finger so ungezwungen über die Saiten gleiten. Es war keines seiner eigenen Werke und genauso wenig ein fremdes Stück, weder eine aktuelle noch eine klassische Komposition, doch – und er erschrak, als er auch diese dritte Möglichkeit ausschloss – er improvisierte auch nicht.

Was spielte er da bloß?

Er stimmte dieselbe Notenfolge immer und immer wieder an,

und schließlich dämmerte es ihm langsam. Ihm kamen Bilder von der Schiffsreise in den Sinn, er erinnerte sich an den Fieberwahn während des Sturms, als er sich beinahe in die Fluten gestürzt hätte, weil er davon überzeugt gewesen war, über Wind und Wellen hinweg die Priesterin singen zu hören … Es gab keinen Zweifel! Er wiederholte die Phrasen, die er sich bei dem Unwetter vorgegaukelt hatte! Aber wie konnte es denn sein, dass die Melodie sich derart in seiner Erinnerung festgesetzt hatte, wenn sie nicht einmal real gewesen war?

Die Flammen des Lagerfeuers spiegelten sich flackernd in der Klinge der Machete. Die Krieger starrten noch immer wie gebannt die Violine an. Matthieu wollte nicht darüber nachdenken, was jetzt geschehen würde, um den Zauber nicht zu durchbrechen. Auch Pierre und La Bouche wagten nicht, auch nur einen Muskel zu rühren, der eine auf dem blutigen Kreis am Boden zusammengerollt, der andere den Rücken am Baumstumpf. Matthieu spielte dieselbe Melodie immer wieder und ließ dabei Ende und Anfang nahtlos ineinander übergehen. Er bemerkte nicht einmal, dass der Usurpator höchstpersönlich die Hütte betrat, zum Schamanen hinüberging und ihm die Machete aus der Hand nahm.

Mit geschlossenen Augen spielte der junge Mann nun kaum noch vernehmbar weiter. Ambovombe roch nach feuchter Erde. Der Schweiß, der seinen Körper hinabrann, vermischte sich mit der Farbe, die jeden Zentimeter seiner Haut bedeckte, zu einer teigigen Masse. Seine Brust war von Narben bedeckt, wie es bei vielen der Krieger zu sehen war. Die silbernen Scheiben, die an seinem Gürtel hingen, glitzerten im Feuerschein. Der Musiker schlug die Lider auf und begegnete dem Blick aus den von Adern durchzogenen Augen des Wilden. Mit klopfendem Herzen nahm er das Spiel wieder auf, da er fürchtete, dass der Albtraum sonst von Neuem beginnen würde. Ambovombe lauschte aufmerksam den Noten, die die Geige hervorbrachte, bis er sie Matthieu mit einem Mal aus der Hand riss. Dann richtete er sich auf und betrachtete das Instrument neugierig. Er schob den Zeigefinger in die Löcher des Korpus, zupfte an den Saiten, drehte an den Wirbeln, roch am Holz und kratzte quietschend mit dem Fingernagel daran.

»Meine Geige«, brachte Matthieu keuchend hervor.

Aus Ambovombes Bauch stieg ein lautes Grummeln auf, und eine Gruppe Frauen eilte mit untertänig gesenktem Blick herbei. Der Herrscher erteilte ihnen ein paar knappe Befehle und verschwand dann mit der Violine im dichten Rauch.

13

Die Eingeborenenfrauen kamen den Männern vor wie die zahllosen Arme eines Kraken. Sie schnitten die Stränge durch, mit denen die drei Franzosen am Baumstamm gefesselt waren. Dabei hörten sie die ganze Zeit nicht damit auf, alle gleichzeitig auf sie einzureden. Pierre verstand kein einziges Wort. Als man sie herausführte und in die Beschneidungshütte brachte, welche als der vornehmste Ort im Dorf galt, raunte er seinen beiden Kameraden jedoch zu, dass vielleicht noch nicht alles verloren war.

Diese leere und karge Hütte unterschied sich von der vorherigen nur durch ihre Funktion und durch die größere Anziehungskraft, welche sie auf die Ahnen ausübte, die man in einer anderen, diffusen Dimension wähnte und die sich dennoch immer wieder in das alltägliche Leben der Anosy einmischten. Die Eingeborenen stellten einen ausgehöhlten Kürbis in eine Ecke der Hütte, der eine dunkle Flüssigkeit enthielt. Dann schütteten sie eine gelbliche Masse auf den Boden, die wie geröstetes Mehl aussah. Pierre hatte sich Verletzungen zugezogen, als er in den rituellen Kreis gezerrt worden war, und reinigte diese Wunden nun mit der Flüssigkeit. Er zögerte auch nicht, sich eine Hand voll des gelben Breis in den Mund zu schieben. Matthieu hatte weder Hunger noch Durst, er konnte sich kaum rühren und keinen klaren Gedanken fassen. An die Wand gelehnt saß er einfach nur da. Das Geigenspiel hatte ihn erschöpft, jeder Herzschlag war nun eine Anstrengung für ihn, aber trotz seines Zustandes stellte er sich immer und immer wieder die gleiche Frage: Welchen Verbrechens hielt man sie bloß für schuldig?

»Ich weiß nicht, was im Kopf dieses Wahnsinnigen vorgeht«, bemerkte Pierre kauend. »Was zum Teufel hast du da bloß gespielt? Überleg dir für nachher besser ein anderes Stück!«

Matthieu wollte lieber vorsichtig sein und nicht von der Melodie aus dem Unwetter sprechen, bevor er nicht genau wusste, was da eigentlich geschehen war.

»Erst einmal brauche ich meine Violine zurück«, entgegnete er deshalb nur und wandte sich genau in dem Augenblick zum Eingang der Hütte um, als jemand die Tür von außen öffnete.

Man brachte sie hinaus auf den Platz, auf dem das Zebu geopfert worden war. Die Eingeborenen wirkten wie ein einziger verschwitzter Körper mit Tausenden von Köpfen. Die Franzosen kamen in der Menge, die sich vor ihnen teilte, kaum voran. Der Rauch der Lagerfeuer und die drückende Hitze lagen wie eine Nebelglocke über dem Dorf, und das Atmen fiel schwer. Ganz hinten saß der Usurpator auf einem Thron aus Baumstämmen, die vier Krieger gerade mit spanischen Pesos überhäuft hatten.

»Was sollen die Münzen?«, murmelte Matthieu.

»Damit will er seine Untertanen beeindrucken«, erklärte Pierre.

Aber es handelte sich nicht nur um ein Zeichen von Prestige. Ambovombe hatte von klein auf die Franzosen studiert, die in Fort Dauphin Fuß zu fassen versuchten, und wusste, dass Silberpesos viel beständiger waren als die Glasperlen, die in Europa hergestellt wurden, um in Übersee die Eingeborenen zu übervorteilen. Seine große Intuition machte bei weitem seinen Mangel an Bildung wett, wenn man jemanden, der unter der Führung des weisen alten Königs aufgewachsen war, überhaupt als ungebildet bezeichnen konnte.

»Er ist nicht so einfältig wie andere Herrscher der afrikanischen Westküste«, bemerkte La Bouche. »Deshalb gibt er uns eine Chance.«

»Wenn es jetzt doch noch Hoffnung gibt, dann dank meiner Musik.«

»Seid still und senkt den Blick!«, riet ihnen Pierre und blieb vor dem Podest stehen.

Matthieus Herz machte einen Satz, als er sah, dass der Herrscher seine Geige bei sich hatte und sie grob am Hals umfasst hielt. Mehr als je zuvor empfand er sie als einen Teil seines Körpers, den man ihm entrissen hatte.

»Wo hast du die Musik gelernt, die du in der Hütte gespielt hast?«, fragte ihn der Usurpator ohne Umschweife.

Seine Stimme brannte wie glühende Kohlen.

Pierre übersetzte diese ersten Worte und erwartete die Antwort des Musikers mit derselben Ungeduld, die auch den Eingeborenen quälte.

»Sag ihm, dass ich sie im Herzen trage.«

»Matthieu …«

»Übersetz es, Pierre.«

»Verrat ihm endlich, was du da in der Hütte gespielt hast, dann kümmere ich mich um den Rest«, versetzte der Kapitän mit gedämpfter Stimme. »Mach jetzt nicht alles kaputt.«

»Ü-ber–setz es, Pierre«, wiederholte Matthieu und betonte dabei jede Silbe.

Der Arzt tat, wie ihm geheißen. Empörung spiegelte sich auf Ambovombes Zügen wider.

»Warst du schon einmal auf meiner Insel?«

Matthieu musste schlucken. Er konnte es kaum ertragen, dabei zuzusehen, wie der Herrscher ohne jedes Feingefühl mit seinem Instrument in der Luft herumfuchtelte.

»Nein.«

»Wie kannst du dann die heilige Melodie kennen?«, schrie Ambovombe nun zornentbrannt.

»Heilig?« Der Kapitän wandte sich zu Matthieu um.

»Weißt du etwa, wo diese Schlange steckt? Wann hast du sie singen hören?«

All die Emotionen, die Matthieu beim Anblick der Eingeborenen mit der Bronzehaut an Bord der *Victoire* verspürt hatte, überkamen ihn plötzlich aufs Neue. Er hatte doch gewusst, dass sie es sein musste! Seine Priesterin, seine Melodie! Einen Moment lang vergaß er völlig, wo er sich gerade befand, und liebkoste sacht seine Erinnerungen. Es machte ihn glücklich zu wissen, dass er immer einen Hauch ihrer Stimme in sich tragen würde, auch wenn sich ihre Wege nie wieder kreuzen würden.

La Bouche sah ihn entgeistert an.

»Also stimmt es doch ... Du hast im Sturm den Gesang der Priesterin gehört. Er stammte tatsächlich von ihr ...«

»Es war nur eine Phrase daraus«, entgegnete Matthieu und versuchte, die immer stärker brodelnden Gefühle in seinem Inneren unter Kontrolle zu bringen.

»Und die Frau«, murmelte der Kapitän weiter, »die du Tage später auf Missons Boot gesehen hast ...«

»Ich habe ja versucht, es Euch zu sagen. Als der Gesang des Griot erklang, hielt sie sich die Ohren zu ...«

»Das ist doch nicht möglich ...« La Bouche zermarterte sich das Hirn, um in Gedanken die Bilder der Sturmnacht heraufzubeschwören. »Sind wir etwa so nah an ihr Schiff herangekommen, dass du ihren Gesang vernehmen konntest?«

Pierre kam aus dem Staunen nicht heraus.

»Ihr wusstet, dass Luna mit dem Piraten geflohen ist?«

Ambovombes Miene wurde immer finsterer, während er auf eine Antwort wartete, die ihm der Franzose nicht gab. Seine Untertanen beobachteten ihn entsetzt. Seit der Flucht der Priesterin mit dem Korsaren überkamen ihn fürchterliche Wutanfälle, und einen solchen befürchteten sie nun. Schließlich brach es aus dem Herrscher heraus. Er brüllte etwas, das Pierre nicht verstand, und schleuderte die Violine in die Luft.

Sie drehte sich im freien Fall.

Matthieu hatte das Gefühl, dass die Zeit stehen blieb.

»Meine Geige ...«

Sie fiel mitten in die Menge, und einer der Anosy fing sie auf. Diejenigen, die um ihn herumstanden, brachen in nervöses Gelächter aus. Sie betrachteten das Instrument mit unbändiger Neugier, hatten gleichzeitig jedoch Angst, es zu berühren. Einer reichte es an den nächsten weiter, in Wirklichkeit wollten sie es aber eher loswerden, als ob sie sich daran die Finger verbrannten. Matthieu schob sich durch die Menschenmasse, drängte die Anosy beiseite und brüllte wie ein Verrückter. Ohne dass er so genau wusste, wie es eigentlich gekommen war, hielt er auf einmal seine Violine in den Händen. Er presste sie sich an die Brust und knurrte wie ein in die Enge getriebener Löwe.

»Schamane!«, schrie Ambovombe und versuchte, den Medizinmann in der Menge auszumachen. »Nehmt das Opferritual wieder auf!«

Die Münder von tausend Anosy öffneten sich zugleich und ließen ein Schnauben vernehmen, das von der fauligen Luft ihrer Lungen aus Lehm begleitet wurde. Jeder Widerstand war hier zwecklos. La Bouche versuchte, die Situation in eine neue Richtung zu lenken.

»Pierre, sag ihnen verflucht noch mal, dass ich ein Gesandter des Königs von Frankreich bin. Wiederhol es eben so lange, bis er es begriffen hat!«

Der Arzt versuchte, dem Satz einen feierlichen Anstrich zu verleihen. Ambovombe gebot seinen Kriegern mit einer zackigen Geste Einhalt und blickte sie einen Moment nachdenklich an.

»Euer Herrscher hat euch ganz allein auf meine Insel geschickt?«, fragte er schließlich.

»Wir brauchen keine Soldaten, um Euch seine Nachricht zu überbringen.«

»Habt ihr denn keine Angst vor mir?«

»Wir sind uns dessen bewusst, dass wir Eurem Willen ausgeliefert sind, dennoch leisten wir den Anweisungen unseres Souveräns Folge. Wir sind demütige Abgesandte und kommen in Frieden.«

Pierre gab sich größte Mühe, sorgfältig die richtigen Worte auszuwählen. Angesichts seiner unterwürfigen Schmeichelei beruhigte sich Ambovombe etwas, Matthieu aber traute dem Ausdruck auf seinem Gesicht nicht.

»Was bietet mir dieser König an, abgesehen von eurem Leben?«

»Die Musik, die Ihr in der Hütte vernommen habt«, mischte sich Matthieu selbstsicher ein und presste sich die Violine, die er fest umklammert hielt, noch enger an die Brust, »wer würde sie denn sonst für Euch spielen?«

La Bouche beglückwünschte Matthieu innerlich für diese Ausflucht. Selbst wenn die Ereignisse ganz anders verliefen als in Versailles vorhergesehen, war dies doch schließlich die Grundlage ihres Plans.

»Seine Majestät Ludwig XIV. schickt Euch diesen Musiker als Zeichen seiner Bewunderung angesichts Eurer wachsenden Macht«, brachte er seine vorbereitete Ansprache hervor und schusterte dann eine improvisierte Erklärung dafür zusammen, dass Matthieu die Melodie kannte. »Wie Ihr sehen könnt, kann er die Gedanken der Menschen lesen und alles spielen, was diese zuvor schon einmal gehört haben.«

Pierre übersetzte zu Ende. Matthieu warf La Bouche einen vorwurfsvollen Blick zu. Dieser war zu weit gegangen. Wenn Ambovombe ihn jetzt auf die Probe stellte, flogen sie alle auf.

Zum Glück fragte dieser nur: »Und was verlangt dein König im Gegenzug?«

Matthieu atmete auf, und auch La Bouche schöpfte wieder Hoffnung. Er musste den Augenblick nutzen, um den zweiten Teil seines Plans anzugehen.

»Ich bin gekommen, um Euch etwas anzubieten, nicht um Bitten vorzutragen«, antwortete er listig und verrenkte sich zu einer unnatürlichen Verbeugung. »Lasst uns doch unter vier Augen darüber sprechen«, schlug er vor. Ambovombe stieg von seinem Podest herunter. Die Eingeborenen drängten zur Seite, um ihn durchzulassen. Er trat auf die drei Franzosen zu und betrachtete sie aus nächster Nähe, so als wolle er ins Innere ihrer Augäpfel blicken. Dann bedeutete er ihnen, ihm zu folgen. Sie verließen den Platz gefolgt vom Schamanen und einer Gruppe Soldaten, die als Leibwache ihren Herrscher beschützten.

Während sie langsam voranschritten, begann der Kapitän seine Ausführungen: Wenn der Anosy-König der Kompanie die Erlaubnis erteilte, mit ihren Schiffen in Fort Dauphin der so ersehnten Handelstätigkeit nachzugehen, und man ihnen gestattete, die Rohstoffe der Insel zu nutzen, dann hätte jeder ihrer Frachter auch eine Ladung Waffen und Pulver für Ambovombes Soldaten mit an Bord.

Pierre konnte nicht glauben, was er da übersetzen sollte.

»Hast du gerade ›Waffen und Pulver‹ gesagt?«

»Ambovombe wäre es doch mit Sicherheit recht, das nicht alles einzeln durch Tauschgeschäfte erwerben zu müssen«, versicherte der Kapitän missmutig, als wolle er die Bedeutung seiner Worte herunterspielen. »Jetzt übersetz schon. Und wage es nicht, meine Worte noch einmal in Frage zu stellen.«

Pierre wusste genau, was er meinte. Bei ihrem Eintreffen in Fort Dauphin vor zehn Jahren war es den französischen Kapitänen verboten gewesen, unter den Eingeborenen Geld in Umlauf zu bringen. Daher hatten sie mit Gewehren bezahlen müssen, wenn sie von ihnen Sklaven oder Lebensmittel kaufen wollten. Ambovombe kannte die Macht des Pulvers, obwohl er seit der Vertreibung der Kolonisatoren kaum noch Möglichkeiten hatte, sich ein echtes Arsenal anzulegen. Inzwischen gelangte er nur noch durch geschmuggelte Piratenware an Waffen, dieses System war jedoch langsam und teuer: Für eine erwachsene Sklavin bekam er nicht mehr als zwei Gewehre, zehn Pfund Pulver und eine Flasche Branntwein, für einen jungen Sklaven auf der Höhe seiner Jugend und Kraft vier Gewehre, ein Klafter Linnen, einen Spiegel und zwei Flaschen Branntwein.

»Was soll das?«, empörte sich Matthieu.

»Du bist nicht der Einzige, der hier eine Mission zu erfüllen hat.«

»Ihr habt mich also vom ersten Tag an belogen ...«

La Bouche entschuldigte sich beim Anosy-Herrscher mit einer formellen Geste, bevor er seine beiden Begleiter beiseitenahm.

»Verdammt noch mal, dieser Wilde verliert gleich die Geduld.«

»Wusstest du davon?«, fragte Pierre Matthieu. »König Louis unterstützt Ambovombe ...«

»So wird es für ihn zumindest aussehen«, versuchte der Kapitän, sie in verschwörerischem Tonfall zu beschwichtigen. »Aber denkt doch mal daran – wenn wir uns endlich auf dieser Insel niederlassen, haben wir auch die Möglichkeit, seiner Grausamkeit Einhalt zu gebieten.«

»Unsere Anwesenheit wird ihm vielmehr die wenigen Aspekte menschlicher Grausamkeit nahebringen, die er bislang noch nicht kannte.«

»Waffen ...«, murmelte Matthieu. Er versuchte, sich mit dem Gedanken abzufinden, dass sein Anliegen jetzt nur noch zweitrangig war, denn La Bouche würde dieser Abmachung zuliebe die Suche nach der Melodie sicher bereitwillig aufgeben. »Wusste mein Onkel, Charpentier, von diesem doppelten Spiel?«

»Ich glaube kaum, dass der Sonnenkönig solche Staatsangelegenheiten mit seinen Musikern bespricht«, murmelte La Bouche.

Pierre sah ihn mitleidig an.

»Du bist derjenige von uns beiden, der sich in den letzten zehn Jahren verändert hat, Kapitän. Und zwar viel mehr als ich.«

Von diesem Moment an übersetzte er, was La Bouche ihm vorgab, ohne über die möglichen Folgen seiner Worte nachzudenken. Anders wäre es ihm überhaupt nicht möglich gewesen.

»Ich werde Euch mit mehr Waffen versorgen, als Eure Krieger je abfeuern können«, lockte der Kapitän Ambovombe.

»Aber dann werden auch Schiffe mit anderen Flaggen kommen«, wandte der Eingeborene ein und zeigte damit wieder einmal seine unglaubliche Intuition.

»Kümmert Ihr Euch um die dauerhafte Absicherung Eures Territoriums, und ich weise die Engländer und die Holländer in ihre Schranken«, zerstreute La Bouche seine Bedenken. Aber auch er war sich dessen bewusst, dass das Interesse anderer europäischer Kaufleute an Madagaskar wieder aufleben würde, wenn die Franzosen erst das Tor zur Insel geöffnet hatten. »Ihr müsst mir lediglich Eure Zustimmung erteilen, und ich werde umgehend nach Paris aufbrechen, um alles in die Wege zu leiten.«

Matthieu konnte nicht länger an sich halten.

»Kapitän, Ihr vergesst die Melodie.«

»Warum lässt du mich nicht wenigstens einen Teil der Mission erfolgreich zu Ende führen? Hast du denn immer noch nicht begriffen, dass es hier keine Melodie mehr zu kopieren gibt? Luna ist mit Misson entkommen!«

»Und die anderen Hüterinnen der Stimme? Sicher hat man bereits eine Nachfolgerin auserkoren!«

La Bouche schwieg. Daran hatte er nicht gedacht.

»Wo sind diese Frauen?«, knurrte er schließlich.

Ambovombe war es leid, dass die drei Männer die Köpfe zusammensteckten und er kein einziges Wort verstand, daher traf er eine Entscheidung.

»Als Kind war ich dabei, als mein Vater dem französischen Gouverneur die Hand reichte«, verkündete er mit lauter Stimme, »und ich war ebenfalls Zeuge, als dieser Verräter es ihm mit dem Feuer seiner Kanonen dankte.«

»Aber …«

»Ich höre den Rauch …!«

»Was sagt er da?«

»Der Rauch des geopferten Zebus, die Stimme der Ahnen!«

»Übersetz schon, Pierre!«, drängte La Bouche ungeduldig.

»Er spricht über den schwarzen Rauch des Rituals.«

»Welcher Rauch, verdammt noch mal?«

»Ich kann meine Ohren nicht länger vor seinen Worten verschließen!«, fuhr Ambovombe fort, bevor er sich vielsagend zum Schamanen umdrehte. »Ich will das Blut dieses Franzosen in einer Schale! Heute Nacht werden die Ahnen ihren Hunger stillen!«

»Und die beiden anderen?«

»Den Übersetzer und den Musiker will ich lebend!«

»Worüber reden sie?«, kreischte La Bouche. Der Arzt hoffte, sich verhört zu haben. »Pierre, sag ihm, dass er mit Sicherheit nicht das volle Ausmaß meines Vorschlags bedacht hat!«

Der Schamane zog die Machete und ging auf den Kapitän zu. Als er ihn gerade ergreifen wollte, machte dieser eine rasche Bewegung nach hinten, versetzte ihm mit dem Ellbogen einen Schlag ins Gesicht und brach ihm die Nase.

»Lauft!«

Ohne darüber nachzudenken, warfen sie sich zwischen die Hütten und suchten nach dem Pfad, der aus dem Dorf hinausführte. Wo war bloß der Ausgang? Und würde es ihnen jetzt überhaupt noch helfen, ihn wiederzufinden? Mit keuchendem Atem sahen sie sich nach allen Seiten um. Plötzlich nahm Matthieu einen widerlichen Geruch wahr, der die Luft erfüllte. Er rannte weiter, umrundete die Hütten der Sklaven und stieß auf etwas so Schreckliches, wie er es noch nie zu Gesicht bekommen hatte: In einem Kreis aus Asche lagen unter Holzspänen und Lederfetzen die Körper von dreißig gepfählten Frauen.

»Oh mein Gott …«

Er würgte. Auf einmal überkam ihn ein Schwindel, als hätte jemand ihm mit einem Sack eins über den Kopf gegeben.

»Das kann doch nicht sein …«, flüsterte Pierre entsetzt.

»Sind das …«

»Die Hüterinnen der Stimme. Der ganze Klan.«

Einige Sekunden verharrten sie reglos und betrachteten die geschändeten Körper. Einige waren vom Alter gebeugt gewesen, andere hatten noch nicht einmal die Pubertät erreicht, bevor man sie hierhin geworfen hatte, damit sie in der Sonne verdorrten. Nun waren sie nichts als leere Hüllen aus Ebenholz, durchbohrt mit jenem Wald aus angespitzten Pflöcken, und geschmückt mit Zebuhörnern. Aasgeier hatten bereits die meisten Fußsohlen zerhackt.

La Bouche wandte sich um, als der Schamane eintraf. Der Medizinmann strich mit der Hand über seine Machete. Ihm folgten der Usurpator und eine Hand voll Krieger.

»Ich weiß, wo Luna ist!«, brüllte der Kapitän plötzlich.

Ambovombe verspürte einen Stich in der Brust.

»Halt!«, rief er.

»Nein!«, knurrte der Schamane verzweifelt.

»Hüte deine Zunge«, warnte ihn Ambovombe. Er taxierte La Bouche mit seinen Blicken, eine Technik, mit der er seine Untertanen stets in Angst und Schrecken versetzte. »Was hast du da gesagt, du weißt, wo sie sich befindet?«

»Stellt Euch doch einmal vor, ich würde sie Euch zurückbringen«, schwärmte La Bouche nervös. »Das Volk der Anosy würde angesichts Eurer unendlichen Macht noch größere Ehrfurcht verspüren.«

Von der Flucht noch immer atemlos übersetzte Pierre seine Worte, so gut er konnte. Entsetzt lauschte Matthieu der Antwort des Wilden.

»Bring mir ihren Kopf, und ich erlaube Frankreich, wieder Schiffe nach Fort Dauphin zu schicken.« Ihren Kopf…, hallte es in Matthieus Gedanken wider. »Solange sie Waffen für mich mitbringen«, fügte Ambovombe hinzu.

Matthieu spürte, wie sich sein ganzer Körper verkrampfte. La Bouche hingegen konnte sich ein zufriedenes Lächeln nicht verkneifen.

»Was siehst du mich denn so an?«, fauchte er mit einem Mal. »Du bekommst deine Melodie, was schert dich da ihr Kopf?«

»Was für ein Albtraum …«, stöhnte Pierre und stellte Ambovombe furchtlos zur Rede: »Was haben diese Frauen bloß getan, um solch eine Bestrafung zu verdienen?«

»Sie wussten alle von den Plänen der Mondesstimme«, erklärte der Eingeborene eiskalt. »Das ist die Strafe, die Verräter verdienen.«

»Die meisten sind doch noch Kinder …«, murmelte Matthieu ungläubig und schüttelte den Kopf. »Wie hätten sie davon wissen sollen?«

»Wahrscheinlich hatten sie bereits ihre Nachfolgerin bestimmt …«, mutmaßte Pierre mit kaum vernehmbarer Stimme.

Ambovombe spuckte auf die Frau, die ihm am nächsten lag, und verließ diesen Ort, gefolgt vom Schamanen und den Kriegern.

La Bouche ging in die Hocke und schlug die Augen nieder. Matthieu schritt von einem Pflock zum nächsten und berührte das getrocknete Blut. Er kniete vor einer Hüterin mit langem, glattem Haar nieder, das ihr bis auf die Hüften fiel. Ihm dröhnte der Schädel, als würde er all diese Frauen gleichzeitig schreien hören. Durch den unerträglichen Gestank fiel das Atmen schwer.

»Der frühere König der Anosy war ganz anders als sein Sohn«, erklärte der Arzt endlich, nachdem er zunächst nervös herumgestottert hatte. »Sein Volk hat ihn geliebt. Er hat einfach nur sein Land beschützt …«

Matthieu sah sich rasch um, um sicherzugehen, dass La Bouche ihn nicht hören konnte.

»Ich schwöre dir, dass wir nichts tun werden, um Ambovombes Macht noch zu vergrößern«, versprach er ernst. »Vertrau mir.«

»Madagaskar war ein Paradies«, fuhr der Arzt untröstlich fort. »Bis zu unserer Ankunft haben die achtzehn Stämme auf der Insel jahrhundertelang friedlich zusammengelebt, jeder auf seinem Gebiet. Wir haben hier das Böse gesät. Nein! Wir sind das Böse. Die madagassischen Völker kannten keine Ungeheuer. In ihren

Mythen und Legenden kämpften die Lebenden und ihre Vorfahren miteinander, aber Ungeheuer gab es nicht. Wir haben das erst erschaffen!«

Matthieu hatte das Gefühl, in einen Abgrund zu blicken. Der Klan der Hüterinnen hatte die zerstörerischsten Launen der Natur überstanden, die Leidenschaft der alten Könige auf der Ursprungsinsel zu manipulieren gewusst und in ihrem Schutze Generation für Generation weitergelebt. Und nun blieb nichts von ihrer Sippe übrig. Der Ursprung fiel dem Ungeheuer zum Opfer, wie in der Oper in der Orangerie, und er folgte als Amadis einer geflohenen Prinzessin. Die Melodie hatte nur noch eine einzige Stimme, jungfräulich und rebellisch: die der jungen Frau mit schwarzem Haar, die gerade nach Libertalia reiste. Der Geiger wurde ganz aufgeregt, wenn er daran dachte, dass er sich in einigen Stunden auf die Suche nach ihr machen würde, gleichzeitig grämten ihn aber furchtbare Gedanken. Er konnte auf keinen Fall umkehren, er brauchte diese Melodie! Dennoch schien ihn jeder Schritt auf seinem Weg einem schrecklichen Schicksal näher zu bringen, das ihm zweifellos beschert war: die Geige auf dem Boden, eine mit seinem Blut besudelte Partitur und Finger, die nie wieder spielen würden.

Er warf den toten Hüterinnen der Stimme einen letzten Blick zu. Er wollte sich diese Bilder bewahren, sie sollten sich in seine Netzhaut einbrennen, er wollte den Gestank nach Asche und Verwesung auf der Haut mit sich tragen und das Echo der Schreie, die zwischen den spitzen Pfählen gefangen waren,

die Schreie …

die Schreie …

die für immer im tiefsten Inneren seines Herzens widerhallen würden.

14

Mehrere Stunden lang ruhten sie auf dem Boden der Beschneidungshütte. Matthieu hatte Pierre davon überzeugt, dass sie La Bouche gegenüber so tun mussten, als würden sie sich auf sein Spielchen einlassen. Das passte ihnen überhaupt nicht, aber sie brauchten ihn, um Libertalia zu erreichen und rechtzeitig nach Fort Dauphin zurückzukehren, um mit dem Frachter der Kompanie heimzufahren. Sie würden eben improvisieren müssen, um die Pläne des Kapitäns zu vereiteln und die Priesterin zu retten.

Die Nacht war bereits hereingebrochen, als La Bouche endlich den Mund aufmachte.

»Bei unserer Begegnung auf hoher See hat Misson mir versichert, dass ich nur nach seinem Statthalter Caraccioli Ausschau halten muss, um auch ihn zu finden.«

»Caraccioli, dem Piratenpriester?«, fragte Pierre unwillkürlich.

»Er sagte, ich würde ihn beim alten Schiffsfriedhof antreffen. Offensichtlich segelt er die Südroute entlang, um ihre Seekarten zu verbessern.«

Pierre nickte kaum merklich. Den erwähnten Ort kannte er gut. Er lag bei Sainte Luce, einem Strand in der Nähe von Fort Dauphin, an dem die ersten französischen Kolonisten auf der Insel eine provisorische Festung errichtet hatten, von der nicht viel mehr übrig war als ein paar Steine und die Überreste gestrandeter Schiffe.

»Und wenn Caraccioli nicht auftaucht?«, fragte Matthieu.

»Dann schustere ich uns aus den Überresten der Schiffe irgendwie ein seetüchtiges Gefährt zusammen, und wir machen uns auf die Suche nach ihm«, entschied La Bouche. »Früher oder später müssen sich unsere Wege ja kreuzen.«

Einen Moment lang schwiegen alle.

»Das ist doch Wahnsinn«, murmelte Pierre.

»Was hast du? Sie hätten es mir doch kaum leichter machen können.«

»Leicht? Wir reden hier davon, in einem Floß aufs Meer hinauszufahren. Und außerdem würde ich auch gerne wissen, wie Caraccioli uns eigentlich weiterhelfen soll. Willst du ihn etwa bitten, uns in seine geheime Kolonie zu führen, damit wir Missons Schutzbefohlener die Kehle durchschneiden können?«

»Misson hat mich selbst nach Libertalia eingeladen, also wird es hoffentlich reichen, wenn ich erkläre, dass ich das Angebot annehme.«

»Wenn du das tust, musst du eine Zeit lang in ihrer Republik leben, um ihr Vertrauen zu gewinnen, und die Missionen übernehmen, die man dir überträgt, um dich auf die Probe zu stellen. Vielleicht schicken sie dich auf die Komoren oder nach Sansibar!«

»So viel Zeit haben wir nicht«, wandte Matthieu ein.

»Ich habe an alles gedacht«, beruhigte sie La Bouche.

»Was wirst du ihnen erzählen, wenn sie dich nach der *Aventure* fragen?«, wollte der Arzt wissen.

»Dass ich während der Reparaturarbeiten nach ihrem Angriff beschlossen habe, das Schiff zu verlassen. Die Männer wollten mir nicht folgen, also habe ich ihnen erlaubt, die Route nach Indien fortzusetzen. Dann bist du aufgetaucht und hast bei den Anosy ein gutes Wort für mich eingelegt, so dass sie uns ein Boot zur Verfügung stellten.«

»Und wie erklären wir, dass Matthieu uns begleitet?«

Der Musiker antwortete selbst und trug so seinen Teil zum einzigen Plan bei, den sie im Moment hatten.

»Ich werde sagen, dass mich Seine Majestät nach Indien geschickt hat, um neue Musiker und exotische Instrumente für sein Ballett in Versailles ausfindig zu machen.«

»Eine gute Idee!«, lobte La Bouche.

»Und dass mich Piratengeschichten immer schon fasziniert haben«, fügte er hinzu. »Daher habe ich beschlossen, mich blindlings auf das Abenteuer eines neuen Lebens in Freiheit einzulassen. Immerhin ist das ja auch Missons eigene Geschichte. Warum sollte er mir also nicht glauben?«

»Misson ist Musikliebhaber«, erklärte La Bouche, als er Pierres besorgtes Gesicht sah. »Es wird ihm gefallen, einen richtigen Violinisten in seiner Kolonie zu haben.«

Der Arzt grübelte weiter vor sich hin.

»Nehmen wir einmal an, Caraccioli nimmt uns wirklich mit nach Libertalia. Wie rechtfertigen wir dann später unsere Abreise?«

»Daran habe ich gar nicht gedacht…« Matthieu sackte in sich zusammen.

»Misson hat doch gesagt, dass er die Seekarten von Madagaskar erneuern will, nicht wahr?«, erinnerte sich La Bouche. Matthieu nickte. »Da haben wir doch schon die Lösung: Ich werde ihn dazu überreden, dass meine erste Mission darin bestehen wird, die Karte der Südküste zu zeichnen. Immerhin kenne ich die Gegend um Fort Dauphin besser als kein anderer: die Sandbänke und Riffe, die Wassertiefe der Buchten… Und das weiß er auch. Wenn ich ihm diesen Vorschlag mache, wird er mit Sicherheit ein Boot bereitstellen und mir das Kommando übertragen. Vor unserer Abreise schlage ich dann der Priesterin den Kopf ab, und bis das jemand merkt, sind wir längst auf und davon!«

Matthieu spürte, wie sein Herz immer schneller schlug, fast bis zum Zerspringen. Der Kapitän wandte sich an ihn: »Du wirst dich beeilen müssen, wenn du ihre Melodie niederschreiben willst.«

»Ich werde schon einen Weg finden«, stammelte er schließlich.

»So ist es recht. Wir überreichen dem Usurpator ihren Kopf und kehren mit der Partitur und dem besiegelten Pakt heim.«

Er lehnte sich mit einer so zufriedenen Miene an die hölzerne Wand, als hätte er gerade ein Festmahl verspeist. Matthieu musste sich große Mühe geben, um seine enorme Anspannung zu verbergen. Während sich für La Bouche plötzlich mit jedem neuen Schritt der Weg zu ebnen schien, ließ er selbst sich nur noch mitreißen und steuerte auf etwas zu, das an den Ausgang griechischer Tragödien erinnerte.

»Pierre«, bemerkte der Kapitän, »du hast noch gar nichts dazu gesagt.«

Der Arzt betrachtete einen vom Saft betörender Blätter berauschten Anosy, der den Kopf zum Fenster der Hütte hereinsteckte.

»Schlimmer kann es wenigstens nicht mehr werden«, antwortete er.

Am nächsten Morgen brachte man sie erneut hinaus auf den Versammlungsplatz. Dort erwartete sie eine Gruppe Krieger, die sie bis zum Schiffsfriedhof begleiten würden. Der Schamane segnete sie mit rotem Alkohol, der aus der Rinde eines Baumes von den Hängen des Tales gewonnen wurde, und sprach mit Blick gen Himmel zu den Ahnen, so als richte er seine Worte an lebendige Menschen. Ohne weitere Umstände brachen die drei Franzosen auf, sie gingen in einer Reihe hinter den Kriegern her. Matthieu drehte sich zu Ambovombe um, der sie von seinem mit Münzen überschütteten Thron aus mit Blicken durchbohrte. Der junge Mann schwor sich, dass er an diesen Ort nur noch zurückkehren würde, um ihn niederzubrennen.

Jedes Mal, wenn ihm die Grausamkeiten in den Sinn kamen, deren Spuren er im Dorf zu Gesicht bekommen hatte, brach es ihm das Herz. Der Gedanke an das Schicksal seiner geliebten Luna jedoch ließ ihn nicht verzweifeln, sondern spornte ihn eher an. Er wusste, dass er der Einzige war, der das Steuer herumreißen konnte, und er war sich darüber im Klaren, dass er keine Lösungen finden würde, wenn er von Hass erfüllt war. Er brauchte Emotionen, wollte etwas empfinden … Dann würden die Antworten von ganz allein kommen, wie die Musik beim Komponieren. Noch einmal wollte er dem Pulsschlag der Insel lauschen, ihrem klopfenden Herzen. Er zwang sich, die leuchtende Farbpalette in sich aufzunehmen, mit der die Riesenchamäleons kommunizierten, und dem Fiepen der Fruchtfledermäuse zu horchen, die schlafend in den Zweigen des Tamarindenbaums hingen. Gefühle durchleben, etwas empfinden … Die Gruppe machte am Rand einer Schlucht Halt, in deren Grund sich erodiertes Gestein in bizarren Formationen zeigte. Wegen ihrer Struktur und Farbe hätte man es für ein riesiges Feuer halten können. Matthieu betrachtete ein blasses Insekt, das seine purpurfarbenen Flügel ausstreckte, um eine Eidechse zu erschrecken.

»Ich habe dir ja gesagt, dass selbst die Fantasie des einfallsreichsten Schriftstellers nicht an all diese Magie herankommt«, sagte Pierre und trat näher.

Es waren die ersten Worte, die er seit ihrem Aufbruch im Dorf sprach. Matthieu war froh, seine Stimme wieder zu hören.

»Jetzt wundert es mich nicht mehr, dass du jahrelang auf dieser Insel herumreisen konntest und irgendwann gar nicht mehr nach Hause zurückkehren wolltest«, erwiderte Matthieu.

Erschöpft ließen sie sich auf die rote Erde sinken.

»Und wie ist es bei dir?«, fragte der Arzt. »Wer wartet in Paris auf dich?«

Mit dieser Frage hatte Matthieu nicht gerechnet.

»Ich möchte nicht darüber sprechen …«

»Jetzt erzähl mir nicht, dass es da niemanden gibt. Ich meine, wenn ich Geige spielen würde wie du und dann auch noch so aussähe, als hätte Bernini meine Züge gemeißelt …«, scherzte Pierre.

Matthieu dachte an Nathalie.

»Ich erinnere mich nicht einmal mehr an den ersten Laut, den wir gemeinsam vernommen haben.«

»Den ersten Laut?«

Der junge Mann schaute den Arzt an und schwieg lange.

»Warum sollte sie auf mich warten? In meinem ganzen Leben habe ich noch nie jemanden verdient.«

»Ich glaube, du weißt dich gar nicht richtig zu schätzen.«

»Vielleicht traf bislang eher das Gegenteil zu.«

»Aber wen schert das schon? Es geht im Leben darum, die Dinge jeden Tag ein bisschen besser zu machen, nicht darum, die Fehler der Vergangenheit zu analysieren. Oft kommt uns unser Dasein wie ein schwer zu entschlüsselndes Rätsel vor.«

»Ein Rätsel …«

»Genau.«

Nun erwachte Matthieu endlich aus seinem Dämmerzustand. »Ich möchte dir gerne etwas zeigen«, verkündete er.

Er schob die Hand in seinen Lederbeutel und faltete Newtons Papier auseinander. Beim Kontakt mit der frischen Luft schienen die Sätze sich zu strecken und zu recken:

»Sonne, deine Strahlen berühren mich nicht.

Blinzle in die Dunkelheit wie zum Anbeginn.

Und ich, dein Mond, vergieße Tränen über der Frucht …«

»Über der Frucht …«, wiederholte der Arzt.

»Lies weiter.«

»Wer bist du ohne mein Liebkosen? Und was kann ich tun, außer zu schreien, wenn du erlischst?«, rezitierte er mit lauter Stimme. »Was hat das zu bedeuten?«

»Ich hatte gehofft, dass du mir im Hinblick auf diese Insel etwas dazu sagen könntest.«

»Woher stammt das Schriftstück?«

Matthieu wollte ihn nicht anlügen, durfte aber auch den Wissenschaftler nicht verraten. Er entschied sich für eine Halbwahrheit.

»Mein Onkel, Marc-Antoine Charpentier, hat es mir gegeben.«

»Du bist ein Neffe des Komponisten? Das hatte ich nun wirklich nicht erwartet!«

»Ihm habe ich alles zu verdanken!«

Pierre betrachtete ihn einen Augenblick schweigend.

»Was zum Teufel hast du dir nur dabei gedacht, als du dich auf dieses Abenteuer eingelassen hast? Fandest du die Lehrstunden bei Maestro Charpentier nicht mehr aufregend genug?«

Pierre sprach diese Worte voller Arglosigkeit, sie lösten bei Matthieu jedoch eine ganze Flut von Gefühlen aus, weil er so gerne gewusst hätte, was in diesem Moment auf der anderen Seite des Planeten vor sich ging.

»Wenn dir zu diesen Zeilen eine Lösung einfällt«, sagte er nur, während er das Pergament rasch zurück in seine Tasche schob, »dann verrat sie mir bitte. Oder nein, vergiss es lieber. Ich will nicht, dass dich die Sache wie mich in den Wahnsinn treibt.«

»Aber ...«

»Du hast es doch selbst angedeutet«, fügte er schroff hinzu. »Ich sollte gar nicht hier sein.«

Der Arzt sah ihm in die Augen und sprach ganz langsam, so dass jedes Wort bedeutsam war.

»Matthieu, was hat es mit Lunas Melodie auf sich?«

Lunas Melodie ...

»Ich möchte dich bitten, dich lieber nicht einzumischen. Wer auch immer in diese Geschichte hineingerät, ist verdammt.«

»Mein Gott ...«, entgegnete Pierre erschüttert, als er zum ersten Mal einen Blick hinter die schützende Maske werfen konnte, die Matthieu vom ersten Tag an zur Schau getragen hatte. »Warum fühlst du dich bloß so einsam?«

Matthieu hätte ihm am liebsten alles von Anfang an erzählt, ohne auch nur einmal Luft zu holen: von Nathalies süßen Lippen, Jean-Claudes Tod, dem Desaster in der Orangerie, der Zelle in der Bastille, dem Tod von Dr. Evans und dem Matrosen, der Drohung der gesichtslosen Mörder, der Audienz in Versailles und vor allem von Newtons bahnbrechender Entdeckung, die den Geist verändern und ihn in etwas Reines verwandeln konnte so wie die unberührte Insel, auf der sie sich nun befanden, während in Paris die Zeiger der Uhr unerbittlich voranschritten und seine Eltern und Onkel Charpentier dem Tod immer näher brachten.

»Es ist die Melodie der Seele, Pierre«, antwortete er lediglich. »Die Melodie der Seele.«

15

Erst spät am nächsten Nachmittag kam der Ozean wieder in Sichtweite. Erneut Wind und Sand in den Augen. Sie gingen den Strand entlang, bis sie auf einem mit Aloepflanzen bewachsenen Hügel das Ossarium aus salzzerfressenen Hölzern und Träumen erreichten.

»Da ist er«, verkündete La Bouche, »der Schiffsfriedhof von Sainte Luce.« Er ließ den Blick über das Gelände schweifen. »Verdammt noch mal, wie sehr ich das hier vermisst habe!«

Die niedrig stehende Sonne ließ in der Abenddämmerung die Schaumkronen der See erglühen. Zwischen den Dünen waren die Reste von drei Schiffen zu erkennen, sie lagen unbeweglich da wie riesige Walskelette. Matthieu ging auf das nächstgelegene Wrack zu und blieb in dem Schatten stehen, den es auf den Strand warf. Er berührte die Krustentiere, die auf dem dunkel gewordenen Holz saßen. Dann hob er den Kopf und versuchte, am gebrochenen Mast noch das Überbleibsel einer Fahne zu erkennen. Er legte das Ohr an den Rumpf und vernahm darin, als wäre das Schiff eine riesige Muschel, das betörende Murmeln dieses Meeres voller Geheimnisse.

Unter den aufmerksamen Blicken ihrer eingeborenen Begleiter verbrachten sie zwei Tage an diesem Strand und beobachteten im Sand ausgestreckt, wie die Sonne auf- und dann wieder unterging, ohne dass in der Zwischenzeit irgendetwas passiert wäre. Caraccioli erschien nicht. Viel zu viel Zeit, um nachzudenken, sagte sich Matthieu. Wie lange diese Wrackteile wohl schon hierlagen? Und wo war die Mannschaft dieser Schiffe geblieben?

Standen das Holz, das im Sand verstreut lag, etwa nicht für ihre Arme und Beine und die zerfetzten Segel für ihre durch das Entern zerstörten Sehnsüchte? Und welche Formen hatten seine Mutter, das Dienstmädchen Marie, und sein Bruder Jean-Claude wohl angenommen? Waren auch sie nur hölzerne Planken und Segel, die auf irgendeinem hermetischen Ozean vor sich hin trieben? Wie konnte er wegen dieser Frau den Kopf verlieren, mit der er noch nicht einmal ein Wort gewechselt hatte, wenn doch die Seinen in Paris vielleicht gerade ihr Leben aushauchten?

Während dieser zwei Tage voller Fragen und ohne Antworten erreichte er mehrmals einen wahren Tiefpunkt. Schließlich war er irgendwann davon überzeugt, dass Luna in Wirklichkeit gar nicht existierte. Sie war bestimmt nur aus der Notwendigkeit entstanden, auf etwas Handfestes hoffen zu können, das der Tortur in seinem Kopf ein Ende bereiten würde.

Er versuchte sich zu entspannen, indem er die Laute der Umgebung analysierte, wie er es von klein auf getan hatte. Er lauschte dem Murmeln der Wellen, dem Rauschen der Blätter im Wäldchen jenseits des Strandes und dem Geräusch der Sandkörner, die sich mit jedem Windhauch aneinanderrieben. Dies verstärkte jedoch nur die Ohrenschmerzen, die ihn auf dieser Insel bereits ein paarmal heimgesucht hatten. Er war verzweifelt. Sein Gehör durfte ihn nicht im Stich lassen, es war doch seine Leidenschaft, seine Waffe. Das alles lag sicher an der Erschöpfung und an der Anspannung des Wartens. Wie lange würden sie hier noch ausharren müssen?

Am dritten Tag wandte er sich an La Bouche: »Wir brechen auf.«

»Wie bitte?«

»Wir können es uns nicht leisten, hier untätig herumzusitzen.«

»Du hast Misson doch gehört. Er hat mir versichert, dass sein zweiter Mann …«

»Und Ihr habt selbst gesagt, dass Ihr notfalls ein Boot seetüchtig machen würdet, um die Küste in Richtung Norden abzufahren und nach ihm zu suchen.«

»Ja«, antwortete der Kapitän wortkarg.

Pierre sah kurz auf, aber an seinem abwesenden Gesichtsausdruck änderte sich nichts, und er roch wieder an dem weißen Saft eines gerade abgeschnittenen Aloeblatts.

»Tut doch, was Ihr wollt«, fauchte Matthieu frustriert. »Ich komme schon allein zurecht.«

Er ging in Richtung der Schiffswracks davon.

»Dieser verdammte Musiker …«, murmelte La Bouche, während er aufstand und dem jungen Mann folgte.

Von diesem Moment an ging alles ganz schnell. Auf einem der gestrandeten Schiffe wählten sie ein Beiboot aus, das in gutem Zustand zu sein schien, und schleppten es gemeinsam zum Strand hinunter.

»Das könnte ich wohl ohne Hilfe steuern«, bestätigte La Bouche, der sich hinhockte, um auch den Zustand des Kiels zu überprüfen. Dann klopfte er liebevoll gegen das Holz. »Und es wird die Fahrt auch überstehen. Lasst uns ein Segelboot daraus machen!«

Wie La Bouche vorhergesehen hatte, war es nicht sonderlich schwierig, eine Takelage zu improvisieren. Die drei Franzosen waren die ganze Nacht und den folgenden Tag damit beschäftigt. Mit Hilfe der Anosy-Krieger, die über wenig handwerkliches Geschick, dafür aber umso mehr rohe Kraft verfügten, zersägten sie zwei Pfosten eines Wracks, um sie als Mast und Giekbaum zu verwenden, schnitten ein unversehrtes Stück Segeltuch ab, um es der Größe ihres Kahns anzupassen, befestigten an Bug und Heck leicht wackelige Wanten und Stagen, fabrizierten mit Metallstücken einen wirklich beeindruckenden Anker und reparierten einige Fässer, die sie für die Fahrt mit Trinkwasser und Obst füllten.

Als sie mit allem fertig waren, stemmte sich Matthieu mit der Schulter gegen das Boot, um es ins Wasser zu schieben, und forderte die anderen zur Mithilfe auf. Er war fest entschlossen, nicht eine weitere Minute zu verlieren. Während sie sich vom Strand entfernten und die heftige Brandung überwanden, blickte der Musiker zurück und betrachtete die reglosen Figuren der Anosy am Ufer. Er hatte das Gefühl, dass er sie nie wiedersehen würde. War das nun ein Grund zum Feiern? Nicht nach Fort Dauphin zurückzukehren würde auch bedeuten, auf ihrer Rückfahrt nicht von der *Aventure* mitgenommen zu werden. Er machte die Augen zu und beschloss, nur noch dem Moment zu lauschen: den Atemzügen der Eingeborenen am Strand, dem aufbegehrenden Wind, dem sich blähenden Segeltuch und dem Kiel, der die schäumende Wasseroberfläche zerteilte und der glühenden Linie des Horizonts entgegeneilte …

Nachdem sie der Küstenlinie vier Tage lang gefolgt waren, ohne eine Spur von Caraccioli zu entdecken, erfüllte auf einmal ein so süßer Duft das zusammengeschusterte Boot, das er sich auf ihrer Haut festsetzte. Es war tiefschwarze Nacht, und sie waren vor Erschöpfung eingeschlafen. La Bouche spürte, wie seine Nase vom Duft überwältig wurde, und schlug mit einem Mal die Augen auf.

»Verdammt noch mal!« Wie von der Tarantel gestochen sprang er hoch. »Wer hatte denn gerade Wache?«

»Was ist los?«, fragte Matthieu erschrocken.

Am Himmel stand kein Mond. Das Boot wurde heftig hin und her geworfen. An dieser Stelle schien auf einmal der ganze Wind des Indischen Ozeans zu blasen.

Jetzt erwachte auch Pierre.

»Wo sind wir?«

»An der Vanilleküste.«

»Was für ein Geräusch ist das?«

»Wir treiben direkt auf ein Riff zu!«, rief der Kapitän, der sich inzwischen über ihre genaue Position klar geworden war. »Ihr müsst mir helfen! Schnell!«

Der Arzt beugte sich über den Rand des Kahns, um die Wassertiefe festzustellen und sicherzugehen, dass sich unter den Algen keine Felsen verbargen, man konnte aber nichts erkennen. Matthieu ging dem Kapitän mit plötzlicher Geschicklichkeit am Steuer zur Hand, gemeinsam wandten sie das Boot von den sich brechenden Wellen ab und zurück ins freie Wasser.

»Ich hätte eigentlich gedacht, dass Seebären wie Ihr sich nichts Schöneres vorstellen können, als ein feuchtes Grab auf dem Meeresgrund zu finden!«, rief Matthieu spöttisch, während sie die Gefahr langsam immer weiter hinter sich ließen.

»Aber nur so lange, bis sie ihren eigenen Platz gefunden haben«, erwiderte La Bouche und bückte sich, um sich unter dem Giekbaum durchzuschieben. »Was meinst du denn, warum Misson seit fünfundzwanzig Jahren nach jeder Reise wieder Libertalia ansteuert?«

»Wahrscheinlich habt Ihr recht«, dachte Matthieu laut.

Der Kapitän zog an einem Tau, um zu verhindern, dass der Kahn wieder in Richtung Klippe abdrehte.

»Hilf mir mal hiermit!«

»Mir ist auf einmal klar geworden, dass jemand, der nicht zu einem wahren Heim zurückkehren kann, sich auch niemals wirklich frei fühlen wird!«

Seine Stimme vermischte sich mit dem Rauschen der Wellen.

»Erzähl das beim nächsten Besuch Serekunda, mal sehen, ob diese Mulattenhexe dann endlich begreift, wie wichtig sie mir ist! Hilf uns doch hier, Pierre!«, bat er den Arzt, als deutlich wurde, dass sie die Barke auch zu zweit nicht unter Kontrolle bekamen.

Der Arzt stand auf, um mit ihnen am Tau zu zerren. Während er es fest in den Händen hielt, warf er Matthieu einen kühlen Blick zu. Es gefiel ihm nicht, dass der Geiger dem Kapitän gegenüber so vertraut tat, obwohl er dahinter Berechnung vermutete.

Kaum war die Gefahr endgültig gebannt, als Pierre in Schweigen verfiel und in die dunkle Nacht starrte.

»Was hast du?«

»Was zum Teufel ist dieser Schatten dort im Dunst?«

»Oh mein Gott…«

La Bouche stürzte sich auf die Musketen.

»Das würde ich lieber bleiben lassen!«, warnte ihn eine Stimme.

Der Kapitän hielt augenblicklich inne. Er legte die Hand auf den Griff seines Schwertes und drehte sich langsam um.

Direkt neben dem Boot schälte sich ein hölzerner Riese aus dem Nebel, der gemächlich ächzte, als hätte man ihn mitten in der Nacht geweckt. Überall hingen weiße Tücher, sie waren um die Kanonenrohre gebunden, an das Geländer des Achterkastells und an das Stag bis hin zum Göschstock. Nach und nach zeigten sich einige Mitglieder der Besatzung. Matthieu zählte mindestens zwanzig Männer, die unerschrocken zu ihnen herabsahen. Es lief ihm eiskalt über den Rücken. So weiß wie die Stofffetzen waren auch ihre Gesichter, wie das Antlitz eines Geistes.

Denn das war es doch wohl: ein Geisterschiff voll körperloser weißer Laken.

Man warf ihnen ein Tau herunter, damit sie nicht abtrieben. Auf dem Wasser türmte sich der Schoner wie ein Berg vor ihnen auf. Er wirkte viel zu mächtig, um von Menschenhand erbaut worden zu sein.

»Wer seid ihr?«, rief die Stimme.

»Wir sind nur Seeleute.«

»Habt ihr Schiffbruch erlitten?«

»Wer spricht dort?«

Die Geister brachen in ungeniertes Gelächter aus. Ein Windstoß zerrte heftig an den Tüchern der Takelage. Es war, als würde auch das Schiff über sie lachen.

»Ich bin doch wohl derjenige, der hier die Fragen stellt. Was habt ihr in diesen Fässern?«

»Wasser und Obst.«

Die Männer beugten sich immer tiefer über die Reling. La

Bouche hätte lieber erst gewusst, mit wem er es zu tun hatte, aber er musste rasch handeln.

»Wir suchen Signore Caraccioli«, verriet er.

Der andere Mann hielt seinem Blick einige Sekunden lang stand.

»Den Piraten?«

»Wir wollen nur wissen, ob Ihr ihm auf See begegnet seid.«

Der andere ließ die Flagge seines Schiffes hissen. Auch sie war weiß, darauf standen jedoch die Worte *Für Gott und für die Freiheit* geschrieben. Die drei Franzosen sahen dabei zu, wie sie ihren Platz hoch über dem Schoner einnahm.

»Also seid Ihr es …«

»Ich bin nur der Maat«, antwortete der Mann.

»Dann lasst Caraccioli rufen«, ordnete La Bouche jetzt wieder in seinem üblichen autoritären Tonfall an.

»Warum sollte ich das …«

»Weil es dem Wunsch von Kapitän Misson entspricht.«

Bei der Erwähnung dieses Namens beschloss der Maat, doch lieber dem Italiener selbst die Entscheidung zu überlassen, was mit diesen Schiffbrüchigen zu tun sei. Das Boot wurde festgezurrt, und die drei Franzosen kletterten an Bord. Man führte sie unter Deck. Dort redeten mehrere Männer, alle mit den gleichen weiß bemalten Gesichtern, im Schein einer Öllampe angeregt durcheinander, während ein Koch Suppe zubereitete. Einer von ihnen war Caraccioli. Er stand mit dem Rücken zu ihnen, La Bouche erkannte ihn aber sofort an seiner fülligen Figur und daran, dass ihm ein Bein fehlte – das hatte er noch vor der Gründung Libertalias in einer Schlacht an der Küste von Zanguebar verloren. Vor allem war aber seine Redseligkeit unverkennbar. Der Italiener war offensichtlich betrunken. An diesem Abend hatte er seine Männer gebeten, sich das Gesicht anzumalen und die Stofffetzen über das ganze Schiff zu verteilen. »Weiß wie unsere Fahne!«, hatte er verkündet. »Erweisen wir ihr zu ihrem

Jahrestag die Ehre!« Damit wollte er also feiern, dass an diesem Tag vor dreißig Jahren Misson die *Victoire* unter sein Kommando gebracht hatte und zum Kapitän gewählt worden war.

Caraccioli hatte sein Holzbein abgenommen und fuchtelte damit in der Luft herum. Er erzählte von der Schlacht, bei der er sein Bein verloren hatte. Das tat er ohne Groll und schlug dabei mit der Hand auf den Stumpf.

»Misson hat immer gesagt, wir hätten uns zurückziehen müssen! Nicht wegen des Beins, sondern wegen der dreißig Männer, die wir an jenem Tag verloren haben. Der Kapitän hat den Namen jedes einzelnen Mannes im Kopf, der für ihn gefallen ist! Diese verfluchten portugiesischen Schiffe… Noch nie hatte ich so eine fette Beute gesehen – ihr Laderaum war voller Goldstaub!«

»Es lebe das portugiesische Gold!«, rief einer der Seeleute, erhob sein Glas und ließ Alkohol auf die anderen herabregnen.

»Es war aber nicht das Gold, das uns antrieb«, fuhr Caraccioli fort. »Als wir an jenem Tag den Kapitän der *Victoire* verloren hatten, zweifelte niemand daran, dass Misson das Kommando übernehmen und uns im Sinne seiner hehren Werte zu neuen Taten führen sollte. Er aber« – Caraccioli hob den Zeigefinger, um die Bedeutung dessen zu unterstreichen, was er jetzt sagen würde, und setzte eine ernste Miene auf – »versuchte uns noch zu überzeugen, dass er dieser Ehre unwürdig sei.«

»Damit hat er uns endgültig überzeugt!«, warf einer der Seemänner ein.

»Wiederholt doch noch einmal, was Ihr damals ausgerufen habt!«, grölte ein anderer.

Der Italiener legte die Prothese zur Seite und griff zu einer Flasche, die er dramatisch erhob.

»Ich sagte: Du wirst mit wenigen Männern die Welt erobern, so wie Mahoma und seine Kameltreiber das arabische Kalifat gründeten oder Dareios und seine sechs Gefährten das persische Reich!«

»Das war ein großer Tag!«, rief derjenige aus, der die Suppe umrührte.

»Er hat der Besatzung bedingungslose Gleichberechtigung zugesagt … und Freiheit!« Seine Stimme zeugte nicht nur vom Alkoholgenuss, sondern ließ auch Wehmut und Stolz durchscheinen. »Freiheit, das wertvollste Gut, das unser Schöpfer uns geschenkt hat! Alle riefen: Hoch leben Kapitän Misson und sein Statthalter Caraccioli!«

»Signore …«, unterbrach ihn nun endlich der Maat, der hinter ihm stand.

»Wer wagt es, die Erinnerung an einen solchen Moment zu stören?«, lallte der Angesprochene und verschüttete, was sich an Alkohol noch in der Flasche befand. Erst dann bemerkte er die Anwesenheit der drei Franzosen. »Wen zum Teufel habt Ihr denn da mitgebracht?«

»Sie haben mir versichert, dass Kapitän Misson sie persönlich eingeladen hat …«

»Wer seid ihr?«, fuhr er sie an. Auf nur einem Bein bewegte er sich schwerfällig.

»Kapitän La Bouche.«

»La Bouche?«

»Wenn Ihr erst die Gelegenheit habt, mit Misson zu sprechen, wird er Euch bestätigen, dass …«

»Misson muss mir überhaupt nichts bestätigen! Wir sind uns bei Sainte Marie begegnet, als er auf dem Rückweg nach Libertalia war, und er hat mir von Eurem Treffen auf dem Meer berichtet«, sagte der Italiener jetzt etwas ruhiger.

»Das macht die Dinge einfacher.«

»Außerdem«, fuhr der Italiener fort, als wolle er seine Stellung unterstreichen, »ist auch mir in der Vergangenheit so manche Geschichte über Euch zu Ohren gekommen. Schließlich habe ich Misson auf seinem Weg begleitet, seit er sein erstes Tau aufgeschossen hat.«

Er wandte sich an den Musiker.
»Und wer bist du?«
»Matthieu Gilbert, ich bin …«
»Aber seht euch doch an!«, unterbrach ihn Caraccioli. »Ihr seht wie die reinsten Streuner aus! Und wo ist euer Schiff?«
»Da ist kein Schiff«, mischte sich der Maat ein.
»Kein Schiff?«
»Der Rest meiner Männer«, erklärte La Bouche, »ist mit dem Frachter, den ich von La Rochelle hergeführt habe, nach Bengalen weitergefahren.«
»Und was habt Ihr mir dann anzubieten? Eine schöne Beute! Ein Kapitän ohne Schiff und in Begleitung von solchem Lumpengesindel!«
Matthieu fragte sich, ob Caraccioli in Wirklichkeit nur Eifersucht überkam und er nach irgendeinem Grund suchte, sie nicht nach Libertalia zu führen. Er war nicht mehr der junge, rebellische Priester, den Misson vor drei Jahrzehnten kennengelernt hatte, und vielleicht dachte er, dass sein Einfluss auf den Kapitän vermindert würde, wenn La Bouche sich dem Kapitänsrat anschloss. Der Piratenpriester wandte sich ab und sprach mit Blick auf die Öllampe schleppend zu ihnen.
»Kehrt dahin zurück, wo ihr hergekommen seid.«
»Ihr müsst uns nicht bis in Eure Republik begleiten, Signore«, versetzte La Bouche vorsichtig. »Gebt uns nur die Koordinaten, und wir werden versuchen, sie mit unserem Segelschiff zu erreichen …«
»Die Koordinaten?«, brüllte der Italiener. »Habt Ihr den Verstand verloren? Ihr könnt von Glück sagen, wenn ich Euch Euer Leben lasse!«
»Ihr dürft Euch den Befehlen des Kapitäns nicht widersetzen!«, knurrte La Bouche nun wütend.
»Der Ka-pi-tän«, antwortete ihm der Pirat und betonte dabei jede einzelne Silbe voller Ironie, »hat mir noch nie einen Befehl erteilt. Wir haben Libertalia gemeinsam gegründet, gemeinsam

haben wir den Kapitänsrat einberufen, und wir entscheiden auch gemeinsam über den Beitritt neuer Kandidaten.« Nervös stieß er ein heiseres Husten aus und spuckte zur Seite. »Er hat mich gebeten, über die Möglichkeit Eurer Aufnahme nachzudenken, und ich entscheide jetzt, dass Ihr mir vorkommt wie ein Flüchtling ohne Schiff, ohne Männer und ohne eine einzige Goldmünze. Denn davon kann man ja wohl ausgehen, wenn man bedenkt, dass Ihr gar keine Taschen habt!«, lachte er und wandte sich wieder den Seinen zu.

Als Matthieu schon alles verloren glaubte, erklang aus der Tiefe des Schiffsbauches eine dunkle Stimme, die ihm bekannt vorkam.

»Signore Caraccioli«, sagte die Stimme, »der Jüngste von ihnen ist Musiker.«

Matthieu kniff die Augen zusammen, um in der Finsternis jenseits der Öllampe etwas erkennen zu können. Der Mann, der gesprochen hatte, war ein kräftiger Schwarzer und hielt zwei Hühner in der Hand, die er gerade in seiner Ecke gerupft hatte.

»Du …«

Hinter dem weiß angemalten Gesicht erkannte er ohne jeden Zweifel den Griot, den Sklaven von Gorée, der wieder einmal aus der Dunkelheit aufgetaucht war, um ihn zu retten, wie an dem Tag in Madame Serekundas Sklavenlager, oder als er ihn in der Gewitternacht an Bord des Schiffes gepackt hatte, damit er sich nicht vom Fieber getrieben in die Fluten warf.

»Als wir uns auf dem Meer begegneten, unterstellte mich Misson dem Kommando von Signore Caraccioli. Ich sollte erst ein wenig das Meer befahren, bevor man mich nach Libertalia bringt«, erklärte der Griot.

»Ich freue mich so, dich zu sehen.«

»Ihr kennt euch?«, wunderte sich der Piratenpriester.

»Dieser Sklave …«, begann La Bouche, unterbrach sich aber augenblicklich. »Der Griot«, korrigierte er sich, »fuhr auf meinem Schiff mit, als die *Victoire* uns angriff.«

Caraccioli wandte sich an Matthieu.

»Bist du wirklich Musiker?«

»Ja.«

»Spielst du nur Musik oder … komponierst du sie auch?«

»Ich komponiere auf der Geige und der Orgel und bin als Kammermusiker ausgebildet … Ich kann spielen oder komponieren, was Ihr wollt. Stellt mich doch auf die Probe!«, forderte er den Piratenpriester heraus, bei dem er unerwartet echtes Interesse bemerkte.

»Und Gesang?«

Worum ging es hier bloß? Warum auf einmal all diese Fragen?

»Ich kann natürlich auch einen Chor leiten, wenn Ihr das meint. Und ich kann Melodien für verschiedene Stimmen schreiben, damit sie harmonisch zusammenklingen. Immerhin bin ich ein Neffe von Marc-Antoine Charpentier«, verkündete er mit mehr Stolz, als er wegen dieser Verwandtschaft je empfunden hatte. »Habt Ihr etwa seine Messen nicht gehört?«

Caraccioli sah ihn nachdenklich an.

»Ich bin sicher, dass Misson dich auf dem Schiff gesehen hat«, murmelte er einige Sekunden später. »Und dass er damit intuitiv einen guten Grund hatte, diese Einladung auszusprechen. Dieser Grund warst du.«

»Jetzt begreife ich überhaupt nichts mehr«, warf La Bouche ein.

»Der Kapitän wird Euch alles genau erklärten, wenn wir in Libertalia eintreffen.«

»Dann …«

»Maat, sag dem Steuermann, er soll Kurs in Richtung Heimat aufnehmen!«

Sie würden nach Libertalia aufbrechen, der Spur der Priesterin folgen …

Caraccciolis Gesicht nahm nun einen freundlichen Ausdruck an. Er griff nach dem Löffel, mit dem der Koch die Suppe umrührte, und roch daran.

»Vanille … Der Geschmack und die Aromen Madagaskars überraschen wirklich«, sagte er und fuhr mit seiner Plauderei fort. »Aber selbst nach drei Jahrzehnten ist mir die Schildkrötensuppe der Karibik immer noch am liebsten! Wir haben damals Haifischfleisch in Limettensaft getaucht, um es dann mit Knoblauch, Thymian und Zwiebeln zu würzen …«

»Und mit Rum aus Zuckerrohr!«, rief einer der Matrosen. »Auf Madagaskar gibt es keinen Rum!«

»Und dann der Salmagundi!«, fügte Caraccioli hinzu. Er meinte einen mit Sardellen gewürzten karibischen Eintopf, für den ohne jede Scheu das Fleisch von Hunden, Katzen und Möwen benutzt wurde.

Immer noch verunsichert setzten sich Pierre und La Bouche zu den Männern. Matthieu hingegen stieg mit dem Griot an Deck, um allein mit ihm zu sprechen.

»Und wieder erscheinst du im passenden Augenblick.«

»Du bist bei Gorée doch zwischen den Haien hindurchgeschwommen, um mich vom Grund der Bucht heraufzuholen«, antwortete der Afrikaner in ebenso dankbarem Tonfall. »Und offensichtlich bist du und niemand sonst derjenige, nach dem sie suchen. Das ist ganz allein dein Verdienst.«

Matthieu stützte sich nachdenklich auf der Reling auf.

»Warum zum Teufel braucht Misson unbedingt einen Musiker?«

»Ich weiß es nicht. Als ich mit ihm gemeinsam dieses Schiff betreten habe, nahm er Caraccioli für ein Gespräch unter vier Augen beiseite. Ich konnte von ihrer Unterhaltung nur wenige Wortfetzen verstehen, es wurde jedoch klar, dass Libertalia im Moment wohl eine schwere Zeit durchmacht.«

»Tatsächlich? Was genau hast du denn gehört?«

»Der Kapitän erklärte seinem Statthalter, dass ich ein Griot sei, der die Geschichte des Diola-Volkes singt. Er fügte aber noch hinzu, dass all seine Probleme ein Ende hätten, wenn ich ein richtiger Musiker wäre.«

Welche Probleme den bloß?, fragte sich Matthieu.

Er wollte sich so gerne nach Luna erkundigen, danach, ob der Griot sie an Bord der *Victoire* gesehen hatte, beschloss dann aber, Diskretion zu wahren und sie erst einmal nicht zu erwähnen. Niemand, nicht einmal diese Art senegalesischer Schutzengel, durfte wissen, dass sie der Grund war, der sie wirklich hierhergeführt hatte. Matthieu schluckte und versuchte, seine Gefühle unter Kontrolle zu bekommen. Sein Blick verlor sich in der Dunkelheit, während der Wind an den weißen Tüchern des Geisterschiffes zerrte.

16

Sie fuhren an der Küste entlang gen Norden. Am südlichsten Punkt der Insel markierten drei Buchten von atemberaubender Schönheit den genauen Moment, an dem das Schiff nach Steuerbord abdrehen und Kurs auf das offene Meer in Richtung Libertalia aufnehmen musste. Matthieu kamen sie vor wie die drei Elemente eines Barockkonzertes: die erste ein klares Allegro mit einer engen Öffnung, in welche die Wellen hineindrängten, um sich dann auf dem Vorhang aus Algen zu verteilen, die auf dem Strand trockneten. Die zweite war ein Adagio, ihr Sand strahlte so weiß, dass es in den Augen wehtat, und das Wasser war ein Kaleidoskop aus hundert verschiedenen Blautönen. Die dritte erinnerte wieder an ein Allegro mit sich ständig verändernden Dünen, auf denen Baobabs wuchsen und sich wie bedrohliche Wächter der Insel in den Himmel reckten. Er hätte allerdings nicht erwartet, dass ihm das Beste noch bevorstand.

Kurz nachdem sie die Küste hinter sich gelassen hatten, kamen sie an zwei großen Felseninseln vorbei, die wie ein Tor über den Zugang zu einem verbotenen, geheimen Ort wachten. Durch dieses Portal erreichte man, was Misson »Smaragdmeer« getauft hatte. Welch anderen Namen hätte man diesen Gewässern auch sonst geben sollen? Wie durch Zauberhand verwandelte sich die Farbe des Ozeans hier von undurchdringlichem Blau zu einem blassen und glänzenden Grünton.

Pierre und La Bouche traten an die Steuerbordreling, um dieses Wunder der Natur zu bestaunen. Mit weit aufgerissenen Augen lehnten sie sich behutsam an das Geländer.

»Ich habe diese Gegend doch tausendmal befahren…«, murmelte La Bouche. »Wo hat sich dieses Meer da versteckt?«

»Es ist, als würde man einen riesigen Edelstein durchqueren…«, flüsterte Matthieu.

Vielleicht lag es daran, dass die Sonne von einer weitläufigen Untiefe aus weißem Sand reflektiert wurde, vielleicht war die Farbe eine Laune einheimischer Götter, oder vielleicht öffnete sich dort unten, wie Caraccioli in seinem Priesterton versicherte, auch eine Tür direkt ins Paradies. Aber eines war sicher, weder Matthieu noch Pierre oder selbst La Bouche hatten während ihrer Zeit auf dem Meer je so klares Wasser gesehen. Es war derart durchsichtig, dass man den Eindruck hatte, statt auf Wasser in der Luft voranzugleiten, eskortiert von Legionen gelber Fische, die ebenfalls über die Korallen hinwegzufliegen schienen.

In dieser Nacht schliefen sie zum Wiegenlied eines Windes, der den Schoner mit ungewohnter Sanftheit vorantrieb. Als sie aufwachten, waren sie von dichtem Nebel umgeben. Matthieu ging an Deck. Er sah kaum die Hand vor Augen, der Steuermann hielt aber unbeirrbar den Kurs. Die Männer liefen am Bug zusammen. Stumm kniffen sie die Augen zusammen, um durch den sich nach und nach auflösenden Dunst etwas zu erkennen. Plötzlich ertönte eine einzige Stimme auf dem Schiff:

»Hoch lebe Libertalia!«

Matthieu hatte das Gefühl, vom gedämpften Ton eines Englischhorns umfangen zu werden, als vor seinen Augen ein befestigter Hafen auftauchte.

Er machte sich auf die Suche nach Pierre, der das Stimmengewirr gehört hatte und ebenfalls aus seiner Kajüte kam. Jeder feierte die Ankunft auf seine Weise. Hinter La Bouches versteinerter Miene verbarg sich die Genugtuung darüber, dass er sich vor dem legendären Kleinod befand, Wehmut, weil gerade der letzte Traum seiner Jugend in Erfüllung ging, und Nervosität, weil er sich den Weg hierher mit einer Lüge geebnet hatte. Der Griot stand an eine Strickleiter geklammert da, es regten sich nur die Elfenbeinaugen, die jedes winzige Detail seiner neuen, künstlich erschaffenen Heimat aufzunehmen versuchten.

Matthieu war von der ausgedehnten Flotte beeindruckt, die im Hafen zu sehen war. Es gab Schiffe und Boote unterschiedlichster Form und Größe, aus Europa und dem Orient, alle mit eingerollten Segeln und der immer gleichen weißen Flagge. Der Hafen war umgeben von den achteckigen Wehrtürmen eines früheren portugiesischen Forts, ein jeder davon mit vierzig Kanonen. Weitere Batterien schützten die Flanken und würden jeden Eindringling unter Beschuss nehmen, dem es gelungen war, die erste Feuerlinie zu durchbrechen. Und all dies wurde vom satten Grün des Wassers und der palmenbewachsenen Hügel umrahmt. Es wirkte zweifellos wie eine Theaterkulisse, vielleicht die, in der Prinzessin Oriane in ihrem Verließ darauf wartet, von Amadis de Gaule gerettet zu werden.

Die Wachen erkannten Caracciolis Schiff und feuerten zum Willkommen neun Kanonenschüsse ab. Die Rückkehr einer Mannschaft nach Libertalia war immer ein Grund zur Dankbarkeit.

»Bei so einem Anblick musste Misson ja denken, dass dieser Ort Gottes besonderen Segen hatte«, sagte Matthieu laut, ohne die Worte an jemand Bestimmten zu richten.

Caraccioli wurde nach dem zweiten Glas stets redselig und hatte ihnen erzählt, dass Kapitän Misson diesen Ort vor fünfundzwanzig Jahren entdeckt hatte. Er war augenblicklich davon überzeugt gewesen, dass dieser Fund Bestimmung sein musste. Einige Zeit zuvor war er der Königin der nahen Johanna-Insel im Krieg gegen die Wilden des benachbarten Mohilla-Eilands zu Hilfe gekommen. Nun bat er sie im Gegenzug, ihm junge, starke Männer zur Verfügung zu stellen, die für ihn Bäume fällten und eine erste Siedlung bauten, die von den Eingeborenen nicht zerstört werden konnte. In wenigen Tagen wurde ein Fort errichtet, welches den baldigen Angriffen standhielt, mit denen man bereits gerechnet hatte. Jene erste Zeit der Feindseligkeiten dauerte nicht lange an. Misson hatte die Herrscher der Eingeborenen mit Geschenken für ihr Volk überhäuft – Töpfe, Rum, Stoffe, Macheten –, und diese waren bald davon überzeugt, dass das friedliche Zusammenleben mit den Neuankömmlingen für sie von Vorteil sein würde. Der Pirat führte seine politischen und spirituellen Überzeugungen ein, die der Franzose, wie er selbst betonte, gemeinsam mit Caraccioli ausgearbeitet hatte, respektierte dabei aber auch die einheimischen Traditionen und taufte die Insel auf den Namen Libertalia. Damals bestand seine gesamte Flotte nur aus zwei Schiffen, deren Besatzungen unterstützten ihn jedoch bedingungslos, denn die Männer hatte nun zum ersten Mal in ihrem Leben einen Platz, an den sie nach jeder Fahrt zurückkehren konnten, einen Rückzugsort, der mit der Zeit zu ihrer wahren Heimat wurde, in der sie gerne friedlich alt werden und sterben wollten.

»Kommt mit«, forderte Caraccioli sie auf, nachdem sie von Bord gegangen waren. »Wir suchen den Kapitän.«

Matthieu, La Bouche, Pierre und der Griot folgten dem Priester. Der Musiker hatte sich die Piratenrepublik ganz anders vorgestellt. In seiner Fantasie waren die lehmigen Straßen mit den Münzen aus Raubzügen gepflastert gewesen, und der Rum war in Strömen geflossen, die Wirklichkeit hatte damit jedoch nichts zu tun. Jenseits des Rauchs aus den Kanonen, die die Salven abgefeuert hatten, bot sich ihm der Anblick sauberer Straßen, auf denen die Bürger Libertalias – die meisten der Bewohnerinnen waren Eingeborene – ganz normalen Tätigkeiten nachgingen. Die Männer gehörten allen nur erdenklichen Rassen und Nationen an. Die Frauen malten sich genau wie die Anosy die Gesichter mit einer Paste aus gemahlener Baumrinde und Wasser an, allerdings herrschten hier durch den früheren Einfluss arabischer Seefahrer Spiralmotive vor. Misson war in seiner Kolonie gelungen, was europäische Herrscher in ihrem Reich nicht zustande brachten: seinen Samen unter der lokalen Bevölkerung zu verbreiten und so eine gemischte Rasse zu erschaffen, die die Wildheit der Eingeborenen mit dem seltsam gelassenen Lebenswandel der Korsaren verband.

»Wie ihr seht«, erklärte Caraccioli mit einer gewissen Melancholie, »sind die Hälfte unserer Männer ehemalige Gefangene, die unter einer einzigen Bedingung freigelassen wurden, nämlich der, dem Kapitän ewige Treue zu schwören.« Er verstummte kurz. »Es gab eine Zeit, in der wir noch an die Ewigkeit glaubten.«

Das war ein vielsagender Kommentar, Matthieu fragte im Moment aber lieber nicht nach und wartete stattdessen ab, wie sich die Dinge entwickelten. Mit jedem Schritt erschien ihm dieser Ort mehr und mehr wie ein Pulverfass. Es gab Piraten jeder Größe und Statur, Zebus, Eingeborenenfrauen, Mulatten, freigelassene Sklaven mit scheuem Blick, Stahl, den Geruch nach Pulver und verwestem Fisch und ringsherum üppigen Urwald, aus dem die Rauchsäulen der Eingeborenenräte aufstiegen.

Caraccioli entschuldigte sich und betrat ein langgestrecktes Gebäude, aus dessen Fenster ein Sudanese mit blauschwarz schimmernder Haut hinaussah.

»Der Griot bleibt hier«, ordnete er an, als er wieder herauskam.

»Kann er nicht mit uns kommen?«, bat Matthieu.

»Wir brauchen Afrikaner wie ihn, die gebildet sind und gut Französisch sprechen, um die befreiten Sklaven zu unterrichten, damit sie sich so bald wie möglich allein zurechtfinden«, erklärte der Piratenpriester. »Sie zeigen sich zugänglicher, wenn ihr Lehrmeister einer von ihnen ist. Hier wird man ihn auf seine Aufgabe vorbereiten.«

»Mach dir um mich keine Sorgen«, beruhigte ihn der Griot.

»Ich werde bald vorbeischauen, um zu hören, wie es dir geht«, versprach Matthieu dennoch.

Sie verließen nun die Straßen in Hafennähe und näherten sich dem Haus, in dem Misson wohnte. Wie auf Libertalia üblich hatte man auch dieses Gebäude im Stil der Eingeborenen errichtet: Es handelte sich um eine auf Pfählen über dem Erdboden schwebende Hütte aus Raphiafasern. Die Spitzen der hölzernen Säulen schauten aus dem Dach hervor, und die Außenwände waren mit rituellen Masken verziert. Am Eingang thronte eine geschnitzte Totemfigur mit geometrischen Formen. Es war niemand zu sehen. Während Caraccioli auf der Suche nach dem Kapitän hineinging, nutzte Matthieu die Gelegenheit, um sich ein wenig umzusehen. Er hielt auf einen offenen Platz hinter dem Haus zu, als er plötzlich auf einen Baum mit roten Blüten stieß, in dem zwei Erhängte baumelten.

Der Anblick der Körper, die sanft hin und her schaukelten, hatte auf ihn eine kurze, aber durchschlagende Wirkung, als hätte ihn eine Kugel an der Schläfe getroffen. Er vernahm das unheimliche Knarzen der gespannten Seile im Wind und sah sich einen schaurigen Moment lang in Ambovombes Dorf zurückversetzt, wo er die gepfählten Hüterinnen der Stimme entdeckt hatte.

»Was ist hier vorgefallen?«, fragte Caraccioli, der kurz darauf mit den anderen herbeitrat.

Ein Mann, der neben einem Viehzaun am Boden hockte, stand rasch auf und kam zu ihnen herüber.

»Signore! Ihr seid zurück!«

»Was hat das hier zu bedeuten?«

»Das sind die beiden Männer aus Portugal, die …«

»Ich weiß schon, wer das ist«, unterbrach der Priester den Mann. Er hatte die beiden portugiesischen Offiziere erkannt, die bei einem der meistkommentierten Angriffe der letzten Zeit mit dem Leben davongekommen waren. Über die Enterung wurde wegen der fetten Beute gesprochen, aber auch wegen der vielen Toten, die es auf Missons Seite gegeben hatte, bis er das fremde Schiff endlich unter seine Kontrolle bringen konnte. »Ich dachte, man hätte beschlossen, sie gehen zu lassen, um sie für ihren Mut zu belohnen.«

»Und so wurde es auch getan, Signore, man schenkte ihnen die Freiheit in dem Moment, in dem sie schworen, dass sie diese Meere nie wieder befahren würden. Aber sobald sie einen Fuß auf den Kontinent gesetzt hatten, sind sie mit fünf Hochseeschiffen aufgebrochen, um Libertalia zu suchen. Sie haben tatsächlich den Weg hierher zurückgefunden und wollten die Tatsache nutzen, dass fast unsere ganze Flotte unterwegs war, um die Republik zu zerstören.«

»Verfluchte Schwachköpfe …«

»Die Batterien im Hafen haben den Angriff problemlos abgewehrt.«

»Und dann hat der Kapitän ihren Tod befohlen?« Caraccioli verbarg sein Erstaunen nicht. »Bist du sicher, dass er angeordnet hat, sie aufzuknüpfen?«

Der Matrose nickte bestimmt.

»Er hat uns sogar eingeschärft, sie dort hängen zu lassen, bis der Gestank unerträglich wird.«

Das runde Gesicht des Priesters nahm einen enttäuschten Ausdruck an.

»Wo ist Misson jetzt?«

»Auf dem Friedhof.«

»Das hat uns gerade noch gefehlt … Wen hat es erwischt?«

»Den Offizier, der bei der Abwehr des portugiesischen Angriffs das Kommando hatte. Er war schwer verletzt und hat es schließlich nicht …«

»Der Name, sag mir seinen Namen!«

»Timothy, der Engländer.«

»Teufel auch, Timothy … Und seine Frau?«

»Ihr wisst doch, welches Schicksal ihr bevorsteht. Immerhin stammt sie aus einem alten Eingeborenengeschlecht …«

»Verflucht … Ist das Ritual bereits vollzogen?«

Der Seemann zuckte mit den Achseln. Caracciolí warf Matthieu und den anderen einen raschen Blick zu, ohne ihnen aber irgendeine Erklärung zu geben. Zu Fuß legten sie etwa eine Viertelmeile bis zum Friedhof zurück, der neben einem überschwemmten Bananenfeld lag. Auf dem Gottesacker verteilt wie ein weiteres Element der Landschaft, schmückten die verschiedensten Gedenksteine die Gräber – mit glatter Platte oder eingravierten Worten und Symbolen lagen einige davon flach auf dem Boden, andere waren senkrecht aufgestellt worden, darunter verschiedene Kreuze und Statuen. Matthieu vernahm ein Murmeln. Sie schoben Blätter zur Seite und traten näher, um eine Gruppe Menschen zu erblicken, die sich um ein offenes Grab versammelt hatte. Es war bis obenhin mit Blumen gefüllt, die den Toten beinahe verdeckten. Die Trauergemeinde setzte sich aus weißen, schwarzen und asiatischen Piraten zusammen, außerdem war auch eine große Gruppe eingeborener Männer und Frauen erschienen, die aufmerksam Kapitän Missons Worten lauschte. Seine Rede klang weniger wie die Segnung bei einer religiösen Beerdigung, sondern vielmehr wie der Abschied von einem Blutsbruder.

Da ist er, dachte Matthieu. Der gleiche schlanke Korsar mit den eintätowierten Blutstränen auf Hals und Gesicht, der sie auf See angegriffen hatte. Bei ihrer ersten Begegnung hatte er ihnen wie ein Held aus alter Zeit vom Bug der *Victoire* aus die Stirn geboten. Nun stand er jedoch untröstlich und nur allzu menschlich mit einer Hand voll Samen da.

»Ihr wisst, was diese Erde uns gelehrt hat«, beendete er seine Predigt mit den tröstenden Worten eines einheimischen Sprichwortes: »Wenn sich die Äste im Wald streiten, umarmen sich die Wurzeln.«

Er warf die Samen in das Grab.

Wenn sich die Äste streiten, umarmen sich die Wurzeln … Matthieu wollte gerne glauben, dass das Leid der Seinen ebenfalls zu irgendetwas gut sein würde. Misson bemerkte ihn und blickte ihn erstaunt an. Dann sah er auch die anderen. Caraccioli grüßte mit einer knappen Kopfbewegung.

In diesem Moment stieß eine der Eingeborenen einen untröstlichen Schrei aus. Es war die Ehefrau des Toten.

»Ich muss mich wieder vermählen!«, kreischte sie unter Tränen, und die anderen nickten.

Die Eingeborene küsste einen nach dem anderen, auch die Neuankömmlinge.

Caraccioli sprach einen der Seemänner mit leiser Stimme an.

»Seid ihr auch nach den Regeln vorgegangen? Wurde ihr ein Teil von Timothys Beute angeboten?«

»Sie hat eine Hand voll Münzen zu Boden geschleudert und Misson gefragt, ob dieser glänzende Unrat ihr das Leben ihres Mannes zurückgeben kann.«

»Das habe ich mir schon gedacht ...«

»Und warum sagt sie dann, dass sie wieder heiraten muss?«, mischte Matthieu sich ein.

»Sie will den Bund mit ihrem Mann erneuern«, erklärte Caraccioli. »Die Eingeborenen sehen in der Ehe die Vereinigung zweier Seelen, die von nun an nur einem einzigen Weg folgen können.«

Matthieu dachte an Luna. Seit er sie gesehen hatte, fühlte auch er sich, als würde ihm allein etwas fehlen. In diesem Moment griff die Eingeborene mit beiden Händen nach dem Bajonett, das dem Offizier gehört hatte, und rammte es sich in die Brust. Sie fiel auf die Knie. Blut quoll hervor und bedeckte ihre dunklen Arme. Pierre und La Bouche wirkten nicht überrascht, Matthieu hingegen konnte nicht fassen, was da vor seinen Augen geschah. Caraccioli packte ihn und hielt ihn fest, damit er nicht auf die Frau zulief und ihr die Klinge aus der Brust zog.

»Schau dir ihr Gesicht an«, flüsterte er ihm ins Ohr. Ein friedlicher Ausdruck von Glückseligkeit breitete sich auf den Zügen der Frau aus. »Sie muss sich mit ihm im Tod vereinen. Ihrem Glauben nach wird sie sonst ein Leben im Unheil führen.«

Die Totenstille, die sich auf dem Bananenfeld ausgebreitet hatte, dünkte Matthieu unerträglich.

»Niemand darf so gestraft werden …«

»Für sie ist es ein Privileg. Nur den Frauen aus den ältesten Familien wird die Ehre zuteil, ihre Ehemänner über den Tod hinaus begleiten zu dürfen. Wenn sie nicht selbst den Mut dazu aufgebracht hätte, hätten die Frauen ihres Stammes sie ins Meer geworfen, um die Tradition zu erfüllen. Obwohl ihre Seele in diesem Fall keine Ruhe gefunden hätte, bis nicht der letzte Fisch gestorben wäre, der von ihrem Fleisch gefressen hat.«

Der Musiker schloss die Augen. Er fand es von Minute zu Minute unglaublicher, dass dieser Schmelztiegel aus Menschen und Kulturen schon seit fünfundzwanzig Jahren existierte. Als er die Lider wieder aufschlug, starrte er Caraccioli durchdringend an.

»Wie könnt Ihr so etwas nur zulassen?«

Der Italiener antwortete mit einer Gegenfrage:

»Soll ich mich etwa zwischen Gott und eines seiner Geschöpfe stellen? Dazu hat niemand das Recht! Was glaubst du denn, warum ich die Maske der Soutane abgelegt habe?«

Die Eingeborenen säuberten den Leichnam der Frau und legten ihn vorsichtig auf den Blumenteppich im Grab. Als alles vorbei war, näherte sich Misson, der während der ganzen Zeremonie hoch aufgerichtet und unnahbar dagestanden hatte, den Neuankömmlingen.

»Mein lieber Freund Caraccioli …«

»Timothy war ein guter Mann.«

Sie umarmten sich. Danach begrüßte der Pirat La Bouche.

»Ich hatte darauf vertraut, dass Ihr herkommen würdet, auch wenn es offensichtlich nicht der beste Moment ist …« Er warf einen letzten Blick auf die Eingeborene, die nun zusammengerollt in Timothys Schoß ruhte. »Oder vielleicht doch, es kommt ganz darauf an, wie man die Sache betrachtet. Und ihr beide?«, wandte er sich an Matthieu und Pierre.

»Lasst uns nicht hier darüber reden«, unterbrach ihn Caraccioli. »Gehen wir lieber ins Haus.«

»Ja«, nickte der Kapitän mit einer müden Grimasse. »Kommt mit zu mir.«

17

Auf dem Rückweg erzählte La Bouche dem Piraten die Geschichte, die sie sich zurechtgelegt hatten. Während Misson der Erzählung des Kapitäns lauschte, hatte es nicht den Anschein, als zweifele er an seinen Worten. Dann berichtete Pierre von seinem Leben bei den Anosy und seinen Reisen im Inland Madagaskars, verschwieg dabei aber, was seit Ambovombes Überfall auf das Dorf des alten Königs geschehen war. Misson war begeistert von der Aussicht, einen erfahrenen Arzt in der Kolonie zu haben.

»Und du?«, fragte er Matthieu schließlich.

Ihn hatte er sich bis zuletzt aufgehoben. Vermutlich weil Caracciolis Gesichtsausdruck ihm verriet, dass sich hinter dem durchdringenden Blick des jungen Mannes eine Überraschung verbergen würde.

»Ich bin Musiker«, antwortete dieser und fügte absichtlich nichts weiter hinzu, um seinen Worten durch die Klarheit der Aussage besonderen Nachdruck zu verleihen.

Misson blieb stehen.

»Was für ein Musiker?«

»Er ist der Neffe von Marc-Antoine Charpentier, einem der angesehensten Komponisten Frankreichs«, verkündete La Bouche, als wäre es sein Verdienst, Matthieu hierhergebracht zu haben.

»Und er selbst komponiert auch«, erklärte Caraccioli.

Der Ausdruck auf Missons Gesicht veränderte sich.

»Stimmt das?«

»Stellt mich doch auf die Probe«, bot Matthieu an.

»Lasst uns allein«, forderte Misson die anderen auf. »Könntest du diese beiden Männer zu einem der leeren Häuser begleiten?«, bat er den Italiener. »Ich dachte da an die Unterkünfte neben dem Lager. Morgen können sie dann in Timothys Hütte umziehen, wenn die Familie seiner Frau bis dahin ihre Sachen ausgeräumt hat.«

La Bouche hätte vor Wut am liebsten laut geschrien. Er konnte kaum mit ansehen, wie der junge Musiker Misson gegenüber die Rolle einnahm, die eigentlich ihm zustand, er durfte aber nicht schon bei der ersten Gelegenheit die Beherrschung verlieren.

Matthieu folgte dem Piraten. Als sie das Haus betraten, schaute er sich darin diskret um in der Hoffnung, die Priesterin zu entdecken.

»Ich hole dir etwas zu trinken«, gab sich Misson als guter Gastgeber. »Nimm Platz, wo du möchtest.«

Er verschwand in einem Kämmerchen, in dem sich eine Feuerstelle und Töpfe zum Kochen befanden.

Matthieu schaute sich den Hauptraum in Ruhe an. Es gab dort mehrere Regale mit den verschiedensten Gegenständen, von denen einige Reiseandenken waren und andere von Beutezügen stammten, von Angriffen auf die reichsten Schiffe Abessiniens, Arabiens, Siams … Es handelte sich nicht um luxuriöse Stücke – Misson gab die wertvollsten an die Männer weiter, die sich bei Enterungen besonders heldenhaft gezeigt hatten –, es war eher eine Sammlung einzigartiger Fetische, die der Vorstellungskraft dieser kaum bekannten Kulturen entstammten. Der Geiger ging zum Fenster und betrachtete nachdenklich die Leichen der Gehenkten.

Misson trat neben ihn.

»Ich hätte nicht gedacht, dass ich jemals so einen Befehl erteilen würde«, murmelte er bedauernd.

»Wie der Wächter erklärt hat, mit dem wir gesprochen haben, handelte es sich bei den Männern doch um Eidbrecher. Und außerdem …«

Matthieu verstummte.

»Ich weiß schon, was du denkst. Du fragst dich, warum so etwas an mir nagt, wenn doch meinetwegen auf Hunderten von Schiffen Blut vergossen wurde.«

»Das wundert mich tatsächlich.«

»Alle anderen sind in der Schlacht gefallen. Aber diese beiden … Wenn ich menschlich wäre, hätte ich Gnade walten lassen.«

»Seid Ihr das denn nicht?«

»Ich träume davon, es nicht zu sein. Libertalia ist durch mich entstanden und wird nur durch mich aufrechterhalten. Es gibt Tage, an denen ich schon am Morgen die Last der Verantwortung nicht mehr ertrage und mich nur noch danach sehne, dass endlich die Nacht hereinbricht, alles für einige Stunden oder zumindest Minuten nicht mehr existiert … Es würde mir schon reichen, wenn diese Bürde wenigstens einen Augenaufschlag lang verschwände. Und du, wovon träumst du?«

»Seit ich in Madagaskar angekommen bin, weiß ich längst nicht mehr so genau, ob ich eigentlich wach bin oder träume«, antwortete der Musiker, ohne den Blick vom Fenster abzuwenden.

»Ist das überhaupt wichtig?«, fragte der Kapitän. »Wie sagte jener Dramaturg doch gleich … Wir sind vom gleichen Stoff, aus dem Träume sind!«

Matthieu konnte kaum fassen, dass er diese Unterhaltung mit dem Piraten führte. Mit der Behauptung, Missons Stimme könne jeden unwiderruflich in seinen Bann ziehen, hatte La Bouche wirklich nicht übertrieben. Aber warum dann dieses Auftreten? Diese Verletzlichkeit und all das Leid passten nicht zur übermenschlichen Stärke und Arroganz, die man ihm zuschrieb. Es war Misson fünfundzwanzig Jahre lang gelungen, über Hunderte von Piraten und befreiten Sklaven zu herrschen. Seine Republik mochte auf den ersten Blick zwar idyllisch wirken, kennzeichnend war für sie jedoch das harte Leben an Bord der Schiffe, auf denen die Männer die meiste Zeit verbrachten, die Skrupellosigkeit der Seeräuber, die sich dieselben Frauen zu Geliebten nahmen, die sie zuvor bei Enterungen vergewaltigt hatten, die Verstümmelungen in der Schlacht, die Fiebererkrankungen, die in der Regenzeit im Schlamm lauerten, und der gedämpfte, aber niemals erloschene Hass einiger Bewohner der Kolonie gegen Kameraden aus verfeindeten Nationen. Wie Misson selbst angedeutet hatte, konnte das Gewicht einer solchen Gemeinschaft wirklich nur auf den Schultern eines wahren Anführers ruhen, eines unbeugsamen Mannes, der von seinen Ansichten fest überzeugt war. Warum kommen Euch denn jetzt bloß diese Zweifel?, fragte sich Matthieu in Gedanken.

Sie setzten sich auf hölzernen Stühlen an einen Tisch, auf dem zwei Schalen mit Kakao dampften.

Misson überlegte kurz, was er als Nächstes sagen sollte. Matthieu wollte zu gern wissen, wozu der Korsar ihn denn so dringend brauchte, wollte das Thema aber nicht direkt ansprechen. Er betrachtete wieder die rechte Gesichtshälfte des Piraten. Warum er wohl Blut weinte? Er hatte an Bord der *Victoire* die halbe Welt umreist, daher gab es viele Möglichkeiten, woher die Tätowierung stammen konnte. In einigen Regionen Asiens benutzte man solchen Körperschmuck, um seine Feinde einzuschüchtern, die Nubier wollten damit Krankheiten fernhalten, in Mittelamerika erinnerten die Zeichnungen an frühere Siege, und in Nordafrika schützte man damit seine Seele. Vermutlich stammten die roten Tränen aus dieser Region …

»Sicher ist nur eines«, fuhr der Kapitän nun wieder in gequältem Tonfall fort, »nämlich dass niemand außer Gott Macht über das Leben eines Menschen hat, und dennoch habe ich mein Dasein mit Töten verbracht.«

Matthieu nahm einen Schluck Kakao.

»Jetzt sprecht Ihr von Gott, auf dem Friedhof habe ich jedoch keine einzige Bibel gesehen.«

»Ich habe mein Leben dem Meer gewidmet und wollte durch eine Welt ohne Grenzen die erhabenen Wahrheiten finden, die die Kirche vor uns verborgen hält. Wenn du das Leben hier in der Kolonie durchstehst, werde ich dir zeigen, dass eine Existenz ohne Credos und Katechesen nicht im Gegensatz zu einem unerschütterlichen Glauben an die Existenz Gottes stehen muss.«

Dem jungen Mann, der in Frankreich im strengen Korsett der schließlich durch das Edikt von Nantes widerrufenen religiösen Dogmen aufgewachsen war, erschienen diese Worte wie eine frische Brise.

»In Europa nennt man das Deismus«, erklärte er ohne jede Besserwisserei. Er dachte an die Diskussionen über dieses Thema, an denen Charpentier im Haus von Mademoiselle de Guise teilgenommen hatte.

»Wen interessiert schon, wie man es nennt? Das Wichtigste ist Gottes Wort, das man nicht in den heiligen Schriften findet, sondern im Universum und in der Natur.« Misson sah Matthieu in die Augen. »Warum kann es dann nicht auch in der Musik zum Ausdruck kommen?«

In der Musik …

Matthieu war wie erstarrt. Misson konnte doch unmöglich etwas über das alchemistische Geheimnis wissen, das sich hinter Lunas Lied verbarg. Sicher meinte er vielmehr die Macht, die der Gesang über die Eingeborenen hatte. Der Korsarenherrscher spürte, dass das Ende Libertalias nahte, und wollte durch die Wirkung der Melodie das verlorene Zusammengehörigkeitsgefühl der ersten Jahre wieder aufleben lassen.

»Musik ist Gottes Liebe in ihrer reinsten Form«, murmelte Matthieu auf einmal und wiederholte damit die Worte, die ihm Onkel Charpentier an seinem fünften Geburtstag zugeflüstert hatte.

Der Pirat sah ihn ein paar Sekunden geradezu bewundernd an.

»Stell dir vor, wie schwierig es ist, so lange eine Republik aufrechtzuerhalten, in der Geld keinen Wert hat und deren Grundstücke nicht umzäunt sind«, sagte er vertraulich und öffnete sich dem jungen Mann nun vollständig. »In diesem Tempel ohne Wände bin ich die einzige Stütze! Ich bin derjenige, der den Pfad für die anderen ebnet! Für die befreiten Gefangenen und die Frauen der Seeleute bin ich ihre Familie! Ich bin ihr Gedächtnis, alles, was sie an Geschichte haben! Manchmal weiß ich einfach nicht mehr, was ich noch sagen soll, welches Wort verhindern wird, dass mein Universum auseinanderbricht und sich als eine Million verlorener Sterne zerstreut.« Misson trank aus seiner Schale. Matthieu wartete ab, ohne etwas zu entgegnen. »An Bord meiner Schiffe stellen weiße Männer die Hälfte der Besatzung, schwarze die andere Hälfte, ich habe niemals Beute für mich selbst zurückgehalten, und wie du auf dem Friedhof sehen konntest, akzeptieren wir jede Art von Glauben oder Religion … Aber ich kann mich seit langer Zeit nicht des beunruhigenden Gefühls erwehren, dass in meinem Reich etwas Grundlegendes fehlt.«

Er sah Matthieu an. Zwar predigt er von einer Republik ohne privaten Besitz, dachte dieser, in Wirklichkeit hält er dieses utopische Kleinod aber für sein Eigentum.

»Und habt Ihr inzwischen entdeckt, was es ist?«, animierte er den Kapitän fortzufahren.

»Es wurde mir klar, kurz bevor wir uns auf See begegnet sind.« Er verstummte einen Moment, als wolle er die Erinnerung voll auskosten, und begann dann mit ruhiger Stimme zu erzählen. »Mein Schiff war in einer Bucht nahe Fort Dauphin vor Anker gegangen. Vor unserer Rückkehr nach Libertalia wollten wir dort den Frachtraum füllen. Die Anosy führten eine ihrer Beschwörungszeremonien durch, und Ambovombe, ihr neuer Herrscher, hatte die Weisen und Krieger aller Stämme zusammengerufen. Ich bot ihm eine Truhe Münzen aus einem Überfall auf ein portugiesisches Schiff an, und er akzeptierte bereitwillig. Nach unserem Tauschgeschäft bat er mich sogar, an der Zeremonie teilzunehmen. Als das Ritual sich dem Ende zuneigte, erschien in der Menge auf einmal eine Frau von betörender Schönheit, die auf einem Schild herbeigetragen wurde. Noch nie hatte ich etwas Ähnliches zu Gesicht bekommen. Dann begann sie zu singen, und alle starrten sie wie gebannt an. Jene seltsame Melodie brachte den Geist der Anwesenden, und meinen als Allererstes, mit jeder einzelnen Note völliger Erquickung näher. Ihre Stimme entführte mich in eine andere Dimension, ließ mich lachen und weinen, ich war Kind und Greis zugleich, wollte sterben und wiedergeboren werden …« Er hielt einige Sekunden inne. »Als ich mich auf den Weg zurück zum Schiff machte, entdeckte ich in meinem Boot diese Eingeborene. Sie hatte sich dort versteckt, sich wie ein verschrecktes Tier zusammengerollt. Ich konnte mein Glück kaum fassen.«

Matthieu beugte sich vor, damit sein Gegenüber unter seinem Hemd nicht erkennen konnte, wie wild sein Herz klopfte. Misson sprach offensichtlich von dem Tag, an dem Luna beschlossen hatte, dem Joch des Usurpators zu entfliehen.

Damit der andere nicht merkte, wie sehr seine Stimme zitterte, sagte er nur: »Sprecht weiter …«

»Musik! Das war es, was uns in Libertalia gefehlt hat! Wie hatte ich nur die Musik vergessen können, die ich doch früher einmal so sehr geliebt hatte? Seit Jahren hatte ich nichts anderes mehr gehört als die Sauflieder trunkener Matrosen! Habe ich etwa nicht Platon und Aristoteles gelesen? Und trotzdem hatte ich vergessen, dass Musik Heeren Mut macht, Regierungen stürzen kann und Könige wie Bürger zu Tränen rührt!«

»Die alten Griechen wussten, dass es Tonfolgen gibt, die die Menschen beflügeln, ebenso wie mixolydische Klänge sie traurig stimmen«, fügte Matthieu hinzu. »Damit ist es wie mit den Rhythmen: Einige vermitteln Ruhe, andere Edelmut oder Leidenschaft …«

»So ist es!«, rief Misson aus und schlug wütend auf den Tisch, so dass er den Kakao verschüttete.

»Wie Marc-Antoine Charpentier schrieb«, verwies Matthieu nun auf die Lehren seines Onkels, »hat jede Tonart einen anderen Charakter: C-Dur ist hart und kriegerisch, c-Moll düster und traurig; D-Dur ist fröhlich und angriffslustig, d-Moll ernst und ergeben und so weiter.«

»Und könntest du all diese Tonarten in einer einzigen Komposition vereinen?«, fragte Misson auf einmal.

»Wie bitte?«

»Meinst du, du wärst dazu in der Lage, eine Hymne für Libertalia zu schreiben? Ich spreche von einem Stück, das um den Gesang dieser Eingeborenen herum komponiert werden soll.«

Ein Stück ausgehend von ihrem Gesang... Er hatte also richtig vermutet: Misson wollte die Verführungskraft dieser Musik nutzen und bat ihn dabei um Hilfe. Wen wollte er so bloß unterwerfen? Zweifellos hatte er im Sinn, damit seine eigenen Anhänger an sich zu binden, bevor sie sich in alle Winde zerstreuten, oder die Eingeborenen, denen er vor Jahren – wenn auch unter dem Deckmantel guter Taten – die Insel gestohlen hatte.

»Eine Hymne...«

»Richtig! Und ich will, dass du sie zusammen mit Luna und einem Chor aus Bürgern meiner Republik vorträgst. Welch unendliche Vollkommenheit! Eine Eingeborene trägt ihren Gesang vor wie die Sopranistin einer großen Oper, neben ihr spielt ein Weißer die erste Geige, und hinter ihnen stehen Hunderte von Männern und Frauen, die in einem gemischten Ensemble aus Europäern und Afrikanern ihre Stimme im Einklang erheben! Die Essenz Libertalias in Musik übertragen!«

Die erste Geige an Lunas Seite... Wie war es nur möglich, dass das Schicksal ihn und diese Frau nun doch zusammengeführt hatte?

»Was ist denn?«, fragte Misson, dem auffiel, wie abwesend Matthieu auf einmal wirkte. »Gefällt dir die Idee nicht?«

»Wo ist diese Eingeborene?«

Als hätte sie ihr Gespräch mit angehört, erschien in genau diesem Augenblick Luna im Durchgang zum anliegenden Raum. Endlich war sie an seiner Seite, jetzt würde er sie endlich berühren können. Sie wirkte wie die Statue eines klassischen Bildhauers im ockergelben Morgennebel Madagaskars. Mit einer anmutigen Geste lehnte sie sich an die Wand, was sie sowohl naiv als auch sinnlich wirken ließ.

Matthieu war wie erstarrt.

Luna, meine Stille, meine Melodie …

Meine Stille … hallte es in seiner Brust wider.

Meine Melodie … erklang ein Flüstern in seinen Ohren.

Mit einem Mal geriet er in Panik. »Wir sind vom gleichen Stoff, aus dem Träume sind …«, hatte der Kapitän noch kurz zuvor gesagt. Wenn das hier Teil eines Traumes war, dann wollte er nie wieder erwachen. Warum ohne sie in der Realität weiterleben, und wenn ihm auch tausend Jahre geschenkt würden? Aber da stand Luna nun wirklich vor ihm, sie atmete die gleiche Luft wie er, und ihre nackten Füße berührten den Boden, auf dem er stand. Sie trug eine Hose, die unterhalb der Knie abgeschnitten worden war, und das gleiche weiße Hemd, in dem er sie an Bord der *Victoire* gesehen hatte.

»Komm doch her«, bat Misson. »Ich möchte dir Matthieu vorstellen.«

Sie regte sich nicht, fixierte den Musiker jedoch mit Blicken.

Die vollen Lippen bewegten sich kaum, als sie zum Gruß nur seinen Namen sprach: »Matthieu …« Sie neigte den Kopf.

Diese beiden Silben aus ihrem Munde zu vernehmen war für den Geiger, als könne er einen Bruchteil der eigenen Glückseligkeit ausmachen und beinahe mit der Hand danach greifen. Misson hörte in diesem Moment für ihn auf zu existieren.

»Du verstehst meine Sprache?«

»Als ich im Reich der Anosy geboren wurde, gab es schon Franzosen auf der Insel.«

Er konnte es kaum glauben, ihre Stimme war so voller Leben.

»Sie war als Kind schon rebellisch«, warf Misson ein und unterbrach so den Zauber. »Beim Einbruch der Dunkelheit schlich sie sich aus ihrer Hütte und verbrachte die Nacht im Haus eines Offiziers von Gouverneur Flacourt, dessen Frau sie wie eine Tochter behandelte.« Er sah zu ihr herüber. »So war es doch, nicht wahr?«

Sie erwiderte seinen Blick, ohne die Geschichte zu bestätigen.

»Ich muss gehen«, sagte sie schließlich.

»Warte …«, brach es aus Matthieu heraus.

»Eine Unterhaltung zwischen Männern ist wie der Kampf zweier Fossas«, verkündete sie und verglich sie so mit Raubkatzen ihrer Heimatinsel, die den Körper eines Löwen und den Kopf einer Ratte besaßen. »Es muss immer einen Sieger geben. Lasst euch von mir nicht weiter stören, aber gebt acht, sonst wird hier bald nicht nur Blut vergossen, sondern auch eure ganzen Ideen.« Matthieu war sprachlos. Luna glich in nichts der Frau, die er sich in seiner Fantasie ausgemalt hatte. Vielleicht lag es an all den Vorurteilen, die seit seiner Abreise in La Rochelle auf ihn eingeprasselt waren, doch er hatte eher erwartet, dass sie sich wie ein verschrecktes Tier verhalten würde. Stattdessen zeigte ihr Auftreten, dass sie eine wahre Priesterin war wie die Vestalinnen Roms oder die Verehrerinnen Amuns, die das alte Ägypten so faszinierten. Ihre stolze Haltung war von Geburt an von den Hüterinnen der Stimme gefördert worden, der französische Einfluss Flacourts hatte jedoch auch ihre liebliche Seite zum Vorschein gebracht. Er empfand großes Mitleid für sie, wenn er daran dachte, dass diese einzigartige, besondere und unvergleichliche Frau dem Schicksal eines Lebens in Gefangenschaft entgegensah, wenn auch im goldenen Käfig.

»Matthieu wird jeden Morgen vorbeischauen, um mit dir zu arbeiten«, informierte Misson Luna.

Sie senkte die Lider.

»Dann komme ich also morgen wieder«, nutzte der junge

Musiker die Gelegenheit, sich zu verabschieden, bevor er womöglich noch etwas Unangemessenes tat, sich zum Beispiel auf Luna stürzte, um sie zu küssen. »Ist es Euch bei Sonnenaufgang recht?«

»Komm, wann du möchtest. Ich werde in der Zeit den Rat leiten.«

»Den Rat?«

»Wenn es wichtige Entscheidungen zu fällen gilt, rufe ich alle Kapitäne zu einer Versammlung im Südturm des Hafens zusammen. So wie die Dinge im Moment stehen, kann ich sie wohl nur schwer davon überzeugen, La Bouche aufzunehmen.«

»Wie stehen denn die Dinge?«

Misson sah ihn scharf an.

»Ruh dich jetzt lieber aus. Du brauchst morgen früh einen klaren Kopf, um deine Aufgabe zu erfüllen.«

Matthieu war tatsächlich erschöpft, er hatte in den letzten Tagen nur wenige Stunden geschlafen, brauchte aber vor allem Zeit, um endlich einmal über die letzten Entwicklungen nachzudenken. Wenn La Bouche herausbekam, dass es ihm so leicht gemacht wurde, die Partitur der Melodie zu erstellen, dann würde er alles vorbereiten, um so bald wie möglich nach Fort Dauphin zurückzukehren, und zwar mit Lunas Kopf in einem Sack. Er seufzte.

So verlieben sich Opernfiguren, versuchte er sich aufzumuntern. Sie lieben über Leben und Tod hinweg, überwinden die Bosheit der Menschen und die dunklen Leidenschaften der Götter.

Bevor er die Haustür hinter sich zuzog, wandte er sich noch einmal um, die Priesterin war aber schon nicht mehr zu sehen.

Luna, meine Stille, meine Melodie …

18

Matthieu wanderte in der Kolonie hin und her, bis es endlich Abend wurde. Er konnte nicht klar denken und wollte einfach nur, dass die Stunden bis zum Wiedersehen mit Luna so schnell wie möglich verstrichen. Als er die Tür zum Haus öffnete, das man ihnen zugewiesen hatte, lief er La Bouche direkt in die Arme.

»Wo hast du denn gesteckt?«, fragte dieser vorwurfsvoll. »Wir haben den ganzen Tag darauf gewartet, etwas von dir zu hören!«

Matthieu schaute ihn kühl an.

»Ich habe Euch schon einmal gesagt, dass Ihr mich nicht wie einen Schiffsjungen behandeln sollt!«

Er sah sich im Inneren des Hauses um. Pierre lag auf einer Pritsche, und Matthieu ließ sich auf dem Bett daneben nieder.

»Hast du die Priesterin getroffen?«, drängte La Bouche weiter, auch wenn er seinen Tonfall nun änderte.

»Nein«, log er.

»Was wollte Misson denn von dir?«

»Eine Hymne.«

»Eine Hymne?«

Er erklärte ihnen in knappen Worten das Vorhaben des Piraten.

»Es ist gut, dass du eng mit ihm und der Mondesstimme zusammenarbeiten sollst«, rief La Bouche erfreut aus. »Das macht es uns einfacher, unseren Plan in die Tat umzusetzen.«

Matthieu verkniff sich jeglichen Kommentar.

Kurz darauf sank La Bouche erschöpft auf sein Lager. Pierre und Matthieu verließen ihre Unterkunft, um draußen allein ein paar Worte zu wechseln. Eine kühle Brise fegte über die Kolonie hinweg. Das Murmeln des Meeres erklang jetzt so nah und machte sie ganz schläfrig.

»Dieser Ort ist das reinste Pulverfass«, bemerkte Pierre.

»Genau darüber wollte ich mit dir reden.«

»Hat Misson etwas dazu gesagt?«

»Das war gar nicht nötig.«

»Ich bin heute durch den Hafen spaziert und habe mit den Matrosen gesprochen«, fuhr der Arzt lebhaft fort. »Die meisten stammen aus England oder Holland, schließlich habe ich aber einige Landsleute gefunden, die den Kiel eines Bootes reparierten. Deshalb war es eigentlich auch nicht verwunderlich, was dann passiert ist …«

»Was meinst du?«

»Ich habe jemanden getroffen, den ich kenne.«

»Wirklich?«

Pierre nickte aufgeregt.

»Einer der Seeleute war zu Flacourts Zeiten in Fort Dauphin. Ich weiß nicht, wie er hier gelandet ist, auf jeden Fall hat er mich sofort erkannt.«

»Nach all der Zeit?«

»Mich erstaunt das nicht. Ein paar Jahre vor dem entscheidenden Angriff der Anosy hatte er sich am rechten Arm verletzt. Ich glaube, er war in ein Tau geraten und gequetscht worden, als sich ein Segel plötzlich aufblähte … Damals fuhr ich bereits unter La Bouche auf der *Fortune* mit, und wir hatten einen Zwischenhalt eingelegt, weil der Gouverneur durch uns Nachrichten nach Paris übermitteln wollte. Als ich auf der Krankenstation vorbeischaute, hatte der Arzt bereits die Knochensäge in der Hand, und dieser Mann schrie wie am Spieß. Ich weiß selbst nicht so genau, warum ich eigentlich eingegriffen habe, aber ich konnte den Arm retten.«

»Worauf willst du mit der Geschichte hinaus?«, fragte Matthieu, der in Pierres Augen einen seltsamen Ausdruck entdeckte.

»Er hat gesagt, dass er mir noch einen Gefallen schuldet.«

»Du hast ihm doch wohl nichts von unserer Mission erzählt?«

»Natürlich nicht!«

»Und was kann er dann für dich tun?«

Pierre zuckte mit den Achseln.

»Vor den anderen wollte er keine Einzelheiten verraten. Wir haben uns für morgen verabredet.«

Matthieu ging auf und ab.

»Warum hast du vorhin das mit dem Pulverfass gesagt?«

»Der Matrose hat es so formuliert. Weißt du etwas über die Lage hier? Hat Misson dir etwas verraten?«

»Nur dass er irgendetwas braucht, um die ursprüngliche Begeisterung für die Republik wieder aufleben zu lassen. Daher die Idee, Lunas Melodie in eine Hymne zu verwandeln.«

»Glaubt er wirklich, dass ein Lied seine Probleme lösen kann?«

»Fünfundzwanzig Jahre lang hat er Schwierigkeiten mit ein paar Worten gemeistert. Und du kennst doch die Wirkung dieser Musik.«

Pierre blickte besorgt drein.

»Hast du sie wirklich noch nicht gesehen?«

»Doch.«

»Und warum hast du dann vorhin behauptet …«

»Ich wollte vor La Bouche nicht darüber reden.« Pierre verzog die Miene auf eine Art und Weise, die Matthieu nicht zu deuten vermochte. »Was hast du?«

»Du weißt doch, dass er sie bei der erstbesten Gelegenheit töten wird, nicht wahr?«

Sie schauten sich an.

»Nicht solange ich es verhindern kann.«

Der Arzt seufzte geräuschvoll.

»Vergiss lieber nicht, warum du hier bist.«

»Was soll das jetzt heißen?«

»Viele Jahre meines Lebens habe ich auf See verbracht. Ich habe vom Wundbrand befallene Arme und Beine amputiert und mit ansehen müssen, wie ein Seemann über Bord ging und sich in den Wellen eines Unwetters verlor, weil das Schiff seine Fahrt fortsetzen musste, um den Rest der Besatzung nicht zu gefährden … Ich bitte dich nur, verschiedene Möglichkeiten abzuwägen und dir darüber klar zu werden, was du im Notfall zu tun bereit bist. Vielleicht solltest du weniger an diese Frau denken und dir stattdessen die Gesichter der Menschen vor Augen rufen, die in Frankreich auf dich warten.«

»Ich kann Luna nicht einfach aus mir herausschneiden. Ich kann kaum fassen, dass du mir wirklich so etwas rätst …«

»Ich will doch nur dein Bestes!«

»Mein Bestes?«

»Sprich leise! Ich hoffe nur, dass La Bouche dich nicht auch ins Jenseits befördert, wenn das alles ein schlimmes Ende nimmt.«

»Aber es hat doch schon längst ein schlimmes Ende genommen! Hast du etwa vergessen, was Ambovombe Lunas Schwestern angetan hat?«

»Wenn die Priesterin nicht die Flucht ergriffen hätte, wäre das alles nicht geschehen.«

»Man kann doch niemandem vorwerfen, dass er sich nach Freiheit sehnt!«

»Verdammt noch mal, schlag dir diese Eingeborene aus dem Kopf und rette lieber die Deinen!«, fuhr der Arzt Matthieu an. »Dann hat wenigstens jemand etwas von alledem!«

In diesem Moment vernahm Matthieu ein Geräusch aus dem Inneren des Gebäudes. Als er sich umwandte, entdeckte er dort einen Schatten. La Bouche war unauffällig an eines der Fenster getreten und nickte ihm jetzt zu. Pierre entdeckte den Kapitän und grüßte ebenfalls mit einer Kopfbewegung. Die beiden Männer brachen ihre geheime Unterredung ab und gingen hinein. Sie schlossen zwar die Tür hinter sich, das Säuseln der Wellen drang jedoch durch jede Ritze wie überall auf Libertalia und erfüllte Schlaf und wache Stunden mit einer ungewohnten Rastlosigkeit.

19

Matthieu lag die ganze Nacht wach. Er musste Luna unbedingt wiedersehen. Beim Schein der ersten Sonnenstrahlen machte er sich eilig auf den Weg zu Misson. Die Tür des Hauses stand offen. Der Geiger sah in alle Räume, aber es war niemand da.

»Wo steckst du nur …?«, sagte er leise vor sich hin.

Um ein wenig zur Ruhe zu kommen, begann er, seine Geige zu reinigen. Dies lenkte ihn immer ab, und etwas Zerstreuung war genau das, was er in diesem Moment brauchte. Vielleicht würden ihm so auch die Ideen kommen, nach denen er seit Tagen suchte. Er holte das Instrument aus seinem Beutel und legte es vorsichtig auf den Tisch. Feuchtigkeit und Salz waren Gift für die Violine, genau wie all die Temperaturunterschiede hier, der Wechsel von der Kälte der Nacht zur extremen Hitze, die in Libertalia gegen Mittag herrschte. Er kramte ein sauberes Tuch hervor. Dann lockerte er die Spannung der Saiten, ohne sie völlig zu lösen, um in jeden Winkel gelangen zu können.

»Was machst du da?«, ertönte eine Stimme hinter ihm.

Er fuhr zusammen.

Es war Luna. Wieso hatte er sie nicht kommen hören? Ihre Bewegungen waren so geschmeidig, dass sich nicht einmal die Luft um sie herum regte.

Matthieu musste schlucken, so aufgeregt war er. Solche Gefühle waren für ihn ganz neu, er war aber erleichtert, dass auch ihr Verhalten von einer gewissen Verlegenheit zeugte. Sie errötete sanft. Wie sollte er sich ihr gegenüber nun verhalten? Vielleicht sollte er ihr gestehen, welche Emotionen auf ihn eingeprasselt waren, als er sie auf offener See zum ersten Mal erblickt hatte? Oder vielleicht war Schweigen angebrachter, um in der Stille Raum für all seine Worte zu finden?

Luna betrachtete die Geige und die gelockerten Saiten.

»Ich bereite sie gerade zum Spielen vor«, erklärte Matthieu schließlich.

Sie zog einen Stuhl heran und setzte sich neben ihn. Matthieu griff nach ihrer Hand, die weich und glatt war. Sie wirkte wie frisch aus Bronze gegossen, zart, vollkommen. Er legte sie auf die Violine, und Luna wehrte sich nicht. Endlich hörten beide auf zu zittern. Matthieu schob die vier Saiten vom Steg und führte Lunas Finger über die Wülste des Resonanzbodens und die s-förmigen Schalllöcher in der Decke. Gemeinsam liebkosten sie den Wirbelkasten und die Schnecke, die mit einer Schnitzerei in Form eines Löwenkopfes verziert war.

»Hier ist das Material anders«, flüsterte Luna, als er die Kuppe ihres Mittelfingers über das Griffbrett gleiten ließ und das Holz leise ächzte.

»Das ist Ebenholz.«

»Und das hier?«

Sie berührte sanft die Decke der Geige.

»Dieser Teil ist aus Fichtenholz. Und im Inneren befindet sich die Seele.«

Er drehte das Instrument um und legte Lunas Hand auf den Boden der Geige. Dann umfing er sie mit der seinen und schloss die Augen, als wolle er dem Puls des Instruments lauschen.

»Hat sie wirklich eine Seele?«

Matthieu lächelte.

»So heißt ein Element, das hier unten eingearbeitet ist...« Er drehte die Violine wieder um und zeigte es ihr in der Mitte des Instruments zwischen den Schalllöchern. »Es ist dazu da, den Druck auf das Holz zu mindern und die Töne im ganzen Klangkörper gleichmäßig zu verteilen, damit sie so rein wie möglich erklingen.«

»Und ich dachte, du meintest eine andere Art von Seele.«

»Die hat sie auch.« Einen Moment lang blickte er schweigend das Instrument an und dann wieder Luna. »Eine Geige fängt die Gefühle dessen ein, der darauf spielt.«

Die Priesterin atmete tief durch. Auch sie hatte so etwas noch nie verspürt. Sie war überzeugt, dass die Kräfte des Universums sie hier genau in diesem Augenblick zusammengeführt hatten. Luna dachte an ihre Flucht und an den Moment, in dem sie Misson während der Beschwörungszeremonie am Strand entdeckt hatte. Beim Anblick seiner mit Khol umrandeten Augen, schwarz wie die der bengalischen Piraten, und seiner mit Symbolen eines unbekannten Stammes tätowierten Gesichtshälfte war ihr sofort klar geworden, dass Mutter Natur ihn gesandt hatte, um sie von ihrem Schicksal zu erlösen. Niemand wusste, dass sie in ihrer Hütte Nacht für Nacht bittere Tränen vergossen hatte. Sie hatte die Sterne angefleht, sie aus diesem furchtbaren Dorf zu befreien, in dem die Hüterinnen der Stimme Schutz fanden, sich im Gegenzug aber einem lüsternen und grausamen Schwachsinnigen unterwerfen mussten. Es stimmte zwar, dass Ambovombe es aus Angst vor den Ahnen noch nicht gewagt hatte, sie anzurühren, Luna dachte jedoch mit Schrecken daran, dass er sich womöglich gegen Zanahary selbst auflehnen könnte, nur um das Lager mit ihr zu teilen. Daher hatte sie keine Sekunde gezögert. Als die Anosy nach der Zeremonie verzückt in die rituellen Formeln des Schamanen mit eingefallen waren, hatte sie sich in Missons Boot verborgen.

»Du bist der Wasserfall und ich der Fluss, der unausweichlich näher kommt«, raunte sie schließlich in diesem unbeschreiblichen Tonfall, der ihre Stimme charakterisierte.

»Als ich dich von unserem Schiff aus zum ersten Mal sah, als du an Deck tratest und dich hinter dem Mast verbargst, da dachte ich, dass meine Sinne explodieren würden.«

»Es waren nicht die Sinne, die uns zusammengeführt haben. In diesen Moment hatte dein Geist meinen schon längst gefunden.«

Matthieu sah sie an.

»Wie konnte ich nur ohne dich leben?«, sagte er mehr zu sich selbst als zu ihr.

Luna schob sich auf den Tisch, streckte sich darauf aus und rollte sich dann zusammen wie ein Lemurenjunges. In ihren Augen glitzerten goldene Sterne.

»Wirst du es tun?«, fragte sie sanft.

»Was?«, flüsterte er.

»Wirst du für mich auf deiner Geige spielen?«

Matthieu schwieg. Er musste daran denken, dass die Hüterinnen der Stimme der Mondesstimme die Ohren zuhielten, damit keine andere Musik die Melodie verfälschte, die sie in ihrem Inneren trug.

»Wirst du für mich spielen?«, bat sie wieder.

Sie hielt seinem Blick stand, war so ruhig und zugleich tiefgründiger als alle Gräben im Ozean rund um die Insel. Matthieu schloss die Augen. Ein einziges Stück wird sicher keinen Schaden anrichten, dachte er. Auf diese Art und Weise konnte er ihr am besten zeigen, wer er war. Seine Geige würde die Magie heraufbeschwören, mit der er ihr das Universum nahebringen konnte, das er sich für sie beide ausmalte. Wie konnte er ihr dies abschlagen, wenn sie ihm dadurch vielleicht für immer verbunden wäre? Er begann, an den Wirbeln zu drehen, und straffte die Saiten, von der hellsten bis zur tiefsten. Jetzt war das Instrument perfekt gestimmt. Er legte es sich auf die Schulter und lehnte das Kinn an. Dann überprüfte er die Position – weder schräg noch verdreht – und benutzte als Bezugspunkt dafür die Linien, mit der die E- und G-Saite links und rechts die Kanten der Schnecke verlängerten. Er entschied sich für ein Stück aus *L'Orfeo*, der Oper von Maestro Monteverdi. Sie erzählte von Orfeos freiwilligem Abstieg in die Unterwelt, wo er seine geliebte Euridice zu retten versuchte, die durch einen Schlangenbiss von seiner Seite gerissen wurde. Das war seine Art, Luna zu sagen, dass auch er für sie dem ewigen Feuer trotzen würde, wenn es sein musste. Immerhin war er ja bereits bis ans Ende der Welt gereist, um sie zu finden. Er lauschte ihrem Herzschlag und dann dem seinen, bis sie im Einklang waren, und begann schließlich, in diesem Takt zu spielen. Die Schönheit entstand ganz von allein.

Luna hatte das Gefühl, die Stimmen der Erd-, Wasser- und Feuergötter zugleich zu vernehmen. Dieser Mann konnte sie jedoch nach Gutdünken so lange heraufbeschwören, wie er nur wollte, indem er mit seinem Bogen über die Saiten aus Darm strich. Matthieu hielt die letzte Note. Als sie verstummte, öffnete sich in seinem Leben eine Tür, durch die Luna eintreten konnte.

»So lieben Opernfiguren«, flüsterte er ihr ins Ohr, bevor er sie küsste.

Luna roch nach dem Holz des Baobabs und einer offenen Frucht. Was war bloß dieses noch nie verspürte Erzittern, das ihn überkam, wenn er ihre erschaudernde Haut berührte? Waren es ihre katzenhaften Bewegungen, als sie sich auf ihn warf, ihn mit den Knien umfing, sich erst zusammenkauerte und dann aufbäumte, sich schließlich streckte, um ihren Mund auf den seinen zu pressen? Ihr Körper stand in Flammen, und sie hatte die Augen weit aufgerissen. In ihr toste ein ganzer Ozean, Salz und Gezeiten rissen den Musiker hinab in die Tiefe der Algen, die sich zwischen ihren Schenkeln verbargen und ihn nicht mehr losließen. Schließlich packte sie ihn bei den Handgelenken, damit er sie nicht mehr berührte, während sie beide wieder an die Oberfläche kamen.

Später betrachtete Matthieu, wie sie auf dem Raphia-Fußboden dalag. Sie schlief auf der Seite und atmete geräuschvoll. Ihn erregten ihre festen Schenkel, viel muskulöser als die französischer Frauen, und gleichzeitig rührte es ihn, sie mit einem Mal so unschuldig zu sehen, als wüsste sie gar nicht, über welche Macht sie verfügte.

Sie war sich weder dieser Macht noch der Gefahr, in der sie schwebte, bewusst.

Wie konnte er den Lauf der Dinge bloß ändern? Wie konnte er La Bouche aufhalten? Jede Minute, die verstrich, brachte Luna einem ihr von anderen auferlegten Schicksal näher und damit auch ihn seinem eigenen Ende, dem gemeinsamen Los eines vereinten Geistes. Er musste rasch handeln. Ob der Rat der Kapitäne wohl schon zusammengetreten war?

»Ich muss Misson alles erzählen«, sagte er plötzlich laut.

Luna regte sich kurz, ihr Atem wurde aber sofort wieder regelmäßig.

Den Piraten zu seinem Verbündeten machen … Warum war ihm das nicht früher in den Sinn gekommen? Immerhin hatte La Bouche sie beide angelogen. Sie würden ihn aus dem Weg schaffen, dann die Hymne komponieren, und Misson selbst würde ihn schließlich zum Dank mit der Priesterin nach Fort Dauphin zurückbringen.

Er streckte die Hand aus, um Luna zu berühren, tat es dann aber doch nicht, um sie nicht zu wecken. Er deckte sie mit ihrem Hemd zu, schlich auf Zehenspitzen hinaus und rannte in Richtung Versammlungsort los, sobald er das Haus verlassen hatte.

20

Im Hafen wimmelte es nur so von Seeleuten. Matthieu hielt auf den Südturm zu, ein Bauwerk aus schwarzem Stein, das sich in einer Ecke des Hafens erhob. Eine Fahne flatterte im Wind, und vor dem Turm stand ein unbemanntes Wachhäuschen. Das hölzerne Tor war bemalt und zeigte zu Ehren der Expeditionen, die die Nordroute nach Madagaskar erschlossen hatten, ein wellenumtostes maurisches Schiff. Wie alle Türen in Libertalia war auch diese unverschlossen. Vorsichtig trat Matthieu ein. Er stieg langsam die Wendeltreppe hinauf, die zum Versammlungssaal führte. Licht fiel nur durch die schmalen Schießscharten ins Innere. Als er oben ankam, vernahm er bereits Missons Stimme. Der Piratenherrscher war in eine erhitzte Debatte mit den anderen Kapitänen verwickelt. Die Wände des Saals zierten rote Handabdrücke – angelehnt an die Höhlen, in denen die Ureinwohner der Insel lebten –, und Fensterchen an allen Seiten zeigten die Dächer der Kolonie, den Hafen und das glitzernde Smaragdmeer. In der Mitte des Raumes stand ein Holztisch, dessen Beine den Totemschnitzereien der Eingeborenen nachempfunden waren. Darauf ruhten die Schwerter der Männer. Abgesehen von Caraccioli zählte Matthieu noch zehn weitere Kapitäne mit gegerbter Seemannshaut voll ritueller Tätowierungen – von denen keine Missons Blutstränen ähnelte – und geschmückt mit Halsketten und anderen Fetischen. Zu seinem Leidwesen musste er feststellen, dass La Bouche sich unter ihnen befand und sich bereits aufführte wie einer von ihnen.

»Wir haben keine Zeit zu verlieren«, erklärte Kapitän Tew,

eines der einflussreichsten Ratsmitglieder. »Der Traum von Libertalia geht zugrunde.«

Angesichts dieser kategorischen Feststellung verstummten die anderen, die bisher wild durcheinandergeredet hatten. Misson blickte einen Moment lang nachdenklich drein, bevor er schließlich etwas entgegnete.

»Es sind doch Eure Männer, die sich schon eine ganze Weile nicht mehr an die Regeln halten«, brachte er mit ernster Stimme hervor. Gemeint waren die englischen Seeleute unter Tews Kommando. »Sie haben ja noch nicht einmal über die Beute der letzten Fahrten Rechenschaft abgelegt.«

»Und was soll ich Eurer Meinung nach dagegen tun? Unsere Piraten zerfallen in einzelne Grüppchen, je nachdem welcher Nationalität sie angehören. Es ist vorbei mit dem gemeinsamen Ideal. Die Holländer wollen sich an der Küste von Sansibar ansiedeln, und die Portugiesen haben schon zwei geschlossene Versammlungen abgehalten – niemand weiß, was dort besprochen worden ist.«

Zwei Kapitäne bezogen diese Bemerkungen auf sich, klopften wütend auf den Tisch und heizten die Diskussion wieder an. Misson lauschte ihren Worten ein wenig abwesend. Wie Pierre am Abend zuvor bereits angedeutet hatte, schien die Überzeugung des Republikgründers nicht mehr stark genug zu sein, um das ganze Gebilde zusammenzuhalten. Daher brauchte er neue kollektive Rituale wie die auf Lunas faszinierender Melodie basierende Hymne.

Caraccioli erhob sich aus seinem Stuhl und humpelte auf dem Holzbein voran. Polternd umrundete er den Tisch und stellte sich an die Seite des Anführers. Jetzt war wieder einmal der Moment gekommen, wie in vielen anderen schwierigen Situationen auch dem Rest gegenüber Einigkeit zu beweisen.

»Sag ihnen die Wahrheit, Kapitän«, drängte er Misson.

Die anderen Männer verstummten.

»Was meint Ihr?«, fragte Tew verblüfft.

»Das einzige Problem hier ist doch, dass Ihr Angst habt!«

»Was?«

»Ihr befürchtet, die Eingeborenen könnten inzwischen begriffen haben, dass wir gar nicht so unbesiegbar sind, und uns von ihrer Insel vertreiben wollen.«

»Das ist doch Unsinn. Dieses Risiko bestand immerhin von Anfang an ...«

»Mein Gott, wir wissen doch alle, dass die Dinge sich geändert haben ...«, rief der Priester erzürnt.

»Darf ich fragen, was Ihr damit sagen wollt?«, mischte sich La Bouche zum ersten Mal ein.

»Es geht um eine Gruppe befreiter Sklaven. Wir waren davon ausgegangen, dass sie sich gut in der Kolonie integriert hatten, nun sind sie aber mit einem Mal verschwunden. Vermutlich sind ihnen die Spannungen der letzten Zeit nicht verborgen geblieben, und dann wurden sie auch noch von einem Aufwiegler angestachelt ...«

»Es handelt sich höchstwahrscheinlich um den Herrscher eines Kriegerstammes aus dem Süden von Angola«, fügte der Kapitän hinzu, der den Mann vor einigen Monaten selbst von einem Schiff befreit hatte, das nach Indien unterwegs war. »Verfluchter Schuft!«

»Es hat immer schon ehemalige Sklaven gegeben, die gegen uns einen Groll hegten, weil sie nicht begriffen, dass wir anders sind als die restlichen Europäer«, erklärte ein Kapitän dem Neuankömmling La Bouche, ohne zu ahnen, dass er hier mit einem Menschenhändler sprach.

»Auf jeden Fall«, fuhr Caraccioli fort, »hat er einige seiner Männer davon überzeugt, mit ihm Libertalia zu verlassen und sich bei den Eingeborenen anzusiedeln. Nun wird gemunkelt, dass sie einen Angriff vorbereiten. Wenn sich die verschiedenen Stämme verbünden, verfügen sie über eine wahre Streitmacht.«

La Bouche schien das nicht zu begreifen.

»Aber wieso sollten sich die Eingeborenen denn gegen Euch auflehnen? Warum jetzt, nach all der Zeit?«

»Misson vernachlässigt die Beziehungen zu ihnen schon seit Jahren«, erklärte Tew rasch.

Der Erwähnte schien nun endlich aus seiner geistigen Abwesenheit zu erwachen.

»Wie könnt Ihr so etwas nur …«

»Es stimmt doch, Kapitän«, sprach der Engländer weiter. »Ihr lasst nicht mehr die Strenge und subtile Diplomatie vergangener Tage walten. Auch wer gegen die immer schon geltenden Regeln auf der Insel verstößt, wird nicht mehr so hart bestraft. Vor einem Monat wurden im Dorf bei der Bucht drei Mädchen vergewaltigt, und der dortige Herrscher wartet noch immer darauf, dass Ihr die Konsequenzen zieht. Für sie zählt es nicht, dass Ihr Verräter wie die beiden Portugiesen im Tamarindenbaum straft. Sie erwarten, dass Ihr auch gegen Verletzungen ihrer Rechte vorgeht.« Er verstummte kurz. »Und glaubt nicht, dass ich Euch Vorwürfe machen will, mein Freund. Aber Libertalia ist einfach zu groß geworden. Wir sind zu viele Männer für so ein kleines Stück vom Paradies.«

La Bouche nickte. Selbst Matthieu, der noch immer unentdeckt auf der Wendeltreppe verweilte, spürte einen Kloß im Hals.

»So stehen die Dinge also«, resümierte Caraccioli schließlich. Es half ja doch nichts, sie mussten der Realität ins Auge sehen. »Die Gruppe der flüchtigen Verräter will die Kluft nutzen, die sich zwischen den Bewohnern verschiedener Nationen auftut, um uns zu vernichten und unsere Heimat einzunehmen. Sie wissen, dass die meisten unserer Männer lieber fliehen würden, als ihr Leben für etwas aufs Spiel zu setzen, an das sie schon lange nicht mehr glauben …«

»Und genau deshalb«, ergriff Misson nun das Wort, »kann ich nicht zulassen, dass meine Leute die Republik jetzt verlassen. Wir müssen uns geschlossener zeigen denn je. Eine Invasion aus dem Inland! Wie paradox!«, lachte er auf einmal zur Überraschung aller. »Unsere komplette Verteidigung ist doch zur Seeseite hin angelegt!«

Matthieu wusste nicht so recht, was er mit alledem anfangen sollte, was er da hörte. Er wollte sich bereits wieder zurückziehen, schließlich aber wurde ihm klar, dass das vermutlich bald ausbrechende Chaos La Bouche bei seinem Plan nur in die Hände spielen würde. Als er gerade den Versammlungssaal betreten wollte, um allen von den wahren Absichten des neuen Kapitäns zu berichten, vernahm er hinter sich eine Stimme.

»Matthieu!«

Er wandte sich um. Jemand lief hastig die Stufen hinauf.

»Pierre?«

»Endlich habe ich dich gefunden! Ein Matrose hat mir gesagt, er habe dich in den Turm gehen sehen.«

»Sprich bitte leise«, bat Matthieu den Arzt.

»Was tust du hier?«

»Ich werde Misson alles erzählen. Das ist unsere einzige Chance …«

»Nein, nein, das ist alles gar nicht mehr nötig.«

Pierre schluckte und rang nach Atem.

»Was ist geschehen, erzähl!«

»Ich habe mit dem Seemann gesprochen, den ich gestern erwähnt habe. Es steht viel schlimmer um Libertalia, als wir dachten. Man vermutet, die Eingeborenen werden …«

»Ich weiß«, unterbrach ihn der Geiger. »Der Rat hat gerade darüber gesprochen.«

»Umso besser, dann kann ich ja zum Punkt kommen.« Pierre atmete tief durch. »Der Matrose wird mit einer Gruppe Franzosen die Insel verlassen und hat mir angeboten, uns mitzunehmen.«

Matthieu war sprachlos. Es war, also ob die düstere Wendeltreppe plötzlich in Licht getaucht wurde. Endlich einmal eine gute Nachricht.

»Wohin würden sie uns denn bringen?«

»Wir würden den Kontinent umrunden und an irgendeinem Strand in Senegal an Land gehen in der Nähe von Gorée. Sie würden in die Karibik weiterfahren, und wir würden kein Problem haben, ein Schiff der Kompanie zu finden, das uns nach Frankreich mitnimmt. Kannst du es fassen? Wir wären fort, noch bevor hier alles in die Luft geht, und du würdest rechtzeitig nach Paris zurückkehren, um deine Mission zu erfüllen.«

»Für wann ist die Abfahrt geplant?«

»Für heute Nacht.«

»Schon heute Nacht?«

»Hast du die Melodie inzwischen kopiert?«

Matthieu schwieg einen Moment.

»Noch nicht.«

»Dann …«

Matthieu wurde mit einem Mal klar, dass er dieses Schiff unmöglich besteigen konnte. Er senkte den Blick.

»Selbst wenn ich sie schon niedergeschrieben hätte, könnte ich niemals ohne Luna gehen. Kehr nach Frankreich zurück und mach dir um mich keine Sorgen. Ich finde schon einen Weg …«

»Dabei wollte ich dir gerade sagen, dass du sie mitbringen kannst.«

»Und La Bouche?«

»La Bouche …«, seufzte der Arzt.

»Er war immerhin dein Freund. Du wählst also uns und nicht ihn?«, fragte Matthieu ohne Umschweife.

»Er hat sich doch für Ambovombe entschieden. Und du hast es ja selbst gesagt: Er *war* einmal mein Freund. Jetzt erkenne ich ihn kaum wieder.«

»Und was ist mit deinem Rat von gestern?«

»Gestern Abend stand es ja auch noch nicht in meiner Macht, euer Schicksal zu bestimmen«, antwortete Pierre unerschütterlich.

Matthieu schlug die Hände vors Gesicht.

»Wie wird der König bloß reagieren, wenn er erfährt, dass ich seinen Kapitän hintergangen habe?«

»Du wirst deinen Teil der Mission erfüllt haben. Denk immer daran und mach dir über den Rest keine Sorgen. Wenn das Schiff der Kompanie Fort Dauphin erreicht und die Besatzung sieht, dass ihr nicht da seid, wird man die Fahrt nach Frankreich wie geplant fortsetzen. Und Seine Majestät … wird dich mit Reichtümern überhäufen! Denn du wirst ihm ja nicht nur die Partitur bringen, sondern die Priesterin selbst!«

Ihn mit Reichtümern überhäufen … Matthieu sah in Ludwig XIV. eine seltsame Mischung aus dem grausamen und unersättlichen Usurpator Ambovombe und einem im Abstieg begriffenen Misson, der um den drohenden Zerfall seines Reiches wusste.

»Du hast recht«, wurde er plötzlich wieder munter. »Ich muss mit Luna sprechen.«

»Haltet euch bis zum Einbruch der Nacht versteckt. Wenn sie euch entdecken, werdet ihr keine weitere Möglichkeit zur Flucht mehr haben. Wir sehen uns in den frühen Morgenstunden in der Bucht links vom Hafen.«

Sie umarmten sich.

»Einen Augenblick noch …«

»Was hast du?«

»Der Griot.«

»Was ist mit ihm?«

»Ihn können wir hier auch nicht zurücklassen.«

»Vielleicht will er ja gar nicht gehen.«

»Ich bin sicher, dass er mit uns kommen will. Er hat nur einen einzigen Wunsch, nämlich eines Tages in den Senegal zurückzukehren und gegen die Menschenhändler zu kämpfen.«

»Ich weiß nicht so genau, ob der Arm, den ich dem Matrosen gerettet habe, so viele Passagiere wert ist«, scherzte Pierre, um nicht zu verzweifeln.

»Könntest du ihn suchen? Ich hoffe, er ist noch immer in jenem länglichen Gebäude untergebracht.«

»Bei den Lehrern der befreiten Sklaven?«

Matthieu nickte.

»Erzähl ihm bitte alles und bring ihn mit.«

Sie entfernten sich so schnell wie möglich vom Versammlungsturm. Der Arzt verschwand im Hafen in der Menge, sah sich dabei aber bei jedem Schritt um. Matthieu rannte zu Missons Unterkunft zurück. Luna stand mitten im Raum, als er das Innere der Hütte betrat. Ihre Miene drückte Besorgnis aus.

»Ich habe von einem Jäger in der Wüste geträumt«, verkündete sie mit verlorenem Blick. »Und ich war die Beute.«

»Kennst du einen Ort, an dem wir uns bis zum Einbruch der Dunkelheit verbergen können?«

»Vor wem müssen wir uns denn verstecken?«

»Vertrau mir bitte.«

»Die Höhle, in der ich die Muschel aufbewahre …«, murmelte sie nachdenklich.

»Eine Höhle wäre gut«, antwortete er, ohne zu wissen, wovon sie eigentlich sprach. »Wo ist sie?«

»Am Fuß der Felsen.«

»In Richtung Meer ist es zu gefährlich«, erwiderte er bedauernd. »Man würde uns auf halbem Wege schnappen. Lass uns lieber einen Ort in den Bergen suchen.«

»Der Bambuswald«, schlug sie vor, ohne seine Ausführungen in Frage zu stellen. »Oben auf dem ersten Hügel.«

»Dann lass uns keine Zeit verlieren.«

Luna hielt inne, bevor sie das Haus verließen.

»Aber ich werde doch noch Gelegenheit haben, meine Muschel zu holen, nicht wahr?«

»Was für eine Muschel meinst du?«

»Du musst mir auch vertrauen«, lautete ihre Antwort, ehe sie sich mit raschen Schritten auf den Weg ins Herz der Insel machte.

21

Sie durchquerten einen Palmenhain und erklommen eine Erhebung der Hügelkette, die die Siedlung umgab. Der Bambuswald begann dort, wo die Landschaft sich langsam rauer und dichter bewachsen zeigte. Sie waren schon fast am Ziel, als Luna mit einem Mal stehen blieb und die Augen schloss. Etwas weiter oben pfiff der Wind in den Löchern der Bambusrohre und verwandelte sie in Flöten und Oboen.

»Hast du schon einmal den Stimmen der Pflanzen gelauscht?«, fragte sie ihn mit bezaubernder Unbefangenheit.

Matthieu ließ den Blick über die einsame Gegend schweifen, die sich um sie herum ausbreitete. Die Landschaft wirkte wie ein Gemälde. Die Sonne würde bald untergehen und tauchte den Himmel in die verschiedensten Rosétöne. Es war ein guter Ort, um bis zu dem Treffen mit Pierre auszuharren. Von diesem Punkt aus würden sie jeden beobachten können, der sich in der Umgebung von Libertalia herumtrieb. Der junge Mann atmete tief durch. Er wollte Luna gern so vieles erzählen, wusste aber nicht, wo er anfangen sollte.

»Weißt du, wie das Universum geboren wurde?«, kam sie ihm zuvor.

»Sprich!«, bat er. So konnte er ein wenig zur Ruhe kommen, während die Bambusflöten im Hintergrund noch immer ihre eigene Ballade komponierten. Luna setzte sich so hin, dass sie ihm direkt in die Augen sah.

»Vor der Erschaffung der Welt gab es nur ein einziges leeres Wesen«, rezitierte sie. »Und das war die Liebe. Sie war allein. Außer ihr lebte nichts und niemand, bis sie entschied, sich selbst zwei Augen zu schenken. Sie schloss die Lider, und es wurde Nacht. Dann schlug sie sie auf, und es wurde Tag. Bald schuf die Nacht den Mond und der Tag die Sonne. Und in genau diesem Moment, als sie im Abendrot zum ersten Mal gemeinsam am Himmel standen, entdeckten sie ihre ewige Liebe zueinander und schufen so die Zeit des Menschen.«

Sie schwieg. Am Himmel bluteten lilafarbene Strahlen.

»Das ist eine wunderbare Geschichte.«

»Sie schildert die Dinge so, wie sie sich zugetragen haben.«

Matthieu schien sich einen Moment lang in seinen Gedanken zu verlieren. Plötzlich erhellte ein breites Lächeln seine Züge.

»Es hat noch etwas anderes damit auf sich …«, murmelte er.

»Etwas anderes?«

»Die Zeit des Menschen … entstand aus der Liebe zwischen Sonne und Mond … in dem Moment, in dem beide am Himmel standen …

Sonne, deine Strahlen berühren mich nicht …

Das ist die Lösung von Newtons Rätsel …«, flüsterte er ergriffen.

»Was für ein Rätsel?«

»Er meinte damit einen Zeitpunkt.«

»Einen Zeitpunkt?«

»… blinzle in die Dunkelheit wie zum Anbeginn.

Und ich, dein Mond, vergieße Tränen über der Frucht.

Was bist du ohne mein Liebkosen?

Und was kann ich tun, außer zu schreien, wenn du erlischst?

Jeden Tag um dieselbe Zeit!«, rief er aufgeregt aus, »sehen sie einander nur an und bringen die Frucht hervor!« Er ergriff Lunas Hände und drückte sie. »Das ist der Zeitpunkt, an dem wir erschaffen wurden! Ist das der Augenblick der Seele? Der Moment der Melodie?«

»Sieh nur«, entgegnete sie schlicht.

Die Sonne war kurz davor unterzugehen, und am Himmel stand tief der blasse Mond.

»Genau jetzt, an genau diesem Himmel …«

»Nun schauen die beiden einander an!«

»Just in diesem Augenblick lieben sie sich …«

Matthieu konnte es kaum fassen. Er hatte die alchemistische Rätselschrift entschlüsselt. Das Experiment musste in genau diesem magischen Moment ausgeführt werden, in dem der Kosmos im Gleichgewicht war, damit die Melodie ohne Grenzen reisen und bis zum Ursprung Raum und Zeit durchqueren konnte. Warum war ihm das nicht früher in den Sinn gekommen? Der einzige Zeitpunkt, zu dem das Universum die Schwingungen völliger Harmonie erzeugte. Die Theorie über die Musik der Sphären – die während der Treffen bei Mademoiselle de Guise so oft zur Sprache gekommen war – besagte, dass alle Planeten einen vibrierenden Ton produzierten, der durch ihre Entfernung zur Erde bestimmt wurde. In einem bestimmten Augenblick würden all diese Töne gemeinsam die perfekte Synchronie erreichen. So wie die Mathematik folgte auch das kosmische Gleichgewicht gewissen Regeln. Wie in der Natur war auch hier alles miteinander verknüpft.

Matthieu küsste Luna lange. Auch in seinem Leben schien auf einmal alles zusammenzupassen. In einigen Stunden würde er sich auf den Weg in den Senegal machen, und begleiten würde ihn dabei diese Frau, die ihn liebte, die Fleisch gewordene Melodie. Und er hatte sogar die Lösung des Rätsels gefunden, die es Newton ermöglichen würde, das Experiment zu vollziehen. Er war jetzt viel ruhiger und erzählte Luna, wie er in dieses magische Labyrinth geraten war, das ihn schließlich ins Reich der Anosy geführt hatte. Sie erfuhr nun, dass er in Frankreich aufgebrochen war, um hier ihre Melodie niederzuschreiben, einen Schatz aus Noten und Pausen, der seiner Familie das Leben schenken würde. Er verriet ihr auch La Bouches Pläne, schwor ihr jedoch, dass sie mit ihm an ihrer Seite keine Angst zu haben brauchte, da das Schicksal ihnen einen Weg aufgezeigt hatte. Den Weg zu einem Schiff, das sie weit weg bringen würde, fern von allen Gefahren.

Lunas Miene wurde mit einem Mal ernst.

»Freust du dich denn nicht darüber, mit mir zu kommen?«

»Auf einmal habe ich das Gefühl, dass es für immer sein wird.«

»Was meinst du?«

»Das bedeutet doch, dass ich meine Schwestern nie wiedersehen werde.«

Matthieu erschauderte. Es gab da noch eine Sache, die er ihr nicht erzählt hatte, das spürte die Priesterin sofort.

»Luna …«

»Halt deine Worte nicht zurück!«

»Die Hüterinnen …«

»Lass mich nicht warten, sprich …«

»Sie alle sind …«

Seine Augen sprachen vom Blut und der Asche.

»Meine Schwestern!«, schluchzte sie.

»Das war Ambovombes Tat.«

»Nein, nein, nein …«

»Es tut mir so leid …«

Er versuchte, sie wieder in die Arme zu schließen, sie sprang jedoch unter trostlosem Schluchzen auf und begann, Namen in ihrer Sprache in den Himmel zu schreien. Dann bäumte sie sich auf und heulte wie ein wildes Tier in der Schlinge. Sie schien völlig den Verstand zu verlieren. Ohne ein weiteres Wort rannte sie den Hügel hinab, vom Säuseln der Bambusstämme verfolgt.

»Luna!«, rief Matthieu.

Sie blieb nicht stehen. Er lief ihr nach. Als sie sich auf halber Höhe des Hanges befanden, ertönte plötzlich der erste Kanonenschuss. Wer hatte ihn abgefeuert?

»Luna! Warte doch bitte!«

Aber sie entfernte sich weiter von ihm.

Erneut das Donnern einer Kanone. Das konnte doch nicht sein … Hatte die Revolte etwa bereits begonnen? Beim Beginn des Aufstands wollten sie doch längst weit weg sein. Und wieder ein Schuss. Er kam vom Hafen her, und dieses Mal war er auf die Hügelkette ausgerichtet! Matthieu hielt sich die Arme vors Gesicht, als die Kugel gefährlich nahe einschlug.

»Was zum Teufel geht denn da vor?«

In diesem Moment bemerkte er, zunächst ganz leise, noch ein weiteres Geräusch. Als er sich darauf konzentrierte, wurde es immer lauter. Es handelte sich um eine Art gutturales Grunzen, das hinter ihnen heranrollte wie ein Lavastrom. Er wandte sich um und nahm den Hügel in Augenschein, betrachtete den Hang jenseits des Bambuswaldes. Er konnte es kaum glauben. Der Berg war von Eingeborenen übersät. Immer mehr graue Körper tauchten zwischen den dichten Pflanzen auf, Hunderte von ihnen. Es stimmte also! Die Stämme der Insel hatten sich vereint, um zu einem einzigen, tödlichen Schlag gegen Misson auszuholen. Die Geschichte von Fort Dauphin wiederholte sich. Wie war das bloß möglich? Libertalia war doch keine Ausbeuterkolonie, sondern ein gemeinschaftlicher Garten Eden. Gemeinschaftlich? Offensichtlich hatten die Eingeborenen den Korsarenherrscher immer als Eindringling angesehen, und deshalb musste er nun sterben.

»Luna …«, murmelte Matthieu und drehte sich wieder um, sie war aber schon weit fort. Er stand genau zwischen der Siedlung und jenem aufgepeitschten Heer, das sich unaufhaltsam über die letzte Utopie ergießen würde, als eine der Kanonen der Hafenbatterie eine weitere Kugel ausspuckte. Matthieu riss die Augen weit auf, unterdrückte einen Schrei und warf sich zu Boden. Die Wirkung des Einschlags war unglaublich. Das Projektil riss zwei Palmen mit sich, von denen eine Matthieu am Kopf traf. Sein Mund schmeckte nach Erde.

Das Gesicht brannte, als hätte man es ihm versengt …

Nach und nach kam er wieder zu sich.

»Oh mein Gott…«, stieß er entsetzt hervor und betrachtete seine Hände, berührte dann die Beine. Er konnte sie bewegen. Dann tastete er den restlichen Körper ab. Alles schien in Ordnung zu sein, und dennoch… So gut es ging, stand er auf – und dann begriff er es endlich.

»Oh mein Gott, mein Gott… Was ist das nur? Was geschieht da mit mir?«

Er konnte seine eigene Stimme nicht mehr hören. Und auch sonst keinen einzigen Laut.

»Kann das denn wirklich wahr sein?«

Er bewegte die Lippen, spannte das Zwerchfell an und ließ Luft ausströmen, die Antwort war jedoch nur Stille. Eine unerträgliche Stille, die in seinem Kopf immer größer und größer wurde, bis er schließlich den Mund öffnen musste, damit ihm nicht der Schädel platzte. Mit einem Mal fühlte sich sein Körper so fremd an. Er bewegte die Arme und konnte das Rascheln des Hemdes nicht vernehmen und auch nicht das Rauschen des Luftzugs. Er stampfte mit den Füßen auf, doch es war nichts zu hören, auch nicht, als er ganze Grasbüschel ausriss. Er hob die Hände an die Ohren und stieß erneut einen Schrei aus, spürte aber nur das Brennen in der Kehle.

Danach sah Matthieu nach oben. Die ersten Eingeborenen hatten bereits den Bambuswald erreicht und wurden bei ihrem Abstieg immer schneller. Sie hielten ohne jede Angst vor den niederprasselnden Kanonenkugeln auf die Siedlung zu. Die Horden aus den Bergen brachten die Nacht mit sich. Im letzten Abendlicht erkannte er ihre Reißzähne, angespitzt mit einem rauen Stein, den es auf der Insel überall gab, ihre Elfenbeinaugen und die aschgraue Haut, die so dunkel war wie die Schatten, die bald alles verschlucken würden.

Er begann zu laufen. Zunächst tastete er sich vorsichtig voran, um zu sehen, ob er auch nicht straucheln würde, dann aber rannte er, was die Beine hergaben. In der Brust spürte er den Druck der

Explosionen, seine Schläfen pochten bei jedem Schritt, er fühlte auf der Haut den Wind, der ein Unwetter ankündigte, die ersten Regentropfen und sah am Fuße des Hügels die Soldaten schreien, während er über die Barrikade sprang, die dort als Schutz vor dem Angriff errichtet worden war. Die Töne dazu stellte er sich vor, er hörte jedoch nichts.

Gar nichts.

22

Wo bist du bloß, Luna?

Matthieu wankte durch einen stummen Albtraum. Wie von den aufrührerischen ehemaligen Sklaven geplant, ließen die meisten Europäer alles stehen und liegen, als sich das Heer der Eingeborenen über die Hänge ergoss, und machten sich schnellstmöglich auf den Weg zu den Schiffen, die sie vom Leben in diesem ausgelaugten Paradies fortbringen würden. Überall verzerrte Mienen, der Geruch von verbranntem Pulver, Entsetzen auf tränenverschmierten Gesichtern, Anspannung, Salz und Lehm … Der Musiker erreichte Missons Hütte. Er öffnete alle Türen, schleuderte Gegenstände zu Boden, die er zerschellen und lautlos in Stücke gehen sah. Keine Spur von Luna. Der Gedanke, dass sie ihn vielleicht aus irgendeinem Versteck heraus rief und er sie nicht hören konnte, machte ihn wahnsinnig. Er rannte zum Hafen. Fackeln entrissen dem Dunkel der Nacht grauenhafte Szenen. Eine Frau, die ihr Kind in ein Stück Segeltuch eingewickelt bei sich trug, umklammerte seine Beine und flehte ihn an, ihr zu helfen. Aber was konnte er schon tun? Er warf einen Blick in die schlammigen Straßen zwischen den Häusern. Immer wieder prallte er mit Matrosen zusammen, die ihn brutal zur Seite stießen. Panik keimte wie ein verderblicher Samen in ganz Libertalia und drohte die Bevölkerung zu vernichten, noch bevor es die Eingeborenen tun würden, die die erste Verteidigungslinie von Missons kampfbereitesten Männern überwinden konnten. Der Regen prasselte heftig. Zwischen den Leichen floss Blut auf den Straßen. In einigen Gassen führten die Eingeborenen einen hysterischen Tanz auf und schwenkten in einer Hand ihre Macheten, in der anderen abgetrennte Gliedmaßen der Männer, die versucht hatten, sich ihnen auf dem Weg zum Hafen entgegenzustellen.

Matthieu kam an dem langgezogenen Gebäude vorbei, an dem er sich vom Griot verabschiedet hatte. Er trat ein, um seinen Freund zu suchen, aber das Haus war leer. Als er es wieder verließ, traf er auf einen Eingeborenen, dem es gelungen war, allein bis dorthin vorzudringen. Abgesehen von einem Lendenschurz und einem Lederband um die Brust war er nackt. Der Mann holte mit der Machete aus, Matthieu reagierte jedoch blitzschnell, nutzte seinen Vorteil durch die erhöhte Position des Hauses und versetzte ihm einen Tritt gegen die Brust, der ihn nach hinten warf. Ohne auch nur einen Moment zu verlieren, stürzte Matthieu sich auf den Krieger und schlug ihm mehrmals ins Gesicht. Dass er nichts hören konnte, weder seine eigenen Schläge noch die Schmerzensschreie des Eingeborenen, schien die Brutalität der Szene zu mindern. Das alles wirkte nicht einmal real. Er entriss dem Mann die Machete, brachte es aber nicht über sich, ihm die Kehle durchzuschneiden. Daher versetzte er ihm mit dem Griff einen Hieb gegen die Schläfe und rannte dann wieder auf den Kai zu.

Als er dort eintraf, überkam ihn ein Gefühl der Beklemmung, das mit Worten nicht zu beschreiben war. Er sah, dass einige Piraten, die Misson noch immer treu ergeben waren, die Festungsanlagen im Hafen erklommen und heldenhaft den Platz der geflohenen Artilleristen einnahmen. Ohne Unterlass feuerten sie die Kanonen in die Dunkelheit der Hügel ab und versuchten so vergeblich, den ständigen Fluss der Krieger aufzuhalten. Matthieu sah aber auch, dass einige von ihnen die Rohre der Kanonen neu ausrichteten und sie voller Zorn benutzten, um die Boote ihrer früheren Kameraden zu versenken, welche auf die im Hafen ankernden Schoner zuruderten. Das alles kam ihm vor wie eine Szene aus der Apokalypse. Während die Segel sich entfalteten und an den Tauen zerrten, töteten sich die Deserteure gegenseitig, um sich an Bord der überfüllten Schiffe einen Platz zu sichern.

Matthieu blieb nur wenig Zeit. Er presste den Rücken an die Wand eines Gebäudes, in dem auf Beutezügen zu Schaden gekommene Schiffsteile repariert wurden, und versuchte, Luna in einem der Boote auszumachen, die zu Wasser gelassen wurden. Er suchte nach ihr in jeder Gruppe verzweifelter Frauen, die auf der Mole die Männer anflehten, sie auf ein Schiff mitzunehmen, in jedem verwundeten Gesicht, das vorbeizog. Viel früher als erwartet erschien der erste Vorposten der Eingeborenen. Von den rostigen Macheten der Männer tropfte Blut. Holländischen Matrosen, die sich in einer dunklen Ecke verborgen hatten, gelang es, einige von ihnen zu erschießen. Deren Gefährten konnten sie jedoch durch den kurz aufflackernden Feuerschein der Musketen ausmachen und warfen sich auf sie, ohne ihnen Zeit zum Nachladen zu geben. Es machte den Angreifern nichts aus zu sterben. Zu töten war alles, was sie wollten. Sie wurden schließlich durch Schüsse anderer Piraten niedergestreckt, die den Holländern zu Hilfe eilten, aber alle wussten, dass sie das Ende damit nur hinauszögerten. In wenigen Minuten würde sich ein ganzes Heer auf sie stürzen.

Matthieu fiel auf die Knie. Er hörte auf, Luna in dieser Brutstätte des Hasses zu suchen. Am liebsten hätte auch er in diesem Moment zu atmen aufgehört, er wünschte sich, es sei endlich alles vorüber. Er legte sich die Hände hinter die Ohren und stieß einen letzten Schrei aus, den er selbst nicht hören konnte. Und dann sah er im Licht einer Fackel das tätowierte Gesicht.

»Misson …«

Der Pirat verließ den Versammlungsturm gemeinsam mit Caraccioli und einer Gruppe Offiziere, denen er Befehle zurief. Er bat sie, alle Anstrengungen auf die Verstärkung der Barrikaden zu konzentrieren, um Zeit zu gewinnen, bis die Bevölkerung die Siedlung verlassen hatte. Dabei wusste er nur zu gut, dass er wenig gegen diese Horden von Eingeborenen ausrichten konnte, die sich mit nackter Brust ihren Kanonen und Musketen entgegenwarfen, so als sei der Tod ihnen unbekannt oder als schicke er sie persönlich. Matthieu wollte zu ihm laufen und ihn nach Luna fragen, dann aber fiel ihm auf, dass auch La Bouche zu der Gruppe gehörte. In diesem Moment packte ihn jemand an der Schulter. Erschrocken fuhr er herum.

Es war Pierre in Begleitung des Griot.

»Pierre!«

»Was ist mit dir?«

»Pierre, ich kann dich nicht hören!«

Der Arzt und der Griot begannen, gleichzeitig auf ihn einzureden. Was sagten sie da? Am liebsten wäre der Geiger in Tränen ausgebrochen, sowohl vor Hilflosigkeit als auch vor Erleichterung, weil er nun endlich nicht mehr allein war. Er versuchte ihnen zu erklären, was ihm passiert war, konnte aber nicht einmal sicher sein, alles verständlich auszusprechen. Pierre nickte und versuchte ihn mit Gesten zu beruhigen. Dann wiederholte er ganz langsam immer wieder den gleichen Satz, damit Matthieu ihm die Worte von den Lippen ablesen konnte, und zeigte auf ein Boot, das der Matrose aus Fort Dauphin gerade losmachte.

»Er will uns zu seinem Schiff bringen. Lauf!«

Pierre wollte den Musiker am Arm mit sich ziehen.

»Ich muss erst Luna finden«, machte sich Matthieu mit verzerrter Miene los.

»Wie bitte?«

»Luna!«

»Wo ist sie?«

»Ich habe sie überall gesucht! Was kann ich jetzt noch tun?«

Der Arzt warf einen Blick zum Boot hinüber. Dort bedeutete ihnen der Matrose, sich zu beeilen. Pierre bat ihn mit einer Geste, noch zu warten.

»Sie hat sich bestimmt irgendwo versteckt. Hat sie dir denn

nichts gesagt?« Pierre versuchte, sich Matthieu verständlich zu machen, während dieser trotz Taubheit dennoch von jedem Kanonenschuss aus den Festungsanlagen abgelenkt wurde. »Denk nach!«, drängte er ihn, während immer mehr Eingeborene den Kai erreichten. Die wenigen Piraten, die noch Widerstand leisteten, konnten sie kaum aufhalten. »Bitte …«

Pierre sah dem jungen Mann unverwandt in die Augen und machte eine kreisende Handbewegung, um ihn aufzufordern, sich zu erinnern. Matthieu wagte es, die Augen zu schließen. Einen Moment lang verschwand all das Grauen. Er konnte weder hören noch sehen, spürte aber die Hand des Freundes am Arm. Endlich ein friedlicher Moment …

Dann kam ihm etwas in den Sinn: »Die Grotte der Muschel …«

Er schlug die Augen auf und kehrte in die Hölle zurück.

Pierre zuckte mit den Achseln.

»Welche Muschel?«

»Ich weiß auch nicht. Luna hat mir heute Morgen erzählt, dass sie ihre Muschel in einer Höhle an der Steilküste verborgen hat.«

Der Arzt wechselte ein paar Worte mit dem Griot. So langsam verzweifelte Matthieu. Hatten sie ihn richtig verstanden? Der Afrikaner nickte. Er ging davon aus, dass der Musiker eine Höhle in einer Felswand aus schwarzem, mit Löchern durchzogenem Stein meinte, die an eine nahe Bucht grenzte. Er deutete in die entsprechende Richtung. Matthieus Herz begann zu klopfen. Pierre warf einen Blick zu La Bouche hinüber.

»Wir gehen hinten herum, um ihm nicht über den Weg zu laufen«, entschied er. »Wartet einen Moment.«

Geduckt lief der Arzt zum Boot des Matrosen hinüber und wies ihn an, ohne sie aufzubrechen. Sie würden schon einen Weg finden, das Schiff zu erreichen, bevor es ablegte. Der Mann sah ihn befremdet an, ließ dann aber an ihrer Stelle zwei Frauen mit fünf kraushaarigen Kindern einsteigen, die verzweifelt nach jemandem suchten, der sie in seinem Boot mitnehmen würde. Der Griot griff sich eine Fackel, sie umrundeten in Windeseile die Festungsanlagen und betraten einen Palmenhain, dessen Boden mit den Resten alter Netze und Taue übersät war. Hier ohne straucheln voranzukommen war fast ein Ding der Unmöglichkeit. Es handelte sich um eine Art Friedhof für Takelwerk, das wieder zum Leben zu erwachen schien, um sie beim Knöchel zu packen. Sie steckten mitten im Gestrüpp, als auf einmal Schreie in der Nähe zu hören waren. Pierre warf dem Griot einen besorgten Blick zu. Sie waren davon ausgegangen, dass die Eingeborenen nicht versuchen würden, den Hafen von dieser Seite aus zu erreichen. Es handelte sich um die unzugänglichste, aber auch die am wenigsten bewachte Stelle. Sie blieben stehen. Matthieu drehte sich um. Mehrere Pfeile sausten geräuschvoll durch den Palmenhain.

»Weg mit der Fackel!«, rief Pierre. »Wirf sie so weit fort, wie du nur kannst!«

Die Pfeile schossen nur Zentimeter von ihrem Gesicht entfernt vorbei und blieben in Baumstämmen stecken. So gut es eben ging, liefen sie über das Netz aus verwesendem Tauwerk in Richtung Bucht weiter. Endlich verspürten sie Sand unter ihren Füßen, hetzten bis zum Ufer weiter und folgten dem Strand bis zu einem riesigen Felsblock, der sich im hinteren Bereich der Bucht befand. Dort ahmten sie die Muscheln nach und pressten sich mit Armen und Rücken an den dunklen Stein.

»Sind sie uns gefolgt? Mein Gott, man kann ja gar nichts erkennen!«

Hätte er sein Gehör nicht verloren, dann hätte Matthieu jetzt die Ohren gespitzt und die einzelnen Geräusche voneinander getrennt, so wie er es mit den einzelnen Stimmen tat, wenn er eine Orchesterkomposition studierte: das Flüstern der Blätter, über die der Wind strich, jeder einzelne Regentropfen, das Donnern vom Hafen her, das Raunen im Palmenhain, die vorsichtigen Schritte der Eingeborenen …

Pierre zog ihn wieder am Arm und holte ihn in die stumme Wirklichkeit zurück.

»Wir beide gehen weiter«, gab er ihm mit Gesten zu verstehen. »Der Griot sucht am Ufer nach einem Fischerboot der Eingeborenen, um uns damit zum Schiff zu bringen. Hast du mich verstanden?«

Matthieu nickte nachdenklich.

»Und wenn Luna nicht da ist?«, brachte er schließlich hervor.

»Bete, dass sie es ist«, murmelte der Arzt, obwohl sein Freund ihn natürlich nicht hören konnte.

Während der Griot flink wie eine Antilope davonhuschte und sich in der Dunkelheit verlor, erklommen Pierre und Matthieu den Felsen, um die Steilwand etwa zwei Meter über dem Wasser zu umrunden. Die scharfkantige Form und Textur des Steins ließ an das riesige Maul eines Seeungeheuers denken.

Als sie sich gerade ins Innere der Höhle schieben wollten, riss Pierre mit einem Mal die Augen weit auf.

Ein vereinzelter Pfeil, der von einem Eingeborenen hoch oben auf dem Felsen abgeschossen worden war, hatte ihm dicht unter dem Hals den Oberkörper durchbohrt.

»Matt…«

Mit ungläubiger Miene sackte er zusammen. Matthieu warf sich auf ihn.

»Pierre! Nein, nein, nein…!«

Er wusste nicht, was zu tun war. Blut floss. Den Pfeil konnte er nicht herausziehen. Er packte seinen Freund bei den Schultern und schüttelte ihn, damit er nicht das Bewusstsein verlor. Die absolute Stille warf noch immer den Schleier des Irrealen über die Szene, aber dies geschah wirklich: Pierres Blick wurde immer leerer. Der Musiker sah einen Moment lang zu, ohne dabei an irgendetwas zu denken. Schließlich reagierte er und versuchte, seinen Freund ins Innere der Grotte zu zerren, es prallten jedoch in nur Zentimetern Entfernung zwei weitere Pfeile am Stein ab.

Aber sollte er ihn etwa dort liegen lassen? Matthieu zog mit aller Kraft. Dann bemerkte er einen stechenden Schmerz im Arm. Die Spitze eines weiteren Pfeils hatte ihm dort eine glatte Schnittwunde verpasst, aus der warmes Blut hervorquoll. Er stieß einen Schrei aus, der durch Mark und Bein ging, und hievte den Körper des Arztes mit einem letzten machtvollen Ruck unter die Zähne des Ungeheuers. Dann bat er ihn, noch ein wenig durchzuhalten, und schob sich ins Innere der Grotte.

Direkt vor dem Eingang zur Höhle ließ eine Klippe die Wellen zerbersten. Die Gischt umspielte seine Füße, bevor sie wieder den Weg zurück ins Meer fand. Es roch nach Fäulnis. Der junge Musiker machte langsam einen Schritt voran und dann noch einen. In der Grotte herrschte undurchdringliche Dunkelheit, und auf sein Gehör konnte er sich ja nicht mehr verlassen. Beinahe hätte er wieder kehrtgemacht, als er plötzlich im hinteren Teil der Höhle den schwachen Schein einer Fackel entdeckte, die orangefarbene Strahlen in das Schwarz malte.

Er ging rasch darauf zu und tastete sich dabei an der scharfkantigen Wand entlang, um nicht auszugleiten. Sein Herz klopfte heftig. Jemand hockte auf dem Boden. Sie musste es einfach sein …

»Luna!«

Er wollte zu ihr laufen und sie umarmen, blieb aber wie angewurzelt stehen. Welch seltsame Macht überkam ihn da mit einem Mal? Jeder Muskel seines Körpers war wie gelähmt, er konnte sich nicht von der Stelle rühren, verspürte aber keine Angst. Sein Herzschlag beruhigte sich nach und nach, während ihn ein unbeschreibliches Gefühl erfüllte.

Luna hielt etwas in den Händen.

Er versuchte, die Dunkelheit zu durchdringen.

Ein weißes Schneckenhaus …

Sie hielt es sich an den Mund, als vertraue sie ihm flüsternd ein Geheimnis an.

Matthieu betrachtete sie von weitem, und immer reichere und intensivere Emotionen durchströmten ihn. Langsam wurde ihm klar, dass Luna nicht in die Muschel hineinsprach. Sie sang vielmehr. Dieser Gesang … Entsprach er nun der Wirklichkeit, oder bildete er sich ihn nur ein? Der Geiger konzentrierte sich. Die Töne waren echt … Er vernahm sie wirklich! Er konnte wieder hören!

»Gott sei Dank …«, seufzte er und konnte, wenn auch nur ganz leise, dem Echo seiner eigenen Worte lauschen.

Lunas betörender Gesang begleitete seine Rückkehr ins Reich der Töne. War das die Melodie vom Ursprung? Was konnte es denn sonst sein? Während er ihre Noten immer deutlicher hörte, wurde auch eine Erinnerung immer stärker – die Musik des Übergangs zur andere Seite, die Engelschöre, die ihn umfangen hatten, als Jean-Claude in seinen Armen gestorben war. Das gleiche Gefühl der Vollkommenheit empfand er auch hier. Die Luft in seiner Lunge vervielfältigte sich, er konnte alles begreifen und etwas berühren, das der Glückseligkeit ähnelte.

Jetzt drehte Luna sich um.

»Matthieu!«

Er zitterte. Endlich konnte er die Füße vom Boden lösen und zu ihr laufen, um sie in die Arme zu schließen.

»Ich hatte solche Angst um dich …«

Luna antwortete schluchzend: »Verzeih mir bitte …«

»Da gibt es doch nichts zu verzeihen.«

»Als ich vor Ambovombe geflüchtet bin, habe ich meine Muschel mitgebracht«, stotterte sie unter Tränen. »Jede der Hüterinnen hatte eine, sie war seit Jahrhunderten unser Emblem. Ihr habe ich mein Lied anvertraut, so wie es der Tradition zufolge die Letzte von uns tun muss!«

»Du hast sie ihr anvertraut?«

»Mein Klan ist ausgestorben«, fuhr sie fort und unterdrückte weitere Tränen. »Die Muschel ist Wächterin der Melodie, ihr musste ich die Melodie übergeben, damit sie weiterlebt, wenn ich einst sterbe.«

»Komm her ...«

Er nahm sie noch fester in den Arm.

In diesem Moment erklang vom Eingang der Höhle her eine Stimme, die Matthieu nur zu gut kannte.

»Wirklich rührend!«

Entgeistert wandten die beiden sich um.

»La Bouche ...«

Wie hatte er sie bloß gefunden? Bestimmt war er ihnen gefolgt. Mit einer Pistole in jeder Hand kam er langsam näher.

»Was für eine Überraschung, nicht wahr?«

»Was habt Ihr vor, Kapitän?«

»Hast du die verfluchte Partitur niedergeschrieben?«

»Nein«, antwortete Matthieu. Es war wohl das Beste, die Wahrheit zu sagen.

»Lüg mich nicht an!«

»Ich habe sie noch nicht transkribiert.«

Luna presste sich die Muschel an die Brust.

La Bouche richtete seine Waffen auf sie.

»Gib das her!«

»Nein!«

»Was wollt Ihr bloß mit der Partitur anfangen?«, fragte Matthieu, um Zeit zu gewinnen.

»Misch dich da nicht ein. Mein Gott, denk doch mal an deine Familie«, erwiderte der Kapitän zynisch.

Matthieu war wie erstarrt.

»Woher wisst Ihr, dass ...«

»Dass diese Melodie mehr ist als nur ein Hirngespinst unseres Königs?«, vollendete La Bouche seine Frage.

Matthieu traute seinen Ohren kaum.

»Ich hätte es wissen müssen. Nach den Vorfällen auf Gorée habt Ihr mich gefragt, was an dieser Melodie bloß so besonders ist. Mir hätte damals schon klar sein müssen, dass Ihr eigentlich nicht von ihrer Existenz wissen konntet.«

»Um ehrlich zu sein, bezahlt mich für die Beschaffung dieser Melodie weder der König noch Minister Louvois.«

»Ihr arbeitet für die Mörder meines Bruders …«, erschauderte Matthieu.

»Die Umstände machten seinen Tod leider unumgänglich, das war jedoch nichts Persönliches«, entgegnete La Bouche spöttisch.

»Wer ist dafür verantwortlich?«

»Das kann dir dein Bruder gleich selbst verraten.«

Er spannte den Schlagbolzen an beiden Pistolen.

Matthieu sah ihm lange in die Augen und schüttelte den Kopf.

»Ihr seid doch kein Mörder. Ich habe Euch im Verlauf dieser Reise kennengelernt und sehe Euch nicht als einen solchen Menschen!«

»Was du da zu Gesicht bekommen hast, war nur der Abglanz des Mannes, der ich einmal war«, antwortete der Kapitän plötzlich in vertraulichem Tonfall. »Ein trügerisches Abbild, das sich beim Betreten dieser verzauberten Erde gezeigt hat. Aber wir wissen doch beide, dass ich nun nichts weiter bin als ein verfluchter Menschenhändler. Warum sollte ich also nicht auch selbst käuflich sein?«

Matthieu suchte verzweifelt nach einem Ausweg. Er wandte sich zu Luna um.

»Tötet mich und nehmt die Muschel an Euch, aber verschont sie. Ich flehe Euch an …«

»Was haben Sängerinnen nur an sich, dass sie uns allen den Kopf verdrehen?«, lachte La Bouche. »Sei doch nicht einfältig!«

»Ihr habt doch jetzt die Melodie!«, rief Matthieu wütend. »Warum müsst Ihr Euch dann noch auf diesen verdammten Handel mit denselben Anosy einlassen, die Euch vor zehn Jahren erniedrigt haben?«

»Warum denn nicht? Die Mörder deines Bruders werden mich

mit Gold überschütten, und Louvois wird mich zum Statthalter der neuen Kolonie ernennen! Monsieur La Bouche, Gouverneur von Madagaskar …«, ließ er sich den Titel auf der Zunge zergehen. »Ich kann dir versichern, dass diese gottverdammten Eingeborenen einen hohen Preis dafür zahlen werden, was sie mir angetan haben.«

Matthieu wollte sich auf ihn werfen, plötzlich aber fiel ein Schuss.

Er verharrte reglos. War es das, was man fühlte, wenn man starb? Gar nichts? Voller Angst betrachtete er Luna. Ihr schien nichts zugestoßen zu sein. Er betastete seine Brust. Kein Blut, nicht einmal ein Kratzer. Dann trat er an La Bouche heran. Dieser war wie erstarrt. Was war geschehen? Der Kapitän fiel auf die Knie, ließ die Arme sinken und öffnete den Mund, um etwas zu sagen, es quoll allerdings nur Blut hervor. Eine Kugel hatte ihn im Nacken getroffen, und er schlug auf dem glitschigen Boden der Höhle auf. Aber wer hatte bloß geschossen?

»Pierre!«

Der Arzt lebte noch, er hatte sich vom Eingang der Grotte hergeschleppt und hielt die erhobene Waffe noch immer umklammert.

Matthieu lief zu ihm. Er nahm ihm die Pistole ab und drückte ihm die Hand.

»Verzeih mir, Pierre, ich habe dich deines Lebens beraubt …«

»Du hast ihm vielmehr einen Sinn gegeben«, entgegnete dieser mit letzter Kraft. »Und du wirst noch viele Melodien komponieren.«

Unter seinen halbgeschlossenen Lidern lugten Lemuren mit gestreiften Schwänzen hervor, Insekten mit purpurroten Flügeln, in allen Regenbogenfarben schillernde Chamäleons, die Fledermäuse aus den Tamarindenbäumen, die knorrige Krone des Baobabs und all die anderen Wunder, die er in jenem Garten Eden gefunden hatte, in dem die Zeit stillzustehen schien.

»Geh nicht …«

»Ich trete doch nur in die Dimension der Ahnen über«, flüsterte Pierre mit immer leiser werdender Stimme.

Etwas leichteren Herzens strich Matthieu ihm über die Stirn.

»Bei ihnen wird es dir gut ergehen. Auf Madagaskar wirst du schließlich von allen geliebt.«

Ein Lächeln spielte um den Mund des Arztes.

»Und von Zeit zu Zeit kehre ich zurück, um dich ihre unheimlichen Gesänge zu lehren …«

»Vergiss es aber bitte nicht …«

Pierre schloss die Augen. Luna kam heran, um Matthieu zu umarmen. Einen Moment lang betrachteten sie die Körper der beiden alten Freunde, des Kapitäns der *Fortune* und seines Bordarztes, in ihrem Grab aus schwarzem Stein inmitten dieses Ozeans, auf dessen Wassern sie ihre besten Tage verlebt hatten.

Sie liefen zum Ausgang der Höhle. Der Wind peitschte ihnen ins Gesicht. Matthieu konnte in der Brust spüren, wie die Wellen draußen an der Klippe zerschellten. Vor ihnen erstreckte sich unendlich und dunkel das Smaragdmeer wie eine Tür zurück in ein Leben, in dem nichts mehr so sein würde wie zuvor. Vom Kai her war das Echo des Todes zu vernehmen. Die Eingeborenen zündeten auch das letzte Haus der Siedlung an, und man hörte noch vereinzelt Schüsse. Die meisten Schiffe im Hafen waren fertig zum Auslaufen. Matthieu sah, wie sich alle Segel zugleich entfalteten, während jemand den Befehl gab, die Anker zu lichten. Es war zu spät. Er umarmte Luna heftig.

»Wie kann ich dich jetzt bloß beschützen?«

Kaum hatte er diese Worte gesprochen, als ein Umriss aus dem Dunkel auftauchte. Es war der Griot, der mit all seiner Kraft versuchte, auf dem mit Schaumkronen besetzten Wasser sein kleines Boot unter Kontrolle zu halten.

23

Matthieu blieb an Deck stehen, bis die Dunkelheit in der Ferne den letzten Feuerschein verschluckte. Die Piraten erzählten sich gegenseitig, was sie erlebt hatten. Einer von ihnen berichtete, wie Caraccioli auf der Mole gefallen war. Dem Seeräuber zufolge hatten Misson und er für die wenigen Überlebenden die Abfahrt der letzten Boote organisiert, sobald ihnen klar geworden war, dass sie nichts weiter gegen die Angreifer tun konnten. Der Priester hatte die Ruderer einen Moment warten lassen, um noch einen Jungen zu retten, der am anderen Ende des Kais mit einem Eingeborenen kämpfte. Auf einmal hatte ihn eine Gruppe Krieger umringt, die die letzte Barrikade überwunden hatte. Der Piratenpriester hatte sich ihnen mutig entgegengestellt und mehrere Männer getötet, bevor eine Machete ihm die Kehle durchtrennte.

Matthieu brannte darauf zu erfahren, was mit Misson geschehen war. Die Piraten schienen es aber nicht zu wagen, von ihm zu sprechen. Schließlich erzählte der älteste von ihnen mit hängendem Kopf, was er auf der Fahrt durch die Bucht von seinem Boot aus gesehen hatte: Der Kapitän war als einziger Überlebender auf dem Kai zurückgeblieben, wo ihn nach und nach Hunderte von Eingeborenen umringt hatten. Plötzlich waren die Krieger jedoch unerklärlicherweise erstarrt, als aus Missons rechtem Auge wahre Blutstränen zu fließen begannen, die sich über seine Tätowierung ergossen.

»Wen schert das jetzt noch?«, unterbrach ihn ein Schauermann und wandte sich dann an Matthieu: »Geht nun endlich unter

Deck, oder Ihr fallt noch von Bord. Dieses Unwetter wird immer schlimmer!«

War ihm das Ende Libertalias wirklich egal?, fragte sich der Musiker. Sie würden bald das Kap der Guten Hoffnung umrunden und wieder in Sichtweite des Kontinents fahren, seine wilden Urwälder betrachten können, die die Strände überwucherten, unüberwindliche Steilwände und riesige Dünen, die ihren orangefarbenen Sand ins Meer ergossen. Und ehe sie sichs versahen, würden sie schon in Senegal an Land gehen, der Griot würde zu den Diola zurückkehren, um sich mit seinen Brüdern zusammenzuschließen und gegen die Menschenhändler zu kämpfen, während Luna und er nach Gorée übersetzen würden, wo sie dem Wachmann nur den Passierschein des Königs zeigen mussten, um das nächste Schiff in Richtung La Rochelle besteigen zu können. War Libertalia denn schon so weit entfernt, dass man es einfach der Vergessenheit anheimgeben sollte? Würden ihre Füße in Paris etwa nicht dieselbe Erde berühren, die auf der anderen Seite der Welt Madagaskar hieß, und nicht dieselbe Luft ihre Lungen erfüllen, die die Hüterinnen der Stimme seit Jahrhunderten geatmet hatten, ebenso wie jeder von Ambovombe ermordete Anosy und jeder der Piraten, die Missons Traum gelebt hatten?

»Mich schert es schon«, erwiderte er, bevor er sich in seine Kajüte zurückzog.

Luna hatte sich auf der Pritsche zusammengerollt. Sie zitterte. Matthieu spürte die Schläge der Wellen gegen den Rumpf des Schiffes, das Holz ächzte so laut, als würde es jeden Augenblick zerbersten. Er legte sich neben sie und umarmte sie fest. Sein Körper schmiegte sich an den ihren, er schob die Beine in ihre Kniekehlen und fuhr mit den Lippen über ihren warmen Hals.

Einen Moment lang glaubte er, Luna hätte zu singen begonnen.

»Die Stimme …«, flüsterte er. Sie drehte sich zu ihm, um ihn anzusehen. »Ach nichts. Ich dachte, es wäre deine Stimme … Dabei ist es nur das Brausen von draußen.«

Er dachte zurück an die Nacht vor seiner Ankunft auf Madagaskar, als er zum ersten Mal ihren Gesang vernommen hatte. Nun schien er jenen unbarmherzigen Sturm noch einmal zu durchleben. Wie damals krängte das Schiff auch dieses Mal heftig. Er konnte nicht schlafen, nicht einmal die Augen schließen. Stimmen, Pfeifen, Murmeln, Schreie und Knattern riefen ihn von draußen, drängten sich rücksichtslos in seinem Schädel, und er verspürte wieder die stechenden Ohrenschmerzen, und zwar stärker als je zuvor. Er war völlig besessen von der Idee herauszufinden, welcher all dieser Laute ihm so zusetzte, dass er bald verrückt dabei wurde. Es geschah jedoch dasselbe wie beim letzten Mal, er empfand das Gleiche wie beim Anblick der Grabanlage nahe Fort Dauphin, auf dem Schiffsfriedhof von Sainte Luce oder in der Beschneidungshütte im Dorf des Usurpators. Er war doch immer dazu in der Lage gewesen, Geräusche zu analysieren und den Ursprung auch der kleinsten Frequenz zu ergründen. Warum gelang es ihm jetzt nicht mehr? Als er es nicht länger aushielt, richtete er sich, so gut er konnte, auf, hielt sich an der Schott fest und rutschte auf die Bettkante.

»Dein Inneres ist ja aufgewühlter als die See«, bemerkte Luna.

»Ich weiß auch nicht, was mit mir los ist.« Er fasste sich an die Schläfen. »Mir platzt noch der Kopf.«

»Hör auf, dagegen anzukämpfen«, bat sie ihn, nahm ihn in den Arm und blies ihm sanft ins Ohr wie eine Mutter, die auf die Wehwehchen ihres Kindes pustet, damit es zu weinen aufhört.

Matthieu widersetzte sich dem Schmerz nicht länger, und auf wundersame Weise wurde dieser damit langsam erträglicher, und der Druck verminderte sich. Obwohl das Unwetter nun am heftigsten wütete, kehrte in seinem Verstand wieder Ruhe ein, und er begriff nach und nach, was hier geschah. Als er es endlich erfasst hatte, riss er die Augen weit auf. Der Musiker richtete sich auf und spitzte erneut die Ohren. Was er da hörte, waren gar keine einzelnen Geräusche! Es war eine Summe, ein allumfassender Gesamtton, und genauso musste man ihm auch lauschen. Da draußen bot sich ihm ein einziges wiederholtes Pulsieren von Meer und Wolken, ohne jeden Verstand, aber im völligen Gleichgewicht!

Er hatte ihn wiedergefunden, den Puls, den Herzschlag …

Rasch sprang er auf die Beine und lief an Deck. Dort musste er sich mit aller Kraft festhalten, um nicht von den Wellen mitgerissen zu werden, die das Schiff heimsuchten, er empfand jedoch keine Angst, sondern unendliche Verzückung. Es war für ihn wie eine Erleuchtung. Seit er Lunas Melodie in sich trug, nahm er die Welt auf ganz neue Art und Weise wahr: Er hörte nicht mehr jedes einzelne Geräusch, sondern alle Töne gemeinsam, wie Instrumente, die sich zu einer Symphonie zusammenfügten. »Fang den Puls der Paradiese und Höllen ein und gieß in dieses Partitur, was Gott hinter dem Horizont geschaffen hat«, hatte sein Onkel vor seiner Abfahrt zu ihm gesagt. Und er durchlebte gerade den Höhepunkt dieser Erfahrung. Bislang hatte er sein Dasein damit verbracht, Geräusche auseinanderzupflücken und jedem einzelnen auf den Grund zu gehen, ohne je zu begreifen, dass sie ihre ganze Fülle nur dann erreichten, wenn sie brüderlich vereint und aufeinander angewiesen waren. Er hörte dabei zu, wie der Wind die Taue pfeifen ließ und eine Partitur malte, auf dem der Regen seine Melodie notierte, begleitet vom wilden Fauchen der Segel, die in verschiedene Richtungen strebten. In der Brust verspürte er den verstörenden Takt der Wellen, die unablässig gegen den Bug schlugen. Er hob den Blick gen Himmel und begriff, dass jeder Blitz den Beginn einer neuen Phrase markierte und der Donner sie zum Abschluss brachte, indem er diese großartige Konzerthalle mit einem Paukenschlag erdröhnen ließ.

Matthieu presste die Zähne aufeinander und ballte die Hände zur Faust. Er zitterte vor Kälte, hatte sich aber noch niemals so gut gefühlt.

Luna trat hinter ihm an Deck.

Der Geiger lachte laut.

»Kannst du es hören?«

Sie lächelte und nickte. Sie wusste, dass dieser Ozean, auf dem sie fuhren, mehr war als nur Wasser und Salz und dass die Luft nicht erstarb, sobald sie unsere Lungen erreichte. Sie hatte die Verbindung aller Elemente des Kosmos und sein ständiges Vibrieren auf der Suche nach allumfassender Harmonie schon bei der Geburt begriffen.

Matthieu lief in die Kabine zurück, um Notenblätter zu holen. Die Seeleute kämpften mit der Takelage. Der Wind hatte gedreht, und sie mussten schnell handeln, damit der Druck auf die Segel nicht zu groß wurde und womöglich noch der Hauptmast brach. Der Musiker griff nach Lunas Hand, und sie kauerten sich unter das Treppchen, das zur Kommandobrücke führte. Und dort, an die Priesterin geschmiegt, als wären sie eins, begann er, das Unwetter auf einem Notenblatt zu notieren. Den Donner hielt er als Pauken fest, die tausend Regentropfen wie ein Glockenspiel, und der Wind, der Herrscher der Meere, wurde mal zum hellen Ton einer Geige in Höchstspannung, mal zu trägen Violoncelli, in deren Klang sich jenes leidenschaftliche Adagio wiegen konnte.

Als er den Blick vom Papier hob, spürte er, dass sein Herz endlich wieder in dem Rhythmus schlug, der sein Leben wirklich bewegte und den er mit dem plötzlichen Tod seines Bruders verloren hatte. Ohne groß darüber nachzudenken, streckte er die Hand mit der Partitur hinaus in den Regen und wartete, bis die nächste große Welle, die das Deck überspülte, sie mit sich riss.

Von dieser Nacht an nannten die Seeleute ihn den »Komponisten der Stürme«.

DRITTER AKT

1

Ihr Wagen rumpelte die Rue Saint-Antoine in Richtung Saint-Louis-Kirche entlang. Aufgewühlt betrachtete Luna die Welt jenseits des Kutschenfensters. Die Erde der Anosy duftete nach einer gelben Blume, deren Blütenstempel an den Fingerspitzen kleben blieben, am Ufer der Seine roch es hingegen nach feuchtem Stroh und abgestandenem Wasser. Sie drückte Matthieu die Hand, schloss die Augen und beschwor in Gedanken die Stimme ihrer Mutter herauf. Sie stellte sich gerne vor, sie an ihrer Seite zu haben und ihrer Geschichte vom Vogel mit kleinen Flügeln zu lauschen.

Der Geiger hielt es kaum noch aus. Bis zur Tagundnachtgleiche im März waren es noch zwei Tage, und der Gedanke an die Gefahr, in der die Seinen schwebten, schnürte ihm die Kehle zu. Er wollte unbedingt mit Onkel Charpentier sprechen, sich vergewissern, dass es sowohl ihm als auch seinen Eltern gut ging, und ganz genau in Erfahrung bringen, was in seiner Abwesenheit alles geschehen war.

Sie kamen vor dem Gotteshaus zum Stehen. Matthieu verspürte eine gewisse Benommenheit. Auf den Stufen waren noch die Reste von Jean-Claudes Blut zu erahnen. Der junge Mann stieg mit Luna aus der Kutsche und stand einige Minuten schweigend gedankenverloren da.

»Ich höre ihn nicht spielen«, murmelte er besorgt. »Um diese Zeit müsste er doch eigentlich hier sein.«

Dann betrat er eilig die Kirche und riss die kleine Tür zur Wendeltreppe in den ersten Stock auf. Er nahm immer drei Stufen auf einmal und erreichte bald den Balkon, auf dem die Orgelpfeifen thronten.

Das Instrument stand jedoch verwaist da.

Er strich mit der Hand über die Tastatur.

»Wo seid Ihr nur?«, flüsterte er.

Dann beugte er sich über das Geländer und ließ den Blick suchend durch den Innenraum schweifen, der in Weihrauchdunst und das unheimliche Licht getaucht war, das durch die Kirchenfenster hereinfiel. Bettler teilten sich ein Stück trockenes Brot, eine Nonne überquerte die schwarz-weißen Kacheln, und mehrere Priester standen neben einem Beichtstuhl beisammen und sprachen leise miteinander.

»Dieses verdammte Teil!«, hörte er auf einmal jemanden fluchen.

Ergriffen ging er um die Orgel herum und entdeckte den Komponisten zusammengekauert hinter dem Instrument. Er versuchte gerade, eine hölzerne Leiste in die richtige Position zu schieben, und hatte nicht einmal bemerkt, dass jemand heraufgekommen war.

»Warum lasst Ihr mich das nicht machen?«, fragte Matthieu und grinste von einem Ohr zum anderen.

Charpentier erkannte die Stimme seines Neffen augenblicklich. Er kroch auf allen vieren zurück und richtete sich auf. Dann betrachtete er Matthieu einen Moment, bevor er ihn in die Arme schloss.

»Mein kleiner Amadis de Gaule ...«, murmelte er gerührt.

»Ich bin zurück.«

»Dabei hatte ich schon gedacht, du würdest nie wieder ...«

Er löste sich von dem jungen Mann, um ihn anzusehen.

»Und meine Eltern?«

»Es geht ihnen gut.«

Erleichtert atmete Matthieu aus.

»Das Schlimmste war, keine Nachricht von dir zu haben.«

Der Komponist wischte sich ein paar Freudentränen aus den Augen.

»Wir haben jede Sekunde an dich gedacht.« Er musterte seinen Neffen noch einmal von oben bis unten und strich ihm über den Bart, den sich dieser seit der Abfahrt nicht mehr gestutzt hatte. »Lass dich mal anschauen ... Du siehst fantastisch aus!«

»Das glaube ich kaum!«

»Na ja, es könnte besser sein.« Beide lachten. »Du musst mir so vieles erzählen ...«

»Und Ihr mir auch. Wie steht es um den Rest der Familie?«

»Keine Sorge, es geht allen gut.«

»Habt Ihr etwas von ...« – er hielt kurz inne – »von Nathalie gehört?«

Charpentier schüttelte den Kopf.

»Aber du kennst mich doch. Es kann gut sein, dass sie zu all meinen Messen gekommen ist und ich sie nicht einmal bemerkt habe. Ich kann dir kaum beschreiben, wie die letzten Monate hier für uns waren.«

Matthieus Miene wurde ernst.

»Haben sich Jean-Claudes Mörder noch einmal mit Euch in Verbindung gesetzt?«

»Nein.«

»Und die Polizei? Hat sie etwas herausgefunden?«

Charpentier schüttelte wieder den Kopf und sprach mit bitterer Stimme.

»Polizeipräfekt de la Reynie hat keinen Finger krumm gemacht. In letzter Zeit widmet er sich mit aller Kraft der Aufklärung eines neuen Falles, in dem es um Giftmorde unter Adligen geht. Er ist nur auf schnelle Ergebnisse aus, die seinen Ruhm noch vermehren.«

»Dabei können wir ihm bald behilflich sein.«

»Was willst du damit sagen?«

»Das erkläre ich Euch später.«

Der Komponist konnte den Blick gar nicht von dem jungen Mann abwenden.

»Du wirkst so anders … wie eine Blume, die endlich voll erblüht ist.«

»In Afrika sagen die Weisen, dass nur die Zweige Blüten tragen, die ihre Wurzeln ehren.« Überrascht und stolz lachte Charpentier erneut. »Meine Reise war auch nicht einfach«, fuhr Matthieu fort und schüttelte nun endlich ein wenig von der Anspannung ab, die sich in ihm aufgestaut hatte. »Ich musste mich dem schrecklichsten Ungeheuer stellen, das die menschliche Rasse hervorgebracht hat, ich habe den Niedergang Libertalias miterlebt …«

»Libertalia?«

»Die Utopie, von der wir alle träumen.« Matthieu sah sich nach beiden Seiten um. »Und das Unglaublichste daran ist, dass ich jetzt in das wahre Leben zurückkehre und es mir doch fremder ist als die Tage auf Madagaskar.«

»Du wirkst wirklich wie ein anderer Mensch.«

»Und da ist noch etwas.«

»Sag schon!«

»Ihr wisst doch, dass man für eine Harmonie zwei Töne braucht.«

Charpentier verstand sofort, was sein Neffe damit meinte. Die beiden beugten sich über das Geländer, und Matthieu deutete auf Luna. Sie schritt sittsam den Mittelgang entlang und schaute zum Altar hinüber.

»Wie schön sie ist!«

»Und Ihr könnt Euch nicht vorstellen, wie ich mich an ihrer Seite fühle.«

»Aber sie ist so ganz anders …«, brachte sein Onkel schließlich hervor. »Wo hast du sie kennengelernt?«

»Sie ist die letzte Hüterin der Stimme.«

»Die Priesterin?«

Luna sah herauf. Matthieu lächelte ihr zu.

»So hat es sich eben ergeben.«

Charpentier stieß ein nervöses Lachen aus.

»Newton wird seinen Augen nicht trauen!«

»Ist er hier in Paris?«

»Schon seit zwei Wochen. Er hat immer darauf vertraut, dass du rechtzeitig zurückkommen würdest.« Charpentier betrachtete Luna aus der Ferne. »Wirklich ein faszinierendes Wesen …«

»Erinnert Ihr Euch noch an die Legende, von der Ihr mir bei Eurem Besuch in der Bastille erzählt habt? ›Aber in Wirklichkeit war die Seele selbst das Lied‹«, rezitierte der Geiger. »Ich weiß jetzt, was das bedeuten soll. Das irdische Leben ist so voller Reichtümer, dass selbst eine frei geborene Seele beschloss, sich in einen Körper aus Lehm einschließen zu lassen, nur um die Welt in all ihren Facetten wahrnehmen zu können. An Lunas Seite erkenne ich die Dinge nun in all ihrer Pracht. Alles ist im Fluss, und zwischen meinen Fingern entlädt sich ein Feuerwerk der Musik …«

Charpentier umarmte ihn erneut. Unten stand Luna neben dem Altar und strich mit dem Finger über das Wachs an einem Kerzenständer.

»Stimmen Newtons Behauptungen über die Hüterinnen der Stimme?«, fragte der Komponist vorsichtig. »Hast du sie singen hören?«

Matthieu wühlte in seinem Beutel herum und zog eine Partitur hervor.

»Während der Fahrt hatte ich Zeit, ihr Lied niederzuschreiben. Und zwar mit absoluter Genauigkeit, keine Sorge!«

Charpentier griff andächtig danach.

»Willst du damit sagen, was ich hier vor mir habe, ist …«

»Die Partitur der Melodie vom Ursprung.«

»Oh mein Gott.« Zärtlich fuhr Charpentier mit dem Finger über die Notenlinien. Er schloss die Augen und bewegte lautlos die Lippen, so als läse er die Melodie mit der Fingerkuppe auf dem Papier. In seinen Händen hielt er die Melodie der Seele… Doch plötzlich kehrte er aus seiner Träumerei in die Wirklichkeit zurück. »Weiß sonst noch jemand, dass du zurückgekehrt bist?«, drängte er Matthieu unvermittelt. »Wir müssen so bald wie möglich mit Minister Louvois sprechen, damit er ein Treffen mit dem König einberuft.«

»Und meine Eltern? Sind sie zu Hause?«

»Natürlich«, lenkte Charpentier ein. »Ich suche eben meine Sachen zusammen, und dann machen wir uns auf den Weg zu ihnen.«

Er gab seinem Neffen die Partitur zurück, ordnete hastig die verschmierten Blätter, die auf der Tastatur lagen, und begann, die Kohlestifte in ein Etui zu schieben, hielt aber plötzlich inne.

»Was habt Ihr?«

»Es wäre vielleicht besser, wenn sie hierherkommen würden. Du solltest nicht einfach so durch Paris spazieren, solange die Angelegenheit nicht ausgestanden ist. Wir müssen darüber nachdenken, wie wir es anstellen, um…«

»Wir gehen nach Hause«, unterbrach ihn Matthieu entschlossen.

Charpentier entdeckte ein Glitzern in seinen Augen.

»Woran denkst du?«

»Das erzähle ich Euch unterwegs. Aber jetzt müssen wir uns beeilen.«

Der Schreiber und seine Frau glaubten zu träumen, als Matthieu zur Tür hereinspazierte. Sie fassten ihn mit herzerweichender Rührung am Arm und drückten ihn so fest, dass sie ihn zwischen sich fast zerquetscht hätten. Mit einem Mal kamen ihnen die unendlichen Monate der Trennung nur noch wie Minuten vor. Matthieu war wieder hier, und er hatte noch das ganze Leben vor sich, um es für sich selbst und für Jean-Claude zu leben.

»Was schert es uns jetzt, ob uns etwas zustoßen könnte?«, sagten sie.

Matthieu stellte ihnen Luna vor. Seine Mutter begriff sofort, wie glücklich ihr Sohn an der Seite dieser seltsamen Frau war. Der Schreiber hingegen war konsterniert. Mein Gott, eine Eingeborene! Gleichzeitig verfehlte ihre ungewöhnliche Schönheit aber auch auf ihn ihre Wirkung nicht: die perfekten Züge, die glatte Haut und diese Augen, in denen Sterne blitzten. Die Mutter sinnierte voller Stolz, dass ihre Iris wohl ein unbekanntes Universum in sich trügen, welches Matthieu würde durchstreifen können. Sie zeigte sich Luna gegenüber von Anfang an so aufmerksam wie möglich, diese fühlte sich in dem fremden Haus dennoch verloren. In einem Moment überkam sie wissenschaftliche Neugier, und sie griff ohne Scham nach einem Alltagsgegenstand, um ihn von allen Seiten zu untersuchen, dann wiederum zwang sie plötzliche Panik, aus dem Haus zu laufen und nach Luft zu schnappen.

»Wenn sie gebadet und sich etwas Sauberes angezogen hat, wird es ihr schon besser gehen«, erklärte die Mutter und nahm die Fremde mit sich, damit die Männer unter sich waren und reden konnten.

Kurze Zeit später hockte Luna im Badekübel und betrachtete ihre verschrumpelten Hände. Im Süden Madagaskars, wo sie geboren wurde, gab es keine der Schwefelquellen, die einige von den älteren Hüterinnen der Stimme noch gekannt hatten, und das heiße Wasser entfachte in ihr unbekannte, aufregende Empfindungen. Sie stand auf und ließ den durchsichtigen Film langsam an ihrem Körper hinabfließen. Seit Matthieu in ihr Leben getreten war, betrachtete sie sich selbst mit anderen Augen. Sie überraschte sich dabei, sich dort zu liebkosen, wo er sie berührte, mit den Fingerspitzen ihre eigenen Kurven entlangzufahren, als streichele sie über die weiße Muschel. Nackt trat sie an das Fenster zum Innenhof. Sie legte die Hände auf das Glas und konnte sehen, wie der junge Musiker auf der anderen Seite des Gebäudes ausdrucksstark gestikulierte, während sein Vater und Onkel ohne Unterlass nickten.

»Wir müssen umgehend handeln«, drängte Matthieu die beiden.

»Was du vorschlägst, ist äußerst riskant«, erwiderte der Schreiber.

»Vater, darf ich dich daran erinnern, dass es bis zur Tagundnachtgleiche nur noch zwei Tage sind?«

»Ich habe oft mit Newton darüber diskutiert, warum die Mörder deines Bruders die Partitur unbedingt vor diesem Tag haben wollten«, erklärte Charpentier. »Das will er zwar nicht zugeben, aber es hat vermutlich mit einem Aspekt des Experiments zu tun, der sich ihm noch nicht erschlossen hat. Er versteht Alchemie als beschleunigtes Erblühen, seiner Meinung nach war der Frühling für seine Arbeit daher immer schon die fruchtbarste Jahreszeit.«

»Was zum Teufel hat dieser 20. März bloß an sich?«, rief der Schreiber aus. »Der König ist von diesem Datum auch völlig besessen.«

»Wie kommst du darauf?«

»Übermorgen wird ein Ereignis stattfinden, das er schon seit Monaten herbeisehnt.«

Matthieu hatte nicht die geringste Ahnung, wovon er sprach.

»Was für ein Ereignis?«

»Die Einweihung des riesigen Spiegelsaals, der die beiden Flügel des Palastes verbindet.«

»Ein Fest in Versailles …«

»Ganz Europa weiß davon. Man erzählt, die Wände der Galerie seien mit fast vierhundert Spiegeln bedeckt worden, und Charles Le Brun höchstpersönlich habe die Decken bemalt«, informierte der Schreiber ihn. Le Brun war einer der berühmtesten Künstler der Gegenwart.

»Und wenn das Äquinoktium gar nichts damit zu tun hat und die Mörder uns nur verwirren wollten?«

»Was willst du damit sagen?«

»Warum hat der König ausgerechnet dieses Datum für die Einweihung gewählt?«

»Dafür gibt es eine Erklärung«, mischte Charpentier sich ein. »An diesem Tag ist die Distanz beider Pole der Erde zur Sonne gleich, der Planet ist also perfekt ausbalanciert. Der König will seine Spiegel genau in dem Moment enthüllen, in dem die Strahlen direkt auf ihre Oberfläche fallen. Stell dir den Anblick doch nur vor … Sie werden den Glanz der Sonne in all ihrer Herrlichkeit zurückwerfen und die Gärten in ein magisches Funkeln tauchen.«

»Und dennoch glaube ich nicht, dass es sich bei dieser Übereinstimmung der Daten um einen Zufall handelt«, überlegte Matthieu.

»Woran denkst du?«

»Wir müssen so schnell wie möglich mit Newton sprechen«, erwiderte er ohne weitere Erklärung. »Wo ist er untergebracht?«

»In einem Haus auf der Saint-Michel-Brücke, das ich für ihn gemietet habe.«

»Dann lasst uns aufbrechen«, bat Matthieu seinen Onkel.

»Ihr geht zur Handwerkerbrücke?«, fragte der Vater.

»Newton nutzt die Räumlichkeiten eines Buchhändlers, der in die Rue de la Harpe umgezogen ist. Er hat sich dort am ersten Tag mit all seinen mitgebrachten Instrumenten eingeschlossen und das Haus seitdem nicht mehr verlassen.«

»In dem Viertel wimmelt es doch zu jeder Tages- und Nachtzeit von Menschen. Wäre es nicht besser, ihr würdet euch an einem anderen Ort mit ihm treffen?«

»Die Brücke ist perfekt«, widersprach ihm Matthieu.

Er sah zum ersten Stock hinauf. Dort stand Luna noch immer am Fenster, die Arme schützend vor der Brust verschränkt, und presste die Stirn ans Glas.

Danach lasse ich dich dann nie wieder allein, dachte der Musiker und wusste, dass sie ihn mit einem einzigen Blick verstehen würde.

Sie liefen die Rue des Grands Augustins bis zum Pont Saint-Michel entlang, einer Brücke, die die Außenbezirke der Stadt mit der Île de la Cité verband. Einen Moment lang labte sich Matthieu am Anblick der Türme von Notre-Dame, die zwischen den dicht gedrängten Dächern zu sehen waren. Er konnte immer noch nicht fassen, dass er wirklich wieder in Paris war. Jetzt war Nachmittag, und die Kais quollen nur so über vor Kutschen und Fußgängern, die kamen und gingen. Die Händler warteten an den Stufen zum Fluss, um Warenbündel aus den Kähnen entgegenzunehmen. Der Wasserpegel der Seine war gesunken, daher wurden die Pferde zum Saufen vom schlammigen, mit Unrat übersäten Strand eine Rampe hinuntergeführt.

»Da ist es, sein Fenster ist das erste über dem zweiten Bogen«, erklärte Charpentier.

Die alte Holzkonstruktion hatte jahrhundertelang unter häufigen Bränden und Einstürzen gelitten, daher war die Brücke schließlich aus Stein ganz neu erbaut worden. Ihre drei mächtigen Pfeiler mussten nicht nur das Gewicht der Brückenbogen selbst und der Menschen darauf tragen, sondern auch das der Backsteinhäuser, die sich darauf rechts und links aneinanderreihten und deren Außenwände hoch über dem Kanal aufragten. Newton bewohnte ein Zimmerchen in einem Haus auf der Westseite. Wie er dem Komponisten bei der Suche nach einer Unterkunft erklärte hatte, betrachtete er den Sonnenuntergang lieber als den Sonnenaufgang.

Unterwegs stiegen ihnen der scharfe Geruch aus der Färberwerkstatt und der Gestank der Radierungen eines Graveurs in die Nase. Wie Matthieus Vater bereits erwähnt hatte, arbeiteten in den Häusern auf der Brücke vor allem Handwerker verschiedenster Berufe: Goldschmiede, Parfümeure, Polsterer, Harfenbauer und Schuhmacher. Newtons Unterkunft stand direkt neben einer völlig überfüllten Taverne. Charpentier verbarg das Gesicht in seinem Umhang, weil er befürchtete, von einem der Edelmänner wiedererkannt zu werden, die dort verkehrten. Sie kamen wegen der Weine aus Burgund, die der Sonnenkönig so gerne trank, der Wirt schenkte aber auch andere Sorten aus, um seine Kunden zu beeindrucken, wie zum Beispiel den exquisiten Rebensaft aus einer Gegend des spanischen Ebrotals. Onkel und Neffe stiegen die schmutzige Treppe hinauf. Bei dieser hohen Luftfeuchtigkeit fühlte sich alles klebrig an.

»Wer da?«, rief eine Stimme aus dem Inneren, als Charpentier an die Tür klopfte.

»Ich bin es! Und ich habe noch jemanden mitgebracht, der Euch sehr gerne kennenlernen würde.«

»Wen?«

»Meinen Neffen Matthieu. Er ist endlich zurückgekehrt.«

Nach kurzem Schweigen war ein dumpfes Husten zu vernehmen. Zunächst quietschte ein Riegel düster, und dann bot sich ihnen ein unerwarteter Anblick: Mit schweißnassem Antlitz und schwarzen Fingernägeln tauchte der Wissenschaftler aus einer Schwefelwolke auf und umklammerte misstrauisch die Tür.

»Ist noch jemand bei Euch?«

»Natürlich nicht«, knurrte Charpentier und schob sich an ihm vorbei ins Innere des Raumes.

Sie schlossen die Tür hinter sich. Der Holzfußboden knarrte bei jedem Schritt. Das Licht, welches durch das schmutzige Fenster zum Kanal hereinfiel, konnte den Raum kaum erhellen. In der hinteren Ecke flackerte die Flamme des Schmelzofens. Newton schlief selten mehr als vier Stunden am Stück und hielt das Feuer Tag und Nacht in Gang. Im ganzen Zimmer waren alchemistische Utensilien ausgebreitet, und weitere stapelten sich auf dem Tisch, auf dem auch zwei aufgeschlagene Bücher lagen: *Atalanta*

Fugiens, die hermetische Abhandlung, mit der Dr. Evans Charpentier bei den Treffen im Palais von Mademoiselle de Guise geködert hatte, und Georgius Agricolas *De re metallica*, ein zerfledderter Band, der die praktischeren Aspekte der Metallumformung behandelte.

Matthieu stellte sich dem Wissenschaftler ungezwungen vor mit einer gewissen Vertraulichkeit, die er sich angesichts eines Menschen von solch hohem Rang niemals zugetraut hätte. Trotz des gelblichen Hemdes, in dem er seit zwei Wochen vor sich hin geschwitzt hatte, bewahrte sich Newton seine distinguierte Haltung und antwortete ihm auf ebenso gewandte wie jeglicher Sympathie entbehrende Art und Weise. Vom ersten Moment an konnte Matthieu auf seinem Gesicht die innere Unruhe desjenigen erkennen, der ständig auf der Suche ist und deshalb allem mit Feindseligkeit begegnet.

Er zog die Partitur aus seiner Tasche. Anstatt begierig danach zu greifen, vermied es der Engländer sogar, sie auch nur von weitem in Augenschein zu nehmen. Stattdessen durchbohrte er Matthieu mit Blicken.

»Glaubst du etwa, dass ich das wegen des Goldes tue? Hältst du mich für einen erbärmlichen Kohlenbrenner?«, fragte Newton ihn auf einmal. Er spielte damit auf die traditionellen Alchemisten an, denen spirituelles Streben fern war und die all ihre Anstrengungen darauf verwendeten, einst mit ansehen zu können, wie Blei zu funkeln beginnt.

Der junge Musiker nahm sich einen Moment Zeit, um seine Antwort zu formulieren.

»Meiner Meinung nach wollt Ihr Euch vor allem selbst beweisen, dass Ihr in der Lage seid, in dieser Sache bis zum Schluss weiterzumachen.«

Newton sah Charpentier an.

»Woher habt Ihr diesen Jungen bloß?«

»Warum konzentrieren wir uns nicht darauf…«

»Das ist die beste Antwort, die man mir hätte geben können«, unterbrach ihn der Engländer und klang zum ersten Mal nicht mehr so verbittert. Dennoch wandte er sich immer noch mit einer gewissen Herablassung an Matthieu: »Wenn ich dieses Experiment erfolgreich ausgeführt habe, werde ich mit Stolz verkünden können, dass ich nun Gottes Pläne begreifen kann, und du wirst daran deinen Anteil gehabt haben. Ich stehe kurz vor dem letzten Schritt auf dem Weg zum Stein der Weisen! Endlich werde ich das letzte Kapitel meines *Index Chemicus* vollenden und all die Stümper zum Schweigen bringen!«, rief er aus. Die erwähnte Schrift war sein ehrgeizigstes alchemistisches Werk.

Dann griff er doch nach der Partitur und analysierte sie sorgfältig.

Von Anfang an war Matthieu aufgefallen, welch widersprüchliche Gegensätze den Wissenschaftler quälten: Seine geniale Fähigkeit zur experimentellen Analyse ging mit einem zornigen Mystizismus einher, der ihn dazu anspornte, in der hermetischen Tradition nach Antworten zu suchen. Gleichzeitig wurden diese Eigenschaften von einer unersättlichen Eitelkeit und Selbstverherrlichung begleitet, die ihn Schmeichelei als lebensnotwendigen Antrieb akzeptieren ließen.

Um die Stimmung ein wenig freundlicher zu gestalten, verlieh Matthieu seinen Zweifeln Ausdruck: »Als mein Onkel mir in der Bastille zum ersten Mal von Euch erzählte, war es mir unbegreiflich, wie Ihr in zwei scheinbar so unterschiedlichen Welten leben könnt. Für die meisten Wissenschaftler ist die Alchemie ein Lügenmärchen aus dunkelster Vorzeit.«

»Stör mich jetzt nicht«, schnitt ihm der Engländer kalt das Wort ab, ohne den Blick vom Notenblatt abzuwenden.

Mit einer Geste ersuchte Charpentier seinen Neffen um Schweigen.

»Seht mich an, wenn Ihr mit mir sprecht«, widersetzte sich dieser der Bitte seines Onkels. »Ihr solltet niemals vergessen, dass ich es war, der um die halbe Welt gereist ist, um Euch diese Partitur zu bringen.«

Verblüfft wandte Newton sich zu ihm um. Er sah ihn einen Moment lang nachdenklich an.

»Tatsächlich durchzieht Alchemie meine Wissenschaft und umgekehrt«, erklärte er schließlich. »Doch wo hört die eine auf, und wo beginnt die andere? Schau dir nur die Schlussfolgerungen in meinen Abhandlungen über Optik an. Sind die Veränderungen des Lichtes auf Gegenständen und der Gegenstände durch Licht etwa keine Umwandlung in ihrer reinsten Form? Und die ganze Natur ist davon erfüllt! Sieh doch nur!« Er zog Matthieu am Arm zum Fenster hinüber. »Der Schöpfer hat eine lebendige Umwelt erschaffen. In diesem Kosmos steht alles mit ihm und untereinander in Verbindung, gleichzeitig verändern sich die Elemente aber auch ständig und pendeln zwischen Perfektion und Verfall hin und her! Alles hängt davon ab, wie sich ihre essenziellen Partikeln organisieren, in denen die Universalmaterie steckt, die allen gemein ist.«

»Alles ist miteinander verbunden«, murmelte Matthieu verwundert vor sich hin. »Und es steckt eine Universalmaterie in allem … Wollt Ihr damit etwa sagen, dass alles, was ich sehe, ein winziger Bestandteil von Gott ist?«

Newton schüttelte den Kopf.

»Die Welt kann nicht als ein Teil von Gott angesehen werden. Er ist ein einheitliches Wesen, ganz Auge, ganz Ohr, ganz Verstand, voller Kraft, um zu fühlen, zu verstehen und zu handeln, und das alles auf eine Art und Weise, die nichts mit dem menschlichen Dasein zu tun hat. Ich will sagen, Matthieu, dass alles göttlichen Regeln unterliegt, die er zu Beginn der Zeiten festgelegt hat. Denk doch nur an unser Sonnensystem, an die Planeten und Kometen. Sind so viel Ordnung und Schönheit nicht überwältigend? Warum kollidieren die Sterne nicht? Wir sind Teil eines brüderlichen Universums. Dieselben Gesetze, die

die Anziehungskraft dieser riesigen Himmelskörper steuern, lassen sich auch auf die winzigen Universalpartikeln übertragen, die sich gleichfalls anziehen und sich in Millionen verschiedener Kombinationen zusammenfügen, um Millionen von Formen und Körpern zu bilden. Was würdest du denken, wenn ich dir jetzt sage, dass ich die Grundlagen der Allgemeinen Gravitation entwickelt habe, als ich für die Herstellung des Steins der Weisen die Magnetkraft des gesternten Antimons untersuchte?«, verriet der Wissenschaftler. Bei dem erwähnten Element handelte es sich um ein kristallisiertes Mineral, welches er bei seinen alchemistischen Prozessen verwendete.

»Und ich dachte, das hätte etwas mit einem Apfel zu tun, der vom Baum fiel.«

»Hältst du mich für so naiv? Ich werde bestimmt nicht hinausposaunen, woher meine Erkenntnisse über die Schwerkraft oder andere wissenschaftliche Fragen wirklich stammen. Und außerdem«, fügte er hinzu, »wollen die Sterblichen Äpfel und keine komplizierten Analysen, die sie ja doch nie verstehen würden.«

Er hustete wieder. Zweifellos fraßen die Dämpfe aus dem Destillierkolben, die er den ganzen Tag einatmete, ihn von innen her auf.

»Und hat der Stein der Weisen wirklich all die Eigenschaften, die man ihm zuschreibt?«

Newton konnte ein Glitzern in den Augen nicht verbergen.

»Der Stein ist nur ein Hilfsmittel. Wer die Gesetze des Schöpfers befolgt, kann durch den Stein die Natur nach eigenem Gutdünken umgestalten. So wie man Gold aus anderen Metallen gewinnt, indem man seine essenziellen Partikeln isoliert, sie in ihr ursprüngliches Chaos zurückwirft und dann neu zusammensetzt, so kann man auch den Geist verändern.«

»Also stimmt es, was mein Onkel mir erzählt hat. Ihr könnt die verdorbene Seele des Menschen neu erschaffen …«

»Wer den Stein besitzt, wird seine Wirkung sofort verspüren

und in den ursprünglichen Zustand zurückkehren, als die Seele betörende Musik war und mit dem Rest des Universums in Einklang stand.«

»Das ist ja wirklich unglaublich …«

»Hier von ›unglaublich‹ zu sprechen hieße, sich gegen den Glauben zu wenden. ›Faszinierend‹ wäre wohl passender.«

Matthieu umrundete den Tisch, auf dem sich die Laborutensilien befanden. Dann ging er zum Ofen hinüber. Er streckte die Hand aus, als wollte er seine Wärme spüren.

»Sei vorsichtig …«, warnte ihn Charpentier voll väterlicher Besorgnis.

Newton begann, zwischen Fläschchen herumzukramen, die er in einer hölzernen Truhe aufbewahrte. Er nahm zwei davon heraus.

»Seht her!«

»Was ist das?«

»Die Grundsubstanzen für den Stein der Weisen.«

»Ihr habt sie bereits?«

»Hier seht ihr die beiden Elemente, die ich für die Herstellung benutzen werde.«

»Worum handelt es sich?«

Newton hob eines der Fläschchen hoch.

»Das erste ist philosophisches Quecksilber. Es verfügt über Merkmale, die diesem Metall in seiner normalen Form weit überlegen sind.« Er hielt sich das Fläschchen direkt ans Auge, um den Inhalt von nahem zu betrachten. »Ich habe es gewonnen, indem ich gewöhnliches Quecksilber mit einer Legierung aus gesterntem Antimon amalgamierte. Dies ist das Element, von dem ich eben gesprochen habe, eine Ausprägung des schwarzen Drachens in Kristallform mit außergewöhnlichen magnetischen Eigenschaften«, erklärte er kryptisch.

»Und das andere Material? Es sieht aus wie Gold.«

»Das ist es auch. Gold ist ein Bestandteil des Steins und verleiht den anderen Metallen, die umgewandelt werden, seine Reinheit. Was mir noch fehlte, war das Prozedere, das eingehalten werden muss, wenn sich die beiden im Schmelztiegel vereinen. Um den Stein der Weisen zu erschaffen und am Ende nicht mit einem Tiegel voll verkohlter Reste dazustehen, muss man einen äußerst exakten Erhitzungsprozess befolgen.«

»Und dieses Geheimnis können wir der Partitur entnehmen«, schlussfolgerte Matthieu.

»So ist es. Sie gibt uns die Antwort auf verschiedene Fragen: In welchem Augenblick muss das Material ruhen? Wann muss ich die Hitze erhöhen? Und wie stark? Wann muss ich den Tiegel vom Feuer nehmen? Und nur für einen Moment oder endgültig? Jegliche Veränderung des Prozesses führt zu einer Katastrophe. Daher habe ich immer wieder betont, dass ein einziger Fehler bei der Niederschrift der Melodie vom Ursprung die Partitur unbrauchbar machen würde.«

»Ihr habt mir aber immer noch nicht verraten, wie man sie lesen muss.«

Newton zögerte, bevor er dann doch eine Antwort gab: »Die Intervalle der Melodie geben die Länge der Zeitabschnitte vor«, enthüllte er. »Dies hängt mit der Position der einzelnen Note der Melodie ab – auf der dritten, vierten oder fünften Linie der Partitur … Die Stärke der Flamme ergibt sich daraus, ob es sich um halbe, Viertel-, Achtel- oder Sechzehntelnoten oder auch Pausen handelt … Darüber hinaus muss man noch berücksichtigen, ob die einzelnen Phrasen als Legato oder Staccato gespielt werden. Das hört sich alles kompliziert an«, schloss er mit herablassender Stimme, »eigentlich ist es jedoch eine recht simple Art der Verschlüsselung. Musiktheorie ist schließlich auch nichts anderes als eine Erweiterung der Mathematik. Ich kann doch davon ausgehen, dass die Niederschrift fehlerfrei ist?«

»Die Transkription ist exakt«, erklärte Matthieu, der inzwischen genug davon hatte, dass seine Fähigkeiten in Frage gestellt wurden, noch bevor der Wissenschaftler überhaupt die Arbeit mit der Partitur begonnen hatte.

Newton sah ihm in die Augen.

»Das will ich hoffen.«

Dann wandte er sich ab und begann, sein Instrumentarium vorzubereiten.

3

Matthieu und Charpentier schoben zwei Stühle neben die Tür und ließen sich darauf nieder, um dem Wissenschaftler nicht im Weg zu sein, der im Raum hin und her huschte. Matthieu sah aufmerksam dabei zu, wie er die Partitur auf dem Tisch ausbreitete und mit äußerster Sorgfalt den Tiegel reinigte, in dem er das Experiment ausführen würde. So in die Arbeit vertieft, wirkte Newton wie ein ganz anderer Mensch. Seine Augen leuchteten vor Aufregung. Nach kurzer Zeit war vor dem Haus ein Geräusch zu hören.

»Was war das?«

»Ich habe nichts gehört«, antwortete Charpentier.

»Und da kommen sie auch schon …«, murmelte Matthieu.

»Was willst du damit sagen?«, drängte der Engländer.

»Es ist so weit. Die Mörder meines Bruders sind hier.«

Newton verzog das Gesicht.

»Was ist so weit? Du wusstest, dass …«

Er konnte seinen Satz nicht beenden. Das Türschloss flog durch die Luft, und Holzsplitter spritzten. Zwei unbekannte Männer betraten den Raum, gefolgt von dem Meuchelmörder, der vor Monaten auf dem Friedhof den Matrosen getötet hatte.

»Keiner rührt sich!«, brüllte dieser.

»Was soll das?«, rief der Wissenschaftler aus.

Der kräftigste der Männer versetzte Matthieu einen Schlag mit dem Griff seines Schwertes, schleuderte ihn gegen die Wand und hielt ihn mit der Klinge an der Kehle in Schach.

Der Mann vom Friedhof ging auf Charpentier zu.

»Ich hatte mich schon so darauf gefreut, dich endlich wiederzusehen!«

Unvermittelt versetzte er dem Komponisten eine Ohrfeige und hielt ihm dann den Lauf seiner Pistole an die Stirn.

»Ich fürchte Euch nicht! Lump!«

»Nicht, Onkel!«, warnte ihn Matthieu.

»Wo ist die Partitur?«

Newton versuchte zunächst, sie unauffällig unter all den Gegenständen auf dem Tisch zu verbergen, überlegte es sich dann aber anders und warf sich in Richtung Ofen, um die Noten zu verbrennen. Der dritte Eindringling hielt ihn auf, bevor er das Papier den Flammen übergeben konnte, indem er ihm einen Stuhl vor die Füße warf. Er nahm dem Engländer das Blatt aus der Hand und reichte es dem Meuchelmörder, der es überflog, ohne dabei die Pistole sinken zu lassen. Schließlich drehte er sich zufrieden um und wandte sich mit prahlerischen Worten an Matthieu: »Was hattest du denn erwartet? Wir sind dir gefolgt, seit du in La Rochelle französischen Boden betreten hast.«

»Ihr widert mich an!«

Der Mann lachte. Der andere übte mit der Schwertklinge noch mehr Druck auf Matthieus Kehle aus.

»Weißt du«, fügte der Mörder spöttisch hinzu, »unsere Auftraggeber hatten gar nicht damit gerechnet, dass du lebend von Madagaskar zurückkehrst. Und auch noch so äußerst erfolgreich.«

Newton wand sich nach dem Zusammenstoß mit dem Stuhl vor Schmerzen, brachte aber noch die Kraft auf, Matthieu vom Fußboden aus Vorwürfe zu machen. »Du verdammter Narr!«, rief er und verlieh seinen Worten einen bitteren Tonfall. »Sollte das nicht eine geheime Mission sein? Dachte nicht angeblich jeder, dass du noch in der Bastille hockst?«

»Macht Euch keine Sorgen …«, entgegnete Matthieu erstaunlich ruhig.

Er wandte sich zur Tür um und betrachtete sie reglos. Augenblicklich war ein dumpfes Geräusch auf der Treppe zu vernehmen. Mehrere Stiefelpaare polterten die Stufen hinauf…

»Waffen weg!«, befahl eine Stimme.

»Wir sind hier!«, rief Matthieu.

Dann fielen Schüsse. Einer der Eindringlinge stürzte auf die Tischplatte, und die gläsernen Behälter darauf zersprangen in tausend Scherben. Pulverdunst erfüllte den Raum. Der Mann, der Matthieu bedroht hatte, wurde an der Schulter getroffen. Er ließ den Musiker los und warf sich mit der Verzweiflung einer waidwunden Bestie auf die Neuankömmlinge, war aber zu langsam. Der erste von ihnen wich ihm aus und bohrte ihm einen kurzen Säbel in die Brust, den er im Fleisch noch einmal herumdrehte.

»Achtung, Präfekt!«, rief Charpentier und machte sich von dem Friedhofsmörder los, der inzwischen auf die Männer bei der Tür zielte.

Nicolas de la Reynie, der die Polizeipatrouille persönlich anführte, hob seine Waffe.

»Mach es mir doch nicht so leicht…«

Der Meuchelmörder warf seine Pistole zu Boden und hob die Hände hoch.

»Präfekt? Was hat das zu bedeuten?«, empörte sich Newton, der nicht nur wegen des Überfalls aufgebracht war, sondern auch weil er überhaupt nicht begriff, was hier eigentlich vor sich ging.

»Mein Vater hat sie verständigt«, erklärte Matthieu.

Einen Augenblick lang herrschte großes Durcheinander. Matthieu entriss dem Mörder hastig die Partitur. Die Polizisten brüllten sich gegenseitig an, trampelten im Blut der beiden toten Männer herum und wussten nicht so recht, auf wen sie ihre Waffen eigentlich richten sollten. In diesem Moment erschien auch der Schreiber. Er war völlig aufgelöst und schloss seinen Sohn in die Arme.

»Beruhige dich, Vater, jetzt ist ja alles gut…«

Newtons Zorn wurde noch viel größer, als er begriff, dass man ihn als Köder benutzt hatte, aber die Männer hatten ja tatsächlich angebissen wie die blinden Forellen der Seine. Der Wissenschaftler wandte sich an Matthieu.

»Woher wusstest du, dass diese Verbrecher hier erscheinen würden?«

»Aller Wahrscheinlichkeit nach haben sie einen Kontakt im Palast«, antwortete der junge Mann knapp. »Daher ging ich davon aus, dass sie mich seit meiner Ankunft überwachen und die erste Gelegenheit nutzen würden, die Partitur an sich zu nehmen.«

»Einen Kontakt im Palast? Wie kommst du darauf?«

»Weil sie La Bouche gekauft haben.«

»Den Kapitän? Aber wie ist das bloß möglich?«

»Ihr müsst mir in allen Einzelheiten erklären, was hier eigentlich vorgefallen ist!«, mischte sich nun de la Reynie ein. »Und wer seid Ihr?«, wandte er sich direkt an den Engländer.

Dieser warf Charpentier einen flehentlichen Blick zu.

»Dies kann Euch Minister Louvois zum angemessenen Zeitpunkt erklären«, versprach der Komponist und versuchte sich an einer Verbeugung, um nichts Konkretes verraten zu müssen. »Es handelt sich um eine Staatsangelegenheit, wir führen hier nur Befehle aus.«

De la Reynie wandte sich an den Schreiber.

»Ich dachte, es ginge hier um den Mord an Eurem Sohn.«

»Beides ist richtig.«

»Ihr verbürgt Euch also für diese Männer?«

Während der Schreiber nickte, nutzte der Meuchelmörder die allgemeine Verwirrung, um mit dem Ellbogen das Glas des Fensters zu zerschlagen. Er setzte einen Fuß in den Rahmen und warf sich hoch über dem Kanal hinaus. Mehrere Männer des Polizeipräfekten feuerten gleichzeitig ihre Waffen ab.

»Nicht!«, brüllte Matthieu und rannte zur Fensteröffnung. »Wir brauchen ihn doch lebend!«

Der Meuchelmörder hatte sich an einer Tierhaut festhalten

können, die vor dem Fenster einer Gerberwerkstatt zum Trocknen hing, und sprang nun gewandt hinunter auf den äußeren Rand der Brücke. Dieser war nur eine Hand breit, es war kaum zu glauben, dass der Mann dort mit dem Rücken zur Hauswand entlangbalancieren konnte. Rasch schätzte Matthieu die Situation ein. Zwischen all den Booten, die ständig unter den Brückenbogen hindurchfuhren, war kaum Wasser zu sehen. Wenn er fallen würde, käme er womöglich beim Aufprall auf einem der Kähne ums Leben ... Dennoch überlegte er es sich nicht zweimal, holte tief Luft und kletterte hinaus. Dabei schob er die Finger in die Ritzen zwischen den morschen Backsteinen. Er hielt auf das Nachbarhaus mit der Taverne zu, das in schlechterem Zustand war und ihm deshalb den Abstieg erleichtern würde, verlor aber bald mit einem Fuß den Halt. Schaulustige, die auf die Verfolgung aufmerksam geworden waren und nun jede seiner Bewegungen vom Kai aus beobachteten, schrien entsetzt auf. Matthieu suchte fieberhaft nach einer Spalte, in die er die Stiefelspitze schieben konnte, seine Finger hielten sein Gewicht jedoch nicht mehr. Einen Moment lang glaubte er, dass alles verloren sei. Aber er hatte das Glück, auf einem Fensterbrett aus Holz zu landen, das der Kneipenwirt angebracht hatte, um mit einem Lastenzug Fässer direkt vom Fluss aus nach oben zu transportieren. Matthieu war so benommen, dass alles vor seinen Augen verschwamm und er nicht wieder auf die Beine kam. Der Meuchelmörder nutzte die Gelegenheit, um sich heranzuschieben. Geschickt erklomm er das Sims. Matthieu bäumte sich auf und versuchte, den Mann von den Füßen zu holen, dieser wich ihm allerdings aus und stieß ihm den Absatz seines Stiefels ins Gesicht.

»Ich habe wirklich genug von euch allen!«, brüllte er.

Er versetzte Matthieu noch einen Tritt und warf ihn damit vom hölzernen Brett. Die Schaulustigen schrien erneut auf, sahen dann aber, dass der Musiker den Arm ausstreckte und mit den Fingern an einer Büste von Ludwig XIII. hängen blieb, die den mittleren Brückenpfeiler zierte. Er schlug hart gegen den Stein, konnte sich jedoch festhalten. Aus seiner Kehle erklang ein dumpfes Stöhnen. Wutentbrannt griff der Meuchelmörder nach einem Eisenstück des Lastenzugs und holte damit aus, um es nach Matthieu zu werfen.

»Warum siehst du nicht endlich ein, dass dein letztes Stündlein geschlagen hat?«

In diesem Moment ertönte wieder ein Schuss.

Nachdem er einige Sekunden reglos dagestanden hatte, stürzte der Mörder wie ein Sack Kartoffeln in die Tiefe und trudelte auf eine Ladung Holz auf einem Transportboot zu. Polizeipräfekt de la Reynie stand mit rauchender Waffe am zerborstenen Fenster im ersten Stock. Er hatte dem Geiger das Leben gerettet, gleichzeitig aber auch die Chance vertan, Jean-Claudes Mörder verhören zu können. Matthieu wäre beinahe abgerutscht, da trat der Schankwirt hinaus auf das hölzerne Sims und setzte das Seil des Lastenzugs in Bewegung.

»Halt dich daran fest«, rief er, bevor er ihm das Tau herüberwarf.

Matthieu bahnte sich seinen Weg durch die Taverne. Die Gäste traten zur Seite, um ihn vorbeizulassen. Der junge Mann war am Boden zerstört. Auf der Brücke kam ihm sein Onkel entgegen.

»Wir werden die Drahtzieher niemals finden!«, schluchzte der Geiger, während er Charpentier in die Arme fiel.

»Matthieu …«

Ihn erstaunte die zufriedene Miene des Komponisten.

»Was ist los?«

»Da war noch ein weiterer Mann.«

Sein Neffe riss die Augen auf.

»Und ist er am Leben?«

»So gesund und munter wie du und ich. Er stand an der Tür Schmiere und hat nicht einmal Widerstand geleistet, als ihn die Männer des Präfekten überraschten.«

Als sie die Treppe hinaufrannten, kamen ihnen die Polizisten entgegen, die die Leichen der toten Angreifer abtransportierten. Im Zimmerchen oben saß Newton auf demselben Stuhl, den man ihm entgegengeschleudert hatte, und kümmerte sich um seinen Ellbogen, an dem er sich eine Verletzung zugezogen hatte. Überall lagen Glassplitter, und der Raum war von einer Mischung verschiedenster Gerüche erfüllt: Es stank nach Pulver, nach den Substanzen aus Newtons Destillierkolben, den Schwaden, die aus den Werkstätten der Handwerker herüberzogen, und dem Wasser des Kanals. De la Reynie hatte bereits damit begonnen, den Festgenommenen zu befragen. Es handelte sich um einen Mann von etwa vierzig Jahren, dessen Gesicht von einem früheren Hautausschlag entstellt war.

»Er besteht darauf, dass sie nur gekommen sind, um hier eine Partitur zu stehlen«, erklärte der Polizeipräfekt betont routiniert. »Ihr wisst vermutlich, wovon er spricht.«

»Wer hat ihm den Auftrag dazu erteilt?«, fragte Matthieu.

»Dazu will er nichts sagen.«

»Ich komme doch nicht einmal aus Paris«, verteidigte sich der Gefangene. »Ich kenne hier niemanden!«

Der Polizist schlug ihm ins Gesicht.

»Lügner!«

»Unser Anführer hätte Euch dazu etwas sagen können, aber Euretwegen liegt er nun mit gebrochenem Genick unten auf dem Kai!«

Wieder sausten die Fäuste nieder.

»Willst du etwa behaupten, dass du die Person, die euch bezahlt, noch nie gesehen hast?«

»Unter dem Umhang von Kopf bis Fuß war wenig zu erkennen, wegen der vornehmen Ausdrucksweise würde ich aber auf jemanden aus dem Adel tippen.«

»Aus dem Adel …«, murmelte de la Reynie zufrieden. Er hoffte jetzt schon darauf, dass die Auflösung dieses Falles ihm womöglich zu noch größerem Ruhm verhelfen würde als die Giftmorde der Marquise de Brinvilliers. »Ich will einen Namen!«, drängte er.

»Ich habe Euch doch schon gesagt, dass ich sie nicht kenne!«

»Moment mal …«, mischte Matthieu sich ein.

»Was ist?«

»Er hat ›sie‹ gesagt.«

»Was sollte ich denn sonst sagen?«, antwortete der Gefangene nun wieder überheblich. »Sie trug zwar diesen Mantel mit Kapuze, aber ich versichere Euch, dass ich eine Frau trotzdem erkenne, wenn ich sie vor mir sehe.«

Dieses Mal fuhr ihm der Polizeipräfekt mit dem Handrücken übers Gesicht. Matthieu begann zu grübeln.

»Kann das denn wirklich wahr sein …«

»Hast du irgendeine Idee, um wen es sich handelt?«, fragte ihn sein Onkel.

»Eine Alchemistin?«, rief der Wissenschaftler spöttisch aus.

Der junge Musiker blickte Charpentier an. Und dann Newton. Er ließ sich mit seiner Antwort Zeit. Schließlich nannte er doch lieber keinen Namen und wandte sich stattdessen an den Gefangenen.

»Für wann ist das nächste Treffen mit dieser Frau geplant?«

»Sie hat uns morgen für den Zeitpunkt der Prozession in Saint-Germain-des-Prés zum neuen Säulengang bestellt. Dort soll die Übergabe stattfinden – die Partitur gegen unser Geld.«

Matthieu wandte sich nun an den Präfekten.

»Ich will mich nicht in Eure Arbeit einmischen«, begann er behutsam, »aber ich möchte vorschlagen, dass wir ihn gehen lassen, damit er sich mit dieser Dame treffen kann.«

»Und wir sollen ihm dabei folgen?«

»Genau.«

»So einfach ist das nicht. Bei der Prozession wird es ebensolche Menschenmassen geben wie hier auf der Brücke. Wenn wir zu großen Abstand halten, könnte er uns entwischen, wenn wir hingegen nahe an ihm dranbleiben, wird die Frau es merken und das Treffen abbrechen.«

»Es genügt doch, wenn er sie uns zeigt.«

»Für eine Verurteilung reicht das nicht.«

»Wie bitte?«

»Verdammt noch mal, wir reden hier von einer Adligen! Könnt Ihr Euch vorstellen, welch lückenloser Beweisführung es bedarf, um so eine Dame köpfen zu lassen? Der anklagende Zeigefinger eines räudigen Meuchelmörders, der nicht einmal ihren Namen kennt, wird niemanden überzeugen.«

»Aber ...«

»Viele Frauen von Stand sind mit Richtern verwandt! Ohne handfeste Beweise wird das Parlament den Fall nicht einmal vor Gericht zulassen.« Er wandte sich zum Schreiber um. »Ich will nicht länger darüber diskutieren!«

Matthieu ließ sich jedoch nicht abwimmeln: »Dann müssen wir uns eben etwas anderes überlegen.«

Er bat seinen Onkel um die Partitur.

»Was willst du damit anfangen?«

»Sie dem Gefangenen geben.«

Und genau das tat er auch.

Charpentier und Newton trauten ihren Augen kaum.

»Aber ...«

»Keine Sorge, dann schreibe ich sie eben noch einmal auf.«

»Was willst du damit erreichen?«

»Lasst ihn frei«, bat er den Polizeipräfekten.

»Seid Ihr verrückt?«

»Ich weiß, wie wir diese Frau entlarven können, aber dazu muss sie davon überzeugt sein, dass ihr Plan aufgegangen ist. Dieser Mann soll ihr die Partitur aushändigen und ihr erklären, dass der Überfall nicht so glattgegangen ist wie erwartet. Deshalb seien außer ihm alle Beteiligten ums Leben gekommen. Soll er doch sein Geld bekommen und Paris verlassen.«

»Hört den Burschen an«, flehte der Gefangene, der seine Chance witterte. »Ich werde es genau so tun, wie er gesagt hat!«

Newton trat eilig an Matthieu heran, packte ihn am Arm und zog ihn beiseite.

»Ich werde nicht zulassen, dass du ihnen meine Partitur gibst«, knurrte er und versuchte, seine Stimme zu dämpfen.

»Eure Partitur?«

»Wenn du die Mörder deines Bruders zur Strecke bringen willst, musst du schon einen anderen Weg finden. Das ist mein Experiment!«

»Ohne das Rätsel sind die Noten nichts wert!«, flüsterte Matthieu ihm ins Ohr.

»Wie bitte?«

»Die alchemistischen Verse. Ohne die Auflösung wird ihnen die Partitur nicht weiterhelfen. Weder ihnen noch Euch.«

Der Wissenschaftler war sprachlos.

»Willst du damit etwa sagen, dass du die Lösung gefunden hast?«

Diese Zeilen geben den Zeitpunkt vor, an dem mit dem Experiment begonnen werden muss, hätte Matthieu ihm am liebsten in diesem Moment verraten, sie bestimmen den Augenblick, in dem Ihr nach den Vorgaben den Ofen anwerfen müsst! Stattdessen wandte er sich von dem Wissenschaftler ab und bat seinen Vater, den Polizeipräfekten dazu zu überreden, dass er den Gefangenen tatsächlich freiließ.

»Bist du sicher, dass du das Richtige tust?«

»Nein, aber wir haben leider keine andere Wahl.«

Der Schreiber drückte ihm die Hand wie früher, als er noch ein Kind war.

»Lass uns nach Hause gehen. Luna wartet auf dich.«

4

Charpentier und Newton brachen augenblicklich nach Versailles auf. Sie mussten Minister Louvois davon in Kenntnis setzen, dass Matthieu zurückgekehrt war, und in einem versteckten Winkel des Palastes ihre Instrumente aufbauen, um dort im Schutz der Palastwache das Experiment ausführen zu können. Den König würde es mit Genugtuung erfüllen, sie während der Herstellung des Steins in seiner Nähe zu wissen. Matthieu bestand darauf, dass die zwei sich so wenig wie möglich sehen ließen. Nach Möglichkeit sollte man die beiden Männer und auch ihn für tot halten.

Er selbst eilte auf dem schnellsten Weg nach Hause zu seiner Priesterin. Die Anspannung schnürte ihm die Kehle zu. Einerseits konnte er bald endlich seine Familie von der Bedrohung erlösen, die dieser schreckliche, tödliche Albtraum mit sich brachte, aber andererseits wuchs mit jeder Sekunde seine Angst, dass sein Plan höchstwahrscheinlich fehlschlagen würde und er mit seiner gewagten Entscheidung den Verantwortlichen dieses blutigen Komplotts nur den Weg geebnet hatte. Als Luna ihm die Tür öffnete, drückte er sie ganz fest. Ihre Umarmung kam ihm vor wie die eines kleinen Mädchens, und gleichzeitig versprühte sie doch jene unendliche Leidenschaft. Die Sinnlichkeit ihres Körpers und ihrer Bewegungen riss ihn mit sich fort in eine andere Welt, wenn er sie nur berührte. Zunächst fand er es merkwürdig, sie in der Pariser Kleidung zu sehen, die seine Mutter ihr gegeben hatte: Sie trug ein eng anliegendes grünes Mieder mit langen, offenen Ärmeln, das auf Taillenhöhe in einen Rock überging. Aber dann dachte er daran, wie seltsam sie sich erst darin vorkommen musste, und liebte sie deshalb umso mehr. Gemeinsam verbrachten sie die Nacht zwischen Balken und Tauben in der Mansarde des Hauses. Jetzt konnte Frankreich ihnen nicht ferner sein, sie versanken zwischen den Spinnweben, durch die sie wie durch eine Himmelstür die Strände von Madagaskar erreichten, wo Luna niemals die Luft ausgegangen war, ganz anders als in Paris, wo ihr die Lunge mit jedem Atemzug schmerzte. Sie küssten sich, als wäre es das letzte Mal, und tauchten zwischen Korallen. Matthieu ergriff von ihr Besitz wie die Wellen eines wilden Ozeans, das Stroh der Mansarde klebte an ihren Schenkeln wie der Sand, auf den sich der Schaum ergoss, und ihre Rufe der Lust erklangen zugleich, als das einzige Stöhnen außer dem ihren von einem zu früher Stunde in Gang gesetzten Brotbackofen stammte.

Am nächsten Morgen hüllten sich Luna und er in Umhänge, bevor sie aus der Tür traten. Vor dem Haus des Schreibers wartete eine Kutsche auf sie, um sie nach Versailles zu bringen.

»Bevor wir Paris verlassen, müssen wir noch einmal Halt machen«, teilte Matthieu dem Fuhrmann mit.

Schützend umfasste er Lunas Hände.

»Auf dem Schiff hast du mich doch gebeten, deine Muschel für dich aufzubewahren.«

»Ja?«

Er zog das Schneckenhaus aus dem Lederbeutel, den er über der Schulter trug.

»Ich werde sie in die Obhut von jemandem geben, der sie viel besser beschützen kann als ich.«

Luna nickte bloß, ohne Fragen zu stellen.

Sie hielten vor der Residenz von André Le Nôtre, Nathalies Onkel. Der Gartenbaumeister lebte mit seiner Familie in einem abgelegenen Winkel der Tuilerien. Er besaß auch eine Villa in Versailles, bevorzugte aber die Ruhe dieses diskreten kleinen

Palastes zwischen Blumen und Bäumen. Obwohl er der einzige Mensch war, dem der König seine persönlichen Sorgen anvertraute, vermied Le Nôtre nach Möglichkeit das prunkvolle und ebenso aufreibende Leben bei Hofe.

Matthieu stieg aus der Kutsche und blieb einen Augenblick vor der Eingangstür stehen. Er war zum ersten Mal hier, jetzt hatte er jedoch nichts mehr zu befürchten. Vor Le Nôtres Reaktion hatte er ohnehin keine Angst, er wollte aber vor allem Nathalie nicht wehtun. Während der zwei Jahre ihrer Freundschaft hatte er immer gedacht, dass er durch eine Heirat mit ihr nicht nur zum Ehemann der schönsten Frau Frankreichs und Nutznießer aller Vorteile einer Verwandtschaft mit ihrem Onkel werden würde, sondern auch ihr damit einen Gefallen täte. In Wirklichkeit war es allerdings Nathalie gewesen, die ihn hatte beschützen wollen. Jetzt wusste er, dass zwischen ihnen etwas Magisches war, ihre Verbindung weit über das hinausging, was andere Menschen sahen, ihm war aber auch klar, dass sie sich nie geliebt hatten. Zumindest nicht so wie die Figuren in einer Oper.

Er atmete tief durch und klingelte. Eine Bedienstete öffnete ihm mit ausdrucksloser Miene. Aus dem Nebenraum erkannte Nathalies Begleiterin Isabelle seine Stimme und kam rasch zu ihm heraus. Sie wartete nicht einmal ab, bis das Dienstmädchen sie allein gelassen hatte, um ihn zu umarmen.

»Matthieu!«

»Isabelle!«

»Ich konnte es kaum glauben, als ich deine Stimme gehört habe!«

Er musterte sie von oben bis unten: dieselben straffen Brüste im engen Mieder, die einst Jean-Claude zu erobern versucht hatten, dasselbe lustig zerzauste braune Haar.

»Es freut mich so, dich zu sehen«, erklärte er von ganzem Herzen. »Und auch, dass du noch hier arbeitest!«

»Um nichts in der Welt würde ich Nathalie alleinlassen!« Sie sah ihn einen Augenblick an und wurde dann ernst. »Wo hast du die ganze Zeit gesteckt?«

»Das ist eine lange Geschichte.«

»Nach den Vorfällen in der Orangerie wussten wir nicht, ob du in der Bastille ums Leben gekommen warst oder man dich freigelassen hatte …«

»Ich war fort, musste Frankreich verlassen. Bald werde ich euch alles erzählen können.«

Nun musterte ihn Isabelle ebenfalls eingehend.

»Der Bart gefällt mir«, flüsterte sie und nahm so dem Augenblick die Anspannung.

»Ist sie …«

»Oben, in ihrem Zimmer.«

»Geht es ihr gut?«

»Du hättest nicht einfach so verschwinden sollen, ohne Bescheid zu sagen«, bemerkte sie ohne Groll.

»Ich weiß.«

»Komm mit!«

Isabelle nahm ihn bei der Hand. Im Türrahmen blieb Matthieu stehen.

»Eigentlich würde ich lieber erst mit Monsieur Le Nôtre sprechen. Ich möchte nicht riskieren, ihn zu verärgern, indem ich ohne Vorankündigung sein Haus betrete.«

»Mach dir darüber mal keine Sorgen. Er ist auf dem Markt, um mit dem Schmied zu sprechen, der eine neue Harke für ihn anfertigt. Er ist völlig besessen von ihrer Breite und der Länge der Zacken. Selbst mir hat er davon erzählt. Er ist so ein reizender Mensch … Los, hier entlang!«, drängte sie. »Er ist sicher noch eine Weile unterwegs.«

Sie schritten durch die Eingangshalle. Das Haus war voll von Wandteppichen, italienischen und flämischen Malereien, Büsten aus dem alten Rom und orientalischem Porzellan. Offensichtlich investierte der Gartenbaumeister seinen Lohn in schöne Dinge, statt ihn für Kleidung aus dem Fenster zu werfen, die er bei einem Maskenball ein einziges Mal tragen würde. Sie stiegen eine Treppe zu den Privaträumen hinauf. Isabelle zeigte auf eine Tür.

»Seit deinem Verschwinden hat sie ihr Zimmer kaum noch verlassen«, erklärte sie, bevor sie Matthieu allein ließ.

Er schritt zögernd voran. Die Tür stand ein wenig offen, und er trat ein, ohne anzuklopfen. Aus dem Fenster gelehnt schnitt Nathalie voller Feingefühl die welken Blätter des Efeus. Sie war so schön wie am Abend in der Orangerie, wie an jedem Morgen neben dem Laden des Zuckerbäckers hinter der Kirche. Nun blickte er sie zum ersten Mal an, seit er sich dessen bewusst war, dass sie in Zukunft getrennte Wege gehen würden. Plötzlich kam ihm eine Erinnerung in den Sinn, die er für immer verloren geglaubt hatte.

»Es war ein blauer Schmetterling«, sagte er laut.

Nathalie erstarrte. Ihre kleine Gartenschere fiel zu Boden. Die Worte, die dort in ihrem Zimmer hervorgebracht wurden, rochen nach dem Obst exotischer Inseln und dem Pulver enternder Piraten.

»Matthieu …?«

»Das war der erste Laut, den wir gemeinsam vernommen haben«, fuhr er fort. »Isabelle hatte uns gerade vorgestellt, das war an dem Nachmittag, den Jean-Claude und ich unter den Kastanienbäumen verbracht haben. Wir saßen schweigend auf dem Rasen. Der Schmetterling flog vorbei, und ich habe nach deiner Hand gegriffen.«

Langsam drehte sich Nathalie um. Endlich waren sie wieder zusammen, jeder auf seiner Seite des Zimmers, über das Licht hinaus vereint.

»›Dieser Flügelschlag‹, hast du gesagt, ›ist so blau wie deine Augen‹«, fügte sie hinzu. »Und ich habe die Lider geschlossen und geöffnet wie die Schwingen eines Schmetterlings.«

»Darf ich näher treten?«

Die Umarmung vereinte mehr als nur ihre Körper.

In diesem Moment vernahm Nathalie ein Flüstern, das sie nicht kannte. Es klang nach Sicherheit und Familienglück wie das Geräusch des Löffels im Topf, in dem heiße Schokolade blubbert.

»Was ist das …?«

»Ich habe dir ein Geschenk mitgebracht.«

»Wirklich? Woher?«

»Aus weiter Ferne. Es ist eine Muschel.«

Nathalie berührte sie, las mit der Fingerkuppe ihre Kanten und Vertiefungen.

»Erzeugt sie dieses Geräusch?«

»Ihre bisherige Besitzerin hat mir gesagt, dass Muscheln aus Madagaskar den Laut von sich geben, den ein jedes Herz begehrt.«

»Ihre Besitzerin?«

Einen Moment lang herrschte Stille.

»Wirst du mir irgendwann verzeihen?«

»Wie kann ich dir denn nicht verzeihen, wenn du mich doch sehen gelehrt hast?«

5

In seinem Schlafzimmer steckte der Herrscher den Kopf zum Fenster hinaus und sog die Luft in tiefen Zügen ein.

Der frische und klare Morgen war ideal, um mit seinen Lieblingsdamen auf dem Grand Canal eine Fahrt zwischen den vergoldeten Galeonen zu unternehmen. Dafür benutzte er gerne die Gondel, die ihm der venezianische Senat geschenkt hatte, und ließ sich von einer Feluke mit einem Grüppchen Streicher begleiten, die seine Spazierfahrt angenehm untermalten. Es war auch ein guter Tag, um mit einem schnellen vierspännigen Wagen seine Besitzungen abzufahren und gleichzeitig dem Hof sein Geschick als Jäger zu beweisen. Zunächst einmal musste er aber mit seinen Beratern die letzten Details der Galerieeinweihung besprechen.

Der oberste Diener schlief im selben Raum wie der König hinter einem Vorhang. Als er nun bemerkte, dass der Herrscher wach war, suchte er auf dem Wachposten rasch seine Sachen zusammen und gab im Schloss Bescheid. Die Türen wurden geöffnet, und es erschienen die Mitglieder der Königsfamilie, die Prinzen von Geblüt und die hohen Offiziere der Krone, der Leibarzt und der Kammerherr – welcher ein Schälchen Weihwasser mitbrachte, damit der Herrscher sich bekreuzigen konnte –, der Meister der Perückensammlung … Das Ritual hatte begonnen. Auch die einfachsten Handgriffe der morgendlichen Routine folgten einem strengen Protokoll, das der Herrscher selbst eingeführt hatte, damit die Adligen beschäftigt waren und nicht gegen ihn intrigierten. Im Vorzimmer stritten diese sich nun um das Privileg, ihn mit Rosenwasser zu benetzen, ihm sein Rasierzeug zu reichen oder ihm die Beinkleider überzustreifen, während er zwei Tassen Kräutertee schlürfte. Es handelte sich um die wenigen Augenblicke der Vertraulichkeit mit dem Herrscher, auf die ein Edelmann je hoffen konnte, daher nutzen die Höflinge sie, um Bitten im Namen ihrer Familien vorzutragen.

König Louis band sich wie immer selbst die Krawatte, was ihn mit großer Genugtuung erfüllte, und wählte zwei Tücher aus, während der königliche Uhrmacher ihm einen zauberhaften, frisch gestellten Zeitmesser darbot.

»Ich darf meine Berater nicht warten lassen!«, rief der König aus und schob sich durch die Menge.

Er machte sich auf den Weg zu seinem Arbeitszimmer, Louvois fing ihn jedoch unterwegs ab.

»Was tut Ihr hier? Ich dachte, Ihr würdet mit den anderen auf mich warten.«

»Hätten Eure Majestät wohl die Güte, mich zu begleiten?«

»Und die Besprechung?«

»Die Besprechung kann warten«, entgegnete Louvois vorsichtig.

»Wie könnt Ihr es nur wagen, so mit mir zu sprechen?«

»Der junge Mann aus der Orangerie ist zurück«, war alles, was der Minister sagen musste.

Über die Freitreppe des Cour du Dauphin eilten sie hinunter zu einem Vorzimmer im Erdgeschoss. Eine mit Blümchenstoff bezogene Wand verbarg in einer Ecke eine der Geheimtüren des Schlosses. Sie führte zum weitläufigen Netz aus Kellern unter dem Palast und den angrenzenden Gartenflächen. Vor der Tür patrouillierten vier Wachen der Schweizergarde, die den Befehl hatten, jeden zu erschießen, der sie ohne Erlaubnis des Ministers oder des Königs selbst zu durchschreiten versuchte. Die beiden Männer schüttelten zwei Pagen ab, die mit Kandelabern herbeigeeilt kamen, und stiegen in das tiefste und unbekannteste Versailles hinab. Der Gang wurde von Kerzen erleuchtet, von denen auf jeder Treppenstufe eine mit ihrem eigenen Wachs festgeklebt worden war. Unten angelangt, teilte sich der Gang in zwei langgezogene Gewölbe. Sie durchschritten das rechte und erreichten schließlich ein quadratisches Gelass.

Es war eine alte Speisekammer aus der Zeit, bevor die Palastküchen in ein eigenes Gebäude umgezogen waren. Hier hatte man früher Unmengen von Lebensmitteln für die Bankette bei Hofe gelagert. Noch immer lagen leere Körbe und Ölkrüge herum, und an einer Wand lehnte ein Regal voll verstaubter Flaschen. Im hinteren Bereich gab es einen Durchgang zu einem kleineren Raum, der wie eine Zelle wirkte. Darin hingen mehrere Haken, an denen man Fleisch zum Trocknen befestigen konnte, und das einzige Licht stammte von einem vergitterten Fensterchen auf Deckenhöhe, durch das schwache Sonnenstrahlen hereinfielen. Unter einem Bogen befand sich in einer Wand des Zimmerchens eine Nische mit einer Pritsche. Zweifellos hatte hier früher der für die Speisekammer zuständige Küchenmeister gehaust, und es war anzunehmen, dass so mancher Edelmann in diesen oder einen anderen der Kellerräume hinabgestiegen war, um bei den tagelangen Feierlichkeiten in Versailles vor dem nächsten Festmahl für ein paar Stunden zu ruhen.

Newton, Charpentier und Matthieu, der kurz zuvor eingetroffen war, verneigten sich tief vor ihrem Herrscher.

»Meine Speisekammer als Labor …«, murmelte der König und ließ den Blick über die Vorrichtungen wandern, die der Engländer aufgebaut hatte.

Er betrachtete aus nächster Nähe den Destillierkolben mit zwei Hälsen, den Athanor – einen rechteckigen Ofen, den Newton selbst nach den Angaben aus Büchern entworfen hatte: vier Fuß lang, drei Fuß breit und mit Wänden in der Dicke eines halben Fußes –, die Kohlen, mit denen der Wissenschaftler eine genaue Kontrolle der Temperatur sicherstellte, und den von der Decke hängenden Blasebalg. Er warf einen Blick in eine offene Truhe, in der sich Becher, Mörser, Töpfe, Zangen und eine kugelförmige Retorte stapelten, und wandte sich dann wieder an seine Gäste. Bald würde seine Fantasie also in Erfüllung gehen! Alles lag zum Greifen nah: grenzenloses Wissen, unendliche Macht.

»Du hast es also geschafft!«, sagte er zu Matthieu.

Damit gab er sich ungewöhnlich zwanglos. Alle wussten, wie unberechenbar die Launen des Souveräns waren, sie konnten aber nicht begreifen, welch seltsame Wirkung der junge Musiker auf ihn hatte.

»Majestät …«, grüßte dieser mit einer erneuten Verbeugung.

»Marquis de Louvois hat mir gerade von deinen Abenteuern erzählt, obwohl ich doch sehr hoffe, dass du sie mir selbst bald in allen Einzelheiten schildern wirst.«

»Wenn dies Euer Wunsch ist …«

»Gewiss! Du hast schließlich die magische Insel betreten! Stimmen all die Dinge, die man sich über sie erzählt?«

Matthieu schaute ihm tief in die Augen, so als wolle er eine seiner Liebhaberinnen verführen.

»Ihre Schönheit ist so atemberaubend, dass sie nur durch Poesie beschrieben werden kann.«

»Ich sehe es direkt vor mir … Was ist mit den Tieren? Und den Pflanzen? Ich will sie alle für meine Gärten!«

»Ich versichere Eurer Majestät, dass Eure Maler und Bildhauer nicht einmal in ihren kühnsten Träumen dazu in der Lage wären, die Spezies zu erdenken, die ich gesehen habe«, fuhr Matthieu mit seinem Lobpreis fort.

Charpentier konnte nicht fassen, welche Freiheiten sich sein Neffe da herausnahm, aber auch nicht, wie ergriffen der Herrscher reagierte, als er seinen Schilderungen wie ein enger Vertrauter lauschte.

»Vielleicht solltest du die Insel noch einmal besuchen, um mir ein paar von diesen Arten mitzubringen«, scherzte der König. In diesem Moment zeigte sich Luna schüchtern im Durchgang zum zellenhaften Nachbarraum. Über dem Mieder trug sie ein Spitzentuch mit Kapuze, das ihre bloßen Schultern zeigte, als sie sie sich vom Kopf streifte. Wieso bemerkte er sie erst jetzt? Sie war so fremdartig und anziehend wie eine Geistererscheinung inmitten dieser Unterhaltung, die ihm eher wie ein Traum vorkam. »Oder vielleicht musst du auch gar nicht zurückkehren, denn wie ich sehe, hast du mir das prächtigste Exemplar ja bereits mitgebracht.«

Der König näherte sich ihr, ging einmal um sie herum und musterte sie dabei unverfroren mit einer Mischung aus Neugier und Lüsternheit. Er schickte sich an, ihren dunklen Hals zu berühren, ganz anders als der der Damen bei Hofe, die sich mit Sublimat Gesicht und Dekolleté bleichten, zog die Hand aber zurück, bevor sie die Haut erreichte, die sich unter seinen Fingerkuppen sträubte.

»Das ist die Mondesstimme«, erklärte Charpentier, um den Herrscher ein wenig zu bremsen. »Die Hüterin der Melodie vom Ursprung.«

»Die Priesterin?«, rief König Louis aus. »Hier in meinem Palast?«

»Ja, Majestät.«

Er wandte sich rasch zu seinem Minister um. »Warum habt Ihr mich darüber nicht informiert? Diese schwarze Perle … Versteht sie ein wenig von unserer Sprache?«

»Ja«, antwortete Luna, »solange ich meinen Zuhörer noch nicht gut kenne, schweige ich jedoch lieber.«

Der König brach in Gelächter aus.

»Gouverneur Flacourt hat nie erwähnt, dass es auf Madagaskar auch Löwinnen gibt!«

Luna drehte sich um, ließ den Herrscher einfach stehen und verschwand wieder in der Zelle. So etwas war König Louis noch nie widerfahren.

»Verzeiht ihr, Majestät …«, entschuldigte Charpentier sie rasch.

»Da gibt es nichts zu verzeihen«, schnitt Matthieu ihm das Wort ab. Er hatte erreicht, dass der Herrscher hier nach seinen Spielregeln spielte, und durfte nun nicht nachgeben. »Luna gehört nicht in unsere Welt«, erklärte er. »Sie erfreut sich bereits des freien und reinen Geistes, den Ihr doch mit Stein wiederherstellen wollt.«

»Erlaubt mir, Euch Isaac Newton vorzustellen, Majestät«, griff Louvois beflissentlich ein, um dem Gespräch wieder einen formelleren Anstrich zu verleihen.

Der Wissenschaftler verneigte sich.

»Ich möchte Euch für Eure Gastfreundschaft danken.«

»Es tut mir leid, dass ich Euch in dieses Kellergewölbe verbannen muss.«

»Ich kann Euch versichern, Majestät, dass dunkle Kammern mein natürlicher Lebensraum sind.«

»Dann stimmt es also … Ihr seid der Alchemist, der diese Unternehmung in die Wege geleitet hat.«

»Ich bitte um Verzeihung für meine Tollkühnheit«, antwortete der Engländer in gesucht besonnenem Tonfall, »aber ich bin ein Mann auf der Suche nach der Wahrheit.«

»Der Wahrheit?«

»Nach dem Ursprung, der Essenz … Mein Vater starb, noch bevor ich geboren wurde. Vielleicht habe ich mich deshalb dem himmlischen Vater anvertraut und will ihn darum in allen Einzelheiten ergründen, erfahren, was er im Sinn hatte, als er mich erschuf.«

Der König wusste nicht, ob er die Worte des Wissenschaftlers als Gotteslästerung auffassen sollte oder nicht. Schließlich beschloss er, sie eher seiner allseits bekannten Überheblichkeit zuzuschreiben.

»Aber vielleicht missbilligt der himmlische Vater ja, was Ihr hier vorhabt«, holte er mit einem kleinen Lächeln zum Gegenangriff aus.

»Was wollen Eure Majestät damit sagen?«

»Ich würde jedenfalls nicht erlauben, dass ein Sterblicher an meinem Werk herumpfuscht!«

»Er war es jedoch, der in der Natur und verschiedenen Schriften hier und da den Samen des Wissens ausgestreut hat, damit ihn einst jemand zum Erblühen bringt«, entgegnete Newton gewandt. »Ich habe nicht darum gebeten, dass mir die noble Aufgabe zuteilwerde, die Prisca Sapienta, die verlorene Weisheit der menschlichen Rasse, wiederzuerlangen. Das ist etwas, was mir auferlegt wurde. Abgesehen davon«, stellte er klar, »werde ich ja nicht Gottes Werk verwandeln. Ich werde es sogar retten, den Rost abschütteln, den die Berührung der Menschheit darauf hinterlassen hat.«

»Wollt Ihr damit etwa sagen, dass unsere Welt verdorben ist?«

»Genau das denke ich, Majestät.«

»Und was haltet Ihr dann von mir?«, entrüstete sich der Herrscher. »Ich bin das mächtigste Wesen dieser Welt. Seht Ihr in mir etwa auch den größten Urheber solcher Verdorbenheit?«

»Ganz im Gegenteil, Majestät. Eine neue Ära wird anbrechen, und Ihr seid der einzige Mensch, der uns darin führen kann …« Er verstummte kurz und sprach dann langsam weiter. »Mit meiner bescheidenen Hilfe.«

Der Sonnenkönig warf einen Blick zum Ofen hinüber. Es wunderte ihn, dass man das Feuer noch nicht entfacht hatte.

»Und warum beginnt Ihr nicht endlich mit dem Experiment?«

»Ich muss erst den passenden Moment abwarten«, antwortete der Wissenschaftler knapp.

Seit Matthieu ihm kurz zuvor den verborgenen Sinn der Rätselschrift enthüllt hatte, quälte ihn unablässig die immer gleiche Frage: Weshalb ist es mir nicht gelungen? Wieso habe ich in all den Jahren nicht begriffen, dass sich die Zeilen auf einen Zeitpunkt bezogen, auf den Augenblick, an dem die Sonne vor ihrem Untergang für einen kurzen Moment den Mond liebt, der kaum zur rechten Zeit erscheint, um ihre letzten Strahlen zu spüren? Warum konnte ich sie nicht ergründen? Warum nicht?

»Könnt Ihr mir wenigstens enthüllen, wann der Stein vollendet sein wird?«

»Morgen Nachmittag ist es endlich so weit.«

»Ah …«

»Was bereitet Euch Sorgen, Majestät?«

»Der Zeitpunkt fällt mitten in die Feierlichkeiten der Galerieeinweihung. Der Palast wird voller Menschen sein.«

»Es wird ja niemand wissen, was wir hier unten tun«, nutzte Matthieu die Gelegenheit, um noch einmal zu unterstreichen, dass sie mit absoluter Diskretion vorgehen mussten.

Der Herrscher murmelte etwas vor sich hin und blickte Newton an.

»Gebt mir noch in demselben Moment Bescheid, in dem Ihr das Experiment beendet! Keine Minute später!« Offensichtlich kannte seine Ungeduld keine Grenzen. Unversehens wandte er sich noch einmal zu dem jungen Musiker um: »Und du solltest darüber nachdenken, eine Zeit hier im Palast zu verbringen. Wir haben noch so viel zu besprechen.« Plötzlich wurde sein Tonfall ernster. »Vor allem wirst du mir erklären müssen, was mit Kapitän La Bouche geschehen ist. Der Minister hat mir zwar enthüllt, dass er nicht so viel Glück hatte wie du, Genaueres wissen wir aber immer noch nicht …«

»Das Meer gibt und nimmt«, lautete Matthieus Antwort. Er wiederholte damit die Worte, die der Kapitän auf dem Schiff selbst eines Abends zu ihm gesagt hatte.

Der König ging hinüber zum angrenzenden Zimmerchen und ließ seinen Blick noch einmal über Lunas Gestalt wandern.

»Ich werde die Wachen anweisen, Kissen und ein Tuch aus ägyptischer Baumwolle herzubringen, damit sie sich auch hier unten wie in einem Palast fühlt«, verkündete er und fand damit wieder zu seiner alten Arroganz zurück, bevor er die Räumlichkeiten verließ.

6

Der Morgen des 20. März brach ohne Nebel an. Alle erinnerten sich nur zu gut an das Unwetter am Tag der Aufführung von *Amadis de Gaule*, zum Glück schien sich so etwas heute aber nicht zu wiederholen. Die Palastgelehrten versicherten, dass die Sonne den ganzen Tag scheinen würde, und die annähernd vierhundert Spiegel der Galerie warteten sehnsüchtig darauf, ihre Pracht endlich zeigen zu dürfen. Kurz vor der Dämmerung würden die Sonnenstrahlen der Tagundnachtgleiche durch die Fenster auf die hintere Wand fallen. In diesem Moment würde man als Höhepunkt der Feierlichkeit die Spiegel enthüllen, so dass sie alle gleichzeitig den höchsten Glanz des Königssterns zurückwerfen würden.

»Ich will meine Gäste blenden!«, rief der Herrscher aus, während er in Begleitung seiner Helfer die mehr als siebzig Meter des Saals ablief. »Ich will, dass sie sich im Angesicht göttlichen Leuchtens wähnen!«

Auf halbem Wege traf er Le Brun, seinen Lieblingskünstler und den Schöpfer der Deckenmalereien.

»Majestät…«, grüßte dieser mit einer Verbeugung.

Der König sah nach oben.

»Mein lieber Le Brun, Ihr seid meiner wirklich würdig. Euer Pinsel hat nicht nur ein unschätzbares Kunstwerk erschaffen, sondern ein wahres Vermächtnis.«

»Euch zu Ehren, Majestät.«

Und so war es wirklich. Die Motive, die der Maler ausgewählt hatte, unterstrichen die politischen und künstlerischen Errungenschaften der Herrschaft Ludwigs XIV. Selbst die Marmorsäulen, die das Gewölbe trugen, waren mit vergoldeten Bronzekapitellen geschmückt, die durch ihre Symbole Nationalbewusstsein heraufbeschworen: eine von zwei Hähnen eingefasste Wappenlilie unter dem aufmerksamen Blick der göttlichen Sonne.

Die Säuberungsarbeiten waren fast beendet. Der Architekt, Jules Hardouin Mansart, ließ das Gerüst abbauen. Eine Heerschar von Arbeitern erklomm die Elemente, die noch standen, und setzte ihr Leben aufs Spiel, um in jeder Vertiefung der Kapitelle auch noch das winzigste Staubkorn zu entfernen. Monsieur Félibrien, der offizielle Hofchronist, machte sich bereits erste Notizen. Er beschrieb jedes in Versailles begangene Fest bis in kleinste Detail: die Anzahl der Kandelaber, die den Raum erleuchteten, wie viele Kerzen darin standen, welche Vorspeisen, Hauptgerichte und Kuchen aufgetragen wurden, welche Servierplatten des königlichen Geschirrs man dafür ausgewählt hatte, wie viele Pagen den Edelmännern Schalen mit parfümiertem Wasser reichten, damit sie sich die Hände waschen konnten, oder wie viele Pferde jede der zum Feuerwerk eintreffenden Kutschen zogen. Er informierte auch über künstlerische Neuerungen und schrieb jedes Wort nieder, das der König zu seinen Gästen sprach. Er war dafür verantwortlich, dass sich nicht nur ganz Frankreich, sondern sogar ganz Europa in Bewunderung für die Feiern des Sonnenkönigs erging. Schon von der ersten Zeile an ahnte Félibrien, dass die Enthüllung der Spiegel jede vorherige Festlichkeit hier in den Schatten stellen würde.

Der Herrscher sah zum Fenster hinaus. Die Galerie verband zwei Flügel des Schlosses, sie ersetzte die alte Westterrasse und war sozusagen eine Ehrenloge mit Blick auf die riesigen Gärten.

»Rührt so viel Perfektion nicht Euer Herz?« Er richtete die rhetorische Frage an Le Brun, während er die makellose Linie betrachtete, die der Latona-Brunnen, der Apollo-Brunnen und der Grand Canal bis zum Horizont bildeten.

»Ihr verwandelt eben alles in Gold, was Ihr berührt, Majestät«, antwortete der Maler.

Sein Kommentar ließ den König vor Schreck zusammenfahren, obwohl ihn Le Brun wohl ohne Hintergedanken ausgesprochen hatte. Der Künstler konnte ja nicht ahnen, was in den Kellerräumen vor sich ging, daher entsprangen seine Worte eher nur dem Zufall. König Louis verdrängte Newtons Destillierkolben aus seinen Gedanken und machte sich rasch, fast ohne ein Wort des Abschieds, auf den Weg in seine Gemächer. Dabei ließ er die Hand über die Tücher wandern, die die Spiegel verdeckten, jene Kostbarkeiten, die so viel Geld und Mühe gekostet hatten.

Es hat sich zweifellos gelohnt, sinnierte er und versuchte, endlich ein wenig zur Ruhe zu kommen, indem er an den Moment dachte, in dem er sich selbst darin von Kopf bis Fuß betrachten würde, wie er es noch nie zuvor getan hatte.

»Majestät, wartet!«, rief eine Stimme hinter ihm.

Wer wagte es, ihn so anzusprechen?

Erzürnt wandte er sich um, sein Gesichtsausdruck wurde jedoch augenblicklich wieder sanfter. Es war Maestro Lully. Ihm verzieh er alles und erst recht, wenn er wie in diesem Fall mit einer so sinnlichen Frau wie der Sopranistin Virginie du Rouge erschien. Leider begleitete die beiden auch ihr Ehemann, ein Kapitän seiner Leibwache, der als »der verrückte Gilbert« bekannt war.

»Meine liebe Virginie!«, rief König Louis herzlich aus.

»Majestät …«

Der einstudierte Knicks troff nur so vor Unterwürfigkeit. Der Souverän küsste ihr die Hand.

»Gilbert!«, begrüßte er den Kapitän. »Wie viele Jahre auch verstreichen, wenn ich Euch sehe, muss ich Euch jedes Mal dazu beglückwünschen, diese Nachtigall eingefangen zu haben.«

»Ich weiß, dass ich mich glücklich schätzen kann, Majestät«, entgegnete der Soldat und neigte leicht den Kopf. Er ließ dem

König einen letzten lüsternen Blick auf das geschnürte Dekolleté seiner Frau gerne durchgehen.

»Wann werdet Ihr mich endlich wieder mit Eurer Stimme verzaubern?«, fragte der Souverän die Sängerin. »Ihr straft mich schon seit Wochen mit Missachtung!«

»Aus genau diesem Grund sind wir ja hier, Majestät«, warf Lully ein.

»Sprecht!«

»Madame du Rouge möchte Euch heute Abend während des Balls mit einem Stück erfreuen.«

Virginie tat verlegen, innerlich platzte sie jedoch fast vor Genugtuung. Während der letzten Monate hatte sie jedes Zusammentreffen mit Lully genutzt, um ihn davon zu überzeugen, was für eine ausgezeichnete Idee doch ein Auftritt von ihr bei der Einweihung der Galerie wäre. Nach der Erstaufführung von *Amadis de Gaule*, an die man sich leider eher wegen des Unwetters und wegen Matthieus Intermezzo erinnerte als wegen ihrer Rolle der Fee Urganda, wollte sie die Gelegenheit nicht ungenutzt verstreichen lassen, die italienischen Gäste der Feier zu beeindrucken. Sie war von der Vorstellung besessen, eines Tages im venezianischen Teatro San Cassiano zu singen, das zu diesem Zeitpunkt als Tempel der europäischen Oper galt, und war deshalb auf das Wohlwollen einiger Mäzene angewiesen, die als Gäste an der Enthüllung der Spiegel in Le Bruns neuer Galerie teilnehmen würden.

»Das erscheint mir eine ganz wunderbare Idee«, nickte der König.

Virginie konnte vor Freude kaum an sich halten.

»Welcher Moment wäre dafür angemessen?«, fragte Lully König Louis, da er wusste, dass dieser gerne bis ins kleinste Detail kontrollierte, was um ihn herum vor sich ging, egal ob es nun um Schlachten, Konzerte, Liebschaften oder harmlose Versteckspiele in den Gärten ging, bei denen er sich gerne als Kuppler unter den jungen Leuten aus dem Adel betätigte.

»Zunächst findet ein Bankett statt, das meine vierundzwanzig Streicher begleiten werden, dann enthülle ich die Spiegel, und schließlich werden wir uns bei einem Ball vergnügen, der sein Ende mit Sicherheit nicht vor den frühen Morgenstunden finden wird. Am passendsten wäre es wohl, wenn Ihr während des Abendessens singt«, schlug er vor, »wenn die Anwesenden ihren ersten Hunger gestillt haben und sich mit allen Sinnen Eurem Gesang widmen können.«

»Ich werde Eure Majestät nicht enttäuschen.«

Die Sopranistin verneigte sich.

»Ihr werdet die Ballkönigin sein. Ich nehme doch an, dass Ihr bereits ausgewählt habt, was Ihr heute Abend tragen werdet ...«

Aus Anlass der Tagundnachtgleiche hatte Ludwig XIV. beschlossen, dass die Feier in allen Aspekten, von der Dekoration bis hin zur Kleidung, dem Frühling huldigen sollte. Einen Tag lang sollten die Geladenen Mieder und Wams, die hohen Absätze und Perlen sowie die weiten Röcke mit Bändern aus Satin vergessen und nur schlichte Gewänder im Stile der alten Griechen anlegen.

»Selbstverständlich«, antwortete sie und verdrehte dreist die Augen zum Himmel, weil sie wusste, wie sehr der König solche Spielchen der Verführung liebte. »Die Seide meiner Tunika ist so zart, dass man darunter mein Herz schlagen sieht.«

»Und Ihr, Gilbert?«, rief der Herrscher und wandte sich rasch an seinen Offizier, um sich seine Erregung nicht anmerken zu lassen. »Ihr könnt Euch gar nicht vorstellen, wie sehr ich darauf brenne, Euch in eine Tunika gehüllt zu sehen! Meinen Edelleuten habe ich es schon klar und deutlich gesagt: Ich will in jedem Paar einen Apollo und eine Aphrodite sehen! Obwohl man in Eurem Fall«, sagte er zum ebenso harten wie verhätschelten Soldaten, »wohl eher von einem Achilles sprechen sollte.«

»Jetzt muss ich mich aber zurückziehen, um mich für Euch schön zu machen«, entschuldigte sich Virginie und drängte sich so noch einmal in den Mittelpunkt.

»Auch für mich wird es Zeit«, erwiderte der Souverän. »Um mein Kostüm anzulegen, brauche ich die Hilfe von mindestens vier Dienern … Mehr werde ich Euch aber nicht verraten, Ihr werdet meine Maskerade heute Abend noch früh genug bewundern können!«, rief er, bevor er sich auf den Weg zu seinen Gemächern machte.

In den Katakomben des Palastes ging alles seinen geplanten Gang. Am Vortag hatte Newton exakt in dem vom Rätsel vorgegebenen Moment das philosophische Quecksilber und das Gold zusammen aufgekocht und seitdem den Blick nicht mehr vom Feuer abgewandt. In einer Hand hielt er eine Uhr, mit der anderen kontrollierte er die Temperatur des Ofens, um mit absoluter Genauigkeit die Vorgaben der Partitur umzusetzen. Sie durften sich keine Fehler erlauben. Matthieu konnte feststellen, dass die Mischung nach und nach so aussah, wie es Newtons handschriftliche Notizen in einem aufgeschlagenen Buch vorgaben.

Charpentier war der Einzige, der den Keller verlassen konnte, ohne in den Räumen des Schlosses große Aufmerksamkeit zu erregen. Er kehrte gerade von einem Erkundungsrundgang zurück.

»Die Salons sind voll von Edelleuten, die sich für die Feier herausgeputzt haben. Stellt euch nur vor: Alle tragen …« Er hielt inne. »Aber wen interessiert das schon. Unser Herrscher ist völlig verrückt!«

»Was tragen sie denn?«, wollte Matthieu wissen.

»Tuniken und allegorischen Frühlingsschmuck«, erklärte sein Onkel resigniert. »Sie haben sich wie Faune geschminkt.«

Matthieu blickte einen Moment nachdenklich drein.

»Das macht alles noch leichter«, murmelte er.

»Was macht es leichter?«

»Könnt Ihr eine Tunika für mich besorgen?«

»Wozu willst du denn …?«

»Es ist die einfachste Art, nicht aufzufallen.«

»Du willst dich oben unter die Gäste mischen?«

»Ich muss beenden, was wir angefangen haben.«

Sie sahen sich in die Augen.

»Ich bin gleich mit ein paar Tüchern wieder hier«, versprach der Komponist.

»Bringt auch Schminkzeug mit«, bat ihn Matthieu.

Charpentier kam bald mit allem zurück, worum sein Neffe ihn gebeten hatte.

Luna übernahm es, ihm das Gesicht zu bemalen. Sie tat es auf ihre Art: Eine Hälfte wurde zu den blauen Wassern Madagaskars, die andere zu den goldenen Stränden der Anosy. Matthieu legte sein Hemd ab und streifte sich die Tunika über. Er umarmte seinen Onkel.

»Sei vorsichtig«, bat ihn der Komponist, während der junge Musiker im dunklen Gang verschwand.

7

Keiner der Adligen hatte es gewagt, sich der Bitte des Herrschers zu widersetzen. Zum vorgesehenen Zeitpunkt ergoss sich eine Flut aus Tuniken, Efeuranken und Blumenkränzen in die Galerie. Man folgte dem strengen Protokoll von Versailles: Zunächst traten die Edelleute von niedrigerem Stand ein, dann nach und nach die ranghöheren Aristokraten. Jeder von ihnen war in eine Seidentunika gehüllt und trug als Schmuck Elemente aus der Natur. Männer wie Frauen waren vorwiegend grün geschminkt, und manche hatten sich das Gesicht mit einer Sonne oder Frucht bemalt, die sie geheimnisvoll hinter großen Zweigen verbargen.

Matthieu erreichte die Galerie, als gerade die letzte Gruppe eintraf. Der Erste, den er wiedererkannte, war Lully. Er sah aus wie immer und hielt den Dirigentenstab bereit, um bald auf dem Podest den Takt anzugeben. Als der junge Mann ihn betrachtete, wurde ihm klar, wie sehr sich doch die Dinge innerhalb eines knappen Jahres verändert hatten. Nach den Vorfällen in der Orangerie und allem, was ihm in der Zwischenzeit widerfahren war, empfand er nicht den geringsten Respekt für den Komponisten. Er verspürte aber auch keinen Hass. Er wollte einfach nur nicht mehr Teil seiner Welt sein.

Auf ein Zeichen des Maestros hin stimmten die Streicher die ersten Takte eines Bauerntanzes an. Für die Choreographie war das königliche Ballett zuständig, dessen Tänzer aus einem anliegenden Raum eintraten und sich zur Musik drehten, während Pagen und Damen Blütenblätter auf die Gäste regnen ließen. Das Ensemble trug allegorische Elemente der Jahreszeiten: Die

Sicheln und Sensen eines Landmanns und Bündel aus Korn stellten den Sommer dar, Körbe mit Reben und Weinblättern standen für die herbstliche Lese, und als Sinnbild des Winters gab es ein Miniaturmodell der neuen Spiegelgalerie aus Eis.

»Dies ist der Moment, den Frühling willkommen zu heißen!«, rief ein Schauspieler gemäß einem minutiös geplanten Drehbuch aus. Gleichzeitig verschwanden die anderen drei Jahreszeiten hinter einem Vorhang, der im hinteren Bereich der Galerie die Tür zum Friedenssalon verbarg.

Augenblicklich erschien die Frühlingsprozession im Saal. Es handelte sich um eine exklusive Gruppe Tänzer, die in einem symbolischen Akt der Wiedergeburt die Hände in die Luft reckten, sie dann an die Brust pressten und schließlich herzförmig ausschwärmten. Sie waren mit Blumen geschmückt und trugen Papiersilhouetten von Vögeln, sich paarenden Tieren und Wasserströmen. Als Sonne verkleidet schritt der König höchstpersönlich vorneweg. Sein Gesicht erstrahlte vor Glitzerstaub, und er war ganz in Gold gehüllt, trug einen Brustpanzer, eine Ballettstrumpfhose und ein Sammelsurium aus Schmuck, unter anderem ein Diadem mit zwölf Strahlen aus purem Gold. Mit Begeisterungsrufen verliehen die Anwesenden ihrer Überraschung Ausdruck und applaudierten, während Ludwig XIV. auf das Podium mit dem Thron zuhielt.

»Möge das Festmahl beginnen!«, rief er, um die Zeremonie offiziell zu eröffnen.

Aus der Küche brachten Diener die ersten Platten herein. Sie bogen sich geradezu vor Köstlichkeiten, die mit Blüten geschmückt waren und noch zu den anderen in der Galerie verteilten exzentrischen Leckerbissen hinzukamen. Da gab es zum Beispiel die Venus von Botticelli aus Marzipan oder kleine Bäumchen in mächtigen Blumenkübeln, an denen karamellisierte Früchte hingen. Der Koch hatte nicht gezögert, mit extremen Geschmacksrichtungen ein Wagnis einzugehen, da er genau wusste, dass er sich vor einem ebenso einfältigen wie anspruchsvollen Heer von Gourmets beweisen musste. Als die Edelleute einige Zeit später den ersten Hunger gestillt hatten, hieß Maestro Lully seine Musiker schweigen und wandte sich mit lauter Stimme an die Anwesenden.

»Darf ich einen Augenblick um Eure Aufmerksamkeit bitten?«

»Was habt Ihr für uns vorbereitet?«, fragte ihn der König, um die Spannung zu steigern, obwohl er natürlich besser als alle anderen wusste, was für diesen Moment geplant war.

»Lasst uns der Stimme Frankreichs lauschen!«

So wie am Morgen besprochen, war nun Virginie du Rouges Auftritt an der Reihe. Sie betrat den Saal durch die hintere Tür und schritt mit langsamen Schritten bis in die Mitte der Galerie. Die Gäste hielten den Atem an. Ihre geschwellte Brust und die durchdringenden Augen verstärkten noch den neuen Glanz, der sie umgab, und Matthieu konnte nicht anders, als ihre Schönheit zu bewundern.

»Majestät«, rief Lully, »macht Euch bereit für eine Arie, die Madame du Rouge, wie ich eben erfahren durfte, persönlich für Eure anspruchsvollen Ohren komponiert hat.«

Das Gemurmel verebbte langsam, doch Virginie nahm sich noch einen weiteren Moment Zeit, bevor sie mit der Darbietung begann. Wie verzaubert betrachteten sie die Adligen, und die meisten von ihnen verbargen hinter ihren Masken aus Weinblättern einen vor allem wollüstigen Blick.

Mit seinem zur Hälfte blauen, zur Hälfte goldenen Gesicht trat Matthieu in seiner Tunika heran.

Die Sopranistin erkannte ihn nicht.

Sie senkte die Lider und begann zu singen.

Auch er schloss die Augen.

Die ersten Töne … dann eine Pause … zwei Takte mit Achtelnoten, in perfektem Legato ausgeführt, welches floss wie das Wasser eines Baches … eine kurze, flüchtige Note, die sich mit einem Mal erhob wie ein Falke, der sich vom Ast löst und sich vom Wind tragen lässt …

Die Melodie …

Die Melodie vom Ursprung …

Die Melodie der Seele …

Ihre ersten Töne stiegen aus diesem sinnlichen, tödlichen Mund auf.

Die anwesenden Edelleute erlagen dem Zauber von der ersten Phrase an. Was für eine Musik war das? Das klang ja nicht einmal wie die Stimme von Madame du Rouge …

Matthieu atmete tief durch. Was sollte er in diesem Moment empfinden? Erleichterung, Bedauern, Zorn? Sollte er sich darüber freuen, dass sich seine Vermutung nun bestätigt hatte? Er streifte sich die Kapuze der Tunika vom Kopf und starrte Virginie an. Ihre Augen, die zuvor von ihrer Verzückung gezeugt hatten, füllten sich plötzlich mit Entsetzen. Die Sopranistin glaubte, einen Geist vor sich zu sehen. Sie wollte weitersingen, die Noten blieben ihr jedoch im Hals stecken. Schließlich verstummte sie völlig.

Die Adligen blickten sich wortlos an. Sie hatten ja nur einen kleinen Vorgeschmack auf diese betörende Melodie bekommen und waren begierig, den Rest zu hören. Matthieu schaute sie noch immer an und sah unter der Fassade der Künstlerin die lüsterne Wildheit des Usurpators Ambovombe und den Abglanz eines gescheiterten La Bouche, der seinen einst so strahlenden Geist in den Dienst eitler Begehren gestellt hatte.

»So mächtig ist also dein Ehrgeiz?«, fragte er schließlich.

Keine Antwort.

»Hattest du den Olymp der Musik denn nicht bereits erklommen?«

Virginie schwieg immer noch.

»Was geht hier vor sich?«, griff nun der König ein.

Matthieu wandte sich zu ihm um und sprach mit ruhiger

Stimme: »Sie ist es, Majestät. Denn sie hat die Melodie der Partitur gesungen.«

»Was willst du damit sagen?«

»Sie ist die Mörderin meines Bruders.«

Bestürzung erfasste die Anwesenden.

»Eine Mörderin? Virginie du Rouge?«

Ihr Ehemann, der verrückte Gilbert, drängte sich rücksichtslos durch die Menge, um dem Musiker die Stirn zu bieten.

»Wie könnt Ihr es wagen?«

»Beruhigt Euch, Gilbert«, rief der Souverän von seinem Thron aus und unterstrich seine Bitte mit einer autoritären Geste. »Ich werde mich darum kümmern.«

»Wahrscheinlich hast du dein Bett auch mit Jean-Claude geteilt!«, fuhr Matthieu unbeirrt fort. »Deshalb wusstest du von seiner Arbeit an der Partitur …«

»Welche Niedertracht!«

Ihr Ehemann griff nach dem Dolch, den er unter seiner Tunika trug.

»Jetzt ist es genug!«, rief der König erzürnt.

»Wenn er es dir erzählt hat, dann muss er wohl gedacht haben, dass er dich liebt«, endete Matthieu. »Und du hast es ihm mit dem Tode gedankt.«

Der verrückte Gilbert holte zum tödlichen Stoß aus, es gelang Matthieu jedoch auszuweichen, bevor die Klinge seinen Hals durchstieß. Rasch schritt die Schweizergarde ein. Zwei der Soldaten zogen Matthieu von der Sängerin fort, während zwei weitere den Offizier entwaffneten, der keinen Widerstand leistete. Es war ihm lieber, wenn es bei diesem Vorfall blieb, denn wenn er die neuen Spiegel des Königs mit Blut befleckt hätte, wäre ihm zwar höchstwahrscheinlich ein Freispruch wegen Provokation sicher gewesen, die Nachricht hätte sich aber in ganz Europa verbreitet.

»Schluss damit!«, rief Minister Louvois. Er atmete tief durch und wandte sich mit dem Geschick großer Strategen, die ihre Kämpfe eher auf dem Parkett als auf dem Schlachtfeld austragen, an die Sopranistin. »Madame du Rouge, vergebt diesem wahnsinnigen Bewunderer. Seht solche Vorfälle als den Preis an, den Ihr eben für Eure Schönheit zahlen müsst!« Die Edelleute brachen in Gelächter aus. Louvois nutzte die Tatsache, dass nach seiner gelungenen Bemerkung nun ihm die ganze Aufmerksamkeit galt, und rief: »Musik!«

Die restlichen Zuständigen reagierten umgehend: Lully griff nach seinem Taktstock, und die Klänge eines türkischen Marsches erfüllten den Saal, während der Koch rasch eine Auswahl an Kuchen und Pralinen hinausschickte, um die Gäste abzulenken.

Louvois zerrte Matthieu in den angrenzenden Raum und schickte einige Tänzer hinaus, die sich dort gerade umzogen. Bedächtig erhob sich der König von seinem Thron und stieg die Stufen hinunter, um ihnen zu folgen, obwohl er dabei tat, als sei alles in bester Ordnung. Er schritt zwischen den Adligen hindurch, die gierig Schokolade in sich hineinstopften, und schaute auf seinem Weg zum Nebenraum kurz bei der am Boden zerstörten Virginie du Rouge vorbei, die in einer Ecke des Raumes von ihrem Gatten getröstet wurde. König Louis richtete einige Worte an die beiden, die der verrückte Gilbert lediglich mit einer Verneigung quittierte, da er mit dieser Angelegenheit so schnell wie möglich abschließen wollte.

Dann verschwand Ludwig XIV. endlich im Vorraum und schloss die Tür hinter sich, damit sie niemand belauschen konnte.

»Ich bin deiner Eifersuchtsdramen eines gekränkten Liebhabers so überdrüssig!«, brüllte er Matthieu ins Gesicht. Dieser blieb ungerührt.

»Wenn Ihr es mich erklären lassen würdet ...«

»Wie konntest du es bloß wagen, mich derart bloßzustellen!«, rief der Souverän. Er versuchte, seine Wut hinter einem väterlichen Tonfall zu verbergen.

»Virginie hat die Melodie gesungen!«

»Am Abend in der Orangerie hattest du eine ähnliche Anschuldigung vorgebracht«, warf Louvois ein, »als du behauptetest, Lully hätte dein Opernduett gestohlen.«

»Was bringt es mir denn, Euch zu belügen? Das würde ja bedeuten, dass Jean-Claudes wahre Mörder ungeschoren davonkommen.«

»Und warum sollte ich dir Glauben schenken? Wer kann beweisen, dass du die Wahrheit sprichst? Glaubst du etwa, dass Madame du Rouge die verfluchte Partitur bei sich trägt?«

»Anstatt mich zu befragen, könntet Ihr sie einfach durchsuchen lassen!«

»Hüte deine Zunge!«

»Schweig!«, befahl der König kurz angebunden. Er wandte sich wieder an Matthieu: »Bist du dir sicher?«

»Ich habe nicht den geringsten Zweifel.«

»In einem hat Louvois recht: Wenn Virginie die Partitur wirklich gestohlen haben sollte, dann wird sie sie so versteckt haben, dass niemand sie findet. Hast du noch andere Beweise gegen sie? Und hattest du sie bereits vor ihrem Auftritt in Verdacht, in die Angelegenheit verwickelt zu sein?«

»Auf die Idee kam ich erst, als der Meuchelmörder uns sagte, dass sein Auftraggeber eine Frau war. In dem Moment brachte ich sie mit La Bouche in Verbindung.«

»Was hat La Bouche damit zu tun?«

»Er stand in ihren Diensten.«

»Wie bitte?«, unterbrach ihn Louvois. »Der Kapitän?«

»Im Nachhinein kann ich gar nicht begreifen, dass es mir nicht schon früher klar geworden ist«, sinnierte Matthieu. »Nach dem Zwischenfall auf Gorée wollte er von mir wissen, was diese Melodie bloß so wertvoll macht.«

»Das hätte La Bouche dich gar nicht fragen können!«, verteidigte sich Louvois, der sich für die Teilnahme des Kapitäns an diesem Unterfangen verantwortlich fühlte. »Wir hatten ihn doch in dem Glauben gelassen, deine einzige Mission auf Madagaskar bestünde darin, den Usurpator mit deinen Melodien zu betören, um die Unterzeichnung des Abkommens zu fördern!«

»Das dachte ich zunächst auch, aber zum Schluss fand ich die Idee gar nicht mehr so abwegig, dass Ihr ihn letztlich doch in alles eingeweiht hattet. Mir wäre niemals in den Sinn gekommen, dass ihn die Mörder gekauft hatten.«

»Du musst einfach falschliegen«, bemerkte der König kopfschüttelnd. »Der Kapitän hat Frankreich jahrzehntelang treu gedient. Deshalb hat er ja auch zugestimmt, diese Mission zu übernehmen.«

»Verzeiht, wenn ich Eurer Majestät widerspreche, aber tatsächlich fühlte sich La Bouche wie ein Versager. Er hat diesen Auftrag nur aus einem einzigen Grund angenommen: weil er nämlich seit zehn Jahren darauf brannte, nach Madagaskar zurückzukehren und sich an den Anosy zu rächen, die ihn damals aus Fort Dauphin vertrieben hatten. Er sah sich selbst ja nicht einmal mehr als Kapitän, sondern nur noch als das, was er auch wirklich war: ein Sklavenhändler voller Groll, der nach Blut und Macht lechzte. Und Eure Regierung erlaubte ihm, seinen verwerflichen Geschäften ungestört nachzugehen, um damit wiedergutzumachen, dass sie ihn nach seiner letzten Niederlage hat links liegen lassen. Virginie, oder vielmehr ihr Ehemann, wusste deshalb, dass es ein Leichtes sein würde, ihn für ihre Sache zu gewinnen. Sie mussten ihm nur eine angemessene Summe anbieten.«

Der König strich sich nachdenklich übers Kinn.

»Du berufst dich auf reine Spekulation und beschuldigst hier jemanden, der sich nicht mehr selbst verteidigen kann.«

»Spekulation, Majestät? La Bouche hatte keine Skrupel, mir offen ins Gesicht zu sagen, dass er für die Mörder meines Bruders arbeitete. Er wollte mich umbringen … Das musste er mir aber vorher noch unter die Nase reiben.«

»Der Kapitän hat versucht, dich umzubringen?«

»Ja, und Luna auch.«

»Oh mein Gott«, stöhnte der Herrscher theatralisch und sah zur Decke, während er sich einmal um seine eigene Achse drehte. »Selbst wenn es wahr sein sollte, was du da über La Bouche erzählst«, fuhr er fort und ignorierte die verstimmte Miene des Ministers, »verstehe ich aber immer noch nicht, wie du ihn mit Virginie und ihrem Ehemann in Verbindung gebracht hast.«

»Zunächst einmal machten mich einige Dinge stutzig, die er auf Madagaskar zu mir gesagt hat. Bei unserer Ankunft auf der Insel sprach er zum Beispiel von meinem Traum, zu einem Eurer Orchester zu gehören …«

»Aber davon träumen doch viele Musiker«, schnitt ihm der König das Wort ab.

»Das stimmt, allerdings klang es beinahe so, als hätte er meine Gespräche mit Virginie mit angehört. Und er erwähnte auch, dass er die eine oder andere Schlacht mit dem verrückten Gilbert geschlagen hatte. Aber erst, als ich bei unserer Ankunft von der Enthüllung Eurer Spiegel erfuhr, wurde mir alles klar. Der Hinweis auf das Äquinoktium war eine falsche Fährte. Virginie wollte die Partitur wohl nur rechtzeitig in den Händen halten, um sie bei der Eröffnung der Galerie zu singen und Eure Gäste in Verzückung zu versetzen. Endlich würde man in ganz Europa über sie sprechen. Wusstet Ihr etwa nicht, dass sie sich immer gewünscht hat« – aus Angst vor der Wut des Herrschers verstummte er kurz – »in Italien echte Opern zu singen?«

»Virginie soll mich also hintergangen haben, um in Venedig im Teatro San Cassiano vor dem Pöbel singen zu dürfen …«, murmelte der König ungläubig.

»Und auch für den größten alchemistischen Schatz aller Zeiten, vergesst das nicht. Könnt Ihr Euch vorstellen, Majestät, wie viel Geld einige Alchemisten für diese Partitur zu zahlen bereit wären? Virginies Gemahl ist ein Offizier im Ruhestand. Ihr wisst besser als jeder andere, dass seine Mittel beschränkt sind, und auch, wie teuer es werden kann, Virginies Launen zu befriedigen.«

Ludwig XIV. ging auf den Marmorkamin des Vorzimmers zu und strich mit der Hand gedankenverloren über den Rahmen des Bildes, das darüberhing.

»Was soll ich de la Reynie bloß sagen?«, brach es plötzlich aus ihm heraus. »Dass ein Bürgerlicher, der eigentlich in der Bastille hätte schmoren sollen, die Melodie meiner Sopranistin für die gestohlene Partitur hält, die wir nicht einmal wiedererlangen konnten? Das kann ich doch niemals beweisen! Und ich versichere dir: Es würde mir im Moment wirklich nicht gelegen kommen, dass das Parlament mir in den Rücken fällt und eine Dame freilässt, die ich selbst angeklagt habe.«

Allein der Gedanke, die Autorität, die ihn in den Augen der Höflinge umgab, könnte erste Risse bekommen, ließ den Herrscher in Panik geraten.

»Und was werden Eure Majestät dann mit mir tun?«, forderte Matthieu ihn heraus. »Seid Ihr fähig, mich wieder in die Bastille werfen zu lassen, obwohl Ihr genau wisst, dass ich die Wahrheit spreche?«

»Du wirst augenblicklich in die Galerie treten und Virginie du Rouge und ihren Ehemann vor allen Gästen um Verzeihung bitten.«

»Wie bitte?«

»So wird Monsieur Félibien in seiner Chronik festhalten können, dass selbst jemand wie du, ein armer, vom Teufel besessener Verrückter, nach einer kurzen Unterredung mit dem Sonnenkönig wieder Vernunft annimmt. Folge mir, lass uns wenigstens ein wenig Nutzen aus der Angelegenheit ziehen.«

Matthieu zögerte einen Moment. Seine Lippen zitterten, er wollte schreien und konnte den Gedanken nicht ertragen, dass Virginie so davonkommen würde. Aber was konnte er anderes tun, wenn er nicht eine exemplarische Strafe riskieren wollte, vor der ihn dieses Mal niemand bewahren konnte? Und was würde ohne ihn aus Luna? Es war schrecklich und ein unfassbarer Rückschlag, jetzt wusste er aber wenigstens, vor wem er sich in Acht zu nehmen hatte. Nun galt es, Zeit zu gewinnen, und irgendwann fand er vielleicht doch noch einen Weg, Virginie und ihren Ehemann zur Strecke zu bringen.

»Wie Eure Majestät befehlen«, schloss er daher.

Während sie näher kamen, nahm die Sopranistin wieder ihre übliche Haltung ein, reckte das Kinn vor und setzte eine überhebliche Miene auf. Félibien, der Chronist, trat heran, um festzuhalten, was in diesem kleinen Kreis gesprochen wurde, zu dem inzwischen alle Adligen herübersahen. Maestro Lully schloss sich der Gruppe an. Matthieu vermutete, dass es ihn wie jeden anderen auch köstlich amüsieren würde, seine Erniedrigung mit anzusehen. Minister Louvois kündigte ganz formell die Entschuldigung an, die der junge Mann vorzubringen hatte. Dabei fiel Matthieu jede einzelne Silbe schwer, aber schließlich musste er sich doch beugen. Er sprach die Worte, die von ihm erwartet wurden, beinahe unhörbar, während es ihm innerlich die Seele zerriss.

Die Augen der Sopranistin verengten sich zu Schlitzen wie die einer Katze, und sie konnte nicht verhindern, dass ein verschlagenes Lächeln um ihre Lippen spielte, was Matthieu natürlich nicht verborgen blieb. Bevor er sich von ihr abwandte, konnte der junge Musiker sich ein kurzes Kichern nicht verkneifen, das alle Anwesenden erstaunte.

»Was ist nun wieder?«, fragte ihn Louvois.

»Als wir im Vorzimmer über meine Unterhaltungen mit La Bouche gesprochen haben, war mir etwas völlig entfallen, ein Satz, den er vor seinem Tod gemurmelt hat.« Der Geiger verstummte kurz, als versuche er, sich an die exakten Worte zu erinnern. Alle lauschten gespannt. »Er sagte in etwa: ›Was haben Sängerinnen nur an sich, dass sie uns allen den Kopf verdrehen?‹«

Jene angedeutete Vermutung, selbst der Kapitän habe sich mit der Sängerin zwischen den Laken getummelt, war zu viel für den verrückten Gilbert. Er nahm den Dolch wieder an sich und stürzte sich auf Matthieu. Der Musiker konnte ihn am Arm packen, die beiden fielen jedoch zu Boden. Geübt in solchen Situationen, nutzte der Offizier einen schwachen Moment seines Gegners und rammte ihm die Klinge in die Schulter. Von dem Schmerz wurde Matthieu schwarz vor Augen, aber er stieß einen Schrei aus und warf sich rechtzeitig beiseite, um dem zweiten Stich auszuweichen und dem Soldaten einen Fußtritt zu verpassen, der ihn rücklings gegen die Venus aus Marzipan schleuderte. Eingehüllt in den Zuckerstaub, der in der Luft hing, sprang Matthieu rasch auf und griff nach einer langen, scharfen Gabel, mit der man einen gefüllten Truthahn tranchiert hatte. Er warf sich auf den Offizier und setzte ihm die drei Zacken zielsicher auf die Halsschlagader.

»Tu es nicht!«, hörte er plötzlich hinter sich eine Stimme.

Die Zeit schien stehen zu bleiben.

Er sah sich um und erkannte zu seinem Erstaunen, dass es Lully war, der gesprochen hatte. Ausgerechnet er, der Letzte, von dem er Beistand erwartet hätte. Es fiel ihm schwer, sich vorzustellen, dass der tyrannische Direktor der Königlichen Musikakademie überhaupt jemals spontan handelte. Vielleicht hatte er sich durch das Aufflackern seines schlechten Gewissens dazu hinreißen lassen. Ihm war womöglich klar geworden, dass seine Verwendung des Duetts im *Amadis de Gaule* der erste Schritt zu dieser wahnwitzigen Verkettung von Umständen gewesen war, und er wollte den Verlauf der Dinge nun auf die eine oder andere Art beeinflussen. Oder vielleicht war sein Eingreifen auch in keiner Weise geplant gewesen, was Matthieu am logischsten erschien. Immerhin war auch Lully nur ein Mensch, auch wenn es eher selten den Anschein hatte.

Matthieu reagierte augenblicklich.

»Würdet Ihr etwas für mich tun, um zu verhindern, dass ich zusteche?«

Der Maestro zog die Augenbrauen hoch.

»Was habe ich denn mit alledem zu schaffen?«

»Veranlasst, dass mein Onkel mit der Partitur hergebeten wird«, bat Matthieu Louvois mit so großer Selbstsicherheit, als hätte er dies schon seit Stunden geplant.

Der Minister sah zum König hinüber, um dessen Einwilligung abzuwarten.

»Lasst Charpentier holen!«, befahl dieser den Soldaten der Schweizergarde, denn er hatte genau wie Lully sofort erfasst, was der junge Musiker im Sinn hatte. »Und sagt ihm, er soll die Partitur mitbringen!«

Virginie holte Luft, um etwas zu sagen, wurde vom Souverän aber mit einer unauffälligen Geste zum Schweigen gebracht.

Kurz darauf erschien der Komponist mit den Notenblättern in der Hand. Er sah sich nach allen Seiten um, ohne zu begreifen, was hier eigentlich vor sich ging. Als er Matthieu mit der Gabel über dem Offizier knien sah, schwanden ihm beinahe die Sinne.

»Zeigt Maestro Lully die Partitur«, bat der junge Mann seinen Onkel.

Charpentier reichte sie dem Hofmusiker, ohne zu verstehen, was es mit dem Ganzen auf sich hatte. Lully untersuchte die Niederschrift sorgfältig. Er nahm sich Zeit. Die anderen wagten kaum zu atmen. Eingehend betrachtete er das Legato am Anfang der Melodie und dann die kurze, flüchtige Note …

Er holte Luft, zögerte jedoch noch einen Moment, bevor er schließlich zum Sprechen ansetzte. Dann aber fiel sein Urteil eindeutig aus: »Es handelt sich um die Melodie, die Madame du Rouge vorhin gesungen hat.«

»Seid Ihr sicher?«, rief Louvois aus.

»Wollt Ihr mein Urteilsvermögen etwa anzweifeln?«

»Was soll denn das heißen, Jean-Baptiste?«, warf die Sopranistin ein und versuchte, durch seinen Vornamen eine gewisse Vertraulichkeit aufkommen zu lassen. »Ich weiß ja nicht einmal, wovon Ihr da redet …«

»Wärt Ihr dazu bereit, dies auch vor Polizeipräfekt de la Reynie auszusagen?«, fragte der Souverän seinen Ratgeber.

Dieser überlegte einige Sekunden.

»Worum sollte ich die Wahrheit verschweigen?«, sagte er schließlich.

Matthieu wich seinem Blick nicht aus. Wollte Lully mit dieser Geste wiedergutmachen, dass er vor Monaten, ohne mit der Wimper zu zucken, dabei zugesehen hatte, wie er in die Bastille geworfen wurde? Damals hätte er sich von seinem Stolz hinreißen lassen und hätte ihn angeschrien, dass er von jemandem wie ihm keine Almosen brauchte. Seitdem hatte sich aber so vieles verändert. Dem jungen Mann kam es vor, als schließe sich hier ein Kreis, daher waren es nun ganz andere Worte, die er sprach: »Danke, Maestro.«

Lully verneigte sich leicht in seine Richtung.

»Vielleicht ist es unser Schicksal, immer wieder vom Weg abzukommen, damit andere die Gelegenheit haben, uns verzeihen zu können«, urteilte Charpentier.

Sein ewiger Rivale quittierte auch diese Bemerkung mit einem formellen Nicken.

Der König war begeistert. Vor allen Anwesenden hatte er das Geheimnis um den schrecklichen Mord von Saint-Louis aufgeklärt. Er atmete tief durch und beschloss, dass es nun an der Zeit sei, sich wieder auf die anstehende Enthüllung seiner Spiegel zu konzentrieren und, was noch viel aufregender war, alsbald den Stein der Weisen in den Händen zu halten. Er befahl den Männern der Schweizergarde, die Sopranistin und ihren Ehemann hinter Schloss und Riegel zu schaffen, und wandte sich dann mit der Miene eines Helden ohne weitere Erklärungen an seine Gäste:

»So wie die Sonne die Erde hell erleuchtet, das Gute noch

schöner erscheinen lässt und das Schlechte offenbart, so bringt auch das Urteilsvermögen eures Herrschers Gut und Böse ans Licht, um Ersteres zu preisen und Letzteres zu strafen. Möge die Gerechtigkeit des Königs walten!«

Inmitten des ganzen Tumults übte Matthieu Druck auf seine blutige Schulter aus. Aus dem Augenwinkel warf ihm der Souverän einen Blick zu.

»Gebt mir Bescheid, wenn das Experiment vollendet ist«, war alles, was er sagte, bevor er gemeinsam mit einer Ballettgruppe, die große Bienenflügel trug und hinter dem improvisierten Vorhang hervorflatterte, zum Tanze schritt.

8

Mit einem Mal war Matthieu am Ende seiner Kräfte. Die große Sorge, die ihn monatelang bedrückt hatte, war jählings von ihm abgefallen und hatte eine Leere hinterlassen, die er irgendwie ausfüllen musste, um sich auf den Beinen zu halten. Am liebsten wäre er umgehend nach Hause zurückgekehrt, hätte seine Eltern in die Arme geschlossen und ihnen erklärt, dass sie jetzt nichts mehr zu befürchten hatten. Was er nun aber wirklich brauchte, war Luna. Er rannte durch die Räume des Palastes bis zur geheimen Kellertür. Dann sprang er die Treppenstufen hinunter und schob sich in die ehemalige Speisekammer, die zum Labor umfunktioniert worden war. Der Rauch des Experiments erfüllte jede Ecke und ließ das Zimmer wie den Vorraum zu einem bizarren Traum erscheinen. Newton kontrollierte weiterhin die Zeiten und Temperaturen und schenkte ihm nur wenig Beachtung – er sah lediglich kurz auf und vertiefte sich dann wieder in die Formen, die die Flammen des Ofens bildeten. Matthieu sah in die angrenzende Zelle. Luna lag erschöpft auf der Pritsche, zu einem Knäuel zusammengerollt und fast völlig unter einem Tuch verborgen. Er hockte sich hin und zog vorsichtig den Stoff beiseite, der ihr Gesicht verdeckte.

Sobald sie die Augen aufschlug, entdeckte sie die Wunde an seiner Schulter. Sie war so matt, dass ihr nicht einmal die Kraft blieb zu erschrecken.

»Geht es dir gut?«, fragte sie, hob die Hand und näherte die Finger seinem Blut.

»Besser als je zuvor.«

»Mein Wasserfall …«

»Jetzt ist alles vorbei.«

Matthieu liebkoste ihren Hals. Ihre Haut fühlte sich kalt an. Traurig neigte sie den Kopf.

»Was bedrückt dich?«

»Ich weiß auch nicht.«

Der junge Musiker sah sich um: das Kellergewölbe aus feuchtem Stein, die Fleischhaken an der Decke, die schwachen Sonnenstrahlen, die durch das Gitter hoch oben hereinfielen. Wieder war sie eingesperrt, eine ewige Gefangene.

»Wir gehen bald fort von hier, das verspreche ich dir.«

»Und wohin?«, fragte sie.

Er ließ sich neben ihr auf dem Fußboden nieder und deckte sie liebevoll zu. War es womöglich ein Fehler gewesen, sie nach Frankreich mitzunehmen? Einen Moment lang befürchtete er, sie würde durch die verpestete Luft eingehen, die sie hier atmete. Newton hatte doch gesagt, dass Menschenhand den Ursprung verdirbt, und Luna war dieser Ursprung, sie war pure, zerbrechliche Essenz. Eine Blume, die im Reich der falschen Sonne dahinwelkte.

Er versuchte, sich ein wenig zu beruhigen, legte den Kopf in ihren Schoß und lauschte durch die Laken ihren Atemzügen. Als er schon fast eingeschlafen war, ertönte auf der anderen Seite der Wand plötzlich ein Schrei. Beide standen hastig auf, um nachzusehen, was dort vor sich ging. Auch Charpentier, der im selben Moment eintraf, setzte eine besorgte Miene auf. Newton stand mit ausgebreiteten Armen da und starrte den Schmelztiegel an.

»Die Verwandlung setzt ein!«, rief er.

Das philosophische Quecksilber hatte auf das Gold die erstaunlichen Auswirkungen, von denen er vor dem Überfall auf der Handwerkerbrücke gesprochen hatte. Es blähte sich auf und nahm einen grünlichen Farbton an, nur um dann wieder zu seinem ursprünglichen Zustand zurückzukehren und neue Mutationen zu durchlaufen. Matthieu konnte die Augen kaum abwenden. Plötzlich dehnte sich die Masse im Tiegel aus, und in der Mitte begann eine Art Stängel zu entstehen, der immer dicker wurde, bis er sich schließlich zu einem richtigen Stamm verbreitert hatte, aus dem goldene Zweige sprossen. Es war ein winziges, aber vollkommenes Bäumchen, in dessen Inneren eine Sonne explodierte.

»Nun fehlt nicht mehr viel!«

»Mein Gott«, bemerkte Charpentier. »Es scheint zum Leben erwacht!«

»Das ist das Leben selbst, es ist der Anfang und das Ende! Wie schon eine mittelalterliche Abhandlung verkündete«, rief der Engländer aufgeregt aus, »erreicht die Kunst der Alchemie in nur kurzer Zeit das, wozu die Natur Tausende von Jahren braucht! Der Stein wird bald seine definitive Form annehmen! Ich verspüre bereits seinen Einfluss!«

Matthieu sah fasziniert dabei zu, wie der goldene Stamm wuchs und wuchs. Er erinnerte sich an die Worte seines Onkels, als er ihm an jenem Abend in der Bastille zum ersten Mal von den Wundern des Steins erzählt hatte. Es ging um die Verwandlung des Geistes, eine Rückkehr in den Zustand vor dem Biss in den verbotenen Apfel und darum, die Früchte vom Baum der Erkenntnis zu pflücken, vom Baum des Lebens. Waren sie wirklich nur noch ein paar Schritte davon entfernt, endgültig zu erwachen, das Licht zu sehen und sich mit Gott zu vereinen? Sie standen so kurz davor, und nun sehnte auch er sich nach der Rückkehr zu jenem Augenblick, in dem die Engel die Melodie vom Ursprung angestimmt hatten, um die Seele in den Körper aus Lehm zu locken.

Just in diesem Moment fiel das Bäumchen in sich zusammen. Das Gesicht des Wissenschaftlers wurde schlagartig finster, er sprach jedoch kein Wort. Stattdessen beobachtete er bestürzt, wie die Mischung zusammenschmolz und wieder denselben grünlichen, später dann bräunlichen Farbton annahm wie zuvor.

»Was zum Teufel geht hier vor sich?«, murmelte Newton, ohne wirklich eine Antwort zu erwarten.

Von diesem Moment an zeigte der Engländer keine Begeisterung mehr. Er ging noch einmal höchst konzentriert die Phasen durch, die die Partitur vorgab, und wartete dann den Moment ab, in dem er das Feuer endgültig löschen musste. Währenddessen entstanden hier und da einzelne Zweige, die jedoch früher oder später wieder in der brodelnden Masse versanken.

»Vielleicht hatte der König doch recht …«, murmelte Charpentier, der enttäuscht war, dass das Experiment nicht so verlief wie geplant.

»Was wollt Ihr damit sagen?«

»Er hat ja bereits in Frage gestellt, ob Gott die Verwandlung, die wir hier anstreben, überhaupt gutheißt.«

»Er hat mich doch auserwählt! Schweigt endlich!«

»Vielleicht haben wir irgendwo einen Fehler gemacht«, warf Matthieu ein. »Das Rätsel …«

»Die Vorgabe des Rätsels ist korrekt«, widersprach Newton, den es immer noch grämte, dass er nicht selbst die Lösung gefunden hatte. »Ich habe im angemessenen Moment mit der Zubereitung begonnen, und von diesem Augenblick an habe ich mich nach den Angaben der Partitur gerichtet und nichts ausgelassen!«

Aus dem Durchgang zum benachbarten Kämmerchen erklang nun Lunas Stimme. »Vielleicht ist es wegen der Melodie …«

Alle drehten sich zu ihr um.

»Was soll das heißen?«, fragte Newton äußerst ernst.

»Mein Gesang ist womöglich verdorben.«

Matthieu griff augenblicklich ein.

»Kümmert ihr euch um den Stein«, bat er die anderen. Mit wenigen Worten beruhigte er den Wissenschaftler, der sich augenblicklich wieder seiner Aufgabe zuwandte, und zog Luna dann zurück in die Zelle. »Die Melodie ist perfekt.«

Sie setzten sich auf die Pritsche, und er nahm sie in den Arm.

Er hatte es nicht gewagt, ihnen zu sagen, dass Luna gegen die Regeln der Hüterinnen verstoßen hatte, die ihr geboten, die Ohren vor jeglicher anderer Musik zu verschließen. Es stimmte schon, seit ihrer Flucht aus dem Reich der Anosy hatte sie den Gesang des Griot auf dem Schiff gehört, die wilden Melodien der betrunkenen Fiedler, die in Libertalia zum Tanz aufspielten, und sogar… Es überkam ihn eiskalt. Sie hatte auch der Musik gelauscht, die er selbst in Missons Hütte für sie gespielt hatte, als er nicht widerstehen konnte und ihr einige Linien aus Monteverdis *Orfeo* gewidmet hatte, nachdem sie gemeinsam die Seele der Violine berührt hatten.

»Glaubst du wirklich, dass es daran liegen könnte?«, fragte er sie. »Es erscheint mir unmöglich, dass dein Lied in so kurzer Zeit Schaden nehmen konnte. Denn das ist doch deine Melodie, du hast sie von Kindheit an immer gleich gesungen…«

Luna drückte ihn noch fester.

»Ich sage ja auch nicht, dass sie durch den Einfluss fremder Musik verdorben wurde.«

»Aber was dann?«

»Ich fürchte, es hat etwas mit der Liebe zu tun, die ich für dich empfinde. Wie kann ich denn dasselbe singen, wenn ich weiß, dass du nun ein Teil von mir bist? Seit dem Tag, an dem ich dich auf dem Deck jenes Schiffes gesehen habe, ist alles von dieser Liebe erfüllt. Ich werde nie wieder dieselbe sein, und ich fürchte, so ist es auch mit meinem Lied.«

»Die Liebe zerstört doch nicht«, beruhigte er sie. »Liebe erschafft Dinge.«

Sie lächelte ihn unendlich zärtlich an. Matthieu zeichnete mit dem Finger ihre Lippen nach. Er musste daran denken, wie er vom Wasser aus geblendet zum ersten Mal Fort Dauphin gesehen hatte, wie die Lemuren mit ihrem Schwanz in Form eines Fragezeichens dort ihren Tanz aufgeführt hatten, an die Palmblätter, die sich wie das Rad eines Pfaus ausbreiteten, und an den

Stamm des Baobabs. Wie unberührt und rein diese Insel doch war! Aber auch so weit fort wie in einem Traum, der langsam verschwamm …

In diesem Moment fand er noch tiefere Traurigkeit in ihrem Blick.

»Ich will nicht, dass dir irgendetwas zustößt.«

Sie legte ihm die Hand auf den Mund, um ihn zum Schweigen zu bringen, und begann, ihre Melodie zu singen. Warum gerade jetzt? Eine furchtbare Vorahnung überkam Matthieu, und er wollte sie schon bitten, doch lieber zu schweigen. Irgendetwas sagte ihm, dass er dieses Lied nie wieder hören würde. Er versuchte, sich endlich ein wenig zu beruhigen. Es war doch alles gut, Newton würde das Experiment bald beenden, und dann konnten sie das alles hinter sich lassen … Aber wohin würde ihr Weg sie dann führen? Wo lag jenes Universum der Fantasie, in das sie eingetaucht waren, als sie sich an jenem Morgen in Missons Hütte geliebt hatten? Endlich gelang es ihm, sich der Musik hinzugeben, und er schloss die Augen. Lunas Lied erfüllte jeden Winkel seiner Seele, die selbst aus diesen Noten und Pausen bestand, suchte nach einem Weg, dieser Zelle zu entkommen, und entwich schließlich durch die Gitterstäbe nahe der Decke. Endlich in Freiheit, spielte sie in den Gärten mit dem Wind, der den Sandstein flüstern ließ, schlüpfte zwischen Hecken und Gittern durch, drehte sich über den Wipfeln der Bäume und malte konzentrische Kreise auf die Wasseroberfläche der Teiche. Lunas Melodie entsprang einer einzigen Kehle, und dennoch klang sie wie der Gesang eines ganzen Chores, als sie sich mit dem Zwitschern der Vögel vereinte, mit dem Rauschen der tausend Brunnen von Versailles, mit dem Klappern der Pferdehufe auf dem Kopfsteinpflaster am Osteingang und mit den Geschichten vom alten Rom und von Griechenland, die die Bronzefiguren in den Gartenanlagen erzählten. Matthieu begriff, dass Luna dieses magische Orchester von Anfang an mit einbezog. Sie nutzte die

Töne, die sie umfingen, die Dinge in ihrer Umgebung und die Gefühle ihrer Zuhörer. Daher fand ihr Gesang einen Weg in die Herzen und rührte sie.

In der Zwischenzeit hockte der König, der nichts von der Musik ahnte, die seinem Keller entstammte und sich hoch über seine Gärten aufschwang, noch immer auf seinem Thron und sehnte gespannt den Moment herbei, in dem die Zeremonie ihren Höhepunkt erreichen würde. Aufmerksam betrachtete er die abendlichen Sonnenstrahlen, die durch die Fenster der Galerie hereinfielen und in wenigen Sekunden im passenden Winkel auf die hintere Wand treffen würden. Alle Gäste harrten erwartungsvoll dieses Augenblicks, sie standen unbewegt da wie griechische Statuen und hielten unter ihren Tuniken und schmückenden Ranken die Luft an.

»Enthüllt die Spiegel!«, befahl Ludwig XIV.

Eine Heerschar von Dienern zog gleichzeitig an den Tüchern. Im ersten Moment waren nicht einmal Ausrufe des Erstaunens zu hören. Die Adligen betrachteten mit offenem Mund, wie die Sonnenstrahlen der Tagundnachtgleiche gleich einer ganzen Sternenkonstellation in den Hunderten von Spiegeln der Galerie glitzerten.

»Sonnt euch im Glanz der Krone!«, rief der König verzückt aus.

Endlich brach die Begeisterung aus den Edelleuten heraus, und jeder rannte los, um ein freies Plätzchen zu ergattern und sich von oben bis unten betrachten zu können. Sie zeigten auf sich und lachten, während die Spiegel ihnen ein riesiges, gnadenloses Abbild ihrer fiktiven Welt zeigten: die geschminkten Gesichter, eingehüllt in Tuniken aus vergangenen Zeiten, umgeben von Skulpturen aus Marzipan und einem Heer aus Dienern, die mit ihren Tabletts herbeitänzelten und so einer gekünstelten Choreographie folgten.

In diesem Augenblick drehte die Melodie vom Ursprung, die

Luna noch immer in der Zelle im Keller sang, eine Pirouette über dem Latona-Brunnen und schlug dann unauffällig den Weg zum Spiegelsaal ein. Sie strömte durch die offenen Fenster herein und ergriff von den begeisterten Aristokraten Besitz. Noch bevor diese sich dessen bewusst waren, was sie da eigentlich hörten, verspürten sie ein gewisses Kribbeln, dann einen Kloß im Hals und schließlich das unbändige Verlangen, in Tränen auszubrechen. Keiner begriff, was eigentlich vor sich ging. Wortlos blickten sie einander an. Zunächst dachten sie, dass es vielleicht an dem großen Eindruck lag, den die Enthüllung der Spiegel auf sie gemacht hatte, irgendwann wurde ihnen jedoch klar, dass es sich hier um etwas viel tiefer Gehendes handeln musste. Nach und nach bemerkten sie die verführerischen Töne, die sie umgaben und völlig erfüllten. Woher stammten sie? Lully nahm seine Musiker unter die Lupe, weil er zunächst dachte, dass vielleicht einer von ihnen spielte, und Le Brun wandte den Blick nach oben, um sicherzugehen, dass es nicht seine Engel waren, die diesen himmlischen Gesang angestimmt hatten. Félibien, der Chronist, betrachtete die Szene ratlos. Wie sollte er bloß zu Papier bringen, was da mit ihnen geschah? Es handelte sich um etwas so Erhabenes, dass es nicht mit Worten zu fassen war, nicht einmal mit seinen üblichen Superlativen. Irgendwann konnten es die Edelleute nicht länger ertragen und gaben sich ihrem Verlangen hin. Vor den Spiegeln flossen die Tränen in Strömen. Die Wimperntusche vermischte sich im Gesicht mit der Schminke, die zu tragischen Masken zerfloss. Auf seinem erhöhten Thron konnte sich der König dem Zauber als Einziger widersetzen, obwohl es auch ihm schwerfiel. Denn ihn traf der Gesang ebenfalls in tiefster Seele …

Dann bemerkte er das Geräusch. Zunächst wurde es noch von dem Lied übertönt, schließlich aber war es immer lauter zu vernehmen. Es erinnerte ihn an das Knirschen, mit dem im Winter das Eis auf den Garteneichen zerbarst. Er spitzte die Ohren, um auszumachen, woher es stammte.

Auf einmal lief es ihm kalt über den Rücken.

Einer der Spiegel war im Begriff zu zerbrechen.

Wie auf der Eisfläche zeigte sich nun auf seinem Spiegel ein Riss.

»Das darf doch nicht sein. Welch ein Albtraum …«

Der Riss verzweigte sich, breitete sich netzförmig aus und griff nach und nach auf die anderen Spiegel über, bis bald kein einziger von ihnen mehr intakt war. Gebannt von der Melodie, die immer lauter ertönte, konnten die Edelleute ihre Augen nicht von diesem Spektakel abwenden, das noch viel erschütternder war als der Reflex ihres zerbrochenen Lebens. Die Spannung wurde unerträglich, und zur großen Verzweiflung des Königs, der sich nicht einmal mit einem Schrei Luft machen konnte, zerplatzten die fast vierhundert Spiegel in einem apokalyptischen Regen aus Glassplittern.

König Louis sprang vom Podest und setzte einen Fuß auf die Scherben. Die Adligen schrien vor Entsetzen, als sie sich die gläsernen Fragmente aus den blutigen Gesichtern und Armen zogen. Der Herrscher verließ den Saal, schüttelte die fassungslosen Edelmänner und Berater ab, die fürchteten, er könne sich ernsthafte Schnitte zugezogen haben, und hastete zur Geheimtür in den Keller, in dem das Experiment ausgeführt wurde. Aus dem Gürtel eines Leibwächters der Schweizergarde zog er einen Dolch und rannte die Treppe hinab.

»Was habt Ihr getan?«, brüllte er vom Gang aus.

Newton hockte mit hängendem Kopf neben dem Ofen. Charpentier lehnte in einer Ecke des Raumes. Auch sie waren von der Melodie ergriffen, die Luna im Nebenraum in einer Art Rauschzustand vor sich hin sang.

»All meine Spiegel sind zerbrochen!«

»Was sagt Ihr da?«

»Was ist denn nur los mit Euch? Hört Ihr diese verfluchte Melodie etwa nicht?«

»Wie könnten wir sie denn nicht hören?«, murmelte Charpentier.

»Diese Frau ist der Teufel selbst!«, tobte der Herrscher und hielt sich die Ohren zu, während er nach Luna Ausschau hielt.

Er blickte in die Zelle hinein. Dort hockte die Priesterin auf der Pritsche in Matthieus Armen. Der Souverän drohte dem jungen Mann mit der Klinge.

»Mach, dass sie endlich den Mund hält!«

»Was soll dieser Befehl?«

Inzwischen war es der Gesang aller Hüterinnen der Stimme, der durch Lunas Kehle erklang.

»Sag ihr, sie soll aufhören!«, wiederholte der König blind vor Wut.

»Aber spürt Ihr es denn nicht?«, bot ihm der Musiker die Stirn. »Hört ihr doch zu! Könnt Ihr nicht das Wesen der Melodie erkennen? Das ist göttliche Liebe in der Form von Musik!«

»Sie hat meine Spiegel zerstört! Wenn sie nur noch eine einzige Note singt …!«

Es war Luna selbst, die ihn mit einem Mal anschrie: »Was dann?«

Plötzlich erfasste ein Gefühl der Leere den Raum.

»Fordere mich nicht heraus …«

»Denkt Ihr etwa, Ihr könnt mir etwas nehmen, was mir gar nicht gehört?«, trotzte Luna ihm weiter. »Wer ist so einfältig zu glauben, dass dieses Leben unser Eigentum ist? Ich bin doch nur ein kleines Glied in der unendlichen Kette der Natur.«

Alle schwiegen. Die Wut des Königs wuchs nicht weiter, stattdessen schien er die Stille auszukosten, die sich plötzlich um ihn herum ausbreitete.

Mit langsamen Schritten kehrte er in den Nachbarraum zurück.

»Habt Ihr das Experiment beendet?«

»Das Experiment …«, wiederholte Newton, der seltsam verrenkt auf seinem Stuhl hockte.

»Wo ist mein Stein?«

»Der Versuch hat nicht funktioniert«, murmelte der Engländer.

»Was?«

»Es tut mir leid, Majestät.«

Der König stürzte sich auf den Schmelztiegel. Er konnte es nicht fassen. In der Schale befanden sich nur noch verkohlte Reste. Der ganze Hass, der sich in ihm aufgestaut hatte, kochte wieder hoch. Er schrie wie ein Verrückter und fegte mit einer Handbewegung alle Instrumente vom Tisch, so dass sie zu Boden fielen und zerbrachen. Dann entdeckte er die Partitur in Newtons Händen. Er entriss ihm das Papier und zerfetzte es in tausend Stücke, die durch die Luft flogen.

»Was tut Ihr denn da?«, rief Matthieu.

»Ich mache dieser Farce ein Ende! Darauf habe ich nun monatelang gewartet.«

»Wie könnt Ihr bloß die Tatsache verleugnen, dass die Melodie hier der wahre Schatz ist?«

Der Herrscher drängte Matthieu an die Wand, der so schmerzhaft an seine Schulterwunde erinnert wurde. Luna warf sich mit der Wut einer Wildkatze auf König Louis, um den Geiger zu verteidigen, der Souverän versetzte ihr jedoch einen Stoß, der sie zu Boden schleuderte.

»Welcher Schatz?«, fauchte er den Musiker an. »Kann ich ihn etwa mit Händen fassen? Ihr habt mich alle betrogen, und du wirst dafür bezahlen!«

»Was habt Ihr vor?«, fragte Charpentier entsetzt.

»Ihr habt mir ja noch nicht einmal zu dem Abkommen verholfen, um mit dieser verfluchten Insel Handel zu treiben!«, fuhr der Herrscher fort. »Es waren alles nur Lügen! Und du willst, dass ich mich mit einer lächerlichen Melodie zufriedengebe?«

Matthieu schien die Klinge nicht zu fürchten und sprach mit bewundernswerter Gemütsruhe: »Diese Melodie zeigt uns die

Wahrheit. Vielleicht verwandelt sie uns nicht augenblicklich, und sie wird Euch auch weder zu absolutem Wissen noch zu dem Gold verhelfen, das Ihr Euch vom Stein erhofft habt. Aber sagt mir doch: Habt Ihr nicht eine Sekunde lang einen Blick in den entferntesten Winkel Eurer Seele erhascht, als das Lied an Eure Ohren drang, auf diese unverdorbene göttliche Essenz, die wir noch immer alle in uns tragen, wenn auch beinahe völlig erloschen?« Er holte Luft und sprach sanft weiter. Dabei schenkte er dem Souverän einen Blick, in den er alles legte, was er gelernt und erfahren hatte. »Diese Weisheit braucht die verseuchte Welt. Die Melodie zeigt uns, was wir waren, als der Herr uns makellos erschaffen hat, und er gibt uns den Weg vor, auf dem wir zurückkehren können, um wieder so rein zu werden.« Matthieu verstummte kurz. »Seid Ihr denn nicht größer als alle anderen Menschen? Dann führt doch die Menschheit in diese neue Ära, die Newton rühmt. Werdet zu unserem Wegweiser!«

Weshalb betörten ihn die Augen dieses jungen Mannes so? Warum lauschte er seinen Worten, als wären es die eines Propheten? Er fragte sich, ob der Geiger ihn vielleicht nur verwirren wollte. Er nannte ihn einen Anführer, den größten aller Menschen, in Wirklichkeit erinnerte er ihn aber genau wie die Melodie zuvor nur daran, wie menschlich er doch war. Er konnte es nicht ertragen, dass man ihn derart behandelte, ihn so ansah. Er war schließlich ein Gott, die Sonne auf Erden …

Er presste den Dolch an Matthieus Hals.

»Wartet …«, rief Newton.

»Majestät, so hört ihn doch an«, bat Charpentier, der in den Augen des Wissenschaftlers ein ihm bekanntes Glitzern entdeckte.

»Das Rätsel gibt den Moment vor, in dem das Experiment beginnen soll«, überlegte dieser mit lauter Stimme. »Wir sind davon ausgegangen, dass es sich um den Moment der Begegnung zwischen Sonne und Mond am Himmel handelt, aber …«

»Sprecht weiter!«, flehte Charpentier, der mit Entsetzen sah, dass der zitternde Dolch des Königs dem Hals seines Neffen die ersten Blutstropfen entlockte.

»Seine Zeilen beziehen sich jedoch auf den Moment, an dem dies auf der Insel der Melodie geschieht!«

»Auf Madagaskar?«

»So ist es! Und dort geht die Sonne früher unter als in Paris!«

Der Herrscher rührte sich nicht.

»Majestät!«, brüllte Charpentier, »ich flehe Euch an, bei Gott, so hört ihm doch zu!«

»Oh Himmel ...«, klagte Newton. »Und wieder habe ich denselben Fehler begangen ... Erneut war ich davon überzeugt, dass alles mit unseren Maßstäben zu messen sei, und habe die Dinge durch meine bereits verdorbenen Augen betrachtet. Ich muss nur den Zeitunterschied exakt berechnen und noch einmal von vorn beginnen!« Er griff nach einem Blatt Papier und begann, darauf rasch Zahlen zu notieren, während er hastig weitersprach: »Seht nur, Majestät, die Lösung ist ganz einfach, und dieses Mal wird der Versuch gelingen ...«

»Da hört Ihr es doch, Majestät«, schluchzte Charpentier. »Ihr werdet Euren Stein bekommen, aber dafür brauchen wir Matthieu, damit er die Partitur noch einmal niederschreiben kann. Bei Gott, so lasst ihn doch endlich los ...«

Der König wirkte beschwichtigt. Und wenn es stimmte, was Newton da sagte? Eventuell war noch nicht alles verloren, vielleicht war dieses alchemistische Hirngespinst doch möglich. Er verringerte den Druck des Dolches auf Matthieus Hals. Aber noch während er dies tat, spürte er seine Wut wieder auflodern. Auf irgendeine Weise wollte sie befriedigt werden. Wie konnte es bloß sein, dass dieser junge Mann erneut über ihn triumphierte? Wenn er ihn nicht unterwerfen und ihm auch nicht das Leben nehmen konnte, dann musste er ihm auf anderem Wege zeigen, dass er, der Sonnenkönig, immer das letzte Wort hatte.

Ohne den Blick von dem des jungen Mannes abzuwenden, ließ er das Messer langsam sinken.

Alle atmeten auf.

Luna erhob sich und lief zu ihrem Geliebten, um ihn in die Arme zu schließen.

Sie sah nicht einmal, wie der König plötzlich mit einem makabren Grinsen ausholte, das der Teufel selbst auf seine Züge zu werfen schien, und ihr die Klinge in den Bauch rammte.

Der Stahl war kalt.

Luna ging auf dem Steinfußboden in die Knie.

Matthieu stieß einen Schrei aus, der alle Wände des Schlosses erbeben ließ.

Er schob den Herrscher beiseite und warf sich auf seine kleine Priesterin.

Mit der Hand fuhr er über die Wunde.

Blut, so rot
wie die Erde der Anosy,
wie der Atem
des geopferten
Zebus.

»Nein, nein, nein …«

»Reich mir die Hand …«, bat sie.

»Meine Liebste …«

»Matthieu …«

»Mein Gott, was habe ich nur getan? Was habe ich dir angetan?«

»Gib dir nicht die Schuld. Es geht mir gut …«

Einen Moment lang glaubte der Musiker zu sehen, wie Luna das Firmament in ihren Augen zurückerlangte, gleichzeitig erstarb aber auch der Glanz ihrer Haut. Auf ihren Wangenknochen, den Backen und Ohrläppchen zogen Wolken auf, und sie schwebte davon, entfernte sich immer weiter, bis er sie schon fast verloren hatte.

»Keine Angst, ich folge dir gleich …«

»Nein, tu das nicht …«, bat sie ihn, während sie Blut spuckte, das ihre Lippen färbte.

Matthieu presste sein Gesicht an ihres. Auch seine Tränen flossen nun rot. Plötzlich musste er an den Friedhof in Libertalia denken, an die Eingeborene im Blumengrab ihres Mannes. Das Glück, mit dem geliebten Menschen zu sterben, macht das Grauen des Übergangs erträglicher, hatte der Bruder von Amadis de Gaule in der Oper gesagt. Warum sollte ihm dieses Privileg verwehrt bleiben?

»Was hindert mich daran?«

Sie umarmte ihn. Es war eine scharlachfarbene Umarmung, ihr Blut vermischte sich miteinander, und er versuchte, ihren Atem in sich aufzunehmen, damit er nicht mit der verdorbenen Luft des Kellers in Berührung kam, und ihn ihr wieder einzuhauchen.

»Du musst hierbleiben, um meine Melodie zu bewahren«, bat sie ihn. »Wer soll sie denn sonst für mich spielen? Ich muss doch den Weg zurück zur Mondinsel finden.«

»Nach Madagaskar?«, schluchzte er.

»Madagaskar ist nur ihr Spiegelbild.«

»Ihr Spiegelbild?«

»Ihr Abbild auf Erden. Die Insel, die vor dem Beginn der Zeiten existierte und immer da sein wird, liegt jenseits der Sonne.«

»Geh bitte nicht … Ich werde dich niemals finden …«

»Spiel die Melodie und lass dich von ihr emportragen, dann kannst du meine Hand berühren. Und eines Tages wirst du dich von dieser Welt lösen, bevor du es überhaupt merkst, und dann sind wir beide erneut vereint. Alles wird wieder Musik sein, eine einzige Melodie wie zu Anbeginn der Zeiten, frei und ewig …«

Luna schloss die Augen.

Alle Musik verhallte.

In jedem Winkel der Welt.
»Luna, meine Liebe…«
Stille.

Weit fort von diesem Ort verstummte am Strand der Anosy die Brandung, und der Wind hörte auf zu wehen. Das Kind, das die Erdsitar spielte, sah zum Himmel auf. Es lächelte und hob die beiden Zweige hoch, mit denen es die Sisalsaiten angeschlagen hatte. Anschließend holte es tief Luft und fuhr mit dem verinnerlichten Rhythmus fort, zunächst sanft, dann mit größerer Sicherheit als je zuvor, und begleitete den Puls der Erde:

Tam…
Tam…
Tam…

Nathalie

Nathalie konnte Stunden am Fenster verbringen. Die leichte Brise in den Tuilerien war das Einzige, was sie noch mit dieser Welt verband. Charpentier hatte ihr von den Ereignissen im Schlosskeller berichtet und ihr auch erzählt, dass sein Neffe seitdem verschwunden war und man keinerlei Lebenszeichen von ihm erhalten hatte. Paris lag verwaist da. Das alte Leben im Palast hatte am Abend der Spiegel ein Ende gefunden. Zwar sprudelten die Brunnen dort weiterhin, und die Vögel tranken nichtsahnend von ihrem Wasser, doch die Traurigkeit, die die ganze Region erfasst hatte, ließ die Musik in den Gärten verstummen. Schon seit Wochen fuhren keine Streicher mehr in behäbigen Gondeln über die Kanäle.

Am ersten Sonntag im Mai wurde Nathalie früher als sonst wach. Kaum war der Morgen angebrochen, hörte sie auch schon dabei zu, wie der Park erwachte. Die Sonne wärmte ihre nackten Arme. Ein ferner Laut schien an ihr Ohr zu dringen. Rief da etwa jemand nach ihr? Aber das Geräusch kam nicht von draußen. Sie dachte an die Muschel, die Matthieu ihr geschenkt hatte, Lunas Schneckenhaus, das Töne voller Sehnsucht von sich gab. Es lag noch immer ruhig auf der Kommode. Sie ging hinüber, berührte die Schale und zeichnete mit dem Finger ihre Form nach. Sie fühlte sich kühl an. Als das blinde Mädchen die Hand zurückzog, vernahm es ein zartes Echo. Es klang nach Felsen, Fischen, Grün, Blau, Himmel und Salz…

Es war die Sehnsucht der Muschel oder vielleicht die Sehnsucht Lunas, die sie ihrem Inneren anvertraut hatte.

Nathalie fühlte sich schrecklich. Wie hatte sie auch nur einen einzigen Augenblick glauben können, die Muschel gehöre ihr? Das war kein gewöhnliches Andenken, das in einer Schublade vor sich hin stauben durfte. In Wirklichkeit war sie ein Schatz, ein Vermächtnis, und gehörte niemandem, sondern allen Menschen zugleich. Matthieu hatte sie ihr nicht geschenkt. Er hatte ihr dieses Kleinod anvertraut. Hatte er am Tag ihres Treffens womöglich schon geahnt, wie sich die Dinge entwickeln würden? Er hatte sie um einen Dienst ersucht, sie gebeten, das Erbe der Priesterin zu bewahren. Diese große Verantwortung ließ sie erschaudern, plötzlich kam ihr jedoch der ideale Platz für die Muschel in den Sinn. Ein Ort, der geradezu von diesem grausamen Schicksal vorherbestimmt schien, das in ihrem Leben so viel Schmerz zuließ.

Fest entschlossen rief Nathalie nach ihrem Onkel.

Le Nôtre stand vor dem Haus und zupfte gerade die welken Blätter an den Pflanzen ab, die den Eingang umrahmten. Er lief ins Haus und stieg eilig die Treppe hinauf, da er befürchtete, seiner Nichte sei etwas zugestoßen. Sie stand neben dem Toilettentischchen und sah hilflos zur Tür herüber.

»Meine Kleine …«

»Onkel André …«

»Geht es dir gut?«

»Außer dir versteht mich niemand.«

Er nahm sie in den Arm.

»Kann ich irgendetwas für dich tun?«

»Bring mich nach Versailles.«

»Jetzt?« Sie nickte. »Was willst du denn im Schloss?«

»Du musst mich zum Steingarten begleiten.«

Sie sprach von André Le Nôtres Meisterwerk, einem kleinen Amphitheater für Tanzaufführungen unter freiem Himmel, das der Landschaftsgärtner vor gar nicht langer Zeit in einem Hain im südlichen Teil der Gärten nahe der Orangerie errichtet hatte. Es war als *salle de Bal* bekannt, er selbst bezeichnete es jedoch lieber als *bosquet des Rocailles*, als Steingarten, wegen der Materialien, die beim Bau verwendet worden waren: Sandstein aus Fontainebleau und Tausende von Muscheln aus Madagaskar, die die Expedition nach den ersten Kolonialisierungsversuchen auf der Insel mitgebracht hatte.

Das war der Ort. Der richtige Platz für die Muschel.

»Leg deinen Mantel um«, murmelte Le Nôtre zärtlich und reichte ihr den himmelblauen Umhang, der so gut zu ihren Augen passte.

Er ließ umgehend eine Kutsche anspannen. Der Fahrer trieb die Pferde an, die zügig in Richtung Palast strebten. Dort angekommen, machten sich Onkel und Nichte zu Fuß auf den Weg durch die Gärten, gingen auf den Latona-Brunnen zu und ließen dann die Fliederbüsche sowie das imposante Labyrinth links liegen, in dem man an jeder Abzweigung auf Szenen aus Äsops Fabeln stieß. In Versailles war alles von Magie erfüllt, vor allem aber jener Tanzsalon, der zwischen Birken versteckt dalag. Sie folgten dem Pfad, der von Zweigen überdacht und von hölzernen Wandschirmen gesäumt war.

»Da sind wir auch schon, meine kleine Nymphe«, verkündete Le Nôtre, als sie das Rondell erreichten. »Hörst du den Wasserfall?«

Das Amphitheater hatte eine ovale Form, und eine runde Marmorfläche in seiner Mitte diente als Bühne. Auf der einen Seite befanden sich die mit Gras bewachsenen Sitzreihen, auf denen es die Höflinge Ludwigs XIV. während der Ballettaufführungen bequem haben sollten, auf der anderen Seite prunkte ein faszinierendes Meer aus Halbedelsteinen und Muscheln, die sorgsam auf den Stufen verteilt worden waren, über die sich ein Wasserfall ergoss. Le Nôtre hätte auf sein Werk nicht stolzer sein können. Wenn hier die Tänzer die Bühne betraten, wurden goldene Kandelaber auf den Konsolen entzündet, das hinter dem Wasserfall verborgene Orchester begann zu spielen, und die Anwesenden fühlten sich in eine andere Welt versetzt.

Le Nôtre führte seine Nichte mitten auf die Bühne und ließ dort ihre Hand los. Nathalie drehte sich einmal um ihre eigene Achse und lauschte ihren Schritten auf dem Marmor, sog den Duft der aromatischen Kräuter ein und wurde der längst verstummten Musik an diesem Ort gewahr. Sie stellte ihn sich genauso vor, wie ihn ihr Onkel beschrieben hatte.

»Warum wolltest du so dringend hierherkommen?«

In ein Tuch eingeschlagen, hatte sie die Muschel mitgebracht und zeigte sie ihm nun.

»Ich musste sie herbringen. Ihr Platz ist hier.«

»Woher hast du sie?«

»Matthieu hat sie mir anvertraut.«

Der Gartenbaumeister schwieg kurz, um sich an der Zärtlichkeit zu laben, die seine Nichte jedem Wort verlieh.

»Gib sie mir«, bat er sie, ohne weitere Fragen zu stellen. »Ich suche ihr ein Plätzchen am Wasserfall.«

»Darf ich sie selbst dort hinlegen?«

»Dann wird doch dein Kleid ganz nass.«

»Bitte …«

Nach kurzem Zögern fasste er sie am Arm, und sie stiegen gemeinsam in den Teich. Onkel und Nichte beugten sich hinab, um das Schneckenhaus vorsichtig zwischen die anderen Muscheln zu platzieren.

»Ich hole Mörtel, um sie am Stein zu befestigen«, sagte Le Nôtre.

»Kann ich noch eine Weile hierbleiben?«

»Das Wasser ist doch viel zu kalt.«

»Ich wünsche es mir so sehr.«

»Dann versprich mir aber, dass du bald herauskommst.«

Sobald ihr Onkel sich auf dem Pfad entfernte, lehnte Nathalie sich an eine Stufe der Kaskade, als sei auch sie nur eine jener Statuen, die die Teiche von Versailles zierten. Ihr Kleid sog immer mehr Wasser auf, bis es ihr schließlich völlig durchnässt am Körper klebte. Sie legte den Kopf an die Muscheln und spürte, wie Matthieu sich bei ihr bedankte.

»Wo bist du nur?«, sagte sie laut.

Dann lächelte sie. Keine Entfernung dieser Welt konnte ihnen die göttliche Vertrautheit nehmen, die sie für immer verbinden würde, seit sie gemeinsam dem Flügelschlag des Schmetterlings gelauscht hatten.

Nathalies blondes Haar glänzte im Wasser.

Wie die Strahlen einer neugeborenen Sonne, wahr und rein.

Matthieu verspürte eine Liebkosung, als hätte ihn ein Engel gestreift. Er schloss die Augen und seufzte tief. Der Kiel zerpflügte in einer perfekten Linie den ruhigen Ozean. Und wieder Wind und Salz, dieses Mal brannten sie aber nicht auf den Wangen wie bei seiner ersten Schiffsreise. Seit der Nacht der Spiegel war sein Körper wie aus Marmor.

Lunas letzter Atemzug hatte die Geräusche in seiner Umgebung in Pfeile, Gift und Nesseln verwandelt. Er konnte die Laute nicht ertragen, die durch das Gitter aus dem Garten hereindrangen, das Knirschen der Glasscherben unter den Schritten, das kieksende Weinen der Herzoginnen. Nicht einmal das Wehklagen eines Stuhles, den man beiseitezog, oder das einer Tür, die sich öffnete. Er wollte sterben, um nichts mehr hören zu müssen, hatte ihr jedoch geschworen, es nicht zu tun. Er hielt die Priesterin weiter im Arm und versuchte, keinen anderen Laut mehr zu hören außer der Melodie, die noch in ihrer Brust nachhallte, bis Onkel Charpentier ihm schließlich zuflüsterte, dass es an der Zeit war zu gehen. Dann stand er auf, hob Luna wie ein schlafendes Kind auf und legte sie auf die Pritsche in der Wandnische. Er küsste sie auf die Stirn, auf die vollen Lippen und die Lider, drehte sich um und ging auf den Ausgang zu.

Wohin wird dich dein Weg nun wohl führen?, fragte sich Charpentier in diesem Moment.

Zur Stille der Algen und Korallen, antworteten ihm Matthieus Gedanken.

Er bat seinen Onkel, sich Lunas makellosem Körper anzunehmen, ihr die Kupferhaut zu säubern und das Haar zu kämmen und sie neben Jean-Claude zu begraben. Ohne ein weiteres Wort verschwand er im Gang und stieg die Treppe hinauf. Er durchquerte die Säle des Palastes, bis er einen Ausgang fand. Draußen sprang er hinten auf die nächste Kutsche nach Paris. Dort angekommen, bestieg er nacheinander eine Reihe von Pferden, die ihn nach La Rochelle brachten, wo er auf dem erstbesten Schiff anheuerte, das Matrosen brauchte. Seit dem Auslaufen freuten sich die Albatrosse, die Delphine am Schiffsrumpf und die echten oder der Fantasie entsprungenen fliegenden Fische über das Wiedersehen mit ihm und versuchten, seine Aufmerksamkeit zu erregen. Er jedoch erfüllte seine Aufgaben, ohne je den Blick vom Tau abzuwenden, das er aufschoss, außer in jenem Augenblick kurz vor Sonnenuntergang. Jeden Abend trat er zu dieser Stunde an die Reling, starrte zum Horizont und wartete darauf, die imposante *Victoire* näher kommen zu sehen, mit Misson am Bugspriet und einer neuen Luna hinter dem Besanmast.

Opéra Garnier, Paris
1. September 2010, 21.08 Uhr

Fasziniert betrachtete Michael Steiner das Manuskript, das ihm einige Minuten zuvor in die Hände gefallen war. Wie konnten vier simple Seiten bloß all diese Emotionen enthalten? Er hätte sich niemals vorgestellt, dass Ludwig XIV. sich auf seinem einsamen Sterbebett nicht wegen seiner lasterhaften Vergangenheit quälte, sondern weil er nicht genug Mut gehabt hatte, um die Zukunft zu verändern.

Der Boden des Archivs vibrierte mit jedem Paukenschlag. Das Echo von Claude Debussys *Dialog zwischen Wind und Meer* drang zu ihnen herauf und erreichte auf der Bühne in diesem Moment seinen Höhepunkt. Michael sah hoch.

»Der Sonnenkönig spricht davon, dass er kurz vor seinem Tod an nichts anderes mehr denken kann als an jene Nacht, in der jener geheimnisvolle Violinist sein erstes Unwetter komponierte. Wer war bloß dieser Matthieu?«

Fabien Rocher konnte sich ein breites Lächeln nicht verkneifen.

»Das weiß ich ehrlich gesagt auch nicht. Aber lies das Manuskript erst einmal zu Ende, dann verstehst du, warum ich es dir unbedingt zeigen wollte. Du wirst es kaum glauben, das kann ich dir versprechen.«

Michael ließ den Blick ein paar Zeilen zurückwandern und las von diesem Punkt an weiter.

Wie anders hätte mein Tod dann ausgesehen! Ich weiß, dass mir lediglich ein paar Stunden bleiben, bevor auf meinem Bett bloß

ein Bündel totes Fleisch liegt, und ich denke nur noch zurück an die Nacht, in der du dein erstes Unwetter komponiert hast. Warum habe ich damals nicht begriffen, dass ich in einem Reich jenseits der Sonne für immer hätte regieren können? Wie konnte ich so blind sein und nicht einmal zulassen, dass meine Augen die Mondinsel erblicken? Wie naiv es doch war zu glauben, dass diese kleine Welt das Unendliche in sich einschließen kann! Welcher Gott, der etwas auf sich hält, hätte denn Interesse an dem Elend, welches uns das kurze Leben hier auf Erden bietet? Aus der Unermesslichkeit des Kosmos wird es doch kaum wahrnehmbar sein! Verfluchter Matthieu! Du bist im richtigen Moment erschienen, um mir zu verkünden, dass ein neues Zeitalter anbricht. Ich hingegen, der doch Macht über alles zu haben schien, hatte nicht den Mut, die Welt zu verändern. Ich erinnere mich nur zu gut an den Abend im Wintergarten, an dem du meine Orangenbäume umgeworfen hast. Damals erkannte ich in deinen Augen bereits die Erhabenheit eines Auserwählten. Du warst so voller Leben … wie ein Engel, der den Tod überwunden hat. Ich wandte jedoch den Blick ab und beschäftigte mich lieber weiterhin damit, Beinkleider aus der zartesten Seide anzulegen. Mein Ehrgeiz erschuf Dämonen im tiefsten Afrika, und dabei wurde ich nicht einmal dessen gewahr, dass mein Reich in Europa zu zerbrechen drohte, ich ließ Kunstwerke für Kanonen einschmelzen, die dann auf dem Schlachtfeld verrosteten … und habe deine Melodie nicht zu schätzen gewusst. Ein Lied aus reinem Gold, ohne eine Spur von Blei. Musik, die nichts als Liebe war. Was sind wir denn schon, wie ich nun endlich begriffen habe, ohne Liebe?
Liebe
Liebe
Liebe
Ich würde das Wort gerne tausendmal schreiben, aber auch das gäbe mir nicht die Gelegenheit, noch einmal zurückzukehren.

Ich habe die Kehle durchtrennt, die das Lied anstimmte. Ich habe die Melodie der Seele für immer zum Schweigen gebracht! Mir bleibt nur wenig Zeit. Hinter der Tür drängen sich die Edelmänner und harren meines letzten Atemzuges. Ich höre sie gierig keuchen. Der Wind, der durch die Gitterstäbe des Fensters ins Zimmer weht, bewegt die Gardinen, mir ist jedoch weder warm noch kalt. Ich verdiene es schon seit Jahren nicht mehr, etwas zu verspüren. Ich habe deine Geliebte getötet, und du hast mich mit Vergebung gestraft. Wenn du mich gehasst hättest, wäre alles so viel einfacher gewesen … Aber du bist an meine Seite zurückgekehrt, damit ich die Ausmaße meiner Tat begreife, um mir ihre Geschichte zu erzählen und mir das Zeichen meiner Verdorbenheit mit Feuer in die Stirn einzubrennen. Wie viel Zeit habe ich später im Steingarten damit verbracht, nach der Melodie zu forschen, indem ich nach der Muschel suchte, die deinen Worten zufolge dort versteckt war! Ich bin die Stufen des Wasserfalls hinaufgekrochen und habe mein Ohr an jedes Schneckenhaus gelegt, damit jedoch nur erreicht, dass mich die Höflinge für verrückt hielten. Das berührte mich aber längst nicht mehr. Meine wahre Strafe waren deine Vergebung und das Versprechen, dass du nach meinem Tod noch einmal mit deiner Geige in den Palast zurückkehren und die Melodie für mich spielen würdest, damit ihr Weg mich ins unverdiente Paradies führt.
Der Morgen des 1. September 1715 bricht schon bald über mich herein. Ich weiß, dass dies mein letzter Tag sein wird, dass meine Strahlen die Dunkelheit nicht mehr zu besiegen wissen. Ich vertraue nur darauf, mit diesen Zeilen die Gewissensbisse, die mich seit Jahren nicht mehr ruhig schlafen lassen, endlich zu beschwichtigen. Ich bin ein Mensch gewordener Gott, der nur noch ein einziges Mal eine Nacht durchschlafen will, bevor er dem Tod ins Auge sieht, selbst wenn es eine Nacht voll schrecklicher Albträume sein sollte.

Hier brach das Manuskript ab. Keine Unterschrift, kein Siegel. Michael ließ die Seiten auf den Tisch sinken. Er lockerte den Kragen des Fracks ein wenig mehr und seufzte schwer. Dann sah er seinen Freund an.

»Er erwähnt, dass nach seinem Tod diese Melodie für ihn gespielt würde… Rachel hat mich ebenfalls um dieses Versprechen gebeten.«

»Genau das ist mir auch sofort aufgefallen«, antwortete Fabien. »Und eben deshalb habe ich dich hierhergebracht.«

Langsam las Michael die Stelle laut vor: »… und das Versprechen, dass du nach meinem Tod noch einmal mit deiner Geige in den Palast zurückkehren und die Melodie für mich spielen würdest, damit ihr Weg mich ins unverdiente Paradies führt.«

»Fühlst du dich angesprochen?«

»Glaubst du tatsächlich, es handelt sich um dasselbe Stück, von dem ich annahm, dass ich es vor Jahren komponiert habe?«

»Es ist die Melodie der Seele.«

»Du denkst also wirklich, dass es mit diesem Mythos der Melodie vom Ursprung etwas auf sich hat? Willst du etwa behaupten, dass sie jemand vor dreihundert Jahren entdeckt hat und sie seitdem durchs Jenseits gewandert ist und nur darauf gewartet hat, von mir eingefangen zu werden? Und warum ausgerechnet von mir?«

»Begreifst du es denn nicht, Michael? Das hast du eben nicht allein getan!«

»Ich verstehe nicht, worauf du hinauswillst.«

»Das wart ihr gemeinsam, Rachel und du.«

»Fabien …«

»Gibt es etwa eine tiefere Liebe als die eure? War diese Liebe denn nicht deine schönste Komposition? Keine Musik außer der Melodie vom Ursprung wäre dazu in der Lage, sie zu beschreiben.«

Michael war völlig durcheinander. Ein ganzer Cocktail aus Emotionen braute sich in seiner Brust zusammen.

»Mein Gott … Und wo ist dann diese Mondinsel, die im Manuskript erwähnt wird?«

»Ich weiß es nicht, eines wird aber klar gesagt: dass eine der Muscheln im Steingarten die Melodie bewahrt!«, erinnerte ihn Fabien mit eindeutiger Absicht.

»Meinst du den *salle de Bal* nahe dem Latona-Brunnen?«

»Genau den. Der Wasserfall wurde mit Muscheln aus Madagaskar gestaltet.«

»Du hast recht …«

»Außerdem handelt es sich um eine der wenigen Gartenanlagen, die seit der Zeit des Sonnenkönigs unberührt geblieben sind.«

»Ich mache mich sofort auf den Weg.«

»Und ich werde mit dem Sicherheitschef telefonieren, damit er sich darum kümmert, dass man dich in den Park lässt«, versprach Fabien umgehend. »Über die Route Saint-Cyr fährst du direkt bis ans Südtor.«

»Lass dich noch mal umarmen!«

Dann schob Fabien das Manuskript behutsam wieder in seine Hülle aus Stoff und legte diese zurück in die Schachtel. Er platzierte sie in der gleichen Schublade, aus der er sie zuvor herausgeholt hatte, und schaltete das Licht der Tischlampe aus. Sie verließen das Archiv über die Bühnentreppen. Das tiefe Brummen der Bratschen erfüllte die Gänge. Michael kehrte noch kurz in die Garderobe zurück, um seine Stradivari zu holen. Dabei traf er hinter den Kulissen auf das Personal des Opernhauses, aber niemand wagte es, ihn anzusprechen. Vor der gläsernen Schiebetür verabschiedete er sich von seinem Freund und trat dann auf den Privatparkplatz in der Rue Scribe hinaus. Es begann gerade zu regnen. Einen Moment lang war er für die Geräusche der Stadt dankbar, für die Lichter der Autos und Geschäfte, die zwischen den ersten Tropfen glitzerten … Er kam an den Chauffeuren der offiziellen Wagen vorbei, ging durch ein Tor hinaus und hielt ein Taxi an.

»Bringen Sie mich zum Palast von Versailles!«
»Um diese Uhrzeit?«
»Schnell! Meine Frau wartet auf mich.«

Während sie im dichten Regen um den Schlosspark herumfuhren, ging Michael das Bild des reglosen Sonnenkönigs auf dem Sterbebett nicht aus dem Kopf. Er fragte sich immer wieder, ob dieser beim Verfassen des Manuskripts wohl bereits gewusst hatte, dass er es dreihundert Jahre später lesen würde. Wieso ich?, fragte er sich. Wie kann ich bloß so eitel sein, mich für auserwählt zu halten? Die Hinweise waren aber so eindeutig … Er erinnerte sich an die beklemmenden Worte des Herrschers, die eine neue Ära ankündigten, und die implizite Bitte, jemand möge doch den Mut haben, diese Melodie in die verdorbene Welt hinauszuschicken. Es überkam ihn heiß und kalt, als er plötzlich daran dachte, dass sich ja heute die Herrscher der ganzen Welt unter dem Dach des Palais Garnier zusammengefunden hatten. Das konnte kein Zufall sein! Seit er die Melodie zum ersten Mal für Rachel gespielt hatte, war ihm ihre Bedeutung bewusst gewesen. Sie war ein goldenes Band ohne Anfang oder Ende, das irgendein Gott in einem Paralleluniversum hinterlassen hatte. Ein goldenes Band, das jedes Partikel dieser verlorenen Welt zusammenhalten würde …

Das Taxi hielt vor dem Eingangstor direkt am Schweizer See. Michael Steiner bezahlte mit einem Schein, dessen Wert den Fahrpreis bei weitem überstieg. Zwei Sicherheitsmänner mit Militärregenjacken erwarteten ihn bereits. Sie begrüßten ihn und reichten ihm einen Schirm. Als sie sich anschickten, ihn zu begleiten, bat der Musiker in seinem völlig durchweichten Frack sie mit Blicken, ihn allein gehen zu lassen.

»Wir warten dann im Wachhäuschen auf Sie«, willigte schließlich derjenige ein, der das Sagen zu haben schien.

Er zeigte Michael noch den Weg und lieh ihm eine Taschenlampe. Mit energischen Schritten marschierte Steiner los. Unterwegs kam er am Außenbeet der Orangerie vorbei. Er konnte ja nicht ahnen, dass hier mit einem anderen Unwetter, das unversehens am Abend der Uraufführung von *Amadis de Gaule* losgebrochen war, alles begonnen hatte. Aber womöglich war es gar kein anderer Sturm gewesen, sondern genau derselbe, den auch Matthieu in seiner Partitur inmitten des Ozeans niedergeschrieben hatte, dieselben dunklen Gewitterwolken, die Newton in seinen Vorhersagen der Apokalypse heraufbeschworen hatte. Michael umrundete den Bosquet de la Reine, der dort stand, wo sich früher einmal das Labyrinth befunden hatte, und betrat den verschlungenen Pfad zum Steingarten. Als er unter den Bäumen hervortrat, erstreckte sich das magische Amphitheater vor ihm. Der Regen fiel plätschernd auf den Boden aus Marmor. Steiner drehte sich einmal um seine eigene Achse: die grasbewachsenen Sitzreihen, die goldenen Kandelaber, der Wasserfall. Der Wasserfall … Er sah ihn jetzt mit ganz anderen Augen und versuchte, den Zauber in sich aufzunehmen, den die am Stein befestigten Muscheln aus Madagaskar ausströmten.

Wie viel Zeit habe ich später im Steingarten damit verbracht, nach der Melodie zu forschen, indem ich nach der Muschel suchte, die deinen Worten zufolge dort versteckt war!, rief er sich das Manuskript des Sonnenkönigs in Erinnerung.

Man hatte die Quelle des Wasserfalls abgestellt, der schwarze Stein und die Muscheln glitzerten jedoch regennass im Licht der Taschenlampe. Er legte die Funzel auf den Boden, trat näher und strich mit der Hand über eine der Schalen. Welche von ihnen war wohl die, die im Manuskript erwähnt wurde? Er stellte sich in die Mitte der Bühne und zog die Geige aus ihrer Hülle. Dann wischte er sich den feuchten Pony aus dem Gesicht und legte das Instrument in der richtigen Position an. Er sog den Mandarinenduft tief in sich ein, der noch am Aufschlag des Fracks haftete. Was er nun spielen würde, brauchte er sich nicht erst ins Gedächtnis zu rufen.

Die Melodie strömte sanft hervor.

Sie schien sich in den Himmel aufzuschwingen und dabei den Regentropfen auszuweichen.

Endlich frei nahm das goldene Band das Wäldchen ein und dann augenblicklich den ganzen Garten von Versailles. Genau wie damals am Abend der Spiegel schlängelte es sich über die Kieswege, schob sich zwischen Hecken und Abgrenzungen durch, wirbelte um Baumwipfel herum und hinterließ Kreise auf der Wasseroberfläche der Teiche. Nachdem es jeden einzelnen Winkel ausgekundschaftet hatte, folgte es in der Luft der Bahnlinie eines Vorstadtzuges und erreichte mit den Gleisen den äußeren Rand von Paris. Es glitt durch die Seine bis zur Cité, flog zwischen den Türmen von Notre-Dame hindurch und strich über die Kuppel der Saint-Louis-Kirche, bevor es sich in der ganzen Stadt ausbreitete.

In diesem Moment war das Konzert im Palais Garnier längst zu Ende, und die Herrscher der verschiedenen Länder hatten sich in ihre Hotels zurückgezogen. Die Melodie schlich sich durch jede Ritze im Gebäude ein, schwebte durch Lüftungsschächte und die Abzugsgitter der Küchen, durch halboffene Fenster und Schornsteine über den bourgeoisen Dachkammern. Und jeder, der sich an diesem Abend in der Stadt der Lichter befand, verspürte, dass etwas sein Herz rührte. Ein seltsamer Impuls bewog einige dazu, sich lange im Spiegel anzusehen, andere steckten den Kopf zum Fenster hinaus, weil sie plötzlich dachten, dass ihre Lungen noch ein wenig frische Luft vertragen könnten. Wieder andere saßen einfach nur auf der Bettkante und fragten sich, was bloß mit ihnen geschah, während sie mit plötzlichem Seelenfrieden die Person an ihrer Seite betrachteten.

»Der geheime Weg führt ins Innere …«, sagte sich einer, an die Glastür in seinem Zimmer gelehnt.

»In uns selbst liegen die Ewigkeit und ihre Welten, nirgends sonst …«, murmelte ein anderer, der auf die Feuertreppe hinausgetreten war.

»Vergangenheit und Zukunft«, schluchzte eine Frau, während sie darauf wartete, dass ihr Sohn in einem weit entfernten Land ans Telefon ging.

Michael hörte nicht auf zu spielen. Er strich mit dem Pferdehaar über die Saiten und entriss der Violine einzelne Wörter, die sich nach Gutdünken aneinanderreihten: der Ursprung, als wir nur Lehm waren, und die Liebe schlug die Augen auf, und der Tag wurde geboren, und sie schloss die Lider, und die Nacht wurde geboren, Matthieus Vergebung, die über den Tod hinaus einen rosa verfärbten Horizont vorzeichnete wie der Horizont in Afrika, die Partitur des Unwetters, völlige Harmonie, die immer näher kommt …

Er spürte, dass Rachels Seele sich von ihm entfernte, begriff aber gleichzeitig, dass er sie doch nicht verlor. Du bist noch immer bei mir!

Er hätte nicht glücklicher sein können.

Sie waren eins, für immer vereint.

Er hörte zu spielen auf und ließ die Arme sinken. Dann sah er zum Himmel hinauf, zur Mondinsel. Der Regen schlug ihm ins Gesicht.

»Vergiss nicht, auf mich zu warten, meine Liebste …«

Er legte sich nieder und rollte sich auf dem kalten Marmor zusammen. Sanft setzte er die Geige auf dem Boden ab. Die Stimme der Muscheln … Das Rauschen der Blätter im Wind … Tam … Tam … Tam … drang an sein Ohr, während sich die Violine mit dem Regenwasser des Sturms füllte.

Danksagung

Ich danke Montse Yáñez, weil sie mich vor Jahren in ihrer Agentur aufgenommen und unablässig daran gearbeitet hat, dass meine Geschichten den Globus bereisen, so wie es die Figuren darin tun.

Ich danke meinen Eltern, meinen geduldigen Korrektoren, die mit dem Bleistift in der Hand allzeit bereit waren.

Miguel und Esther, nicht nur aus Bruderliebe, sondern weil sie mir halfen, die Atmosphäre einzufangen, die Matthieu umgibt, als er den Strand von Fort Dauphin betritt.

José Manuel, einem Romantiker wie die Kapitäne alter Zeiten, für seine Unterweisung in den Lehren der Seebären.

Leticia für die Übersetzungen der alten Texte von Gouverneur Flacourt und des Librettos von *Amadis de Gaule* und für die überschäumende Energie, mit der sie jeder Form von Kunst begegnet.

David und Marisa, die bei den Übersetzungen mitgeholfen haben.

Paco für seine Radierungen von Paris und die Bücher über den Sonnenkönig und dessen ungewöhnlichen Hof in Versailles.

Eduardo Aisa, weil er mir Zugang zu seiner riesigen Opernsammlung ermöglicht hat, und Miguel Calvo für die Historienfilme und Barockmusik.

Sabrina für die Vorbereitung meiner Besuche der französischen Schauplätze (vor allem dafür, dass ich in Versailles die langen Schlangen umgehen konnte).

Fabián für die Spaziergänge in Paris und dafür, dass er mir vermittelt hat, welche Gefühle sowohl die großen als auch die kleinen Dinge hervorrufen können.

Monsieur Montier, dem Direktor der Opéra Garnier, dafür, dass ich dort einen Blick hinter die Kulissen werfen durfte, und Mohamed und Tramouille dafür, dass sie mich durch die geheimsten Gänge mit zur Rollschuhbahn nahmen.

Jocelyn, Vololona und Vanila dafür, dass sie Cristina und mir ihr wunderbares Haus in Antananarivo und ihr Herz öffneten.

Bodo für seine liebevolle Unterstützung bei meinen Besuchen auf Madagaskar.

Gabriel Roantroandro, Direktor der Abteilung für Geschichte an der Universität von Antananarivo, für seine Erklärungen über die Vergangenheit des madagassischen Volkes.

Und Jorge (warum bloß lässt sich ein Nicaraguaner am Strand von Anakao nieder?) dafür, dass er eine ganze Nacht mit mir über die Stämme im Süden der Mondinsel geplaudert hat.

Raquel dafür, dass sie mir im Büro den Rücken freigehalten hat, und zwar von dem Tag an, an dem wir gemeinsam mit dem ersten Manuskript von *El guardián de la flor de loto* am Kopierer standen.

Daniel Defoe, wo auch immer er sein mag, dafür, dass ich mir seine Republik Libertalia zu eigen machen durfte, und Joscelyn Godwin dafür, dass sie die Legende über die Entstehung der Seele durch Musik wiederentdeckt hat.

Ich danke Wim Mertens für die musikalische Untermalung dieses Buches mit seinem *Comme en dormant*, Lully und Charpentier für die Barockakkorde, die jedes Mal erklingen, wenn sie die Bühne betreten; und auch Antonio Vega (sing weiter für diejenigen, die hier noch verweilen, nimm uns das bitte nicht…) sowie Him, den (nach ihrer Wiedervereinigung neu entdeckten) Héroes del Silencio, Linkin Park für ihren Schlenker hin zum Pop und immer auch Dido und Tracy und all den anderen Künstlern, die diese Seiten mit ihrer Musik begleitet haben.

Und natürlich danke ich auch all meinen hier nicht erwähnten Freunden – ihr wisst, wie glücklich es mich macht, mit euch das Geschenk der Literatur teilen zu können.